RELIC

DES MÊMES AUTEURS

Cauchemar génétique, Robert Laffont, 1997.
Le Grenier des enfers, Robert Laffont, 1999.
Le Piège de l'architecte, Robert Laffont, 2000.
Ice Limit, L'Archipel, 2002.
Les Sortilèges de la cité perdue, Robert Laffont, 2003.
La Chambre des curiosités, L'Archipel, 2003.
Les Croassements de la nuit, L'Archipel, 2005.
Le Violon du diable, L'Archipel, 2006.
Danse de mort, L'Archipel, 2007.
Le Livre des trépassés, L'Archipel, 2008.

DE DOUGLAS PRESTON

Jennie, Robert Laffont, 1997.
Le Codex, L'Archipel, 2007.
T-Rex, L'Archipel, 2008.

DOUGLAS PRESTON
& LINCOLN CHILD

RELIC

traduit de l'américain
par Jean Colonna

l'Archipel

Ce livre a été publié sous le titre
Relic
par Forge Book, New York, 1995.

Si vous désirez recevoir notre catalogue et être tenu au courant de nos publications, envoyez vos nom et adresse, en citant ce livre, aux Éditions de l'Archipel,
34, rue des Bourdonnais 75001 Paris.
Et, pour le Canada,
à Édipresse Inc., 945, avenue Beaumont,
Montréal, Québec H3N 1W3.

ISBN 978-2-8098-0048-7

1

Bassin de l'Amazone, septembre 1987

Il était midi. Les nuages accrochés au sommet du Cerro Gordo se détachèrent avant de se disperser. Là-haut, très loin au-dessus de sa tête, entre les branches les plus élevées de la forêt, Whittlesey distinguait les éclats d'un soleil doré. Des animaux, sans doute des singes-araignées, se disputaient sous la voûte en poussant des hurlements, et un macaque descendit en piqué vers lui en gloussant des obscénités.

Whittlesey s'arrêta à côté d'un jacaranda déraciné. Il jeta un œil sur Carlos, son aide de camp, qui le rattrapait tout en sueur, et lui dit en espagnol :

— *Baja la caja,* on va se poser ici.

Whittlesey s'assit sur le tronc couché et entreprit de retirer sa botte droite et sa chaussette. Il alluma une cigarette dont il appliqua l'extrémité brûlante sur la grappe de sangsues qui avaient envahi son tibia et sa cheville.

Carlos se délesta d'un vieux paquetage de l'armée sur lequel avait été attachée à la hâte une caisse en bois.

— Ouvre-la, veux-tu ? demanda Whittlesey.

Carlos défit les liens, il releva une série de petits fermoirs en cuivre et souleva le couvercle.

Le contenu de la caisse était enveloppé soigneusement dans les fibres tressées d'une plante locale. Whittlesey en écarta quelques-unes et découvrit les objets d'artisanat qu'elle contenait : un herbier en bois et un carnet de cuir à la couverture tachée. Après un moment d'hésitation, il tira de la poche de sa chemise une petite figurine en bois sculptée de manière délicate, qui représentait un animal.

Il la manipula, admirant une fois de plus la qualité du travail ; elle était étonnamment lourde. Après quoi, il la déposa comme à regret dans la caisse, replaça le filet végétal et reficela le paquet. Ensuite, il tira de son sac à dos une feuille de papier blanc qu'il déplia sur ses genoux. De sa poche il sortit un stylo en or tout cabossé et écrivit :

Haut bassin du Xingu
17 septembre 1987
Montague,

J'ai décidé de renvoyer Carlos avec la dernière caisse, moi je vais continuer seul à chercher Crocker. On peut faire confiance à Carlos, et je ne veux pas prendre le risque de perdre cette caisse au cas où il m'arriverait quelque chose. Tu remarqueras qu'elle contient une crécelle de chaman et divers autres objets rituels qui semblent uniques. Mais la figurine qui les accompagne et que nous avons trouvée dans une hutte vide constitue la preuve que je cherchais. Observe ces greffes de taille exagérée, ce côté reptilien, cette allure de bipède. Les Kothogas existent bel et bien, et la légende du Mbwun n'est pas une simple vue de l'esprit. Toutes les notes que j'ai prises sur les lieux sont dans le carnet qui contient aussi un récit complet des circonstances dans lesquelles l'équipe s'est séparée ; mais tu l'auras déjà appris quand ces lignes te parviendront.

Whittlesey secoua la tête à la mémoire de ce qui s'était passé la veille. Ce salopard de Maxwell. Son seul souci, c'était de ramener intacts au musée les spécimens sur lesquels il était tombé. Whittlesey se prit à rire. Des œufs fossiles. Rien d'autre que des coquilles inutiles, stériles. Maxwell aurait dû être paléobiologiste et non anthropologue. Quelle ironie du destin ! Maxwell et les autres avaient quitté l'expédition à peine un kilomètre avant l'endroit de sa propre découverte.

Mais peu importait. Il n'était resté que Carlos, Crocker et les deux guides. Enfin, maintenant il se retrouvait seul avec Carlos.

Whittlesey recommença à écrire.

Sers-toi de mes notes et des objets que tu trouveras pour m'aider à me remettre en bons termes avec le musée. Mais, pardessus tout, prends grand soin de cette figurine. Je suis convaincu qu'elle est d'une valeur incalculable pour un anthropologue. Nous sommes tombés dessus hier par hasard. Il semblerait qu'il s'agisse de l'élément central dans le rituel du Mbwun. Toutefois il n'y a pas d'autre trace d'habitation dans les parages, ce qui me paraît bizarre.

Whittlesey fit une pause. Ses notes ne comportaient pas la description de la figurine. Même à présent, quelque chose dans son esprit préférait écarter ce souvenir.

Si Crocker n'avait pas quitté la piste pour mieux observer un jacamar, personne n'aurait jamais trouvé ce sentier caché qui courait dans la pente entre des parois couvertes de mousse. Après cela ils étaient tombés sur cette hutte grossière à moitié enterrée au milieu de vieux arbres, au fond de cette vallée humide où le soleil pénétrait à peine. Les deux guides botocudos, qui d'ordinaire n'arrêtaient pas de bavarder derrière son dos en tupian, s'étaient tus aussitôt. Quand Carlos leur avait posé des questions, l'un d'eux avait marmonné quelque chose à propos d'un gardien de la hutte et de la malédiction qui frappait quiconque violait ses secrets. C'est là que pour la première fois Whittlesey les avait entendus évoquer les Kothogas. Les Kothogas. *Le peuple de l'ombre.*

Whittlesey était incrédule. C'étaient généralement les guides qui parlaient de malédictions : un prétexte comme un autre pour demander une augmentation ! Mais là, quand il était sorti de la hutte, les guides avaient carrément disparu.

Ensuite, il y avait eu cette vieille femme, qui avait débouché, comme ça, de la forêt. Probablement une Yanomami, pas une Kothoga. Mais elle les connaissait, elle les avait même vus. Les mots étranges qu'elle avait proférés… Et cette façon qu'elle avait eue de se fondre à nouveau dans la forêt. On aurait dit un jeune jaguar et non une grand-mère.

À ce moment-là, ils avaient à nouveau jeté les yeux sur la hutte.

La hutte... Whittlesey laissa ses souvenirs se rassembler. Elle était flanquée de deux stèles de pierre où se trouvait gravée la même effigie : celle d'un animal assis sur ses pattes arrière qui, entre ses griffes, enserrait une forme indistincte. Derrière la hutte se distinguait un jardin de hautes herbes, une oasis de couleur vive, singulière au milieu de tout ce vert uniforme.

Le sol de la hutte était creusé sur plusieurs dizaines de centimètres. En pénétrant à l'intérieur, Crocker avait failli se rompre le cou. Whittlesey l'avait suivi avec plus de précaution, tandis que Carlos restait agenouillé à l'entrée. À l'intérieur, l'air était sombre, frais. Il y flottait une forte odeur d'humus. Quand il avait allumé sa lampe de poche, Whittlesey avait aperçu la figurine posée sur un haut monticule érigé au centre de la hutte, au pied duquel, tout autour, était disposée une série de disques gravés de manière bizarre. Ensuite, il avait promené sa torche sur les murs. Des crânes humains étaient alignés le long des parois. Examinant les plus proches, Whittlesey avait remarqué des marques de griffure qu'il n'avait pas su interpréter. Les crânes présentaient des trous béants sur leur sommet et, dans de nombreux cas, à la base, la lourde plaque occipitale avait disparu.

Sa main tremblait et la lampe torche avait donné des signes de faiblesse. Avant de la rallumer, il avait aperçu une lumière ténue qui filtrait à travers les milliers d'orbites tournées vers lui. Des grains de poussière flottaient lentement dans l'air épais.

C'est là que Crocker avait déclaré qu'il avait besoin d'aller marcher un peu — d'être seul un instant, avait-il précisé à Whittlesey. En fait, de cette promenade il n'était jamais revenu.

La végétation ici est très bizarre. Le cycas et la fougère sont presque primitifs. Dommage, je n'ai pas le temps de me pencher davantage là-dessus. Nous avons utilisé une variété végétale particulièrement résistante pour empaqueter nos caisses. Tu peux laisser Jorgensen examiner de quoi il s'agit, si ça l'intéresse.

Dans un mois, j'espère vraiment te retrouver à l'Explorer's Club pour fêter notre succès autour de quelques Martini et d'un bon Macanudo. En attendant, je sais que je peux confier ces objets et ma réputation à un type tel que toi.

Ton collègue,

Whittlesey

Il glissa la lettre sous le couvercle de la caisse.

— Carlos, dit-il, je voudrais maintenant que tu retournes avec cette caisse à Porto de Mós et que tu m'attendes. Si tu ne me revois pas avant deux semaines, va voir le colonel Soto. Dis-lui d'envoyer ça par le premier bateau, avec toutes les autres caisses, au musée, comme il était convenu. Il te paiera ton salaire.

Carlos le regarda, interdit.

— Je ne comprends pas, vous allez rester seul ici ?

Whittlesey sourit, alluma une deuxième cigarette, et recommença à chasser les sangsues qui couvraient ses jambes.

— Il faut bien que quelqu'un rapporte les caisses. Tu auras rejoint Maxwell avant d'atteindre la rivière. J'ai besoin de quelques jours de plus pour savoir où est passé Crocker.

Carlos s'envoya une claque sur le genou et s'écria :

— *Es loco !* Je ne peux pas te laisser ici. *Si te dejo atras, te moririas*. Tu vas mourir ici dans la forêt, *señor,* tes os serviront de pâture aux singes hurleurs. Il faut retourner là-bas ensemble, c'est mieux.

Whittlesey secoua la tête avec impatience.

— Donne-moi le mercurochrome, la quinine et le bœuf séché qui sont dans ton sac, dit-il en remettant sa chaussette sale et en nouant les lacets de sa *ranger.*

Carlos commença à fouiller dans son sac, non sans continuer à gémir. Whittlesey fit semblant de ne pas l'entendre. D'un air pensif il grattait sa nuque constellée de piqûres d'insectes, en regardant le Cerro Gordo.

— Ils vont me soupçonner de vous avoir abandonné, *señor,* ce ne sera pas bon pour moi.

Carlos parlait avec vivacité en fourrant dans le sac de Whittlesey ce qu'il lui avait demandé.

— En plus, les mouches cabouri vont vous dévorer cru, ajouta-t-il en faisant le tour de la caisse pour la fermer solidement. Vous allez encore faire un accès de malaria. Cette fois vous y laisserez votre peau. Non, je reste avec vous.

Whittlesey regarda la mèche blanche que Carlos portait en haut du front, brillant de transpiration. Hier encore, avant qu'il ne jette un coup d'œil à l'intérieur de la hutte, cette mèche était noire. Carlos soutint son regard un instant puis il baissa les yeux.

Enfin Whittlesey se leva. « Adios », dit-il avant de disparaître dans les broussailles.

À la fin de l'après-midi, Whittlesey remarqua que les nuages lourds s'étaient reformés autour du Cerro Gordo. Pendant les derniers kilomètres, il avait suivi une piste abandonnée, à peine un sentier qui, à travers les broussailles, serpentait habilement entre les noirs marécages qui entouraient la base du *tepui*, ce plateau détrempé, couvert de jungle, qui s'élevait devant lui. Cette piste avait été ouverte par des hommes, pensa Whittlesey. On sentait, dans le tracé, une logique évidente. Les animaux, eux, se baladent... Elle se dirigeait vers un vallon qui s'enfonçait profondément dans les contreforts du tepui dont il était proche à présent. Crocker avait dû emprunter ce chemin-là.

Il s'arrêta pour jeter un coup d'œil tout en manipulant inconsciemment son talisman. Depuis l'enfance, il le portait à son cou : une flèche en or surmontée d'une autre en argent. En dehors des huttes, ils n'avaient décelé, pendant les derniers jours, aucun signe de présence humaine, à l'exception d'un village déserté et livré depuis longtemps à la végétation. Seuls les Kothogas pouvaient être à l'origine de ce sentier.

En approchant du plateau, il vit une série de cours d'eau qui dévalaient ses flancs escarpés. Ce soir il irait coucher là-bas, au pied du relief, et demain matin il grimperait la centaine de mètres qui restaient. Ce serait raide, boueux, et sans doute dangereux. S'il se trouvait face à face avec les Kothogas à ce moment-là, c'en serait fini, il serait leur prisonnier.

Mais il n'avait aucune raison de croire que les Kothogas soient vraiment une tribu de sauvages. Après tout, c'était le Mbwun, créature que tous les mythes locaux décrivaient comme l'auteur de tueries et autres cruautés. C'était étrange : une créature inconnue, qu'on disait appartenir à une tribu que personne n'avait jamais vue. Est-ce que le Mbwun existait réellement ? On pouvait penser qu'un spécimen vivait encore dans cette vaste forêt équatoriale. Les biologistes ne s'étaient pratiquement jamais intéressés à cette région. Une fois de plus, il forma le vœu que Crocker, en les quittant, n'ait pas emporté son Männlicher .30 06.

D'abord, il fallait trouver Crocker, se dit Whittlesey. Ensuite il pourrait partir à la recherche des Kothogas et prouver qu'ils n'avaient pas disparu depuis des siècles. Une telle découverte lui assurerait la célébrité. Un peuple de l'Antiquité, survivant au cœur de l'Amazonie dans une sorte de pureté originelle, celle de l'âge de pierre, et juché sur son plateau au-dessus de la jungle comme dans *Le Monde perdu* de Conan Doyle. Non, décidément, il n'y avait pas de raison de craindre les Kothogas. Sauf cette hutte…

Soudain, une odeur puissante et nauséabonde assaillit ses narines, et il s'arrêta. Aucun doute possible, c'était un cadavre, et celui d'un gros animal. Après une dizaine de pas, l'odeur devint plus intense. Son cœur battit plus fort : peut-être que les Kothogas avaient dépecé un animal dans les parages et laissé, sur le lieu du sacrifice, des outils, des armes ou même quelque objet rituel.

Il avança. La puanteur doucereuse s'amplifia. Là-haut, dans la voûte végétale, se dessinait une tache de lumière annonçant une clairière. Il s'arrêta et arrima solidement son sac afin de ne pas être gêné si la fuite devenait nécessaire.

La piste, resserrée entre deux murs de verdure, déboucha brusquement sur une petite clairière. Là, de l'autre côté, se trouvait le cadavre d'un animal. Il reposait contre un arbre à la base duquel une spirale avait été gravée, probablement lors du rituel. Un bouquet de plumes de perroquet, vertes, avait été jeté sur la cage thoracique béante.

En s'approchant, il s'aperçut que la carcasse portait une chemise kaki. Un nuage de grosses mouches formait un essaim bourdonnant autour d'elle. Whittlesey remarqua que le bras gauche, martyrisé, était attaché à l'arbre au moyen d'une corde en fibres végétales, la paume de la main était restée ouverte. Ensuite il aperçut la tête, placée sous l'aisselle, le visage face au ciel, la partie arrière du crâne avait été arrachée. Les yeux vitreux regardaient vers le haut, les joues étaient gonflées.

Whittlesey avait retrouvé Crocker.

Instinctivement, il commença à faire machine arrière. Il remarqua comment les griffes avaient déchiqueté ce corps avec une force obscène, inhumaine. Le cadavre devait être raide. Peut-être, si Dieu avait pitié de lui, peut-être que les Kothogas avaient déjà quitté les lieux – *à supposer qu'il s'agît des Kothogas.*

Alors il remarqua que la forêt équatoriale, qui normalement bruissait de toute une rumeur vivante, s'était tue. Il tressaillit et se retourna vers la jungle. Quelque chose se déplaçait au sein de l'amas de broussailles qui bordait la clairière, deux yeux perçants couleur de feu liquide apparurent entre les feuilles. Il s'étrangla, jura et regarda de nouveau. Plus rien, les yeux avaient disparu.

Pas de temps à perdre : revenir à la piste et filer. Le chemin du retour vers la forêt, c'était droit devant. Il lui fallait se tirer d'ici.

Mais il vit alors par terre quelque chose qu'il n'avait pas remarqué auparavant et il entendit un mouvement pesant, et pourtant sacrément rapide, dans la broussaille juste devant lui.

2

Belém, Brésil, juillet 1988

Cette fois, Ven en était sûr, le responsable de la surveillance l'épiait.

Il se rencogna dans l'ombre que projetait l'entrepôt, et il ouvrit l'œil. Une petite pluie noyait les formes massives des cargos amarrés et réduisait les lumières du quai à des têtes d'épingle. L'eau qui tombait sur les ponts métalliques brûlants se transformait en vapeur et dégageait une vague odeur de créosote. Derrière lui montait la rumeur nocturne du port : l'aboiement intermittent d'un chien, des échos de rires étouffés, mêlés de phrases lancées en portugais ; des relents de calypso aussi, qui provenaient des bas de l'*avenida*.

L'affaire était pourtant juteuse. Il était descendu dans les parages quand Miami était devenu trop dangereux et avait emprunté le chemin des écoliers. Dans ce coin, les transactions portaient principalement sur de la petite marchandise, des cargos qui cabotaient tout le long de la côte. Les équipes de dockers avaient toujours besoin de recrues. Du reste, il avait déjà fait ce travail. Il s'était donné le nom de Ven Stevens. Personne n'avait posé de questions. Ils n'auraient sans doute pas cru à son vrai nom, Stevenson.

Il n'était pas dépaysé par ce qu'il avait trouvé ici. À Miami, il s'était aguerri. Il avait eu l'occasion de raffiner ses instincts. Ici c'était un avantage. Il faisait exprès de parler le portugais en marquant des hésitations, afin de pouvoir lire dans le regard de son interlocuteur et de voir ce qu'il avait dans le ventre. Rincon, assistant de l'autorité portuaire locale, était le chaînon ultime dans son dispositif.

Ven apprenait par lui qu'une cargaison descendait le fleuve. Généralement, on précisait s'il s'agissait d'une entrée ou d'une sortie. Il savait exactement que chercher, les boîtes étaient toujours identiques. Il veillait à ce qu'elles soient déchargées sans problème et stockées ici dans l'entrepôt. Ensuite, il s'assurait qu'elles étaient chargées en dernier sur le cargo qu'on lui désignait et qui partait pour les États-Unis.

Ven était d'un naturel prudent. Il avait le surveillant-chef à l'œil. Une fois ou l'autre il avait nourri comme une intuition, une sonnette d'alarme qui résonnait au fond de lui-même : l'homme soupçonnait quelque chose. Mais chaque fois il avait levé le pied. L'alarme s'était tue.

À présent il regarda sa montre. Elle marquait onze heures. Il entendit une porte qui s'ouvrait, qui se refermait, derrière le bâtiment. Il se plaqua davantage contre le mur. On entendait un pas lourd sur le plancher de bois. Une silhouette familière passa dans la lueur du lampadaire. Quand le bruit de pas diminua, Ven atteignit l'angle du bâtiment. Le bureau était vide, éteint, il s'y attendait. Un dernier regard. Il franchit l'angle et fila vers les quais.

Sur ses épaules, un sac à dos vide battait à chaque pas avec un bruit mouillé. Tout en marchant, Ven fouilla sa poche pour en tirer une clé qu'il serra fermement dans sa main. De cette clé sa vie dépendait. Après deux jours passés sur ce quai, il en était déjà convaincu.

Ven dépassa un petit cargo accosté le long du quai, dont les cordages déversaient une eau noire sur les bittes d'amarrage rouillées. Personne sur le pont. Pas même un gardien. Il ralentit. La porte de l'entrepôt était devant lui, près de l'extrémité de la jetée principale. Ven jeta un rapide coup d'œil par-dessus son épaule. Après quoi, d'une brève rotation du poignet, il déverrouilla la porte de métal et se glissa à l'intérieur.

En refermant la porte derrière lui, il prit le temps d'habituer ses yeux à l'obscurité. Il avait fait la moitié du chemin. Restait à finir le boulot ici et à foutre le camp au plus vite.

Au plus vite, parce que Rincon devenait de plus en plus gourmand. Les cruzeiros filaient comme de l'eau entre ses doigts. Ce matin-là, Rincon et le surveillant avaient échangé quelques mots rapides à voix basse. Le type avait jeté les yeux sur Ven. L'instinct de Ven l'avertissait qu'il valait mieux prendre le large, désormais.

À l'intérieur, l'entrepôt livré à l'obscurité n'était qu'un vague paysage de containers et de caisses alignées. Impossible de s'éclairer d'une lampe torche. Le risque était trop grand. Mais peu importait après tout. Il connaissait suffisamment les lieux pour les arpenter en rêve. Alors il avançait, prudemment, trouvant son chemin entre les cargaisons empilées.

À la fin, il tomba sur ce qu'il cherchait : une série de caisses en piètre état, six grandes et une petite, placées dans un coin à l'écart. Deux des grandes portaient l'inscription MNH NEW YORK.

Des mois auparavant, Ven s'était renseigné au sujet de ces caisses. Le gars de l'intendance lui avait raconté l'histoire. Il semblait qu'elles avaient descendu le fleuve en provenance de Porto de Mós. Ça se passait à l'automne dernier. Normalement elles auraient dû être transportées vers New York par avion. Mais il était arrivé quelque chose aux propriétaires. Le gars n'avait pas su préciser davantage. Le paiement n'était pas intervenu. À présent les caisses étaient couvertes d'étiquettes collantes officielles, et d'avertissements destinés aux employés, mais on semblait les avoir oubliées.

Ven, lui, ne risquait pas de les oublier. Derrière ces caisses il y avait juste assez de place pour dissimuler ses marchandises jusqu'à ce que les bateaux en partance procèdent au chargement.

La brise tiède du soir pénétrait dans le bâtiment par un vasistas brisé. Le front de Ven en perlait de sueur. Dans l'obscurité, un sourire se dessina sur ses lèvres. La semaine dernière, il avait appris que les caisses allaient finalement être rapatriées aux États-Unis. Il aurait déjà largué les amarres depuis longtemps.

Il examina la cachette. Cette fois il n'y avait qu'une seule boîte, dont le contenu tiendrait sans problème dans son sac à dos. Il savait très bien quoi en faire et où se trouvait le marché. Il allait s'en occuper très vite. Quelque part loin d'ici.

À l'instant de se glisser derrière les grandes caisses, il s'arrêta net. Une curieuse odeur parvenait à ses narines, quelque chose qui tenait de la terre et de la chèvre, une espèce de pourriture. Il avait vu pas mal de cargaisons bizarres dans le coin, mais aucune ne dégageait une odeur pareille.

Son sixième sens l'avertissait que le risque était maximum. Pourtant rien ne semblait anormal. Tout était à sa place. Il se glissa entre la cargaison du musée et le mur.

Nouvel arrêt. Non ; décidément, ça n'allait pas, vraiment ; quelque chose clochait.

À ce moment-là il entendit, plutôt qu'il ne la vit, une forme qui se déplaçait dans ce recoin. L'odeur violente se précisa, ce fumet de pourriture l'enveloppa soudain ; il se sentit alors projeté contre le mur par une force terrible et la douleur fit irruption dans sa poitrine et dans son ventre. Il ouvrit la bouche pour crier, mais quelque chose de bouillant lui emplissait la gorge. Un éclair transperça son crâne, suivi d'une nuit profonde.

PREMIÈRE PARTIE

MUSÉUM D'HISTOIRE SURNATURELLE

1

New York, de nos jours

Le petit rouquin se hissa sur la plate-forme, traita son frère de poule mouillée et parvint aux pieds de l'éléphant. Juan, silencieux, regarda dans sa direction et vit l'enfant avancer la main vers l'animal.

— Eh bien ! s'écria-t-il en se précipitant vers lui aussitôt. Il ne faut pas toucher les éléphants.

Le gamin parut effrayé, il retira sa main. À son âge, les uniformes l'impressionnaient encore.

Les autres, ceux de quinze à seize ans, faisaient parfois un bras d'honneur. Ils n'avaient pas peur d'un gardien de musée. Saleté de job. Un de ces jours il allait se décider à profiter de cette foutue équivalence et passer l'examen d'entrée dans la police.

Il suivit d'un œil soupçonneux le rouquin et son petit frère qui progressaient entre les vitrines du hall central plongé dans la pénombre. Ils cherchaient les lions empaillés. En passant devant la vitrine des chimpanzés, le gamin se mit à pousser des hurlements en se grattant sous les bras, donnant ainsi à son jeune frère une représentation impromptue. Où donc se trouvaient leurs parents ?

À présent, le rouquin, un nommé Billy, entraînait son cadet vers une salle pleine d'objets africains. Une série de masques montraient leurs dentures en bois plat et les fixaient d'un air mauvais, du fond d'une vitrine.

— Ouah ! s'écria le petit frère de Billy.

— Mais non, c'est nul, répondit Billy, viens voir les dinosaures.

— Et maman, où est-elle ? dit le petit en cherchant de tous côtés.

— Elle a dû se perdre, fit l'autre. Allez, viens.

Ils avancèrent à travers une grande salle pleine de totems qui résonnait d'échos. À l'autre extrémité de la salle, une femme à la voix perçante brandissait un drapeau rouge et finissait de guider le dernier groupe de visiteurs de la journée. Le petit frère de Billy trouva que ce hall dégageait une odeur inquiétante. On aurait dit de la fumée, ou les racines d'un vieil arbre. Quand le groupe là-bas disparut au coin du mur, la grande salle fut noyée dans le silence.

Billy se souvenait que, la dernière fois qu'ils étaient venus, ils avaient vu le plus grand brontosaure du monde. Et puis aussi un tyrannosaure, et un trachydent. Enfin, d'après son souvenir, ça s'appelait comme ça. Un trachydent. Les dents du tyrannosaure devaient bien mesurer trois mètres. C'était la plus grande chose que Billy eût jamais vue de sa vie. Mais les totems, il ne s'en souvenait pas. Peut-être que les dinosaures se trouvaient derrière la porte suivante. En fait, non. Elle ouvrait sur la salle ennuyeuse des peuples pacifiques. Il n'y avait que du jade et de l'ivoire, et des statues de bronze.

— Regarde ce que t'as fait, dit Billy.

— Quoi ? Qu'est-ce que j'ai fait ?

— À cause de toi on s'est perdus, répondit Billy.

— Alors là, maman va pas être contente, pleurnicha le petit.

Billy grogna. Ils devaient retrouver leurs parents à la fermeture, sur l'escalier d'entrée. Il allait reconnaître le chemin. Pas de problème. Ils serpentèrent encore à travers plusieurs salles poussiéreuses, descendirent un escalier étroit et se retrouvèrent dans une large pièce mal éclairée. Du sol au plafond elle était emplie de milliers d'oiseaux empaillés. De leurs yeux sans prunelle sortait du coton blanc. Le hall était vide. Ça sentait l'antimite.

— Je sais où nous sommes, dit Billy en affectant une certaine assurance et en aiguisant son regard à travers la pénombre.

Le petit se mit à renifler.

— Tais-toi, dit Billy.

Le reniflement s'interrompit. Le hall formait un coude puis s'achevait sur un cul-de-sac obscur empli de vitrines d'exposition vides et livrées à la poussière. On ne voyait pas d'issue. Sauf à rebrousser chemin vers la salle aux oiseaux. Le pas des deux enfants éveillait des échos de cathédrale et semblait fort éloigné du flot habituel des touristes dominicaux. Au bout de la salle, une paroi de bois et de toile essayait de se faire prendre pour une cloison. Billy, lâchant la main de son jeune frère, grimpa et jeta un coup d'œil derrière.

— Je suis déjà venu là, dit-il d'un ton qui inspirait confiance. Ils ont fermé cet endroit, mais la dernière fois c'était ouvert. J'ai l'impression qu'on est juste sous les dinosaures. Attends, je vais voir si on peut aller là-haut.

— Mais on n'a pas le droit d'aller après la cloison, s'écria le petit.

— Je m'en fous, j'y vais. Et toi, surtout, tu restes là.

Billy passa derrière la cloison et, quelques instants plus tard, le petit entendit un grincement métallique : on ouvrait une porte là-bas.

— Hé, s'écria Billy de l'autre côté, il y a un escalier en colimaçon ici ! Il ne fait que descendre, mais c'est sympa. Je vais aller voir.

— Non, n'y va pas, Billy ! répondit le petit frère, mais le seul écho qu'il obtint fut un bruit de pas qui s'éloignait.

Alors l'enfant se mit à geindre, sa petite voix résonnait dans la pénombre de la salle. Après quelques minutes il attrapa le hoquet, renifla bruyamment et s'assit par terre. Là il tira un petit morceau de caoutchouc qui sortait de sa basket et l'arracha carrément. Ensuite, il regarda autour de lui. Le silence régnait. Il n'y avait pas un souffle. Les lumières dans les vitrines projetaient par terre des ombres noires. Un conduit d'aération se réveilla quelque part et se mit à ronfler. Cette fois, Billy était parti. Le gamin se mit à pleurer plus fort.

Peut-être qu'il aurait dû suivre Billy. Peut-être qu'il n'y avait pas de raison d'avoir peur, après tout. Peut-être que Billy, là-bas, avait déjà retrouvé leurs parents et qu'ils l'attendaient tous de l'autre côté. Il avait dû se presser, parce que le musée était sans doute fermé maintenant.

Il se leva et franchit la cloison. Le hall continuait. Les vitrines étaient toutes sales, un peu moisies comme dans les expositions mal entretenues. Au fond, il y avait une vieille porte métallique entrouverte.

Le gamin se dirigea vers elle et passa la tête. On voyait le palier supérieur d'un étroit escalier en colimaçon qui disparaissait de l'autre côté dans les profondeurs. Il y avait encore plus de poussière qu'avant. Une odeur bizarre l'obligeait à froncer le nez. Cet escalier ne lui plaisait pas du tout. Mais Billy était descendu.

— Billy ! appela-t-il. Allez, remonte, s'il te plaît !

Dans la pénombre du sous-sol, seul l'écho lui répondit. Il renifla puis agrippa la rampe et commença à s'enfoncer doucement dans l'obscurité.

2

Lundi

Margo Green arriva au coin de la 72e Rue Est. Le soleil du matin lui balaya le visage et elle baissa les yeux un instant en clignant des paupières. Elle traversa la rue, rejetant ses cheveux bruns en arrière. Le Muséum d'histoire naturelle de New York était devant elle comme une forteresse, avec sa large façade ouvragée qui s'élevait dignement au-dessus d'une série de bas-reliefs de cuivre.

Margo s'engagea dans l'allée pavée qui menait à l'entrée du personnel. Elle dépassa une plate-forme de déchargement, puis se dirigea vers le tunnel de granit qui menait aux cours intérieures du musée. Ensuite, elle marqua le pas comme frappée d'une hésitation. La bouche du tunnel en face était traversée de lumières rouges clignotantes. À l'extrémité, elle distingua des ambulances, des voitures de police et un véhicule des services d'intervention rapide, garés là dans le plus grand désordre. Margo s'engagea dans le tunnel et se dirigea vers une cage de verre. D'habitude, à cette heure-là, le vieux gardien, Curly, somnolait sur sa chaise, calé dans le coin de la cage vitrée, la casquette vissée sur son large front. Mais, ce matin-là, il était debout et bien éveillé. Il manœuvra la porte.

— Bonjour, professeur, dit-il.

Il appelait tout le monde professeur, des étudiants au directeur du musée – qu'ils possèdent le titre ou non.

— Qu'est-ce qui se passe ici ?

— Sais pas, dit Curly. Ça fait deux minutes qu'ils sont là. Aujourd'hui, j'ai l'impression que c'est le jour de vérifier votre carte.

Margo fourragea dans son sac, elle ne se souvenait même plus si elle avait une carte à présenter. Ça faisait des mois qu'elle ne l'avait pas exhibée.

— Je ne suis pas sûre de l'avoir, dit-elle en regrettant de n'avoir pas fait le ménage dans son sac depuis l'hiver dernier.

Son sac à main venait de mériter la distinction suprême de « sac le plus bordélique » de la part de ses collègues du département d'anthropologie.

Le téléphone sonna dans la guérite. Curly décrocha. Margo finit par trouver sa carte et la présenta devant la vitre, mais Curly n'y prêta aucune attention. Il écarquillait les yeux en écoutant son interlocuteur.

Il raccrocha sans un mot, tout son corps était figé par ce qu'il venait d'entendre.

— Alors, qu'est-ce qui se passe? demanda Margo.

— Il vaut mieux que vous ne le sachiez pas, dit-il.

Le téléphone sonna de nouveau, il se précipita sur le combiné. Margo ne l'avait jamais vu aller aussi vite. Elle haussa les épaules et remit sa carte dans son sac, puis continua. Le nouveau chapitre de son mémoire était attendu ; elle ne pouvait pas se permettre un jour de retard. La semaine d'avant, elle avait été bloquée. L'enterrement de son père. Les formalités, les coups de téléphone. Maintenant, il n'y avait plus de temps à perdre.

Traversant la cour, elle entra dans le musée par la porte du personnel, tourna à droite et hâta le pas dans un long couloir en sous-sol qui menait au département d'anthropologie. Les divers bureaux étaient encore dans l'obscurité. C'était normal jusqu'à neuf heures et demie ou dix heures.

Le couloir tourna, elle s'arrêta : une bande de plastique jaune barrait le chemin. On pouvait lire : NEW YORK POLICE DÉPARTEMENT. LIEUX DU CRIME. DÉFENSE D'ENTRER. Jimmy, un gardien qui était généralement affecté à la surveillance des objets en or péruviens, bavardait avec Gregory Kawakita, assistant-conservateur du département de biologie de l'évolution.

— Qu'est-ce qui se passe ? demanda Margo.

— Typique des méthodes efficaces de l'établissement, dit Kawakita avec un sourire désabusé. On nous laisse dehors, voilà tout.

Le garde répondit, agité :

— On m'a dit de ne laisser entrer personne, sans plus de précision.

— Écoutez, dit Kawakita, moi demain je fais une communication devant la NSF, et j'ai pas mal de boulot aujourd'hui. Alors, si vous pouviez faire un effort, je...

Jimmy parut mal à l'aise.

— Je fais mon travail, vous comprenez ?

— Allons, dit Margo à Kawakita, on va prendre le café dans la salle commune, on trouvera bien quelqu'un pour nous en dire davantage.

— J'aimerais bien faire un saut aux toilettes avant, lança Kawakita en colère, du moins si je trouve des cabinets sans scellés. Je vous rejoins là-bas.

La porte de la salle commune, qui restait normalement toujours ouverte, se trouvait close. Margo actionna le loquet, elle se demanda si elle attendait Kawakita ou non. Elle ouvrit en se disant que le jour où elle aurait besoin d'un chaperon n'était pas arrivé. Surtout pas lui.

Elle trouva deux policiers à l'intérieur. Ils conversaient en lui tournant le dos. L'un d'eux demanda en ricanant :

— C'est la sixième fois, non ?

— J'ai cessé de compter, répondit l'autre. Mais il n'a plus grand-chose à rendre de son petit déjeuner.

Les policiers se séparèrent, Margo parcourut la salle du regard, elle était vide. À l'autre extrémité, du côté de la cuisine, un type était penché sur l'évier. Il cracha, se nettoya la bouche et se retourna vers elle. Margot le reconnut, c'était Charlie Prine, le nouvel expert en conservation attaché au département d'anthropologie. Il était là pour une période temporaire de six mois, il s'occupait de restaurer certains objets avant la prochaine exposition. Il avait le teint terreux et son visage était figé.

Les policiers se dirigèrent vers lui. Ils le soutinrent avec ménagement. Margo s'effaça pour les laisser passer. Prine marchait avec la raideur d'un automate. Instinctivement, Margo baissa les yeux et elle vit que ses chaussures étaient couvertes de sang.

D'un regard vide, Prine remarqua le changement d'expression qui affecta son visage. Ses yeux suivirent la même direction, puis il s'arrêta avec une telle soudaineté que le policier se heurta à lui.

Les yeux de Prine s'écarquillèrent, les policiers lui attrapèrent les bras pendant qu'il résistait en glapissant sous l'effet de la panique. Ensuite, ils le firent sortir rapidement de la pièce.

Margo s'appuya contre le mur et essaya de calmer les battements de son cœur. Kawakita entra, suivi d'un groupe de personnes.

— Ils vont mettre les scellés sur la moitié du musée, dit-il en hochant la tête. – Il se versa une tasse de café. – Personne ne peut se rendre à son bureau.

Comme pour lui donner raison, l'antique système de sonorisation du musée se réveilla pour délivrer le message suivant : *Votre attention, s'il vous plaît. Tous les membres du personnel qui ne sont pas requis sur les lieux doivent prendre des consignes en salle de permanence.*

Tandis qu'ils s'asseyaient, des groupes de deux ou trois personnes firent leur entrée. Des techniciens de laboratoire, pour la plupart, et des assistants-conservateurs non titulaires. Pour les collaborateurs vraiment importants, il était encore trop tôt. Margo observait, pensive, tous ces gens. Kawakita lui parlait, mais elle ne parvenait pas à l'écouter.

Au bout de dix minutes, la pièce s'était remplie. Tout le monde parlait en même temps. Certains étaient furieux que leurs bureaux soient placés dans la zone interdite. On se plaignait aussi que personne ne vienne expliquer quoi que ce soit. On accueillait chaque rumeur sur un ton catastrophé. En vérité, dans ce musée où il ne se passait jamais rien de sensationnel, on voyait bien que les employés étaient en train de vivre l'aventure de leur vie.

Kawakita avala son café. Son visage se figea :

— Alors, vous examinerez cet échantillon de sédiments ?

Il se tourna vers elle.

— Allons, Margo, vous avez perdu la parole, ou quoi ? Depuis que nous sommes assis, vous n'avez pas dit un mot.

Elle l'interrompit pour lui parler plutôt de ce qui venait d'arriver à Prine. Le beau visage de Kawakita se renfrogna.

— Mon Dieu ! Vous pensez qu'il est arrivé quoi, au juste ?

Sa voix de baryton était soudain plus audible, et Margo s'avisa que les conversations dans la salle venaient de s'interrompre. Un type massif à moitié chauve et vêtu d'un costume marron était dans l'entrée ; il portait un talkie-walkie de policier dans une poche de sa veste trop courte et il mâchonnait un cigare éteint. Il s'avança dans la pièce. Deux flics en uniforme le suivaient.

Il s'arrêta au milieu de la salle, remonta son pantalon, renonça à son cigare, ôta une miette de tabac de sa bouche, et s'éclaircit la voix.

— J'ai besoin de votre attention un instant, dit-il. Nous sommes en présence d'une situation qui va nécessiter un peu de coopération de votre part.

Une voix s'éleva soudain du fond de la salle :

— S'il vous plaît, vous êtes monsieur... ?

Margo fouilla l'assemblée du regard.

— Voilà Freed, murmura Kawakita.

Margo avait entendu parler de ce Frank Freed, il était conservateur en ichtyologie et affligé d'un très mauvais caractère. Le gars en costume marron se tourna vers Freed.

— Je suis le lieutenant D'Agosta, dit vivement le policier, de la police de New York.

La plupart des gens se seraient contentés de ça, mais Freed, dont le visage mince était couronné de longs cheveux gris, ne voulait pas en rester là.

— C'est possible, dit-il avec ironie, mais nous aimerions bien savoir ce qui se passe ici. Je crois que nous avons quand même le droit de...

— J'aimerais bien vous dire ce qui s'est passé, reprit D'Agosta, mais tout ce que je peux vous révéler, c'est qu'on a trouvé ici un cadavre, dans des circonstances qui font l'objet d'une enquête en ce moment même. Si...

La révélation fut accueillie d'un brouhaha qu'il calma d'un signe de la main.

— Je peux seulement vous dire qu'une brigade spécialisée dans les cas d'homicide est en train de faire son travail sur les lieux, ajouta-t-il. À partir de maintenant, le musée est déclaré fermé. Pour le moment tout au moins, personne ne peut entrer et personne ne doit sortir. Nous espérons que cela ne durera pas.

Il observa une pause.

— Si un meurtre a bel et bien eu lieu, il est possible, je dis bien *possible,* que le meurtrier n'ait pas quitté les lieux. La seule chose que nous vous demandons, c'est de rester ici une heure ou deux, pendant que nous ratissons l'endroit. Un policier va passer parmi vous pour relever vos identités et vos fonctions.

Il quitta la pièce dans un silence pétrifié et referma la porte. Un des policiers qui restaient dans la pièce poussa une chaise et s'assit lourdement devant l'entrée. Peu à peu, les conversations reprirent.

— Alors, on est bloqués ici ? gémit Freed. Mais c'est scandaleux !

— Jésus ! souffla Margo à son voisin, ce n'est quand même pas Prine qui est le meurtrier ?

Ça fait peur rien que d'y penser, hein ? dit Kawakita.

Il se leva pour se diriger encore vers la machine à café dont il exprima les dernières gouttes d'un solide coup de poing.

— Mais ça fait moins peur que l'idée de ma conférence de demain sans filet et sans préparation.

Margo connaissait bien Kawakita ; c'était un jeune scientifique toujours sur la brèche et qui n'était jamais à court de moyens.

— L'image, c'est essentiel de nos jours ! ajouta Kawakita. La science seule n'est pas suffisante pour décrocher la timbale des subventions.

Margo hocha la tête une nouvelle fois. Elle l'entendait, tout comme la rumeur des voix autour d'eux. Mais rien de tout cela ne semblait important. La seule chose qui était importante, c'était ce sang sur les chaussures de Prine.

3

Une heure plus tard, le policier leur dit :

— Bon, écoutez, maintenant vous pouvez sortir, mais ne pénétrez pas dans les zones délimitées par des bandes jaunes.

Margo sentit une main se poser sur son épaule ; elle tressaillit et releva la tête : c'était ce grand cheval de Bill Smithback. Il tenait à la main deux cahiers à spirale, et ses cheveux bruns, comme d'habitude, gardaient le souvenir de l'oreiller. Il portait un crayon mâchonné sur l'oreille. Son col était déboutonné. Son nœud de cravate pendait lugubrement. Il représentait la caricature parfaite du journaliste surmené. Margo le soupçonnait de le faire exprès. Smithback avait reçu une subvention pour composer un livre sur le musée, et notamment sur l'exposition *Superstition* qui devait ouvrir la semaine suivante.

— Aventures surnaturelles au Muséum d'histoire naturelle ! murmura Smithback d'une voix d'outre-tombe.

Il s'abattit sur le siège voisin et jeta ses notes sur la table. Un déferlement de papiers griffonnés, de disquettes informatiques sans étiquette et d'articles photocopiés passés au surligneur jaune fluo s'étala sur le Formica.

— Hello, Kawakita. Smithback lui frappa gaiement l'épaule. Alors, vous avez vu des tigres récemment ?

— Des tigres de papier, dit Kawakita sobrement.

Smithback se tourna vers Margo.

— Je suppose que vous avez appris tous les détails dégueulasses. Affreux, hein ?

— Personne ne nous a rien dit, répondit Margo. Nous avons entendu parler d'un assassinat, c'est tout. J'imagine que c'est Prine qui l'a commis, c'est ça ?

Smithback se mit à rire.

— Charlie Prine? Ce type ne ferait pas de mal à une canette de bière, alors, un être humain encore moins. Non, Prine s'est contenté de trouver le corps. Enfin, je veux dire *les* corps.

— Que voulez-vous dire?

Smithback poussa un soupir.

— Alors, vraiment, vous ne savez rien du tout? J'espérais que pendant votre longue attente ici on vous aurait raconté quelque chose.

Il se leva pour se diriger vers la machine à café. Il s'acharna dessus, tapota, essaya de presser tous les boutons, mais revint bredouille.

— On a trouvé la femme du directeur empaillée dans une vitrine dans la salle des grands singes, révéla-t-il en se rasseyant, et le pire c'est qu'elle était là depuis vingt ans sans que personne s'en aperçoive.

— Allons, grommela Margo, je veux la vraie histoire, Smithback.

— Bon, bon, d'accord, soupira-t-il. Vers sept heures et demie ce matin, on a trouvé les corps de deux jeunes garçons dans le sous-sol du bâtiment ancien.

Margo porta sa main à ses lèvres.

— Et comment le savez-vous? demanda Kawakita.

Pendant que vous vous les geliez ici, l'autre partie de l'humanité était bloquée sur la 72e, Ils ont fermé les portes sous notre nez. La presse était là aussi. Il y avait pas mal de journalistes. D'après ce que j'ai pu comprendre, Wright va donner une conférence de presse dans la grande rotonde à dix heures pour essayer de faire taire les rumeurs. Toutes ces histoires d'animaux, quoi. C'est dans dix minutes.

— Quelles histoires d'animaux? fit Margo.

— C'est vrai que les animaux, dans ce bâtiment, ça ne manque pas.

Smithback faisait durer le suspense. Il distillait ses informations au compte-gouttes.

— Il semblerait que les meurtres aient été plutôt sanglants. Et vous savez comment sont les journalistes: ils s'imaginent toujours que dans cet endroit vous détenez toutes sortes de bêtes féroces.

— On a l'impression que ça ne vous déplaît pas, remarqua Kawakita.

— Un truc pareil, ça donnerait une dimension nouvelle à mon bouquin, c'est sûr. Vous imaginez : l'histoire véridique du carnage causé par le grizzly du musée, par William Smithback Junior. Des bêtes affreuses et voraces qui hantent les couloirs déserts. À moi les gros tirages.

— Vous n'êtes pas drôle, l'arrêta Margo.

Elle était en train de songer que le labo de Prine était assez proche de son propre bureau, dans le sous-sol du bâtiment ancien.

— Je sais, je sais, dit Smithback, conciliant, c'est une histoire affreuse. Ces pauvres gamins. Mais j'ai du mal à y croire encore, je l'avoue. Je me dis que ça doit être un autre coup fourré de Cuthbert pour ramener du monde à l'expo.

Il soupira, puis reprit d'un ton coupable :

— À propos, Margo, je... je suis désolé pour votre père, j'aurais voulu vous le dire avant, mais...

— Merci.

Le sourire de Margo manqua un peu de chaleur.

— Bon, mes enfants, fit Kawakita, c'est pas tout ça, mais il faut que je...

— On m'a dit que vous songiez à partir, continua Smithback à l'adresse de Margo. Que vous alliez laisser tomber votre mémoire pour reprendre les affaires de votre père ou je ne sais quoi.

Il la dévisagea et demanda :

— C'est vrai, tout ça ? Je croyais que vos recherches étaient sur le point d'aboutir.

— Eh bien, répondit Margo, oui et non, en fait. Le mémoire marque le pas en ce moment. Je devais avoir ma séance hebdomadaire avec Frock à onze heures aujourd'hui. Il aura encore oublié, comme d'habitude. Il aura prévu autre chose, surtout vu les circonstances. Mais j'espère parvenir à le voir. J'ai trouvé une monographie intéressante sur le classement des plantes médicinales chez les Kiribitu.

Sur quoi elle remarqua que les yeux de Smithback n'étaient plus avec elle. Elle se souvint une fois de plus que la plupart des gens se foutaient de la génétique végétale et de l'ethnopharmacologie.

— Bon, il faut que j'y aille, dit-elle en se levant.

— Hé, attendez, répondit Smithback en essayant de rassembler ses papiers sur la table. Vous n'assistez pas à la conférence de presse ?

Au moment de quitter la salle du personnel, ils entendirent Freed qui infligeait encore des récriminations à qui voulait l'entendre. Kawakita, qui était devant eux à la sortie, leur adressa un signe par-dessus son épaule en tournant à l'angle du couloir et disparut.

La conférence de presse avait déjà commencé dans la grande rotonde au moment où ils parvinrent sur les lieux. Des journalistes entouraient Winston Wright, le directeur du musée, en tendant vers lui micros et caméras. La salle circulaire était emplie d'échos assourdissants. Ippolito, le responsable de la sécurité du musée, était assis à côté du directeur. Un peu plus loin se trouvaient rassemblés des membres du personnel et quelques groupes scolaires attirés par la curiosité.

Wright se tenait tout raide, l'air mécontent, dans la lumière des projecteurs. Il faisait face à un feu nourri de questions. Son costume, généralement impeccable, très vieille Angleterre, était chiffonné. Une mèche de ses cheveux fins lui tombait sur l'oreille. Sa peau blême avait viré au gris. Ses yeux étaient injectés de sang.

— Non, disait Wright. Les parents pensaient visiblement que les enfants avaient déjà quitté le musée. Aucune alerte n'a été donnée... Non, je le répète, nous n'avons pas d'animaux vivants dans ce musée. Sauf évidemment quelques souris et des serpents pour nos laboratoires, mais pas de lions, de tigres ou autres animaux de ce genre... Non, je n'ai pas pu examiner les corps... Je ne sais pas de quelles mutilations il s'agit, j'ignore même s'il y a eu mutilation... Je n'ai pas en main les éléments, il faudra que vous vous renseigniez après l'autopsie... Je voudrais quand même souligner une chose, c'est que nous ne disposons pas encore d'un rapport de police officiel... Bon, je vous préviens que je ne répondrai plus aux questions si vous n'arrêtez pas ce vacarme... Non, je l'ai dit et je vous le répète, aucun animal sauvage dans ce musée... Non, pas d'ours non plus... Non, je ne veux citer aucun nom... Mais comment voulez-vous que je réponde à une telle question?... La conférence de presse est terminée... J'ai dit : terminée... Naturellement, nous travaillons en liaison étroite avec la police!... Non, je ne vois pas pourquoi tout cela retarderait l'ouverture de la nouvelle exposition. Je tiens à préciser qu'elle se déroulera le jour prévu... Mais oui, nous avons bien des lions, mais ils sont empaillés, et si vous voulez dire par là que... Ils ont été tués en Afrique, il y a plus d'un demi-siècle, bon Dieu. Le zoo? Mais nous n'avons aucun lien avec le zoo!... Je vous préviens, je m'abstiendrai désormais de répondre à ce genre d'insinuation... Est-ce qu'on pourrait demander à l'envoyé du *Post* de cesser de crier?... La police est en train d'interroger les scientifiques qui ont trouvé les corps ce matin, mais je n'en sais pas plus... Non, je n'ai rien à ajouter, sauf que nous faisons notre possible pour... Oui, bien sûr, c'est une tragédie...

Les rangs de la presse commencèrent à s'éclaircir, les journalistes quittaient Wright pour se rendre à l'administration du musée.

Wright se tourna, furieux, vers le responsable de la sécurité.

— Que fait la police, on peut savoir?

Margo l'entendit claquer des doigts. En se retournant, il lança par-dessus son épaule :

— Si vous voyez Mme Rickman, dites-lui de se rendre immédiatement à mon bureau.

Sur quoi il quitta la grande rotonde.

4

Margo s'enfonça encore à l'intérieur du musée, quitta les zones publiques pour atteindre un couloir qu'on appelait « Broadway ». Il courait sur toute la longueur du bâtiment, soit environ six pâtés de maisons. On prétendait qu'il s'agissait de la pièce la plus longue de toute la ville de New York. Le long des murs, il y avait des vitrines de vieux chêne et, tous les dix mètres, une porte vitrée à verre dépoli. Sur la plupart de ces portes étaient gravés les noms de conservateurs, à la feuille d'or, sur fond noir.

Margo, en tant qu'étudiante, disposait seulement d'un bureau métallique et d'une étagère dans l'un des labos du sous-sol. « Au moins, pensait-elle en quittant le grand couloir pour descendre un escalier en colimaçon, j'ai un bureau. » Une de ses collègues étudiantes disposait quant à elle d'un minuscule pupitre d'écolier tout abîmé, coincé entre deux énormes congélateurs dans les labos du département des mammifères. Pour travailler, elle était obligée de porter des pull-overs, même au milieu du mois d'août.

Au pied de l'escalier métallique, un agent de sécurité lui fit un signe. Elle s'engagea dans un souterrain mal éclairé, flanqué de squelettes de chevaux prisonniers de leur cage de verre. Aucune trace des fameuses bandes jaunes de la police.

Dans son bureau, Margo se délesta de son sac et le posa près de sa table de travail. Elle s'assit. La plus grande part de ce labo servait en fait d'entrepôt pour des objets d'artisanat en provenance des mers du Sud. Des boucliers maoris, des canots de bataille, des flèches disposées dans des vitrines vertes. Cela couvrait les murs du plancher au plafond. Un aquarium de deux mille cinq cents litres, qui simulait un écosystème aquatique et appartenait au département du comportement animal, était juché sur son cadre de métal sous une batterie de projecteurs. Il était si encombré d'algues et de plantes diverses que Margo avait rarement pu apercevoir le moindre poisson dans ce cloaque.

À côté de son bureau, on trouvait une longue table couverte d'une série de masques poussiéreux. La conservatrice, une jeune femme acariâtre, travaillait dans un silence boudeur. Rarement plus de trois heures par jour. Margo avait observé qu'il lui fallait à peu près deux semaines par masque, vu ses horaires de travail. La collection de masques dont elle s'occupait comportait cinq mille pièces. Personne ne semblait s'aviser qu'à ce rythme-là le programme de restauration qu'elle avait entrepris ne demanderait pas moins de deux siècles.

À présent Margo était en train de se connecter à son terminal d'ordinateur. Un message apparut en lettres vertes, comme surgi de la nuit de l'écran :

BIENVENUE MARGO GREEN
BIOLOGIE/CADRE TECHNIQUE
STF
NOUVELLE SESSION DE TRAVAIL SUR MUSENET DISTRIBUTED NETWORKING SYSTEM VERSION 15-5 COPYRIGHT © 1989-1995 NYMNH AND CEREBRAL SYSTEMS INC.
HEURE CONNEXION 10:24:06 DU 27-03-95
CIRCUIT D'IMPRESSION LJ56
PAS DE MESSAGE(S) EN ATTENTE

Elle lança le traitement de texte et rappela ses dernières notes de travail à l'écran, pour les vérifier avant son entretien avec Frock. Son conseiller semblait souvent absorbé durant leurs séances. Margo devait déployer toutes sortes d'efforts pour entretenir son intérêt. L'ennui, c'est que la plupart du temps elle n'avait rien de nouveau à lui proposer, sauf quelques rares articles qu'elle avait lus, analysés, introduits dans la mémoire de l'ordinateur, quelques travaux de laboratoire et, *peut-être,* quelques pages de plus, trois ou quatre, qu'elle avait rédigées pour son mémoire. Elle commençait à comprendre comment on pouvait se retrouver dans la peau d'une vieille routière des subventions gouvernementales. Les scientifiques appelaient ce genre de collaborateurs les MMEPP : Mon mémoire est presque prêt.

Quand Frock avait accepté de la suivre pour la rédaction de son mémoire, au début, c'est-à-dire deux ans plus tôt, elle soupçonnait que quelque chose n'allait pas. Frock, qui détenait la chaire Caldwalader à Columbia en paléontologie statistique, et qui dirigeait en outre le département de biologie de l'évolution au musée, l'avait choisie comme étudiante-chercheuse pour travailler avec lui ; or c'était un honneur très disputé.

Frock avait entamé sa carrière comme physio-anthropologue. Il avait aussi commencé sa vie dans un fauteuil roulant, à cause d'une polio, ce qui ne l'avait pas empêché de jouer, sur le terrain, les pionniers de la recherche. Ses travaux se retrouvaient dans les manuels. Après plusieurs accès très sérieux de paludisme, il avait dû quitter le terrain pour se vouer, avec la même implacable énergie, aux travaux théoriques sur l'évolution. Au milieu des années quatre-vingt, il avait été à l'origine d'une polémique pour avoir lancé une thèse résolument novatrice. Il s'agissait de combiner la théorie du chaos avec celle de l'évolution darwinienne. Frock mettait en doute la conviction largement admise selon laquelle la vie évoluait par étapes régulières. Au contraire, il croyait, lui, aux sautes d'humeur dans le processus. Il était convaincu que des aberrations passagères, des espèces monstrueuses surgissaient dans le cours de l'évolution. À l'appui de sa théorie, il citait le fait que l'évolution n'était pas toujours le fruit d'une sélection aléatoire. L'environnement lui-même était susceptible de causer des altérations soudaines, bizarres, dans le comportement d'une espèce.

Bien que Frock ait pris soin d'étayer son discours par une batterie d'articles et de publications diverses, la plupart des scientifiques ne le suivaient pas sur ce terrain. S'il existait vraiment des formes de vie bizarres, répliquaient-ils, où les trouvait-on ? Frock répondait que sa théorie comportait un volet corollaire à celui du développement rapide des aberrations d'une espèce : c'était leur dégénérescence, non moins rapide.

Plus on tenait les théories de Frock pour fumeuses, voire ridicules, plus la presse populaire s'en emparait. Sa thèse avait reçu le titre d'« effet Callisto », du nom de la nymphe qui dans la mythologie grecque se transforme soudain en un monstre sauvage. Bien que Frock ne fût pas spécialement ravi de voir son travail incompris, il savait habilement jouer de sa célébrité pour gagner des points dans son travail. Comme nombre de conservateurs brillants, il nourrissait une passion dévorante pour son métier. Margo se disait parfois qu'à part son travail, tout l'ennuyait. Y compris les recherches qu'elle menait auprès de lui.

Soudain, la conservatrice, à l'autre bout de la pièce, se leva et, sans le moindre mot, partit déjeuner, ce qui voulait dire qu'on approchait de onze heures. Margo griffonna quelques phrases sur une feuille de papier, effaça le contenu de l'écran, sortit son carnet de notes. Elle avait recueilli des informations inédites sur le classement des plantes chez les Kiribitu, qui pourraient bien intriguer Frock.

Le bureau de Frock se trouvait dans la tour sud-ouest, à l'extrémité d'un couloir élégant de style Édouard VII, au cinquième étage. Il s'agissait d'une oasis éloignée des labos informatisés dont c'était le règne désormais sur la majeure partie des coulisses du musée. La lourde porte de chêne de son bureau indiquait simplement : DR FROCK.

Margo toqua.

De l'autre côté, on s'éclaircit la voix généreusement, et le bruit d'un fauteuil roulant se fit entendre. La porte s'ouvrit doucement, et le visage familier de Frock apparut, avec son teint rougeaud et ses sourcils broussailleux dressés de surprise. Son regard se mit à briller.

— Ah oui, c'est lundi. Bon, entrez.

Il parlait d'un ton grave. Il lui attrapa le poignet, de sa main dodue, et la dirigea vers une chaise encombrée. Il était vêtu comme d'habitude d'un costume sombre et d'une chemise blanche, avec une grosse cravate Paisley. Sa brosse blanche épaisse était toute décoiffée.

Les murs de son bureau étaient couverts de vieilles étagères protégées par une vitrine. Nombre des rayonnages étaient peuplés de vestiges et de curiosités qui provenaient de ses années de terrain. Quant aux livres, ils s'empilaient le long du mur en colonnes géantes qui chancelaient dangereusement. Deux grandes fenêtres en rotonde surplombaient l'Hudson. Des fauteuils victoriens capitonnés trônaient sur le tapis persan pâli. Sur le bureau, on remarquait plusieurs exemplaires de son dernier livre, *L'Évolution fractale*.

À côté des livres, Margo repéra un morceau de grès de couleur grise. Sur sa surface plane, on trouvait une profonde dépression, qui se trouvait étirée d'un côté et de l'autre comportait trois larges échancrures. Il s'agissait à en croire Frock, de l'empreinte fossile d'une créature inconnue des scientifiques à ce jour : la seule preuve tangible qui permette d'étayer sa théorie des aberrations évolutives. Les autres scientifiques n'étaient pas d'accord : nombre d'entre eux ne croyaient même pas que ce fût un fossile. Ils appelaient cela « la dernière lubie de Frock ». La plupart n'avaient d'ailleurs jamais vu ce caillou.

— Poussez-moi tout ce bazar et asseyez-vous, s'il vous plaît, dit Frock en manœuvrant son fauteuil roulant sous l'une des fenêtres – un endroit qu'il affectionnait. Vous voulez un coup de sherry ? Non, je suis bête, vous n'en prenez jamais.

Sur la chaise qu'il lui avait désignée s'entassaient plusieurs vieux numéros de la revue *Nature* et la version dactylographiée d'un article inachevé intitulé : « Transformation phylétique et fougères arborescentes de l'époque tertiaire ».

Margo déplaça le tout vers la table la plus proche et s'assit. Elle se demandait si le docteur Frock allait faire mention de la mort des deux enfants.

Il la regarda un instant immobile, puis il cligna des yeux et soupira :

— Bon, mademoiselle Green, nous commençons ?

Margo, déçue, se pencha sur ses notes. Elle les parcourut pendant un moment avant de commencer son explication au sujet du classement des plantes chez les Kiribitu, et de faire le lien avec la teneur de son prochain chapitre. Tandis qu'elle parlait, le menton de Frock piqua peu à peu vers sa poitrine. Il finit par fermer les yeux. Un étranger eût conclu qu'il s'était endormi. Margo savait plutôt qu'il l'écoutait avec la plus intense concentration.

Quand elle eut fini, il se redressa lentement.

— Une classification des plantes médicinales d'après leur usage plutôt que leur apparence, murmura-t-il enfin. Intéressant.

Cet article me rappelle quelque chose, une expérience que j'ai connue dans la tribu Ki, au Bechuanaland.

Margo attendit le récit de cet épisode, qui n'allait pas tarder.

— Les Ki, comme vous le savez – Frock prenait toujours son interlocuteur pour aussi renseigné que lui –, pendant toute une époque ont utilisé l'écorce d'un certain arbuste comme remède contre les maux de tête. Charrière les a étudiés en 1869, et il fait mention de cet arbuste dans ses notes de terrain. Quand je suis allé là-bas, trois quarts de siècle après, ils avaient arrêté d'utiliser cette recette. Ils s'étaient mis à croire que les maux de tête étaient le fruit d'un mauvais sort.

Il se redressa dans son fauteuil roulant.

— Le nouveau remède préconisé par l'entourage de ceux qui souffraient de maux de tête fut désormais de désigner le sorcier responsable de l'envoûtement et d'aller le tuer. Naturellement, l'entourage même du sorcier devait alors venger sa mort. Ce qui l'obligeait à occire la victime des maux de tête. Vous imaginez le résultat…

— Non, dit Margo, je ne vois pas.

Elle pensait que Frock allait immédiatement établir le lien entre tout cela et son mémoire à rédiger.

— Eh bien, nous avons affaire à un miracle de la science médicale, dit Frock en ouvrant les mains, parce que soudain plus personne n'a souffert de maux de tête !

Sa vaste poitrine fut secouée d'un fou rire. Margo rit aussi, pour la première fois de la journée, se dit-elle.

— Bon, voilà pour la médecine primitive, dit Frock non sans un brin de nostalgie. À l'époque, les chercheurs savaient encore s'amuser sur le terrain.

Il fit une pause.

— Vous savez, reprit-il, qu'il y aura tout un rayon sur la tribu Ki dans l'exposition *Superstition* ? Bien entendu, comme vous l'imaginez, ce sera terriblement vulgarisé pour se mettre à la portée du public. Ils ont engagé un jeune type à peine sorti de Harvard pour monter toute l'affaire. J'ai entendu dire que ce gars-là s'y connaît davantage en ordinateurs et en marketing qu'en matière scientifique.

Frock se redressa encore dans son fauteuil roulant.

— Quoi qu'il en soit, mademoiselle Green, je crois que vos observations enrichiront opportunément votre travail. Je vous suggère de collecter, au département de botanique, des échantillons de plantes utilisées par les Kiribitu ; ça me paraît un bon départ.

Margo était en train de rassembler ses papiers quand Frock ajouta :

— Vilaine affaire, ce matin, hein !

Margo acquiesça. Il demeura silencieux un instant.

— Ça m'inquiète pour le musée.

Surprise, Margo précisa :

— Les gamins étaient frères. Pour la famille, c'est terrible. Mais les choses finiront par se tasser, comme toujours.

— Moi, ça m'étonnerait, dit Frock. J'ai entendu certains détails au sujet de l'état dans lequel on a retrouvé les cadavres. La force était d'une espèce… très peu naturelle.

— Vous ne voulez quand même pas insinuer vous aussi qu'il s'agit d'un animal sauvage ?

Margo finissait par se demander s'il n'était pas aussi fou qu'on le prétendait. Frock sourit.

Ma chère, je n'ai pas de préjugés, j'attends qu'on m'informe de quoi il s'agit. Pour le moment j'espère seulement que ce désagrément ne va pas vous influencer dans votre décision de rester ou non avec nous. Mais j'ai entendu parler de ce que vous méditiez, et je peux vous dire que la mort de votre père m'a désolé. Mais je peux aussi vous dire que vous possédez les trois qualités qui sont indispensables à une bonne scientifique : vous savez quoi chercher, vous savez où le chercher, et vous savez aller jusqu'au bout de vos idées.

Il rapprocha son fauteuil roulant et ajouta :

— Le zèle du chercheur académique vaut bien celui des gens de terrain, mademoiselle Green. Souvenez-vous de ça. Votre compétence technique, votre travail en labo, tout ça est excellent ; ce serait vraiment dommage pour la profession de perdre un tel talent.

Margo se sentit emplie d'un mélange de gratitude et de réserve.

— Merci, docteur Frock. J'apprécie ces paroles aimables et le souci que vous prenez de moi.

Le scientifique lui adressa un signe de la main et elle prit congé. Mais, parvenue devant la porte, il l'apostropha :

— Mademoiselle Green ?

— Oui ?

— De grâce, faites attention à vous.

5

En sortant, elle se cogna presque à Smithback qui s'inclina devant elle et lui adressa une œillade polissonne.

— On déjeune ensemble ?

— Pas question, répondit Margo, j'ai trop à faire.

Deux rencontres dans la même journée. Elle se dit que décidément sa dose de Smithback était dépassée.

— Allez, insista-t-il. J'ai des détails croustillants à propos des meurtres.

— Ça se voit.

Elle hâta le pas à travers la salle, irritée de voir que la curiosité la tenaillait quand même.

Smithback lui prit le bras.

— J'ai entendu dire qu'il y avait des lasagnes à la cafèt' aujourd'hui ; vous savez, le genre rance et durci au four.

Il l'entraîna vers l'ascenseur.

Dans la salle à manger, on trouvait, comme d'habitude, des conservateurs, des gardiens à l'allure bovine qui parlaient fort, toutes sortes de techniciens et de préparateurs de laboratoire en blouse blanche. L'un des conservateurs montrait un spécimen à d'autres scientifiques qui se le passaient autour de la table avec un murmure d'admiration et d'intérêt. Il s'agissait de vers parasites conservés dans un formol opaque.

Ils s'assirent. Margo essaya d'entamer la croûte de ses lasagnes.

— Exactement comme annoncé ! déclara Smithback en saisissant carrément un morceau à la main avant de s'attaquer au coin, à belles dents. J'ai l'impression qu'ils étaient déjà prêts à neuf heures du matin au moins.

Il mangeait bruyamment.

— Bon, alors, reprit-il, vous savez que c'est officiel pour la police : il y a eu deux meurtres la nuit dernière. Superbe, comme conclusion, non ? Et vous vous souvenez de la presse qui demandait sans arrêt si on pouvait soupçonner la présence d'un animal sauvage ? Eh bien, justement, on a conclu qu'il se pourrait qu'ils aient été lacérés par une bête féroce.

— Ah non, pitié, pas pendant le repas ! supplia Margo.

— C'est pourtant la vérité. Déchiquetés, littéralement.

Margo leva les yeux :

— Je vous en prie...

— Je ne plaisante pas, poursuivit Smithback. En ce moment on s'active dur pour éclaircir tout ça. Surtout que la grande exposition va bientôt ouvrir. J'ai entendu qu'un juge d'instruction spécial avait été désigné. Quelqu'un qui sait lire les traces de griffes comme du braille.

— Ça suffit, à la fin, dit Margo en lâchant sa fourchette ; j'en ai marre de ces détails dégueulasses pendant que j'essaie de déjeuner. Vous ne voulez pas me laisser finir mon repas et me parler de tout ça après ?

— Je vous disais, continua Smithback sans se démonter, que l'enquêteur est une femme, experte en grands félins à ce qu'on dit. Le Dr Matilda Ziewicz. Rien que son nom fait important, déjà.

Margo avait beau être irritée, elle réprima un sourire. Smithback était un drôle de type, mais au moins il avait de l'humour. Elle repoussa son plateau devant elle.

— Et tous ces détails, vous les avez eus comment ?

Smithback sourit.

— J'ai mes sources.

Il détacha un autre morceau de lasagne pour le porter à ses lèvres.

— En fait, je viens de tomber sur un copain qui travaille pour le journal *The News*. Quelqu'un a été tuyauté par un gars de la police de New York. Vous verrez, ce sera dans tous les journaux du soir. Imaginez la gueule de Wright quand il va tomber dessus ! Mon Dieu !

Smithback continua à bavarder ainsi tout en dégustant les lasagnes. Quand il eut fini sa part, il s'attaqua à celle de Margo. Pour un type aussi maigre, qu'est-ce qu'il avalait ! pensa-t-elle.

— On se demande comment il pourrait y avoir un animal en liberté dans le musée. Ça ne tient pas debout, dit Margo.

— Ah, vous croyez ? Écoutez plutôt la suite : figurez-vous qu'ils ont fait venir quelqu'un avec un limier, pour traquer l'animal.

— C'est une plaisanterie ?

— J'ai l'air de plaisanter ? Vous n'avez qu'à demander aux gens de la sécurité. Il y a des milliers de mètres carrés dans ce bâtiment où peut rôder ce grand... chat ou autre. Sans compter les huit kilomètres de conduits d'aération par lesquels un homme pourrait aisément ramper à travers le bâtiment. Et ne parlons pas des souterrains abandonnés. Ils prennent tout ça très au sérieux.

— Des souterrains ?

— Ouais. On voit que vous n'avez pas lu mon article du mois dernier. Le premier musée a été bâti sur un puits artésien qui ne pouvait pas être asséché complètement, donc ils ont créé ce réseau pour écouler le trop-plein. Ensuite, après l'incendie de l'ancien musée en 1911, ils ont construit l'actuel sur les fondations du premier. Les fondations sont énormes, elles comportent plusieurs niveaux... la plupart des galeries ne sont même pas électrifiées. Ça m'étonnerait qu'il y ait beaucoup de gens qui se soient aventurés par là, je veux dire qui soient restés en vie pour nous le raconter.

Il avala son dernier morceau de lasagne et repoussa le plateau.

— Et puis, il y a cette vieille légende sur le monstre du Muséum.

Tous les collaborateurs du musée en avaient entendu parler. Des employés de l'entretien, ceux qui travaillaient la nuit, l'auraient vu. Des assistants conservateurs aussi. Des gens égarés dans des couloirs mal éclairés. Une forme se glissait dans l'ombre. Personne ne savait au juste de quoi il s'agissait, d'où ça venait, mais on disait que le monstre avait tué un homme quelques années plus tôt.

Margo décida de changer de sujet :

— Vous avez toujours des ennuis avec Rickman ?

Le nom arracha une grimace à Smithback. Margo avait appris que c'était Lavinia Rickman, directrice des relations publiques du musée, qui avait fait appel aux services de Smithback pour écrire un livre. Elle avait discuté âprement les avances et les pourcentages. Smithback n'était pas très content du contrat, mais l'exposition qui s'annonçait promettait d'être un tel succès que le livre pourrait se vendre par millions. Finalement l'affaire n'était pas si mauvaise pour Smithback, se dit Margo, surtout si l'on considérait que son précédent ouvrage, celui sur l'aquarium de Boston, avait fait un bide.

— Des ennuis avec Rickman ? Ma foi, soupira Smithback, pour moi elle est la déesse des emmerdements, tout simplement. Attendez, je vais vous lire un truc que j'ai là.

Il tira quelques papiers d'un carnet.

Quand le Dr Cuthbert énonça l'idée d'une grande exposition sur le thème de la superstition dans le bureau du directeur, Wright se montra impressionné. À première vue, tous les ingrédients de l'exposition vedette se trouvaient réunis, le genre trésors de Toutankhamon ou la ville de Troie. Pour le musée, c'était la promesse de recettes importantes, Wright le savait, sans compter que cela donnerait l'occasion de recueillir des fonds de soutien de la part des entreprises et du gouvernement. Mais certains conservateurs de la vieille école n'étaient pas convaincus du bien-fondé de l'opération : ils prétendaient qu'elle donnerait dans le sensationnalisme.

Smithback interrompit sa lecture.

— Regardez ce que m'a fait Rickman.

Il poussa vers Margo la feuille qu'il venait de lire, elle vit une grande balafre sur le paragraphe en question et une note au feutre rouge : *à supprimer.*

Margo se mit à rire.

— Je ne vois pas ce qu'il y a de drôle, dit Smithback. Cette femme est en train de tailler mon texte en pièces ; regardez ça encore.

Il lui désigna une autre page.

Margo hocha la tête.

— En fait, ce que veut Rickman, c'est un travail qui présente le musée sous un éclairage de conte de fées. Vous et elle ne parlez pas le même langage.

— Elle me rend dingue, oui. Elle supprime tout ce qui n'est pas absolument carré, elle veut que je m'en remette en tout au responsable de l'expo qui est une moule et qui n'ouvre la bouche que pour exprimer la pensée de son patron, Cuthbert.

Il se pencha, d'un air de conspirateur :

— Vous n'imaginez pas à quel point c'est la voix de son maître, ce gars.

Il se redressa et bougonna entre ses dents :

— Zut, le voilà justement.

Un homme jeune et plutôt replet s'approchait de leur table, en effet, tenant sur son petit attaché-case de cuir verni un plateau en équilibre.

— Vous permettez ? dit-il timidement. J'ai l'impression que c'est la dernière place libre.

— Mais oui, répondit Smithback, asseyez-vous. On parlait de vous, d'ailleurs. Margo, je vous présente George Moriarty. Il s'occupe de l'exposition *Superstition.*

Smithback brandit la liasse de papiers devant Moriarty.

— Regardez ce que cette Rickman a fait de mon manuscrit : les seules lignes qu'elle n'a pas touchées, ce sont les vôtres.

Moriarty parcourut les pages et considéra Smithback avec une sorte de gravité puérile :

— Ça ne m'étonne pas. Je me demande pourquoi vous voulez laver le linge sale en public.

— Mais vous le savez bien. C'est ça qui intéresse les gens.

Moriarty se tourna vers Margo.

— Vous êtes étudiante et spécialisée en pharmacologie primitive, c'est ça ?

— Exactement, répondit-elle, flattée. Comment le savez-vous ?

— C'est un sujet qui m'intéresse.

Il sourit et la considéra d'un trait.

— L'exposition comportera plusieurs vitrines sur les thèmes de la pharmacologie et de la médecine. Je voulais vous entretenir à propos de l'une d'entre elles.

— Je vous écoute.

Elle le regarda plus attentivement. Il ressemblait, trait pour trait, au rat de musée moyen : taille médiocre, vague embonpoint, cheveux d'un brun commun. Sa veste de tweed usée était de la même couleur bruyère que nombre de vestes de collaborateurs de musée. Ce qui tranchait, c'était sa montre en forme de cadran solaire et ses yeux noisette curieusement très clairs, pétillants d'intelligence derrière ses lunettes d'écaille.

Smithback se redressa sur son siège avec humeur et regarda ses deux vis-à-vis :

— Bon, j'aimerais pouvoir rester et me réjouir de cette scène si charmante, mais j'ai un entretien prévu avec quelqu'un dans la salle aux insectes mercredi, et il faut que je finisse ce que j'ai en cours. George, de grâce, ne signez pas de contrat pour le cinéma avant que nous en ayons parlé !

Il se leva en grognant et se faufila vers la porte à travers le dédale de tables.

6

Jonathan Hamm jeta un coup d'œil sur le couloir souterrain à travers des lunettes dont les verres épais auraient mérité un bon nettoyage. Ses mains gantées de cuir noir tenaient les laisses de deux chiens limiers assis sagement à ses pieds. Son adjoint se trouvait à côté de lui ainsi que le lieutenant D'Agosta, un plan des lieux sale et froissé à la main. Ses deux acolytes étaient appuyés contre le mur derrière lui. À l'épaule, ils portaient le Remington à pompe spécialement conçu pour la police.

D'Agosta froissa de nouveau le plan.

— Ces chiens ne sont pas capables de sentir la piste ? demanda-t-il avec agacement.

Hamm soupira lourdement.

— Ce sont des chiens pisteurs, et il n'y a pas d'odeur ici. Depuis que nous avons commencé, ça ne sent rien, ou plutôt ça sent trop de choses à la fois.

D'Agosta poussa un grognement, extirpa de la poche de sa veste un cigare mâchouillé et commença à le porter à ses lèvres. Hamm croisa son regard.

— Ah oui, dit D'Agosta.

Il remit le cigare dans sa poche. Hamm renifla l'air environnant : il était humide, ce qui était un avantage, et c'était bien le seul dans cette affaire. D'abord il avait fallu affronter la sottise habituelle des gens de la police. « Quelle race, ces chiens ? avaient-ils demandé, on voulait des chiens pisteurs. » Il avait dû expliquer que c'étaient des pisteurs, un grand setter et un bluetick. Dans de bonnes conditions, ils auraient été capables de retrouver un randonneur perdu dans une tempête de neige.

Mais on ne pouvait pas dire que, cette fois, les conditions étaient idéales.

Comme d'habitude, les pistes étaient brouillées par des produits chimiques, de la peinture en bombe, sans parler de la foule qui avait piétiné l'endroit dans tous les sens. Par ailleurs, la partie qui correspondait à la base de la cage d'escalier était littéralement noyée de sang. Même à présent, soit quelque dix-huit heures après le meurtre, l'odeur était toujours présente. Elle excitait les chiens.

Au début, ils avaient tenté de suivre cette odeur en partant du lieu du crime lui-même. Quand la méthode s'était révélée infructueuse, Hamm avait essayé de leur faire croiser la piste en s'éloignant du centre et les avait promenés en cercle à quelque distance du lieu du crime, dans l'espoir qu'ils allaient reconnaître la piste qui s'en écartait.

Ces chiens n'avaient jamais subi d'entraînement à l'intérieur d'un bâtiment. Ils étaient naturellement déroutés. Mais ce n'était pas sa faute. La police n'avait même pas voulu lui dire ce qu'ils cherchaient. Un homme ou un animal ? Peut-être ne le savait-elle pas.

— Allons par là, avait proposé D'Agosta.

Hamm avait confié la laisse des chiens à son adjoint qui avait filé devant, les chiens en tête reniflant le sol. Ensuite ils avaient salué, de leurs aboiements, une salle emplie d'ossements de mastodontes. Une odeur de paradichlorobenzène, un produit conservateur, les avait accueillis à leur entrée. Il avait fallu une demi-heure d'attente avant qu'ils ne retrouvent leur odorat. Or c'était la première d'une série de salles comparables, pleines de fourrures animales, de gorilles conservés dans un formaldéhyde, de congélateurs contenant des spécimens morts en provenance du zoo. Sans parler des squelettes humains réunis dans une pièce voûtée.

Ils étaient finalement arrivés au seuil d'une porte métallique donnant sur un escalier de pierre qui menait à l'étage inférieur. Les murs jaunes étaient crépis et il n'y avait guère de lumière dans l'escalier.

L'un des policiers observa d'un air bouffon que cela devait être le donjon.

— Ça descend dans les souterrains, remarqua D'Agosta en consultant son plan qu'il tendit sous la lumière de la torche d'un des policiers.

Les escaliers descendaient très bas pour déboucher sur un tunnel de briques disposées en chevrons et dont la voûte n'était pas plus haute qu'un homme. L'adjoint s'engagea là-dedans derrière les chiens. D'Agosta et Hamm suivaient. Les deux policiers fermaient la marche.

— Il y a de l'eau par terre, dit Hamm.

— Et alors ? répondit D'Agosta.

— Eh bien, si de l'eau a coulé sur le sol, l'odeur sera partie avec.

— On m'a dit qu'il y avait des flaques, observa D'Agosta, mais seulement en cas de pluie ; or il n'a pas plu.

— Nous voilà rassurés, dit Hamm.

Ils arrivèrent à un croisement de quatre tunnels. D'Agosta saisit aussitôt le plan.

— Je me disais que vous n'alliez pas tarder à consulter votre plan, dit Hamm.

— Ah oui ? Eh bien, j'ai une surprise pour vous, c'est que les souterrains n'y figurent pas.

Soudain l'un des chiens attira l'attention de Hamm en commençant à gémir et à renifler avec excitation.

— Par là, dépêchons-nous.

Les chiens gémirent de plus belle.

— Ils sont sur quelque chose, dit Hamm. C'est une odeur particulière, pas de doute ; regardez leur poil, comme il est hérissé. Par ici, la torche. Je n'y vois rien du tout.

Les chiens tiraient, ils allaient de l'avant le museau en l'air et la narine en alerte.

— Vous voyez, hein, vous voyez, c'est une odeur dans l'air, dit Hamm. Vous sentez la fraîcheur soudaine sur vos joues ? J'aurais dû prendre les épagneuls, ceux-là sont imbattables pour flairer l'air.

Le policier dépassa les chiens pour éclairer devant eux.

Le deuxième brandissait son arme et se tenait sur le qui-vive. Devant eux, le tunnel formait une nouvelle fourche. Les chiens prirent à droite en hâtant leur course.

— Allez-y doucement, monsieur Hamm, n'oubliez pas qu'il y a peut-être un tueur au bout, dit D'Agosta.

Soudain les chiens se mirent à aboyer furieusement.

— Assis ! cria l'adjoint. Castor, Pollux, au pied, au pied !

Mais les chiens poussaient sans l'écouter.

— Hamm, j'ai besoin d'un coup de main.

— Qu'est-ce qui vous prend ? dit Hamm en essayant d'attraper par le collier ses chiens surexcités. Castor ! Au pied !

— Faites-les taire, dit D'Agosta.

— Il a foutu le camp, dit l'adjoint.

L'un des chiens s'était en effet enfoncé dans le noir. Ils se précipitèrent en direction de l'aboiement qui s'éloignait.

— Vous sentez ça ? dit Hamm, soudain en arrêt. Jésus ! Vous sentez cette odeur ?

Une odeur doucereuse de pourriture les enveloppait. L'autre chien était hors de lui, il sautillait, il se retournait. À la fin il parvint à se libérer.

— Pollux ! Pollux !

— Arrêtez, foutez-nous la paix avec ces chiens, maintenant ; procédons par ordre, voulez-vous ? dit D'Agosta. Vous deux, passez devant, et armez vos fusils.

Les deux hommes s'exécutèrent aussitôt.

Là devant, dans l'obscurité pleine d'échos, les aboiements devenaient plus faibles. Puis on n'entendit plus rien. Ensuite un cri strident comme un crissement de pneus, mais très bref, troua l'obscurité du tunnel. Les deux policiers se regardèrent.

— Castor ! cria Hamm en se précipitant.

— Hamm, aboya D'Agosta, revenez ici, merde !

Soudain une forme se précipita sur eux du fond de l'obscurité, accueillie aussitôt par les salves en provenance des fusils à pompe : deux éclairs suivis d'un vacarme assourdissant qui s'éloigna dans le tunnel. Silence.

— Imbécile, vous avez tué mon chien ! dit Hamm d'une voix éteinte.

Pollux était couché à quelques mètres ; sa tête fracassée saignait abondamment.

— Il m'arrivait dessus, dit l'un des policiers.

— Jésus ! s'écria D'Agosta. Ce n'est pas le moment, il y a encore quelque chose là devant.

— À une centaine de mètres, ils trouvèrent l'autre chien à moitié coupé en deux, ses entrailles curieusement dispersées.

— Merde alors, vous voyez ce que je vois ? dit D'Agosta.

Hamm garda le silence.

Après, le tunnel arrivait à une autre fourche. La troupe s'était arrêtée, D'Agosta ne pouvait détacher son regard du chien à leurs pieds. Finalement, il dit :

— Sans les chiens, impossible de pister cette chose. Tironsnous d'ici. On verra ce que disent les analyses.

Hamm demeura silencieux.

7

Moriarty, seul face à Margo, semblait de moins en moins dans son assiette.

— Alors quoi ? dit Margo après un silence.

— En fait, je voulais *vraiment* vous dire un mot à propos de votre travail.

Il marqua une pause.

— Ah bon ?

Elle n'avait pas tellement l'habitude qu'on s'intéresse à ses travaux.

— Indirectement, je veux dire. Les vitrines de l'expo sur le thème de la médecine primitive sont constituées, à l'exception d'une seule. Nous disposons de cette série superbe de plantes utilisées par les chamans et aussi de ces objets d'artisanat en provenance du Cameroun ; ça sera très bien pour la dernière vitrine, mais la documentation là-dessus reste très pauvre. Ça vous ennuierait de nous donner votre avis ?

— Mais non.

— Super. Quand pouvez-vous venir ?

— Pourquoi pas tout de suite ? J'ai le temps maintenant.

Ils quittèrent la cafétéria du personnel et passèrent dans une longue salle en sous-sol au plafond traversé de tuyaux de chauffage et au mur percé d'une enfilade de portes verrouillées. Sur l'une d'elles on pouvait lire : DINOSAURES, PIÈCE 4 – JURASSIQUE SUPÉRIEUR. La plupart des os de dinosaures du musée et tous les autres fossiles se trouvaient à ce niveau parce que le poids des os pétrifiés, Margo l'avait entendu dire, aurait fini par miner la résistance des planchers supérieurs.

— La collection se trouve dans l'une des pièces voûtées du sixième, dit Moriarty en s'excusant.

Ils entrèrent dans un ascenseur de service.

— J'espère que je serai capable de m'y retrouver. Vous savez comment c'est, là-haut. C'est un tel dédale, ces salles de stockage !

— Dites, est-ce que vous avez des nouvelles de Charlie Prine ? demanda Margo d'une voix tranquille.

Moriarty secoua la tête.

— Non, pas vraiment. Apparemment, il n'est pas considéré comme suspect. Mais je ne pense pas qu'il remette les pieds ici avant un moment. Le Dr Cuthbert me disait avant le déjeuner qu'il avait subi un fameux traumatisme.

Il secoua la tête de nouveau.

— Vilaine affaire.

Au cinquième, Margo suivit Moriarty le long d'un grand couloir, puis ils gravirent un escalier métallique. À ce niveau, on avait construit des box étroits disposés en labyrinthe, sous les plafonds initiaux du musée. De chaque côté, des niches fermées d'une porte métallique et scellées hermétiquement contenaient les collections les plus fragiles du département anthropologie. Plusieurs années auparavant, un composé cyanuré hautement toxique avait été injecté sous ces niches pour en supprimer toute trace de vermine ou de bactéries. Mais, pour la conservation des objets, on employait aujourd'hui des méthodes moins rudimentaires.

Ils remarquèrent dans cette profusion d'objets alignés le long des murs : un canoë de guerre en bois sculpté, plusieurs totems, une série de tambours constitués de troncs coupés. Malgré sa surface utilisable de trois cent mille mètres carrés, il n'y avait pas un pouce de terrain qui ne soit mobilisé pour le stockage : même les cages d'escalier, les couloirs, les bureaux des stagiaires étaient investis. Sur cinquante millions d'objets et de spécimens, seuls cinq pour cent étaient présentés dans les vitrines. Le reste était voué à la recherche et aux scientifiques.

Le Muséum d'histoire naturelle de New York ne représentait pas qu'un seul bâtiment mais plusieurs unités massives, réunies au fil des années pour constituer désormais une énorme structure.

Margo et Moriarty passèrent ainsi d'une unité à l'autre, le plafond se fit plus haut, le labyrinthe devint un couloir, une lumière diffuse tombait d'une rangée de spots poussiéreux qui éclairaient des étagères emplies de moules en plâtre de visages aborigènes.

— C'est incroyable ce que c'est grand, murmura Margo avec un frisson de crainte.

Elle se félicitait tout de même de se trouver à sept niveaux au-dessus de la zone du meurtre des deux enfants.

— C'est le plus grand du monde, répondit Moriarty en ouvrant une porte marquée : AFRIQUE CENTRALE D2.

Il alluma une pauvre lampe esseulée de vingt-cinq watts. Margo s'avança. C'était une pièce minuscule pleine de masques, de crécelles de chamans, de peaux ornées de motifs et hérissées de piques sur lesquelles on voyait des têtes grimaçantes. Sur l'un des murs, une série de rayonnages en bois. Moriarty les désigna du menton.

— Les plantes sont là, dit-il. Tout le reste, c'est l'attirail du chamanisme. Une collection superbe, vraiment, mais Eastman, le gars qui a rapporté ça du Cameroun, n'était pas un as de la documentation.

— C'est incroyable, dit Margo, je ne soupçonnais pas du tout que...

— Je vous assure, l'interrompit Moriarty, quand on a commencé à réunir les pièces pour l'expo, ce qu'on a pu trouver, vous ne le croiriez pas ! Rien que dans cette section du musée, il y a plus d'une centaine de niches d'anthropologie, et je peux vous dire qu'une partie d'entre elles n'a pas été ouverte depuis quarante ans !

Moriarty s'animait, il se sentait en confiance. Margo songea qu'à condition de laisser tomber sa veste en tweed, de perdre quelques kilos et de troquer ses lunettes d'écaille pour une paire de verres de contact, il serait presque mignon.

Moriarty continuait :

— Pas plus tard que la semaine dernière, nous avons retrouvé l'un des deux seuls échantillons d'écriture pictographique yukaghir, là, derrière cette porte. Vous vous rendez compte ? Dès que j'aurai un moment, je vais écrire au *JAA* pour le leur signaler.

Margo se mit à sourire. Il était tellement excité qu'on aurait dit qu'il venait de mettre la main sur une pièce inconnue de Shakespeare. De son côté, elle était sûre que la question n'aurait pas intéressé plus d'une douzaine de lecteurs du *JAA*, le *Journal of American Anthropology*. Mais l'enthousiasme de Moriarty était sympathique.

— En attendant, dit Moriarty en remontant ses lunettes, ce qu'il me faut dans l'immédiat, c'est un coup de main pour légender ces machins camerounais dans la vitrine.

— Je veux bien, mais que dois-je faire ? dit Margo qui oubliait, pour un temps, le prochain chapitre de son mémoire. L'enthousiasme de Moriarty devenait contagieux.

— C'est facile, répondit-il, j'ai le brouillon des légendes avec moi.

Il sortit un document de sa mallette.

— Vous voyez, dit-il en parcourant une page du doigt, il y a là-dedans ce que nous voudrions voir figurer dans la légende. Nous appelons ça la trame générale. Tout ce que vous auriez à faire, c'est l'envelopper, montrer le lien entre certains de ces objets et les plantes qui leur correspondent.

Margo parcourut le document. Cette affaire représentait un pensum un peu plus long qu'elle ne l'avait imaginé.

— Vous pensez que j'en ai pour combien de temps ?

— Dix à quinze heures de boulot tout au plus. Je dispose des listes d'objets et de certaines notes descriptives. Mais nous ne sommes pas pressés. L'ouverture est seulement dans quelques jours.

Alors, la rédaction de son chapitre revint à Margo :

— Écoutez, c'est quand même du boulot, et j'ai un mémoire à finir.

La surprise, sur le visage de Moriarty, lui donnait quelque chose de presque comique. Jamais il n'avait pensé qu'elle pût avoir autre chose à faire.

— Vous voulez dire que vous ne... ?

— Peut-être que je peux me débrouiller, murmura-t-elle.

— Super.

Le visage de Moriarty s'éclaira soudain.

— Eh bien, écoutez, pendant que nous sommes au sixième, je vais vous montrer d'autres trésors qui se cachent ici.

Il la conduisit vers une autre niche et sortit une clé. La porte s'ouvrit sur un ensemble magnifique de crânes de buffles, de crécelles, de bouquets de plumes. Il y avait même une série d'objets qu'elle identifia comme des ossements de corbeaux, réunis par des lanières de cuir.

— Zut alors ! dit Margo, le souffle coupé.

— Oui, c'est toute une religion que vous voyez là ! Mais attendez un peu de voir l'exposition. Là, ce sont les réserves. Nous possédons l'une des plus belles tenues pour la danse du Soleil que j'aie jamais vues. Et regardez ça.

Il ouvrit un tiroir.

— *Enregistrements originaux sur cire des chants pour la danse du Soleil*; il n'en manque pas un, ça date de 1901. Nous les avons copiés sur cassette, et nous allons diffuser ça dans la salle des Sioux. Pas mal, hein ? L'expo, ce sera *vraiment* quelque chose, vous verrez.

— C'est sûr que dans le musée on en discute pas mal, répondit Margo avec précaution.

En fait, vous savez, on se dispute beaucoup moins qu'on ne le dit sur le sujet, répondit Moriarty. Je ne vois pas pourquoi, honnêtement, la science et le divertissement ne feraient pas bon ménage.

Margo se lança :

— Là, je suis certaine que ça vient de votre patron, Cuthbert.

— Il a toujours été convaincu que les expositions devaient être davantage accessibles au grand public. Les gens viendront peut-être à celle-ci parce qu'ils espèrent voir des fantômes, des lutins, des choses à faire frémir. Et ils les verront ! Mais ils repartiront enrichis, d'une manière que vous ne soupçonnez pas. Sans parler de l'aspect financier. Pour le musée, c'est une très bonne affaire. On ne voit pas où est le mal.

— Non, on ne voit pas ! dit Margo, souriante.

Elle laissait à Smithback le soin de l'attaquer là-dessus, ce n'était pas son affaire.

Mais Moriarty n'avait pas fini.

— Je sais que le mot *superstition* n'a pas très bonne presse pour certains. Il évoque une idée d'exploitation, je suis d'accord ; certains effets que nous mettons en place pour l'expo relèvent plus ou moins du... sensationnel. Mais je vous demande un peu comment on ferait un succès avec une expo appelée *Religions primitives,* hein ?

Il la regarda comme s'il quêtait son approbation.

— Je ne crois pas que le titre soit tellement mis en cause, répondit Margo, je pense seulement qu'il y a une poignée de gens pour suspecter la philosophie générale de l'opération de n'être pas très scientifique.

— Vous voulez parler des vieux croûtons de conservateurs, de ces cinglés comme Frock, par exemple ? On a choisi le thème de l'expo *Superstition* de préférence à celle qu'il avait proposée sur l'évolution. Alors, on comprend bien qu'il ne soit pas tendre à l'égard du projet.

La figure de Margo se renfrogna.

— Le Dr Frock est un anthropologue vraiment remarquable.

— Frock ? Le Dr Cuthbert prétend qu'il a pété les plombs. C'est un crétin, oui.

Moriarty imitait, pour l'occasion, l'accent écossais de Cuthbert. Cela produisait un écho bizarre le long du couloir.

— Je ne crois pas que Cuthbert possède le dixième des vertus que vous lui reconnaissez, dit Margo.

— Allons, Margo, je ne plaisante pas. C'est un type tout à fait remarquable.

— Comparé au Dr Frock, je ne trouve pas. Et que faites-vous de l'effet Callisto ? C'est vraiment l'une des thèses les plus pointues qu'on ait avancées jusqu'à ce jour.

— Alors là, je vous le demande ! Est-ce qu'il a un début de preuve à nous fournir ? Avez-vous déjà vu une espèce inconnue et monstrueuse se développer quelque part sur cette planète ?

Moriarty secoua la tête et ses lunettes entamèrent un dangereux piqué vers l'extrémité de son nez.

— La théorie lui monte à la tête, voilà. La théorie est légitime, je n'en disconviens pas, mais il faut qu'elle soit étayée par un travail sur le terrain. Et son acolyte, là, Greg Kawakita, est en train de le pousser dans la voie de l'extrapolation. Je suppose que Kawakita sait ce qu'il fait. Mais c'est triste, vraiment, de voir un esprit aussi brillant s'égarer à ce point. Prenez le dernier livre du Dr Frock, *L'Évolution fractale.* Même le titre évoque davantage un jeu électronique qu'un ouvrage scientifique.

Margo sentait monter l'indignation en elle. Peut-être que Smithback avait raison à propos de Moriarty.

— En ce cas, répliqua-t-elle, vu les liens que j'entretiens dans mon travail avec le Dr Frock, je pense que vous devriez vous méfier de mon influence sur votre expo ; il est possible que la théorie me monte un peu trop à la tête, à moi aussi.

Elle se détourna et se dirigea d'un pas décidé vers le couloir.

Moriarty parut foudroyé. Il se souvint un peu tard que Frock dirigeait son mémoire. Il se mit à louvoyer dans son sillage.

— Je ne voulais pas, mais non, je..., bégayait-il ; essayez de comprendre, je... Frock et Cuthbert ne s'entendent pas très bien, vous le savez, sans doute mon propos a-t-il été influencé.

Il avait l'air si affligé que Margo sentit sa colère la quitter.

— Je ne savais pas qu'ils se battaient à ce *point-là,* dit-elle en consentant à s'arrêter.

— Mais si, ça remonte à très loin, vous savez. Depuis que Frock a lancé cette histoire d'effet Callisto, son étoile a beaucoup pâli au musée. Aujourd'hui, il n'est plus chef de département que sur le papier ; en fait, c'est Cuthbert qui tire les ficelles. Naturellement, ma version des choses est partielle. Je suis désolé de vous avoir... Allons, vous allez quand même légender la vitrine pour moi, hein ?

— À une seule condition, dit Margo. Il faut me sortir de ce labyrinthe, à présent, parce que je dois retourner au boulot.

— Oui, oui, bien entendu, désolé, dit Moriarty.

La gaffe qu'il venait de commettre lui avait rendu toute sa timidité. Ils se remirent en route vers le cinquième étage. Il demeurait silencieux.

— Alors, racontez-moi encore des choses sur votre expo.

Margo essayait de le remettre à l'aise.

— On m'a dit, reprit-elle, qu'il y aurait des pièces artisanales d'une très grande rareté.

— Je pense que vous faites allusion à celles qui viennent de la tribu Kothoga. Une seule expédition a réussi à rapporter des traces de cette tribu, et notamment la figurine qui représente leur animal mythique, le Mbwun : il s'agit vraiment du clou de l'expo.

Après une hésitation, il ajouta :

Je devrais dire que ce *sera* le clou de l'expo, parce qu'il n'est pas encore visible.

— Ah bon ? C'est bizarre d'attendre la dernière minute, comme ça.

— La situation est en effet un peu bizarre, comme vous dites. Je précise que cela doit rester entre nous, mais…

Ils progressaient à présent sur les coursives. Moriarty la suivait le long des couloirs et baissait la voix.

— L'intérêt s'est réveillé récemment à propos des objets kothoga. Des gens comme Rickman ou le Dr Cuthbert, et même Wright lui-même, à ce qu'il paraît, se sont penchés dessus. On a beaucoup discuté le point de savoir s'il convenait ou non de présenter ces objets dans l'exposition. Vous avez probablement entendu parler de cette ânerie concernant la malédiction de la figurine ?

— Non, pas vraiment, dit Margo.

— L'expédition qui a trouvé les objets kothoga a été décimée de façon tragique, et depuis lors personne ne les a approchés. La semaine dernière, les caisses qui les contenaient ont été retirées des sous-sols où elles dormaient depuis des années pour être entreposées dans la zone de sécurité. Depuis, il est impossible d'y avoir accès. Je n'ai pas encore pu m'occuper de leur présentation.

— Mais pourquoi les a-t-on déplacées ? demanda Margo.

Ils pénétrèrent dans l'ascenseur. Moriarty attendit la fermeture des portes pour répondre.

— Il semblerait que les caisses aient été manipulées récemment.

— Vous voulez dire que quelqu'un aurait pénétré ici par effraction ?

Moriarty regarda Margo en arborant cet air de perpétuelle surprise qui allait si bien à sa figure de hibou et répondit :

— Je n'ai pas dit ça.

Il donna un tour de clé, puis la cabine s'ébranla en brinquebalant.

8

D'Agosta aurait donné cher pour faire disparaître, d'un coup de baguette magique, le double cheeseburger chili qui lui pesait sur l'estomac, pas encore tout à fait indésirable, mais pas non plus tout à fait le bienvenu en ce moment.

C'était la même odeur que d'habitude. En fait, ça puait carrément. Aucun désinfectant au monde ne peut couvrir l'odeur de la mort. Et les murs de couleur vert vomissure dans ces bureaux des enquêtes médicales n'arrangeaient pas les choses. Pas plus que le chariot vide sous les lampes crues de la salle d'autopsie.

L'entrée d'une grosse femme interrompit ses pensées. Deux hommes la suivaient de près. D'Agosta eut le temps de remarquer qu'elle portait des lunettes de marque. Une chevelure blonde s'échappait de son bonnet de chirurgien. La dame se dirigea vers lui et lui tendit la main, son rouge à lèvres se fendit d'un sourire professionnel.

— Docteur Ziewicz, dit-elle en lui écrasant les phalanges. Vous devez être D'Agosta, hein ? Je vous présente mon assistant, le Dr Fred Gross.

Elle lui désigna un type maigre et de petite taille.

— Et voici notre photographe, Delbert Smith.

Delbert fit un signe de tête. Sur sa poitrine pendait un appareil de grand format Deardorff.

— Alors, docteur Ziewicz, vous êtes une habituée des lieux ? demanda D'Agosta qui essayait de trouver n'importe quoi pour retarder l'échéance.

— Pour moi, la morgue est comme un second foyer, répondit Ziewicz avec un sourire identique. Ma spécialité, c'est – comment vous dire ? – les travaux d'autopsie un peu particuliers. Nous traitons ce qu'on nous envoie. Ensuite, nous renvoyons. Après, j'apprends le résultat de mes travaux par les journaux.

Elle s'enquit à tout hasard :

— Vous avez déjà assisté à ce genre de chose, hein ?

— Oui, dit D'Agosta, très souvent.

Dans son estomac, le hamburger commençait à peser une tonne. Zut ! pourquoi n'avait-il pas pensé à son emploi du temps de l'après-midi, avant de se goinfrer !

— Bien, je préfère ! dit Ziewicz en consultant son bloc-notes. Bon, alors, nous disons : autorisation des parents, c'est fait. J'ai l'impression qu'on n'a rien oublié. Fred, tu commences par le 5-B, d'accord ?

Elle enfila ses gants de latex, trois paires, un masque, des lunettes de protection et un tablier de plastique. D'Agosta en fit autant.

Gross poussa le chariot vers les tiroirs de la morgue et fit glisser le colis 5-B. La forme indistincte qui reposait sous le plastique surprit D'Agosta par sa petite taille. Elle comportait un renflement curieux à une extrémité. Gross glissa le cadavre sur son plateau vers le chariot, poussa le tout sous la lumière, vérifia l'étiquette sur l'orteil et bloqua les roues. Ensuite, il plaça un seau en Inox sous le tuyau d'évacuation du plateau.

Ziewicz manipulait le micro qui pendouillait au-dessus du corps.

— Test, un deux trois… Fred, ce micro est *kaputt*.

Fred se pencha sur la câblerie.

— Je ne comprends pas, tout est allumé.

D'Agosta s'éclaircit la gorge et dit :

— Ce n'est pas branché.

Un silence bref suivit.

— Bien, dit Ziewicz, encore heureux que nous ayons un non-scientifique parmi nous. Si vous voulez poser des questions ou faire des commentaires, monsieur D'Agosta, soyez gentil de mentionner d'abord votre nom et de parler distinctement dans le micro, d'accord ? Tout est enregistré. Je vais commencer par décrire l'état du corps, et ensuite nous disséquerons.

— Compris, dit D'Agosta d'une voix blanche.

Disséquer. Quand on se retrouvait avec un cadavre sur le lieu du crime, c'était une chose. Mais tailler dedans, couche par couche, c'en était une autre. Il n'avait pas trop l'habitude de ce genre de trucs.

— Bon, alors, on y va ? Bien. Au micro, le Dr Matilda Ziewicz et le Dr Frederick Gross. Nous sommes le lundi 27 mars, quatorze heures quinze. En présence du détective, sergent… ? Du lieutenant Vincent D'Agosta de la police de New York. Nous avons là…

Fred lut l'étiquette.

— William Howard Bridgeman, numéro 33-A45.

— Je retire la couverture, dit le Dr Ziewicz.

On entendit le froissement de l'épaisse feuille de plastique. Ensuite, il y eut un bref silence. D'Agosta revit le chien éventré de ce matin. « Il suffit d'éviter de penser trop, il suffit de ne pas penser à ta petite Vinnie, qui aura huit ans la semaine prochaine. »

Le Dr Ziewicz respira un grand coup.

— Nous sommes en présence d'un enfant mâle, de race blanche, dont l'âge est de dix à douze ans. Sa taille, eh bien, sa taille, je ne peux pas la donner, parce qu'il y a eu décapitation. Peut-être un mètre quarante, un mètre cinquante. Poids : environ quarante-cinq kilos. Tout ça est très approximatif, je le répète. Le corps est dans un état qui n'offre guère d'autres détails particuliers pour l'identification. La couleur des yeux et les traits du visage sont indéterminés par suite d'un traumatisme facial important. Pas de traces de blessures antérieures, pas de marques sur les jambes, les pieds, la zone génitale. Fred, je vous prie, épongez la partie abdominale… merci. On observe un nombre indéterminé de profondes lacérations qui partent de la partie pectorale gauche et descendent selon un angle de cent quatre-vingt-dix degrés vers les côtes, le sternum, pour finir dans la région abdominale droite. Il s'agit d'une blessure importante, dans les soixante centimètres de long pour une largeur de trente. Les petits et grands pectoraux sont séparés de la cage thoracique, les intercostaux internes et externes aussi, et le corps a été éviscéré dans une large mesure. Le sternum a été retourné, la cage thoracique ouverte. Hémorragie massive du côté de l'aorte, difficile d'en dire davantage avant nettoyage et investigation.

— Fred, s'il vous plaît, nettoyez le bord de la cage thoracique. Les viscères qui sont les plus apparents sont l'estomac, le gros intestin et l'intestin grêle. La zone péritonéale est en place.

» Fred, un coup d'éponge sur le cou, je vous prie. La zone de la nuque présente un traumatisme, la contusion résultant peut-être d'une élongation, avec une rupture possible des cervicales.

» Quant à la tête, à présent, mon Dieu…

Au milieu du silence, Fred s'éclaircit la gorge.

— Il y a eu décapitation au niveau de l'atlas, poursuivit le Dr Ziewicz. La partie occipitale du calvarium et la moitié du pariétal ont été défoncées. On a l'impression plutôt qu'il y a eu intrusion avant arrachement par des moyens indéterminés. Le trou est d'une quinzaine de centimètres de diamètre. Le crâne est vide, il semble que le cerveau soit sorti ou qu'il ait été extrait par ce trou. Le cerveau, ou ce qu'il en reste, se trouve dans un récipient ici à droite de la tête, mais nous ne disposons pas d'informations sur sa position initiale par rapport au corps.

— En fait, il a été trouvé en morceaux épars près du corps, dit D'Agosta.

— Merci, lieutenant. Mais le reste se trouve où ?

— C'est tout ce que nous avons trouvé.

— Il manque quelque chose. Vous avez une série de clichés des lieux à votre arrivée ?

— Oui, bien sûr, dit D'Agosta en essayant de dissimuler son trouble.

— Le cerveau a subi des dégâts importants. Fred, je vous prie, donnez-moi un scalpel n° 2 et un spéculum. Le cerveau semble avoir subi des dommages dans la partie rachidienne, le varoli est intact mais séparé du reste ; le cervelet montre des atteintes superficielles, mais il est intact par ailleurs. Peu de traces de saignement, le traumatisme semble donc postérieur au décès. Le fornix est en place. Le cerveau lui-même a été complètement dévasté, en partant du mésencéphale qui a été coupé en deux… et regardez, Fred, la région du thalamus et de l'hypothalamus a disparu. Pas non plus de glandes endocrines. Voilà ce qui manque.

— Et qu'est-ce que c'est ? demanda D'Agosta.

Il s'efforça de regarder plus précisément. Le cerveau, dans son récipient en inox, avait l'air plus liquide que solide.

Il se détourna. Le base-ball. Il fallait penser plutôt au base-ball. Le son de la batte, le lancer.

— Ce sont le thalamus et l'hypothalamus, les régulateurs du corps.

— Ah oui, les régulateurs, répéta D'Agosta.

— L'hypothalamus régule la température, la pression sanguine, la métabolisation des graisses et des hydrates de carbone. Le cycle veille-sommeil, aussi. Nous pensons qu'il est le centre nerveux du plaisir et de la douleur. Vous savez, lieutenant, c'est un organe passablement complexe.

Elle le regarda fixement comme si elle attendait de sa part une question. D'Agosta s'y plia, il murmura :

— Ah bon, et comment peut-il faire tout ça en même temps ?

— Grâce aux hormones. Il sécrète des centaines d'hormones de régulation qu'il envoie dans le cerveau et dans le circuit sanguin.

— Ah ouais ! répondit D'Agosta.

Il fit un pas en arrière.

La balle survolant le terrain. Le milieu de terrain, le gant dressé pour recevoir la balle. S'efforcer de penser à ça.

— Fred, venez voir un peu ici, ordonna Ziewicz sèchement.

Fred se pencha sur le récipient.

— On dirait... enfin je ne sais pas.

— Allez, Fred, dit-elle.

— On a l'impression... qu'un morceau a été enlevé.

— Très juste. Photographe !

Delbert, le photographe, se précipita.

— C'est comme quand un gosse prend un morceau de gâteau.

D'Agosta se pencha à son tour, mais dans cette gelée grise et dégoûtante il ne vit rien de particulier.

— C'est en demi-cercle, comme la mâchoire humaine, mais ça a l'air plus grand, plus dentelé. On va faire un prélèvement. Fred, il faudrait voir si on trouve des enzymes de salive, à tout hasard. Donnez ça au labo, dites-leur de faire une congélation rapide et une section ici, là et là encore. Je veux cinq coupes par zone, l'une au moins en solution d'éosine, une autre soumise à un détecteur d'enzyme salivaire. Vous ferez tous les tests possibles.

Fred s'en alla, Ziewicz poursuivit :

— Je divise l'encéphale à présent ; la partie postérieure est abîmée par des fragments de boîte crânienne. Photo, s'il vous plaît. La surface présente trois lacérations parallèles, ou des coupures, séparées de quatre millimètres environ, profondes d'un centimètre. Je pratique une première incision. Photo. Lieutenant, avez-vous remarqué comme ces lacérations sont écartées au début et convergent ensuite ? Qu'est-ce que vous en pensez ?

— Je ne sais pas, dit D'Agosta en affectant de regarder de plus près.

En fait, il songeait secrètement : « Ce n'est que de la cervelle morte. »

— Des ongles ? Des ongles acérés ? Vous pensez que ça peut être l'œuvre d'un criminel maniaque ?

Fred revint du labo, ils continuèrent à travailler sur le cerveau pendant un moment que D'Agosta trouva interminable. À la fin, Ziewicz demanda à Fred de le renvoyer au frigo.

— À présent, dit-elle au micro, je vais examiner les mains.

Elle ôta un sac de plastique, qui couvrait l'une des mains, et le replia soigneusement. Ensuite, elle souleva la main, la fit tourner, examina les ongles.

— Il y a des traces de matière sous le pouce, l'index, l'annulaire. Fred, trois échantillons, je vous prie.

— C'est un gosse, dit D'Agosta, c'est normal qu'il ait les ongles sales, non ?

— C'est possible, lieutenant, répondit Ziewicz.

Elle gratta ce qu'il fallait sur des lamelles, un doigt après l'autre.

— Fred ? Le microscope électronique. Je voudrais voir de plus près.

Elle plaça l'échantillon dans le faisceau de l'instrument, se pencha, ajusta l'optique.

— Salissure normale sous le pouce, même chose pour les autres doigts à première vue ; mais, Fred, j'aimerais quand même une analyse pour plus de sûreté.

La main gauche ne présentait rien de particulier.

— À présent, continua Ziewicz, je vais examiner la blessure longitudinale que présente la face antérieure du corps. Del, je veux une photo ici, ici et là, et vous me prenez un cliché partout où vous pensez que ça fera ressortir la blessure. Des gros plans des zones de pénétration. On dirait que le tueur a pratiqué l'incision en Y pour nous faciliter le boulot, hein, lieutenant ?

— Oui, dit D'Agosta en avalant sa salive avec difficulté.

S'ensuivit une série de flashes.

— Forceps, dit Ziewicz. Trois lacérations inégales qui partent au-dessus de l'aréole gauche sur le grand pectoral, puis pénètrent le muscle et l'arrachent. J'écarte, pour la sonder, la première lacération au point d'entrée. Un champ, s'il vous plaît, Fred. Je sonde la blessure. Matière d'origine inconnue. Fred, une éprouvette. On dirait un bout de tissu, peut-être un morceau de la chemise de la victime. Photo, je vous prie.

Éclair de flash. Elle extirpa un morceau de tissu qui ressemblait à un fragment de coton sanglant, pour le déposer dans une éprouvette. Elle continua à sonder ainsi pendant un instant puis :

— Dans le muscle, assez profondément, on trouve un autre fragment étranger, quatre centimètres sous l'aréole droite, contre une côte. Ça semble solide. Photo. Fred, un coup de main, s'il vous plaît.

Elle entreprit d'extraire le fragment ; les pinces retirèrent quelque chose d'indistinct et de sanglant.

D'Agosta osa s'avancer.

— Qu'est-ce que ça peut être ? Si vous rinciez, on verrait mieux, non ?

Elle lui lança un regard amusé.

— Fred, un bain stérile, s'il vous plaît.

Elle plongea l'objet dans l'eau qui vira au brun-rouge.

— Gardez le bain, on verra si on trouve quelque chose là-dedans, dit-elle en présentant sa trouvaille à la lumière.

— Bon Dieu de bon Dieu ! dit D'Agosta. C'est une griffe !

Ziewicz se tourna vers son assistant et lui lança :

— Quelle superbe chute pour notre bande enregistrée, hein, Fred ?

9

Margo empila ses papiers et ses livres sur le canapé, puis elle avisa la pendule juchée sur la télé : dix heures et quart. Quelle journée dingue, affreuse ! Elle était restée au labo plusieurs heures pour un résultat médiocre : trois paragraphes supplémentaires à son mémoire, et voilà tout. Sans compter qu'elle avait promis à Moriarty de travailler sur ses légendes. Elle poussa un soupir en se disant qu'elle aurait mieux fait de se taire.

Du magasin de liqueurs en face, la réverbération du néon se frayait un chemin par l'unique fenêtre pour inonder son salon d'une faible lumière bleu électrique. Elle alluma le plafonnier, s'appuya contre la porte en examinant calmement le désordre autour d'elle. D'ordinaire, elle était une maniaque du rangement. Mais là, il avait suffi d'une semaine d'incurie et les cahiers, les lettres personnelles ou officielles, les chaussures et les chandails avaient tout envahi. Sur l'évier traînaient encore des boîtes en carton à moitié pleines des repas en provenance du Chinois d'en bas. Sur le plancher dormait sa vieille machine à écrire Royal au milieu d'un éventail de documents de travail.

Son quartier, assez minable, la partie très peu résidentielle d'Amsterdam Avenue, avait été un argument de plus pour son père qui voulait la voir rentrer à Boston.

« Tu ne peux vivre nulle part ailleurs, Midge, avait-il dit, en exhumant son surnom d'enfant ; quant à ce musée, tu parles d'un boulot ! Au milieu de ces créatures mortes et empaillées, toute la journée ! Non mais quelle vie ! Allez, reviens à la maison, je t'offre un emploi. On te trouvera une maison quelque part du côté de Beverly ou de Marblehead. Tu seras bien plus heureuse ici, Midge, je te le garantis !

Margo remarqua que son répondeur téléphonique clignotait. Elle appuya sur la touche lecture.

— Ici Jan, dit le premier message, je suis rentré aujourd'hui, je viens d'apprendre. Écoute, je suis vraiment navré de la mort de ton père. Je te rappelle un peu plus tard, j'ai besoin de te parler. Allez, salut.

Après un instant, une autre voix.

— Margo ? Ici maman.

La ligne était coupée juste après.

Elle ferma les yeux un moment puis respira profondément. Elle ne voulait pas rappeler Jan tout de suite. Quant à répondre à sa mère, pas question. Enfin, pas avant demain. Elle savait ce qu'elle allait entendre : « Maintenant tu dois reprendre les affaires de ton père, c'est ce qu'il aurait souhaité, tu te dois de le faire pour nous deux. »

Elle se détourna et vint s'asseoir en tailleur devant la machine à écrire, déchiffrant les notes réunies par le conservateur : le catalogue, les différents éléments confiés par Moriarty. Il fallait qu'elle s'occupe de tout cela avant après-demain. L'ennui, c'était que le prochain chapitre de son mémoire devait être remis lundi prochain.

Pendant une minute ou deux, elle parcourut les papiers du regard en rassemblant ses pensées. Puis elle se mit au clavier. Au bout d'un moment, elle s'arrêta et son regard flotta à travers la pénombre. Elle se rappela son père. Ses omelettes du dimanche matin. C'était la seule chose qu'il savait faire. « Hé, Midge, qu'est-ce que tu en penses, lui disait-il, je me débrouille pas mal pour un ex-vieux garçon, non ? »

Dehors, les lumières s'éteignaient les unes après les autres avec la fermeture des magasins. Margo regarda les graffitis qui couvraient les murs, les fenêtres condamnées. Elle se dit que son père avait peut-être raison : la misère, ce n'était pas tellement marrant.

La misère. Elle hocha la tête. Elle se souvenait de la dernière fois qu'elle avait entendu proférer ce mot-là. C'était dans la bouche de sa mère, et elle se rappelait très bien l'expression de son visage. Elles étaient toutes les deux assises dans le bureau sombre et glacé de l'exécuteur testamentaire de son père. On était en train de leur infliger toutes les raisons comptables pour lesquelles il était nécessaire de prononcer la liquidation de son affaire — à moins qu'un membre de la famille ne vienne renflouer le bateau.

Elle songea soudain aux parents des deux gamins. « Ils devaient avoir de grandes espérances pour leurs enfants aussi », se dit-elle. À présent, finies les déceptions, finies les joies. Alors elle songea à Prine et au sang qui couvrait ses chaussures.

Elle se leva, alluma d'autres lampes. Il fallait préparer le dîner. Demain elle s'enfermerait dans son bureau pour finir ce fameux chapitre. Elle rédigerait ce texte pour les objets camerounais de Moriarty. Ainsi pourrait-elle repousser la décision à prendre. Au moins une journée de plus. Elle avait rendez-vous avec Frock la semaine suivante. Elle se dit qu'elle aurait fait son choix à ce moment-là, c'était sûr.

Le téléphone sonna, elle décrocha sans réfléchir.

— Allô, oui ?

Elle écouta un moment et répondit.

— Bonsoir, maman.

10

La nuit tomba tôt sur le Muséum d'histoire naturelle ; vers cinq heures, le timide soleil de printemps s'en allait déjà. Les visiteurs l'imitèrent. Les touristes, les groupes scolaires, les parents débordés doublèrent les lions de bronze et descendirent l'escalier de marbre qui menait à la sortie. Bientôt on n'entendit plus que des échos lointains, de vagues éclats de voix, des bruits de pas qui s'éloignaient. Les vitrines s'éteignirent les unes après les autres et, tandis que la nuit envahissait les lieux, les rares lumières qui brûlaient encore jetaient des ombres dentelées sur les dalles de marbre.

Un gardien esseulé faisait sa ronde en laissant tinter son trousseau au bout d'une chaîne et il marmonnait. C'était le début de son tour de garde. Il portait l'uniforme bleu et noir. Depuis longtemps, le contenu des vitrines avait fini de l'amuser. « Cet endroit me fiche la trouille. Regarde-moi ça, cette espèce d'indigène à la con. Tous ces machins traditionnels. On se demande comment ils peuvent payer pour voir des trucs pareils. En plus, il y a des malédictions attachées à la moitié de ces objets », pensait-il.

Le masque qu'il regardait le scrutait aussi du fond de sa vitrine sombre. Il passa à autre chose. Étape suivante, il fallait tourner une clé dans une boîte qui notait l'heure du passage : 22 h 23. En débarquant dans la salle suivante, il eut l'impression désagréable, mais ce n'était pas la première fois, que le bruit de ses pas était comme dédoublé par une présence invisible.

Boîte suivante, tour de clé, cette fois il était 22 h 34.

Pour la pointeuse d'après, il fit le chemin en quatre minutes seulement, ce qui lui en laissait six pour se taper un petit joint.

Il s'engagea dans un escalier, prit soin de fermer les portes derrière lui, scruta l'obscurité souterraine. Là-bas une autre porte menait à une cour intérieure. Il avança la main vers l'interrupteur au sommet de l'escalier, mais se ravisa. Autant éviter d'attirer l'attention. Il attrapa plutôt la rampe en descendant. Une fois en bas, il progressa le long du mur, jusqu'à ce que ses doigts rencontrent une longue poignée horizontale qu'il poussa, livrant passage à un flot d'air glacé. Là, tout en maintenant la porte ouverte, il alluma son joint, inhalant cette fumée amère avec délice, et s'appuya contre le mur de la cour. Ses mouvements étaient soulignés par une vague lumière en provenance de la galerie de l'autre côté. On entendait, au loin, le trafic automobile, une rumeur étouffée par un dédale de murs, de couloirs, de barrières diverses. Ça semblait venir d'une autre planète. Il dégusta l'irruption du cannabis dans son corps. Encore une longue nuit qui passerait un peu mieux.

Une fois l'opération terminée, il balança le mégot dans la courette, passa une main dans ses cheveux en brosse et s'étira.

Au milieu de l'escalier, il entendit la porte d'en bas qui claquait. Il s'arrêta, soudain glacé. Avait-il laissé cette porte ouverte ? Non, il lui semblait que non. Zut alors, si on l'avait vu en train de fumer son joint ? Mais personne n'avait pu sentir la fumée. D'ailleurs cela pouvait aussi bien passer pour une cigarette normale.

Il flottait une odeur bizarre de pourri. Curieux, ce n'était pas de l'herbe. Pas la moindre lueur ; aucun bruit de pas ne résonnait sur l'escalier métallique. Il se remit en route vers le palier supérieur.

En l'atteignant, il devina un mouvement derrière lui dans l'escalier. Il se retourna. Un coup violent dans la poitrine le rejeta contre le mur en arrière. La dernière chose qu'il vit dans l'ombre fut la masse sombre de ses entrailles qui glissait de marche en marche dans l'escalier. Après un instant, il cessa de se demander d'où provenait ce truc dégueulasse.

11

Mardi

Bill Smithback était assis dans un grand fauteuil et il contemplait la figure anguleuse de Lavinia Rickman derrière son bureau plaqué de bouleau. Elle était en train de lire son manuscrit tout corné. Sur le vernis du bureau, deux ongles peints de rouge vif dansaient pendant cette lecture. Smithback savait bien que le manège de ces ongles ne signifiait rien de bon. Dehors régnait la lumière désespérante d'un mardi matin maussade.

La pièce n'avait rien d'un bureau habituel du musée. Le monceau de papiers, de coupures de journaux, de livres, qui semblait obligatoire dans ce genre d'endroit, était absent ici. On voyait plutôt sur les étagères toutes sortes de babioles ramassées dans le monde entier : une poupée divinatoire du Nouveau-Mexique, un bouddha tibétain en cuivre, diverses statuettes indonésiennes. Les murs, quant à eux, étaient peints du vert clair réglementaire, et l'air embaumait le désodorisant, senteur pinède.

De chaque côté du bureau, on trouvait d'autres bricoles disposées dans une symétrie parfaite comme dans un jardin à la française : un presse-papiers d'agate, un coupe-papier en os, un poignard japonais. Au centre de ce savant agencement trônait Rickman elle-même, penchée avec raideur sur le manuscrit. Sa permanente orange, se dit Smithback, jurait un poil avec les murs verts.

La danse des ongles s'accentuait, puis se calmait au fil de la lecture. Enfin, quand elle parvint à la dernière ligne, elle rassembla les feuilles éparses et les empila au milieu du bureau.

— Eh bien, commença-t-elle avec un sourire éclatant, j'ai un certain nombre de suggestions à formuler.

— Ah bon, dit Smithback.

— Par exemple, votre passage sur les sacrifices humains chez les Aztèques, ça prête un peu trop à la polémique.

Elle s'humecta le doigt d'un geste délicat et retrouva la page.

— Là, vous voyez.

— Soit, mais dans l'expo elle-même...

— Monsieur Smithback, l'exposition traite ce sujet avec goût, si vous voyez ce que je veux dire. Quant à votre texte, il est par trop explicite, trop imagé ; nous sommes loin du bon goût.

Elle raya une poignée de paragraphes avec un gros feutre.

— Mais je n'invente strictement rien, répondit Smithback, secoué.

— Ce n'est pas l'authenticité de la chose qui me préoccupe, mais ce que vous en faites. Vous pouvez bien raconter la réalité telle qu'elle est mais, si vous insistez trop, le résultat peut être malvenu. En plus, je me permets de vous rappeler que la communauté hispanique est importante à New York.

— Soit, mais on se demande comment quiconque peut se sentir blessé par...

— Oublions ça. Ah oui ! ce passage aussi, sur Gilborg, doit être supprimé.

Un nouveau trait de feutre raya la page correspondante.

— Mais pourquoi ?

Elle se rejeta en arrière dans son fauteuil et répondit :

— Monsieur Smithback, l'expérience Gilborg a été un échec retentissant. Ils cherchaient une île, elle n'existait pas. L'un des membres de l'expédition, comme vous le rappelez si obligeamment dans votre texte, a violé une femme indigène. Nous tenons essentiellement à laisser cette histoire Gilborg de côté dans la présentation de l'exposition. En plus, je vous le demande, est-ce que vous croyez que les échecs du musée méritent d'être soulignés comme ça ?

— Mais ses collections étaient splendides, non ? protesta Smithback d'une voix altérée.

— Monsieur Smithback, je me demande si vous comprenez bien l'objet de la mission qui vous a été confiée.

Un long silence suivit. Le ballet des ongles rouges sur le bureau recommença.

— Est-ce que vous pensez vraiment que le musée vous emploie et vous paie pour dresser le constat de ses échecs et retracer l'histoire de ses disputes ?

— Mais ça fait partie de l'histoire de la science, et qui va lire un livre qui...

— Beaucoup d'entreprises donnent de l'argent au musée, des compagnies qui peuvent très bien ne pas aimer ce que vous dites, l'interrompit Mme Rickman. Sans compter quelques groupes ethniques très prompts à défendre leur image devant les tribunaux.

— Attendez, mais les événements dont je parle ont eu lieu il y a un siècle, au temps où...

— Monsieur Smithback, je vous prie !

Elle avait à peine élevé la voix, mais l'effet fut immédiat et le silence qui suivit très profond.

— Monsieur Smithback, je vais être franche avec vous.

Après une pause, elle se redressa, se leva et fit quelques pas dans la pièce jusqu'à s'arrêter derrière lui.

— Je dois vous dire, poursuivit-elle, que vous mettez plus de temps que prévu à vous couler dans le moule... Vous n'écrivez pas un livre pour un éditeur commercial en ce moment. Pour mettre les points sur les *i*, ce que nous souhaitons obtenir dans cette opération, c'est un texte aussi favorable que celui que vous avez livré à l'Aquarium de Boston à l'occasion d'un... contrat précédent.

Elle se campa bientôt à côté de lui, avec raideur, appuyée sur le bord du bureau, et lui dit :

— Il y a un certain nombre de choses que nous attendons de vous, et que nous avons le droit d'attendre de vous. Je vous les rappelle – elle compta sur ses doigts : *un*, pas de vagues, rien qui prête à la polémique ; *deux*, rien qui soit de nature à heurter la sensibilité d'un groupe ethnique ; *trois*, rien qui puisse entacher la réputation du musée. Dites-moi franchement, est-ce que vous ne trouvez pas que ce sont des exigences légitimes ?

Elle avait baissé la voix. Tout en concluant ainsi, elle lui serra la main ; la sienne était toute sèche.

— Je… Si, si.

Smithback dut résister à une irrépressible envie de lui retirer sa main.

— Bon, alors, nous sommes d'accord.

Elle repassa derrière le bureau et glissa le manuscrit dans sa direction.

— Il reste un point de détail à discuter, dit-elle.

Elle détachait les mots avec précaution.

— En plusieurs endroits du texte, précisa-t-elle, vous citez des propos intéressants de gens que vous dites proches de l'organisation de l'exposition. Mais vous ne dites jamais de qui il s'agit. Ça peut paraître dérisoire, évidemment, mais j'aimerais quand même que vous citiez vos sources, pour ma propre information, rien de plus.

Elle lui adressa un sourire pour faire passer la chose, mais une sonnette d'alarme se déchaîna dans le subconscient de Smithback et il répondit :

— Eh bien, ce serait avec plaisir, malheureusement les règles du journalisme m'interdisent de faire une chose pareille.

Il conclut en haussant les épaules :

— Vous savez ce que c'est…

Le sourire de Mme Rickman se figea d'un coup ; elle ouvrit la bouche, mais à cet instant, au grand soulagement de Smithback, le téléphone sonna. Il se leva pour s'en aller et rassembla les feuillets de son manuscrit.

Tandis qu'il passait la porte, il l'entendit pousser une exclamation :

— Quoi ? Encore ?

La porte se referma.

12

D'Agosta n'arrivait pas à s'habituer à cette salle des grands singes : tous ces primates énormes qui pendouillaient dans leurs arbres factices, avec leur sourire empaillé, leurs bras velus, leur sexe incroyable, aussi vrai que nature, leurs mains dotées de vrais ongles. Il se disait que c'était bizarre, quand même, que les scientifiques aient mis tout ce temps à comprendre que l'homme descendait du singe. Normalement, ça aurait dû les effleurer la première fois qu'ils avaient vu un chimpanzé. D'ailleurs, il avait lu quelque part que les chimpanzés étaient comme les hommes : violents, sujets à de soudains accès d'excitation, toujours en train de se battre, parfois jusqu'à la mort, et enclins au cannibalisme.

— Zut alors, dit-il, il n'y a pas un moyen de traverser le musée sans passer par cette salle ?

Le gardien qui l'accompagnait lui répondit :

— Par là, il faut descendre l'escalier. Je vous préviens, ce n'est pas joli-joli. Je venais de prendre mon service, et...

— Nous parlerons de ça plus tard, répondit D'Agosta.

Après l'épisode de l'enfant, il pouvait tout supporter.

— Vous dites qu'il portait un uniforme de garde ? Vous le connaissiez ?

— Je ne sais pas, monsieur. C'est difficile à dire.

Le gardien désignait les escaliers en bas, baignés d'une faible lumière. Les marches donnaient sur une sorte de cour. Le corps était là, dans l'ombre. Tout autour, était éclaboussé de noir : les murs, le plancher, le plafonnier. D'Agosta savait ce que c'était, ce noir.

— Vous, dit-il à l'un des hommes qui suivaient, vous allez me faire mettre de la lumière ici. Je veux un relevé d'empreintes le plus vite possible. Est-ce que l'équipe de l'expertise est déjà partie ? Le type est mort, selon toute évidence ; j'aimerais donc que vous laissiez le personnel de l'ambulance dehors pendant un moment. Je ne veux pas qu'ils fichent tout en l'air.

D'Agosta regarda à nouveau au bas de l'escalier.

Qu'est-ce que c'est que ces traces de pas ? On dirait qu'un crétin est venu piétiner dans le sang. Ou alors le meurtrier a décidé de laisser des traces un peu voyantes.

Il y eut un silence.

— Ce sont vos pas ?

Il était tourné vers l'un des gardes.

— Comment vous appelez-vous ?

— Norris, Eric Norris. Comme je vous le disais tout à l'heure, je...

— Ce sont vos pas, oui ou non ?

— Oui, mais je...

— Taisez-vous. Ce sont ces chaussures-là ?

— Oui, mais vous comprenez, je...

— Enlevez-moi ces godasses. Vous foutez en l'air la moquette.

« Ces gardiens commencent à me courir ! », pensa D'Agosta.

— Apportez-les au labo, dites-leur de les mettre dans un sac spécial de la criminelle, ils sauront quoi en faire. Et attendez-moi là-bas. Je vous appellerai. Il faut que je vous pose un certain nombre de questions. Non, enlevez ces saletés de godasses, j'ai dit.

Il ne tenait pas à assister à d'autres réactions du type de celle de Prine. Qu'est-ce qu'ils avaient tous à se balader dans les couloirs avec des chaussures couvertes de sang ?

— Retournez là-bas en chaussettes.

— Bien, monsieur.

L'un des flics derrière D'Agosta ricana, le lieutenant lui jeta un regard noir :

— Vous trouvez qu'il y a de quoi rire ? Il a foutu du sang partout, vous trouvez ça drôle ?

D'Agosta descendit l'escalier à moitié. La tête était à l'autre bout dans un coin, face contre terre. On ne voyait pas très bien.

Il savait qu'il allait trouver le sommet du crâne défoncé, le cerveau dispersé quelque part dans un éclaboussement immonde. Quelle horreur qu'un corps puisse provoquer toute cette saleté à lui tout seul !

Derrière lui, un bruit de pas se fit entendre dans l'escalier.

— Expertise ! annonça un petit homme en arrivant, suivi d'un photographe et de plusieurs autres types en blouse blanche.

— Enfin, vous voilà. Je veux que vous placiez des lampes là, là et là aussi, et partout où les photographes en auront besoin. Je veux qu'on délimite un périmètre, je veux que ça recouvre les cinq minutes qui viennent de s'écouler et que le moindre fragment de tissu, le moindre grain de sable soit ramassé là-dedans. Je veux qu'on utilise des réactifs chimiques partout. Je veux, euh, quoi encore ? Je veux qu'on procède à tous les tests connus et que tout le monde bosse sur le périmètre en question, c'est d'accord ? Pas de conneries, cette fois.

D'Agosta se retourna.

— Les gens du labo de la criminelle sont déjà sur place ? Et le juge d'instruction ? Vous êtes sûrs qu'ils ne sont pas sortis chercher du café et des croissants ?

Il tapota la poche intérieure de sa veste à la recherche d'un cigare.

— Et mettez-moi des cartons pour protéger ces traces de pas. Quant à vous, mes amis, quand vous avez fini, vous nous faites une piste propre autour du corps. Comme ça, nous pourrons marcher sans en foutre partout.

— Excellent ! dit une voix grave et suave derrière lui.

— Qui êtes-vous ?

Il se tourna vers un homme long et mince qui portait un costume noir impeccable et était appuyé contre le mur au sommet de l'escalier. Il avait les cheveux d'un blond qui tirait sur le blanc et dont le brushing ombrait des yeux bleu pâle.

— Vous êtes les pompes funèbres ? C'est ça ?

— Pendergast, se présenta le type en descendant, la main tendue.

Le photographe lui livra passage en rassemblant son matériel.

— Eh bien, monsieur Pendergast, je vous souhaite d'avoir une bonne raison d'être ici, sans quoi…

Pendergast arbora un sourire.

— J'aurais dû dire : agent spécial Pendergast.

— Ah, vous êtes du FBI ? Quelle aimable surprise ! Comment va ? Je me demande pourquoi vous ne nous passez jamais un coup de fil avant de venir. Enfin bon. Je vous résume : nous avons ici un cadavre sans tête et décervelé, voilà. Où sont vos acolytes, à propos ?

Pendergast retira sa main :

— Je suis tout seul.

— Hein ? Vous plaisantez, normalement vous êtes toujours en bataillons.

Les lumières firent irruption dans ce réduit et, soudain, toute cette matière noire qui éclaboussait l'endroit se mit à briller. Tous les détails de cette boucherie devinrent visibles. On voyait aussi quelque chose que D'Agosta crut pouvoir identifier comme le petit déjeuner du gardien Norris, mêlé à d'autres liquides biologiques. La mâchoire de D'Agosta fut animée de contractions involontaires. Son regard rencontra un morceau de crâne qui portait encore un fragment de coupe de cheveux militaire. Il se trouvait à deux mètres du corps.

— Jésus ! dit D'Agosta en esquissant un pas en arrière, et c'est là qu'il perdit tout contrôle, devant le gars du FBI, l'expert, le photographe.

Il vomit son propre petit déjeuner. « Incroyable, se dit-il, c'est la première fois que ça m'arrive en vingt-deux ans, et il faut que ce soit là, au pire moment. »

Le chargé d'enquête apparut au sommet des marches : c'était une jeune femme en veste blanche, elle portait un tablier de plastique. Elle était en train d'enfiler des gants.

— Qui est l'officier de police responsable ici ? demanda-t-elle.

— C'est moi, répondit D'Agosta en s'essuyant les lèvres.

Il envoya un regard à Pendergast.

— Je veux dire, pour quelques minutes encore. Lieutenant D'Agosta.

— Dr Collins, dit la jeune femme.

Un assistant la suivait. Elle descendit près du corps saigné à blanc.

— Photographe, dit-elle, je vais retourner le corps, vous me faites une série complète, s'il vous plaît.

D'Agosta détourna le regard.

— Pendergast, dit-il d'un ton assuré, il nous reste pas mal de choses à faire.

Il désigna ses propres déjections :

— Ne faites pas nettoyer ça avant que les gars de l'expertise en aient fini avec l'escalier, d'accord ?

Tout le monde hocha la tête.

— Je veux un état complet des entrées et sorties dès que possible. Essayez de voir pour l'identité de la victime. S'il s'agit d'un garde, je veux voir Ippolito ici. Pendergast, nous allons nous rendre au bureau de la surveillance générale, là-haut. Nous allons mettre au point une opération, un déploiement, enfin, un ratissage complet avec toutes les équipes.

— Oui, c'est capital.

« Capital ? », se dit D'Agosta. Voilà un accent du Sud à couper au couteau. Des types comme ça, il en avait déjà croisé, mais ils n'étaient pas restés bien longtemps à New York.

Pendergast se pencha et dit calmement :

— Le sang qui couvre les murs ne manque pas d'intérêt.

D'Agosta regarda ce qu'il désignait. Il avoua qu'il ne comprenait guère.

— Oui, ça m'intéresserait d'étudier la balistique de ces gouttes de sang.

D'Agosta plongea dans les yeux clairs de Pendergast et dit enfin :

— Bonne idée. Hé, le photographe, tirez-moi une série de gros plans des gouttes de sang sur le mur. Quant à vous, vous…

— McHenry, monsieur.

— Je veux une analyse balistique de ces projections. On dirait que le mouvement a été bref, avec un angle aigu. J'aimerais que vous en désigniez l'origine, la force, la vitesse. Tout, quoi.

— Entendu.

Sur mon bureau dans une demi-heure, O.K. ?

McHenry eut l'air un peu renfrogné.

— Bien, pas d'autre idée, Pendergast ?

— Non, c'était ma seule idée.
— Eh bien, en route.

Au PC de crise, tout était impeccable. D'Agosta était très attentif à cela. Pas un papier qui traînait, pas un dossier dehors, pas de magnéto sur le coin du bureau. Un décor parfait. À part ça, c'était une ruche. Toutes les lignes de téléphone clignotaient. Mais il avait la situation en main.

Pendergast se glissa sur une chaise : s'il était tiré à quatre épingles, il avait aussi une souplesse de chat. D'Agosta lui fit un rapide tableau de la situation.

— Alors, Pendergast, conclut-il, qu'en pensez-vous ? Nous avons fait notre boulot correctement, oui ou non ?

Pendergast sourit.

— Je n'aurais pas réagi différemment. D'ailleurs, autant vous le dire, lieutenant, cette affaire, nous étions dessus depuis le début. Mais nous ne le savions pas.

— Comment ça ?

— Je suis attaché au bureau de La Nouvelle-Orléans, en Louisiane. Nous étions en train de travailler sur des meurtres en série dans la région, des trucs très bizarres. Je n'entre pas dans les détails, mais les victimes avaient toutes le crâne défoncé et la cervelle sortie, exactement comme ça.

— Merde alors. Et c'était quand ?

— Il y a plusieurs années.

— Plusieurs *années* ?

— Oui, affaire classée, pas d'explication. D'abord, on a pensé que ça pouvait être lié à la drogue, ensuite, le FBI a pris la relève. Mais il était difficile de faire quoi que ce soit, la piste était refroidie depuis longtemps. Et hier je suis tombé sur une dépêche interne relative au double meurtre d'ici. La description des faits est trop… singulière pour qu'on n'établisse pas le rapport, hein. Alors, hier soir j'ai sauté dans un avion. Je ne suis même pas encore admis officiellement à m'occuper de ça. Demain ce sera chose faite, je pense.

D'Agosta se sentit soulagé.

— Alors, comme ça, vous venez de Louisiane. Moi qui croyais que vous étiez une nouvelle recrue du bureau de New York.

— Ils vont sûrement venir, répondit Pendergast. Je vais remettre mon rapport ce soir et ils vont débarquer. Mais c'est moi qui vais m'occuper de l'enquête.

— Vous ? À New York ? Ça m'étonnerait.

Pendergast se mit à sourire.

— Mais si, lieutenant. C'est moi qui vais m'en occuper. J'ai fouillé la question pendant des années et, pour être franc, elle *m'intéresse.*

La façon dont il avait dit cela arracha un léger frisson à D'Agosta. Curieuse impression, se dit-il. L'autre continuait :

— Mais soyez sans crainte, lieutenant, je suis prêt à travailler avec vous là-dessus ; je le souhaite. Nous allons faire équipe, sans doute ce sera un peu différent qu'avec le bureau de New York, mais... Il faut naturellement que vous acceptiez de faire la moitié du chemin vers moi. Je ne suis pas très familier avec tout ça et je vais avoir besoin de vous. Qu'en dites-vous ?

Il s'était redressé, et il lui tendait la main. « Bon Dieu, pensait D'Agosta, les gars du bureau de New York vont le tailler en pièces en deux heures et renvoyer les morceaux à La Nouvelle-Orléans. »

— C'est d'accord, dit D'Agosta en lui serrant la main. Je vais vous présenter pour commencer à Ippolito qui dirige la sécurité ici. À condition que vous répondiez à une question préalable : vous disiez tout à l'heure que la description des meurtres de La Nouvelle-Orléans correspondait. Mais il y a ces traces de morsure que nous avons relevées sur le cerveau de l'aîné des gamins ; et le fragment de griffe, qu'est-ce que vous en faites ?

— D'après ce que vous m'avez dit de l'autopsie, lieutenant, les traces de morsure restent une spéculation, mais je serais heureux de voir les résultats de l'analyse salivaire. Par ailleurs, est-ce que le fragment de griffe a été examiné ?

D'Agosta devait se souvenir un peu plus tard que cette question n'avait reçu qu'une moitié de réponse. Il s'était contenté de lui dire : « On doit le faire aujourd'hui. »

Pendergast se rejeta en arrière sur son siège. Ses cheveux blanc-blond lui tombaient sur le front. Ses yeux regardaient dans le vide.

— Il va falloir que j'aille voir le Dr Ziewicz pendant qu'elle fait son rapport sur les horreurs que nous venons de voir.

Pendergast, vous lui ressemblez tellement, Andy Warhol n'était pas un de vos cousins, par hasard?

— Je n'ai pas une passion pour l'art moderne, lieutenant.

Le lieu du crime était bondé, mais tout se passait dans l'ordre. Tout le monde se déplaçait rapidement. On parlait bas comme par respect pour le mort. L'équipe de la morgue était déjà là, mais elle restait à l'écart en observant le manège. Pendergast se trouvait en compagnie de D'Agosta et d'Ippolito, le directeur de la sécurité du musée.

— Je voudrais vous demander une faveur, dit Pendergast au photographe, je voudrais un cliché pris d'ici, comme ça, vous voyez?

Il lui montra rapidement ce qu'il voulait dire.

— Et puis, j'aimerais aussi une série prise d'en haut, du sommet de l'escalier, avec une séquence pendant la descente. Prenez votre temps, disposez bien les lumières, les ombres et tout ça, faites votre Edward Weston, un travail d'art.

Le photographe regarda Pendergast avec attention puis il se remit à sa tâche.

Pendergast se retourna vers Ippolito.

— J'ai une question pour vous. Pourquoi est-ce que le garde, comment l'appelez-vous, Jolley, Fred Jolley, se trouvait ici? Ça ne faisait pas partie de l'itinéraire habituel de sa ronde, n'est-ce pas?

— C'est exact, dit Ippolito qui se tenait là dans un coin près de l'entrée de la cour et qui avait le teint verdâtre.

D'Agosta haussa tes épaules.

— Qui sait ce qui lui a pris?

— Oui, on se demande, dit Pendergast.

Il jeta un coup d'œil dans la courette au bas de l'escalier, c'était un petit recoin profond avec des murs de briques sur trois côtés.

— Et vous dites qu'il a refermé la porte après lui? Donc on peut supposer qu'il est sorti par là, ou qu'il marchait selon cette direction. Bon. La pluie de météorites de la nuit dernière avait été annoncée pour cette heure-là. On peut se demander si Jolley n'était pas un astronome amateur ; mais ça m'étonnerait.

Il demeura immobile un instant, le regard aux aguets. Puis il se retourna.

— Oui, et je vais vous dire pourquoi.

« Mon Dieu, nous voilà en présence d'un vrai petit Sherlock Holmes », se dit D'Agosta.

— Il est descendu là pour satisfaire un besoin familier, la marijuana. Cette courette est un coin isolé doté d'une bonne ventilation. Superbe endroit pour… fumer un pétard.

— De la marijuana ? Il s'agit d'une pure supposition.

— Non, j'ai l'impression que j'ai repéré le mégot, dit Pendergast en pointant du doigt, regardez : juste là où la porte tape sur le pilier de la rampe.

— Je n'y vois rien, dit D'Agosta. Hé, Ed, tu veux envoyer de la lumière sous la porte ? Là, qu'est-ce que c'est ?

— Un joint, répondit Ed.

— Alors, vous n'êtes pas foutu de me repérer ça ? Je vous ai dit de ramasser jusqu'au dernier grain de sable, putain !

— On n'avait pas encore examiné cette partie-là.

— Bon, vous avez raison, dit D'Agosta à Pendergast, non sans songer à part lui : « Tu as eu du bol, voilà tout. D'ailleurs, rien ne prouve que ce joint soit celui de la victime. »

— Monsieur Ippolito, demanda Pendergast, est-il fréquent que vos employés s'adonnent comme ça… à des substances illicites pendant leur boulot ?

— Pas le moins du monde ; d'ailleurs, je ne suis même pas sûr que Fred Jolley…

Pendergast l'interrompit d'un geste de la main.

— Je suppose que vous savez l'origine de ces traces de pas.

— Ce sont les empreintes des gardiens qui ont trouvé le corps, dit D'Agosta.

Pendergast était penché sur elles.

— Elles bousillent tous nos indices, dit-il en fronçant les sourcils. Monsieur Ippolito, je crois que votre personnel devrait être mieux formé à ce genre de situation, éviter de fiche en l'air les lieux du crime. Ça nous arrangerait.

Ippolito ouvrit la bouche pour dire quelque chose, mais il y renonça. Quant à D'Agosta, il réprima un sourire narquois.

Pendergast reculait avec précaution en direction de l'escalier, une grande porte métallique était entrouverte à cet endroit.

— Dites-moi, monsieur Ippolito, cette porte donne où ?

— Sur un passage.

— Qui mène où ?

— Eh bien, à droite sur la zone protégée, mais le tueur n'a pas pu passer par là parce que…

— Ça m'ennuie de vous contredire, monsieur Ippolito, mais moi je suis sûr que le tueur est bel et bien passé par là. Essayons de comprendre. Après la zone protégée, nous avons le vieux souterrain, c'est bien ça ?

— Oui, c'est ça.

— C'est là qu'on a trouvé les deux enfants.

— Tout juste, observa D'Agosta.

— Cette zone protégée a l'air fort intéressante, monsieur Ippolito. Si nous allions y faire un tour ?

Derrière la porte métallique rouillée, une rangée d'ampoules électriques éclairait un couloir souterrain qui s'enfonçait. Le sol était couvert d'un affreux lino, les murs étaient ornés de peintures représentant des tribus pueblos du Sud-Ouest en train de piler du maïs, se livrant au tissage ou partant à la chasse au chevreuil.

— Très joli, dit Pendergast, c'est dommage de laisser cela ici. On dirait des tableaux de jeunesse de Fremont Ellis.

— Autrefois ils étaient dans la salle des Indiens du Sud-Ouest américain, mais on l'a fermée dans les années vingt.

— Ah ! s'écria Pendergast en scrutant l'un de ces tableaux. Mais, ma parole ! c'est du Ellis. Comme c'est joli. Regardez la lumière sur ce pan de torchis jaune.

— Qu'est-ce qui vous permet d'être si affirmatif ? dit Ippolito.

— Quiconque connaît un peu les travaux d'Ellis serait de mon avis.

— Non, je parle du tueur, comment savez-vous qu'il est passé par ici ?

— Simple intuition, j'imagine, répondit Pendergast en examinant le tableau suivant. Voyez-vous, dès que quelqu'un me dit « c'est impossible », j'ai cette habitude détestable de contredire aussitôt mon interlocuteur. Une mauvaise habitude dont je n'arrive pas à me passer. Toutefois, maintenant nous pouvons être certains que le tueur est passé par là.

— Ah oui, et pourquoi ? demanda Ippolito, troublé.

— Regardez ce merveilleux tableau qui représente la reddition de Santa Fé. Avez-vous jamais visité Santa Fe ?

Un bref silence suivit, Ippolito dit que non.

— Derrière la ville, il y a une chaîne de montagnes qu'on appelle le massif du Sang du Christ, *Sangre de Cristo.*

— Et alors ?

— Eh bien, ces montagnes prennent en effet une belle couleur rouge dans le couchant mais, j'ose le dire, pas ce rouge-là. Celui-là est du sang, et du sang frais encore ! C'est dommage. Le tableau en est tout abîmé.

— Merde alors, dit D'Agosta. Regardez, c'est vrai.

La peinture portait une large tache de sang à la hauteur de leur taille.

— Vous voyez, le meurtre est une chose salissante. Normalement nous devrions trouver des traces partout le long du couloir. Il nous faudrait les gens du laboratoire par ici. Je pense que nous avons trouvé la sortie, quoi qu'il en soit.

Il marqua une pause, puis :

— Allons, maintenant, finissons cette promenade. Ensuite, nous les appellerons. J'aimerais bien poursuivre afin de trouver de nouveaux indices, si ça ne vous fait rien.

— Mais je vous en prie, faites comme chez vous, dit D'Agosta.

— Monsieur Ippolito, marchez avec précaution ; nous leur demanderons d'examiner le sol en même temps que les murs.

Ils arrivèrent devant une porte marquée *Passage interdit.*

— Voilà la zone protégée, dit Ippolito.

— Je vois, dit Pendergast, mais je ne vois pas ce que ça veut dire, zone protégée. Est-ce que le reste du musée n'est pas protégé ?

— Si, si, répondit le directeur de la sécurité ; ça veut dire que là sont entreposés des objets particulièrement rares, possédant une grande valeur. Nous avons le meilleur système de sécurité du pays. Nous avons récemment installé dans les locaux un dispositif de portes coulissantes métalliques dotées d'une commande informatique centrale. En cas de cambriolage, nous pouvons fermer différentes parties du musée. Ce sont des compartiments étanches comme sur un bateau et…

— Je vois, monsieur Ippolito, merci beaucoup, dit Pendergast en enchaînant aussitôt : Intéressante, cette porte.

Une porte ancienne et habillée d'une feuille de cuivre. D'Agosta remarqua que le métal était marqué de griffures superficielles.

— C'est assez récent, d'après leur aspect, fit Pendergast. Que dites-vous de ça ? ajouta-t-il en montrant quelque chose plus bas.

— Jésus-Christ ! soupira D'Agosta en regardant à son tour la partie basse de la porte.

Le cadre en bois était lacéré, émietté par des entailles toutes fraîches. On eût dit que quelqu'un s'était acharné là-dessus.

Pendergast fit un pas en arrière.

— Je veux que cette porte soit analysée de A à Z, s'il vous plaît, lieutenant. Et, pour nous permettre de voir ce qu'il y a derrière, monsieur Ippolito, je vous prierais de bien vouloir l'ouvrir sans promener vos mains partout.

— Je n'ai pas le droit de laisser entrer quiconque ici sans autorisation spéciale.

D'Agosta le regarda, incrédule, et lui dit :

— Attendez ! Je rêve ou quoi ? Vous croyez qu'on va revenir vous voir avec un imprimé ?

— Non, non, je veux simplement dire que…

— Ça veut dire qu'il a oublié la clé, dit Pendergast. Tant pis, nous patienterons.

— Je reviens tout de suite, dit Ippolito.

On entendit ses pas pressés s'éloigner dans le couloir.

Quand il fut hors d'atteinte, D'Agosta se tourna vers Pendergast et lui dit :

— Ça m'ennuie de l'admettre, mais j'aime bien votre façon de faire votre boulot. Cette histoire de tableau, là, c'était super, et puis aussi la façon dont vous traitez Ippolito. Maintenant, je vous souhaite bonne chance avec le bureau de New York.

Pendergast eut l'air amusé.

— Merci pour le compliment, je vous le retourne bien volontiers ; moi aussi je suis content de travailler avec vous, lieutenant, je vous préfère à ces policiers qui ont avalé leur sourire. Si j'en juge par ce que j'ai vu à l'instant, vous avez encore un cœur, vous êtes encore un être humain.

D'Agosta se mit à rire.

— Non, c'était pas ça du tout, c'était plutôt que les œufs brouillés-ketchup-jambon-fromage de ce matin n'étaient pas terribles. Sans parler de la coupe de cheveux du gars, j'ai toujours détesté les coupes militaires.

13

La porte du département botanique était fermée, comme de coutume, malgré le panneau qui indiquait : PRIÈRE DE NE PAS FERMER CETTE PORTE. Margo frappa. « Allons, Smith, pensa-t-elle, je sais que tu es là. » Elle toqua encore une fois, plus fort, et elle entendit s'élever une voix tonitruante :

— Ça va, ça va, une minute, d'accord ? J'arrive.

La porte s'ouvrit enfin et Bailey Smith, le vieil assistant conservateur de botanique, alla se rasseoir à son bureau en poussant un profond soupir d'irritation. Il se mit à fouiller dans son courrier, mais Margo vint résolument vers lui. Bailey Smith considérait sa tâche comme écrasante. Quand on arrivait à en tirer quelque chose, il ne vous lâchait plus. Normalement, Margo aurait envoyé une demande écrite de consultation. Elle n'aurait pas eu à subir cette épreuve. Mais il fallait qu'elle voie sans tarder les échantillons de plantes utilisées par les Kiribitu, pour avancer le prochain chapitre de son mémoire. Le boulot de Moriarty n'était pas encore fait, elle venait d'entendre une rumeur selon quoi le musée venait d'être le théâtre d'un autre meurtre, tout aussi horrible que le premier : c'était la promesse d'une nouvelle fermeture des lieux.

Bailey Smith grommela sans daigner s'apercevoir de sa présence. Il avait beau être âgé de quatre-vingts ans ou presque, Margo le soupçonnait de faire semblant d'être sourd pour embêter le monde.

— Monsieur Smith ! cria-t-elle. J'ai besoin de ces échantillons, s'il vous plaît.

Elle poussa vers lui sa liste et ajouta :

— Tout de suite, si possible.

Smith émit un grognement, s'extirpa de son siège et entreprit d'examiner la liste, non sans désapprobation.

— Ça peut demander un délai, le temps de trouver tout ça. Demain matin, ça vous convient ?

— Je vous en prie, monsieur Smith, on m'a dit que le musée pouvait être fermé d'une minute à l'autre et j'ai besoin de ces échantillons.

Le vieil homme n'allait pas laisser passer cette occasion d'échanger quelques ragots ; il se fit plus amical.

— Ah oui, c'est une affaire terrible, hein ! En quarante-deux ans de musée, je n'ai jamais vu une chose pareille, mais je ne peux pas dire que ça me surprenne vraiment.

Il hocha la tête comme un homme qui en sait davantage, mais Margo se souciait peu de l'entendre. Elle ne releva pas.

— Ce n'est pas le premier, m'a-t-on dit. Et ce n'est pas le dernier non plus.

Il se détourna pour consulter la liste qu'il porta à la hauteur de son nez.

— Qu'est-ce que c'est que ça ? *Muhlenbergia dunbaril ?* On n'a rien de tel ici.

— Ce n'est pas le premier ? fit une voix derrière elle.

C'était Gregory Kawakita, le jeune assistant-conservateur qui l'avait accompagnée la veille dans la salle du personnel. Margo avait lu le curriculum de Kawakita : famille riche, orphelin très tôt, avait quitté Yokohama pour être élevé par des parents vivant en Angleterre. Études à Magdalene College, Oxford. Passé un diplôme au Massachusetts Institute of Technology, puis atterri ici au musée comme assistant. C'était le protégé le plus doué du Dr Frock. Il arrivait même que Margo en soit jalouse. À ses yeux, il ne faisait pas partie des scientifiques qu'on aurait imaginés faire cause commune avec Frock. Kawakita avait le sens de la stratégie dans ses rapports avec les gens du musée. Frock était trop contesté pour lui, trop iconoclaste. Malgré son côté renfermé, Kawakita était sans aucun doute un élément brillant. Il travaillait avec Frock sur un modèle de mutation génétique qu'ils ne semblaient réellement maîtriser qu'ensemble. Sous la direction de Frock, Kawakita était en train de développer un programme informatique appelé l'Extrapolateur, qui comparait et combinait les codes génétiques de différentes espèces. En faisant tourner ce programme sur l'ordinateur le plus puissant du musée, ils s'étaient aperçus que le traitement des données prenait infiniment plus de temps que d'habitude. Tout le monde s'était moqué d'eux en disant que la machine passait en mode manuel.

Smith jeta un regard sans tendresse vers Kawakita.

Margo prit un air désespéré, mais Kawakita poursuivit quand même :

— Vous venez de dire que ce meurtre n'était pas le premier, ou quelque chose de ce genre, non ?

— Greg, vous croyez que c'est vraiment le moment ? dit Margo à voix basse. Je peux dire adieu à mes échantillons à cause de vous.

— Non, je ne suis pas tellement étonné de tout ça, voyez-vous, continuait Smith, et pourtant je ne suis pas superstitieux comme gars, dit-il encore en s'appuyant sur le comptoir, mais ce n'est pas la première fois qu'une créature hante les couloirs de ce musée. Enfin, c'est ce que j'ai entendu dire. Naturellement, je n'en crois pas un mot, mais bon...

— Une créature ? dit Kawakita.

Margo lui envoya un léger coup dans le tibia.

— Je me contente de répéter ce que j'entends, docteur Kawakita, je ne suis pas du genre à faire courir des rumeurs ridicules.

— Non, bien entendu, dit Kawakita en adressant une œillade à Margo.

— Vous savez ce qu'on dit ?

Smith toisait Kawakita, sévère.

— Ça fait longtemps que la créature est là dans les souterrains ; elle mange des rats, des souris, des cafards. Vous n'avez jamais remarqué qu'il n'y a ni rats ni souris en liberté dans ce musée ? Et pourtant, il devrait y en avoir. À New York on en a partout. Pas ici. Bizarre, non ?

— Je n'avais pas remarqué, mais j'essaierai de mieux regarder la prochaine fois.

— Et puis, il y a eu ce chercheur de chez nous qui élevait des chats pour l'expérimentation, poursuivit Smith, il s'appelait

Sloane, Dr Sloane, il me semble, du département du comportement animal. Un jour, une douzaine de ses chats s'évadent, et vous savez quoi, personne ne les a jamais revus. Disparus. C'est bizarre, quand même. Dans ce genre de cas, on en revoit toujours un ou deux traîner dans les parages.

— Peut-être qu'ils manquaient de souris à se mettre sous la dent, justement, suggéra Kawakita.

Smith affecta de n'avoir pas entendu.

— Certains prétendent que la créature est sortie de l'une de ces caisses pleines d'œufs de dinosaure en provenance de Sibérie.

— Je vois, dit Kawakita en s'efforçant de dissimuler un sourire, des dinosaures en goguette au fond du musée.

— Je me contente de vous répéter ce que j'entends, reprit Smith en haussant les épaules. Certains prétendent que ça viendrait plutôt d'une de ces tombes profanées. Un objet maudit. Vous savez, une malédiction comme celle de Toutankhamon. Si vous voulez mon avis, c'est un juste châtiment. Je me fous de savoir de quelle science il s'agit : archéologie, anthropologie, mais, quel que soit le nom, ça relève surtout du pillage de tombes. Par exemple, vous ne les verrez jamais déterrer leur grand-mère. Pourtant, ça ne les dérange pas de déterrer celle des autres et de leur arracher objets et bijoux. J'ai pas raison ?

— Si, acquiesça Kawakita, vous avez tout à fait raison. Mais ça ne nous dit pas pourquoi vous disiez tout à l'heure que ces meurtres n'étaient pas les premiers ?

— Si vous racontez à quelqu'un ce que je vais vous dire, je démentirai. Mais, il y a cinq ans, il s'est passé une chose bizarre.

Après une brève pause, comme pour mesurer l'effet produit, il continua de son ton de conspirateur :

— C'était ce conservateur, là, je ne sais plus comment il s'appelait, Morrissey ou Montana, enfin bref. Il faisait partie de cette expédition amazonienne désastreuse. Vous voyez de quoi je veux parler. Tout le monde y était passé. Enfin, le type a disparu un beau jour. Personne n'a jamais su ce qu'il était devenu. Alors, des bruits ont couru. Il semble qu'un garde à l'époque répétait partout qu'on l'avait trouvé dans les souterrains, horriblement mutilé.

— Je vois, dit Kawakita, et vous pensez que c'est le monstre du musée qui a fait ça ?

— Moi je n'en pense rien, répondit Smith avec vivacité. Je vous répète simplement ce que j'ai entendu. Et je peux vous dire que j'ai entendu des tas de choses, dans la bouche de pas mal de gens.

— Et, si je puis me permettre, est-ce que quelqu'un a déjà vu cette fameuse créature ? demanda Kawakita en réprimant avec peine un sourire.

— C'est-à-dire que oui, deux ou trois personnes. Vous connaissez le vieux Carl Conover, qui s'occupe de la quincaillerie ? Il dit qu'il l'a vue il y a trois ans : il était arrivé tôt au musée pour effectuer des travaux, et il est tombé dessus au coin d'un couloir dans le sous-sol. Ici même, je vous dis, vu de ses yeux.

— Ah bon ? dit Kawakita. Et ça ressemblait à quoi ?

— Eh bien…, commença Smith, mais il finit par remarquer le rictus sur la figure de Kawakita et, aussitôt, son expression changea. Quelque chose me dit, docteur Kawakita, que ça ressemblait à peu près à un nommé Justerini-Brooks.

— Je ne vois pas qui c'est, répondit Kawakita, troublé.

Bailey Smith poussa un rugissement de rire qui arracha un sourire à Margo elle-même.

— George, dit-elle à l'adresse de Kawakita, je pense qu'il veut dire que le vieux Conover s'était soûlé au J&B.

— Ah ! d'accord, dit Kawakita avec raideur. Bien sûr.

Toute sa jovialité avait disparu. « Il n'aime pas la plaisanterie quand il en fait les frais », songea Margo.

— Bon, quoi qu'il en soit, dit soudain Kawakita, il me faut quelques échantillons.

— Hé, mais !

Margo protesta en le voyant déposer sa propre liste sur le comptoir. Le vieux la parcourut rapidement. Il proposa au scientifique :

— Pour lundi en huit, d'accord ?

14

À plusieurs étages au-dessus, le lieutenant D'Agosta se trouvait assis sur un énorme canapé de cuir dans le bureau du conservateur en chef. Il se léchait les babines de satisfaction. Il croisait et décroisait ses jambes potelées, tout en regardant autour de lui. Pendergast, occupé à contempler un livre de lithographies, était assis dans un fauteuil derrière un bureau. Au-dessus de sa tête, dans son cadre doré rococo, se trouvait un tableau ornithologique du fameux peintre Audubon représentant la danse d'accouplement de l'aigrette blanche. Des boiseries de chêne à la patine centenaire couraient le long des murs au-dessus de plinthes ouvragées. De jolies lampes dorées, au verre soufflé, pendaient du plafond à caissons. Une grande cheminée savamment sculptée, tout en marbre, dominait l'un des coins de la pièce. « Bel endroit, songeait D'Agosta. Vieille richesse. Vieux fric new-yorkais. La classe. Pas du tout l'endroit pour fumer un cigare cassé.

Tant pis. »

Il l'alluma.

— Deux heures et demie déjà ! Pendergast, dit-il en soufflant une fumée bleue, où croyez-vous que Wright ait bien pu passer ?

Pendergast haussa les épaules

— Il essaie de nous intimider.

Puis il tourna une autre page. D'Agosta le regarda un instant.

— Vous savez, ces pontes des grands musées, ils croient qu'ils peuvent faire attendre tout le monde.

Il espérait visiblement une réaction. Il reprit :

— Wright et tous ces gens sortis de la cuisse de Jupiter nous traitent comme des minables depuis hier matin.

Pendergast tourna une autre page et murmura :

— Je n'imaginais pas que le musée possédait la collection complète des vues du Forum de Piranèse.

D'Agosta ricana en son for intérieur : « Ah oui ! très intéressant en effet. »

À l'heure du déjeuner, il avait appelé discrètement au téléphone quelques amis du FBI. Résultat : non seulement ils avaient bel et bien entendu parler de Pendergast, mais avaient aussi recueilli plusieurs rumeurs à son sujet. Diplômé avec mention d'une université anglaise quelconque, ce qui était probablement juste. Il avait été officier de commando au Vietnam ; capturé par l'ennemi, il s'était sauvé dans la jungle. On le disait seul survivant d'un camp de la mort cambodgien. D'Agosta doutait de cette dernière précision, mais il révisait quand même son opinion sur le monsieur.

Enfin la lourde porte s'ouvrit et Wright fit son entrée, le directeur de la sécurité sur les talons. Sans cérémonie, Wright alla s'asseoir juste en face de l'agent du FBI.

— Vous êtes Pendergast, je suppose. J'essaie de m'y retrouver.

D'Agosta se rencogna dans son canapé pour mieux apprécier le spectacle.

Pendant un long moment, Pendergast ne fit rien d'autre que tourner des pages en silence. Wright se redressa et lui dit, furieux :

— Si vous êtes occupé, nous pouvons toujours revenir un autre jour.

La figure de Pendergast disparaissait derrière la couverture de son grand livre.

— Non, non, répondit-il enfin. On va procéder maintenant, c'est mieux.

Il tourna paresseusement une page de plus. Puis une autre encore.

D'Agosta observait avec amusement le feu qui montait au visage du directeur.

— Le chef de la sécurité, fit la voix derrière le grand livre, n'est pas indispensable à notre entretien.

— M. Ippolito est pourtant impliqué dans cette enquête…

Les yeux de l'agent du FBI l'atteignirent par-dessus la reliure.

— L'enquête est de mon ressort, docteur Wright, répondit Pendergast avec flegme. À présent, si M. Ippolito avait l'obligeance de nous laisser...

Ippolito jeta un regard furieux en direction de Wright qui lui adressa un signe impuissant de la main.

— Écoutez, monsieur Pendergast, dit Wright dès que la porte fut fermée, je m'occupe de diriger ce musée, c'est une lourde tâche et je n'ai pas tellement de temps. J'espère que nous n'en avons pas pour longtemps.

Pendergast reposa le livre grand ouvert sur le bureau devant lui.

— Je me suis souvent dit, commença-t-il d'une voix calme, que ces premiers travaux de Piranèse, si marqués par le classicisme, étaient les meilleurs. Vous n'êtes pas de mon avis ?

Wright était foudroyé par la surprise.

— J'avoue que je ne vois pas un instant, balbutia-t-il, ce que cela peut avoir à faire avec...

— Naturellement, ses travaux ultérieurs ne sont pas mal non plus, mais un peu trop fantastiques à mon goût.

— En vérité, dit alors le directeur d'une voix professorale, j'ai toujours pensé que...

Pendergast ferma soudain le livre en le faisant claquer.

— *En vérité,* dites-vous, docteur Wright ?

Pendergast parlait sèchement, cette fois. La courtoisie n'était plus de mise. Il le reprit au vol :

— Laissez tomber ce que vous avez toujours pensé, voulez-vous ? Nous allons jouer à autre chose. Maintenant, c'est moi qui parle et vous qui écoutez, d'accord ?

Wright restait là, bouche bée. Puis son visage exprima une violente colère.

— Monsieur Pendergast, je ne vais pas tolérer que vous me parliez sur ce ton...

Pendergast lui coupa la parole :

— Au cas où vous ne seriez pas au courant, docteur Wright, nous avons sur les bras trois meurtres horribles en quarante-huit heures au sein de ce musée. Trois. La presse se demande s'il ne s'agit pas d'une espèce de bête féroce. La fréquentation du musée a baissé de cinquante pour cent depuis le dernier week-end. Votre personnel est très en colère. Et encore, je suis poli. Est-ce que vous vous êtes donné la peine de faire un tour dans le musée aujourd'hui, docteur Wright ? Ce serait instructif, pourtant. L'impression de peur est presque palpable. La plupart des gens, s'ils consentent à quitter leur bureau, s'arrangent pour traverser le bâtiment par groupes de deux ou trois. Les équipes de service se débrouillent pour éviter de fréquenter les parages du vieux souterrain. Et que faites-vous ? Vous préférez faire comme si de rien n'était. Croyez-moi, docteur Wright, il se passe ici des choses absolument anormales.

Pendergast se pencha dans sa direction et, lentement, croisa les bras sur le grand livre. Dans le côté méthodique de ses gestes et dans la pâleur de ses yeux il y avait quelque chose de si menaçant que le directeur, malgré lui, se rejeta au fond de son siège. D'Agosta, inconsciemment, retenait sa respiration. Pendergast poursuivit :

— Il y a trois façons d'envisager les choses, dit-il, la vôtre, la mienne et celle du FBI. Jusqu'ici, la vôtre a prévalu à un degré exagéré. J'ai l'impression que l'enquête de la police a été sournoisement entravée. On met un temps fou à répondre aux appels téléphoniques. À moins qu'on n'y réponde pas du tout. On nous dit que le personnel est occupé ou introuvable. Ceux qu'on a sous la main, comme M. Ippolito, ne sont pas les plus utiles à notre affaire. Les gens se présentent en retard aux convocations. Voilà de quoi éveiller les soupçons. Désormais, votre façon de gérer la question n'est plus du tout la bonne.

Pendergast attendit une réponse, il n'y en eut pas.

— Le FBI, normalement, devrait fermer le musée, suspendre toutes les opérations en cours, annuler les expositions. Côté publicité, c'est désastreux, sans parler du coût exorbitant de la chose. À la fois pour vous et pour le contribuable. Ma façon de gérer le problème est un peu meilleure, vous allez voir. Dans l'état actuel de la question, le musée peut rester ouvert sous certaines conditions. La première : je veux que vous soyez garant de la coopération pleine et entière de votre personnel avec les gens chargés de l'enquête. Nous devons pouvoir avoir des entretiens avec vous et d'autres membres de la direction, de temps en temps. Je veux que vous soyez à notre disposition à la demande. J'aurai besoin d'une liste de tout le personnel. Nous voulons interroger tous ceux qui travaillent ici. Tous ceux qui, pour une raison ou pour une autre, pénètrent dans le musée. Bref, tous ceux qui ont un rapport avec le périmètre où les meurtres ont eu lieu. Tous, sans exception. J'aimerais que vous y veilliez personnellement. Nous allons organiser cela. Et je veux que tout le monde réponde aux convocations, d'accord ?

— Mais ça fait deux mille cinq cents employés ! dit Wright.

— Deuxièmement, continua Pendergast, à partir de demain l'accès du personnel au musée sera limité, tant que notre enquête n'aura pas été menée comme je viens de vous l'indiquer. Ce couvre-feu servira à ménager leur sécurité. Du moins, est-ce la raison officielle que vous leur donnerez.

— Mais il y a des recherches importantes en cours...

— Troisièmement, poursuivit Pendergast en lui tendant en effet trois doigts d'un geste désinvolte, il est possible que de temps en temps nous ayons à fermer le musée. En partie ou en totalité. Dans certains cas, cette fermeture concernera seulement les visiteurs. Dans d'autres, la mesure s'appliquera aussi au personnel. Le délai de décision pourra être bref. Nous comptons sur votre coopération.

La fureur de Wright allait atteindre son paroxysme.

— Ce musée normalement ne ferme que trois jours par an, Noël, jour de l'an, Thanksgiving. Il n'y a aucun précédent, l'effet sera désastreux.

Il adressa à Pendergast un regard appuyé, destiné à le jauger, et ajouta :

— En plus, je ne suis pas sûr que vous ayez le pouvoir de nous contraindre à une chose pareille. Je pense que nous devrions...

Il s'interrompit parce que Pendergast venait de décrocher le téléphone.

— Qu'est-ce que vous faites ?

— Docteur Wright, tout cela commence à me fatiguer. J'étais en train de me dire qu'on devrait discuter de tout ça avec le ministre de la Justice ?

Pendergast commençait à composer un numéro.

— Attendez un instant, dit Wright, on peut sûrement arranger cette affaire entre nous.

— Ça ne dépend que de vous.

Pendergast achevait son numéro.

— Bon Dieu ! Raccrochez cet appareil, aboya Wright, nous ferons ce qu'il faudra.

— Très bien. Si vous trouvez que nous réclamons de vous des choses inadmissibles, nous pourrons toujours en référer à qui de droit.

Pendergast reposa le combiné avec précaution.

— Si je suis disposé à coopérer avec vous, dit Wright, j'estime quand même avoir le droit d'être informé de ce que vous avez fait depuis qu'on a découvert cette dernière atrocité. Pour autant que je le sache, vous avez déjà réuni quelques éléments.

— Absolument, docteur Wright, dit Pendergast.

Il regarda quelques papiers épars sur le bureau et ajouta :

— D'après vos pointeuses, la dernière victime, le nommé Jolley, a rencontré son destin peu après dix heures et demie, hier soir. L'autopsie devrait le confirmer. Comme vous le savez, on l'a lacéré de la même façon que les deux autres. Il a été tué pendant sa ronde, bien que l'escalier auprès duquel on l'a trouvé ne soit pas sur l'itinéraire normal. Il est possible qu'il ait entendu du bruit. Il est possible aussi qu'il se soit arrêté là pour fumer un joint. On a récupéré un mégot récent de marijuana près de la sortie de l'escalier. Bien entendu, nous allons analyser le corps pour voir s'il y a eu usage de drogue.

— Il ne manquait plus que ça, soupira Wright. Mais des indices vraiment utiles, en avez-vous ? Où en êtes-vous avec cette thèse de l'animal sauvage ? Vous…

Pendergast leva la main et attendit qu'il consente à se taire.

— Je préférerais ne pas discuter de ça avant que nous ayons pu examiner avec des experts les éléments dont nous disposons. Certains de ces experts peuvent d'ailleurs sortir de vos propres rangs. Pour le moment, rien n'indique qu'il y ait eu le moindre animal dans les parages. Le corps a été trouvé au bas de l'escalier, bien qu'en fait il soit évident que l'attaque a eu lieu au sommet. Sang et viscères ont été trouvés tout le long des marches. Soit il a roulé en bas, soit on l'a tiré. Mais voyez plutôt, dit Pendergast en désignant une enveloppe matelassée sur le bureau.

Il en tira une photo sur papier brillant et la lui présenta avec précaution.

— Mon Dieu ! s'exclama Wright en examinant la photo. Dieu du Ciel !

Pendergast précisa que le mur à droite de l'escalier était éclaboussé de sang et glissa une autre photo sur la première.

— Analyser la trajectoire des projections sanglantes n'a pas été trop compliqué, poursuivit Pendergast, en l'occurrence, nous avons affaire vraisemblablement à un choc important de haut en bas, qui a étripé la victime d'un seul coup.

Pendergast ramassa les photos et jeta un coup d'œil à sa montre.

— Le lieutenant D'Agosta va prendre mon relais auprès de vous, afin de s'assurer que tout se déroulera selon les modalités que nous venons de discuter. Mais j'ai une dernière question, docteur : lequel de vos conservateurs en sait le plus sur les collections d'anthropologie du musée ?

Le Dr Wright semblait ne pas avoir entendu la question mais finalement il souffla, d'une voix presque inaudible :

— Le Dr Frock.

— Eh bien, c'est parfait, dit Pendergast. Par ailleurs, docteur, je vous ai confirmé tout à l'heure que le musée pouvait rester ouvert, sauf élément nouveau. Il va de soi que, si quelqu'un d'autre venait à mourir dans l'enceinte de ces murs, la fermeture serait immédiate. Le problème cette fois m'échapperait tout à fait. C'est compris ?

Après un long moment, Wright se décida à hocher la tête.

Excellent, dit Pendergast. Je sais bien, docteur, que votre exposition *Superstition* doit ouvrir le week-end prochain, et que votre répétition générale est prévue pour vendredi soir. J'aimerais bien que tout se passe sans encombre, mais tout va dépendre de nos découvertes durant les prochaines vingt-quatre heures. Il pourrait être prudent de retarder l'ouverture.

La paupière gauche de Wright fut soudain agitée de tremblements.

— Alors ça, c'est vraiment impossible. Toute notre campagne de lancement serait fichue. L'effet produit sur le public serait désastreux.

— Nous verrons ça, dit Pendergast. À présent, à moins que vous ne voyiez autre chose, je pense que nous pouvons vous libérer.

Wright, le visage blême, se leva et, sans un mot, se dirigea vers la porte avec raideur.

Une fois qu'il fut sorti, D'Agosta se mit à ricaner et observa :

— Vous nous l'avez mis au pas, ce crétin.

— Vous dites ? demanda Pendergast en se renfonçant dans le fauteuil et en reprenant le grand livre avec le même enthousiasme que tout à l'heure.

— Allez, Pendergast, dit D'Agosta en adressant un regard rusé à l'agent du FBI, vous savez laisser tomber le ton pincé quand ça vous arrange, hein.

Pendergast cligna des yeux vers lui avec innocence :

— Désolé, lieutenant. Les bureaucrates, les gens qui ont avalé leur parapluie, m'obligent parfois à devenir assez abrupt. Je vous prie d'excuser mon comportement s'il vous a choqué.

Il redressa le grand livre devant lui.

— C'est une mauvaise habitude, je sais, mais j'ai du mal à m'en défaire.

15

Le laboratoire dominait l'East River. On voyait les entrepôts et les vieux bâtiments industriels de Long Island. Lewis Turow, debout à la fenêtre, était en train de contempler une énorme péniche pleine d'ordures et environnée de goélands s'éloigner vers le large. « Voilà peut-être une seule minute de déjections new-yorkaises », songea-t-il. On lui avait laissé le choix entre supporter cette ville et travailler dans l'un des meilleurs labos de génétique de tout le pays, ou bien connaître le train-train médiocre d'une petite unité de recherche à la campagne. Il avait choisi la ville. Mais il était à bout de nerfs.

Un léger bip se fit entendre, suivi du bruissement d'une imprimante miniature. Les résultats étaient en train de tomber. Un autre bip annonça la fin de l'impression ; l'ordinateur de type Omega 9, qui coûtait la bagatelle de trois millions de dollars, équipé d'un processeur surpuissant, encombrait tout le mur avec sa série de boîtes grises alignées. Il s'était tu. On voyait à peine clignoter les quelques lumières qui indiquaient son fonctionnement. C'était un appareil particulier, spécialement conçu pour repérer les chaînes d'ADN et dresser la cartographie génétique ; Turow était entré dans ce service six mois plus tôt à cause de la présence de cette machine.

Il tira le papier de la corbeille de sortie et prit connaissance des résultats. Sur la première page, un état rapide des résultats obtenus, ensuite, une liste d'acides nucléiques rencontrés dans l'analyse de l'échantillon.

Après, les colonnes de lettres désignaient les chaînes de base et la carte génétique de l'échantillon.

En l'occurrence, l'échantillon était singulier. Turow travaillait sur les grands félins. On lui avait demandé de rassembler les similitudes génétiques entre le tigre d'Asie, le jaguar, le léopard et le lynx. Il y avait ajouté le guépard, car les gènes de cet animal étaient bien connus. Comme de coutume, le groupe de contrôle était l'Homo sapiens, histoire de s'assurer que le programme était correctement paramétré et l'échantillon saisi convenablement.

Il examina ce que donnait le résumé.

Analyse 3349A5990
Échantillon : NYC Laboratoire criminel LA-33
RÉSUMÉ
Groupe-Cible

	% de correspondance	*fiabilité*
Panthera leo	*5,5*	*4 %*
Panthera onca	*7, 1*	*5 %*
Feus lynx	*4,0*	*3 %*
Feus rufa	*5,2*	*4 %*
Acinonyx jubatus	*6,6*	*4 %*
GROUPE DE CONTRÔLE		
Homo sapiens	*45,2*	*33 %*

« Qu'est-ce que c'est que cette histoire de fous ? », se dit Turow. En fait, cette fois, l'échantillon correspondait davantage au groupe de contrôle alors qu'il aurait dû obtenir l'inverse. Les données génétiques fournies étaient estimées par la machine comme relevant à 4 % seulement du groupe des grands félins, pour 33 % d'appartenance au groupe humain.

Trente-trois, c'était peu, mais on se trouvait quand même dans une zone de probabilité intéressante. La référence, c'était la banque de données génétiques, plus de deux cents gigaoctets d'informations : chaînes d'ADN, structures génétiques élémentaires, carte génétique de milliers d'organismes, de la bactérie *Escherichia coli, à* l'*Homo sapiens.* Il restait à comparer son échantillon à la base de données GenLab pour voir d'où venait l'ADN en question. Apparemment, on était proche de l'Homo sapiens. Il manquait quelque chose pour que ce soit un singe, mais ça se rapprochait du lémurien.

La curiosité de Turow était excitée. Pour commencer, il ignorait jusqu'à présent que son labo travaillait pour la police. « Ce que je ne comprends pas, c'est pourquoi ils croient avoir affaire à un grand félin », songea-t-il.

Quatre-vingts pages de résultats. Le programme d'analyse des chaînes d'ADN avait sorti les nucléotides répertoriés sous forme de colonnes. Étaient indiqués les espèces, les gènes identifiables et les chaînes non reconnues. Turow savait qu'il resterait nombre de chaînes impossibles à identifier, car le seul organisme qui disposait de sa carte génétique complète était la bactérie *Escherichia coli.*

C-G	*	C-T	Non identifié
G-G	*	G-T	*
G-G	Homo sapiens	T-T	*
G-G	*	T-T	*
A-T	A-1 allele	T-T	*
T-G	marqueur	G	*
G-G		C	*
T-T	A-1	C-C	*
A-A	Polymorphisme	C-T	*
A-A	début	G-T	*
A-A	*	T-A	*
G-T	*	C-G	*
T-T	*	T	*
G-T	*	T	*
T-A	/	T	
A-T	/		
T-T	/		
G-T	/		
C-G Al Fin du Poly			

Il parcourut les chiffres du regard, puis il emporta la liasse vers son bureau. Il tapota le clavier de sa station de travail Sparc, qui lui donnait accès à des milliers de bases de données. Si son Omega 9 ne disposait pas de l'information qu'il cherchait, il allait se connecter au réseau Internet pour trouver un ordinateur capable de la lui donner.

En examinant de plus près le listing, Turow fronça les sourcils. « Il doit s'agir d'un échantillon en mauvais état, songea-t-il, il y a trop de chaînes impossibles à identifier là-dedans. »

A-A	*Non identifié*	*A-T*	*Hémidactyle*
A-T	"	*T*	*Turcicus*
A-T	"	*C*	*Suite*
A-T	"	*T-C*	"
A-T	"	*C-C*	"
A-T	"	*T-G*	"
T-T	"	*G-G*	"
G-G	"	*G-G*	"
G-G	"	*G-G*	"
A-A	* *Hémidactyle*	*G-G*	"
T-T	*Turcicus*	*G-G*	"
T-G	"	*G-G*	"
G-C	"	*G-G*	"
G-T	"	*G-G*	"
T-G	"	*G-G*	"
C-A	"	*G-G*	"
A-C	"	*G-G*	"

Il interrompit sa consultation sur un passage vraiment bizarre où l'on voyait que le programme avait identifié un grand fragment d'ADN comme appartenant à un animal nommé *Hemidactylus turcicus*.

« Alors ça, qu'est-ce que ça signifie ? », songea-t-il.

La base de données biologiques lui répondit :

NOM COMMUN : GECKO DE TURQUIE

« Quoi ? », pensa-t-il. Et il tapa la commande « fiche étendue ».

HEMIDACTYLUS TURCICUS : GECKO DE TURQUIE.

ORIGINE GÉOGRAPHIQUE : AFRIQUE DU NORD

EXTENSION : FLORIDE, BRÉSIL, ASIE MINEURE, AFRIQUE DU NORD. LÉZARD DE TAILLE MOYENNE APPARTENANT AU GROUPE GECKO, *GEKKONIDAE,* ARBORICOLE, NOCTURNE, SANS PAUPIÈRES MOBILES.

Turow quitta la base de données en plein défilement. Évidemment, cette histoire était ridicule. Comment pouvait-on retrouver dans le même échantillon de l'ADN humain et de l'ADN de lézard ? En fait, ce n'était pas la première fois qu'il avait un problème de ce genre. La machine n'était pas en cause, c'était plutôt une question de saisie. De toute façon, on ne connaissait que des fragments minuscules de l'ADN, quel que soit l'organisme étudié.

Il recommença à parcourir le listing, pour s'apercevoir que cinquante pour cent des chaînes reconnues correspondaient à la structure de l'ADN humain ; c'était très peu si l'origine de l'échantillon était humaine. Mais, dans le cas d'un échantillon en mauvais état, c'était possible. Sans parler de l'éventualité d'une contamination. Une ou deux cellules étrangères, et tout était perturbé. Turow se dit que c'était là que résidait probablement l'explication. « Évidemment, avec ces gens de la police de New York, ce ne serait guère étonnant. » Même le type qui vendait du crack en plein jour au bas de l'immeuble devant chez lui, ils n'étaient pas capables de mettre la main dessus.

Il continuait son examen. « Ah, ah, une autre chaîne plus longue, voyons : *Tarentola mauritanica.* » Il appela la base de données et tapa le nom :

TARENTOLA MAURITANICA : GECKO DES MURS

« Allons bon, pensa Turow. Qu'est-ce que c'est encore que cette plaisanterie ? » Il vérifia sur le calendrier ; le 1er avril était le samedi suivant et il se mit à rire. Excellent. Très, très bonne blague. Il n'aurait jamais pensé que le vieux Buchholtz soit capable d'un pareil truc. Il fallait croire qu'il avait aussi un certain sens de l'humour. En attendant, il commença à rédiger son rapport.

Échantillon LA-33

RÉSUMÉ : ÉCHANTILLON IDENTIFIÉ FORMELLEMENT COMME CELUI D'UN HOMO GEKKOPIENS, SOIT UN HOMME-GECKO.

Quand il eut fini, il envoya le rapport à l'étage supérieur sans tarder. Ensuite il quitta le bureau pour aller chercher du café. Il en riait encore. Il était assez fier de sa réaction. Il se demandait de quelle partie du monde provenaient les échantillons de gecko fournis par Buchholtz, sans doute les avait-il trouvés dans une animalerie quelconque, il voyait le bonhomme glisser des cellules de ces animaux dans une éprouvette avec deux gouttes de son propre sang. « Il s'est dit : voyons ce que Turow, notre nouvelle recrue, va faire de ça. » Turow, de retour dans l'ascenseur avec son café, éclata carrément de rire.

Il trouva Buchholtz qui l'attendait au labo. Le seul ennui, c'est que Buchholtz ne riait pas du tout.

16

Frock, assis dans son fauteuil roulant, se tamponnait le front avec un mouchoir Gucci.

— Asseyez-vous, s'il vous plaît, Margo. Merci d'être venue si vite. C'est affreux, affreux.

— Ah oui, le pauvre gardien, dit-elle, ce matin au musée on ne parlait que de ça.

— Le gardien? fit-il, interrogateur. Oh! oui, c'est une tragédie, bien sûr, mais je ne vous parlais pas de ça.

Il tenait une feuille de service à la main.

— Ce sont de nouveaux règlements de toute sorte, expliqua-t-il. Ça complique terriblement la vie. À partir d'aujourd'hui, le personnel n'est admis que de dix heures à dix-sept heures. Pas d'heures supplémentaires, pas de travail dominical. Il y aura des gardiens dans tous les services et il faudra montrer patte blanche à l'entrée et à la sortie de l'anthropologie chaque jour. Ils demandent à tout le monde d'avoir sa carte tout le temps sur soi. Personne ne pourra ni entrer ni sortir sans elle.

Il continuait à lire :

— Quoi d'autre encore? Ah oui! « Essayez autant que possible de rester dans votre section d'origine. Je dois aussi vous demander de ne pas vous déplacer tout seul dans des zones isolées du bâtiment. Faites-vous accompagner. La police va venir interroger quiconque travaille dans le vieux souterrain. Votre entretien est prévu pour le début de la semaine prochaine. Diverses parties du musée sont désormais d'accès interdit. »

Il repoussa la feuille sur le bureau, il y avait un plan des lieux qui accompagnait le tout. Les zones interdites étaient soulignées de rouge.

— Ne vous en faites pas, dit Frock, j'ai examiné le plan, votre bureau est juste avant la frontière.

« Sympa, songea Margo. À deux pas de chez moi, le meurtrier est en train de rôder. »

— Ça me paraît bien compliqué comme dispositif, docteur Frock, non ? Pourquoi n'ont-ils pas fermé le musée dans ces conditions ?

— Ça ne m'étonnerait pas qu'ils aient essayé, ma chère. Mais je suis sûr que Winston les en a dissuadés. Si cette exposition *Superstition* n'ouvre pas le jour dit, le musée aura de graves ennuis.

Frock ramassa son document et conclut :

— On peut clore la discussion sur ce sujet ? J'aimerais vous entretenir d'autre chose.

Margo réfléchit. *De graves ennuis.* À son avis, les graves ennuis étaient déjà là. Sa voisine de bureau, comme d'ailleurs la moitié des employés ce matin, était arrivée au musée dans un drôle d'état. Ceux qui étaient quand même venus passaient le plus clair de leur temps devant les machines à café ou les photocopieuses, pour écouter et propager les rumeurs, pour se réchauffer au sein du groupe. Comme si ce tableau ne suffisait pas, les salles du musée s'étaient pratiquement vidées : les familles en vacances, les groupes scolaires, les enfants bruyants... le public s'était évanoui. À présent, le musée attirait surtout les amateurs de spectacles macabres.

— J'étais curieux de savoir si vous aviez pu obtenir ces plantes que vous cherchiez pour votre chapitre sur les Kiribitu, dit Frock ; j'ai pensé que pour chacun de nous ce serait un exercice utile que de soumettre ça au programme Extrapolateur.

Le téléphone sonna.

— Zut, dit Frock en décrochant. J'écoute ?

Il y eut un long silence.

— Est-ce bien nécessaire ?... Si vous insistez, conclut-il après une pause, reposant le combiné avec un grand soupir. Les autorités veulent me voir au sous-sol. Dieu sait pourquoi. Un type nommé Pendergast. Ça vous ennuierait de pousser mon fauteuil jusque-là ? On bavardera en chemin.

Dans l'ascenseur, Margo continua :

— J'ai pu obtenir quelques spécimens au service de botanique, mais pas autant que je l'aurais souhaité. Et je ne comprends pas ce que vous voulez dire : vous voulez qu'on les passe au GSE ? C'est ça ?

— Mais oui, dit Frock. Ça dépend dans quel état sont vos plantes, bien sûr. Est-ce qu'on peut en relever l'empreinte ?

GSE signifiait Genetic Sequence Extrapolator. Le programme informatique avait été développé par Kawakita et Frock. Il était destiné à mettre en lumière l'empreinte génétique des échantillons analysés.

— Les plantes sont en bon état, pour la plupart, convint Margo, mais, docteur Frock, je vois mal en quoi elles peuvent justifier l'usage de l'Extrapolateur.

« Est-ce que par hasard je ne serais pas jalouse de Kawakita ? », se demanda-t-elle. « Est-ce la vraie raison de ma réticence ? »

— Ma chère Margo, c'est exactement ce genre de chose qui justifie l'usage de l'Extrapolateur, dit Frock qui dans l'excitation se permettait de l'appeler par son prénom. L'évolution, vous ne pouvez pas la reproduire, mais vous pouvez la simuler par le biais des ordinateurs. Peut-être que ces plantes sont liées génétiquement selon le même schéma que celui dont les chamans kiribitu se servaient pour les classer. Vous ne trouvez pas que ce serait une précision intéressante à apporter dans votre mémoire ?

— Je n'y avais pas pensé, dit Margo.

— Nous sommes en ce moment en phase de test pour le programme. C'est exactement le genre de tâche dont nous avons besoin, dit Frock, enthousiaste. Pourquoi ne vous entendez-vous pas avec Kawakita pour travailler ensemble ?

Margo hocha la tête. Elle se dit que Kawakita, à première vue, n'était pas le genre de type à vouloir partager ses découvertes, mêmes ses recherches, avec qui que ce soit.

La porte de l'ascenseur s'ouvrit. Ils tombèrent sur un poste de garde assuré par deux policiers armés de fusils.

— Vous êtes le Dr Frock ? demanda l'un deux.

— Oui, répondit Frock d'un ton bourru.

— Suivez-nous, s'il vous plaît.

Margo poussa le fauteuil de Frock. Ils croisèrent plusieurs couloirs jusqu'à un deuxième poste de garde. Derrière la barrière, deux autres policiers étaient accompagnés d'un grand type mince en costume noir ; ses cheveux blond-blanc étaient peignés en arrière et dégageaient son front. Les policiers repoussèrent la barrière. Il fit un pas vers eux, la main tendue.

— Vous devez être le Dr Frock. Merci de vous être donné la peine de descendre. Comme je vous l'ai dit, j'attends un autre visiteur. Je n'ai donc pas pu me déplacer jusqu'à vous. Si j'avais su que vous étiez… – il désigna le fauteuil roulant en hochant la tête –, bien entendu je ne vous aurais pas demandé… Je suis l'agent spécial Pendergast.

Il lui tendait toujours la main. « Curieux, cet accent, pensa Margo, il est de l'Alabama ? En plus, il ne ressemble pas du tout à un agent du FBI. »

— Oui, c'est moi, répondit Frock, désarçonné par la courtoisie de Pendergast. Voilà mon assistante, Mlle Green.

Margo trouva la main de Pendergast très froide.

— C'est un honneur pour moi, reprit ce dernier, que de rencontrer un scientifique aussi important. J'espère que j'aurai le temps de lire votre dernier ouvrage.

Frock hocha la tête.

— Dites-moi, reprit Pendergast, est-ce que vous appliquez le modèle d'extinction des espèces, qu'on nomme le rameau mort, à votre propre théorie de l'évolution ? Ou bien alors le schéma dit du « pari perdu » ? Je me suis toujours dit que ce dernier schéma venait assez bien à l'appui de vos thèses. Spécialement si l'on admet que la plupart des genres prennent naissance à côté de la famille qui les englobe.

Frock se redressa dans son fauteuil roulant.

— Oui ? Eh bien, il est vrai que je me proposais d'y faire référence dans mon prochain livre.

Il semblait un peu estomaqué.

Pendergast adressa un signe de tête aux policiers, qui remirent la barrière en place.

— J'ai besoin de votre aide, docteur Frock, lui dit-il à voix basse.

— Mais certainement, répondit Frock courtoisement.

Margo était fascinée de voir avec quelle rapidité Pendergast avait mis Frock de son côté.

— Tout d'abord, je dois vous demander de ne révéler à personne le contenu de cet entretien, dit Pendergast. Puis-je avoir votre promesse ? Et celle de Mlle Green ?

— Bien sûr, dit Frock.

Margo approuva.

Pendergast les conduisit vers l'un des policiers, qui leur présenta un grand sac de plastique portant la marque PIÈCES À CONVICTION. Il en tira un petit objet noir qu'il tendit à Frock.

— Ce que vous tenez entre vos mains, dit-il, est la reconstitution moulée d'une griffe que nous avons trouvée dans le corps de l'un des enfants tués la semaine dernière.

Margo se pencha pour voir l'objet de plus près, dans un mélange d'horreur et de curiosité. Deux à trois centimètres de long, peut-être un peu moins. Courbé, dentelé.

— Une griffe ? dit Frock en rapprochant l'objet de son visage pendant l'examen. Une griffe plutôt bizarre, mais à mon avis c'est une imitation.

Pendergast eut un sourire.

— Nous n'avons pas pu établir sa provenance, docteur, mais je ne suis pas si sûr qu'il s'agisse d'une imitation. Dans le canal central de cette griffe, nous avons trouvé une substance qui est en ce moment même soumise à une analyse d'ADN. On a bien détecté des chaînes d'ADN là-dedans, mais les résultats sont encore confus. Nous continuons.

Frock haussa les sourcils.

— Intéressant, dit-il.

— Maintenant, je voudrais vous montrer ça, dit-il en fouillant dans le sac pour en tirer un objet plus volumineux. Il s'agit d'une reconstitution de l'instrument qui a lacéré l'enfant en question.

Il le tendit à Frock.

Margo examina l'objet en latex avec dégoût. Sur l'une des extrémités, les détails étaient précis ; cela se terminait par trois griffes courbes, une centrale plus importante et deux autres plus petites de chaque côté.

— Dieu du ciel ! fit Frock. On dirait que ça vient d'un saurien.

— Un saurien ? dit Pendergast.

— *Dino*saurien, si vous préférez, dit Frock. Membre antérieur typique de la famille ornithischienne, avec cependant une différence, regardez : la partie digitale est très démesurée, alors que les griffes elles-mêmes sont plus petites.

Pendergast haussa les sourcils, surpris.

— Pour tout vous dire, nous penchions pour la famille des chats sauvages, ou quelque mammifère carnivore de ce genre.

— Mais je ne doute pas que vous soyez au courant d'un léger détail, dit Frock, c'est que tous les mammifères prédateurs ont cinq doigts.

— Naturellement, docteur, maintenant, si vous voulez m'écouter une seconde, j'aimerais vous soumettre un scénario.

— Bien sûr.

— Nous avons une thèse : le meurtrier utiliserait ceci – il brandit le moulage – comme une arme pour lacérer ses victimes. Nous nous demandons si ce que je tiens ici ne serait pas en fait une objet d'artisanat quelconque, quelque instrument fabriqué par un tribu primitive à l'aide d'une patte de lion ou de jaguar. L'ADN de la griffe paraît en mauvais état, il peut s'agir d'un objet très ancien, ramassé par le musée voilà des années et volé depuis.

La tête de Frock s'abaissa jusqu'à ce que son menton vînt toucher sa poitrine. Le silence s'épaissit, on entendait seulement le mouvement des policiers près de la barrière au fond. Frock se mit enfin à parler :

— Et le gardien tué ? Est-ce qu'on a trouvé sur ses blessures quelque chose qui témoigne d'une griffe cassée ou manquante ?

— Bonne question, voyez vous-même.

Il glissa la main dans le sac de plastique dont il tira une lourde plaque de latex, un long rectangle traversé par le milieu de trois sillons dentelés.

— C'est un moulage de l'une des blessures abdominales que présentait le garde, dit Pendergast.

Margo frémit, c'était d'un aspect vraiment répugnant.

Frock examina très attentivement ces sillons profonds et dit :

— La pénétration a dû être très efficace. Mais la blessure ne montre pas de trace de griffe cassée. Par conséquent, j'imagine que pour vous le meurtrier utilise *deux* de ces objets ?

Pendergast eut l'air vaguement troublé mais il hocha la tête. Une fois de plus, le nez de Frock avait plongé en direction de sa poitrine, et cette fois le silence se prolongea très longtemps.

— Une autre chose, s'exclama-t-il soudain, avez-vous remarqué comme les marques de griffes se rassemblent légèrement ! Elles semblent plus écartées en haut qu'en bas.

— Oui, et alors ? dit Pendergast.

— Exactement comme une main articulée au poignet, cela voudrait dire que votre instrument, là, est articulé.

— Je vous l'accorde, dit Pendergast. Toutefois, notons que la lecture de ces moulages est malaisée parce que la chair humaine est molle et facile à déformer. Mais dites-moi, docteur Frock, est-ce que dans vos collections il manque le moindre objet capable de provoquer une blessure pareille ?

— Nous n'avons rien de tel dans les collections, répondit Frock avec un vague sourire. Voyez-vous, ceci ne provient d'aucun des animaux que j'ai pu étudier jusqu'à présent. Regardez la forme conique de cette griffe, avec une racine profonde. La section pyramidale médiane est presque parfaite dans la partie haute : on retrouve cela chez deux sortes d'animaux, les dinosaures et les oiseaux. C'est d'ailleurs pourquoi certains biologistes de l'évolution pensent que les oiseaux proviennent des dinosaures. En fait, je devrais conclure que ceci appartient à un oiseau. Sauf que c'est bien trop grand. Donc, un dinosaure.

Il reposa le moulage de latex sur son genou et leva les yeux.

— Certainement, quelqu'un d'habile qui connaîtrait bien la morphologie des dinosaures pourrait avoir fabriqué ce truc-là pour l'utiliser comme arme du crime. Je pense que vous avez fait analyser l'original pour voir s'il s'agit d'un matériau biologique authentique, genre kératine, et non d'une sculpture ou d'un moulage réalisé dans de l'inorganique ?

— Oui, docteur, c'est organique.

— Et l'ADN, est-ce qu'il ne provenait pas du sang ou de la chair de la victime ?

— Non, dit Pendergast, je vous l'ai précisé : cela provenait du canal central, et non du dessous de la griffe.

— Alors, cet ADN, il vient d'où ?

— Le rapport final n'est pas encore au point.

Pendergast se leva. Frock le retint de la main.

— D'accord, mais dites-moi une chose : pourquoi ne vous servez-vous pas de notre propre laboratoire d'analyse de l'ADN ?

Nous en avons un au musée, qui est aussi valable que n'importe lequel dans le pays.

— Sans doute, docteur, mais notre code de procédure nous l'interdit. Pouvons-nous être sûrs des résultats si les expertises sont menées sur les lieux mêmes du crime ? On peut se demander si le meurtrier lui-même n'y est pas associé, vous comprenez ?

Pendergast sourit.

— Excusez mon insistance, docteur, mais auriez-vous l'obligeance d'examiner sérieusement la possibilité que l'arme du crime puisse provenir d'un vestige dérobé aux collections d'anthropologie ? J'aimerais bien savoir s'il y a un ou plusieurs objets d'artisanat qui peuvent ressembler de près à cela.

— On va voir, si vous y tenez, dit Frock.

— Merci. On en reparle demain ou après-demain ? D'ici là, j'aimerais que vous puissiez me fournir un inventaire écrit des collections du département d'anthropologie.

Frock eut un sourire.

— L'inventaire des six millions d'objets ? Il faudra vous contenter du catalogue informatique. Vous voulez qu'on vous installe un terminal de consultation ?

— Oui, peut-être, un peu plus tard, dit Pendergast en glissant de nouveau la plaque de latex dans son sac en plastique. Merci de la proposition, en tout cas. Notre quartier général est en ce moment installé dans la galerie vide qui se trouve derrière le service de mécanographie.

Ils entendirent un bruit de pas derrière eux. Margo se retourna, elle aperçut la haute silhouette du Dr Ian Cuthbert, directeur adjoint du musée, qui était suivi des deux policiers en faction devant l'ascenseur.

— Dites-moi, ça va durer longtemps ? se plaignit Cuthbert.

Il s'arrêta devant la barrière.

— Oh, Frock, alors, ils vous ont mis la main dessus vous aussi. C'est incroyable ce qu'on peut nous casser les pieds.

Frock hocha imperceptiblement la tête.

— Docteur Frock, dit Pendergast, je suis désolé. Voilà le monsieur que j'attendais tout à l'heure. Mais vous pouvez rester ici si vous voulez.

Frock accepta.

— À présent, Dr Cuthbert, commença vivement Pendergast en se tournant vers l'Écossais, je vous ai demandé de descendre parce que je souhaitais en savoir davantage sur la zone qui s'étend derrière nous.

Il désignait une grande porte.

— La zone protégée ? Je ne vois pas ce que… D'ailleurs n'importe qui pourrait vous renseigner aussi bien que moi.

— Eh oui, mais il se trouve que c'est à vous que je pose la question, dit Pendergast avec politesse mais fermeté. Vous permettez qu'on y aille ?

— Si ce n'est pas trop long, dit Cuthbert, je suis en pleine organisation de l'exposition.

— Oui, dit Frock, non sans une vague ironie. Il a une expo en route.

Sur quoi, il pria Margo de pousser son fauteuil.

— Docteur Frock ? demanda poliment Pendergast.

— Oui ?

— Vous pourriez me rendre ce moulage, s'il vous plaît ?

La porte gainée de cuivre qui menait à la zone protégée du musée avait été enlevée ; la neuve était tout en acier. À la moitié de la salle, on voyait une autre porte, petite, avec l'inscription : PACHYDERMES. Margo fut étonnée qu'on ait pu faire passer des os d'éléphant par ce guichet.

Elle poussa Frock dans le passage étroit qui marquait le début de la zone protégée. Le musée avait entreposé là ses objets les plus précieux. Ils étaient placés dans de petites caves de chaque côté : saphirs, diamants ; ivoires, cornes de rhinocéros alignées ; squelettes et peaux provenant d'espèces éteintes ; dieux de la guerre zuni. À l'autre bout de la salle, deux hommes en costume sombre parlaient à voix basse. Quand Pendergast fit son apparition, ils se redressèrent.

Pendergast s'arrêta devant la porte ouverte de l'une des caves. Elle avait le même aspect que les autres : une grosse poignée noire à combinaison, une barre de cuivre, et des motifs décoratifs. À l'intérieur, une ampoule jetait une lumière parcimonieuse entre des parois métalliques. Il n'y avait là que quelques caisses, toutes imposantes, à l'exception d'une seule dont le couvercle avait été retiré. L'une des grandes caisses avait été sérieusement endommagée et du rembourrage s'en échappait.

Pendergast attendit que tout le monde fût entré dans ce réduit, puis il dit :

— Si vous le permettez, j'aimerais vous replacer dans le contexte. Le meurtre du gardien a eu lieu non loin de cet endroit. On a des raisons de penser qu'après l'acte le meurtrier est passé dans la salle à côté. Il a essayé de franchir la porte qui défend l'entrée de la zone protégée. Peut-être n'était-ce pas le premier essai. En tout cas, il n'y est pas parvenu. Au début, nous nous sommes demandé ce qu'il pouvait chercher. Comme vous le savez, il y a beaucoup d'objets de valeur ici.

Pendergast se retourna vers l'un des policiers, qui vint à sa rencontre et lui remit une feuille de papier.

— Alors, nous nous sommes renseignés : rien n'est entré ni sorti de la zone protégée pendant les six derniers mois, à l'exception de ces caisses. On les a placées ici la semaine dernière, à votre requête, docteur Cuthbert.

— Monsieur Pendergast, il faut que je vous explique..., dit Cuthbert.

— Attendez un peu, s'il vous plaît, répondit Pendergast. Quand nous sommes arrivés ici pour inspecter les caisses, nous avons trouvé quelque chose de très intéressant.

Il désignait la caisse endommagée.

— Regardez les renforts, là. On distingue nettement des marques de griffes assez profondes, et les gens du labo nous indiquent que les marques relevées sur les victimes proviennent sans doute du même objet ou instrument.

Pendergast s'interrompit et regarda Cuthbert avec insistance.

— Je n'étais pas le moins du monde au courant de..., bredouilla Cuthbert, rien ne manquait, j'ai pensé simplement que...

Sa voix devenait inaudible.

— Docteur, pourriez-vous nous en dire un peu plus sur l'histoire de ces caisses ?

— C'est facile, il n'y a rien de très mystérieux ; elles ont été ramenées par une expédition il y a longtemps.

— On s'en doutait, fit Pendergast sèchement. Mais quelle expédition ?

— L'expédition Whittlesey, répondit Cuthbert.

Pendergast attendait la suite. Enfin, Cuthbert poursuivit, après un soupir :

— C'était une expédition en Amérique du Sud, il y a un peu plus de cinq ans. Elle n'a pas été très... brillante.

— On peut même parler de désastre, dit Frock, goguenard.

Ignorant le regard furieux que lui adressa Cuthbert, Frock poursuivit :

— Le musée a été très troublé par le scandale, à l'époque ; l'expédition s'est vite divisée à cause de conflits personnels. Certains des membres de l'équipe ont trouvé la mort dans une attaque menée par des tribus hostiles ; les autres ont disparu dans un accident d'avion pendant le retour à New York. Naturellement, il y a eu des rumeurs selon quoi on avait affaire à je ne sais quelle malédiction...

— Il exagère, l'interrompit Cuthbert, il n'y a pas eu le moindre scandale.

Pendergast les regarda tous les deux.

— Parlez-moi de ces caisses, dit-il avec douceur.

— Elles sont arrivées en plusieurs lots, expliqua Cuthbert, mais peu importe. Il y avait dans l'une d'elles un objet très bizarre, une figurine sculptée par une tribu sud-américaine disparue. Elle aura une place de choix dans l'exposition *Superstition.*

Pendergast hocha la tête et lui fit signe de continuer.

— La semaine dernière, nous sommes venus pour prendre cette figurine et j'ai vu qu'on avait fracturé l'une des caisses. C'est pourquoi j'ai demandé à ce que toutes les caisses soient entreposées temporairement dans la zone protégée.

— On a volé quelque chose ?

— C'est là que ça paraît bizarre, dit Cuthbert, parce qu'aucun des objets ne manquait. La figurine elle-même vaudrait une fortune. Elle est unique, il n'en existe pas d'autre exemplaire au monde. La tribu kothoga qui l'a produite est éteinte, à ce qu'il semble, depuis des années.

— Vous voulez dire qu'on n'a rien pris du tout ?

— Enfin, rien d'important. La seule chose qui paraissait manquer à l'appel, c'étaient des petits sacs de graines, enfin, ce genre de chose. Maxwell, le scientifique qui avait empaqueté tout ça, a perdu la vie dans le crash de l'avion près d'Asunción.

— Des sacs de graines ? dit Pendergast.

— Pour être franc, j'ignore de quoi il pouvait s'agir. Nous n'avons pas la documentation ; la seule qui nous soit parvenue concerne la partie anthropologique. Nous avons recueilli le journal de Whittlesey, mais c'est tout. Quand les caisses sont arrivées, nous avons travaillé un peu sur tout ça pour remettre les choses en place, mais depuis...

— J'aimerais que vous m'en disiez davantage sur l'expédition elle-même, insista Pendergast.

— Il n'y a pas grand-chose à dire. Au début, il s'agissait de retrouver des traces de la tribu kothoga, et de rassembler divers éléments en provenance d'une partie méconnue de la forêt tropicale humide. Il me semble que les études préliminaires avaient conclu que quatre-vingt-quinze pour cent des espèces végétales dans le coin étaient ignorées des scientifiques. Whittlesey, le chef de l'exposition, était un anthropologue. Il y avait aussi, je crois, un paléontologue, un spécialiste des mammifères, peut-être un entomologiste, et quelques assistants. Whittlesey et l'un des assistants, appelé Crocker, ont disparu, attaqués probablement par des indigènes. Le reste de l'équipe a péri dans l'accident d'avion. La seule chose sur laquelle nous disposons d'éléments d'information, c'est cette figurine qui est mentionnée dans le journal de Whittlesey. Le reste des objets garde son mystère. Rien sur la provenance géographique ou autre.

— On peut savoir pourquoi ces objets sont restés au fond des caisses pendant si longtemps ? Pourquoi ne pas les avoir tirés de là pour les faire entrer au catalogue et rejoindre les collections ?

La question parut mettre Cuthbert mal à l'aise ; il répondit, sur la défensive :

— Pour ça, vous n'avez qu'à demander à Frock ; il est le chef du département concerné.

— Nos collections sont énormes, intervint Frock, nous conservons des os de dinosaure dans des caisses depuis les années trente et personne ne les a encore touchés. Pour s'occuper de ça, il faut un temps et un argent fous.

Il soupira.

— Mais, dans le cas qui nous occupe, ce n'est pas la raison. Si ma mémoire est bonne, depuis le moment où ces caisses sont arrivées ici, le département d'anthropologie n'a pas été autorisé à les examiner.

Il désignait clairement Cuthbert comme détenteur de l'explication.

— Il y a prescription ! répondit Cuthbert avec aigreur.

— Mais comment pouviez-vous savoir qu'il n'y avait pas d'objets rares dans les caisses demeurées fermées ? demanda Pendergast.

— Le journal de Whittlesey indiquait clairement que la figurine de la petite caisse était le seul objet qui présentait un intérêt.

— Ce journal, on peut le voir ?

Cuthbert secoua la tête.

— Impossible de remettre la main dessus.

— Les caisses ont été déplacées sous votre responsabilité personnelle ?

— J'ai suggéré au Dr Wright qu'on procède au transport quand j'ai appris que les caisses avaient été visitées, dit Cuthbert. Normalement nous gardons les caisses et leur contenu intacts jusqu'à ce qu'une équipe s'en charge. C'est l'une des règles de fonctionnement du musée.

— Alors, comme ça, on les a déplacées la semaine dernière, murmura Pendergast, presque à part lui. Soit juste avant le meurtre des deux enfants. Que cherchait donc le meurtrier ?

Il revint à Cuthbert :

— C'était quoi, déjà, ce qui manquait dans les caisses ? Des sachets de graines ?

Cuthbert haussa les épaules.

— Je vous ai dit que je ne savais pas trop. Ça ressemblait à ça, mais je ne suis pas botaniste.

— Vous pouvez au moins me les décrire ?

— Ça fait des années, je ne me souviens plus réellement. Assez gros, forme ronde, lourds. L'enveloppe externe était rugueuse, c'était de couleur brun clair. Il faut dire que je n'ai vu l'intérieur des caisses que deux fois. La première à leur arrivée, la deuxième la semaine dernière, quand je cherchais le Mbwun, la fameuse figurine.

— Où est-elle en ce moment ?

— On est en train de la préparer pour l'exposition. Elle devrait être en place aujourd'hui, on scelle les vitrines en ce moment même.

— Vous n'avez rien soustrait d'autre à ce lot ?

— Non, c'est la seule pièce.

— J'aimerais bien y jeter un coup d'œil, dit Pendergast.

Cuthbert se dressa, furieux, et répondit :

— Quand l'exposition sera ouverte, vous la verrez. Franchement, je vois mal ce que vous avez derrière la tête. On se demande pourquoi vous perdez votre temps sur une caisse endommagée quand un tueur fou rôde dans ce musée, un malade que vous n'êtes même pas foutus d'attraper.

Frock toussota et dit :

— Margo, vous voulez me rapprocher, s'il vous plaît ?

Elle poussa son fauteuil vers les caisses. Avec un gémissement, il se pencha pour examiner ce que l'on voyait par la brèche. Tout le monde le regardait faire.

— Merci, dit-il en se redressant et en regardant tour à tour chacun des présents. Avez-vous remarqué que ces planches portent des marques à l'intérieur de la caisse autant qu'à l'extérieur ? Monsieur Pendergast, êtes-vous sûr de ne pas aller un peu vite dans vos suppositions ?

— Je ne fais pas de suppositions, dit Pendergast avec un sourire.

— Mais si, dit Frock, vous êtes tous en train de supposer que quelqu'un ou quelque chose a essayé de *pénétrer* dans la caisse.

Un silence s'abattit sur le groupe. Margo sentit la vague odeur de poussière et de rembourrage qui s'exhalait de la caisse. Alors, Cuthbert lança un ricanement rauque qui résonna entre les murs.

En retrouvant les parages de son bureau, Frock se montra d'une volubilité inhabituelle :

— Vous avez vu ce moulage ? dit-il à Margo. Des caractéristiques d'oiseau, une morphologie de dinosaure, ça pourrait bien être *le* prodige !

Il avait du mal à rester calme.

— Mais, professeur Frock, M. Pendergast pense qu'il s'agit d'une arme fabriquée d'une manière ou d'une autre, dit Margo vivement – comprenant finalement qu'elle *souhaitait*, elle aussi, s'en tenir à cette explication.

— Idioties que tout cela, railla Frock. Vous n'avez pas eu le sentiment, en voyant ce moulage, d'être en présence de quelque chose de familier en même temps que de prodigieusement étrange ? Nous sommes devant une aberration évolutive qui vient couronner ma théorie.

Quand il fut de retour à son bureau, Frock sortit un carnet de la poche de sa veste et commença à griffonner aussitôt.

— Mais, professeur, comment une telle créature...

Margo s'arrêta en sentant soudain la main de Frock enserrer la sienne. La force de cette main avait quelque chose d'extraordinaire.

— Ma chère enfant, répondit-il, comme disait Hamlet, il y a toujours à découvrir, sur la terre et dans le ciel. Nous ne sommes pas voués à la seule spéculation. De temps en temps, l'observation ne fait pas de mal.

Il parlait à voix basse, mais il tremblait d'excitation.

— Nous n'allons pas manquer cette occasion, vous m'entendez ? Dommage que je sois si limité. Vous serez mes yeux et mes oreilles. Margo, je veux que vous alliez partout, que vous cherchiez dans les moindres recoins, que vous soyez le prolongement de mes mains, il ne faut pas laisser passer cette chance. Vous voulez bien, Margo ?

Et sa prise sur son bras s'affermissait encore.

17

Le vieux monte-charge de la section 28 du musée charriait toujours une odeur mortuaire, se dit Smithback. Il essaya de respirer par la bouche.

C'était un vaste appareil, comme on en trouvait dans les ateliers d'artistes au cœur de Manhattan. Il était agrémenté d'une table, d'une chaise et de reproductions encadrées qu'on avait découpées dans la revue du musée. Les illustrations tournaient toutes autour du même sujet, des girafes qui se frottaient le cou, des insectes en train de s'accoupler, un babouin montrant ses fesses, des femmes indigènes avec leurs seins qui tombaient.

— Vous aimez mon petit musée personnel ? demanda le type du monte-charge avec un regard en coin.

Il avait une soixantaine d'années et portait une moumoute orange.

— Ça fait plaisir de voir quelqu'un qui s'intéresse à l'histoire naturelle, dit Smithback, ironique.

En sortant, il fut frappé par le relent de chair putréfiée qui empestait l'air ; l'atmosphère s'en trouvait presque épaissie, comme un brouillard.

— Comment pouvez-vous supporter cela ? parvint-il à demander à l'homme.

— Supporter quoi ? dit le type, qui était en train de fermer les portes.

Une voix chaleureuse les accueillit du fond du couloir.

— Bienvenue !

L'homme âgé couvrait de sa voix le grondement des bouches d'aération. Il serra la main de Smithback.

— Aujourd'hui, il n'y a que du zèbre dans les marmites. Vous avez loupé le rhinocéros. Mais entrez quand même ; par ici, s'il vous plaît.

Smithback identifia son accent lourd comme étant autrichien.

Jost Von Oster était responsable du secteur préparation ostéologique. C'était le laboratoire du musée où l'on transformait une carcasse en un ensemble d'os. Il avait plus de quatre-vingts ans. Mais il gardait un teint si frais, un visage si plein qu'on lui donnait généralement beaucoup moins que son âge.

Von Oster avait débuté sa carrière au musée à la fin des années vingt, comme préparateur-assembleur de squelettes. À cette époque, son chef-d'œuvre avait été une série de squelettes de chevaux présentés en plein mouvement : marche, trot, galop. Ça avait été une révolution. Ensuite, dans les années quarante, Von Oster s'était consacré aux reconstitutions sur site. Il montrait un ardent souci du détail et veillait à ce qu'il ne manque rien, pas même la bave sur la bouche des animaux présentés.

Mais, bientôt, montrer des groupes d'animaux dans leur milieu naturel était passé de mode. Von Oster s'était retrouvé affecté aux insectes. Il avait repoussé toutes les occasions de prendre sa retraite. Désormais, il présidait, avec un enthousiasme intact, aux destinées du laboratoire d'ostéologie. Les animaux morts, qu'on lui envoyait principalement des zoos, étaient transformés par ses soins en un tas d'os destinés à l'étude ou à la reconstitution. Il restait toutefois un grand spécialiste de la présentation sur site. C'est pourquoi on avait fait appel à lui pour l'exposition *Superstition*, où il avait reconstitué une scène de chamanisme dans tous ses détails. C'était ce travail de Romain que Smithback jugeait intéressant à décrire dans son livre.

Smithback suivit le vieil homme dans son repaire. Il n'avait encore jamais vu cet endroit pourtant célèbre.

— Je suis très fier de vous montrer mon atelier, dit Von Oster. Très peu de gens viennent me voir. Avec ces affreux meurtres, vous comprenez. Enfin, je suis content que vous soyez là.

On aurait dit une sorte de cuisine pour collectivité. Le long d'un mur étaient alignés de larges récipients en Inox. Au plafond pendaient de grosses chaînes, des crocs de boucherie et des grappins pour soulever les carcasses les plus volumineuses. Un canal d'évacuation passait au centre du plancher. La grille retenait un fragment d'os. Dans un coin de la pièce, un gros animal reposait sur un chariot d'Inox. Si sur le chariot il n'y avait pas eu cette large étiquette autocollante manuscrite, Smithback n'aurait pas pu deviner que ce mastodonte était en fait un dugong de la mer des Sargasses. La décomposition du cadavre, entouré de piques, de pinces et de petits scalpels, était très avancée.

— Merci d'avoir bien voulu me recevoir, dit Smithback.

— Mais pas du tout, protesta Von Oster, j'aimerais bien avoir des visiteurs, mais vous savez que cette zone est interdite aux touristes ; personnellement, je trouve ça dommage. Vraiment, vous auriez dû venir pendant que je traitais le rhinocéros. Une femelle. *Gott !* c'était quelque chose !

Il traversa la pièce d'un pas très alerte pour montrer à Smithback le bain de macération où reposait la carcasse du zèbre avant traitement. Malgré l'aération censée aspirer les vapeurs nauséabondes, on se bouchait les narines. Von Oster souleva le couvercle et contempla son œuvre avec un léger recul, comme un cuisinier fier de lui.

— Qu'est-ce que vous dites de *za*, hein ?

Smithback aperçut la soupe brunâtre qui emplissait le caisson. Sous la surface boueuse, la carcasse du zèbre trempait, la chair et les tissus se liquéfiaient doucement.

— C'est un brin faisandé, dit Smithback d'une voix faible.

— Faisandé ? Mais non, c'est parfaitement à point. Là-dessous, le brûleur est réglé pour maintenir le bouillon à quatre-vingt-dix degrés. Vous voyez, d'abord on vide la carcasse et on la met dans le caisson, ensuite ça pourrit, et deux semaines après on débranche : le boulot est fait, tout est dissous et s'évacue. Ce qui reste, c'est un tas d'os pleins de graisse. Alors le caisson est de nouveau rempli. On rajoute un peu d'alun et on fait bouillir les os. Il ne faut pas les laisser trop longtemps, sans quoi ils ramollissent.

Von Oster fit une pause et reprit sa respiration.

— Vous savez bien, ça fait la même chose quand on cuit un poulet trop longtemps. Phhhhtui ! Très mauvais. Mais ces os sont encore pleins de graisse, alors on les nettoie, *mit* benzène. Ils sortent tout blancs.

— Monsieur Von Oster..., dit Smithback.

S'il ne reprenait pas tout de suite les rênes de la conversation, il se dit qu'il n'en sortirait jamais. En plus, il commençait à ne plus supporter l'odeur.

— Je me demandais si vous pouviez m'en dire un peu plus sur le groupe de chamans dont vous avez fait la reconstitution. Je suis en train d'écrire un livre sur l'expo *Superstition*, vous vous souvenez, je vous en ai parlé.

— *Ja, ja*, bien sûr.

Il alla vers un bureau et il exhiba quelques dessins. Smithback, pendant ce temps, enclenchait son magnétophone miniature.

— D'abord, il faut peindre le fond, sur une double surface courbe, pour gommer les coins, vous voyez ? Il s'agit de donner une illusion de perspective.

Von Oster se lança dans une explication qui rendit sa voix plus aiguë, à cause de l'excitation. « Bon, très bon, se dit Smithback, ce type est le sujet rêvé pour un écrivain. »

Von Oster continua ainsi un bon moment, il fendait l'air à grands gestes, il marquait certaines de ses phrases à l'accent germanique en allant chercher très loin sa respiration. Enfin, quand il eut fini, il fondit sur lui en disant :

— Et maintenant, il faut que vous voyiez les insectes.

Difficile de dire non. Les insectes étaient célèbres. Le procédé avait été inventé par Von Oster en personne, et désormais tous les grands musées d'histoire naturelle du pays l'avaient adopté : les insectes étaient capables de dépouiller de toute trace de chair le plus petit squelette, pour le laisser parfaitement propre avec toutes ses articulations.

La pièce aux insectes, chaude et humide, était à peine plus grande qu'un placard. Les insectes en question, qu'on appelait des dermestidés, étaient originaires d'Afrique. Ils vivaient dans des récipients de porcelaine blanche à flancs lisses, couverts d'un écran. Les insectes rampaient parmi des rangées d'animaux morts encore revêtus de leur peau.

— Qu'est-ce que c'est que ça ? demanda Smithback en désignant les carcasses couvertes d'insectes qui se trouvaient dans les récipients.

— Des chauves-souris, répondit Von Oster, elles sont destinées au Dr Huysmans. Il y en a pour une dizaine de jours de nettoyage.

Il prononçait *nedoyage.*

Entre l'odeur et les insectes, Smithback commençait à avoir son compte. Il se leva et tendit la main au vieux scientifique.

— Il faut que je m'en aille. Merci pour l'entretien ; et ces insectes, c'est vraiment super !

— Tout le plaisir a été pour moi, dit Von Oster. Vous parlez d'entretien, là, mais c'est pour quel livre déjà ?

Il s'avisait à peine qu'il venait d'être interviewé.

— C'est pour le musée, répondit Smithback. C'est Rickman qui est en charge du projet.

— Rickman ?

Ses yeux s'étaient soudain rétrécis.

— Oui, pourquoi ?

— Vous travaillez pour Mme Rickman ?

— En fait, non, dit Smithback, elle est surtout sur mon dos.

Von Oster arbora un sourire sucré.

— *Ach*, quel poison, cette femme. Pourquoi travaillez-vous pour elle ?

— Je ne sais pas, ça s'est trouvé comme ça, dit Smithback qui venait de se faire un allié. Vous ne pouvez pas savoir comme elle me casse les pieds. Mon Dieu !

Von Oster applaudit.

— Oh, que si, je le sais parfaitement, elle casse les pieds de tout le monde. Vous savez, pour l'exposition elle n'arrête pas.

— Ah bon ? dit Smithback, soudain intéressé.

— Elle vient tous les jours pour donner son avis, elle est d'accord ou pas d'accord. *Gott !* quelle bonne femme !

— Ah oui, je vois bien le tableau, dit Smithback. Alors, elle n'était pas d'accord avec quoi au juste ?

— Ces objets je ne sais plus quoi, ah oui, kothoga. J'étais là hier après-midi, elle était en plein délire : « Tout le monde est prié de quitter le lieu de l'exposition, nous installons la figurine kothoga. » Et effectivement tout le monde a dû arrêter son boulot.

— La figurine ? Quelle figurine ? Qu'est-ce qu'elle a de spécial ?

L'idée lui était venue à l'esprit que quelque chose qui était capable d'agiter autant la mère Rickman pourrait bien tourner à son propre avantage.

— Cette figurine du Mbwun, l'un des clous de l'exposition, je ne sais pas trop de quoi il s'agit. Mais je peux vous dire qu'elle était dans tous ses états.

— Pourquoi donc ?

— À cause de la figurine, je vous dis. Vous n'avez pas entendu ? Tout le monde bavarde beaucoup là-dessus. *Ach*, c'est très mauvais, j'essaie de ne pas entendre, entendre, mais…

— Quel genre de bavardage ? Donnez-moi un exemple, s'il vous plaît.

Smithback écouta le vieil homme un bon moment. Finalement, il sortit de l'atelier à reculons, et le scientifique le suivit jusqu'à l'ascenseur.

Tandis que les portes se refermaient sur lui, il lui parlait encore.

— Vous n'avez pas de chance de travailler pour cette femme, répétait-il encore pendant que l'appareil s'élevait déjà.

Mais Smithback ne l'écoutait plus. Il était trop occupé à réfléchir.

18

Vers la fin de l'après-midi, Margo leva les yeux de son écran informatique, épuisée. En s'étirant, elle lança l'impression du texte. Puis elle s'appuya sur le dossier de son siège en se frottant les paupières. Elle avait fini le travail de légende pour Moriarty. Peut-être un peu bâclé, peut-être pas aussi fouillé qu'elle l'aurait souhaité. Mais elle ne pouvait pas se permettre de passer davantage de temps là-dessus en ce moment. En fait, elle était plutôt contente d'elle-même, et impatiente d'avoir le résultat imprimé pour le glisser dans le bureau de Moriarty au troisième étage du Butterfield Observatory. C'était là que le quartier général de l'exposition *Superstition* était installé.

Elle chercha du doigt sur la liste des collaborateurs, pour trouver le numéro de poste de Moriarty. Après quoi elle décrocha son téléphone et composa les quatre chiffres.

Une voix lui répondit mollement : « Standard de l'exposition. » En fond sonore, on entendait des gens qui se disaient au revoir.

— George Moriarty est là ? demanda Margo.

Je crois qu'il est en bas, dans l'enceinte de l'expo, répondit la voix. Nous sommes en train de fermer ici. Vous voulez laisser un message ?

— Non, merci.

Elle raccrocha et regarda sa montre : presque cinq heures. Couvre-feu. Mais l'exposition devait être inaugurée vendredi soir et elle avait promis son texte à Moriarty.

Au moment de se lever, elle se souvint que Frock lui avait conseillé d'appeler Kawakita. Elle soupira et reprit le téléphone. « Je ferais mieux d'essayer de l'avoir maintenant », songea-t-elle.

Il risquait fort d'être déjà parti, elle laisserait un message dans sa boîte vocale.

— Greg Kawakita, annonça la voix de baryton qu'elle connaissait bien.

— Greg ? Margo Green.

« Cesse donc de prendre ce ton précautionneux avec lui, il n'est pas chef de service », pensa-t-elle.

— Salut, Margo, qu'est-ce qui vous amène ?

Elle entendait des bruits de clés en arrière-plan sonore.

— Je voudrais vous demander un service. En fait, c'est le Dr Frock qui m'a suggéré cela ; je suis en train d'analyser des échantillons de plantes utilisées par les Kiribitu, et il m'a conseillé de les soumettre à votre programme Extrapolateur. Peut-être trouverait-on des correspondances génétiques entre ces échantillons ?

Un silence suivit.

— En plus, ajouta-t-elle, le Dr Frock dit que ce serait peut-être un test utile pour le programme. Et moi, j'en ai vraiment besoin aussi.

Kawakita ménagea un autre silence, puis il répondit :

— Margo, euh, j'aimerais bien vous aider, mais l'Extrapolateur n'est pas opérationnel en ce moment ; pour n'importe qui, je veux dire. Je suis encore en phase de perfectionnement, j'essaie d'éliminer les erreurs de programmation.

Margo répondit, piquée :

— Pour *n'importe qui* ?

— J'aurais dû m'exprimer autrement. Enfin, vous voyez ce que je veux dire. En outre, je suis très débordé en ce moment, et ce couvre-feu n'arrange pas les choses. Je vais vous faire une proposition : dans une semaine ou deux j'y verrai plus clair ; merci de me rappeler à ce moment-là, d'accord ?

Il avait raccroché.

Margo se leva, attrapa sa veste et son sac, puis fila à l'extrémité de la pièce retirer son texte de l'imprimante. Elle se doutait que Kawakita allait la promener ainsi indéfiniment. Eh bien, qu'il aille au diable ! À présent, il fallait s'arranger pour attraper Moriarty au vol et lui donner son texte avant qu'il ne parte. Au moins, il lui ferait faire la visite de l'exposition. Cela lui permettrait peut-être de savoir ce qui alimentait les commentaires.

Quelques minutes plus tard, elle traversait lentement le Selous Memorial Hall, désert. Deux gardiens étaient placés à l'entrée. Au milieu du stand d'information, on voyait un guide qui rangeait ses registres et disposait les divers objets qui seraient proposés à la vente au public le lendemain. « À supposer, songea Margo, qu'il y ait du public demain. » Trois policiers se tenaient sous l'énorme statue en bronze de Selous, ils bavardaient et ne remarquèrent pas son arrivée.

Margo repensait à sa conversation du matin avec Frock. Si on ne trouvait pas le tueur, les mesures de sécurité pourraient fort bien devenir draconiennes. Peut-être que la présentation de son mémoire serait retardée. On pouvait même imaginer que tout le musée soit fermé. Si tel était le cas, Margo serait vouée à reprendre l'affaire de son père dans le Massachusetts.

Elle se dirigea vers la Walker Gallery, qui donnait accès à l'arrière de l'exposition *Superstition*. Déçue, elle trouva closes les grandes portes métalliques. Devant, deux piquets de cuivre tendaient un cordon de velours. Un policier montait la garde, immobile.

— Vous désirez un renseignement, mademoiselle ?

Son badge portait un nom, F. BEAUREGARD.

— Je voulais voir George Moriarty, répondit-elle. Je crois qu'il est en ce moment dans les salles de l'expo et j'ai quelque chose à lui remettre.

Elle montra la liasse de feuilles, le policier parut fort peu impressionné.

— Désolé, mademoiselle, mais il est plus de cinq heures, vous devriez avoir quitté les lieux. En plus, ajouta-t-il d'un ton radouci, l'exposition vient d'être fermée jusqu'à l'inauguration.

— Mais..., protesta Margo inutilement.

Elle s'interrompit, se détourna et revint vers la rotonde en soupirant. Quand elle eut franchi l'angle, elle s'arrêta. Au bout de la galerie, on voyait le grand hall faiblement éclairé. Le policier Beauregard ne pouvait plus l'apercevoir. Prise d'une inspiration soudaine, elle se glissa à gauche dans un petit couloir qui plongeait vers une galerie parallèle. Peut-être qu'il n'était pas trop tard pour mettre la main sur Moriarty.

Elle gravit une large volée d'escaliers en regardant autour d'elle avec attention, puis passa lentement une salle voûtée où étaient présentés des insectes. Ensuite elle prit à droite et s'engagea dans une autre galerie qui faisait le tour du deuxième niveau de la salle des animaux marins. Comme tout le bâtiment, l'endroit paraissait désert et plutôt lugubre.

Là, elle s'engagea sur l'un des deux escaliers hélicoïdaux qui menaient au fond du grand hall pavé de granit. Elle avait ralenti l'allure, à présent. Elle dépassa la reconstitution d'un groupe de phoques dans leur habitat naturel, puis d'un massif corallien. Les réalisations de ce genre, très à la mode dans les années trente et quarante, étaient inimaginables aujourd'hui, elle le savait, bien trop onéreuses !

À l'autre bout du hall se trouvait l'entrée de la galerie Weisman, qui était le lieu de présentation des grandes expositions temporaires. C'était l'une des nombreuses galeries où l'exposition *Superstition* avait élu domicile. La double porte vitrée était couverte de papier noir, et un grand panneau y était apposé : GALERIE FERMÉE POUR CAUSE D'EXPOSITION, MERCI DE VOTRE COMPRÉHENSION.

La porte de gauche était bloquée mais la droite s'ouvrit.

D'un air aussi naturel que possible, Margo regarda en coin par-dessus son épaule. Personne.

La porte se referma derrière elle dans un murmure, et elle se retrouva dans un passage étroit qui séparait les murs de la galerie elle-même des cloisons aménagées pour l'exposition. Des panneaux de contreplaqué, des clous traînaient là en grand désordre. Une brassée de câbles serpentait sur le plancher. À gauche, une structure énorme, faite de planches et de béton cellulaire, le tout soutenu par des échafaudages en bois, rappelait assez fidèlement l'arrière d'un décor hollywoodien. C'était le côté invisible de l'exposition *Superstition*.

Elle traversa avec précaution cette coulisse en essayant de trouver un accès vers l'endroit du décor. La lumière était faible, elle tombait d'ampoules protégées par des feuilles de métal, une tous les sept mètres environ. Margo voulait éviter de trébucher. Elle finit par arriver à un endroit où les panneaux de bois étaient suffisamment écartés pour qu'elle s'y faufile.

Elle se retrouva dans une sorte d'antichambre hexagonale assez vaste. Trois des murs comportaient des portes voûtées de style gothique, donnant sur des allées qui s'enfonçaient dans la pénombre. La lumière provenait pour l'essentiel de plusieurs photos de chamans, perchées haut sur les murs et éclairées par l'arrière. Elle considéra les trois passages avec perplexité. Elle n'avait pas la moindre idée de l'endroit de l'exposition où elle avait débarqué, elle ne savait ni où elle commençait, ni où elle finissait, ni quel chemin il fallait prendre pour retrouver Moriarty.

— George ? appela-t-elle d'une voix étouffée, comme si ce silence et cette lumière pauvre lui imposaient de baisser le ton.

Elle prit le passage du milieu. Il menait à une autre salle, plus longue que la précédente, et bourrée d'objets.

De temps à autre, un spot éclairait de sa lumière vive un objet précis : un masque, un couteau en os, une curieuse sculpture pleine de clous. Les objets présentés paraissaient flotter dans une nuit de velours. Le plafond était peuplé de bizarres jeux d'ombres et de lumières.

Au bout de la galerie, les murs se rapprochaient. Margo eut le sentiment curieux de s'engager dans une grotte profonde. « Pas mal imaginé », se dit-elle. Elle comprenait très bien ce qui chagrinait Frock là-dedans.

Elle avança dans la pénombre. Pas un bruit, sauf celui de son pas léger sur la moquette épaisse. Impossible de voir les objets présentés à moins d'avoir le nez dessus. Elle se demanda comment elle allait retrouver son chemin jusqu'à la salle des chamans. Elle allait peut-être trouver une sortie non verrouillée, et si possible bien éclairée, quelque part.

Devant elle, la partie étroite du hall se divisait en deux. Après une hésitation, elle choisit de prendre à droite. Tout en marchant, elle remarqua que des niches étaient pratiquées de chaque côté. Chacune contenait une figure grotesque. Le silence était tellement épais qu'elle ne pouvait s'empêcher de retenir son souffle.

Ensuite, le hall s'élargissait en une autre salle où elle s'arrêta en face de têtes tatouées maoris. Elles n'étaient pas réduites. Les crânes avaient été conservés par fumure, disait la légende de la vitrine. Les orbites étaient emplies de paille. Leur peau couleur d'écorce luisait doucement. Leurs lèvres noires et minces découvraient leurs dents. En tout, ils étaient six, des visages ricanants qui vous saluaient du fond de la nuit. Les tatouages bleus qu'ils portaient étaient incroyablement complexes : des spirales qui s'entrecroisaient et développaient leurs courbes entre la joue, le nez, le menton. Le tatouage, disait la légende, avait été pratiqué du vivant des sujets. Les crânes avaient été conservés en témoignage de respect.

Plus loin, Margo aperçut un nouveau recoin étroit devant lequel trônait un totem court, massif, qui recevait une lumière orange et pâle venue du plancher. Il comportait des têtes de loups et des oiseaux au bec cruel qui projetaient un réseau d'ombres noires et grises au plafond. Margo, persuadée d'être arrivée au bout de cette partie de la visite, approcha du totem. Là, devant, elle aperçut une petite ouverture, légèrement à gauche, qui menait à une autre niche. Elle avança encore, en marchant le plus calmement possible. Voilà longtemps qu'elle avait renoncé à appeler Moriarty. « Heureusement, nous ne sommes pas dans les parages du vieux souterrain », songea-t-elle.

Dans la niche était présentée une série de fétiches, certains n'étaient que des pierres sculptées affectant des formes d'animaux, mais la plupart représentaient des monstres personnifiant le côté le plus noir des superstitions humaines. Margo rencontra ensuite une autre ouverture qui menait à une pièce longue et étroite. Toutes les surfaces étaient tapissées de feutre noir, un éclairage indirect bleu tombait on ne savait d'où. Le plafond était très bas. « Un gars du gabarit de Smithback, devrait se mettre à quatre pattes pour parvenir jusqu'ici », pensa-t-elle.

La pièce s'élargissait ensuite, elle donnait sur une autre pièce octogonale à plafond élevé. Une flaque de lumière tombait d'un vitrail scellé dans le plafond et représentant des scènes médiévales souterraines. Chaque mur était percé d'une grande vitrine. Elle approcha de l'une d'elles qui donnait sur une tombe maya. Au centre reposait un squelette couvert d'une épaisse couche de poussière. Autour, divers objets étaient éparpillés. Un médaillon doré ornait la carcasse et les os des phalanges portaient des bagues en or. Autour du crâne, des poteries peintes étaient disposées en demi-cercle. Dans l'une d'elles, on voyait une offrande : de petits épis de maïs séché.

La vitrine suivante montrait une tombe esquimaude, avec une momie enveloppée de peaux. La suivante était encore plus étonnante : on voyait un cercueil sans couvercle, en mauvais état, de style européen, avec son cadavre habillé, veste, gilet, cravate, le tout dans un état de décomposition avancé. La tête, toute raide, était tendue vers Margo comme pour lui souffler quelque ultime secret, les orbites creuses saillaient. La bouche était figée dans un rictus douloureux. Elle recula. « Mon Dieu, songea-t-elle, mais c'est l'arrière-grand-père de quelqu'un. » L'explication contenue dans la légende, très didactique, comportait une description du meilleur goût des rituels funéraires en vigueur dans l'Amérique du XIXe siècle, ce qui tempérait un peu le choc visuel provoqué par cette scène. Margo songea encore : « C'est quand même vrai que le musée prend un risque en montrant des choses aussi brutales. »

Elle décida de passer les autres vitrines pour aller en direction d'un couloir de l'autre côté de la pièce octogonale. Ensuite, le chemin se divisait encore, à gauche vers un petit cul-de-sac, à droite vers un autre couloir, long et étroit, qui s'enfonçait dans l'obscurité. Elle n'avait aucune envie d'aller là-bas, enfin, pas tout de suite. Elle traîna le pas dans le réduit de gauche qui ne menait nulle part, puis s'arrêta soudain : elle s'approcha de l'une des vitrines pour voir plus précisément ce qu'elle contenait.

Il s'agissait de représenter le mal sous tous ses aspects mythiques. Il y avait donc diverses représentations médiévales du diable, il y avait aussi l'esprit du mal chez les Esquimaux, Tornasuk. Mais ce qui arrêta son attention fut surtout un autel de pierre grossièrement taillé et placé au centre de la scène. Sur cet autel, dans la lumière d'un spot jaune, on voyait une petite figurine sculptée avec tant de finesse que Margo en eut le souffle coupé. Elle était couverte d'une sorte de carapace et se tenait accroupie, plus ou moins à quatre pattes. Et pourtant, il y avait quelque chose là-dedans, les bras, l'angle de la tête, qui rappelait l'espèce humaine de manière très curieuse. Elle frissonna : « Quel genre d'imagination pouvait bien donner naissance à un être pareil, couvert d'une carapace mais en même temps couvert de poils ? » Ses yeux tombèrent sur la légende.

MBWUN. Cette sculpture représente le redoutable dieu Mbwun, travail réalisé probablement par la tribu des Kothogas dans la partie supérieure du bassin de l'Amazone. Ce dieu vengeur, connu aussi sous le nom de « Celui qui marche à quatre pattes », était regardé avec terreur par toutes les autres tribus de la région. La mythologie locale veut que les Kothogas soient capables de contrôler le Mbwun et de l'envoyer semer la panique dans les tribus voisines. On possède très peu d'objets kothogas, et cette figurine est la seule représentation connue du Mbwun. À l'exception de quelques allusions qui subsistent dans les légendes amazoniennes, on ne sait rien des Kothogas, ni de ce mystérieux « diable ».

Margo sentit ses cheveux se dresser sur sa tête. Elle regarda de plus près, : il y avait du reptile là-dedans, et puis, ces petits yeux méchants... et puis, les griffes. Trois. Trois doigts.

« Oh, mon Dieu ! » Non, ce n'était pas possible.

Alors, elle s'avisa que son instinct lui criait de rester absolument immobile. Une minute passa, puis deux.

Enfin, elle entendit de nouveau ce son qui avait mis sa méfiance en éveil, un bruissement incroyable, lent, déterminé, d'une douceur inouïe. Sur cette moquette épaisse, il fallait que ce soit proche, tout proche d'elle... Une espèce de puanteur de bouc envahissait l'air autour d'elle.

Son regard fit le tour des lieux. Surtout, ne pas céder à la panique. Quelle retraite serait la plus sûre ? L'obscurité était totale. Aussi lentement que possible, elle recula hors de ce cul-de-sac, jusqu'à l'embranchement voisin. Elle perçut un autre bruit de déplacement, alors, elle se mit à courir le plus vite possible à travers l'obscurité, saluée par toutes ces scènes horribles au fond des niches, par toutes ces statues au regard torve et qui semblaient n'attendre qu'un prétexte pour bondir sur elle. Elle franchit toutes sortes de carrefours, choisit systématiquement le corridor le moins évident, pour finir à bout de souffle au fond d'une alcôve présentant des procédés de médecine traditionnelle. Haletante, elle se dissimula derrière une vitrine qui contenait un crâne trépané sur son présentoir de métal, et elle resta là dans l'ombre, l'oreille aux aguets.

Rien. Pas le moindre bruit, pas de mouvement non plus. Elle attendait que sa respiration se calme. Il fallait aussi reprendre ses esprits. Il n'y avait rien. Il ne s'était rien passé. Seule son imagination avait pris le pouvoir jusqu'au cauchemar. « C'était une idée stupide d'entrer ici, pensa-t-elle, à présent, je me demande comment je vais faire pour revenir visiter l'expo ; même avec la foule du samedi, je n'aurai pas le courage. »

En attendant, il fallait retrouver la sortie. Il était tard. Elle espérait que quelqu'un allait l'entendre si elle frappait à une porte close. Expliquer ce qu'elle faisait là, à un garde ou un policier, ne serait pas simple, mais tant pis. Au moins, elle serait tirée d'affaire.

Elle jeta un coup d'œil par-dessus la vitrine. Même s'il ne s'agissait que d'une fantaisie de son imagination, elle n'avait pas tellement envie de revenir sur ses pas. Elle retint sa respiration, fit quelques pas. Toujours aucun bruit.

Elle prit à gauche et longea lentement le couloir à la recherche d'un moyen de quitter la zone de l'exposition. Un grand carrefour se présenta, elle s'arrêta, les yeux perdus dans l'obscurité, en hésitant sur la direction à prendre. « Il n'y a donc pas de panneaux "sortie de secours" ? Ils n'ont pas dû les installer encore. Ça, c'est typique. » Le hall à droite semblait plus hospitalier. Le passage débouchait en effet sur un espace plus large où le regard se perdait dans l'obscurité.

Un mouvement soudain lui devint perceptible, quelque chose se déplaçait à la limite de son champ de vision. Glacée de terreur, elle regarda furtivement à droite pour apercevoir aussitôt une forme noire sur fond noir qui se glissait sournoisement vers elle à travers les masques souriants et les vitrines.

Là, l'épouvante lui donna l'énergie de se propulser. Elle sentit, plutôt qu'elle ne vit réellement, les murs reculer et délimiter une large pièce. Elle tomba sur un double rai de lumière vertical : l'une des grandes portes d'entrée. Elle se jeta contre elle, le battant céda, il y eut un bruit derrière elle, mais une lumière douce et rougeâtre inonda les lieux, qui baigne les musées la nuit, tandis qu'un souffle d'air frais venait caresser sa joue.

Elle éclata en sanglots après avoir fermé les portes. Hors d'haleine, le front collé au métal, dans la pénombre rouge, elle entendit distinctement derrière la porte quelque chose comme un raclement de gorge.

DEUXIÈME PARTIE

L'EXPOSITION *SUPERSTITON*

1

— On peut savoir ce qui se passe ici? lança une voix sans indulgence.

Margo se retourna et faillit s'évanouir de soulagement.

— Officier Beauregard, il y a là-dedans..., dit-elle, mais elle s'interrompit.

Fred Beauregard était en train de remettre en place les piquets de cuivre qu'elle avait fait valser en poussant les portes. Il leva les yeux en l'entendant prononcer son nom.

— Hé, mais je vous reconnais, c'est vous qui essayiez d'entrer tout à l'heure!

Ses yeux se durcirent:

— Qu'est-ce qui vous prend? Je n'ai pas été assez clair sans doute?

— Officier, là-dedans, je vous assure, il y a...

Une fois de plus, elle dut renoncer à aller plus loin.

L'officier recula, il croisa les bras sur sa poitrine, attendant une explication, mais une expression de surprise envahit son visage et il s'écria:

— Qu'est-ce qui se passe, vous n'allez pas bien?

Margo venait de s'effondrer, entre rire et larmes, elle ne savait trop. Elle s'essuyait les yeux. Le policier tendit la main et la prit par le bras.

— J'ai l'impression que vous devriez venir avec moi.

Cette phrase suffit à remettre Margo d'aplomb. Elle se voyait attendre dans une pièce bourrée de policiers à qui elle répétait cent fois son histoire; on appelait le Dr Frock, ou même le Dr Wright, il fallait ensuite se rendre avec eux dans l'enceinte de l'exposition. « Ils vont me prendre pour une folle et puis voilà. »

— Non, dit-elle au policier en respirant un grand coup, ça ira. J'ai un peu paniqué, c'est tout.

L'officier de police Beauregard avait l'air assez peu convaincu.

— Moi, je pense qu'il vaudrait mieux aller en parler au lieutenant D'Agosta.

De sa main restée libre il était en train de tirer un gros carnet à couverture de cuir de sa poche arrière.

— On peut savoir votre nom ? demanda-t-il. Il faut que je fasse un rapport.

On voyait nettement qu'il ne la laisserait pas partir avant d'avoir obtenu les renseignements qu'il attendait.

— Je m'appelle Margo Green, dit-elle enfin, je suis étudiante ici et je travaille sous la direction du Dr Frock. J'étais en train d'effectuer un travail pour George Moriarty qui fait partie des organisateurs de cette exposition. Mais vous aviez raison, il n'y a plus personne ici.

Elle se dégagea doucement de l'emprise du policier tout en parlant. Ensuite elle commença à reculer vers le Selous Memorial Hall. L'officier Beauregard la regardait. Enfin il haussa les épaules, ouvrit son carnet, griffonna quelques notes.

Une fois de retour dans le grand hall, Margo fit une pause. Impossible de retourner à son bureau, il était déjà presque six heures. Le couvre-feu était en vigueur à présent. Elle ne pouvait pas rentrer chez elle non plus. En fait elle n'en aurait pas eu la force, pas dans ces circonstances.

Alors elle se souvint du texte promis à Moriarty. Elle serra le coude contre ses côtes. Son sac ne l'avait pas quittée. Il avait traversé l'épreuve intact. Elle demeura là, immobile, un moment, puis se rendit au kiosque d'information désert où elle décrocha le téléphone intérieur et composa le numéro de poste de Moriarty.

— J'écoute, dit la voix de Moriarty après une seule sonnerie.

— George ? Ici Margo Green.

— Salut, Margo, alors, quoi de neuf ?

— Je suis dans le Selous Hall ; figurez-vous que je viens de visiter l'exposition.

— Mon exposition ? dit-il, surpris. Pour quoi faire ? Qui vous a ouvert ?

— En fait, je vous cherchais, dit-elle, pour vous donner le texte sur le Cameroun. Vous y étiez ?

Elle sentait sa panique affleurer de nouveau.

— Non, l'expo est censée être bouclée jusqu'à la soirée d'ouverture de vendredi, répondit Moriarty. Pourquoi cette question ?

Margo respira profondément pour garder le contrôle d'elle-même. Mais ses mains tremblaient et le récepteur glissait contre son oreille.

— Alors, comment avez-vous trouvé ce que vous avez vu ?

Margo poussa un petit rire hystérique.

— Ça fait peur.

— Nous avons employé des spécialistes pour l'étude de l'éclairage et la disposition des objets. Le Dr Cuthbert a même obtenu le concours du type qui a fait le mausolée hanté dans le Fantasy World de Disney. Il paraît que c'est ce qu'il y a de mieux au monde.

Margo eut finalement le cran de lui dire :

— George, il y avait quelque chose en même temps que moi dans l'enceinte de l'expo.

Elle s'aperçut qu'un gardien de la sécurité venait de la repérer à l'autre extrémité du hall. Il se dirigeait dans sa direction.

— Quelque chose ? Que voulez-vous dire ?

— Je veux dire exactement ce que j'ai dit.

Et soudain, son imagination la replaça dans la même situation, là dans le noir à côté de cette affreuse figurine. Elle se rappela le goût amer de la terreur dans sa bouche.

— Voulez-vous arrêter de crier, dit Moriarty. Vous allez plutôt me rejoindre à l'Ossuaire et nous allons en parler, si vous voulez. Je vous signale que nous sommes tous les deux censés être hors du musée à cette heure-ci. J'entends bien ce que vous me dites. Mais je n'y comprends rien.

L'Ossuaire, comme chacun l'appelait dans ce musée, portait un autre nom pour les habitants du quartier : le Blarney Stone Tavern. Sa modeste façade s'élevait entre deux énormes buildings face à l'entrée sud du musée, sur la 72e Rue. Contrairement à la plupart des bistrots de l'Upper West Side, le Blarney ne servait pas de pâté de lièvre et ne proposait pas cinq eaux minérales différentes, mais on pouvait toujours avoir un steak et un demi pour dix dollars.

Le personnel du musée appelait l'endroit l'Ossuaire parce que le propriétaire, Boylan, avait ficelé, cloué là un nombre extravagant d'os. Les murs étaient couverts d'innombrables fémurs et tibias, alignés comme des cannes de bambou sur une palissade. Des métatarses, des os scapulaires formaient une mosaïque bizarre au plafond. Dans tous les coins possibles, on trouvait des crânes de mammifères étranges. La provenance de ces ossements demeurait un mystère pour tout le monde. D'aucuns prétendaient qu'il les fauchait au musée la nuit.

« Les gens me les apportent. » C'est tout ce qu'on pouvait tirer de Boylan. Il haussait les épaules et n'en disait pas plus. Bien entendu, l'endroit était devenu le lieu de rendez-vous des gens du musée au fil des années.

Les affaires allaient même très bien. Quand ils furent dans la place, Moriarty et Margo durent se réfugier dans une sorte de box pour se protéger de la foule. Margo aperçut plusieurs membres du personnel, dont Bill Smithback. L'écrivain était assis au bar. Il parlait avec conviction à une fille blonde et mince.

— Bon, alors, dit Moriarty en couvrant le brouhaha, que me disiez-vous au téléphone ? Je ne suis pas sûr d'avoir bien saisi.

Margo respira un grand coup.

— Je suis descendue à l'expo pour vous remettre le texte. Il faisait noir. Il y avait quelque chose près de moi. Quelque chose qui me suivait, qui me pourchassait.

— Vous recommencez à me parler de *quelque chose.* Pourquoi employez-vous ces mots-là ?

Margo secoua la tête en signe d'impatience.

— Écoutez, ne me demandez pas d'expliquer. J'ai senti comme un pas précautionneux ; c'était un truc si déterminé, si implacable, je... – les épaules tremblantes, elle était près de s'effondrer – et puis, il y avait cette étrange odeur, si horrible.

— Allons, Margo... – il s'interrompit quand la serveuse vint prendre leurs commandes – vous le savez bien, cette expo était faite pour inspirer l'inquiétude, vous m'avez dit vous-même que Frock et les autres la considéraient comme donnant dans le sensationnel. J'imagine bien ce que vous avez dû ressentir, perdue là-dedans, enfermée toute seule dans le noir.

— Si je vous comprends bien, c'est un effet de mon imagination.

Elle se mit à rire tristement et ajouta :

— Vous ne pouvez pas savoir comme je préférerais que vous ayez raison.

On apporta leurs commandes : une bière légère pour Margo et un demi de Guinness pour Moriarty, avec ce qu'il fallait de mousse crémeuse. Moriarty but une gorgée avec précaution.

— Ces meurtres, toutes les rumeurs qui tournent autour de ça..., dit-il avant de boire cette fois résolument, j'aurais probablement réagi comme vous.

Margo s'était calmée, elle répondit, hésitante :

— George, cette figurine kothoga de l'expo...

— Le Mbwun ? Oui ? Quoi ?

— Eh bien, elle porte trois griffes aux deux pattes de devant.

Moriarty savourait sa Guinness.

— Je sais, c'est une superbe sculpture, une des grandes attractions de l'exposition. Je pense même que c'est la pièce la plus importante, et pourtant je n'aime pas l'admettre.

Margo goûta sa propre bière.

— George, dites-moi, s'il vous plaît, de manière aussi précise que possible, qu'est-ce que c'est que cette malédiction du Mbwun ?

Soudain s'éleva une voix forte qui fit s'interrompre quelques conversations. Margo tourna la tête et vit Smithback qui sortait de la salle enfumée, ses carnets sous les bras, sa chevelure en contre-jour hérissée dans tous les sens. La fille avec laquelle il parlait au bar tout à l'heure avait disparu.

— On va former un syndicat des foutus dehors, disait-il, ce couvre-feu nous casse les pieds ; Dieu punira les policiers et autres directeurs de la sécurité.

Il en profita pour s'asseoir à la table de Margo sans y être invité et jeta ses carnets de notes sur la table.

— J'ai entendu dire que la police va interroger ceux qui travaillent dans la zone des meurtres. Vous savez que vous êtes dedans, Margo ?

— Mon interrogatoire est déjà prévu pour la semaine prochaine.

— Rien entendu de tel, dit Moriarty, qui ne semblait pas apprécier particulièrement l'irruption de Smithback.

— Oh, vous, dans votre pigeonnier, vous n'avez rien à craindre : la Bête du musée n'aime pas les escaliers.

— Vous êtes d'humeur expansive, ce soir, dit Margo à Smithback ; est-ce que par hasard Rickman vous aurait sucré encore une partie de votre manuscrit ?

Smithback s'adressa à Moriarty :

— C'est vous que je cherchais. J'avais une question à vous poser.

La serveuse passa, Smithback fit un geste et lui commanda un scotch.

— Oui, et ma question, la voici : racontez-moi un peu cette histoire de figurine, le Mbwun.

Suivit un épais silence.

Smithback les regarda l'un après l'autre.

— Eh bien, qu'est-ce que j'ai dit ?

Margo hésita :

— Justement, nous étions en train de parler de ce Mbwun.

— Ah bon ? dit Smithback. Le monde est petit. C'est ce vieil Autrichien, là, Von Oster, au département insectes, qui m'a mis la puce à l'oreille. Il m'a raconté que Rickman faisait du tapage à propos de la présentation du Mbwun. Il s'agissait selon elle d'un problème épineux. Alors, j'ai voulu creuser la question.

Le whisky fut servi. Smithback souleva son verre comme s'il portait un toast silencieux. Il en but une rasade.

— Je suis arrivé à réunir quelques informations, il semble qu'il y ait une tribu du bassin de l'Amazone, dans la partie nord, près de la rivière Xingu, qui s'appelait les Kothogas. Apparemment, c'étaient des affreux. Des gens qui avaient recours à la magie, qui pratiquaient les sacrifices humains, bref, toute la panoplie. Comme ces aimables individus n'ont pas laissé une foule de vestiges derrière eux, les anthropologues pensent qu'ils ont disparu il y a plusieurs siècles. Tout ce qui reste d'eux, c'est une poignée de mythes véhiculés par les tribus locales.

— J'ai moi-même quelques informations sur la question, précisa Moriarty. D'ailleurs, j'étais justement en train d'en parler avec Margo. La seule chose, c'est que tout le monde n'est pas…

— Je sais, je sais, mais attendez un peu.

Moriarty se renversa en arrière sur son siège, visiblement ennuyé. Il était plus à l'aise pour donner des leçons que pour en recevoir.

— Enfin bref, il y a quelques années donc, un type nommé Whittlesey, qui travaillait au musée, monte une expédition vers la région du Haut-Xingu pour chercher des vestiges des tribus kothogas — des objets, des campements, tout ça.

Smithback se pencha comme un conspirateur :

— Mais il avait oublié d'ajouter une précision. Il ne venait pas sur les lieux uniquement pour cela. En fait, il cherchait la tribu elle-même. Il avait une idée derrière la tête, c'était qu'elle existait toujours. Il était convaincu de pouvoir la localiser et avait imaginé une méthode : il appelait ça la « triangulation mythique ».

Cette fois, Moriarty n'allait pas renoncer à apporter une utile précision :

— Ça veut dire que vous commencez par localiser les endroits sur une carte où l'on entend des histoires à propos des mêmes peuples ou des mêmes lieux. Vous les repérez là où les légendes comportent le plus de précisions, de choses factuelles, et vous n'avez qu'à définir le centre géométrique de ce nuage de mythes. C'est là qu'on rencontre vraisemblablement la source de toutes les histoires qui courent.

Smithback regarda un moment Moriarty.

— Sans blague. Bon, quoi qu'il en soit, ce Whittlesey va faire son expédition en 1987 et il disparaît dans la forêt amazonienne.

— C'est Von Oster qui vous a raconté tout ça ?

Moriarty avait les yeux exorbités.

— Il est un peu fatigué.

— Fatigué peut-être, mais très au courant de ce qui se passe dans ce musée, dit Smithback en contemplant pensivement son verre vide. Apparemment, il y a eu une grosse dispute dans la jungle, et la plupart des membres de l'expédition ont décidé de rentrer plus tôt. Whittlesey n'était pas d'accord. Il est resté sur place, avec un autre type nommé Crocker. Ils seraient morts dans la jungle. Mais quand j'ai demandé à ce Von Oster de m'en dire davantage au sujet de la figurine du Mbwun, il s'est tu.

Smithback s'étira voluptueusement et commença à chercher la serveuse.

— J'ai l'impression, ajouta-t-il, qu'il va falloir que je me mette en quête d'un ancien membre de cette expédition.

— Ça va être dur, dit Margo, ils se sont tous crashés en avion en rentrant.

Smithback lui jeta un regard allumé.

— C'est pas vrai ! Comment le savez-vous ?

Margo hésita, elle se souvint que Pendergast avait réclamé de la discrétion. Mais aussitôt elle pensa à Frock, qui lui avait dit ce matin, en lui serrant la main si fort :

« On ne peut pas louper une chance pareille, il faut la saisir au vol. »

— Je vais vous dire ce que je sais, commença-t-elle, mais il faut me promettre de le garder pour vous. Et puis, il faut me promettre aussi de m'aider dans la mesure de vos moyens.

— Soyez prudente, Margo, dit Moriarty.

— Vous aider, mais bien sûr. Le seul truc, c'est que je me demande en quoi.

Margo leur raconta comment elle avait rencontré Pendergast dans la zone protégée. Elle leur parla des moulages, de la griffe, de la blessure, des caisses, enfin, de l'histoire racontée par Cuthbert. Ensuite, elle leur fit la description de la sculpture représentant le Mbwun qu'elle avait vue dans l'enceinte de l'exposition, sans toutefois mentionner sa panique, sa fuite ; elle se doutait d'ailleurs que Smithback n'allait pas la croire davantage que Moriarty.

— Bref, ce que j'étais en train de demander à George quand vous êtes arrivé, c'est ce qu'il sait exactement à propos de cette malédiction kothoga.

— En fait, dit Moriarty, je ne sais pas grand-chose ; dans la légende locale, les Kothogas étaient une société mystérieuse, une tribu de sorciers. Ils avaient la réputation de savoir manipuler les démons. Ils disposaient d'une créature, une sorte de démon familier, si vous préférez, qu'ils utilisaient pour accomplir leurs vengeances : le fameux Mbwun, « Celui qui marche à quatre pattes ». Ensuite arrive Whittlesey qui tombe sur la figurine et d'autres objets, qui les enveloppe pour les envoyer finalement au musée. Bien entendu, ce n'est pas la première fois. On a déjà souvent dans le passé troublé le repos d'objets sacrés. Mais là, comme il s'est perdu dans la jungle, comme le reste de l'expédition est tombé avec l'avion du retour, vous comprenez..., on dit : « C'est la malédiction. »

— Et maintenant, les gens tombent comme des mouches dans le musée, dit Margo.

— Qu'est-ce que vous voulez dire ? répondit Moriarty. Que la malédiction du Mbwun, les légendes sur la bête du musée qui hante les couloirs, et finalement ces meurtres, tout ça est lié ? Allons, Margo, ne mélangez pas tout.

Elle le regarda intensément :

— Mais n'est-ce pas vous qui m'avez dit que Cuthbert avait attendu la dernière minute avant de mettre la figurine en place au sein de l'exposition ?

— C'est juste, admit Moriarty. C'est lui qui s'est chargé personnellement de la figurine. Ce qui n'a rien d'étonnant en soi, vu la valeur de l'objet. Quant à la mettre en place à la dernière minute seulement, c'était une idée de Mme Rickman, j'ai l'impression. Sans doute voulait-elle davantage exciter l'intérêt autour de cet objet...

— Ça m'étonnerait, l'interrompit Smithback. Elle ne fonctionne pas comme ça. En fait, si elle avait une intention en faisant ça, c'était plutôt de *soustraire* l'objet à l'intérêt général. Si vous lui balancez aux narines le moindre parfum de scandale, elle se recroqueville.

Il ricana.

— Et vous, dans tout ça, dit Moriarty, quel est votre intérêt ?

— Vous ne croyez pas que je puisse être passionné par un vieil objet tout couvert de poussière ?

Smithback finit par attirer l'attention de la serveuse et demanda une autre tournée.

— Il est vrai, intervint Margo, que Mme Rickman ne vous laissera jamais écrire une ligne là-dessus.

Smithback eut une grimace.

— Vous avez raison, hélas. Ça pourrait offenser la communauté kothoga de New York. Non, en fait, ma vraie raison c'est que Von Oster m'a confié que Rickman devenait folle avec cette histoire. Alors, je me suis dit que je pourrais peut-être creuser la question pour remuer un peu la boue qu'il y a autour. Vous comprenez, histoire de me retrouver dans une position favorable face à elle lors de notre prochain entretien. Le genre : « Si vous me sucrez ce chapitre, j'envoie l'histoire de Whittlesey au *Smithsonian Magazine.* »

— Dites, répondit Margo, je ne vous ai pas raconté tout ça pour servir vos petites affaires, c'est compris ? Il faut que nous commencions par en savoir davantage au sujet de ces caisses. Par exemple, si les meurtriers veulent récupérer quelque chose qui s'y trouve. Il faut absolument que nous sachions ce que c'est.

— Ce qu'il faudrait faire, ça oui, c'est retrouver le journal de l'expédition.

— Cuthbert dit qu'on l'a perdu.

— Avez-vous essayé la base de données informatiques sur les écrits disponibles ? J'essaierais bien moi-même, mais j'ai l'impression que je suis mal vu par la sécurité.

— Moi aussi, dit Margo. Quant aux ordinateurs, on ne peut pas dire que ma journée ait été fameuse.

Elle leur rapporta son entretien du matin avec Kawakita.

— Et vous, Moriarty ? lui demanda Smithback. Vous jonglez avec tout ça. En plus, comme conservateur adjoint, vous avez tous les passe-droits qu'il nous faut.

— Je pense que vous devriez laisser les autorités se débrouiller avec tout ça, dit Moriarty en se redressant de toute sa dignité. Ce n'est pas notre boulot.

— Mais vous ne comprenez donc pas ! s'écria Margo. Personne ne sait, en fait, à quoi ou à qui nous avons affaire. La vie de personnes et peut-être l'avenir du musée en dépendent.

— Margo, je sais bien que vos raisons sont louables mais, si j'étais vous, je n'aurais pas trop confiance dans celles de Bill.

— Mes raisons sont parfaitement limpides, répliqua Smithback. Mme Rickman est comme un cyclone déchaîné sur la citadelle du bon journalisme. Moi, j'essaie de défendre le donjon.

— Est-ce qu'il ne serait pas plus simple de faire ce qu'elle vous demande ? Je trouve que votre vendetta est un peu puérile. En plus, à mon avis, ce n'est pas vous qui allez gagner.

Les verres furent servis. Smithback vida le sien et soupira, satisfait.

— Un jour, dit-il, j'aurai cette salope.

2

Beauregard acheva sa phrase, puis il glissa son carnet dans sa poche arrière. Il savait qu'il aurait dû signaler l'incident, mais bon... Cette fille avait l'air si paniquée. On n'aurait pas pu en tirer grand-chose. Il ferait son rapport à la première occasion, et voilà.

Il était de mauvaise humeur. Il n'aimait pas ce boulot de gardien. Pourtant, c'était mieux que de régler la circulation devant un feu rouge en panne. Sans parler que ça ferait bien, là-bas, chez O'Ryan. « Oui, dirait-il, je suis affecté à l'affaire du musée mais, désolé, je ne peux pas vous en dire davantage. »

« On peut dire que cet endroit est diablement tranquille », songea-t-il. Un jour normal, le musée devait être comme une ruche, mais là, rien n'était normal depuis dimanche. Au moins, pendant la journée, on voyait le personnel entrer et sortir de la zone de l'exposition. À présent, c'était fermé jusqu'à l'inauguration officielle. Impossible d'entrer à moins d'avoir la permission écrite du Dr Cuthbert, d'être policier, agent de la sécurité ou bien chargé de mission. Dieu merci, son tour de garde prenait fin à six heures. Après, il avait deux jours de congé, loin de cet endroit. Une petite partie de pêche en vue du côté des Catskills. Voilà des semaines qu'il attendait ça.

Beauregard caressa la crosse de son Smith & Wesson 38 spécial, une arme rassurante et toujours prête. De l'autre côté, il portait à la hanche un fusil à ailettes capable de mettre un éléphant à genoux.

Il entendit soudain un pas étouffé.

Il se retourna, le cœur battant, vers les portes de l'exposition. Il trouva une clé, ouvrit, risqua un œil.

— Qui est là ?

Pas de réponse, juste un courant d'air glacé. Il laissa les portes fermées, mais il vérifia le fonctionnement de la serrure. Il était possible de sortir, mais pas d'entrer par là. Cette fille avait dû passer par l'entrée principale, tout à l'heure. Mais comment se faisait-il que cette porte soit ouverte ? On ne lui disait jamais rien !

Le même bruit se fit entendre.

« Bon, se dit-il, mon boulot n'est pas d'aller regarder là-dedans. On m'a demandé de ne laisser entrer personne, on ne m'a rien dit sur ceux qui veulent sortir. »

Il se mit à chantonner à voix basse, en battant la mesure sur le plat de sa cuisse. Il lui restait dix minutes à tirer. Ensuite, il pourrait quitter cet endroit qui faisait froid dans le dos.

Encore ce frottement.

Une fois de plus, Beauregard ouvrit les portes et se pencha à l'intérieur. Il aperçut des formes vagues, des vitrines d'exposition, un passage qui s'enfonçait dans la pénombre.

— Police. Vous, là-dedans, répondez-moi.

Les vitrines semblaient tapies dans l'obscurité, des ombres se dessinaient sur les murs. Aucune réponse. Beauregard renonça mais il saisit sa radio.

— Beauregard au central d'opérations, vous me recevez ?

— TDN à l'appareil. Qu'est-ce qui se passe ?

— Des bruits du côté des portes arrière de l'expo.

— Quel genre ?

— Sais pas. On dirait qu'il y a quelqu'un, là-dedans.

De l'autre côté, on entendit l'écho d'une conversation et quelque chose comme un ricanement.

— Eh, Fred ?

— Qu'est-ce qu'il y a ?

Beauregard sentait la moutarde lui monter au nez. Le gars qui était de service à l'autre bout, dans la salle d'opérations, il le connaissait très bien : c'était un fameux crétin.

— Il vaudrait mieux pas y aller, dit la voix.

— Et pourquoi pas, hein ?

— Fred, ça pourrait être le monstre. Il pourrait te tomber dessus.

— Va au diable, dit Fred entre ses dents.

Il n'avait pas le droit de faire la moindre enquête de son propre chef. Le gars des opérations le savait bien.

De l'autre côté des portes, il y eut un grattement, comme si quelqu'un griffait avec ses ongles. Beauregard sentit son souffle s'accélérer, devenir plus rauque. Sa radio se réveilla :

— Alors, ce monstre ? fit la voix.

Beauregard affecta, autant qu'il le pouvait, un ton neutre.

— Je répète, je signale des bruits inhabituels au sein de l'exposition. Je demande une escorte pour aller voir.

— Il veut une escorte, dit la voix suivie de rires étouffés. Fred, nous n'avons pas d'escorte à t'envoyer, personne n'est libre.

— Écoute, dit Beauregard qui perdait patience, qui est ce type avec toi ? Pourquoi tu ne me l'envoies pas ?

— C'est McNitt, mais c'est l'heure de sa pause-café ; hein, McNitt ?

Nouveaux rires à l'autre bout.

Beauregard baissa sa radio et pensa : « Qu'ils aillent se faire foutre. Un peu de professionnalisme ne leur ferait pas de mal. » Il espérait que le lieutenant était sur la même fréquence et qu'il avait surpris la conversation.

Il attendit là, dans le hall, et se dit encore : « Dans cinq minutes, je fiche le camp. »

— Ici TDN. Beauregard, tu m'entends ?

— J'écoute.

— McNitt est avec toi ?

— Non, il finit son café.

— Hé, je plaisantais, dit l'autre un peu nerveusement, je viens de te l'envoyer.

Alors, il s'est perdu en route, dit Beauregard. Et mon service finit dans cinq minutes. J'ai quarante-huit heures de congé, et je ne vais pas me laisser coincer. Tu ferais mieux de l'appeler.

— Il ne m'entend pas.

Soudain, une idée traversa l'esprit de Beauregard.

— Par où est-il passé ? A-t-il pris l'ascenseur 17, celui qui est derrière le salon ?

— Oui, c'est moi qui lui ai dit de passer par là. Section 17, l'ascenseur. J'ai la même carte que toi.

— Alors, pour arriver jusqu'ici, il est forcé de passer par l'expo. Très malin. Il aurait fallu l'envoyer ici par les cuisines.

— Hé, ne me dis pas qui est malin ou pas, Freddy. C'est son sort qui m'intéresse, pas tes commentaires. Signale-le-moi quand il se pointe.

— Je te signale en tout cas que, quoi qu'il advienne, moi je me casse dans cinq minutes. Je passe le relais à Effinger, et terminé.

Ce fut le moment où Beauregard entendit un coup frappé de l'autre côté des portes de l'exposition. Quelque chose comme un choc étouffé. « Jésus ! pensa-t-il. C'est McNitt. » Il ouvrit les portes et entra, en dégrafant l'étui de son 38 spécial.

Le nommé TDN mordit dans un autre beignet, mâchonna, puis s'envoya une gorgée de café. La radio dit soudain :

— McNitt pour les opérations. TDN, tu veux venir ici une minute ?

— Cinq. Où donc es-tu ?

— À la porte de derrière. Beauregard n'est pas là. Je peux pas l'atteindre, rien à faire.

— Je vais essayer.

Il attrapa sa radio.

— TDN appelle Beauregard. Hé, McNitt, à mon avis il était bourré, il est rentré chez lui, son tour de garde s'arrête maintenant. Comment tu es arrivé jusque-là, on peut savoir ?

— Je suis passé par où tu m'avais dit mais, quand je me suis retrouvé à la porte de devant, c'était fermé ; il a fallu que je fasse le tour, je n'avais pas mes clés. Je me suis un peu paumé.

— Tu restes sur le coup. La relève doit arriver dans un instant. Sur la liste, c'est un gars qui s'appelle Effinger. Quand il se pointe, tu m'appelles et tu reviens ici.

— Ah, le voilà ! Tu fais un rapport à propos de Beauregard ? demanda McNitt.

— Tu veux rire ? Je suis pas sa mère.

3

D'Agosta observa Pendergast tout en se rejetant en arrière sur le siège défoncé de la Buick. « Incroyable, pensa-t-il, j'aurais imaginé un type comme Pendergast dans une bagnole chic. » Au lieu de ça, on lui avait attribué une vieille Buick de quatre ans, et un chauffeur qui parlait à peine l'anglais.

Pendergast fermait à demi les yeux.

— Tournez sur la 86e et prenez à travers Central Park, cria D'Agosta.

Le chauffeur slaloma sur Central Park West et s'engagea à toute allure sur la transversale à travers le parc.

— Maintenant, prenez la Cinquième Avenue, jusqu'à la 6e Rue, filez par là vers la Troisième Avenue, un pâté de maisons au nord, et à droite sur la 66e.

— C'est plus facile par la 59e, dit le chauffeur avec un accent moyen-oriental.

— Pas à l'heure de la sortie des bureaux, dit D'Agosta.

« C'est dingue, se dit-il, ils ne sont même pas foutus de trouver un chauffeur qui connaisse la ville ! »

La voiture passait d'une voie à l'autre et brinquebalait sur l'avenue. Finalement le chauffeur laissa passer la 66e Rue.

— Qu'est-ce que vous foutez ? dit D'Agosta. Vous venez de louper la 66e !

— Excusez, dit le chauffeur en s'engageant aussitôt sur la 61e, où les attendait un embouteillage monstre.

— Je trouve ça incroyable, dit D'Agosta à Pendergast, vous auriez dû virer ce guignol.

Toujours les yeux mi-clos, Pendergast esquissa un sourire.

— Le bureau de New York nous a, disons, fait cadeau de ce type. Mais qu'importe, nous avons le temps de parler un peu, vous et moi.

Pendergast se redressa sur le siège défoncé. Il venait de passer la fin de l'après-midi à assister à l'autopsie de Jolley. D'Agosta avait préféré s'abstenir.

— Le laboratoire a trouvé deux chaînes d'ADN dans notre échantillon, l'une était humaine, l'autre provenait d'un gecko.

D'Agosta écarquilla les yeux.

— Un gecko ? Qu'est-ce que c'est que ça ?

— Une sorte de lézard. Assez inoffensif. Ils aiment rester sur un mur au soleil. Quand j'étais gamin, un été, nous avions loué une villa sur la Méditerranée, le mur en était plein. Enfin, bref. Pour ce qui est de l'analyse, le type du laboratoire a trouvé ça tellement curieux qu'il a cru à une plaisanterie.

Il ouvrit sa mallette.

— Ça, c'est le rapport d'autopsie de Jolley. Il n'y a pas grand-chose de neuf, j'en ai bien peur. Conclusions identiques, le corps a été horriblement mutilé, la région cérébrale du thalamus manque. Les enquêteurs ont estimé que, pour provoquer des blessures aussi profondes d'un seul coup, il faut disposer – il consulta une feuille dactylographiée – de plus de deux fois la force d'un adulte mâle et solidement constitué. Tout cela est une approximation, bien entendu.

Pendergast tourna quelques pages de son rapport et ajouta :

— Ils ont aussi réalisé des tests d'enzymes salivaires sur le cerveau de l'aîné des enfants et sur celui de Jolley.

— Et alors ?

— Alors, les deux comportent des traces de salive.

— Dieu du ciel ! Ça veut dire que le tueur est un amateur de cervelle ?

— Oui, non seulement ça, mais il bave sur sa nourriture. On peut dire qu'il ou elle n'a pas la moindre éducation. Vous avez le rapport d'enquête ? Je peux voir ?

D'Agosta le lui tendit.

— Cela ne vous apprendra pas grand-chose. Le sang qu'on a trouvé sur les murs était bien celui de Jolley, ils ont trouvé des traces après la limite de la zone protégée, dans un escalier qui menait aux souterrains. Mais la pluie de la nuit dernière a lavé la cour.

Pendergast parcourut le rapport d'enquête.

— Ah, voilà ce qui concerne la porte de la cave. Quelqu'un a frappé fort, sans doute avec un instrument courbe. On a relevé aussi trois éraflures groupées de même type que celles trouvées sur les victimes. Une fois de plus, cela confirme que la force exercée a été considérable.

Pendergast fouilla un moment dans le rapport et dit encore :

— J'ai l'impression qu'il va falloir s'intéresser de plus près à ce deuxième sous-sol. En fait, Vincent, cette analyse de l'ADN est notre meilleur atout. Si l'on peut définir l'origine de ce fragment de griffe, nous irons enfin quelque part. C'est pourquoi j'ai organisé cette petite réunion.

La voiture s'arrêta devant l'une des résidences de brique rouge recouvertes de vigne vierge qui dominent l'East River. Un garde les introduisit et ils se retrouvèrent bientôt dans un laboratoire. Pendergast, appuyé sur une table, bavarda un moment avec les scientifiques présents, Buchholtz et Turow. D'Agosta admira son aisance d'homme du Sud.

Mon collègue et moi-même, nous aimerions comprendre un peu mieux cette histoire de chaînes d'ADN, leur demanda Pendergast. Nous avons besoin de savoir comment vous en êtes arrivés à vos conclusions, et s'il vous faut encore travailler sur ces données. Je pense que vous comprenez.

— Mais bien entendu, dit Buchholtz, tout fébrile.

Il était petit, et chauve comme un genou.

— C'est mon assistant, ici, le Dr Turow, qui a conduit l'analyse.

Turow enchaîna, un peu nerveux :

— Quand nous avons reçu l'échantillon, on nous a demandé de déterminer s'il provenait ou non d'un mammifère carnivore. En fait, un grand félin. Dans un cas comme celui-là, ce que nous faisons, c'est une comparaison entre l'ADN contenu dans l'échantillon et celui de cinq ou six espèces dont nous pensons qu'il va se rapprocher. Mais il faut aussi prendre un ADN qui ne se rapprochera pas de l'échantillon ; nous appelons ça un référent externe, c'est pour assurer le coup en quelque sorte. C'est clair ?

— Jusqu'ici, ça va, dit Pendergast, mais allez-y doucement avec moi, je suis un débutant complet dans ce domaine.

— Généralement, on utilise l'ADN humain comme référent externe, parce que la cartographie en a été largement explorée. On provoque quand même une réaction des chaînes de polymères sur l'échantillon, d'où multiplication des gènes, des milliers et des milliers de copies apparaissent, ce qui nous donne pas mal de boulot.

Il montra une grosse machine qui portait de longues bandes de Plexiglas sur les côtés, derrière lesquelles on voyait d'autres bandes verticales noires disposées de manière complexe.

— C'est une machine qui diffuse un champ pulsé dans un gel conducteur. On met l'échantillon ici, une partie de l'échantillon se diffuse à travers le gel le long de ces bandes que vous voyez, à des degrés divers selon le poids moléculaire auquel on a affaire. Le résultat, ce sont ces bandes noires. Par analyse de leur disposition, avec l'aide de l'ordinateur, nous pouvons identifier la nature des gènes en présence.

Il respira un grand coup et continua :

— Dans le cas qui nous occupe, nous n'avons pas identifié de gènes de grand félin. Mais alors pas du tout. Pas même de gène proche. En revanche, à notre grande surprise, c'est le référent externe qui a paru correspondre. Je veux dire, le groupe Homo sapiens. Et comme vous le savez, nous avons aussi identifié certaines séquences d'ADN comme appartenant à différentes espèces de gecko ; enfin, il semblerait que ce soit cela.

Il paraissait un peu affligé du résultat.

— Mais il reste que la plupart des gènes présents dans l'échantillon n'ont pas été identifiés.

— C'est pourquoi vous pensez que l'échantillon a été contaminé.

— Ou abîmé. Nous avons une grande quantité de paires de base dans cet échantillon. Ce qui laisse supposer que le niveau de dégradation génétique est élevé.

— Dégradation génétique ? demanda Pendergast.

— C'est-à-dire que lorsque l'ADN est abîmé, ou défectueux, souvent, il reproduit de manière incontrôlable de longues séquences de la même paire de base. Les virus peuvent abîmer l'ADN mais aussi les radiations, certains produits chimiques, et même le cancer.

Pendergast avait commencé à passer le laboratoire en revue, il examinait ce qu'il voyait avec une curiosité presque féline.

— Cette histoire de gecko m'intéresse particulièrement, dit-il, j'aimerais savoir ce que cela signifie.

— Alors ça, mystère ! dit Turow. Ce sont des gènes rares ; il faut savoir que certains gènes sont communs, comme le cytochrome B ; on les trouve dans une grande variété d'êtres vivants, du bigorneau à l'homme. Mais ces gènes de gecko, on peut dire qu'on ne les connaît pas.

— Ce que vous êtes en train de me dire, c'est que l'ADN en question ne vient pas d'un animal. C'est ça ? demanda Pendergast.

— En tout cas, pas de l'un des grands mammifères connus, dit Buchholtz. Nous avons fait tous les tests ; il n'y a pas assez de correspondances pour que nous puissions conclure qu'il s'agit d'un gecko. C'est ainsi que par élimination nous aurions dû en venir à la conclusion qu'il s'agit probablement d'un humain. L'ennui, c'est que l'échantillon est abîmé ou contaminé. Les résultats ne sont pas probants.

— L'échantillon, dit D'Agosta, provient du corps d'un enfant assassiné.

— Ah, dit Turow. Voilà qui expliquerait la contamination génétique par l'humain. Je vous assure que, si nous l'avions su avant, les choses auraient été plus simples pour nous.

Pendergast fronça les sourcils et répondit :

— L'échantillon a été prélevé sur le canal central de la griffe par un spécialiste du laboratoire de criminologie, d'après ce qu'on m'a dit. Toutes les précautions ont été prises pour qu'il n'y ait pas de contamination.

— Vous savez, il suffit d'une cellule, dit Turow. Vous dites qu'il s'agit d'une griffe ?

Il réfléchit un moment.

— Une suggestion : cette griffe peut provenir d'un lézard qui aurait été contaminé par le sang d'une blessure occasionnée chez un homme. Un lézard, je ne veux pas dire nécessairement un gecko.

Il jeta un coup d'œil en direction de Buchholtz.

— La seule raison pour laquelle nous avons identifié ce fragment d'ADN comme provenant d'un gecko, c'est que nous avions des éléments de recherche sur la génétique des geckos. Un type de Baton Rouge s'était intéressé à ça il y a quelques années, il avait consigné ses résultats dans la base de données GenLab. Sans ça, nous n'aurions pas su à quoi l'attribuer, comme d'ailleurs les trois quarts de l'échantillon.

Pendergast regarda Turow.

— J'aimerais bien que vous fassiez de nouveaux tests pour fouiller cette histoire de gecko, si ça ne vous dérange pas.

Turow se renfrogna et répondit :

— Monsieur Pendergast, nous n'avons que très peu de chances de déboucher sur quoi que ce soit, et ça peut prendre des semaines. Il me semble que nous avons déjà percé le mystère.

Buchholtz lui donna une claque dans le dos.

— Mais non, ne contrarions pas M. Pendergast. La police paie pour ce travail, et Dieu sait qu'il est facturé très cher.

Le sourire de Pendergast s'élargit.

— Je suis heureux que vous mettiez la question sur le tapis, docteur Buchholtz, vous n'avez qu'à envoyer la note au FBI à l'intention du directeur des opérations spéciales.

Il consigna l'adresse sur une carte de visite et ajouta :

— Et ne vous en faites pas, le coût de la chose n'a aucune importance.

D'Agosta eut un sourire, il avait compris : ça, c'était la monnaie de sa pièce pour la voiture pourrie qu'on lui avait attribuée. « Quel diable d'homme ! », se dit-il en hochant la tête.

4

Jeudi

Le jeudi matin, à onze heures quinze, un type qui prétendait être la réincarnation du dieu égyptien Thot perdit la tête au milieu du département des antiquités. Il renversa deux décors dans la reconstitution du temple d'Azar-Nar, cassa une vitrine et sortit une momie de son sarcophage. Il fallut trois policiers pour parvenir à le maîtriser, et plusieurs conservateurs durent travailler le reste de la journée pour replacer le bandage et ramasser les moindres poussières d'époque.

À peine une demi-heure après cet incident, une femme sortit en hurlant du hall des grands singes et balbutia qu'elle avait vu quelque chose de tapi dans l'ombre au fond des toilettes. Une équipe de télé qui attendait Wright sur les escaliers sud du musée put filmer l'irruption de la dame.

Le même jour au début de l'après-midi, Anthony McFarlane, philanthrope bien connu et chasseur de gros gibier, offrit publiquement une somme de cinq cent mille dollars à qui capturerait vivante la Bête du musée. Le musée, lui, déclara qu'il n'entretenait aucune relation avec McFarlane.

La presse se fit l'écho de toutes ces péripéties. Toutefois, certaines ne franchirent pas l'enceinte du musée : par exemple, à midi quatre employés rendirent leur tablier sans explication. Trente-cinq avaient pris leur congé sans prévenir, et près de trois cents s'étaient fait porter pâles.

Peu après le déjeuner, une jeune préparatrice du département de paléontologie, section vertébrés, s'effondra sur sa table de labo. On l'emmena à l'infirmerie, où elle demanda un arrêt maladie pour « stress physique et émotionnel ».

Vers trois heures de l'après-midi, la sécurité avait dû vérifier déjà six fois l'origine de bruits suspects perçus dans diverses parties du musée. À l'heure du couvre-feu, les apparitions furent au nombre de quatre dans les rapports du détachement de police du musée, mais aucune ne put être vérifiée.

Plus tard, au moment de dresser la liste des faits signalés en relation avec la fameuse créature, on s'aperçut que, pour la même journée, ils étaient au nombre de cent sept, dont quelques messages de dingues, alertes à la bombe, offres de services émanant d'exterminateurs et d'exorcistes en tout genre.

5

Smithback ouvrit la porte poussiéreuse et jeta un coup d'œil. Il songea qu'il se trouvait probablement dans l'une des parties les plus lugubres du musée ; à savoir, le stock du laboratoire d'anthropologie physique, connu chez les employés comme la Chambre aux squelettes. Le musée possédait l'une des plus vastes collections d'ossements du pays, seule celle du Smithsonian Institute la surpassait. Dans cette seule salle, douze mille squelettes ! La plupart étaient des Américains du Nord et du Sud, recueillis au XIXe siècle, c'est-à-dire à l'âge d'or de l'anthropologie physique. De grands tiroirs métalliques montaient jusqu'au plafond, chacun contenant au moins un fragment d'ossement humain et portant une étiquette jaunie. Des numéros, des noms de tribus, et parfois un rappel historique pouvaient s'y trouver notés. D'autres, laconiques, laissaient le contenu du tiroir à son anonymat.

Une fois, Smithback avait passé l'après-midi à se promener dans cette salle. Il ouvrait les tiroirs, lisait les notices, rédigées le plus souvent d'une écriture pâle au tracé élégant. Il en avait relevé plusieurs dans son calepin, cela donnait :

Spec. No. 1880 1770
Qui-va-dans-les-nuages. Sioux, tribu Yankton. Tué à la bataille de Medicine Bow Creek, 1880.

Spec. No. 1899 1206
Maggie Cheval Perdu. Cheyenne du Nord.

Spec. No. 1933 43469
Anasazi. Canyon del Muerto. Expédition Thorpe-Carlson, 1900.

Spec. No. 1912-695
Luo. Lac Victoria. Donation Major Général Henry Throckmorton, Bart.

Spec. No. 1972 10
Aleut. Provenance inconnue.

Curieux cimetière, en vérité.

Derrière cet entrepôt, on trouvait l'enfilade des salles qui formaient le laboratoire d'anthropologie physique proprement dit. Autrefois, les anthropologues passaient là le plus clair de leur temps à mesurer les ossements, à essayer de dresser des comparaisons entre les races, à définir l'origine géographique de la famille humaine. Désormais, les études menées, d'une complexité bien supérieure, faisaient appel à la biochimie, à l'épidémiologie, et tout ça se passait ici.

Plusieurs années auparavant, le Muséum, sur l'insistance de Frock, avait développé son secteur de recherche génétique et d'analyse d'ADN, en collaboration avec le fameux laboratoire. C'est pourquoi, derrière l'ossuaire poussiéreux, on trouvait à présent un assortiment de centrifugeuses énormes, de cuves, d'appareils de mesure des champs magnétiques, d'écrans de contrôle, d'unités de distillation complexes en verre fumé, d'instruments de volumétrie, le tout constituant l'une des installations les plus perfectionnées de sa catégorie. C'était dans la zone tampon entre le passé et le futur que Greg Kawakita avait dressé son campement de scientifique.

Smithback jeta un coup d'œil à travers les rayonnages de l'entrepôt pour apercevoir les portes du labo. Il était à peine plus de dix heures, il n'y avait que Kawakita sur les lieux. À travers les étagères, il l'aperçut à deux rangées de lui, il faisait de grands gestes de sa main gauche, on eût dit qu'il était en train de manipuler quelque chose. Ensuite, Smithback perçut le coup de fouet d'une ligne et le bruissement d'un moulinet. « Incroyable, se dit-il, il est en train de pêcher ! »

— Alors, ça mord ? lui cria-t-il.

Il entendit un juron et le bruit de la canne qu'on laissait tomber.

— Smithback, j'en ai marre, dit Kawakita, il faut toujours que vous arriviez à pas de loup ; en plus, ce n'est pas le moment de foutre la trouille aux gens comme ça. J'aurais pu être armé.

Il remonta l'allée, puis, tout en moulinant, adressa un sourire plein d'humour à Smithback en le voyant paraître.

— Je vous l'avais bien dit, observa Smithback en riant, de vous méfier de ce boulot au milieu de tous ces squelettes, vous êtes en train de disjoncter.

— Mais non, je m'entraînais, dit Kawakita, amusé à son tour ; regardez, sur la troisième étagère, Corne de Buffle.

Il lança sa canne, la ligne se déroula, la mouche heurta l'un des tiroirs et rebondit vers un autre au troisième niveau d'étagères au bout de l'allée. Smithback alla voir, le tiroir contenait bel et bien les ossements de quelqu'un qui avait autrefois porté le nom de Corne de Buffle.

Il siffla, admiratif.

Kawakita ramena un peu de fil qu'il agrippa dans sa main gauche pendant qu'il tenait la canne de la droite.

— Première étagère, deuxième rangée, John Mboya, annonça-t-il.

Une fois encore, la canne décrivit un arc de cercle entre les étagères étroites, et la petite mouche alla tinter contre l'étiquette annoncée.

— Allez, maintenant, Isaak Walton, dit Smithback.

Mais Kawakita ramenait la ligne et commençait à démonter la canne.

— Ce n'est pas vraiment comme sur l'eau, mais c'est un entraînement super, surtout dans un espace étroit comme ici. Ça m'aide à me détendre pendant la pause. Je veux dire que c'est une détente quand je n'accroche pas, parce que sans ça…

Kawakita était entré au Muséum en refusant un bureau lumineux du cinquième étage pour lui préférer ce réduit dans le laboratoire. Il voulait se rapprocher de l'endroit où les choses se passaient vraiment. Depuis cette époque, il avait déjà publié plus de contributions que certains des conservateurs du musée pendant toute leur carrière. Ses recherches interdisciplinaires, menées sous la direction de Frock, lui avaient permis de se faire nommer assistant-conservateur en biologie de l'évolution, alors que son domaine d'origine était l'évolution du seul règne végétal. Kawakita s'était débrouillé admirablement pour profiter de la notoriété de son patron et se pousser lui-même. Dans les derniers temps, il avait laissé tomber temporairement l'évolution végétale pour développer son fameux programme d'extrapolation génétique. Son travail mis à part, sa seule passion dans la vie était, semblait-il, la pêche à la mouche ; avec une prédilection toute particulière, qu'il décrivait à qui voulait l'entendre, pour le saumon de l'Atlantique, noble poisson certes, mais fort difficile à ferrer.

Kawakita glissa sa canne avec précaution dans son étui fatigué, avant de la replacer dans un coin. Puis il invita Smithback à le suivre. Ils longèrent un labyrinthe d'allées pour se retrouver devant un bureau entouré de trois lourdes chaises de bois. Smithback remarqua que le bureau était couvert d'une quantité de papiers, de monographies annotées, de plateaux couverts de plastique contenant divers ossements humains sur leur lit de sable.

— Regardez-moi ça, dit Kawakita en glissant quelque chose vers lui.

Il s'agissait d'une gravure représentant un arbre généalogique ; c'était écrit à l'encre brune sur un papier qui portait des traces de doigts. Les branches de l'arbre comportaient diverses inscriptions latines.

— Mais c'est très joli, commenta Smithback en s'asseyant.

— On peut dire ça comme ça, oui, il s'agit d'un état des sciences de l'évolution humaine au milieu du XIXe siècle. Sur le plan artistique, c'est joli en effet, mais sur le plan scientifique c'est une escroquerie. Je suis en train de travailler sur un article pour la *Revue de l'évolution ;* je planche sur ce sujet ; les visions élémentaires de l'évolution.

— Ce sera publié quand ? demanda Smithback en manifestant un intérêt très professionnel.

— Au début de l'année prochaine, sans doute, les délais sont toujours très longs dans ces publications.

Smithback reposa le document sur la table.

— Je ne vois pas quel est le rapport avec votre boulot actuel, le GRE, le SAT, enfin, je ne sais plus quoi.

— Le ESG, extrapolateur de séquences génétiques, répondit Kawakita en riant ; ce n'est rien encore, juste une idée que j'ai eue un jour après le boulot. J'aime rester ici à me salir les mains de temps en temps.

Il remit son document dans un classeur, avec précaution, puis il se tourna vers le journaliste-écrivain :

— Alors, comment va votre chef-d'œuvre ? Est-ce que la mère Rickman vous casse toujours les pieds ?

Smithback se mit à rire.

— J'ai l'impression que tout le monde est au courant de mes démêlés avec cette virago. À soi seul, ça mériterait un livre. Non, j'étais seulement venu vous parler de Margo.

Kawakita prit un siège en face de lui :

— Margo Green ? Qu'est-ce qu'elle a ?

Smithback se mit à feuilleter d'un air vague l'un des rapports qui traînaient sur la table.

— J'ai l'impression, dit-il, qu'elle a besoin de votre aide pour je ne sais quoi.

Les yeux de Kawakita se plissèrent.

— Elle m'a appelé hier soir, pour me demander si je pouvais entrer certaines données dans mon Extrapolateur, je lui ai dit que le programme n'était pas encore au point.

Il haussa les épaules et ajouta :

— Techniquement, c'est la vérité, je ne peux pas garantir la fiabilité des résultats à cent pour cent, mais en plus je suis débordé en ce moment, Bill. Je n'ai pas une minute pour lui servir de guide dans les arcanes du programme.

— Elle ne fait pas vraiment partie de cette sorte de scientifiques infirmes et qu'il faut guider pas à pas, répondit Smithback ; elle est lancée dans des recherches écrasantes, vous devez la voir rôder par ici tout le temps, non ?

Il repoussa la pile de rapports devant lui et se pencha.

— J'ai l'impression qu'elle a besoin de souffler un peu. Pour elle, cette période est compliquée ; je pense que vous n'ignorez pas que son père est mort il y a environ deux semaines.

Kawakita eut l'air surpris.

— Ah bon ? Et c'est de cela que vous parliez l'autre jour avec elle dans la salle du personnel ?

Smithback hocha la tête.

— Elle n'a pas été très bavarde, mais je sais qu'elle a accusé le coup. En fait, elle est plus ou moins tentée de quitter le Muséum.

— Ce serait une erreur, dit Kawakita en fronçant les sourcils.

Il voulut ajouter quelque chose, mais se ravisa. Il se renversa dans son fauteuil, puis il adressa à Smithback un regard long et scrutateur.

— Votre démarche est d'un altruisme formidable, Bill.

Il fit une moue, en hochant la tête avec lenteur.

— Bill Smithback, alias le Bon Samaritain. Un rôle en or, hein ?

— William Smithback Junior, si vous permettez.

— Bill Smithback, le super-boy-scout, dit Kawakita sans se démonter. Pour moi, vous racontez des sornettes, vous n'êtes pas venu me parler de Margo.

Smithback hésita :

— Euh... si, enfin c'était l'une des raisons de ma visite.

— Je le savais ! aboya Kawakita. Allez, accouchez, mon vieux.

— Bon, d'accord, soupira Smithback ; en fait, je suis là pour essayer d'en savoir davantage sur l'expédition Whittlesey.

— Je vous demande pardon ?

— Cette expédition en Amérique du Sud qui a rapporté ici la figurine, le Mbwun. Vous savez bien, le clou de l'expo.

Le visage de Kawakita s'éclaira.

— Ah oui, ça doit être ce type dont Smith me parlait l'autre jour à l'herbarium. Et alors ?

Eh bien, nous pensons qu'il peut y avoir un lien entre l'expédition et tous ces meurtres.

— Hein ? Ne me dites pas que vous aussi vous donnez dans le panneau, la Bête du musée et tout ça, et d'abord, qui est ce « on » ?

— Je n'ai pas dit que j'y croyais, dit Smithback d'un air vague, mais j'ai entendu pas mal de trucs bizarres ces derniers temps. Et Mme Rickman est tout agitée à l'idée que la figurine du Mbwun soit présentée à l'exposition. À part cette relique, l'expédition a rapporté d'autres choses, plusieurs caisses, en vérité. J'aimerais bien savoir ce qu'elles contenaient.

— Et alors, en quoi ça me concerne ? demanda Kawakita.

— Aucunement, c'est vrai. Mais vous êtes conservateur assistant et vous avez accès à l'ordinateur du musée qui est réservé à très peu de gens. Vous pouvez interroger les bases de données au sujet de ces fameuses caisses.

— Cela m'étonnerait qu'on les ait même répertoriées, dit Kawakita, mais, de toute façon, peu importe.

— Pourquoi ? demanda Smithback.

Kawakita se mit à rire.

— Attendez-moi là.

Il se leva et fila au labo. Après quelques minutes, il revint avec une feuille de papier.

— Vous devez être extralucide sur les bords, dit-il en lui tendant le papier ; regardez ce que j'ai trouvé dans ma boîte en arrivant ce matin.

À l'attention de/Conservateurs et administrateurs du Muséum.
de/Lavinia Rickman
Copies à : Wright, Lewallen, Cuthbert, Lafore

À la suite des événements récents qui ont malheureusement affecté la vie du musée, l'établissement fait l'objet d'une attention de tous les instants de la part des médias et du public. J'en profite pour vous rappeler un certain nombre de règles en matière de communication extérieure.

Toutes les relations avec la presse doivent passer par le bureau des relations publiques. Se garder des commentaires sur la vie du musée, officiels ou non, devant les journalistes ou tout représentant des médias. Toute déclaration, toute information fournie aux personnes préparant interviews, documentaires, articles, livres relatifs à ce musée doit passer par ce bureau. Tout manquement à cette règle sera passible, conformément aux vœux de la direction, de sanctions disciplinaires.

Merci de votre coopération dans la période difficile que nous traversons.

— Mon Dieu ! grommela Smithback. Regardez-moi ça, même les gens qui préparent des livres relatifs au musée !

— Oui, c'est de vous qu'elle parle, Bill, dit Kawakita en riant, alors, vous voyez, je n'ai pas beaucoup de latitude pour satisfaire votre curiosité.

Il sortit un mouchoir de la poche arrière de son pantalon et se moucha en expliquant :

— Je suis allergique à la poussière d'os.

C'est vraiment incroyable, dit Smithback en relisant la feuille.

Kawakita vint à son côté et lui tapota l'épaule.

— Mon cher Bill, je sais bien que cette affaire serait une fameuse aubaine pour un écrivain ; j'aimerais vous aider à pondre le plus scandaleux, le plus croustillant des bouquins, mais je ne peux pas. Franchement, non. J'ai une carrière à ménager ici, et – sa main se resserra sur son épaule – j'ai l'intention d'y rester un bon moment. Je ne peux pas me permettre de faire des vagues, en ce moment. Il faudra chercher ailleurs, d'accord ?

Smithback hocha la tête, résigné.

— Entendu.

— Vous n'avez pas l'air convaincu, dit Kawakita, hilare. Mais je suis heureux que vous ayez compris ma position.

D'un geste aimable, il l'aida à se relever puis ajouta :

— J'ai une idée : et si nous allions pêcher dimanche, hein ? On annonce que le poisson est en avance pour frayer cette année sur le Connetquot.

Smithback se décida à sourire.

— Préparez-moi une de vos lignes miracles, je viendrai.

6

D'Agosta était à l'autre bout du musée quand un autre appel arriva. Observation d'une présence suspecte dans la section 18, salle informatique.

Il soupira, rangea sa radio dans son étui, songea à ses pauvres pieds. Tout le monde dans cette baraque commençait à voir des loups-garous.

À l'extérieur de la salle informatique, une douzaine de personnes étaient rassemblées. Elles échangeaient nerveusement des plaisanteries. Deux policiers en uniforme encadraient la porte.

— Bon, alors, dit D'Agosta en sortant un cigare, qui l'a vu ?

Un jeune homme fit un pas en avant. Il était vêtu d'une blouse blanche et avait les épaules basses. Son nez était surmonté de lunettes en cul de bouteille. À la ceinture, il portait une calculette et un bloc-notes. « On se demande un peu où ils vont chercher ce genre de mec », se dit D'Agosta. Vraiment, celui-là avait une touche parfaite.

— En fait, je n'ai pas vraiment vu, dit le gars, mais il y avait un bruit de pas étouffé, et très lourd, dans la pièce de l'électricité, là-bas ; c'était comme si quelqu'un voulait passer à travers la porte et cognait dessus.

D'Agosta se tourna vers les deux policiers :

— Allons voir, dit-il.

Il chercha le bouton de la porte ; quelqu'un sortit une clé en expliquant :

— Nous avons fermé pour empêcher toute sortie...

D'Agosta eut un geste de la main. Cela devenait ridicule. Tout le monde vivait la peur au ventre. Il se demandait comment diable on pouvait maintenir l'ouverture solennelle de l'expo pour le lendemain soir. Il aurait mieux valu décréter la fermeture de ce maudit musée après les premiers meurtres.

Ils se retrouvèrent dans une grande salle propre et circulaire au centre de laquelle, sur un haut piédestal, noyé de lumière blanche par une batterie de néons, reposait un grand cylindre blanc d'un mètre cinquante, probablement l'ordinateur central du musée. Il ronronnait. Autour de l'unité principale on voyait divers terminaux, stations de travail, tables et étagères et, à l'extrémité de la pièce, deux portes.

— Vous surveillez ici, dit-il aux deux hommes en portant à ses lèvres son cigare éteint. Je vais dire un mot à ce type pour mon rapport, O.K. ?

Il ressortit de la pièce. L'homme s'appelait Roger Thrumcap, il était le responsable des permanences.

— Bon, dit D'Agosta en prenant des notes, vous avez entendu ces pas dans la salle de saisie.

— Non, en fait, la salle de saisie est là-haut, à l'étage supérieur ; ici, c'est la salle des ordinateurs, on vérifie que tout marche bien, que tous les systèmes sont opérationnels.

— Bien, alors, nous parlons de la salle des ordinateurs.

Il griffonna.

— Quand avez-vous remarqué ces bruits ?

— Peu après dix heures. On venait de finir nos journaux.

— Vous étiez en train de lire les journaux quand vous avez entendu ces bruits ?

— Non, monsieur, il s'agit en fait des relevés journaliers sur bande ; nous venions de finir la copie de sauvegarde des travaux de la journée.

— Je vois. Alors, comme ça, à dix heures à peine, vous aviez fini ?

— Impossible de procéder à la copie de sauvegarde pendant les heures de pointe ; alors, nous avons la permission de venir ici à partir de six heures le matin.

— Grands veinards. Et ces bruits, ils venaient d'où ?

— Ils provenaient de la pièce de l'électricité.

— C'est-à-dire ?

— La porte à gauche du MP3. C'est comme ça qu'on appelle l'ordinateur.

— Des portes, j'en ai vu deux, fit remarquer D'Agosta. Derrière l'autre, qu'y a-t-il ?

— Oh ! c'est une pièce pratiquement condamnée ; on y entre grâce à une carte magnétique spéciale, sinon c'est impossible.

D'Agosta regarda son interlocuteur d'un air bizarre.

Elle contient des paquets de disques magnétiques, des trucs comme ça. Du stockage d'informations. On l'appelle la pièce éteinte parce que tout fonctionne en automatique, là-dedans ; seule la maintenance y a accès.

Il releva la tête avec fierté.

— Il faut dire que nous sommes ici dans un environnement informatique qui n'a pratiquement pas besoin d'opérateur. Comparée à notre service, l'unité de saisie informatique vit à l'âge de pierre. Ils emploient encore des opérateurs manuels qui manipulent des bandes.

D'Agosta retourna à l'intérieur de la pièce.

— C'est là, de l'autre côté de cette porte, sur la gauche, que cela semblait se manifester. Oui, là derrière. Allons voir !

— Thrumcap, dit-il, demandez-leur de rester dehors, s'il vous plaît.

La porte de la pièce de l'électricité s'ouvrit ; il s'en dégageait une forte odeur de câbles chauds et d'ozone. D'Agosta tâtonna le long du mur, trouva l'interrupteur.

Il commença par un examen visuel. Des transformateurs, des grilles sur des panneaux de ventilation, des câbles. Plusieurs gros appareils à air conditionné. Beaucoup de chaleur, mais rien d'autre.

— Allez voir derrière cet appareillage, dit D'Agosta.

Les policiers visitèrent l'endroit indiqué, l'un d'eux se retourna en haussant les épaules.

— Bon, dit D'Agosta en regagnant la pièce aux ordinateurs, tout me paraît normal. Monsieur Thrumcap ?

— Oui, répondit l'intéressé en pointant la tête à l'intérieur de la pièce.

— Vous pouvez faire revenir les employés. Tout a l'air normal, mais nous allons vous laisser un planton pendant trente-six heures.

Il s'adressa à l'un des policiers qui sortaient de la pièce de l'électricité.

— Waters, je veux que vous restiez ici jusqu'à la fin de votre permanence, pour voir. « D'accord ? Je vous enverrai de la relève. Quelques apparitions encore et je vais me retrouver à court d'hommes », pensa-t-il.

— Entendu, dit Waters.

— C'est une excellente idée, déclara Thrumcap, d'ailleurs, cette pièce est vraiment le cœur du musée, vous savez. Le cerveau, plus précisément. Nous sommes le centre nerveux du téléphone, des installations, des ressources en imprimantes, du courrier électronique, du système de sécurité...

— En effet, dit D'Agosta.

Il se demanda si c'était le même système de sécurité qui n'était pas foutu de fournir une carte du vieux souterrain.

Cependant, les employés reprenaient peu à peu leur place devant les écrans d'ordinateur. D'Agosta s'essuya le front. « Quelle chaleur dans ce coin ! » Il s'apprêta à quitter les lieux.

— Roger, fit une voix derrière lui, nous avons un problème.

D'Agosta marqua le pas un instant.

— Mon Dieu ! – Thrumcap avait le nez sur l'un des écrans. – Le système se met à cracher de l'hexadécimal, qu'est-ce qui se passe ?

— L'unité principale était encore en mode copie de sauvegarde quand vous êtes parti, Roger ?

La question venait d'un gars de petite taille aux dents mal plantées.

— S'il a fini la copie et n'a pas reçu de réponse, il est possible qu'il affiche un bas niveau jusqu'à nouvel ordre.

— Peut-être, dit Roger. Arrête l'affichage et vérifie que toutes les unités distantes sont opérationnelles.

— Pas de retour.

— Le système d'exploitation s'est planté ? demanda Thrumcap en se penchant sur l'écran de contrôle devant lequel se trouvait le type aux vilaines dents. Montrez-moi ça !

Dans la pièce, on entendit un signal d'alarme, assez discret, mais d'un sifflement insistant. D'Agosta vit une lumière rouge s'allumer au plafond au-dessus de l'unité centrale qui luisait doucement. Il se dit qu'il ferait mieux de s'attarder une minute encore.

— Alors, qu'est-ce que ça donne ? demanda Thrumcap.

« Mince, quelle chaleur, se dit D'Agosta, je ne vois pas comment ils peuvent supporter ça. »

— Qu'est-ce que c'est que ce code ?

— Je ne sais pas, vérifiez.

— Où ?

— Dans le manuel, idiot, il est juste derrière votre écran. Le voilà, je l'ai.

Thrumcap commença à feuilleter :

— 2291, 2291, voilà. C'est une alarme de température. Zut alors, la machine chauffe ! Appelez l'entretien tout de suite !

D'Agosta haussa les épaules. Le bruit sourd qu'ils avaient entendu venait probablement de la défaillance de l'air conditionné. « Pas besoin d'être un génie scientifique pour s'en douter, il fait dans les quarante degrés. » En sortant vers le hall, il croisa deux types de l'entretien qui galopaient à sa rencontre.

Comme la plupart des super-ordinateurs de la dernière génération, le MP3 Digital Industries supportait plus facilement la chaleur que les grosses bécanes métalliques d'il y a dix ou vingt ans. Son cerveau de silicone, contrairement aux vieux tubes et aux transistors d'autrefois, pouvait fonctionner au-dessus de la température normale pendant longtemps, sans dommage ni perte d'information. Il restait que la liaison avec le système de sécurité du musée avait été installée par un tiers qui ne s'était pas conformé aux exigences techniques de la compagnie Digital Industries. Dès que la température dans la pièce atteignait quarante degrés, la tolérance des processeurs qui commandaient le contrôle de sécurité automatique se trouvait dépassée. Quatre-vingt-dix secondes plus tard, c'était la panne.

Waters était debout dans un coin et observait les lieux. Les types de l'entretien avaient quitté la place voilà une heure, la pièce était désormais d'une température délicieusement fraîche. Tout était revenu à la normale. Les seuls bruits perceptibles étaient le grondement de l'ordinateur et le cliquetis des claviers sur lesquels tapotaient les opérateurs. Il lorgna sur l'un des écrans et vit un message clignoter :

ERREUR RÉSEAU EXTÉRIEUR
DRESSE ROM 33 B1 4A OE

Incompréhensible. Quelle que soit la signification de tout cela, pourquoi ne pas employer les mots de tout le monde ? Il n'aimait pas les ordinateurs. Ils n'avaient jamais rien fait pour lui, sauf d'oublier le *s* à la fin de son nom sur les factures. Quant aux informaticiens, il n'aimait pas ces prétentieux non plus. Il se dit que, si quelque chose n'allait pas en ce moment, d'après l'écran, c'était leur boulot de s'en apercevoir, pas le sien.

7

À la bibliothèque, Smithback déposa ses notes devant l'un des boxes qu'il affectionnait, puis en soupirant profondément se glissa dans l'étroit espace, mit son ordinateur portable sur le bureau et alluma la petite lampe. Quelques mètres à peine le séparaient de la salle de lecture générale avec ses boiseries de chêne, ses chaises couvertes de cuir rouge, sa cheminée de marbre qui semblait n'avoir pas servi depuis un siècle. Mais Smithback préférait les boxes, si étroits fussent-ils. Il aimait surtout ceux qui étaient cachés entre les étagères, où il pouvait consulter documents et manuscrits, c'est-à-dire les parcourir rapidement à l'abri des regards et dans un confort relatif.

Les collections du musée en matière d'histoire naturelle, ouvrages neufs, anciens ou rares n'avaient pas d'équivalent ailleurs. Au fil des années, le nombre des legs et des donations avait été tellement important que le catalogue avait toujours un train de retard sur le contenu réel des étagères. Smithback pouvait se flatter de connaître le fonds disponible souvent mieux que la plupart des bibliothécaires. Il était un as de la recherche d'informations.

Il était là, pinçant les lèvres, en proie à ses pensées. Moriarty n'était qu'un bureaucrate borné. Quant à Kawakita, il venait de faire chou blanc avec lui. Il ne voyait personne d'autre à qui s'adresser pour pénétrer la fameuse base de données. Mais, pour parvenir à ses fins, il ne manquait pas de ressources, ce n'était pas la seule voie.

Au moment de consulter les archives microfilmées, il se dirigea vers l'index thématique du *New York Times* qu'il remonta jusqu'en

1975. Il ne trouva rien là-dedans en matière d'anthropologie ou d'histoire naturelle, du moins dans le domaine qui l'intéressait.

Ensuite il eut l'idée de chercher dans les vieux numéros des revues internes du Muséum. Il était toujours en quête d'éléments sur l'expédition. Rien non plus. Dans l'édition 1985 de l'annuaire des collaborateurs du musée, il trouva deux lignes de notice biographique sur Whittlesey, mais rien qu'il ne sache déjà.

Il soupira et songea : « Ce gars est plus secret que l'île au Trésor, ma parole ! »

Il replaça les volumes consultés sur le chariot. Ensuite il tira leurs fiches d'un carnet de notes pour les présenter à une bibliothécaire. Il examina son visage, elle n'avait jamais eu affaire à lui, c'était ce qu'il fallait.

— Je dois remettre tout ça aux archives.

Elle lui lança un regard sévère.

— Vous êtes nouveau dans la maison ?

— Je suis de la bibliothèque scientifique ; mon transfert date de la semaine dernière, je suis en rotation, vous comprenez.

Il essaya de donner à son sourire l'expression la plus franche et la plus amicale.

De son côté, elle fronça les sourcils avec une hésitation. Le téléphone sonna sur son bureau. Elle hésita encore, répondit, puis lui tendit distraitement un bloc-notes avec une clé qui pendait au bout d'une longue ficelle bleue.

— Signez là, dit-elle en couvrant le récepteur de la main.

Les archives de la bibliothèque se trouvaient derrière une porte grise et banale sans inscription, dans un coin, après les rayonnages. Smithback y était déjà venu, mais une fois seulement et pour des raisons avouables. Il savait que les archives principales du musée se trouvaient ailleurs. Celles de la bibliothèque contenaient ce qui était très technique. Mais quelque chose le démangeait. Il referma les portes derrière lui, avança en examinant les étagères et les piles de boîtes étiquetées.

Il avait parcouru tout un côté de la pièce et s'apprêtait à visiter l'autre quand il s'arrêta. Avec précaution, il dégagea et posa devant lui une boîte : RÉCEPTION/FRET : COLIS PAR AVION. Il s'assit, visita le contenu rapidement. Une fois encore, il remonta jusqu'à l'année 1975. Déçu, il recommença. Là, rien non plus.

Il remit la boîte sur son étagère élevée, mais son regard fut aussitôt attiré par une autre étiquette : REÇUS DE FRET 1970-1990. Il lui restait au maximum cinq minutes pour consulter.

Son doigt s'arrêta dans la rangée de fiches près du fond de la boîte, il murmura : « Cette fois, ça y est », puis de sa poche il tira un minuscule magnétophone pour y consigner toutes les dates et les noms dont il avait besoin : Belém, port de La Nouvelle-Orléans, Brooklyn. *Estrella de Venezuela* – L'étoile du Venezuela. « Curieux, pensa-t-il. Ils se sont attardés un très long moment à La Nouvelle-Orléans. »

— Vous me semblez bien content de vous, dit la bibliothécaire quand elle le vit remettre la clé sur son bureau.

— Bonne journée, répondit Smithback.

Il acheva de remplir le formulaire qui témoignait de son passage, sous le nom de Sebastian Melmoth, entrée 11 h 10, sortie 11 h 25.

En retournant à son catalogue des archives microfilmées, Smithback s'accorda une pause. Il connaissait le nom bizarre que portait le quotidien local de La Nouvelle-Orléans, un truc très d'avant-guerre, le *Times Picayune.*

Il parcourut rapidement le catalogue. Voilà ce qu'il cherchait : *Times Picayune,* de 1840 à nos jours.

Il chargea l'année 1988 dans la machine. En arrivant au mois d'octobre, il ralentit, puis s'arrêta. Un titre en grosses lettres, corps 72, s'étalait devant ses yeux au sommet de la page :

— Dieu du Ciel !

À présent, il voyait, sans l'ombre d'un doute, pourquoi les caisses de Whittlesey avaient passé si longtemps sur le port de La Nouvelle-Orléans.

8

— Désolé, mademoiselle Green, mais sa porte est toujours infranchissable. Je lui remettrai votre message dès que ce sera possible.

— Merci, dit Margo en raccrochant, déçue.

Comment pouvait-elle être à la fois les yeux et les oreilles de Frock, dans cette baraque, sans être admise à lui parler ?

Quand Frock était absorbé par quelque chose, il s'enfermait souvent dans son bureau. Sa secrétaire savait qu'il valait mieux ne pas perturber sa solitude. Voilà deux fois que Margo essayait de le joindre dans la matinée. On n'avait toujours aucune idée de l'heure à laquelle il serait disponible.

Elle regarda sa montre, il était 11 h 20 ; une demi-journée presque fichue. Alors, elle se tourna vers son ordinateur et essaya d'entrer dans le système informatique du musée.

HELLO MARGO GREEN @ BIOTECH @ STF

BIENVENUE SUR MUSENET

DISTRIBUTED NETWORKING SYSTEMS

VERSION 15-5

COPYRIGHT © 1989-1995 NYMNH AND CEREBRAL SYSTEMS, INC. CONNEXION EFFECTUÉE À 11:20:45 LE 30-03-95

IMPRIMANTE EN SERVICE LJ56

***ATTENTION. À TOUS LES UTILISATEURS ***

EN RAISON DE LA PANNE SURVENUE SUR LE SYSTÈME CE MATIN, UNE REMISE EN SERVICE EST PRÉVUE À MIDI. LES PERFORMANCES DU SYSTÈME SERONT ALTÉRÉES. PRIÈRE DE FAIRE ÉTAT AUSSITÔT QUE POSSIBLE DE TOUTE

DÉGRADATION OU DISPARITION DE DONNÉES AUPRÈS DU RESPONSABLE.
ADRESSE ÉLECTRONIQUE : ROGER.
THRUMCAP @ ADMIN @ SYSTEMS
VOUS AVEZ (1) MESSAGE.

Elle demanda l'ouverture de sa boîte aux lettres et lut le message suivant :

MESSAGE DE GEORGE MORIARTY @ EXHIB @ STF
REÇU À 10: 14 :07 LE 30-03-95
MERCI POUR LE TEXTE DES LÉGENDES. PARFAIT, AUCUNE MODIFICATION NÉCESSAIRE. ALLONS LE METTRE EN PLACE QUAND RÉGLERONS LES DERNIERS DÉTAILS AVANT OUVERTURE AU PUBLIC.
ON DÉJEUNE ENSEMBLE AUJOURD'HUI ?
GEORGE.

RÉPONDRE/DÉTRUIRE/ARCHIVER (R/D/A) ?

La sonnerie de son téléphone déchira le silence.

— Margo ? Salut, c'est George.

— Salut. Désolée, je viens seulement d'avoir votre message.

— Je m'en doutais, dit Moriarty sur un ton cordial. Merci encore pour votre aide si précieuse.

— Ce fut un plaisir.

Moriarty observa une pause :

— Alors, pour le déjeuner, vous êtes libre ?

— Désolée, je n'ai rien contre, mais j'attends un coup de fil du Dr Frock. Il peut m'appeler dans les cinq minutes comme la semaine prochaine.

Le silence à l'autre bout signifiait que Moriarty était déçu, elle le sentait.

— Bon, je vais vous faire une proposition, lui dit-elle, faites un détour par ici quand vous irez à la cafèt' ; si Frock m'a appelée entre-temps, on verra. Sans ça... vous pouvez toujours attendre son coup de fil avec moi un moment. Vous m'aiderez à faire mes mots croisés, par exemple.

— D'accord, dit Moriarty. Je connais tous les mammifères australiens en trois lettres.

Elle hésita.

— Et vous en profiterez peut-être pour m'aider à consulter la base de données informatiques pour voir ce qu'il y avait dans les fameuses caisses de Whittlesey.

Silence. À la fin, Moriarty poussa un soupir :

— Si vraiment ça a tellement d'importance pour vous, je pense qu'il n'y a pas trop d'inconvénient... Je viendrai faire un saut vers midi.

Une demi-heure plus tard, on toquait à sa porte.

— Entrez ! lança-t-elle.

— C'est fermé, grommela une voix qui n'était pas celle de Moriarty.

— Je ne m'attendais pas précisément à votre visite, dit Margo, après avoir ouvert.

— Comment faut-il le prendre ? Vous considérez que c'est une aubaine ou un pensum ? demanda Smithback en se glissant à l'intérieur avant de refermer la porte. Écoutez-moi, Fleur de lotus, je n'ai pas chômé depuis hier soir, je peux vous le dire !

— Moi non plus, répondit-elle. Moriarty doit débarquer d'un instant à l'autre pour nous permettre d'entrer dans la base de données.

Smithback en était bouche bée.

— Comment vous êtes-vous débrouillée pour...

— Peu importe, dit Margo fièrement.

La porte s'ouvrit, Moriarty passa la tête.

— Margo ? demanda-t-il, mais il aperçut aussitôt Smithback en sa compagnie.

— Ne vous en faites pas, professeur, dit l'écrivain, vous ne risquez rien, j'ai déjà mangé.

— Ne faites pas attention, dit Margo ; ce type se pointe toujours sans s'annoncer. Entrez, je vous prie.

— Oui, et faites comme chez vous, ajouta Smithback en lui désignant le fauteuil devant l'ordinateur.

Moriarty s'assit avec lenteur ; il regarda Smithback, puis Margo, puis encore Smithback.

— Je suppose que ce que vous voulez, c'est l'entrée dans la base de données, hein ?

— Si ça ne vous dérange pas, répondit Margo tranquillement.

La présence de Smithback donnait à cette affaire des allures de traquenard.

— D'accord, Margo. – Moriarty s'approcha du clavier. – Smithback, j'aimerais que vous vous tourniez un instant. C'est à cause du mot de passe.

La base de données générale du musée contenait des informations relatives au catalogue et listait les millions d'objets contenus dans les collections. Au début, n'importe quel employé pouvait la consulter. Et puis, un jour, quelqu'un du cinquième étage s'était inquiété de cette liberté laissée à tous de lire la description des objets et leur situation dans le bâtiment. À présent, seul le sommet de la hiérarchie pouvait le faire, c'est-à-dire les assistants-conservateurs, comme Moriarty, et leurs supérieurs. Moriarty pianotait sur le clavier.

— J'encours un blâme pour ce que je fais en ce moment, vous savez. Le Dr Cuthbert est très strict. Je me demande pourquoi vous n'avez pas plutôt demandé ce service au Dr Frock, hein ?

— Je vous l'ai dit, on ne peut pas mettre la main dessus en ce moment, répondit Margo.

Moriarty pressa la touche « entrée » :

— Voilà. Vous jetez un coup d'œil rapide, ce sera la seule fois, je vous préviens.

Margo et Smithback se penchèrent ensemble vers l'écran où défilaient lentement les lettres vertes :

NUMÉRO DOSSIER ; 1989-2006

DATE : 4 AVRIL 1989

RAPPORTÉ PAR : JULIAN WHITTLESEY, EDWARD MAXWELL ET AL

INSCRIPTION AU CATALOGUE PAR : HUGO C. MONTAGUE

PROVENANCE : WHITTLESEY MAXWELL, EXPÉDITION BASSIN DE L'AMAZONE

SITUATION : BÂTIMENT 2, NIVEAU 3, SECTION 6, NICHE 144.

À NOTER : LES ARTICLES CITÉS ONT ÉTÉ REÇUS LE 1er FÉVRIER 1988 AU SEIN DE SEPT CAISSES ENVOYÉES PAR L'EXPÉDITION WHITTLESEY/MAXWELL, EN PROVENANCE DE LA ZONE DU HAUT BASSIN DU XINGU. SIX DES CAISSES ONT ÉTÉ EMPAQUETÉES PAR MAXWELL, UNE PAR WHITTLESEY. WHITTLESEY ET THOMAS CROCKER JR. NE SONT PAS REVENUS. ILS SONT TENUS POUR MORTS. MAXWELL

ET LE RESTE DE L'ÉQUIPE ONT PÉRI DANS LE CRASH DE L'AVION QUI LES RAMENAIT VERS LES ÉTATS-UNIS. SEULE LA CAISSE DE WHITTLESEY EST DÉTAILLÉE CI-APRÈS. LE RAPPORT SERA COMPLÉTÉ QUAND CETTE CAISSE ET LES AUTRES SERONT ENTRÉES AU CATALOGUE OFFICIEL. LES DESCRIPTIONS CITÉES SONT ISSUES DU CARNET DE ROUTE. HCM 4/89.

— Vous avez vu ? dit Smithback. On se demande pourquoi ils n'ont jamais fini de dresser le catalogue.

— Chut, dit Margo, j'essaie de comprendre.

NO. 1989-2006.1
SARBACANE ET FLÉCHETTE, PAS DE DESCRIPTION. CLASSEMENT : C.

NO. 1989-2006.2
CARNET DE ROUTE DE J. WHITTLESEY, 22 JUILLET. (1987) AU 17 SEPTEMBRE (1986)
CLASSEMENT : E.T.

NO. 1989-2006.3
DEUX BOUQUETS DE PLANTES RÉUNIES PAR DES PLUMES DE PERROQUET, UTILISATION FÉTICHE DE CHAMANISME, PROVENANCE HUTTE VIDE
CLASSEMENT : C.

NO. 1989-2006.4
FIGURINE FINEMENT SCULPTÉE, REPRÉSENTANT
UN ANIMAL MYTHIQUE, REPRÉSENTATION SUPPOSÉE
DE « MBWUN ». CF. CARNET DE ROUTE DE WHITTLESEY P 56-59
CLASSEMENT : E.E.

NO. 1989-2006.5
PRESSE À PLANTES EN BOIS, ORIGINE INCONNUE.
VOISINAGE DE HUTTE VIDE.
CLASSEMENT : C.

NO. 1989-2006.6
DISQUE ORNÉ DE DESSINS, FRAGMENT MANQUANT.
CLASSEMENT : C.

NO. 1989-2006.7
POINTES DE LANCE, DIVERSES FORMES ET ÉTATS DE CONSERVATION.
CLASSEMENT : C.

À NOTER : TOUTES LES CAISSES ONT ÉTÉ TEMPORAIREMENT PLACÉES DANS DES CAVES FERMÉES, NIVEAU 1B, PAR IAN CUTHBERT, LE 20/3/95. D. ALVAREZ, SÉCURITÉ.

— Ça veut dire quoi, tous ces codes ? demanda Smithback.

— Ils désignent le classement actuel des objets, précisa Moriarty. C. veut dire que c'est encore dans les caisses, pas d'intervention d'un conservateur. E.E. veut dire « en exposition ». E.T. veut dire « enlevé à titre temporaire ». Il y a d'autres…

— Enlevé à titre temporaire ? C'est tout ce qu'ils mettent pour prendre quelque chose ? Pas étonnant que le carnet de route ait été perdu dans ces conditions.

— Non, ce n'est pas tout. Quand vous voulez prendre un objet, il faut signer. La base de données fonctionne selon un principe hiérarchique. Il est possible d'avoir plus de détails sur une opération en descendant d'un niveau, regardez.

Il frappa quelques touches sur le clavier. L'expression de son visage changea soudain.

— Curieux.

Sur l'écran s'affichait le message suivant :

DOSSIER INEXISTANT OU RECHERCHE AVORTÉE.

— Ce qui est bizarre, dit Moriarty en fronçant les sourcils, c'est qu'il n'y a rien sur le journal de Whittlesey dans ce descriptif.

Il effaça les données et tapota de nouveau sur le clavier.

— Pourtant rien de semblable à propos des autres objets, vous voyez ce que je veux dire ? Là, par exemple, vous avez un descriptif détaillé de la figurine.

Margo regarda l'écran.

LISTING DÉTAILLÉ
PIÈCE : 1989-2006.4

Retrait par :	*Cuthbert, I*
40123	
Autorisation :	*Cuthbert, I*
40123	
Date d'enlèvement	*17/3/95*
Destination :	*Exposition Superstition*
	Vitrine 415, Article 1004
Objet :	*Présentation*
Date de retour :	
Retrait par :	*Depardieu, B*
72412	
Autorisation :	*Cuthbert, 1*
40123	
Date d'enlèvement	*1/10/90*
Destination :	*Laboratoire d'anthropologie N° 2*
Objet :	*Premier examen du conservateur*
Date de retour :	*5/10/90*

— Et alors, qu'est-ce que ça veut dire ? On sait que le journal est perdu, dit-elle.

— Mais, perdu ou non, on devrait avoir son descriptif, répondit Moriarty.

— Il n'y a pas de mention d'accès limité au descriptif ?

Moriarty secoua la tête, il tapa encore quelque chose et dit, en désignant l'écran :

— L'explication, la voilà : le descriptif a été effacé, tout simplement.

— Vous voulez dire que l'information sur l'endroit où il se trouve a été supprimée ? demanda Smithback. On peut faire une chose pareille ?

Moriarty haussa les épaules :

— Oui, mais il faut un niveau très élevé d'accès au système.

— Ce qu'on se demande surtout, c'est pourquoi quelqu'un aurait fait ça, observa Margo. Est-ce que vous pensez que le plantage du système ce matin peut avoir un rapport avec tout ça ?

— Non, répondit Moriarty. Ce petit test que je viens d'effectuer prouve à l'évidence que le document en question a été effacé peu avant la copie de sauvegarde d'hier soir. Je ne peux pas me prononcer davantage.

— Supprimé ! dit Smithback. Fini, effacé pour toujours ! Net, propre, mais aussi, quand même, une sacrée coïncidence, hein ? Je commence à flairer un truc pas clair derrière tout ça.

Moriarty éteignit l'ordinateur et s'éloigna du bureau.

— Vos scénarios de conspiration me laissent froid.

— Est-ce qu'il a pu s'agir d'un accident ? D'un problème de fonctionnement ?

— J'en doute. La base de données comporte un système interne de régulation des opérations effectuées ; si c'était le cas, je serais tombé sur un message d'erreur.

— Donc ? Conclusion ?

— Je n'en ai aucune idée, dit Moriarty en haussant les épaules. Mais, à mon avis, c'est un truc sans véritable mystère.

— Alors, c'est tout ce que vous trouvez à dire ? ricana Smithback. Vous, le gourou de l'informatique ?

Moriarty, blessé, remonta ses lunettes sur son nez et se leva.

— Je ne suis pas venu ici pour discutailler comme ça, dit-il. Maintenant, je vais déjeuner.

Il se dirigea vers la porte et ajouta à l'adresse de Margo :

— Je jetterai un coup d'œil sur ces mots croisés, si vous voulez.

— C'est gentil, dit Margo tandis que la porte se refermait derrière lui.

Puis, se tournant vers Smithback :

— Vous savez que vous êtes d'une subtilité extraordinaire ; je ne sais pas si vous vous êtes aperçu que George a eu la bonté de nous donner l'accès à la base de données et…

— Ouais, et qu'est-ce qu'on a appris ? demanda Smithback. Que dalle. On a ouvert une seule caisse. Le journal de Whittlesey est introuvable.

Il lui jeta un regard satisfait, puis :

— D'un autre côté, j'ai foutu la merde, il faut bien l'avouer,

— Vous devriez mettre ça dans votre bouquin, dit Margo en s'étirant. Peut-être que je le lirai. À supposer que je trouve un exemplaire à la bibliothèque.

Smithback sourit et lui tendit un papier plié :

— Vous devriez regarder ça.

Il s'agissait d'une photocopie d'un article du *Times Picayune* daté du 17 octobre 1987.

CARGO FANTÔME ÉCHOUÉ
PRÈS DE LA NOUVELLE-ORLÉANS

Par Antony Anastasia
pour le *Times Picayune*, en exclusivité

BAYOU GROVE, le 16 octobre, Associated Press. Un cargo de faible tonnage, se dirigeant vers La Nouvelle-Orléans, s'est échoué la nuit dernière près de la petite cité côtière de Bayou Grove. On dispose de peu d'informations, mais les premiers rapports d'enquête témoignent que tous les membres d'équipage ont été sauvagement assassinés pendant qu'ils manœuvraient le bateau. Les gardes-côtes ont signalé l'échouage à 11 h 45 lundi soir.

Le navire Estrella de Venezuela *était un 18 000 tonnes enregistré à Haïti qui faisait la navette entre l'Amérique du Sud et les États-Unis à travers les eaux des Caraïbes. Peu de dégâts sur le bateau. La cargaison elle-même paraissait intacte.*

Impossible pour l'instant de savoir comment l'équipage a trouvé la mort, ni si l'un de ses membres a survécu. Henri La Plage, un pilote privé d'hélicoptère qui a tourné autour du bateau échoué, raconte que les cadavres étaient dispersés sur le pont avant comme s'ils avaient succombé à quelque animal sauvage. « J'ai vu, dit-il, un type qui pendait hors du bastingage, il avait la tête défoncée. On aurait dit la maison des horreurs. Je n'ai jamais vu une chose pareille. »

Les autorités locales et fédérales collaborent pour essayer de déterminer ce qui a causé ce massacre, de loin le plus horrible dans l'histoire maritime des dernières années. « Nous avons plusieurs hypothèses, mais pour l'instant rien n'est concluant », a déclaré Nick, porte-parole de la police. Bien qu'aucun commentaire officiel n'ait filtré, dans les milieux fédéraux on prétend qu'une mutinerie, une vengeance de la part de bateaux pirates écumant les Caraïbes ou un acte de piratage pur et simple sont à envisager.

— Jésus ! soupira Margo. Les blessures décrites, mais c'est…

— Tout juste, on dirait celles des trois corps découverts ce week-end, dit Smithback en hochant la tête avec accablement.

Margo fronça les sourcils.

— Ça fait quand même six ans. Il peut s'agir d'une coïncidence.

— Ah oui ? répondit Smithback. Je pourrais bien vous donner raison là-dessus après tout, sauf qu'il y a un détail : *les caisses de Whittlesey se trouvaient à bord.*

— Hein ?

— Eh oui. J'ai consulté les relevés de fret. Les caisses ont été chargées du Brésil en août 1988, c'est-à-dire près d'un an après la dispersion de l'expédition, si j'ai bien compris. Après l'affaire de La Nouvelle-Orléans, les caisses sont restées sous douane pendant la durée de l'enquête. Il a fallu encore un an et demi avant qu'elles arrivent au musée.

— Les meurtres rituels ont suivi les caisses de l'Amazone jusqu'ici ! dit Margo. Mais alors, ça signifierait…

— Ça signifie, dit Smithback d'un ton définitif, que désormais j'y regarderai à deux fois avant de me foutre des gens qui parlent de malédiction sur cette expédition. Et puis, ça signifie aussi que vous devriez prendre garde à fermer cette porte.

Le téléphone sonna, ils sursautèrent.

— Margo, chère enfant, dit la voix de Frock à l'autre bout, alors, quoi de neuf ?

— Docteur Frock ! Je voulais venir vous voir une minute dès que possible.

— Parfait, dit Frock, laissez-moi juste un moment pour nettoyer mon bureau des papiers qui l'encombrent. C'est d'accord pour treize heures ?

— Oui, merci.

Elle se tourna aussitôt :

— Smithback, il faut absolument qu'on…

Mais l'écrivain avait quitté la pièce.

À 12 h 50, elle entendit frapper à sa porte close :

— Qui est-ce ?

— Moriarty. Vous me laissez entrer ?

Il entra mais refusa de s'asseoir.

— Je voulais simplement m'excuser de vous avoir faussé compagnie tout à l'heure quand vous étiez avec Bill, mais parfois ce gars m'énerve ; il ne sait pas ce que c'est que la discrétion.

— Mais non, George, c'est à moi de m'excuser, répondit Margo, je ne savais pas qu'il allait me tomber dessus comme ça.

Elle faillit lui révéler le contenu de l'article, mais elle se ravisa et commença à rassembler ses affaires.

— Je voulais vous dire autre chose, poursuivit Moriarty ; pendant que je déjeunais, j'ai songé à tout ça. Il y a peut-être un moyen d'en savoir davantage à propos de ce document supprimé, je veux dire le descriptif du carnet de route de Whittlesey.

Margo posa soudain son sac et regarda Moriarty, qui s'assit au clavier de son ordinateur et lui dit :

— Avez-vous remarqué ce message, ce matin, sur le réseau informatique ?

— Le truc sur la panne du système ? Comment ne pas le remarquer, le système m'a refusé l'entrée par deux fois.

— Ce message disait autre chose, précisa Moriarty, notamment que la copie de sauvegarde permettrait de relancer tout à midi. Une relance complète prend environ une demi-heure, ça veut dire que nous devrions être opérationnels à présent.

— Et alors ?

— Eh bien, la relance en question recherche deux ou trois mois d'archives. Si le descriptif du carnet de route de Whittlesey a été détruit dans les deux derniers mois et, s'il est encore dans le circuit de sauvegarde, je vais pouvoir vous retrouver ça.

— Ah bon ? Faites-le, s'il vous plaît.

— Il reste un risque, annonça Moriarty. Si un opérateur du système se rend compte que quelqu'un essaie d'avoir accès à l'enregistrement, il peut remonter jusqu'au demandeur d'information, à savoir votre propre ordinateur.

— Je prends le risque. George, ajouta-t-elle, je sais que vous avez l'impression que je chasse le serpent de mer. Je ne peux pas vous en vouloir, mais je suis persuadée que ces caisses de l'expédition Whittlesey ont un rapport avec les meurtres. Je ne sais pas lequel mais peut-être que le carnet de route nous aurait renseignés. Je ne sais pas non plus à quoi ou à qui nous avons affaire. Un assassin en série, un animal, une créature quelconque. Le fait de ne pas savoir me terrifie.

Elle serra la main de Moriarty.

— Peut-être que nous sommes enfin sur le point de trouver quelque chose ; il faut essayer.

Elle remarqua qu'une rougeur envahissait ses joues et retira sa main.

Moriarty se tourna vers le clavier avec un sourire timide.

— Allons-y, dit-il.

Margo marchait de long en large dans son dos pendant qu'il s'activait. À la fin elle demanda, en se plaçant derrière lui :

— Alors, vous y arrivez ?

— Je ne sais pas encore, dit Moriarty en scrutant l'écran et en tapant des commandes successives. J'ai trouvé la sauvegarde, mais quelque chose dans le protocole d'accès ne va pas ; peut-être que nous allons tomber sur des données illisibles, si nous tombons sur quelque chose. Pour expliquer les choses sommairement, je suis en train de passer en coulisses. J'essaie de ne pas attirer l'attention. Ça prend du temps.

Il s'arrêta soudain et dit calmement :

— Ça y est, Margo, je l'ai.

L'écran se remplit de caractères.

****LISTING DÉTAILLÉ ****
PIÈCE : 1989-2006.2

Retrait par :	*Rickman, L*	*53210*
Autorisation :	*Cuthbert, E*	*40123*
Date d'enlèvement 15/3/95		
Destination :	*Convenance personnelle*	
Objet :		
Date de retour :		
Retrait par :	*Depardieu, B*	*40123*
Autorisation :	*Cuthbert, E*	*40123*

Date EnlmWI/<C ; vement : 1/10/90
Enler v-DS-2e34 WIFU*
=+ +ET234b34 !
DB ERREUR
= : ?

— Zut alors, dit Moriarty, c'est bien ce que je craignais ; en fait, le fichier a été en partie recouvert par des enregistrements ultérieurs. Vous voyez, on le distingue encore, mais haché par d'autres éléments.

— D'accord, mais regardez ce que je vois là : « Le carnet de route a été emprunté il y a deux semaines par Mme Rickman avec la permission du Dr Cuthbert. Pas de date de retour. »

Margo ricana.

— Mais Cuthbert a prétendu qu'on l'avait perdu.

— En ce cas, pourquoi a-t-on détruit ce rapport informatique, et qui l'a détruit ?

Soudain, ses yeux s'écarquillèrent :

— Mon Dieu, maintenant il faut que j'arrête de consulter la sauvegarde avant que quelqu'un s'en aperçoive.

Il tapota sur le clavier à toute allure.

— George, dit Margo, vous vous rendez compte de ce que ça veut dire ? Ils ont pris ce carnet de route dans les caisses avant le début des meurtres. À la même époque, Cuthbert s'est débrouillé pour faire déplacer les caisses dans la zone protégée. Maintenant, ils cachent des choses à la police, mais pourquoi ?

Moriarty se renfrogna.

— Là, vous me rappelez Smithback. Il peut y avoir des milliers d'explications.

— Citez-m'en une seule, insista Margo.

— La plus évidente, c'est que quelqu'un d'autre aurait détruit le descriptif avant que Rickman ait signalé l'objet perdu.

— Je n'y crois pas, répondit Margo, ça fait trop de coïncidences.

Moriarty soupira… puis reprit patiemment :

— Écoutez, c'est une période difficile pour tout le monde et particulièrement pour vous, je le sais. Vous êtes sur le point de prendre une décision essentielle dans votre vie, et avec tous ces événements… euh…

— Attendez, l'interrompit Margo impatiemment, ces meurtres n'ont pas été commis par un maniaque de feuilletons télé, et je ne suis pas complètement folle.

— Je n'ai pas dit ça ! Je crois seulement que vous devriez laisser la police faire son boulot. C'est une affaire très, très dangereuse, et vous devriez consacrer plutôt votre temps à régler vos propres problèmes. Vous mêler de tout cela ne vous aidera en rien à prendre les décisions qui gouvernent votre avenir.

— Il avala sa salive et conclut :

Et puis, ça ne vous rendra pas votre père.

— Ah ! c'est ça que vous avez en tête ? – Le regard de Margo brilla. – Mais vous ne…

Soudain elle regarda l'horloge au mur et s'interrompit brutalement :

— Zut, je vais être en retard à mon rendez-vous avec le Dr Frock.

Elle saisit son sac et fila vers la porte. En chemin, elle se ravisa et se retourna vers Moriarty.

— Nous poursuivrons cette conversation plus tard.

« Dieu du ciel ! songea Moriarty, le menton entre les mains devant son écran d'ordinateur, si une étudiante diplômée en génétique végétale peut être réellement persuadée que le Mbwun rôde dans les couloirs, si Margo Green voit des conspirateurs à tous les coins de rue, on se demande où va le musée ! »

9

Margo était en train d'observer Frock qui venait de renverser du sherry sur sa chemise. Il eut une exclamation agacée, se frotta le plastron de ses mains potelées, puis posa le verre sur son bureau avec des précautions exagérées et finit par s'adresser à elle.

— Merci d'être venue, ma chère enfant, il s'agit là d'une découverte extraordinaire. Je crois que nous devrions descendre pour aller examiner encore cette figurine, mais je crains que ce Pendergast ne nous tombe sur le dos pour nous embêter une fois de plus.

« Au contraire, heureusement qu'il est là, ce Pendergast », pensa Margo. Elle n'avait pas vraiment envie de retourner en bas, dans l'enceinte de l'exposition.

Frock poussa un soupir.

— Ça ne fait rien, nous serons bientôt fixés, croyez-moi. Quand Pendergast aura quitté les lieux, nous approcherons de la vérité. Cette figurine du Mbwun pouffait bien constituer le chaînon manquant dans ma démonstration. À condition toutefois que les griffes que nous avons vues soient bien responsables des blessures infligées aux victimes.

— Mais comment une telle créature peut-elle se retrouver en train de courir les couloirs du musée ? demanda Margo.

— Ah ! s'écria Frock, l'œil brillant, mais oui, voilà bien la question : citez-moi une chose à quoi s'applique le mot *rugueux*.

— Je ne sais pas, répondit Margo, je ne sais même pas ce que veut dire le mot dans votre esprit ; plein d'aspérités ?

— *Rugueux* veut dire en l'occurrence « creusé, hérissé, marqué d'un motif plus ou moins régulier ». Je vais vous citer quelque chose de rugueux : les œufs de reptile. Comme les œufs de dinosaure, par exemple.

Soudain, comme une décharge électrique, un souvenir traversa Margo. Oui, ce mot était celui que…

— C'est le mot que Cuthbert a utilisé pour parler des petits sacs de graines qui ont disparu des caisses.

Frock poursuivit son idée et enchaîna :

— Je vous pose la question : s'agissait-il réellement de sacs de graines ? Quelle sorte de graine était-ce, avec cette surface sillonnée de rides et comme croisillonnée ? Des œufs, justement.

Frock se redressa :

— Une autre question, maintenant. *Où sont-ils passés ?*

— On les a volés ? Il s'est passé autre chose ?

Là, le savant s'interrompit brutalement pour se renfoncer dans son fauteuil roulant en hochant la tête.

— Mais si quelque chose… si quelque chose est sorti, s'est dégagé des caisses, avança Margo, comment cela explique-t-il ce massacre à bord du cargo qui les rapportait d'Amérique latine ?

— Margo, répondit Frock en riant doucement, nous sommes en présence d'une devinette enveloppée dans un mystère lui-même contenu dans une énigme. Il est capital que nous menions une petite enquête supplémentaire sans perdre notre temps davantage.

On entendit une série de coups faibles à la porte.

— Pendergast, à mon avis ! dit Frock en se reculant.

— Vous pouvez entrer ! l'invita-t-il d'une voix forte.

L'agent du FBI portait une mallette. Comme toujours, il était vêtu d'un costume noir irréprochable, et sa chevelure blonde était ramenée en arrière. Margo le trouva comme d'habitude, c'est-à-dire réservé et calme. Frock fit un geste et lui désigna l'un des fauteuils victoriens qui se trouvaient là ; il s'assit.

— Je suis heureux de vous revoir, monsieur, dit Frock. Vous avez déjà rencontré Mlle Green. Une fois de plus nous étions occupés ensemble, aussi j'espère que vous ne m'en voudrez pas de lui proposer de rester.

Pendergast fit un geste de la main.

— Je vous en prie. D'ailleurs, je sais que vous aurez à cœur de respecter l'un et l'autre la confidentialité de tout ceci.

— Bien entendu, acquiesça Frock.

— Docteur Frock, je sais que vous êtes très pris, aussi je vais être bref, commença Pendergast. J'espérais que vous étiez parvenu à mettre la main sur l'objet dont nous avons parlé, vous savez, celui qui aurait pu servir d'arme mortelle.

Frock déplaça son fauteuil roulant et lui dit :

— J'ai examiné la question comme vous me l'avez demandé. J'ai consulté attentivement la base de données du musée. À la fois la liste des objets intacts et celle des objets brisés dont les morceaux auraient pu être réunis. Malheureusement, je n'ai rien trouvé qui ressemblât de près ou de loin à l'empreinte que vous avez tirée. Nos collections n'ont jamais rien comporté de semblable.

L'expression de Pendergast demeura impénétrable. Puis son visage s'éclaira d'un sourire.

— Nous n'admettrons jamais officiellement ce que je vais vous dire, mais cette affaire, pour être franc, est sans précédent.

Il désigna la mallette qu'il portait.

Nous croulons sous les témoignages visuels fantaisistes, les rapports de laboratoires, les comptes rendus d'entretiens. Mais, du point de vue des résultats, ce n'est pas terrible.

Frock eut un sourire.

— J'ai l'impression, monsieur Pendergast, que votre travail et le mien ne sont pas tellement différents ; j'ai le même problème que vous, en fait. Quant à Son Éminence, là-haut, je parierais qu'il fait comme si rien de spécial ne s'était passé, je me trompe ?

Pendergast hocha la tête.

— Wright tient essentiellement à ce que l'exposition ouvre demain soir selon le plan prévu. Pourquoi ? Parce que. C'est comme ça.

— Il faut dire que l'exposition *Superstition* est une affaire extrêmement importante ; le musée a dépensé des millions de dollars dont il ne disposait pas réellement. Aussi est-il vital que les entrées viennent tirer d'affaire nos finances. Ça nous éviterait d'être dans le rouge. Dans ce contexte, l'exposition est perçue comme une solution miracle.

— Je comprends, dit Pendergast en attrapant un fossile qui traînait sur une table à côté de son siège.

Il le retourna entre ses mains et demanda :

— C'est une ammonite ?

Exactement, répondit Frock.

— Docteur Frock, nous commençons à sentir la pression sur nos épaules de tous les côtés. C'est pourquoi il me faut mener cette enquête avec beaucoup de doigté. Je ne peux pas tenir au courant toutes les personnes extérieures à l'enquête des résultats que nous obtenons, ou que nous n'obtenons pas.

Pendergast reposa le fossile à sa place avec précaution et croisa les bras.

— À part ça, on m'a dit que vous étiez un spécialiste de l'ADN, c'est vrai ?

— En partie, répondit Frock. J'ai étudié l'influence génétique sur la morphologie des êtres vivants ; la forme, si vous voulez. Et je supervise les travaux de divers étudiants, comme Gregory Kawakita, et Margo, ici présente, qui ont un rapport avec les recherches actuelles en matière d'ADN.

Pendergast prit sa mallette, l'ouvrit et en sortit un épais listing informatique.

— J'ai là un rapport sur l'ADN de la griffe que nous avons trouvée dans la blessure d'une des premières victimes. Bien entendu, il m'est impossible de vous le montrer, ce serait un manquement à la procédure. Le bureau de New York me le reprocherait.

— Ah bon, dit Frock. Et de votre côté vous persistez à croire que cette griffe est votre meilleur indice ?

— C'est le seul qui soit de quelque importance, docteur Frock. Je vais vous expliquer les conclusions que j'ai tirées. Je suis persuadé qu'un dingue se promène dans les couloirs de ce musée. Il tue ses victimes de manière rituelle, il enlève la partie arrière du crâne, il arrache du cerveau la partie correspondant à l'hypothalamus.

— Et pourquoi donc ? demanda Frock.

Pendergast hésita.

— Nous pensons que c'est pour la manger.

Margo tressaillit.

— Il est possible que le tueur se dissimule dans le deuxième sous-sol, poursuivit Pendergast. Nous avons lieu de supposer qu'il y retourne après chaque meurtre, mais jusqu'à présent il a été impossible de savoir où, ni de trouver le moindre indice. Deux chiens ont péri sur sa trace. Comme vous le savez, cet endroit est un dédale de tunnels, de galeries, de passages qui s'étend au-delà du deuxième sous-sol sur plusieurs niveaux dont le plus ancien date de près de cent cinquante ans. Je n'ai pu me procurer le plan que d'un très petit pourcentage de cette zone. Si je dis il pour parler du tueur, c'est que la force utilisée est phénoménale ; nous avons affaire à un mâle, et des plus solides. On peut même parier sur une capacité physique paranormale. Comme vous le savez, il utilise une sorte d'instrument à trois griffes qui lui sert à éviscérer ses victimes, lesquelles sont apparemment choisies au hasard. Les interrogatoires que nous avons menés avec des membres du personnel du musée n'ont pas permis, jusqu'à présent, de déterminer le moindre mobile.

Il observa Frock.

— Voyez-vous, notre indice le plus sérieux, cette griffe, est aussi le seul. C'est pourquoi je m'attache à définir son origine.

Frock hocha la tête lentement.

— Vous me parliez d'ADN, à l'instant.

Pendergast brandit le listing.

— Les résultats du laboratoire ne sont pas très concluants, c'est le moins qu'on puisse dire.

Il observa une pause.

— Je ne vois pas pourquoi je vous le cacherais, les analyses ont donné des schémas d'ADN correspondant à diverses espèces de geckos, plus un certain nombre de chromosomes humains. D'où nous avons conclu que l'échantillon fourni avait été abîmé.

— Des geckos, vous dites ? murmura Frock avec une expression de surprise. Et vous dites aussi qu'il mange l'hypothalamus. Comme c'est curieux. Mais, dites-moi, comment le savez-vous ?

— Nous avons trouvé des traces de salive et des marques de dents.

— Humaines, les dents ?

— On ne peut pas dire.

— Et la salive, quelle origine ?

— Indéterminée.

La tête de Frock s'abaissa sur sa poitrine. Après une longue réflexion, il se redressa.

— Vous persistez à parler d'instrument ou d'arme à propos de cette griffe, dit-il, d'où je déduis que vous tenez toujours le tueur pour un homme ?

Pendergast referma sa mallette.

— Je ne vois pas tellement d'autre possibilité. Docteur Frock, croyez-vous vraiment qu'un animal puisse décapiter un cadavre avec une précision chirurgicale, pratiquer un trou à la base du crâne et en extraire un organe de la taille d'une noix, alors que c'est une tâche déjà difficile pour un homme ? Quant à la façon dont le tueur échappe à nos recherches dans la zone du sous-sol, elle est d'une habileté impressionnante.

Une fois de plus, la tête de Frock avait plongé. Près d'une minute s'écoula. Pendergast regardait le savant et demeurait immobile.

Soudain, Frock releva la tête.

— Monsieur Pendergast, dit-il d'une voix soudain claironnante, j'ai écouté votre raisonnement ; voulez-vous entendre le mien ?

— Bien sûr, répondit Pendergast.

— Bon, dit Frock, est-ce que vous avez entendu parler des sédiments du Transvaal ?

— Non, j'en ai peur.

— Ces sédiments du Transvaal ont été trouvés en 1945 par Alistair Van Vrouwenhoeck, qui travaillait comme paléontologue auprès de l'université de Witwatersrand. Ils dataient de la période cambrienne, soit environ six cents millions d'années. Et on y trouvait toute une variété de formes de vie bizarres dont on n'avait pas vu et dont on ne verrait plus jamais d'équivalent. Des formes de vie asymétriques, qui ne présentaient donc aucun des éléments de symétrie latérale observables chez la plupart des êtres vivants existant sur la terre. Leur apparition coïncidait avec la fin des espèces du Cambrien. Pour en venir à mon objet, monsieur Pendergast, la plupart des gens sont convaincus aujourd'hui que ces sédiments du Transvaal représentent une sorte de voie de garage dans l'évolution. La vie aurait fait des expériences, en somme, avant de s'arrêter à la symétrie bilatérale que nous connaissons aujourd'hui.

— Mais, si je comprends bien, ce n'est pas votre avis.

Frock toussota et reprit :

— Vous avez raison. Dans ces sédiments, on observe la prédominance d'un certain type d'organisme à nageoires puissantes, avec une sorte de trompe adaptée à la succion, et des mandibules importantes capables de broyer jusqu'aux cailloux. Les nageoires de cet animal lui permettaient de se déplacer à près de trente kilomètres à l'heure à travers les eaux. C'était certainement un prédateur très efficace et redoutable. En fait, j'ai l'impression qu'il était justement trop efficace, ce qui veut dire qu'il a dévoré ses proies jusqu'à éliminer d'autres espèces et qu'il a fini par provoquer sa propre disparition. Ainsi s'est produite l'extinction d'espèces que l'on observe à une échelle modérée à la fin du Cambrien. En fait, c'est cela, et pas la sélection naturelle, qui a mis fin à l'existence de toutes les autres formes de vie dans les sédiments du Transvaal.

Pendergast cligna des yeux et lui demanda :

— Et alors ?

— Alors, j'ai mis au point des simulations informatiques de l'évolution qui tiennent compte de la nouvelle théorie mathématique dite des « turbulences fractales ». Les résultats ? Eh bien, tous les soixante ou soixante-dix millions d'années, approximativement, la vie commence à très bien s'adapter à son environnement. Peut-être que cette adaptation va justement trop loin. On assiste à une explosion démographique chez les populations les mieux armées. Alors, on voit apparaître une nouvelle espèce, pratiquement toujours prédatrice, une sorte de machine à tuer. Elle se nourrit de la population qui l'entoure, elle tue, mange, se reproduit. D'abord lentement, puis de plus en plus vite.

Frock fit un geste pour désigner un fossile sur la table.

— Monsieur Pendergast, je voudrais vous montrer quelque chose.

L'agent du FBI se leva et s'avança.

— Voici un ensemble de traces laissées par une créature datant du Crétacé supérieur, poursuivit Frock, pour être précis, à la limite C/T. C'est le seul fossile de ce genre que nous ayons trouvé. Il n'y en a pas d'autre.

— C/T, c'est quoi ? demanda Pendergast.

— Crétacé/Tertiaire. C'est la période qui a vu l'extinction massive des dinosaures.

Pendergast ne paraissait pas très à l'aise.

— Il y a là un lien qui n'est pas apparu à tout le monde, dit le Dr Frock. Oui, la figurine du Mbwun, les marques de griffes laissées par le tueur et ces traces fossiles, tout ça n'est pas sans rapport.

Pendergast le regarda.

— Mbwun ? Vous voulez dire cette figurine que le Dr Cuthbert a tirée des caisses pour l'exposer ? Ah ! et quel est l'âge de ces empreintes fossiles ?

— Environ soixante-cinq millions d'années. Elles proviennent d'une formation géologique où l'on a trouvé les dernières traces de dinosaures. Je veux dire, avant l'extinction massive de l'espèce.

Un long silence suivit.

— Et ce fameux rapport, quel est-il ? demanda enfin Pendergast.

— Je vous ai dit que rien, dans les collections d'anthropologie du musée, ne rappelait les marques laissées par ces griffes, mais je n'ai pas dit qu'il n'existait pas de représentations ou de sculptures de griffes comparables. Nous savons que les membres antérieurs de la figurine représentant le Mbwun montrent bien trois griffes, dont une centrale plus importante que les autres. Maintenant, regardez les traces laissées ici, dit-il en désignant le fossile. Et essayez de vous souvenir de la reconstitution de la griffe, de la marque qu'elle a laissée sur les victimes.

— Alors, en somme, vous pensez que notre tueur peut être le même animal que celui qui a laissé ces traces ? Un dinosaure ?

Margo crut percevoir un brin d'ironie dans la voix de Pendergast.

Frock leva les yeux sur l'agent du FBI en secouant violemment la tête.

— Non, monsieur Pendergast, rien de tel, rien d'aussi commun qu'un dinosaure. Mais nous sommes en train de découvrir la preuve que ma théorie sur les aberrations de l'évolution n'est pas une fantaisie. Vous connaissez la teneur de mes travaux. Je crois que nous avons affaire en fait à la créature qui a décimé les dinosaures.

Pendergast ne disait pas un mot.

Frock se pencha vers l'agent du FBI pour ajouter :

— Mon sentiment est que cette créature monstrueuse engendrée par la nature est la cause de la disparition des dinosaures. Pas une météorite, pas un changement climatique, non. Un prédateur terrible, cette créature qui a laissé des traces dans cette plaque fossile. Voilà la preuve de la validité de mon effet Callisto. Ce n'était pas une créature énorme, mais elle était très puissante et rapide. Elle chassait probablement en bandes organisées et se trouvait dotée d'une intelligence supérieure. Mais, comme les superprédateurs sont un phénomène bref dans l'évolution, ils ne sont pas tellement présents dans les collections de fossiles, sauf dans les sédiments du Transvaal et dans les formations comme celle-ci, qui provient des marais Tzun-je-jin. Vous me suivez ?

— Oui.

— Eh bien, nous sommes en pleine explosion démographique, aujourd'hui.

Pendergast ne dit pas un mot.

— Les *êtres humains,* monsieur Pendergast ! poursuivit Frock dont la voix monta. Il y a cinq mille ans, nous n'étions que dix millions sur la surface de la Terre. Aujourd'hui, six milliards ! Nous représentons la forme de vie la plus évoluée que cette planète ait jamais connue.

Il frappa de la main l'exemplaire de *L'Évolution fractale* qui se trouvait sur son bureau et reprit :

— Hier, vous m'avez interrogé sur ce que serait mon prochain livre. Ce sera un prolongement de ma théorie sur l'effet Callisto, mais cette fois appliqué à la vie moderne : ma théorie est qu'à tout moment peut se produire une mutation génétique, une créature va apparaître dont la proie favorite sera l'espèce humaine. Je n'ai pas dit qu'elle serait identique à celle qui a tué l'espèce des dinosaures, mais une créature semblable. Regardez donc ces marques encore une fois, elles sont analogues à celles du Mbwun ! On appelle ça l'évolution convergente. Deux créatures se ressemblent non parce qu'elles sont forcément liées, mais parce qu'elles évoluent en fonction des mêmes tâches à accomplir. En l'occurrence, tuer. Il y a trop de correspondances, monsieur Pendergast.

Pendergast ramena sa mallette sur ses genoux.

— J'ai bien peur que votre démonstration ne m'ait laissé en route.

— Mais vous ne voyez pas ? Quelque chose est revenu d'Amérique latine dans ces caisses, là. Quelque chose qui se promène en liberté dans ce musée. Un prédateur terriblement efficace. Cette figurine du Mbwun en témoigne. Les tribus indigènes connaissaient cette créature et lui ont même voué un culte. Whittlesey, par inadvertance, lui a permis de débarquer chez nous.

— Avez-vous vu cette figurine de vos propres yeux ? demanda Pendergast. Le Dr Cuthbert semblait très peu disposé à me la montrer.

— Non, admit Frock, mais j'ai des sources sûres et j'ai l'intention d'aller la voir à la première occasion.

— Docteur Frock, nous avons évoqué cette histoire de caisses hier ; le Dr Cuthbert affirme qu'elles ne contenaient aucun objet de valeur, et nous n'avons pas de raison de douter de sa parole.

Pendergast se leva, son visage ne montrait aucune émotion.

— Je vous remercie du temps que vous avez bien voulu me consacrer, et de votre aide. Votre théorie est fort intéressante, et j'aimerais bien pouvoir y souscrire. Malheureusement, pour l'instant je m'en tiens à mes propres convictions sur la question. Excusez-moi d'être si brutal, mais je souhaiterais qu'à l'avenir vous ne mélangiez pas vos suppositions aux faits relevés par l'enquête, et que vous nous veniez en aide dans la mesure de vos moyens.

Il se dirigea vers la porte.

— Maintenant, si vous voulez bien m'excuser, il faut que je me débrouille pour faire capturer ce dingue avant ce soir. Ou alors on ne pourra pas éviter de retarder l'ouverture de l'exposition. Si vous avez une autre idée, contactez-moi, s'il vous plaît.

Il le quitta sur ces mots.

Frock était recroquevillé dans son fauteuil roulant, il remuait la tête.

— Quel dommage, murmura-t-il, je me disais qu'une coopération avec lui pourrait se révéler fructueuse. Mais finalement, j'ai l'impression qu'il est comme les autres.

Margo jeta un coup d'œil sur la table près de laquelle Pendergast était installé à l'instant.

— Regardez, il a laissé le listing de l'analyse d'ADN.

Frock rencontra le regard de Margo. Il tressaillit.

— Ah, j'ai l'impression que c'est cela qu'il voulait dire par une autre idée.

Il marqua une pause et ajouta :

— Alors, peut-être que finalement il n'est pas comme les autres. Bon, on ne va pas le dénoncer, hein, Margo ?

Il avait saisi le téléphone.

— Dr Frock. J'aimerais parler au Dr Cuthbert... Ian ? Oui, je vais bien, merci. Non, je voulais juste obtenir le droit d'aller voir *Superstition* tout de suite, c'est possible ? Comment ça ? Bien entendu, je sais que c'est bouclé, mais... Non, je n'ai pas dit que je m'étais laissé convaincre du bien-fondé de l'exposition, j'ai juste... Bon, je vois.

Margo remarqua la rougeur qui avait envahi ses joues.

— En ce cas, Ian, je crains qu'il ne me faille aller examiner les caisses de l'expédition Whittlesey. Oui, Ian, celles qui sont dans la zone protégée. Je sais qu'hier elles étaient là.

Un long silence suivit. Margo put entendre des échos aigus à l'autre bout.

— Attendez, Ian, écoutez-moi un peu. Le chef de ce département, c'est moi ; j'ai quand même le droit de... Non, je vous prie de ne pas me parler sur ce ton, s'il vous plaît...

Il en tremblait de fureur. Margo ne l'avait jamais vu comme ça. Sa voix était presque devenue un chuchotement.

— Monsieur, dans cet établissement, vous n'avez aucune responsabilité scientifique. Je vais adresser une plainte en bonne et due forme au directeur.

Frock reposa lentement le récepteur, sa main tremblait. Il se tourna vers Margo pendant qu'il cherchait son mouchoir.

— Je vous prie de m'excuser, dit-il.

— Je suis étonnée, je pensais que, comme responsable du département...

Mais elle n'alla pas jusqu'au bout de sa phrase.

— Vous croyiez que j'avais la haute main sur les collections ? dit Frock en souriant. Moi aussi j'en étais persuadé, mais cette exposition, et ces meurtres, tout cela a provoqué des comportements bizarres chez des gens que je croyais au-dessus de tout soupçon. Là, Cuthbert sort de ses attributions, je ne sais pas trop pourquoi. Sans doute quelque chose de très embêtant pour lui. Quelque chose de nature à compromettre l'ouverture de sa chère exposition, en tout cas à la date fixée.

Il réfléchit un instant.

— Peut-être qu'il sait que cette créature existe. Après tout, c'est lui qui a déplacé les caisses. Il a peut-être trouvé les œufs éclos. Il a compris, il les a cachés. Et maintenant il veut m'empêcher d'y avoir accès.

Il se pencha en avant dans son fauteuil roulant, les poings serrés.

— Docteur Frock, je ne pense pas que cette explication soit la bonne, dit Margo.

Elle n'avait plus la moindre envie de lui parler de Mme Rickman et de la manière dont elle avait soustrait le carnet de route de Whittlesey.

Frock se détendit et lui répondit :

— Vous avez raison, bien sûr ; mais, croyez-moi, cette affaire n'est pas classée. De toute façon, nous n'avons guère le temps d'aller faire la visite. Je vais m'en remettre encore à vos propres observations sur le Mbwun. En tout cas, Margo, il faut absolument que nous allions voir ces caisses.

— Oui, mais comment ?

Frock ouvrit l'un des tiroirs de son bureau, il fouilla un instant et finit par en sortir un formulaire que Margo reconnut tout de suite. Il s'agissait d'une autorisation d'accès.

— Vous voyez, lui dit-il, mon erreur était de lui demander.

Il commença à remplir le questionnaire.

— Mais il ne faut pas la signature de l'autorité centrale ? demanda Margo.

— Si, répondit Frock, je vais envoyer la feuille, qui suivra la procédure normale. Mais je vais prendre le double non signé pour foncer en bas et forcer les barrages. L'accès en bonne et due forme me sera refusé par la voie officielle. Mais j'aurai eu le temps d'examiner les caisses et de trouver ce que je cherche.

— Mais, docteur Frock, vous ne pouvez pas ! dit Margo, choquée.

— Et pourquoi ? répondit Frock d'un ton vif. Ah, bien sûr, Frock, un pilier de cette maison, contournant le règlement ! L'affaire est trop importante, on ne va pas s'arrêter à cela.

— Non, ce n'est pas ce que je voulais dire.

Margo désignait du regard son fauteuil roulant.

Il serra l'accoudoir du fauteuil et fit la moue.

— Ah oui, je vois ce que vous voulez dire, dit-il lentement, comme dégrisé.

Il s'apprêta à renvoyer le papier au fond du tiroir.

— Docteur Frock, dit Margo, donnez-moi ce formulaire, je vais pénétrer dans la zone protégée, moi.

Le geste de Frock s'immobilisa. Il eut un air suppliant en la regardant.

— Je vous ai demandé d'être mes yeux et mes oreilles, mais je ne veux pas que vous preniez des risques pour mon compte, dit-il. Je suis conservateur, j'ai une position, et un grand poids dans la maison ; ils n'oseraient pas s'en prendre à moi, mais vous…

Il soupira et haussa les sourcils.

— Avec vous ils pourraient faire un exemple, ils pourraient vous radier de l'université. Je n'aurai aucun pourvoi.

Margo réfléchit un instant et dit :

— Je connais quelqu'un qui se débrouille très bien dans ce genre de situation. Je pense qu'avec son baratin, il saura s'en tirer.

Frock demeura immobile un moment. Ensuite, il détacha le double du formulaire et le lui donna.

— Je vais envoyer l'original là-haut, il le faut si nous voulons rester dans une légalité de façade. Le gardien peut vouloir vérifier à la direction centrale la validité du double, aussi vous n'aurez pas beaucoup de temps. Si c'est le cas, il faudra que vous ayez quitté les lieux dès qu'ils se réveilleront.

D'un tiroir de son bureau, il tira un papier jaune et une clé.

— Ce document contient la combinaison qui permet l'accès aux caves de la zone protégée. Cette clé correspond à celle qui contient les caisses. Tous les responsables ont des doubles. Avec un peu de chance, Cuthbert n'aura pas pensé à changer les combinaisons. Enfin, tout cela vous permettra de franchir les portes. Mais les gardiens, c'est votre affaire.

Il parlait vite à présent, ses yeux ne quittaient pas Margo.

— Dans les caisses, vous savez ce qu'il faut chercher. Tout ce qui se rapporte aux œufs. Des traces d'organismes vivants. Des témoignages d'un culte voué à la créature en question. Tout ce qui vient corroborer ma thèse. Occupez-vous de la petite caisse en premier. C'est celle de Whittlesey. C'est de là qu'on a tiré la figurine du Mbwun. Si vous avez le temps, jetez un œil sur les autres. Mais, au nom du Ciel, prenez le moins de risques possible. Allez, filez maintenant, mon enfant, et que Dieu vous garde !

La dernière vision que Margo eut de Frock quand elle quitta le bureau fut celle du savant sous la fenêtre. Il lui tournait le dos et il martelait ses accoudoirs en répétant : « Maudit fauteuil à roulettes ! »

10

Cinq minutes plus tard, quelques étages plus bas, dans son propre bureau, Margo décrocha le téléphone et composa un numéro. Smithback était d'excellente humeur. Margo lui raconta la découverte de Moriarty, la suppression du descriptif informatique du carnet de route de Whittlesey. Elle avait été moins précise au sujet de ce qui s'était passé dans le bureau de Frock. Mais il en fut tout réjoui quand même.

Elle l'entendait ricaner à l'autre bout.

— Alors, j'avais raison sur Mme Rickman, hein ? Elle dissimule des choses. Maintenant je vais pouvoir réorienter le livre dans ma propre direction, ou bien elle va voir.

— Smithback ! Surtout pas, êtes-vous fou ? dit Margo. Cette histoire n'est pas faite pour servir vos intérêts. En plus on ne sait même pas ce qui s'est passé vraiment avec ce carnet, et en ce moment on n'a pas le temps de chercher. Il faut que nous allions voir ces caisses. Nous n'aurons que quelques minutes pour le faire.

— Bon, d'accord, d'accord. Je vous retrouve sur le palier devant le département d'entomologie ; j'y vais dès que je raccroche.

— Jamais je n'aurais pensé que Frock puisse prendre le mors aux dents de cette façon, dit Smithback. Ce vieux bougre vient de gagner quelques points dans mon estime.

En parlant il descendait un long escalier métallique. Ils étaient passés tous deux par des voies détournées pour éviter les barrages de la police établis à toutes les sorties d'ascenseur.

— Vous avez bien les combinaisons et la clé ? s'assura-t-il une fois au bas des marches.

Margo les tâta au fond de son sac. Elle jeta un coup d'œil d'un bout à l'autre du couloir.

— Vous savez que la salle qui se trouve juste au-dehors de la zone protégée comporte des alcôves éclairées ? Vous y allez d'abord. Moi, je vous suis au bout d'une minute. Vous bavardez avec le garde. Vous essayez de l'emmener dans une alcôve illuminée pour lui montrer le formulaire. Il suffit qu'il me tourne le dos pendant un moment. Moi je franchis la porte. Amusez-le un moment, et c'est tout. Vous avez du baratin, vous saurez faire ça.

— C'est ça, votre plan ?

Smithback se laissa convaincre.

— Bon, d'accord.

Il tourna les talons, continua le long du couloir, disparut au coin.

Margo attendit. Elle compta soixante secondes, puis elle se mit en marche en enfilant une paire de gants de latex.

Elle entendit bientôt la voix de Smithback qui s'élevait déjà sur un ton de protestation vigoureuse.

— Regardez, ce formulaire est signé du responsable du département en personne ; vous n'allez tout de même pas me dire que…

Elle jeta un coup d'œil au coin du couloir. À une quinzaine de mètres, il y avait un croisement avec un autre passage qui menait au barrage de police. Ensuite, un peu plus loin, commençait la zone protégée. Margo pouvait voir encore au-delà la silhouette du garde qui lui tournait le dos, le formulaire à la main.

— Désolé, monsieur, mais cette demande n'a pas été examinée par le bureau central.

— Non, ce n'est pas là qu'il faut regarder, dit Smithback, venez dans la lumière, je vais vous montrer.

Ils s'éloignèrent en effet vers une des alcôves. Quand elle les vit disparaître, Margo se hâta, franchit l'angle, se dirigea vers la porte de la zone protégée où elle introduisit la clé avant de la pousser d'un coup. La porte s'ouvrit sans grincer. Elle s'assura qu'il n'y avait personne ; la pièce, derrière, semblait vide ; alors, elle referma la porte derrière elle.

Déjà son cœur s'emballait, le sang battait à ses oreilles. Elle retint sa respiration, elle tâtonna à la recherche de l'interrupteur. Elle vit les caves qui longeaient la salle – à droite et à gauche.

Elle remarqua que la troisième cave portait un panneau jaune marqué *pièce à conviction,* mais elle saisit le cadenas d'une main et le papier de Frock de l'autre. 56 77 23. Elle respira un bon coup et le fit tourner. Ça lui rappelait le cadenas du placard où elle rangeait son hautbois en classe de musique à l'école. *Droite, puis gauche, puis droite encore...*

Un clic sonore se fit entendre, elle attrapa le levier pour le tirer vers le bas : la porte était ouverte.

À l'intérieur, on ne voyait que la forme vague des caisses, le long du mur du fond. Elle alluma et regarda sa montre : trois minutes étaient déjà passées.

À présent, il fallait faire très vite. On voyait bien les éraflures laissées sur l'une des caisses les plus volumineuses, éventrée, déchirée. Ces marques lui arrachèrent un frisson. Elle s'agenouilla devant la caisse la plus petite, enleva le couvercle et plongea la main dans le rembourrage pour en dégager les objets.

Sa main rencontra quelque chose de dur qu'elle tira à la lumière : une pierre circulaire, de taille réduite, gravée de curieux dessins. « Pas fameux, comme découverte », se dit-elle. Ensuite, elle exhuma toute une série de bijoux, à lèvres semblait-il, en jade, puis des pointes de flèche en silex, une sarbacane avec un assortiment de flèches longues et acérées dont l'extrémité était noircie d'une substance séchée. « Mieux vaut ne pas se piquer avec ça », songea-t-elle. Mais rien ne valait le voyage. Elle fouilla encore plus profondément ; la couche suivante comportait une petite presse à végétaux fermée, une crécelle de chaman en mauvais état ornée de dessins grotesques, et une jolie cape tissée, brodée de plumes.

Mue par une inspiration soudaine, elle prit la presse à végétaux, tout enveloppée de paille, la mit dans son sac, puis elle y glissa encore le disque de pierre et la crécelle.

Au fond de la caisse, elle trouva quelques poteries qui contenaient des serpents séchés de petite taille, découverte pittoresque mais guère extraordinaire.

Voilà maintenant six minutes qu'elle était dans la place. Elle se redressa, l'oreille aux aguets, s'attendant à entendre d'un instant à l'autre le pas du gardien qui venait reprendre sa faction. Mais rien.

Elle remit le reste des objets dans la caisse, en hâte, puis le rembourrage. Ensuite, elle saisit le couvercle, non sans remarquer au passage que son revêtement interne se détachait. Comme elle essayait de le remettre en place, une enveloppe tachée qui partait en lambeaux s'en échappa ; elle la glissa rapidement dans son sac.

Huit minutes à présent. Il fallait s'en retourner.

Elle revint à la salle centrale, écouta, essaya de distinguer d'où provenaient les sons étouffés qu'elle percevait dehors. Elle poussa la porte et l'ouvrit ; c'était la voix de Smithback :

— Dites-moi quel est votre numéro de matricule ? demandait-il au gardien.

Margo n'eut pas le temps d'écouter la réponse. Elle se glissa dehors et referma la porte derrière elle. Elle enleva rapidement ses gants et les fourra dans son sac. Ensuite, elle se composa une attitude, vérifia sa tenue et progressa vers l'alcôve où avait lieu la discussion entre Smithback et le gardien.

— Hé ! l'appela-t-on.

Elle se tourna vers eux. Le gardien, surpris, la regardait.

— Ah, Bill, c'est vous ? fit-elle.

Elle réfléchit en un éclair. Il fallait espérer que le gardien ne l'avait pas vue sortir.

— J'arrive trop tard ? reprit-elle. Vous êtes déjà allé voir ?

— Mais non, ce type n'a pas voulu me laisser entrer.

— Écoutez, j'en ai assez maintenant, dit le gardien en se tournant vers Smithback. Je vous ai répété vingt fois que ce formulaire doit être tamponné là-haut avant que je puisse vous laisser entrer. C'est compris ?

Margo, jetant les yeux sur le fond de la salle, vit une silhouette haute et voûtée qui approchait, c'était Ian Cuthbert.

Elle attrapa le bras de Smithback et lui dit :

— Bon, il faut y aller maintenant. Nous avons rendez-vous, vous n'avez pas oublié ? On verra les collections un autre jour.

— Oui, vous avez raison, dit Smithback en balbutiant, puis, s'adressant au garde, il ajouta : On réglera ça plus tard !

Quand ils arrivèrent au bout de la salle, elle poussa Smithback dans l'une des alcôves et murmura :

— Cachons-nous derrière ces vitrines.

Ils se glissèrent dans leur cachette au moment où les pas de Cuthbert arrivaient derrière eux. Cuthbert s'arrêta, on entendit sa voix résonner dans le couloir :

— Quelqu'un a essayé de pénétrer dans le secteur des caves ?

— Oui, monsieur, un type voulait passer. Ils étaient là il y a un instant.

— Qui ? Ces gens avec qui vous parliez ?

— Oui, il avait un formulaire mais sans les tampons, alors je ne l'ai pas laissé entrer.

— Il n'est pas entré, vous en êtes sûr ?

— J'en suis certain, monsieur.

— Le formulaire venait de qui ? Frock ?

— C'est ça, le Dr Frock.

— Et le nom du type ?

— Bill, j'ai l'impression, je ne sais pas comment s'appelait la jeune femme, mais...

— Bill ? Bill ? Joli travail ! La première chose que vous devez demander à celui qui se présente, c'est son identité.

— Je suis désolé, monsieur, mais il fallait voir comme il insistait...

Cuthbert, furieux, avait déjà tourné les talons. Le bruit de ses pas se perdit dans le couloir.

Smithback hocha la tête, c'était le signal. Margo sortit vivement de sa cachette et épousseta ses vêtements. Ils quittèrent la salle.

— Hé, cria le gardien, venez voir par ici, je veux votre identité ! Attendez !

Smithback et Margo se mirent à courir, ils tournèrent à l'angle suivant, tombèrent sur un escalier de ciment qu'ils gravirent à toute allure, après quoi Margo demanda :

— Où va-t-on maintenant ?

— Aucune idée, répondit Smithback.

Une fois sur le palier suivant, Smithback fit quelques pas dans le couloir qu'il visita du regard d'un bout à l'autre, puis il poussa une porte qui portait un panneau : MAMMIFÈRES, PONGIDÉS. Une fois dans la place, ils s'accordèrent une pause pour reprendre haleine. La pièce où ils se trouvaient était tranquille et fraîche.

Margo habitua son regard à l'obscurité, elle remarqua que l'endroit était peuplé de gorilles empaillés et de chimpanzés montant la garde comme des sentinelles. Partout, on voyait des peaux velues sur des cadres de bois. Contre un mur, une douzaine d'étagères étaient couvertes de crânes de primates.

Smithback écouta attentivement ce qui se passait derrière la porte puis il se tourna vers Margo.

— Jetons un coup d'œil sur vos découvertes.

— Il n'y avait pas grand-chose, dit Margo en respirant encore bruyamment. J'ai pris quelques objets sans importance. Mais j'ai trouvé ça aussi.

— Elle fouilla dans son sac.

— C'était glissé dans le couvercle de la caisse.

L'enveloppe était décachetée. Elle portait une adresse sommaire : « R.H. Montague, Muséum d'histoire naturelle de New York ».

Le papier à lettres jaune était gravé d'un curieux motif représentant deux flèches. Smithback regarda par-dessus son épaule et Margo, tenant la feuille avec précaution dans la lumière, commença à lire :

Haut bassin du Xingu,
17 septembre 1986

Montague,

J'ai décidé de renvoyer Carlos avec la dernière caisse, moi je vais continuer seul à chercher Cracker. On peut faire confiance à Carlos, et je ne veux pas prendre le risque de perdre cette caisse au cas où il m'arriverait quelque chose. Tu remarqueras qu'elle contient une crécelle de chaman et divers autres objets rituels qui semblent uniques. Mais la figurine qui les accompagne et que nous avons trouvée dans une hutte vide constitue la preuve que je cherchais. Observe ces griffes de taille exagérée, ce côté reptilien, cette allure de bipède. Les Kothogas existent bel et bien, et la légende Mbwun n'est pas une simple vue de l'esprit. Toutes les notes que j'ai prises sur les lieux…

11

Lavinia Rickman était assise dans un fauteuil de cuir couleur lie-de-vin, dans le bureau du directeur. Dans cette pièce régnait un silence de mort. Rien, pas même les bruits de la rue, trois étages plus bas, ne filtrait à travers les fenêtres épaisses. Quant à Wright en personne, il était assis à son bureau et disparaissait pratiquement derrière ce monument de menuiserie. Derrière lui, le portrait, peint par Reynolds, du fondateur du musée Ridley A. Davis, jetait un regard plongeant sur le visiteur.

Enfin, le Dr Ian Cuthbert était assis sur un canapé contre le mur du fond. Il était penché en avant, les coudes sur les genoux, et son costume de tweed flottait sur sa carcasse dégingandée. Il n'avait pas l'air content. Généralement, il n'avait pas grand sens de l'humour et s'emportait facilement. Mais, cet après-midi-là, c'était pire que jamais.

Finalement, c'est Wright qui rompit le silence :

— Je vous signale qu'il a déjà appelé deux fois cet après-midi.

Le directeur fit un geste à l'adresse de Cuthbert :

— Je ne peux pas continuer à l'éviter ainsi pendant des semaines. Un jour ou l'autre, il va nous faire un scandale parce qu'on lui refuse de voir ces caisses. Il va établir un lien entre ça et l'histoire du Mbwun. Nous nous retrouverons avec une affaire sur les bras.

Cuthbert hocha la tête.

— Le plus tard sera le mieux. Quand l'exposition sera ouverte et lancée, avec quarante mille visiteurs par jour et des articles favorables dans toute la presse, on pourra le laisser raconter ce qu'il veut. Ce ne sera plus un problème.

Un autre long silence suivit, puis Cuthbert reprit :

— Quand les choses se seront tassées, nous en tirerons même avantage pour la fréquentation. Ces rumeurs de malédiction sont une cause de souci pour nous en ce moment mais, quand tout sera rentré dans l'ordre, tout le monde va adorer ce parfum de scandale. On voudra aller voir. Les affaires marcheront très bien. Winston, je vous le dis, les choses ne pouvaient pas mieux se goupiller.

Wright fronça les sourcils et répondit à son assistant :

— Des *rumeurs* de malédiction, dites-vous ! Mais peut-être qu'elle existe. Regardez tous les désastres qui ont accompagné le voyage de cette affreuse petite figurine jusqu'ici.

Il eut un ricanement sinistre.

— J'espère que vous plaisantez, fit Cuthbert.

— Je vais vous dire là où je ne plaisante pas du tout, rétorqua Wright. C'est que je ne veux plus entendre ce genre de propos dans votre bouche. Frock ne manque pas d'appuis. S'il commence à se plaindre… vous savez comment les choses peuvent se répandre. On va penser que vous faites de la rétention d'informations. On va penser que ces meurtres, vous en tirez parti pour attirer du monde à l'exposition. Cette publicité-là, on s'en passerait volontiers.

— Je suis d'accord avec vous, répondit Cuthbert avec un sourire glacé. Mais je n'ai pas besoin de vous rappeler que, si *Superstition* n'ouvre pas à la date prévue, tout devient plus délicat. Il faut absolument que nous contenions les débordements de Frock. Je vous signale qu'à présent il fait faire son sale boulot par d'autres. Un de ses sbires a essayé d'entrer dans la zone protégée il y a moins d'une heure.

— Qui ? demanda Wright.

— Le gardien en faction n'a pas été à la hauteur, mais au moins j'ai le prénom, un certain Bill.

— Bill ?

Mme Rickman se redressa d'un coup.

— Oui, c'est ça, dit Cuthbert en se tournant vers la directrice des relations publiques. C'est le nom du type qui écrit le livre sur mon exposition, hein ? C'est vous qui l'avez mis sur le coup, non ? Vous êtes sûre que vous le contrôlez, ce garçon ? J'ai entendu dire qu'il posait beaucoup de questions.

— Mais oui, j'ai le contrôle, dit Mme Rickman avec un large sourire. Naturellement, tout n'est pas toujours au beau fixe entre nous, mais il est rentré dans le rang à présent. Comme je le dis toujours, pour garder la haute main sur un journaliste, il suffit de maîtriser ses sources.

— Ah oui, il est rentré dans le rang ? dit Wright. Alors, on se demande pourquoi vous avez balancé ce matin une note de service tous azimuts pour rappeler qu'on n'avait pas le droit de se confier à des étrangers à l'établissement.

Mme Rickman fit un geste de sa main aux ongles laqués et l'arrêta :

— On s'occupe de lui, ne vous en faites pas.

— Vous feriez bien de vous en occuper vite, reprit Cuthbert. Lavinia, laissez-moi vous rappeler que vous êtes mouillée depuis le début dans cette affaire, aussi je vous conseille de veiller à ce que ce journaliste n'aille pas trop fouiller dans les poubelles.

Soudain, l'interphone se réveilla sur le bureau, et une voix annonça :

— M. Pendergast voudrait vous voir.

— Faites-le entrer, dit Wright, qui jeta un regard accablé aux autres en ajoutant : Nous y voilà !

Pendergast fit son apparition. Il portait un journal sous le bras. Il s'arrêta un instant.

— Ciel, quel tableau touchant ! dit-il. Docteur Wright, je vous remercie de me recevoir à nouveau. Docteur Cuthbert, je ne me lasse pas de vous rencontrer. Quant à vous, madame, vous êtes Lavinia Rickman, si je ne me trompe ?

— Oui, c'est bien ça, répondit Mme Rickman avec un sourire contraint.

— Monsieur Pendergast, dit Wright en souriant lui aussi d'un air pincé, prenez le siège qui vous convient.

— Non, merci, je préfère rester debout.

Il alla vers la lourde cheminée où il s'adossa, les bras croisés.

— Vous êtes venu nous faire un rapport et vous avez demandé cette petite réunion afin de nous informer d'une arrestation, sans doute ?

— Hélas, répondit Pendergast, je suis désolé, mais pas d'arrestation. En fait, docteur Wright, il faut avouer que nous n'avons guère progressé, en dépit de ce que Mme Rickman croit bon de déclarer à la presse.

À ces mots, il déploya la première page du journal. On y lisait : ARRESTATION IMMINENTE DANS L'AFFAIRE DE LA « BÊTE » DU MUSÉE.

Suivit un bref silence pendant lequel Pendergast replia le journal avant de le déposer avec précaution sur la cheminée.

— Et alors, où est le problème ? demanda Wright. Je ne comprends pas pourquoi tout cela prend autant de temps ?

— Des problèmes, nous en avons pas mal, comme vous le savez certainement, répondit Pendergast. Mais je ne suis pas venu vous faire un exposé sur la question. J'estime simplement de mon devoir de vous rappeler qu'un tueur fou hante vos couloirs en ce moment, et nous n'avons aucune raison de penser qu'il a décidé d'arrêter. Jusqu'ici, pour autant que nous le sachions, tous les meurtres ont eu lieu de nuit. En d'autres termes, après cinq heures du soir. En tant qu'agent du FBI chargé de l'enquête, j'ai le regret de vous informer que les mesures de couvre-feu que nous avons décrétées demeureront valables jusqu'à ce qu'on trouve l'individu. Il n'y aura aucune exception.

— Mais, balbutia Rickman, et l'ouverture ?

— Il faudra la remettre. Pour une semaine ou pour un mois, je ne sais pas. Je ne peux rien vous garantir, j'en ai peur. Je suis vraiment désolé.

Wright se leva, il était d'une pâleur extrême.

— Mais vous avez dit que l'ouverture aurait lieu comme prévu s'il n'y avait pas d'autre meurtre. C'était entendu entre nous.

— Mais non, nous n'avons rien conclu de ce genre, docteur, vous le savez bien, dit Pendergast avec douceur. Ce qui m'ennuie, c'est que nous ne sommes pas plus avancés qu'au début de la semaine malgré tous nos efforts pour attraper le meurtrier.

Il lui montra le journal sur la cheminée.

— Des titres comme celui-là rassurent le public. Il en deviendrait téméraire. Cette ouverture ferait sans doute le plein. Il y aurait certainement des milliers de gens dans le musée à la tombée de la nuit… Alors, je n'ai pas d'autre choix, conclut-il.

Wright le regardait d'un air incrédule.

— Dans votre incompétence, vous attendez de nous qu'on retarde l'ouverture au risque de causer un tort considérable à ce musée. J'ai le regret de vous dire que la réponse est non.

Pendergast, sans se laisser démonter, s'avança jusqu'au milieu de la pièce.

— Vous m'excuserez, docteur Wright, si je n'ai pas été assez clair. Mais je ne suis pas ici pour vous demander votre permission. Je suis simplement venu vous faire part de ma décision.

— Bon, dit le directeur d'une voix tremblante, je vois ce qui se passe. En fait, vous n'êtes pas foutu de faire votre travail, mais vous me dites comment faire le mien. Est-ce que vous imaginez seulement les conséquences de ce retard sur le sort de l'exposition ? Vous vous rendez compte de l'effet produit sur le public ? Eh bien, moi; je vous le dis, Pendergast, je ne le permettrai pas !

Pendergast regarda Wright droit dans les yeux et répondit :

— Quiconque sera encore sur place après cinq heures du soir se verra arrêté et inculpé pour avoir enfreint l'interdiction d'accès au lieu du crime. Ça, c'est une infraction. Mais on retiendra aussi à l'égard des contrevenants l'obstruction à une action de justice. Là, nous sommes dans le domaine criminel, docteur Wright. J'espère que je me fais bien comprendre ?

— J'ai surtout compris que vous n'allez pas tarder à franchir cette porte en sens inverse, dit Wright en haussant le ton.

Pendergast hocha la tête.

— Messieurs, madame, j'ai bien l'honneur de vous saluer.

Sur quoi il tourna les talons et quitta la pièce sans un mot. Après avoir calmement refermé la porte derrière lui, il s'arrêta un instant au secrétariat, puis, en regardant la porte, il cita ces vers :

Adieu ! J'aurai reçu sans les avoir volés
Trois fois les coups de bâton que j'ai donnés.

La secrétaire de Wright s'arrêta net de mâcher son chewing-gum.

— Hein ? Qu'est-ce que vous dites ?

— Rien, c'est du Shakespeare, dit Pendergast en filant vers l'ascenseur.

Wright tâtonnait vers le téléphone, les mains toutes tremblantes.

— Et maintenant, qu'est-ce qu'on fait ? cria Cuthbert. Non mais ! ce n'est pas ce maudit policier, tout de même, qui va nous virer du musée ?

— Cuthbert, du calme ! dit Wright.

Il s'adressa à son correspondant :

— Passez-moi Albany, s'il vous plaît, tout de suite.

Le silence tomba sur eux. Wright regardait tour à tour Cuthbert et Rickman et tentait d'apaiser sa respiration, non sans effort.

— Je crois qu'il est temps de faire jouer quelques appuis. Nous allons voir qui aura le dernier mot. Cette espèce d'albinos dégénéré du Mississippi, ou bien le directeur du plus grand musée du monde !

12

La végétation ici est très bizarre. Le cycas et la fougère sont presque primitifs. Dommage, je n'ai pas le temps de me pencher davantage là-dessus. Nous avons utilisé une variété végétale particulièrement résistante pour empaqueter nos caisses. Tu peux laisser Jorgensen examiner de quoi il s'agit, si ça l'intéresse.

Dans un mois, j'espère vraiment te retrouver à l'Explorer's Club pour fêter notre succès autour de quelques Martini et d'un bon Macanudo. En attendant, je sais que je peux confier ces objets et ma réputation à un type tel que toi.

Ton collègue,

Whittlesey

Smithback leva les yeux :

— Il ne faut pas rester ici, allons dans mon bureau.

Sa tanière se trouvait au fond d'un labyrinthe de bureaux au rez-de-chaussée du musée. Margo se sentit soulagée dans cette ruche bourdonnante après le sous-sol, au voisinage de la zone protégée, où tout était humide et résonnait. Ils passèrent devant un grand présentoir vert où l'on trouvait de vieux numéros du magazine maison. Le bureau de Smithback donnait, quant à lui, sur un grand panneau couvert de lettres furieuses envoyées par des abonnés. La rédaction en faisait ses délices.

Une fois seulement, Margo, qui était alors à la recherche d'un antique exemplaire de la revue *Science,* avait pénétré dans le bureau de Smithback. Désordre indescriptible. Elle se souvenait de tout : la table couverte de photocopies, de lettres inachevées, de menus de fast-foods chinois en provenance de tout le quartier, sans parler d'une pile immense de livres et de périodiques après lesquels les différentes bibliothèques du musée devaient courir depuis des semaines.

— Asseyez-vous, lui proposa Smithback en virant, d'un geste, un tas de papiers d'une chaise.

Il contourna le bureau pour s'asseoir lui-même dans un vieux fauteuil à bascule. On entendait du papier froissé sous ses pieds.

— Bon, dit-il à voix basse, vous êtes sûre que le carnet de route n'y était pas ?

— Je vous l'ai dit ; la seule caisse que j'ai pu voir, c'était celle que Whittlesey avait emplie lui-même, mais il se peut que le carnet soit dans les autres.

Smithback examinait toujours la lettre :

— Qui est le destinataire, ce Montague ?

— Je ne sais pas, dit Margo.

— Et Jorgensen ?

— Je ne sais pas non plus.

Smithback tira d'une étagère l'annuaire interne du musée, et consulta la liste :

— Aucun Montague, dit-il en la feuilletant, bien que ça puisse être un prénom. Ah, mais là je vois un Jorgensen ; il est botaniste, et la liste précise qu'il est à la retraite. Comment se fait-il qu'il ait encore un bureau ?

— Ça arrive, ici. On a souvent affaire à des gens qui ont de quoi vivre à l'aise mais qui ne savent pas décrocher. Il occupe quel bureau ?

— Section 41, troisième étage, lut Smithback, puis il reposa l'annuaire sur son bureau. C'est près de l'herbarium.

Il se leva.

— Allez, on y va.

— Attendez, Smithback, il est presque quatre heures, il faut que j'appelle Frock pour lui raconter tout ça.

— Vous le ferez plus tard, dit Smithback qui filait déjà vers la porte. Allez, Fleur de lotus, mon flair de journaliste n'a pas eu grand-chose à se mettre sous la dent aujourd'hui.

Le bureau de Jorgensen était tout petit. Il s'agissait d'un laboratoire sans fenêtre au plafond élevé. Margo s'attendait à trouver des spécimens de plantes ou de fleurs comme dans tous les labos de botanique ; elle ne vit rien de tel. En fait, la pièce était vide, à l'exception d'un plan de travail, d'une chaise et d'un portemanteau. Un des tiroirs sous le plan de travail était ouvert, rempli de vieux outils en vrac. Jorgensen était penché sur la table, il travaillait sur un petit moteur.

— Docteur Jorgensen ? demanda Smithback.

Le vieil homme se tourna vers lui et le regarda. Il était presque entièrement chauve ; ses sourcils blancs et broussailleux surmontaient des yeux perçants bleu délavé. Il était maigre et voûté, mais Margo lui donna bien un mètre quatre-vingt-dix.

— Oui ? dit-il d'une voix tranquille.

Avant que Margo ait pu l'arrêter, Smithback lui tendit la lettre.

L'homme commença à lire, puis il tressaillit visiblement. Sans détacher les yeux du morceau de papier, il agrippa sa chaise fatiguée et s'assit avec précaution.

— Où avez-vous trouvé ça ? demanda-t-il après avoir achevé sa lecture.

Margo et Smithback échangèrent un coup d'œil.

— C'est authentique, dit Smithback.

Jorgensen les considéra un instant, ensuite il rendit le papier à Smithback :

— Je ne sais rien de tout ça.

Il y eut un silence.

— Cela provient de la caisse que Julian Whittlesey a envoyée au musée. Vous savez, quand il était en expédition il y a sept ans, précisa Smithback en espérant éveiller quelque chose.

Mais Jorgensen continuait à les dévisager puis, après quelques instants, il revint à son moteur.

Ils le regardèrent se démener pendant un moment et Margo finit par lui dire :

— Je suis désolée que nous vous ayons interrompu dans votre travail. Peut-être que ce n'était pas le moment.

— Quel travail ? lui demanda Jorgensen sans même se tourner vers elle.

— Ce que vous faites là.

Jorgensen poussa un rugissement de rire.

— Ça ?

Il se retourna vers Margo.

— Ça, ce n'est pas du travail, c'est un aspirateur cassé. Depuis la mort de ma femme, je me tape le ménage. Ce foutu machin m'a claqué entre les doigts l'autre jour. Je l'ai apporté ici parce que j'y ai mes outils. Quant au travail, je n'en ai plus guère, vous savez.

— À propos de cette lettre, monsieur…

Jorgensen se déplaça sur sa chaise grinçante et s'appuya au dossier. Il scruta le plafond.

— J'ignorais son existence. La double flèche était l'emblème de la famille Whittlesey. Et c'est l'écriture de Whittlesey, sans aucun doute. Ça me rappelle un tas de choses.

— Quel genre de choses ? demanda Smithback avec impatience.

Jorgensen le regarda, ses sourcils se rapprochèrent en signe d'irritation.

— Ça ne vous regarde pas, fit-il sèchement, ou bien je ne suis pas sûr que vous m'ayez clairement expliqué en quoi ça vous regarde.

Margo lança un regard à Smithback pour le museler un peu et expliqua posément :

— Monsieur Jorgensen, je suis étudiante, stagiaire auprès du Dr Frock. Mon collègue ici présent est journaliste. Le Dr Frock pense que l'expédition Whittlesey et les caisses qu'elle a renvoyées ici ont un rapport avec les meurtres du musée.

— Vous parlez de quoi ? Une malédiction ? demanda Jorgensen en haussant les sourcils de manière théâtrale.

— Non, je n'ai pas dit ça, répondit Margo.

— Ah bon ! j'aime mieux, parce qu'il n'y a pas de malédiction. Je préfère vous le dire. À moins que vous n'appeliez malédiction un sordide mélange de convoitise, de sottise et de jalousie scientifique. Pour expliquer tout ça, on n'a pas besoin du Mbwun.

Il s'interrompit.

— Mais d'où vient votre intérêt pour… ? demanda-t-il d'un air soupçonneux.

— Pour expliquer tout ça… ? C'est-à-dire…, commença Smithback.

Jorgensen le regarda, dédaigneux.

— Jeune homme, si vous ouvrez la bouche encore une fois, je vais vous prier de sortir.

Smithback eut l'air mécontent, mais il se tut. Quant à Margo, elle se demanda s'il fallait qu'elle entre dans les détails à propos de la thèse du Dr Frock, les marques de griffes, la caisse ouverte. Finalement, elle décida que non.

— Ce qui nous intéresse, dit-elle, c'est qu'il y a là une piste que personne n'a examinée jusqu'à présent. Ni la police ni le musée. Dans cette lettre, on mentionne votre nom. Nous espérions simplement que vous pourriez nous en dire davantage sur cette expédition.

Jorgensen lui tendit une main déformée par l'arthrose :

— Montrez-moi encore la lettre, s'il vous plaît.

Smithback la lui donna presque à regret.

Le vieil homme la relut avidement, comme s'il rappelait tous ses souvenirs à la rescousse.

— À une certaine époque, dit-il, je n'aurais voulu parler de cela à personne. J'aurais été méfiant, peut-être même que j'aurais eu peur. On aurait pu en prendre prétexte pour me virer.

Il haussa les épaules.

— Mais quand on a mon âge, en fait, on n'a plus peur de grand-chose. À part peut-être de la solitude.

Il hocha la tête lentement et regarda Margo. Il tenait toujours la lettre à la main.

— Cette expédition, j'aurais dû en faire partie, sans ce Maxwell.

— Il est mentionné dans la lettre, hein? demanda Smithback. Qui est-ce?

Jorgensen le fusilla du regard.

— Des journalistes, j'en ai maté de pires que vous. J'étais en train de parler à la demoiselle.

Il poursuivit, à l'adresse de Margo :

— Maxwell était l'un des chefs de l'expédition, avec Whittlesey. La première erreur avait été de laisser Maxwell se glisser dans cette affaire. Ça faisait deux chefs. Naturellement, ils ont été à couteaux tirés dès le début ; aucun n'exerçait tout le pouvoir. Le fait que Maxwell soit dans le tableau a causé mon éviction. Il a décidé qu'on n'avait pas besoin d'un botaniste dans cette expédition. J'ai dû rester. Whittlesey a été encore plus déçu que moi.

Le fait que Maxwell soit là compromettait ses chances de mener à bien un projet secret qu'il avait nourri.

— Lequel ? demanda Margo.

— Il voulait retrouver la tribu kothoga. On parlait d'une tribu inconnue qui vivait sur un *tepui*, c'est-à-dire une zone isolée sur un plateau au-dessus de la forêt équatoriale. Bien qu'on n'ait pas mené d'exploration scientifique, l'opinion générale était que la tribu avait disparu et qu'il ne restait que des vestiges témoignant de son existence. Whittlesey, quant à lui, était persuadé que c'était faux. Il voulait être celui qui retrouverait les Kothogas. Le seul problème était que le gouvernement ne voulait pas lui donner l'autorisation d'accès à ce fameux tepui. Il voulait réserver la primeur à ses propres équipes scientifiques. C'était le *Yankee, go home* qui prévalait à l'époque.

Jorgensen ricana.

— En fait, la zone n'a été protégée que pour les saccageurs de toute sorte. Le gouvernement avait entendu courir les mêmes rumeurs que Whittlesey. Mais il se disait que, si vraiment il restait des tribus indiennes dans la zone, ce serait mauvais pour la prospection minière et les forestiers. Bref, l'expédition a été contrainte d'approcher la région par le nord. L'accès était considérablement plus difficile. Mais au moins on contournait la zone interdite. Quant au tepui lui-même, il était interdit de grimper là-haut.

— Et alors, est-ce que les Kothogas étaient toujours là ?

Jorgensen secoua la tête et répondit :

— Nous ne le saurons jamais. Le gouvernement a bel et bien trouvé quelque chose au sommet de ce tepui, peut-être de l'or, du platine, des pépites. Vous savez qu'on peut détecter une foule de choses par satellite de nos jours. En tout cas ce tepui a été détruit par le feu au printemps 1987. Ils ont fait ça avec des avions.

— Quoi ? Incendié ?

— Ratiboisé au napalm, répondit Jorgensen. Je sais, c'est une façon bien curieuse et bien coûteuse. Il semble que le foyer leur ait échappé, qu'il soit devenu incontrôlable, ça a duré des mois. Ensuite, ils ont construit une grande route qui permettait d'aller plus rapidement du sud au nord. Ils ont fait venir des équipements miniers japonais et ils ont passé au peigne fin des secteurs énormes de cette montagne. Sans doute extrayaient-ils l'or, le platine ou je ne sais quoi avec l'aide de composés cyanurés. Ensuite le poison foutait le camp dans les rivières. Il n'est rien resté de l'endroit, rien du tout. C'est la raison pour laquelle le musée n'a pas envoyé de deuxième expédition pour chercher les vestiges de la première.

Il toussota.

— Mais c'est affreux, dit Margo.

Jorgensen la regarda de ses yeux inquiets et larmoyants.

— Oui, affreux, comme vous dites. Mais, bien entendu, vous ne verrez pas un mot là-dessus sur les présentoirs de l'exposition *Superstition.*

Smithback leva une main, pendant que de l'autre il extrayait de sa poche un petit magnétophone.

— Excusez-moi, vous permettez que je...

— Non, pas d'enregistrement. Ce que je vous dis n'est pas fait pour être cité. Je ne veux pas que ça serve. D'ailleurs, j'ai reçu un papier qui rappelait les règles de discrétion. Pas plus tard que ce matin. Vous l'avez sans doute vu, vous aussi. Quant à moi, je vais vous dire ce que je vais faire : je n'ai pas pu parler de ça pendant des années, alors je vais dire une bonne fois pour toutes ce que j'ai à dire. Mais taisez-vous, et écoutez.

Un silence suivit.

— Où en étais-je ? Ah oui ! Donc Whittlesey n'avait pas obtenu l'autorisation de grimper sur le *tepui.* Maxwell, lui, était le parfait bureaucrate ; il ne voulait pas passer outre, et il était résolu à imposer à Whittlesey le respect de la règle. Enfin, quand vous êtes au milieu de la jungle à trois cents kilomètres des autorités, la règle... vous me comprenez.

Il ricana à nouveau.

— Je me demande si quelqu'un a jamais su vraiment ce qui s'était passé. Moi, j'ai eu droit au récit de Montague. Il a reconstitué les choses d'après les télégrammes envoyés par Maxwell. Tout ça est donc terriblement sujet à caution.

— Montague ? demanda Smithback.

— Quoi qu'il en soit, poursuivit Jorgensen sans se laisser interrompre, il semble que Maxwell soit tombé sur des relevés botaniques inouïs. Au pied du plateau en question, quatre-vingt-dix pour cent des espèces n'étaient pas répertoriées. On a trouvé des fougères curieuses, d'un genre préhistorique, des monocotylédones dont l'origine semblait remonter à l'ère mésozoïque. Même avec sa formation d'anthropologue, Maxwell s'est enthousiasmé pour cette curieuse végétation. Il a rempli des caisses entières de spécimens bizarres. Et c'est là qu'il a trouvé ces petits sacs de graines.

— Qu'avaient-ils de particulier ?

— Ils provenaient d'un véritable fossile vivant. C'était assez comparable à la découverte du cœlacanthe en 1930, une espèce qu'on croyait éteinte depuis le Carbonifère.

— Ça ressemblait à des œufs ? demanda Margo.

— Je ne sais pas, mais Montague a pu les examiner et il m'a dit que l'enveloppe était très dure. Il fallait que ce soit enterré profond à cause du sol très acide de la forêt équatoriale, sans ça la germination n'était pas possible. Ils doivent être encore dans les caisses.

— Le Dr Frock, lui, pense que ce sont des œufs.

— Frock devrait rester dans son domaine, la paléontologie. Il est brillant, mais un peu touche-à-tout. En tout cas, Maxwell et Whittlesey se sont bouffé le nez. Il fallait s'y attendre. Maxwell se foutait de la botanique, mais il savait reconnaître un échantillon rare quand il tombait dessus. Ce qu'il voulait, c'était rentrer au musée avec ses sacs de graines. Il a découvert que Whittlesey avait l'intention d'escalader le tepui pour partir à la recherche des Kothogas, ce qui ne l'enchantait pas. Il avait peur que les caisses ne soient saisies sur le quai, et de ne pouvoir rapporter ses précieux petits sacs. Alors, ils se sont séparés. Whittlesey a continué à travers la jungle pour gravir le *tepui*. On ne l'a jamais revu. Ensuite, quand Maxwell a atteint la côte avec le reste de l'expédition, il a envoyé une bordée de télégrammes au musée pour accabler Whittlesey. Il a donné sa version des choses. Après quoi lui et les autres se sont crashés en avion. Par chance, on avait organisé un transport séparé pour les caisses. En fait, je ne sais pas si c'était une telle chance. Pour les soustraire à l'administration, il a fallu près d'une année. Personne au musée ne s'est vraiment pressé de les rapatrier.

Il prit un air dégoûté.

— Et ce Montague, que vous avez mentionné tout à l'heure ? demanda Margo d'un ton calme.

— Montague, répondit Jorgensen en laissant errer son regard dans le vague, était un jeune stagiaire du musée. Anthropologue. Le protégé de Whittlesey. Inutile de vous dire qu'après les télégrammes de Maxwell, il n'avait plus tellement la cote dans la maison. D'ailleurs, aucun de ceux qui étaient liés à Whittlesey n'a vraiment remonté la pente après ça.

— Et Montague, qu'est-il devenu ?

Jorgensen hésita.

— Je ne sais pas, dit-il finalement. Un jour, il a disparu, on ne l'a jamais revu.

— Et les caisses ?

— Montague était très impatient de les examiner, surtout celle de Whittlesey. Mais, comme je vous l'ai dit, il n'était plus très bien vu. On l'avait écarté de cette affaire. D'ailleurs, il n'y avait plus d'affaire du tout. L'expédition avait tellement mal fini que les dirigeants préféraient tout oublier. Quand les caisses sont finalement parvenues au musée, elles sont restées là et personne ne les a ouvertes. La plupart des notices et des documents avaient disparu dans le crash de l'avion. On disait que Whittlesey avait laissé un carnet de bord, mais personnellement je ne l'ai jamais vu. Montague, lui, ne cessait de réclamer. À la fin, ils lui ont confié le premier travail d'inventaire. Et c'est là que, tout d'un coup, il a disparu de la circulation.

— Comment ça ? demanda Smithback.

Jorgensen se tourna vers lui, semblant hésiter soudain à répondre à cette question.

— Un soir, il est parti pour ne jamais revenir. J'ai entendu dire qu'il avait abandonné son appartement aussi, avec tous ses meubles, ses vêtements. Sa famille a lancé des recherches, mais on n'a rien trouvé. Il faut dire que c'était un type assez bizarre. La plupart des gens chez nous ont prétendu qu'il était parti au Népal ou en Thaïlande à la recherche de lui-même.

— C'étaient des rumeurs, dit Smithback d'un ton affirmatif.

— Bien entendu. D'ailleurs, des rumeurs à son sujet, il y en avait un tas. On disait qu'il avait volé de l'argent. On prétendait aussi qu'il avait enlevé la femme d'un gangster, ou encore qu'on l'avait assassiné et que son corps avait été jeté dans l'East River. Mais au musée il avait tellement peu d'importance que la plupart des gens l'ont oublié après quelques semaines.

— Et, parmi ces rumeurs, aucune ne disait qu'il avait été dévoré par la bête du musée ?

Jorgensen eut un sourire.

— Non, pas exactement ; mais on a vu resurgir toutes les légendes sur la fameuse malédiction. On disait que tous ceux qui avaient été en contact avec ces caisses avaient disparu. Certains gardiens, certains employés de la cafétéria, enfin, vous voyez le genre, ont laissé entendre que Whittlesey avait profané un temple et qu'il y avait quelque chose dans sa caisse. Un objet auquel était attachée une terrible malédiction qui l'avait suivi jusqu'ici.

— Et vous, vous n'avez pas entrepris une étude des plantes que Maxwell a envoyées ici ? demanda Smithback. Vous êtes bien botaniste, non ?

— Jeune homme, vous ne connaissez pas grand-chose à la science. Un botaniste en soi, ça n'existe pas. Par exemple, je n'ai aucun intérêt à m'occuper de la paléobotanique des angiospermes. Voilà qui était tout à fait en dehors de mes recherches. Ma spécialité est l'évolution parallèle des plantes et des virus. Enfin, je veux dire, ça l'était à l'époque, ajouta-t-il non sans ironie.

— Mais Whittlesey vous avait pressenti pour étudier ces plantes dont il avait garni sa caisse ? dit Smithback.

— Oui, mais je ne comprends pas pourquoi. C'est la première fois que j'entends dire ça. D'ailleurs, c'est la première fois que je vois la lettre.

Il la rendit à Margo comme à regret.

— Je dirais que c'est un faux, s'il n'y avait pas l'écriture, et cet emblème, là.

Il y eut un silence, puis Margo se pencha vers Jorgensen.

— Vous n'avez pas dit quelle était votre opinion personnelle à propos de la disparition de Montague.

Jorgensen se frotta l'arête du nez et regarda par terre.

— Ça m'a effrayé.

— Ah bon, pourquoi ?

Un long silence suivit à nouveau, puis :

— Je ne sais pas, dit-il, je me souviens qu'une fois Montague a eu des problèmes d'argent. Il m'a emprunté une somme mais s'est montré très consciencieux pour le remboursement, en dépit de grandes difficultés. En fait, cette disparition, pour tout dire, ne collait pas tellement avec son caractère. La dernière fois que je l'ai vu, il avait l'intention de procéder à l'inventaire des caisses. Ça le passionnait.

Il regarda Margo et ajouta :

— Je ne suis pas superstitieux, je suis un scientifique ; par exemple, je ne crois pas à ces histoires de malédiction, tout ça…

Sa voix faiblit tout de même.

— Vous n'y croyez pas, mais… ? reprit Smithback.

Le vieil homme leva la tête dans sa direction et réfléchit un instant :

— Très bien, je vais vous dire…

Il s'appuya sur le dossier de son fauteuil et regarda le plafond.

— Je vous ai raconté que Julian Whittlesey était mon ami. Avant son départ, il avait ramassé tout ce qu'il pouvait trouver comme documentation sur les Kothogas. La plupart des informations dont il disposait provenaient des tribus des terres basses, les Yanomami et leurs semblables. Je me souviens qu'alors il m'a raconté une chose précise. D'après un récit Yanomami, les Kothogas avaient passé un marché avec un être nommé Zilashkee, une créature comparable à notre Méphistophélès, mais encore plus diabolique. Une véritable personnification des puissances de la mort et du mal. Et cet être rôdait à la surface du tepui, à ce que disait la légende. Le marché, c'était que le fils du Zilashkee servirait la tribu kothoga s'ils tuaient et mangeaient leurs propres enfants. Les Kothogas formèrent le vœu de ne vénérer que lui et, une fois qu'ils se furent acquittés de leur devoir sinistre, Zilashkee leur envoya bel et bien son fils, lequel commença à décimer et à dévorer la population. Les Kothogas se plaignirent, mais Zilashkee rétorqua en ricanant : « Que croyiez-vous ? Ne suis-je pas le Mal ? » En définitive, ils eurent recours à la magie, à des potions, enfin à ces sortes de stratagèmes pour contrôler les humeurs de la bête. Il faut dire que personne ne pouvait le tuer. C'est donc ainsi que le fils de Zilashkee est passé au service des Kothogas et qu'ils ont utilisé sa puissance pour accomplir leurs desseins les plus noirs. Mais cette manipulation n'était jamais sans danger. La légende disait que les Kothogas, depuis cette époque, étaient toujours plus ou moins à l'affût d'une occasion de se débarrasser de lui.

Jorgensen se pencha sur son moteur en pièces détachées.

— Enfin, voilà l'histoire que m'a racontée Whittlesey. Quand j'ai entendu dire que l'avion était tombé, quand j'ai appris la mort de Whittlesey, puis la disparition de Montague, je n'ai pas pu m'empêcher de penser que les Kothogas avaient fini par arriver à leurs fins. Ils s'étaient débarrassés du fils de Zilashkee.

Il saisit l'une des pièces de l'appareil et l'examina d'un air absent.

— Whittlesey m'a dit que le fils de Zilashkee portait le nom de Mbwun. C'est-à-dire, « Celui qui marche à quatre pattes ».

Il laissa tomber la pièce d'aspirateur devant lui et arbora un large sourire.

13

L'heure de la fermeture approchait. Les visiteurs commencèrent à refluer vers les sorties tandis que la boutique, située à l'entrée sud, connaissait une affluence record. Dans les grandes salles marbrées qui prolongeaient cette entrée, on percevait le brouhaha des conversations et le bruit des pas qui s'éloignaient. Dans la salle du ciel étoilé, près de l'entrée ouest où devait se tenir la réception d'ouverture de l'exposition, la rumeur était plus lointaine encore et résonnait, à l'intérieur de la vaste coupole, comme l'écho d'un rêve qui se dissipe. Et au cœur du bâtiment, à force de laboratoires, de salles de lecture, d'entrepôts, de bureaux aux murs couverts de livres, on n'entendait plus du tout la foule des visiteurs. Les longs couloirs obscurs étaient livrés au silence.

À l'intérieur de l'observatoire Butterfield, par exemple, on était à des années-lumière de cette agitation. Les membres du personnel, observant le couvre-feu, avaient quitté le bâtiment très tôt. Le bureau de George Moriarty était plongé dans un silence de mort, comme les six étages du musée.

Moriarty était assis à sa table, le poing serré contre ses lèvres et il murmura soudain : « Aïe, zut. »

Il replia une jambe sous sa chaise en témoignage d'impatience, son talon heurta une pile de papiers qui traînait par terre. « Aïe », s'écria-t-il encore, mais c'était de douleur cette fois. Il frotta sa cheville, tassé sur sa chaise. La douleur s'apaisa peu à peu, de même que son agitation.

Il poussa un profond soupir et son regard fit le tour de son bureau.

« Eh bien, mon petit George, se dit-il, tu as toujours un rapport aussi conflictuel avec les objets ! »

Pour ne rien dire de ses rapports avec les gens. Autant l'admettre, il était infirme en ce domaine. Tout ce qu'il imaginait pour attirer l'attention de Margo, par exemple, et qui normalement aurait dû lui valoir un peu d'amitié de sa part, était voué à l'échec. À propos de son père, il avait été aussi diplomate qu'une mitrailleuse lourde.

Il se tourna soudain vers son écran d'ordinateur, tapa une commande sur le clavier. L'idée était d'envoyer quelques mots à Margo par la messagerie électronique. Pour essayer de réparer les dommages. Il hésita un moment, réfléchit aux termes à employer, puis il commença à écrire.

SALUT, MARGO, JE VOULAIS SIMPLEMENT SAVOIR SI...

Mais soudain il s'interrompit, frappa une touche sur le clavier, effaça la ligne aussitôt en se disant qu'il allait embrouiller les choses encore plus.

Il resta là un instant devant l'écran vide, puis il se dit que, pour retrouver le moral, il n'y avait qu'un remède éprouvé, c'était une petite chasse au trésor.

Il faut préciser que, pour la plupart, les objets les plus remarquables présentés à l'exposition *Superstition* étaient le produit de ses chasses au trésor. Il avait une telle passion pour la recherche qu'il avait acquis, à travers les vastes collections du musée, une connaissance des moindres recoins de cette maison, surpassant celle des collaborateurs les plus chevronnés. C'était un homme timide, Moriarty, qui avait peu d'ami. Il passait un temps fou à débusquer des raretés au fond des entrepôts. Il se sentait utile ainsi et il en retirait un sentiment d'accomplissement que ses rapports avec autrui étaient impuissants à lui valoir.

Une fois de plus, il revint à son ordinateur pour accéder à la base de données dont il visita les dossiers sans trop savoir ce qu'il cherchait, mais avec une petite idée quand même. Il connaissait ce labyrinthe informatique par cœur, ses raccourcis, ses entrées cachées. On eût dit un habile piroguier dans les méandres d'un fleuve.

Au bout de quelques minutes, il tapa plus lentement. Il se trouvait dans une partie de la base de données où il n'était jamais allé : elle recensait des objets sumériens trouvés au début des années vingt mais qu'on n'avait jamais réellement examinés. Il commença par demander la liste d'une des collections, puis d'un sous-groupe, puis le descriptif de chaque objet. Tiens, voilà qui paraissait intéressant : une série de tablettes d'argile, des échantillons d'écriture sumérienne. Celui qui était à l'origine de leur découverte les associait, dans sa notice, à des rites religieux. Moriarty lut attentivement les différents descriptifs. Peut-être pourrait-on les joindre à l'exposition. Il restait un peu de place dans l'une des petites galeries.

Il regarda sa montre : presque cinq heures. Il savait où se trouvaient ces tablettes. Si c'était intéressant, il aurait le temps de les montrer à Cuthbert demain matin et d'obtenir son accord. Il pourrait procéder à la mise en place entre la réception du vendredi soir et l'ouverture au public. Il prit rapidement quelques notes et éteignit son ordinateur.

Le son du terminal rendu à sa nuit fut comme un coup de pistolet dans la solitude du bureau. Le doigt sur le bouton, Moriarty resta immobile, il s'accorda une pause. Puis il se leva, remit sa chemise dans son pantalon et, en ménageant sa cheville endolorie, il quitta la pièce, refermant tranquillement la porte derrière lui.

14

D'Agosta se trouvait dans le quartier général temporaire. Il s'arrêta de tapoter à la fenêtre de Pendergast pour regarder plus attentivement à l'intérieur.

On voyait un grand type vêtu d'un vilain costume, qui faisait les cent pas dans le bureau. Son visage en sueur semblait avoir pris des coups de soleil. Il parcourait les lieux en propriétaire, saisissait soudain des papiers sur le bureau, les abandonnait ailleurs, et secouait sans cesse la monnaie qu'il avait dans la poche.

— Hé, mon vieux, dit D'Agosta en ouvrant soudain la porte, je vous signale que vous êtes dans un bureau investi par le FBI. Si vous attendez M. Pendergast, je vous suggère de le faire dehors.

Le type se tourna vers lui. Ses yeux étaient petits, étroits, et il arborait une moue de dédain.

— Si ça ne vous fait rien, euh… lieutenant, dit-il en regardant la plaque à la ceinture de D'Agosta comme s'il essayait de lire le numéro, j'aimerais que vous parliez avec plus de respect au personnel du FBI qui est sur le coup ici. J'en suis désormais le chef. Agent spécial Coffey.

— Eh bien, agent spécial Coffey, pour ce qui me concerne et jusqu'à nouvel ordre, M. Pendergast est responsable des opérations, et vous êtes en train de déranger son bureau.

Coffey eut un sourire pincé, il alla chercher dans sa veste une enveloppe qu'il lui tendit.

D'Agosta examina la lettre, qui venait de Washington. Elle mettait le bureau du FBI de New York sur l'affaire et nommait l'agent spécial Spencer Coffey. Il y avait encore deux feuilles agrafées à la lettre. L'une émanait des services du gouverneur : elle demandait ce changement et en assumait la responsabilité. La deuxième portait l'en-tête du Sénat des États-Unis. D'Agosta la replia sans même la lire et rendit l'enveloppe à Coffey.

— Alors, comme ça, les mecs, vous avez réussi à vous glisser par la porte de service.

— Quand M. Pendergast sera-t-il de retour, lieutenant ? questionna Coffey en glissant l'enveloppe dans sa poche.

— Comment voulez-vous que je le sache ? Pendant que vous y êtes, puisque vous fouillez dans ses papiers, vous n'avez qu'à regarder son agenda.

Avant même que Coffey ne réponde, on entendit la voix de Pendergast résonner dans la pièce voisine.

— Ah ! agent Coffey, comme je suis heureux de vous voir ici !

Une fois encore, Coffey plongea dans sa poche pour en tirer l'enveloppe, mais Pendergast l'interrompit :

— Je n'ai pas besoin de ça. Je sais très bien ce que vous faites ici.

Il alla s'asseoir à son bureau.

— Lieutenant D'Agosta, installez-vous, je vous en prie.

D'Agosta, qui s'avisa qu'il n'y avait qu'un seul siège de libre, s'assit avec un sourire. Il aimait bien assister aux manèges de Pendergast.

— Un fou est visiblement en liberté dans ce musée, monsieur Coffey, dit Pendergast. Par conséquent, le lieutenant D'Agosta et moi-même en sommes venus à la conclusion qu'il était impossible d'autoriser la réception d'inauguration demain soir. Le meurtrier rôde le soir, justement ; il nous faut craindre une nouvelle attaque. Nous ne pouvons pas prendre la responsabilité d'avoir d'autres meurtres sur les bras sous le prétexte que le musée veut ouvrir à tout prix, pour des raisons que je qualifierais de pécuniaires.

— Ouais, dit Coffey, l'ennui, c'est que vous n'avez plus le pouvoir d'en décider. Mes ordres sont clairs, l'exposition ouvre comme prévu, le jour prévu. Nous allons muscler la présence policière sur le terrain. Je vous garantis que cet endroit sera bientôt aussi sûr que les toilettes du Pentagone. Et puis, Pendergast, je vais vous dire, une fois que cette réception sera terminée, une fois que les gros bonnets seront rentrés chez eux, on va coffrer ce salaud, je vous le promets. On prétend que vous êtes sorti de la cuisse de Jupiter mais, je vais vous dire, vous ne m'impressionnez pas. Vous avez eu quatre jours pour travailler, et la seule chose sur quoi vous ayez mis la main, c'est votre braguette. On ne va plus perdre de temps, désormais.

Pendergast sourit.

— Je m'attendais à cela. Si vous en avez décidé ainsi, faisons comme vous dites. Toutefois, j'ai le devoir de vous informer que je vais envoyer un rapport au directeur, de manière à ce qu'il soit informé de mon point de vue sur la question.

— Faites ce que vous voulez, dit Coffey, mais en dehors des heures de service. En attendant, je vais disposer mes hommes dans le grand hall, j'espère que vous me ferez un rapport de la situation quand le couvre-feu aura sonné.

— Pas besoin d'attendre jusque-là, mon rapport est déjà prêt, répondit Pendergast d'une voix douce. Monsieur Coffey, avez-vous autre chose à me dire ?

— Oui, j'attends que vous collaboriez pleinement avec moi, Pendergast.

Il s'en alla en laissant la porte ouverte derrière lui.

D'Agosta le regarda s'éloigner.

— Il fait encore plus la gueule que quand vous êtes arrivé, dit-il, puis, se tournant vers Pendergast, il ajouta : Vous n'allez pas vous laisser coiffer par ce minable, hein ?

Pendergast sourit à nouveau.

— Vincent, j'ai bien peur de n'avoir plus le choix. En un sens, je suis déjà surpris que ce ne soit pas arrivé plus tôt. Ce n'est pas la première fois que je marche sur les pieds de Wright, cette semaine. Au moins, cette fois, personne ne nous accusera de mettre des bâtons dans les roues à la direction du musée.

— Mais je croyais que vous aviez des appuis.

D'Agosta essayait de dissimuler la déception dans sa voix.

Pendergast ouvrit les mains en signe d'impuissance.

— Des appuis, j'en ai quelques-uns, mais il faut reconnaître que je suis hors de ma zone. Dans la mesure où les meurtres étaient semblables à ceux auxquels j'avais eu affaire à La Nouvelle-Orléans, il y a plusieurs années, ma présence ici était naturelle, sauf si on se plaignait au niveau local. Mais je savais que le Dr Wright et le gouverneur avaient fréquenté la même université. Dès lors que le gouverneur signait une demande d'intervention locale, ça ne pouvait finir que comme ça.

— Mais notre affaire ? dit D'Agosta. Ce qui va se passer, c'est que Coffey profitera de votre boulot et s'arrogera le bénéfice des résultats.

— Il faudrait d'abord qu'il y ait des résultats, observa Pendergast. Vous savez, lieutenant, je n'aime pas du tout cette histoire de réception. Mais alors, pas du tout. Ça fait des années que je connais Coffey ; on peut lui faire confiance pour compromettre une situation déjà peu brillante. Mais, comme vous l'aurez remarqué, il ne m'a pas purement et simplement renvoyé. Ça lui est impossible.

— Ne me dites pas que ça vous remplit de joie d'avoir perdu la direction des opérations, dit D'Agosta. Personnellement, je n'ai jamais envie de me mouiller, mais je vous voyais autrement.

— Vincent, vous me surprenez, dit Pendergast. De ma part, ce n'est pas du tout un abandon de responsabilités ; il se trouve que cet arrangement va me donner un peu plus de liberté, voilà tout. C'est vrai que Coffey aura toujours le dernier mot. Mais en fait il a très peu de prise sur moi. Au début, la seule façon que j'avais d'étudier cette affaire, c'était de réclamer l'enquête officielle. Cela oblige à faire preuve de prudence. Désormais, j'ai le droit de me fier à mon instinct.

Il s'appuya sur le dossier de son fauteuil et plongea son regard pâle dans les yeux de D'Agosta.

— Votre collaboration me restera précieuse. Il est possible que j'aie besoin de quelqu'un qui m'aide à régler un certain nombre de choses de l'intérieur.

D'Agosta eut l'air songeur.

— En tout cas, il y a une chose que j'aurais pu parier dès le début en le voyant arriver.

— C'est quoi ?

— Que ce type est un merdeux de première.

— Ah, mon cher Vincent, dit Pendergast, comme votre expression est imagée !

15

Vendredi

Smithback, en entrant dans le bureau, songea, accablé, que rien n'avait bougé. Pas la moindre bricole. Il s'effondra dans le fauteuil et se dit qu'il avait déjà vécu cette scène.

Mme Rickman revint du bureau de sa secrétaire avec un dossier. Sa figure arborait toujours le même petit sourire passe-partout. Elle s'écria :

— Ce soir, c'est le grand soir ! Vous serez là ?

— Bien entendu, répondit Smithback.

Elle lui tendit le dossier.

— J'aimerais que vous lisiez ça, Bill, dit-elle d'une voix qui marqua soudain même de la douceur.

MUSÉUM D'HISTOIRE NATURELLE DE NEW YORK.
NOTE DE SERVICE INTERNE

De : Lavinia Rickman
A : William Smithback Jr.
Re : Travail de rédaction sur l'exposition *Superstition*

La présente note de service prend effet immédiatement, et jusqu'à nouvel ordre votre travail au service du musée devra se conformer aux règles ci-après :

1. Tous les entretiens liés au travail de rédaction que vous accomplissez pour le musée doivent désormais être conduits en ma présence.

2. Les enregistrements des entretiens que vous menez ainsi que la prise de notes durant ces entretiens sont strictement interdits. Pour plus de sûreté quant aux délais et au contenu, je prendrai moi-même des notes dont je vous transmettrai le relevé aux fins de citations dans votre travail.

3. Toute discussion relative aux affaires du musée avec les employés ou avec toute personne rencontrée dans l'enceinte du musée est interdite, à moins d'une autorisation écrite de ma part. Prière d'apposer votre signature dans l'espace prévu ci-dessous, en témoignage de votre engagement et de votre accord sur les points énoncés ci-dessus.

Smithback lut le document deux fois puis leva les yeux vers elle.

— Alors, demanda-t-elle en hochant la tête, ça vous inspire quoi ?

— Attendez, j'essaie de résumer le problème, dit Smithback. En fait, ce que ça veut dire, c'est que je ne suis même pas autorisé à parler à quelqu'un, par exemple au déjeuner, sans votre permission ?

— Pour ce qui concerne le musée, c'est bien ça, répondit-elle en rajustant l'écharpe de soie qu'elle portait autour du cou.

— Pourquoi ? Vous ne trouvez pas que la dernière note en date, celle que vous avez envoyée hier à tout le monde, n'était pas déjà assez contraignante pour moi ?

— Bill, vous savez très bien pourquoi. Vous avez prouvé qu'on ne pouvait pas vous faire confiance.

— Ah, et quand ça ? demanda-t-il d'une voix étranglée.

— Je me suis laissé dire que vous sillonnez ce musée, que vous faites parler des gens avec qui normalement vous n'avez rien à faire, vous posez des questions idiotes sur des sujets qui n'ont aucun rapport avec l'exposition. Si vous croyez que vous êtes en mesure de découvrir des choses sur les… disons les événements qui se sont produits récemment ici, je me permets de vous rappeler le paragraphe dix-sept de notre contrat, qui stipule clairement que vous n'avez pas le droit d'utiliser des informations que je n'ai pas d'abord approuvées. Je répète qu'*aucune information* relative à ces… regrettables événements ne sera autorisée.

Smithback se redressa et explosa soudain :

— Regrettables événements ? Mais pourquoi vous ne dites pas que ce sont des meurtres, tout simplement ?

— Je vous prierais de ne pas élever la voix dans mon bureau, dit-elle.

— Vous avez fait appel à moi pour écrire un livre, pas pour pondre un dossier de presse de trois cents pages. Il y a eu une série de meurtres atroces une semaine avant l'ouverture de l'une des plus grandes expositions de cette maison. Et vous me dites que ça ne fait pas partie du sujet ?

— Je suis seule compétente pour décider de ce qui doit ou ne doit pas figurer dans ce livre. C'est compris ?

— Non, ce n'est pas compris.

Mme Rickman se leva.

— Vous commencez à me fatiguer. Ou bien vous signez cette feuille, ou bien vous êtes viré.

— Comme vous y allez ! À l'arme lourde ?

— Épargnez-moi ce genre de plaisanterie douteuse dans mon bureau. Vous signez là ou j'accepte votre démission, séance tenante.

— Parfait, répondit Smithback, je vais aller porter mon manuscrit dans une maison d'édition commerciale. En fait, ce livre, vous en avez autant besoin que moi. D'ailleurs, vous savez comme moi que je pourrais obtenir une grosse somme en à-valoir sur un titre qui promet de raconter de l'intérieur l'histoire des meurtres du musée. Et croyez-moi, je la connais vraiment de l'intérieur. Je suis allé au fond des choses.

La figure de Mme Rickman se décomposait affreusement, mais elle gardait le sourire aux lèvres. Les articulations de ses doigts étaient toutes blanches sur le bois du bureau.

— Ce serait une violation des termes de votre contrat, dit-elle calmement. Les intérêts du musée sont défendus par le cabinet Daniels, Klopfer et McCabe. Je suis sûre que vous les connaissez, du moins de réputation. Si vous commettiez la moindre erreur de ce genre, vous seriez immédiatement poursuivi pour rupture de contrat. Je doute qu'après cela vous puissiez signer avec le moindre éditeur, la moindre agence littéraire. Nous mettrons toutes nos forces dans cette bataille. Après votre défaite, j'ai comme le sentiment que vous ne trouverez jamais plus de travail dans la partie.

— C'est une violation manifeste de mes droits les plus élémentaires, grommela Smithback.

— Mais non. Notre action sera légitime. Il s'agira d'une simple défense du contrat. En tout cas, vous ne passerez pas pour un héros. Le *Times* ne vous consacrera pas une ligne. Si vraiment c'est là que vous voulez en venir, Bill, je vais montrer votre contrat à un bon avocat et le consulter. Je suis sûre qu'il va vous convaincre que c'est du béton. Maintenant, si vous préférez, je peux accepter votre démission tout de suite.

Elle ouvrit un tiroir de son bureau et en tira une deuxième feuille de papier. Le tiroir resta ouvert.

Son interphone émit soudain une bruyante sonnerie :

— Madame Rickman ? Le Dr Wright sur la une.

Elle prit le téléphone.

— Oui, Winston. Quoi ? Encore le *Post* ? Oui, je vais m'en charger. Vous avez fait appeler Ippolito ? Très bien.

Elle raccrocha et se dirigea vers la porte.

— Vérifiez bien qu'Ippolito est allé chez le directeur, dit-elle à sa secrétaire. Quant à vous, Bill, je ne peux pas continuer à jouer au plus fin avec vous. Si vous ne signez pas la note que je vous ai présentée, ramassez vos affaires et fichez le camp.

Smithback était soudain d'un calme olympien. Il se mit à sourire.

— Madame Rickman, je comprends votre point de vue.

Elle se pencha vers lui, un rictus aux lèvres, l'œil brillant :

— Alors quoi ?

— Eh bien, j'accepte vos conditions.

Elle revint triomphante à son bureau.

— Bill, je suis contente que nous n'ayons plus besoin du deuxième formulaire.

Elle le remit dans son tiroir, qu'elle referma aussitôt.

— Vous êtes intelligent, vous avez compris que vous n'aviez pas d'autre choix.

Smithback croisa son regard et lui demanda :

— Ça ne vous fait rien que je relise votre papier encore une fois avant de signer ?

Rickman hésita.

— Non, euh… non, bien que les termes n'aient pas changé depuis la première lecture. Il n'y a pas d'ambiguïté là-dedans. N'essayez pas de trouver des failles dans ce contrat, hein ?

Son regard fit le tour du bureau, elle ramassa son agenda et fila vers la porte.

— Bill, je vous préviens, n'oubliez pas de signer ! C'est la meilleure chose que vous puissiez faire. Vous donnerez le document signé à ma secrétaire en partant. Je vous ferai envoyer une copie par la suite.

Smithback eut une moue en voyant onduler sa jupe plissée alors qu'elle quittait la pièce. Il jeta un coup d'œil rapide à l'extérieur. Après quoi il ouvrit le tiroir qu'elle venait de repousser. Il en tira un petit objet qu'il glissa aussitôt dans la poche de sa veste. Enfin, le tiroir refermé, il regarda une dernière fois autour de lui avant de se diriger vers la sortie.

Se ravisant soudain, il revint vers le bureau pour apposer une signature illisible au bas de la note qu'elle lui avait présentée. En sortant, il la tendit à la secrétaire.

— Gardez ma signature, un jour on se l'arrachera ! lança-t-il par-dessus son épaule, puis il claqua la porte.

Quand Smithback débarqua chez elle, Margo venait de raccrocher le téléphone. Une fois de plus, elle se retrouvait seule : le préparateur qui partageait le laboratoire avec elle avait visiblement décidé de prendre un jour de congé.

— Je viens de parler à Frock, dit-elle. Il avait l'air déçu que nous n'ayons rien trouvé de plus dans cette caisse et surtout que je n'aie pas pu mettre la main sur un des sacs de graines. J'ai l'impression qu'il croyait tenir la preuve de l'existence de sa créature. J'ai songé à lui parler de la lettre et de Jorgensen, mais il m'a dit qu'il ne pouvait pas me parler en ce moment. Je crois bien que Cuthbert était dans son bureau quand j'ai appelé.

— J'imagine qu'il devait le cuisiner sur ce formulaire qu'il avait rédigé. Cuthbert, le Grand Inquisiteur, ironisa Smithback. Il désigna la porte :

— On peut savoir pourquoi c'était encore ouvert, chez vous ?

— J'ai oublié de fermer.

— Ça ne vous dérange pas que je pousse le verrou, juste par précaution ?

Il alla fermer, puis, le sourire aux lèvres, il tira de la poche de sa veste un petit livre usé dont la couverture de cuir portait deux flèches entrelacées. Il le brandit comme un trophée devant elle.

La curiosité de Margo tourna vite à l'effarement.

— Mon Dieu ! Mais... ce ne serait pas le carnet de route ?

Smithback acquiesça avec fierté.

— Comment avez-vous fait ? Où l'avez-vous trouvé ?

— Dans le bureau de la mère Rickman. Mais il m'a fallu consentir, pour l'avoir, à un terrible sacrifice. J'ai signé un papier où je lui promets de ne jamais plus vous adresser la parole.

— C'est une blague ?

— À moitié seulement. À un moment de cette petite séance, elle a ouvert un tiroir et c'est là que j'ai vu ce livret. Ça ressemblait fort à un journal de bord. Je me suis dit que c'était bizarre qu'elle ait un truc comme ça dans son bureau. Puis je me suis souvenu que vous pensiez qu'elle avait sans doute emprunté ce fameux carnet.

Il hocha la tête avec satisfaction.

— Moi aussi, j'en étais sûr. Enfin bref, je le lui ai piqué en sortant.

Il ouvrit le carnet et dit :

— Et maintenant, Fleur de lotus, écoutez attentivement. Papa va vous lire une belle histoire.

Margo écouta. Il commença la lecture du carnet, d'abord lentement puis un peu plus vite à mesure que son regard s'habituait à déchiffrer l'écriture et les nombreuses abréviations qu'il contenait. La plupart des notes anciennes étaient rédigées très brièvement. Il s'agissait de précisions hâtives qui fournissaient quelques détails sur la météo de la journée et la position de l'expédition.

31 août. Pluie toute la nuit. Bacon au petit déjeuner. Ce matin, problème technique avec l'hélico, journée perdue, oisive. Maxwell insupportable. Carlos a encore des ennuis avec le nominé Hosta Gilbao qui demande plus d'argent pour...

— C'est ennuyeux, dit Smithback en s'interrompant. On n'en a rien à foutre de son bacon du petit déjeuner.

— Allez, continuez.

— En fait, il n'y a pas grand-chose ici, dit Smithback en feuilletant les pages, j'ai l'impression que ce Whittlesey n'était pas trop à l'aise avec les mots. Mon Dieu ! j'espère que je n'ai pas compromis ma carrière pour des clopinettes !

Le carnet fournissait une description de leur progression à travers la forêt tropicale. Au début, ils étaient en Jeep. Ensuite, sur trois cents kilomètres, ils avaient fait un bond en hélicoptère jusqu'au bassin supérieur du Xingu. De là, des guides locaux les avaient remontés le long de la rivière boueuse vers le tepui du Cerro Gordo. Smithback continua sa lecture.

6 sept. Nous laissons le campement sur le site de dépose en hélico. Désormais, la route se fait à pied uniquement. Cet après-midi, vu le Cerro Gordo pour la première fois. La forêt équatoriale touchant les nuages. Cris des oiseaux. Capturé plusieurs spécimens. Nos accompagnateurs échangent des propos dans notre dos.

12 sept. Fini le bœuf en gelée au petit déjeuner. Temps moins humide qu'hier. Nous avons continué à marcher vers le tepui. Les nuages se sont dissipés vers midi. L'attitude du plateau doit être de deux mille cinq cents mètres environ. La forêt équatoriale tempérée règne là-haut. Vu cinq spécimens du rare candelaria ibex, trouvé sarbacane avec ses flèches, excellent état. Moustiques féroces. Menu du dîner, pécari séché à la façon Xingu. Pas mal, on dirait du porc fumé. Maxwell remplit des caisses entières de prélèvements sans intérêt.

— On se demande pourquoi Rickman a piqué ce truc-là, glapit soudain Smithback, il n'y a strictement rien à se mettre sous la dent.

15 sept. Vent du sud-ouest. Au petit déjeuner, flocons d'avoine. Trois passages à pied de la rivière aujourd'hui, de l'eau jusqu'à la poitrine. Superbes sangsues. Le soir, Maxwell est tombé sur des spécimens végétaux qui l'ont plongé dans un enthousiasme délirant. Plantes locales il est vrai uniques, curieux métabolisme, morphologie qui semble très ancienne. Mais je suis sûr que des choses bien plus passionnantes nous attendent.

16 sept. Resté tard au campement ce matin. J'ai refait le paquetage. Maxwell veut s'en retourner à présent avec « sa » découverte. Stupide. L'ennui est que tout le monde veut rebrousser chemin avec lui. Ils sont repartis après le déjeuner avec tous nos guides sauf deux. Crocker, Carlos et moi nous continuons. Arrêt presque aussitôt pour reficeler les caisses. Une poterie s'était brisée à l'intérieur de l'une d'elles. Pendant que je procède, Crocker visite les lieux et tombe sur une butte abandonnée.

— Ah, voilà qui est plus intéressant, dit Smithback.

... J'ai sorti le matériel pour analyser tout ça, j'ai rouvert la caisse pour prendre la boîte à outils. Avant que nous ayons pu jeter un coup d'œil sur la butte, une vieille femme indigène sort des broussailles en balbutiant, malade ou ivre morte, difficile à dire, elle montre la caisse en criant. La poitrine tombant à la ceinture. Édentée. Presque chauve. Une grande plaie sur le dos, quelque chose comme une brûlure. Carlos au début ne veut pas traduire, j'insiste. Il paraît qu'elle crie : « Le diable, le diable. »

Je lui dis de demander de quel diable il s'agit. Carlos traduit, la femme devient complètement hystérique, elle crie en se frappant la poitrine.

Moi : Carlos, demande-lui si elle sait quelque chose à propos des Kothogas.

Carlos : Elle dit que vous êtes venus pour emporter le diable avec vous.

Moi : Les Kothogas. Pose-lui la question.

Carlos : Elle dit que les Kothogas sont allés sur la montagne.

Moi : Quelle montagne ?

Soudain, la bonne femme se met à glapir de nouveau, elle désigne notre caisse ouverte.

Carlos : Elle dit que vous avez pris le diable.

Moi : Mais quel diable ?

Carlos : Le Mbwun. Elle dit que vous avez le diable Mbwun dans votre boîte, là.

Moi : Demande-lui ce que c'est que le Mbwun. Qui est-ce ?

Carlos bavarde avec elle, elle se calme un peu, elle lui parle longtemps.

Carlos : Elle dit que le Mbwun est le fils du diable. Le sorcier kothoga qui a demandé au diable Zilashkee de prêter son fils pour aider la tribu à vaincre ses ennemis était bien téméraire. Le diable les a obligés à tuer et à manger leurs propres enfants, ensuite il leur a envoyé le Mbwun. Il les a d'abord aidés à vaincre leurs ennemis, ensuite il s'est retourné contre les Kothogas eux-mêmes, il a commencé à les tuer les uns après les autres. Les Kothogas ont fui sur le tepui, mais le Mbwun les a suivis. Il ne peut pas mourir. Il faut débarrasser les Kothogas du Mbwun. Aujourd'hui les Blancs sont là pour ça, ils vont l'emporter. Mais faites attention, car la malédiction du Mbwun vous détruira. Vous apporterez la mort chez les vôtres.

Je suis excessivement surpris et passionné par cette affaire, son récit colle parfaitement à des mythes dont nous avions eu vent indirectement. J'ai dit à Carlos de recueillir plus de détails à propos de ce Mbwun. Mais la bonne femme est partie, toujours vociférante. Elle était bien rapide et vive pour son âge. Elle a disparu dans la broussaille. Carlos va derrière elle mais il revient bredouille. Il a l'air effrayé, je n'insiste pas. Nous fouillons la hutte. Quand nous revenons à notre piste principale, les guides sont partis.

— Elle savait qu'ils allaient rapporter la figurine ! dit Smithback. C'était ça, la malédiction dont elle parlait !

Il continua sa lecture.

17 sept. Depuis la nuit dernière, Crocker manque à l'appel. Je crains le pire. Carlos n'en mène pas large. Je vais l'envoyer rejoindre Maxwell qui doit avoir accompli la moitié du chemin vers la rivière à présent. Je ne peux pas me permettre de perdre cet objet que je devine rarissime. De mon côté, je vais continuer à chercher Crocker. J'ai remarqué des pistes à travers les bois, ce sont les Kothogas qui les ont tracées, j'en suis sûr. Comment une civilisation peut-elle vivre dans un paysage aussi hostile ? Mais peut-être que les Kothogas finiront par s'en tirer, après tout.

C'était la dernière phrase du carnet de route.

Smithback le referma en pestant.

— Incroyable, il n'y a rien là-dedans que nous ne sachions déjà. Quand je pense que j'ai vendu mon âme à Rickman… pour ça !

16

Derrière son bureau, au quartier général de la sécurité, Pendergast jouait avec un casse-tête chinois, une antiquité faite de cuivre et de fils de soie tressés. Il paraissait complètement absorbé. Derrière lui s'élevaient les échos d'un quatuor à cordes : le son provenait d'un petit lecteur de cassettes. Pendergast ne leva pas les yeux quand D'Agosta fit son apparition dans le bureau.

— Quatuor en fa majeur opus 135 de Ludwig van Beethoven. Mais, lieutenant, je ne doute pas que vous le sachiez déjà. C'est le quatrième mouvement, l'allegro, qui porte le titre de *Der Schwer gefaßte entschuluß,* ce qui veut dire « La solution difficile ». Un titre que nous pourrions adopter pour définir ce qui nous occupe. C'est curieux, hein, de voir comme parfois l'art imite la vie.

— Il est onze heures, dit D'Agosta.

— Ah oui, bien sûr, répondit Pendergast en faisant pivoter son fauteuil avant de se lever. Le directeur de la sécurité veut nous offrir la visite, allons visiter !

La porte du quartier général de la sécurité leur fut ouverte par Ippolito en personne. D'Agosta trouva que l'endroit ressemblait à la salle de contrôle d'une centrale nucléaire, avec tous ces boutons, ces cadrans, ces manettes. Sur l'un des murs, on eût dit le plan d'une ville tant il y avait de petits voyants alignés géométriquement. Deux gardes étaient commis à la surveillance d'une batterie d'écrans de contrôle, ceux du circuit vidéo interne. Au centre, D'Agosta repéra le relais qui amplifiait le signal des radios miniatures portées par la police et les gardiens en faction dans le musée.

— Ceci, expliqua Ippolito avec un large sourire, représente l'une des plus complexes installations de sécurité que l'on puisse voir dans un musée aujourd'hui. Le dispositif a été conçu spécialement pour nous par la compagnie Sakura Electronics. Je peux vous le dire, ça coûte une fortune.

Pendergast regardait autour de lui.

— C'est impressionnant.

— C'est le nec plus ultra.

— Certainement, dit Pendergast, mais pour ma part, monsieur Ippolito, ce qui me préoccupe pour le moment, c'est la sécurité des cinq mille personnes invitées ce soir à l'ouverture. Dites-moi comment cela marche, je vous prie.

— Au départ, c'était prévu comme une arme contre le vol, dit le directeur de la sécurité. Une grande partie des objets du musée dispose d'une vignette électronique invisible, elle émet un signal minuscule vers une série de récepteurs dispersés à travers le musée. Si l'objet est déplacé, ne fût-ce que de quelques centimètres, une alarme se met en route, et la localisation se fait immédiatement.

— Et alors ? Que se passe-t-il ensuite ?

Ippolito sourit. Il appuya sur quelques boutons et un grand écran s'alluma, il montrait le plan de tous les étages du musée.

— L'intérieur du musée, dit-il, est divisé en cinq cellules. Chacune d'entre elles comprend un certain nombre de salles d'exposition et de zones d'entrepôt. La plupart de ces cellules couvrent une portion qui va du sous-sol aux combles mais, pour des raisons qui tiennent à la structure du bâtiment, dans les cellules deux et trois, la division est un peu plus compliquée. Regardez, quand je pousse un bouton sur ce tableau de bord, ici, de lourdes portes métalliques tombent des plafonds, pour séparer les cellules les unes des autres, et les fenêtres sont scellées immédiatement. Une fois que nous avons refermé la cellule où le vol a eu lieu, le voleur est pris au piège. Il peut toujours se déplacer dans la zone, mais il ne peut plus en sortir. Le plan a été fait de telle sorte que les sorties sont extérieures à cette division, ce qui rend la surveillance plus aisée.

Il se déplaça vers les plans et poursuivit :

— Supposons qu'un voleur emporte un objet. Quand les gardiens arrivent sur les lieux, il est déjà sorti. En fait, ça n'a guère d'importance, en quelques secondes la vignette électronique aura signalé la position à l'ordinateur, lequel aura renvoyé le message de blocage de la cellule. Tout cela se passe automatiquement. L'homme est piégé.

— Qu'est-ce qui se passe s'il arrache la vignette avant de s'en aller ?

— La vignette est sensible au mouvement, ce qui veut dire qu'elle enverra le signal tout de suite, même dans ce cas-là, et que les cloisons automatiques vont se mettre en place. Personne ne pourrait courir assez vite pour passer.

Pendergast hocha la tête et demanda :

— Et une fois que vous l'avez attrapé, comment remontez-vous les cloisons automatiques ?

— Nous pouvons tout ouvrir d'ici et chaque porte se relève aussi par le mode manuel. En fait, il s'agit d'un clavier électronique. Vous tapez un code, la porte remonte.

— Tout cela est très joli, murmura Pendergast, mais le dispositif tout entier est conçu autour de l'idée qu'il faut empêcher quelqu'un de sortir des lieux. L'ennui, c'est que nous avons affaire à un tueur qui veut y rester. Comment cette protection garantira-t-elle la sécurité des hôtes de la réception, ce soir ?

Ippolito haussa les épaules.

— Ne vous en faites pas, nous allons nous servir du dispositif existant pour créer un périmètre de sécurité qui englobera le grand hall d'entrée et l'exposition. Toutes les festivités sont prévues au cœur de la cellule n° 2.

Il montra le plan.

— La réception aura lieu au deuxième étage, dans la salle du ciel étoilé, ici. Ça se passe juste à la sortie de l'exposition *Superstition,* laquelle est entièrement incluse dans la cellule n° 2. Toutes les portes métalliques de la cellule en question seront fermées, et voilà notre périmètre de sécurité. Nous ne laisserons que quatre portes ouvertes : la porte est, celle de la grande rotonde, qui permet l'accès à la salle du ciel étoilé, et trois issues de secours. Toutes seront étroitement gardées.

— Quelles parties du musée exactement appartiennent à la cellule n° 2 ? demanda Pendergast.

Ippolito manipula quelques boutons sur la console devant lui ; une vaste proportion du musée s'éclaira en vert sur le plan.

— Voilà la cellule n° 2, commenta Ippolito. Vous voyez, elle s'étend du sous-sol aux combles, comme toutes les cellules. La salle du ciel étoilé se trouve ici. Le secteur informatique et la pièce où nous nous trouvons en ce moment, celle du QG de la sécurité, y sont tous les deux situés. Même chose pour la zone protégée, pour le service des archives, et divers secteurs ultrasensibles de ce genre. Impossible de sortir des bâtiments sauf par les quatre portes métalliques, lesquelles seront laissées ouvertes en manuel. Nous interdirons le périmètre une heure avant la réception. Toutes les autres portes seront closes. À chaque accès nous disposerons des gardiens. Je vous garantis que l'endroit sera aussi sûr que la salle des coffres d'une banque.

— Et le reste du musée ?

— Au début nous avons songé à fermer toutes les cellules, mais finalement nous y avons renoncé.

— C'est une bonne chose, dit Pendergast qui regardait un autre tableau. Au cas où nous aurions un problème, il ne faudrait pas que le personnel d'intervention soit entravé dans ses mouvements.

Il désigna un endroit du panneau illuminé devant lui.

— Maintenant j'aimerais savoir ce qui est prévu pour le deuxième sous-sol. Il me semble que le sous-sol de la cellule en question peut communiquer avec lui, non ? Et ce deuxième sous-sol est relié en fait avec n'importe quelle autre zone.

— Personne n'osera jamais s'aventurer là-dedans, dit Ippolito en ricanant, c'est un véritable labyrinthe.

— Mais nous ne parlons pas d'un cambrioleur du type courant. Nous parlons d'un tueur qui a déjoué toutes les tentatives que nous avons entreprises pour lui mettre la main dessus. Nous, c'est-à-dire vous, D'Agosta et moi. Je vous rappelle que ce tueur semble parfaitement à l'aise dans le deuxième sous-sol.

— Il n'y a en fait qu'un seul escalier qui relie la salle du ciel étoilé aux autres étages, expliqua Ippolito d'un ton patient, et mes hommes y seront en faction de la même manière qu'ils garderont les issues de secours. Je vous le répète, nous avons tout envisagé. Tout le périmètre sera protégé.

Pendergast continua d'examiner l'écran lumineux en silence pendant quelques instants.

— Qu'est-ce qui vous dit que votre plan est juste ?

Ippolito parut vaguement troublé par la question.

— Mais si, bien sûr qu'il est juste.

— Je vous ai demandé : en êtes-vous sûr ? Comment le savez-vous ?

— Le dispositif se base directement sur les plans de l'architecte qui a procédé à la reconstruction en 1912.

— Les bâtiments n'ont subi aucune modification depuis lors ? Aucune porte condamnée, aucune autre ouverte ?

— Tous les changements ont été répertoriés.

— Est-ce que ces plans d'architecte tenaient compte de la zone du vieux souterrain, du deuxième sous-sol ?

— Non, ce sont des zones plus anciennes. Mais, comme je vous l'ai dit, tout ce qui ne sera pas condamné sera gardé.

Un long silence suivit, pendant lequel Pendergast resta perdu dans la contemplation des plans. À la fin, il poussa un soupir et se tourna vers le directeur de la sécurité :

— Monsieur Ippolito, je n'aime pas cette affaire.

On entendit quelqu'un derrière qui se raclait la gorge.

— Qu'est-ce qu'il n'aime pas, au juste ?

D'Agosta n'eut même pas besoin de se retourner, cet accent rugueux en provenance directe de Long Island ne pouvait être que celui de l'agent spécial Coffey.

— Je suis simplement en train de passer en revue les mesures de sécurité en compagnie de M. Pendergast, dit Ippolito.

— Alors, Ippolito, je crains que vous ne deviez recommencer pour moi.

Il regarda sévèrement Pendergast.

— La prochaine fois, lui dit-il, rappelez-vous que j'aimerais être invité à vos petites réunions, d'accord ?

— M. Pendergast..., commença Ippolito.

— M. Pendergast est monté de son Sud profond pour nous donner un petit coup de main, au cas où. Maintenant, c'est moi qui dirige la musique. Bien compris ?

— Parfaitement, monsieur, dit Ippolito.

Il recommença la description des diverses procédures cependant que Coffey, assis dans un des fauteuils réservés aux contrôleurs, faisait tourner un casque à écouteurs autour de son doigt. D'Agosta, lui, faisait les cent pas derrière, en regardant de temps à autre les écrans de contrôle. Quant à Pendergast, il écoutait patiemment le discours d'Ippolito comme s'il l'entendait pour la première fois. Quand le directeur de la sécurité eut achevé son explication, Coffey s'appuya sur le dossier de son fauteuil et dit :

— Ippolito, ça fait quatre trous dans votre périmètre.

Il ménagea une pause, pour accentuer son effet.

— Je veux que vous en bouchiez trois. Je veux une seule entrée et sortie.

— Monsieur Coffey, les règles en matière d'incendie stipulent que…

Coffey eut un geste de la main.

— Les règles d'incendie, j'en fais mon affaire. Vous, votre problème, ce sont ces trous dans le filet. Plus nous aurons de trous, plus nous pouvons craindre des ennuis.

— J'ai bien peur, intervint Pendergast, que ce ne soit une mauvaise façon de procéder, parce que, si vous fermez ces trois sorties, les invités vont se retrouver pris au piège. Et s'il se passe quelque chose, ils n'auront plus qu'une seule issue.

Coffey ouvrit les mains en un geste d'impatience.

— Hé, Pendergast, c'est bien ce que je dis, on ne peut pas tout avoir en même temps. Ou bien le périmètre est sûr, ou bien il ne l'est pas. En plus, si on en croit Ippolito ici présent, toutes les portes de sécurité disposent d'une position manuelle. Alors, je me demande où est le problème.

— C'est vrai, dit Ippolito, les portes peuvent être ouvertes en cas d'urgence à l'aide du clavier. Tout ce qu'il faut, c'est connaître le code.

— Et on peut savoir qui commande les claviers en question ? demanda Pendergast.

— L'ordinateur central. La pièce informatique est là, derrière cette porte.

— Et s'il tombe en panne ?

— Nous avons des systèmes de secours, tout est doublé, ces tableaux de commande que vous voyez là-bas contrôlent le système parallèle. Chaque tableau possède son alarme séparée.

— Voilà un autre problème, dit Pendergast tranquillement.

Coffey soupira bruyamment et leva les yeux vers le plafond, à qui il sembla s'adresser soudain pour ajouter :

— Il n'aime pas cette affaire.

— J'ai compté quatre-vingt-un voyants d'alarme sur cette seule console, dit Pendergast sans se préoccuper de Coffey. En cas de véritable urgence, avec des pannes de tous les côtés, la plupart de ces voyants vont clignoter. Aucun personnel ne pourra gérer une situation pareille.

— Pendergast, vous me retardez, dit Coffey. Ippolito et moi, nous allons nous pencher sur ces détails, d'accord ? Il nous reste moins de huit heures avant l'arrivée des invités.

— Le dispositif a été testé ? demanda Pendergast.

— Nous faisons des tests chaque semaine, dit Ippolito.

— Je veux dire, est-ce qu'on a déjà procédé à des tests en situation réelle, une tentative de vol, par exemple ?

— Non, et j'espère ne pas avoir à le faire.

— Eh bien, moi, je le regrette, dit Pendergast. Mais, ce qui me frappe là-dedans, c'est qu'il s'agit typiquement du genre de dispositif qui court à l'échec. Monsieur Ippolito, je défends volontiers le progrès, mais pour le coup c'est une approche traditionnelle que je préconise. En fait, pendant cette réception, si j'étais vous je débrancherais tout le système. Carrément. Vous l'éteignez. Il est trop complexe. En cas d'urgence, je ne lui ferais pas confiance. Nous avons besoin d'une gestion sans faille. Une gestion que nous maîtrisions. Des patrouilles, des gardiens armés à chaque entrée. À chaque sortie. Je suis sûr que le lieutenant D'Agosta saura nous trouver les hommes dont nous avons besoin.

— Sans problème, dit D'Agosta, vous n'avez qu'un mot à dire.

— Mon mot à moi, c'est non, dit Coffey en riant. Quand je pense qu'il veut mettre le système de sécurité hors d'usage au moment où nous en avons le plus besoin !

— Je vais être obligé de faire état de mes objections à l'égard de ce plan de protection, dit Pendergast.

— Vous pouvez toujours rédiger vos récriminations, lança Coffey, et les envoyer en tarif réduit vers votre bureau de La Nouvelle-Orléans. En ce qui me concerne j'ai l'impression qu'Ippolito se débrouille très bien dans sa tâche.

— Merci, dit Ippolito, visiblement comblé.

— Nous sommes en présence d'une situation très inhabituelle et dangereuse, poursuivit Pendergast. Ce n'est donc pas le moment de s'en remettre entièrement à un système complexe qui n'a pas fait ses preuves.

— Pendergast, dit Coffey, ça suffit maintenant. Pourquoi ne retournez-vous pas à votre bureau pour vous envoyer le sandwich cajun que votre femme a sûrement eu la bonne idée de vous confectionner ce matin ?

D'Agosta fut frappé de voir le changement d'expression que l'on put soudain lire sur la figure de Pendergast. Instinctivement, Coffey fit un pas en arrière. Mais Pendergast lui tourna simplement le dos pour filer vers la porte. D'Agosta le suivit.

— Où allez-vous ? lui dit Coffey. Vous feriez mieux de rester avec nous pour la mise au point des détails.

— Je suis de l'avis de Pendergast, dit D'Agosta. Ce n'est pas le moment de faire joujou avec vos consoles vidéo, il s'agit de la vie des gens.

— D'Agosta, écoutez-moi bien. Les grands garçons, ici, c'est nous. Le FBI, c'est nous. Les états d'âme d'un agent de la circulation fraîchement débarqué du Queens ne nous intéressent pas.

D'Agosta considéra la figure rougeaude et luisante de Coffey :

— Vous ne faites pas honneur à la police.

Coffey tressaillit.

— Merci, je vais noter cette insulte gratuite et l'inclure au rapport que j'enverrai à mon bon ami le chef de la police Horlocker, qui saura en tirer les conséquences.

— Vous pouvez noter ça aussi : vous êtes un merdeux. Coffey éclata de rire et répondit :

— J'aime bien les gens qui s'enfoncent d'eux-mêmes, ils vous épargnent le sale boulot. D'ailleurs, j'avais déjà dans l'idée que cette affaire était bien trop importante pour laisser dans le circuit un lieutenant comme officier de liaison avec la police de New York. D'Agosta, vous pouvez vous attendre à être débarqué de cette enquête dans les vingt-quatre heures. Vous ne vous en doutiez pas ? Je ne voulais pas vous le dire avant la réception, pour ne pas gâcher votre plaisir. Mais finalement, vous voyez, c'est peut-être mieux comme ça. Alors je vous conseille de consacrer votre dernier après-midi de travail à faire du bon boulot. Je vous verrai tout à l'heure à la réunion de quatre heures. Soyez exact au rendez-vous, hein ?

D'Agosta ne répondit rien. Il n'était même pas vraiment surpris.

17

Un éternuement explosif se fit entendre, balayant les plantes séchées et les éprouvettes dans le laboratoire secondaire de botanique du musée.

— Désolé, dit Kawakita en reniflant, excusez-moi, je suis allergique.

— Un mouchoir en papier ? proposa Margo en fouillant dans son sac.

Elle venait d'entendre la description par Kawakita du programme d'extrapolation génétique qu'il avait conçu. « C'est un travail excellent, pensa-t-elle, mais il est probable que tout cela est largement dû au soutien théorique de Frock. »

— Bref, dit Kawakita, vous partez de chaînes génétiques de deux animaux ou plantes. Voilà ce que vous mettez dans le programme. Et ce que vous en tirez, c'est une extrapolation, c'est-à-dire une estimation informatique du lien d'évolution qui existe entre les deux espèces. Le programme assemble les morceaux du puzzle, l'ADN, les chaînes comparables, après quoi il donne une idée de ce qu'on obtient comme forme vivante. Par exemple je vais vous montrer un échantillon de fonctionnement avec de l'ADN en provenance d'un chimpanzé et d'un homme. Nous devrions obtenir la description d'une sorte de composé.

— Le chaînon manquant, dit Margo. Ne me dites pas, quand même, qu'il vous dessine l'animal en question ?

— Non, dit Kawakita en riant, sans ça j'aurais déjà le prix Nobel. Mais tout de même, le programme vous fournit une liste de traits de comportement et de caractéristiques physiques que l'animal ou la plante seront susceptibles de présenter. Nous ne parlons pas de certitudes, mais de probabilités. Et naturellement la liste en question n'est pas complète. Enfin, vous verrez le résultat de ce que je suis en train de faire.

Il tapa une série d'instructions, l'écran ne tarda pas à se remplir de caractères sous la forme d'un flot rapide et ondulant de chiffres : zéro et un.

— Naturellement on peut couper, dit Kawakita, mais j'aime bien regarder l'analyste génétique au travail. On dirait une rivière, vous ne trouvez pas ? Une rivière à truites, je précise.

Après cinq minutes, le défilement cessa. L'écran devint blanc, c'est-à-dire plutôt d'un bleu léger. Ensuite apparut un personnage de Walt Disney, l'un des trois ratons laveurs qui nasillait dans le haut-parleur de l'ordinateur : « Je réfléchis, je réfléchis, mais rien ne sort. »

— Ça veut dire que le programme est en train de tourner, expliqua Kawakita, visiblement très satisfait de cette petite plaisanterie de programmeur. Ça peut prendre une heure. Ça dépend de l'éloignement des espèces choisies.

Soudain un message apparut sur l'écran.

TEMPS ESTIMÉ DE CALCUL 3.0340 MIN

— Les chimpanzés et les hommes sont tellement proches, ils ont quatre-vingt-dix-huit pour cent de gènes communs. La démonstration devrait être très rapide.

Soudain, une ampoule électrique apparut sur la tête du petit personnage.

— Voilà, c'est fait. Maintenant, vous allez voir les résultats.

Il appuya sur une touche, l'écran afficha :

PREMIÈRE ESPÈCE
Espèce : Chimpanzé troglodyte
Gène : Chimpanzé
Famille : Pongidés
Ordre : Primates
Classe : Mammifères
Phylum : Chordata

Règne : Animal
DEUXIÈME ESPÈCE
Espèce : Homo sapiens
Gène : Humain
Famille : Hominidés
Ordre : Primates
Classe : Mammifères
Phylum : Chordata
Règne : Animal

Correspondance génétique : 98,4 %.

— Ça paraît incroyable, mais l'identification des deux espèces a été réalisée seulement par analyse génétique. Je n'ai donné aucune indication à l'ordinateur sur les organismes qu'il avait à analyser. C'est une excellente façon de convaincre des sceptiques que l'Extrapolateur n'est pas un gadget inutile. Bon, là, nous avons donc une description de l'espèce qui serait intermédiaire entre ces deux-là. Ce que vous appelez le chaînon manquant :

Intermédiaire extrapolé d'après les caractéristiques morphologiques :
Silhouette gracile
Volume cérébral : 750 cm3
Bipède, station debout
Pouces opposables
Pas d'opposabilité des orteils
Distinction morphologique entre sexes inférieure à la moyenne
Poids du mâle adulte : 55 kg
Poids de la femelle adulte : 45 kg
Période de gestation : 8 mois
Agressivité : Faible à modérée
Cycle œstrogène supprimé.

La liste continuait ainsi, multipliant des précisions de plus en plus incompréhensibles. Au chapitre « Ostéologie », Margo se sentit complètement perdue.

Configuration génétiquement acquise du pariétal
Crête de l'iliaque de taille fortement réduite
10 à 12 vertèbres thoraciques
Grand trochanter en partie orientable

Arcades proéminentes
Configuration frontale génétiquement acquise, zygomatiques de type proéminent.

« Il a des sourcils broussailleux », se dit Margo.

Diurne
Monogamies successives ou partielles
Vit en groupe solidaire.

— Allons, qu'est-ce que c'est que cette plaisanterie, comment votre programme peut-il préciser des choses pareilles ? demanda Margo en lui désignant la ligne *monogamies.*

— Par les hormones, dit Kawakita. Il existe un gène qui va de pair avec une hormone que l'on rencontre chez les espèces mammifères monogames, et qu'on ne trouve pas chez les autres. Pour les humains, cette hormone a un rapport avec les liens de couple. On ne la trouve pas chez les chimpanzés, connus pour être polygames. Et le fait que les femelles ne connaissent pas de périodes de chaleurs indique aussi que nous avons affaire à une espèce relativement monogame. Le programme met en œuvre toute une batterie d'instruments, des algorithmes pointus, il a recours à ce qu'on appelle la logique floue, pour interpréter les conséquences que présente une configuration génétique donnée sur le comportement et l'aspect d'un organisme vivant.

— Qu'est-ce que ça veut dire, ces algorithmes, cette logique floue ? Je suis larguée, avoua Margo.

— Ça n'a pas d'importance. Vous n'êtes pas là pour percer tous les mystères. L'effet de toute cette mécanique du raisonnement est de permettre à l'ordinateur ici présent de réfléchir de manière un peu plus humaine qu'un ordinateur ordinaire. Il fait appel à l'intuition. Il inclut une part d'imagination dans la recherche du résultat. Quand le programme envoie le mot *solidaire*, par exemple, il faut savoir qu'il interprète en fonction de la présence ou de l'absence de quatre-vingts gènes différents.

— C'est tout ? demanda Margo, ironique.

— Non, dit Kawakita, il est possible d'utiliser aussi ce programme pour obtenir la description d'un seul organisme dans sa forme, sa taille, son comportement en fournissant à la machine un seul ADN et en supprimant la fonction extrapolation. Si on me consent les crédits nécessaires, j'ai l'intention d'ajouter deux autres modules à ce programme, l'un qui remontera dans le passé d'une espèce, l'autre qui imaginera son futur. En d'autres termes, il nous sera possible bientôt d'en savoir plus au sujet des espèces éteintes et de deviner plus ou moins ce que l'avenir nous réserve.

Il sourit.

— Pas mal, non ?

— Ah oui, c'est étonnant, dit Margo.

Elle craignit que son propre sujet de recherche n'ait l'air minable en comparaison.

— Comment avez-vous fait pour programmer ça ?

Kawakita hésita, il la regarda d'un air un peu soupçonneux, puis répondit :

— Quand j'ai commencé à travailler avec Frock, il m'a confié qu'il était navré de voir à quel point la liste des fossiles comportait des lacunes. Il voulait que je travaille sur la question, que je remplisse les blancs, que j'essaie de déterminer quelles pouvaient être les espèces intermédiaires entre celles que nous connaissons. J'ai écrit ce programme dans ce but. Il m'a fourni la plupart de mon matériau. Nous avons commencé les tests avec des espèces assez diverses, chimpanzés, humains et aussi une foule de bactéries dont on connaissait bien la carte génétique. Et puis, il s'est passé un truc incroyable ; Frock s'y attendait, le vieux filou, mais moi pas. Nous avons comparé le chien domestique et la hyène, et alors, ce que nous avons obtenu n'était pas une espèce bâtarde entre les deux, mais une forme de vie bizarre, totalement différente d'une hyène ou d'un chien. On est arrivé, avec d'autres paires d'espèces, à un résultat similaire. Et vous savez quel a été le commentaire de Frock ? Il a simplement souri et il m'a dit : « Maintenant, vous saisissez ce qui fait l'intérêt véritable de ce programme. »

Kawakita haussa les épaules.

— Vous voyez, en fait, mon programme apportait de l'eau au moulin de sa théorie dite de l'effet Callisto ; il montrait que de légers changements dans l'ADN sont parfois susceptibles d'introduire des modifications organiques considérables. J'étais un peu confondu par le résultat, mais c'est comme ça que Frock aime à travailler.

— Je comprends maintenant que Frock ait tellement semblé souhaiter me voir utiliser ce programme. Avec ça, on peut révolutionner l'étude de l'évolution !

— Ouais, seulement voilà, tout le monde s'en fiche, dit amèrement Kawakita. Aujourd'hui, tout ce qui a un lien avec Frock est condamné. Vraiment, c'est frustrant de se donner corps et âme à une tâche qui est absolument ignorée par la communauté scientifique. Vous savez, Margo, entre vous et moi, je suis tenté, en ce moment, de laisser tomber Frock comme conseiller pour me tourner résolument vers le groupe de Cuthbert. Je pense pouvoir emporter une bonne partie de mon travail avec moi. Peut-être que ce serait une bonne solution pour vous également.

— Non merci, moi je reste avec Frock, répondit Margo d'un air offensé. S'il n'avait pas été là, je n'aurais même pas choisi la génétique comme spécialisation. Je lui dois énormément.

— Faites comme bon vous semble, répondit Kawakita. J'ai entendu dire que vous allez peut-être quitter le musée. Enfin, je l'ai entendu dire par Smithback. Quant à moi, j'ai tout investi dans cette maison. Ma philosophie est qu'on ne doit jamais rien à personne. On ne se doit qu'à soi-même. Regardez un peu le spectacle de cette maison, regardez Wright par exemple, regardez Cuthbert, toute la bande. Est-ce que vous avez l'impression qu'ils roulent pour quelqu'un d'autre qu'eux-mêmes ? Vous et moi, nous sommes bien placés pour savoir ce que veut dire la sélection naturelle, l'aptitude des meilleurs à survivre. C'est une loi qui n'épargne pas les scientifiques.

Margo observait la lueur dans le regard de Kawakita. En un certain sens, il avait raison. Mais en même temps elle se disait que les hommes ayant pris conscience des lois brutales de la nature étaient justement en mesure, peut-être, d'en transcender certaines.

Elle préféra changer de sujet.

— Alors, votre programme marche aussi bien sur l'ADN des plantes que sur l'ADN animal ?

— C'est pareil, dit Kawakita qui revint au ton didactique du début. Vous envoyez le programme analyser deux espèces de plantes, puis les résultats de l'analyse sont traités par l'Extrapolateur. Il vous répond en vous disant si les plantes sont proches, à quel degré, et quelles sont les formes intermédiaires entre les deux. Il ne faut pas être surpris si le programme pose des questions ou émet des commentaires de temps à autre. J'ai ajouté un certain nombre de sollicitations de ce genre lorsque j'ai créé mon univers d'intelligence artificielle autour du problème.

— Je pense que j'ai bien compris ce que vous voulez dire. Merci, j'ai l'impression que c'est un travail superbe.

Kawakita lui adressa un clin d'œil et se pencha.

— Mon chou, vous me revaudrez ça un jour, hein ?

— Bien entendu, dit Margo, qui songea aussitôt : « Mon chou ! » Elle n'aimait pas les gens familiers. Et chez Kawakita, ce n'était pas par inadvertance, il était vraiment comme ça.

De son côté, il s'étira, bâilla de nouveau et dit :

— Bon, je me tire, je vais essayer d'aller manger un morceau ; ensuite, je vais faire un saut chez moi pour aller récupérer mon smok pour la réception de ce soir. Je me demande ce qui m'a pris finalement de venir travailler aujourd'hui. Tout le monde est resté chez soi pour se préparer. Regardez dans le labo, il n'y a pas un chat.

— Ah oui ? Vous allez chercher votre smoking ? Moi, j'ai pris ma robe en partant ce matin, c'est une robe chic, mais ce n'est pas de la haute couture.

Kawakita se pencha vers elle :

— Il faut endosser la panoplie du succès, ma chère Margo, les gens en place ont parfois de l'amitié pour un type qui se pointe en T-shirt. Il arrive même qu'ils le prennent pour un génie. Mais la question est : le verraient-ils dans la peau d'un directeur de musée ?

— Ah ! c'est ça qui vous préoccupe ? Vous voulez devenir directeur de ce musée ?

— Bien entendu, dit Kawakita, pas vous ?

— Vous ne pouvez pas vous contenter des satisfactions scientifiques ?

— Elles sont à la portée de n'importe qui. Mais j'avoue que j'aimerais assumer des tâches plus importantes, un jour. En tant que directeur, vous servez la science incomparablement mieux qu'un petit chercheur minable dans un labo sans le sou comme ici. Vous comprenez ? En plus, de nos jours, un travail de recherche remarquable, ça ne suffit plus !

Il lui tapota l'épaule en partant et dit :

— Bon, amusez-vous bien, et surtout ne cassez rien.

Il fila, le laboratoire retomba dans le silence.

Margo resta un instant immobile. Ensuite, elle ouvrit le dossier qui contenait les échantillons de plantes kiribitu. Mais elle ne put s'empêcher de songer qu'il y avait des choses plus importantes à faire en ce moment. Finalement, après avoir obtenu Frock au téléphone et lui avoir parlé de ses maigres découvertes dans la caisse, elle l'avait trouvé tout dégrisé. C'était comme si un ressort s'était cassé en lui. Elle l'avait senti si abattu qu'elle n'avait pas jugé bon de lui parler du carnet de route et du peu d'informations nouvelles qu'il recelait.

À sa montre, il était une heure passée ; l'analyse d'ADN de chaque plante kiribitu allait prendre un temps fou, or il fallait en passer par là avant d'être en mesure d'utiliser l'Extrapolateur de Kawakita. Mais, comme Frock le lui avait rappelé, il s'agissait là de la première tentative d'étude raisonnée, systématique, d'une classification botanique primitive. À l'aide de ce programme, elle allait pouvoir prouver que les Kiribitu, qui possédaient une extraordinaire connaissance des plantes, étaient aussi en mesure de les classer biologiquement. Le programme lui permettrait de définir des plantes intermédiaires, des espèces hypothétiques dont on allait peut-être trouver un jour l'équivalent dans la réalité, là-bas, dans la forêt équatoriale du pays kiribitu. En tout cas, c'était l'idée de Frock.

Pour l'analyse de l'ADN des plantes, il fallait que Margo prélève un fragment de chacune d'entre elles. C'était chose faite depuis ce matin. Après un échange fastidieux de courrier électronique, elle avait pu obtenir la permission de prélever 0,1 gramme de chaque spécimen. C'était à peine suffisant, mais bon !

Elle contempla les fragiles échantillons devant elle, ils dégageaient une vague odeur d'épices et d'herbe. Certaines de ces plantes étaient des hallucinogènes puissants que les Kiribitu avaient coutume d'utiliser lors des cérémonies religieuses. D'autres étaient curatives et pouvaient fort bien présenter un grand intérêt pour la science moderne.

Elle saisit la première plante avec une pince, et elle tailla un mince fragment au sommet d'une feuille avec un scalpel fin. Ensuite, dans un petit mortier elle mélangea le fragment avec une enzyme douce destinée à dissoudre la cellulose et à libérer l'ADN du noyau cellulaire. Elle travaillait avec agilité, toujours méticuleuse, ajoutant la dose d'enzymes nécessaire avant de centrifuger la solution, de procéder à une analyse volumétrique, puis de passer aux autres plantes.

La centrifugation finale demanda dix bonnes minutes, et, pendant que l'appareil vibrait dans sa cage de métal gris, Margo s'assit et réfléchit. Elle se demanda par exemple ce que Smithback faisait en ce moment, avec son nouveau statut de paria du musée. Elle se demanda aussi, non sans un pincement au cœur, si Mme Rickman avait déjà découvert la disparition du carnet de route. Elle songea aussi aux propos de Jorgensen, à ce que Whittlesey rapportait lui-même, dans son carnet, de ses derniers jours. Elle imagina la vieille femme indigène en train de désigner d'un doigt osseux la figurine dans la caisse. Ses mises en garde à Whittlesey à propos de la malédiction. À présent elle imaginait très bien le décor. La hutte en ruine couverte de végétation. Le ballet des mouches dans la lumière du soleil. D'où venait cette vieille femme ? Pourquoi s'était-elle sauvée ? Ensuite elle se représenta Whittlesey en train de respirer profondément avant d'entrer pour la première fois dans la hutte sombre…

« Hé ! mais ça, alors ! » Elle venait de se souvenir que le journal précisait le moment de la rencontre. C'était avant l'entrée dans la hutte déserte. Et pourtant, dans la lettre qui était glissée sous le couvercle de la caisse, Whittlesey disait bien que la découverte de la figurine avait eu lieu à l'intérieur de la hutte. Il n'était pas entré avant que la vieille femme ne s'éloigne !

Donc la vieille femme ne désignait pas la figurine quand elle s'était mise à hurler que le Mbwun se trouvait dans la caisse ! *Elle avait repéré quelque chose d'autre dans la caisse, et c'est cela qu'elle appelait le Mbwun !* En fait personne n'avait vu quoi que ce soit parce que personne n'avait lu la lettre de Whittlesey. Comme seule indication, ils possédaient le carnet de route, c'est pourquoi ils avaient tous pensé que la figurine était le Mbwun.

Ils avaient tort.

Le Mbwun, le vrai, n'était pas la figurine. Qu'avait dit cette femme, déjà ?... *Maintenant, l'homme blanc vient prendre le Mbwun et l'emporter. Attention, la malédiction du Mbwun vous détruira, elle apportera la mort à votre peuple !*

C'était exactement ce qui se passait. La mort planait sur ce musée. Mais que pouvait-il y avoir dans la caisse qu'elle puisse désigner ainsi ?

Elle tira de son sac les notes qu'elle avait prises et retrouva la liste des objets découverts la veille dans la caisse de Whittlesey :

Presse à plantes, garnie
Sarbacane et fléchettes
Disque endommagé (trouvé dans la hutte)
Bijoux à lèvres
Cinq ou six pots contenant des crapauds ou des salamandres (à vérifier)
Plumages d'oiseaux
Pointes de flèche et de lance en pierre taillée
Crécelle de chaman
Cape.

« Quoi d'autre ? » Elle fourragea dans son sac : la presse, le disque, la crécelle de chaman se trouvaient là au fond ; elle étala tous les objets sur la table.

La crécelle était en mauvais état, intéressante mais pas rarissime. Margo avait vu plusieurs objets de ce genre, bien plus exotiques, au sein de l'exposition *Superstition.*

Le disque était autrement mystérieux. On y trouvait représentée une sorte de cérémonie, les gens étaient au centre d'une mare, leur silhouette penchée semblait tenir quelque chose, ils portaient des plantes entre leurs mains, dans leur dos se dessinaient des paniers. Tout cela était bizarre, mais le disque lui-même n'avait pas l'air d'être un objet de vénération.

La liste qu'elle avait dressée ne comportait rien qui réponde à ce qu'elle cherchait. Rien dans la caisse qui puisse ressembler à un diable, même de loin. En tout cas, rien qui soit de nature à justifier la crainte de la vieille femme.

Margo dévissa avec précaution la petite presse à plantes. Le contreplaqué et le buvard en livrèrent le contenu : une tige, des fleurs, rien pour elle que de très habituel, à première vue. Il semblait que l'intérêt de la chose n'allât pas plus loin. Les feuillets de buvard suivants contenaient aussi des fleurs, des feuilles, et Margo pensa qu'il ne s'agissait pas d'une collection réunie par un botaniste professionnel. Whittlesey était anthropologue. Il avait sans doute pris ces spécimens parce qu'il les trouvait singuliers. Leur aspect lui avait plu. Mais le problème était de savoir ce qui lui avait inspiré de les réunir. Elle visita toutes les feuilles, et à la fin tomba sur la note écrite qu'elle cherchait :

Sélection de plantes trouvées dans un jardin abandonné et livrées à la végétation sauvage près d'une butte (kothoga ?) le 16 septembre 1988. Il peut s'agir de plantes cultivées, ou leur présence résulterait de l'invasion par la végétation environnante.

Un petit dessin du jardin en question accompagnait ces quelques mots. On y voyait la disposition respective de chaque plante. « C'est de l'anthropologie », se dit Margo, nous sommes loin de la botanique. Mais elle ne pouvait s'empêcher d'éprouver du respect pour l'intérêt que manifestait Whittlesey à l'égard des rapports entre les Kothogas et leurs plantes.

Elle poursuivit son inspection. Soudain, une plante attira son attention : la tige était longue et fibreuse, on ne voyait qu'une seule feuille au sommet. Margo reconnut une sorte de plante aquatique qui ressemblait à un lys. « Elle doit provenir d'un lieu marécageux », songea-t-elle.

Il lui vint à l'esprit que le disque ébréché trouvé dans la hutte montrait en fait une représentation de la même plante. Elle examina le motif gravé plus précisément : on y voyait des gens en train de ramasser cette plante dans des marécages, au cours d'une scène rituelle. L'expression des visages semblait toute froissée par le chagrin. Tout cela paraissait bien étrange. Mais elle fut au moins satisfaite d'avoir établi le rapport. Cela vaudrait peut-être un joli petit article dans le *Journal d'ethnobotanique.*

Elle mit le disque de côté, réunit les pièces de la presse à plantes, resserra le dispositif tandis qu'une sonnerie se faisait entendre dans le laboratoire : la centrifugation était achevée, les préparations étaient au point.

Elle ouvrit la centrifugeuse et glissa à l'intérieur une tige de verre, jusqu'au fond de l'éprouvette. Ensuite elle mélangea la substance ainsi prélevée au gel qu'elle avait préparé, après quoi elle glissa le tout dans un autre appareil d'analyse électrique. Elle s'apprêta à mettre le contact et songea : « Encore une demi-heure de patience. »

Elle s'arrêta, le doigt toujours sur l'interrupteur : ses pensées la ramenaient vers la vieille femme et les mystères du Mbwun. Est-ce que par hasard elle ne désignait pas ces fameux sacs de graines, ceux qui ressemblaient à des œufs ? Non, en fait, Maxwell les avait déjà rapportés de son côté. Ils ne se trouvaient pas dans la caisse de Whittlesey. Alors, parlait-elle de ces grenouilles ou salamandres qui se trouvaient dans la petite poterie ? Ou bien encore de ces plumages d'oiseaux que contenait la caisse ? Difficile de croire que le fils du diable lui-même se soit logé là-dedans. Elle ne parlait sans doute pas non plus des plantes recueillies dans le jardin. Elle n'avait pu les voir, cachées qu'elles étaient dans la presse.

Alors quoi ? Cette vieille femme n'avait quand même pas tant crié pour rien ?

Margo soupira, elle mit la centrifugeuse en marche et s'appuya sur le dossier de sa chaise. Après quoi elle remit la presse à plantes et le disque gravé dans son sac. Elle brossa la presse où s'accrochait l'espèce de paille d'emballage qui garnissait la caisse. Il y en avait encore dans son sac, il fallait nettoyer cela.

« Et ces plantes qui constituent l'emballage, justement? », se dit-elle.

Curieuse, elle en prit une entre ses pinces de laboratoire, l'appliqua sur une lamelle pour la glisser sous un microscope électronique. Il s'agissait de tiges longues et irrégulières, fibreuses. Peut-être que les femmes kothogas les aplatissaient pour les utiliser à des fins domestiques. Dans le viseur du microscope, elle voyait à présent les cellules qui brillaient d'une lumière pâle ; le noyau souligné par l'éclairage se distinguait de l'enveloppe.

Elle repensa au carnet de route de Whittlesey. Ne disait-il pas que certaines poteries contenant des spécimens avaient été brisées et qu'il devait refaire sa caisse? Par conséquent, dans les environs immédiats de la hutte abandonnée, ils avaient dû enlever le rembourrage d'origine traité au formaldéhyde pour ramasser d'autres matériaux destinés au même usage et qui se trouvaient à sa portée. Par exemple, ces fibres végétales traitées par les Kothogas, sans doute pour le tissage de rudes vêtements ou de cordages.

Cette femme parlait-elle des fibres elles-mêmes? Cela paraissait impossible. Margo ne put se défendre d'éprouver une vague curiosité professionnelle à ce sujet et se demanda notamment si les Kothogas cultivaient cette plante.

Elle tira de son sac quelques-uns des fragments, puis les mit dans un autre mortier où elle ajouta des gouttes d'une enzyme avant de mélanger. Si elle arrivait à trouver une chaîne d'ADN là-dedans, au moins pourrait-elle utiliser le programme de Kawakita pour identifier le gène de la plante ou sa famille.

Elle parvint rapidement à centrifuger l'échantillon jusqu'à préparer un ADN pour la machine de séparation électrique. Ensuite, elle suivit la procédure habituelle, puis elle mit l'appareil sous tension. Peu à peu les bandes noires commencèrent à se former dans le gel conducteur. Une demi-heure après, la machine lui signifia que l'échantillon était prêt. La lumière rouge s'éteignit. Margo enleva la plaque couverte de gel conducteur et commença son analyse des nucléotides ainsi séparés. Elle tapa les résultats sur l'ordinateur.

Enfin elle parvint au moment où elle pouvait lancer le programme de Kawakita, le but de l'affaire étant de trouver quelque chose qui ressemblât à des gènes connus. Elle demanda une sortie papier. L'imprimante se mit à crépiter au fond de la pièce. Elle alla voir, la première feuille était rédigée comme suit :

Espèce : Inconnue. 10 % de correspondance génétique fortuite avec des espèces connues
Gène : Inconnu
Famille : Inconnue
Ordre : Inconnu
Phylum : Inconnu
Règne : Inconnu

« Nom d'un chien, Margo, qu'est-ce que c'est que cet échantillon ? Je ne vois même pas s'il s'agit d'un animal ou d'une plante. Et vous n'imagineriez pas le temps de calcul qu'il a fallu à mon processeur pour parvenir à un aussi piètre résultat ! »

Margo ne put réprimer un sourire. « Alors, voilà l'interface utilisateur imaginée par Kawakita. » Quant aux résultats obtenus, ils étaient ridicules : règne inconnu ! Ce programme n'était même pas capable de dire s'il s'agissait d'une plante ou d'un animal. Margo se dit qu'il n'y avait rien d'étonnant en fait à ce que Kawakita n'ait pas aimé l'idée de lui montrer le programme au début. Il avait fallu appeler Frock à la rescousse. Dès qu'on quittait le terrain familier du programme, il commençait à perdre les pédales.

Elle parcourut le rapport imprimé. L'ordinateur avait identifié un faible nombre des gènes présents dans l'échantillon. Il s'agissait de ceux communs à presque toutes les formes de vie : une poignée de protéines qui gouvernaient le cycle de la respiration, des cytochromes Z et quelques autres gènes qu'on trouvait partout. Il y en avait d'autres liés à la présence de cellulose, de chlorophylle et de sucres, Margo reconnut les gènes propres aux végétaux.

L'ordinateur semblait attendre une commande, elle écrivit :

Comment est-il possible de ne pas savoir s'il s'agit d'une plante ou d'un animal ? Je vois un bon nombre de gènes végétaux.

Après un temps mort, l'ordinateur répondit :

N'avez-vous pas remarqué les gènes animaux ? Essayez de soumettre les données à la base GenLab.

« Bonne idée » se dit-elle. Elle composa tout de suite le code de la base de données GenLab sur son modem et soudain l'écran lui présenta le logo bleu qui lui correspondait. Elle releva l'ADN des fibres végétales et le compara à la base de données botanique. Même résultat ; c'est-à-dire pratiquement rien. Quelques correspondances dans les sucres communs et les chlorophylles.

Prise d'une soudaine inspiration, elle imagina ensuite de comparer l'échantillon à la base de données générale.

Longue pause, après quoi l'écran s'emplit d'informations. Elle appuya sur toute une série de touches, pour signifier à son terminal d'enregistrer ce qui venait de lui parvenir. On observait en effet des correspondances nombreuses avec une série de gènes dont elle n'avait jamais entendu parler.

Ensuite, elle quitta la base de données GenLab pour fournir au programme de Kawakita les informations qu'elle venait de recueillir et tâcher de savoir quelles protéines révélaient la présence de ces gènes.

Une liste complexe des protéines créées par chaque gène défila sur l'écran.

Collagène glycotétraglycine
Hormone thixotrope de Weinstein, 2,6 g adénosine
Hormone supressine 1,2,3, oxytocine, 4-monoxytocine
Ring-alanine 2,4 diglycéride, diéthylgiobuline
Taux positif de gammaglobuline A, x, y
Taux négatif d'hormone corticotrope de l'hypothalamus
Kératine de liaison I – I– I sulfalène (murine 2,3)
Involution III/IV
Couche de protéines type rétrovirus ambyloïde hexagonal
Enzyme reverse transcriptase.

La liste se poursuivait ainsi sur des pages entières. « Un grand nombre de ces éléments semblent être des hormones, pensa Margo, mais quel type d'hormones ? »

Elle repéra dans la pièce une encyclopédie de la biochimie qui semblait là tout exprès pour recueillir la poussière. Elle l'arracha de son étagère pour chercher le mot « Collagène glycotétraglycine » :

Protéine commune à la plupart des vertébrés. Elle assure la liaison entre le tissu musculaire et le cartilage.

Elle passa à « Hormone thixotrope de Weinstein » :

Hormone du thalamus présente chez les mammifères qui accentue le taux de l'épinéphrine en provenance de la glande thyroïde.

Elle joue un rôle dans le syndrome comportemental bien connu que l'on désigne sous le nom de « combattre ou fuir ». Le cœur accélère, la température du corps s'élève, et sans doute également le taux d'acuité mentale.

Soudain, une terrible pensée vint à Margo. Elle glissa sur la définition suivante, à savoir : *Hormone supressine 1,2,3, oxytocine, 4-monoxytocine*, et tomba sur ce qui suit :

Hormone sécrétée par l'hypothalamus humain. Sa fonction n'est pas clairement établie. De récentes études ont révélé qu'elle régulait peut-être le taux de testostérone dans le flux sanguin au cours des épisodes de stress intense. (Bouchard, 1992 ; Dennison, 1991.)

Margo se renversa sur son siège avec un tressaillement, le livre lui glissa des genoux. Il produisit un bruit sourd en tombant sur le plancher. Elle décrocha le téléphone, regarda l'horloge : il était trois heures et demie.

18

Quand le chauffeur de la Buick le déposa, Pendergast se dirigea vers le perron de l'entrée de service du musée, il fourra sous son bras les deux encombrants tubes de carton qu'il portait, le temps de montrer sa carte d'accès au gardien.

Il se retrouva bientôt au quartier général temporaire où, dans son bureau, portes fermées, il entreprit d'extraire de ces tubes plusieurs plans jaunis qu'il étendit sur sa table.

Pendant l'heure qui suivit, il ne fit presque pas un geste : son front reposant sur ses mains jointes, il scrutait ce qu'il avait sous les yeux. De temps à autre, il griffonnait deux ou trois mots sur son carnet ou vérifiait quelque chose dans la pile de feuillets dactylographiés empilés au coin de son bureau.

Enfin il se leva. Il jeta un dernier coup d'œil aux plans dont les coins s'enroulaient autour de presse-papiers de fortune. Son doigt passa lentement d'un point à un autre de la carte qu'il avait sous les yeux. Il fit une moue, finit par rassembler la plupart des grandes feuilles, les roula de nouveau dans leur tube pour les dissimuler enfin dans son placard. Il plia les feuilles qui restaient, avec précaution, avant de les glisser dans un petit cartable de tissu qui se trouvait là sur son bureau. Ensuite, d'un tiroir il tira un colt 45 de type Anaconda, une arme d'aspect redoutable étroite et longue qu'il glissa, elle aussi, dans le cartable en tissu. Il lui restait à épousseter son costume noir, à rajuster son nœud de cravate, ce qu'il fit avant de mettre son carnet dans sa poche, de prendre le cartable et de filer.

En matière de violence, New York avait la mémoire courte. Dans les salles du musée ouvertes au public, le nombre de visiteurs, une fois de plus, était important. Des grappes d'enfants agglutinés autour des vitrines s'écrasaient le nez sur le verre et montraient les objets du doigt en riant tandis que les parents rôdaient dans leurs parages, les mains chargées de dépliants et d'appareils photo. On voyait aussi des guides sillonner les salles à la tête de leur groupe et psalmodier leur commentaire. On voyait enfin des gardiens à l'air farouche à chaque porte. Et là-dedans, Pendergast se déplaçait, anonyme et discret.

Il traversa lentement la salle du ciel étoilé. De grands palmiers en pots longeaient les murs de chaque côté. Une petite armada d'employés procédait aux préparatifs de dernière minute. Deux techniciens vérifiaient aussi la sonorisation sur la plate-forme qui servait de tribune au coin d'une estrade. Sur une centaine de tables couvertes de nappes blanches, on était en train de disposer des statuettes, des imitations de fétiches primitifs. Toute cette activité emplissait le vaste dôme, juché sur ses colonnes corinthiennes, d'une rumeur de ruche.

Pendergast vérifia sa montre : il était quatre heures précises. Tous les agents de sécurité devaient se trouver à la réunion organisée par Coffey. Il traversa le hall d'un pas alerte vers l'entrée fermée de l'exposition *Superstition*. Là, il n'eut que quelques mots brefs à échanger avec la sécurité, et le policier en uniforme qui se trouvait en faction lui ouvrit la porte.

Après quelques minutes, Pendergast était de retour à l'extérieur de l'exposition. Là, il demeura un instant immobile et songeur. Après quoi il retraversa le hall pour s'engager dans les couloirs.

Il parvint ainsi jusque dans les zones désertées du musée, là où le public n'était pas admis. À présent il se trouvait près des entrepôts et des laboratoires. Plus de touristes. Les plafonds élevés et les grandes galeries décorées avaient fait place à des couloirs sans mystère bordés de placards. Au plafond, on entendait le ronronnement du système d'aération et de chauffage. Pendergast s'arrêta au sommet d'un escalier métallique, prit le temps de regarder autour de lui. Il consulta son carnet, puis chargea son arme. Ensuite il descendit vers les couloirs étroits du labyrinthe qui formait le cœur profond du musée.

19

La porte du labo s'ouvrit d'un coup, puis se referma lentement. Margo vit Frock qui entrait à reculons dans son fauteuil roulant, elle se leva aussitôt pour l'accueillir et l'aider à parvenir jusqu'à l'écran informatique. Elle remarqua qu'il portait déjà son smoking. « Il l'a sans doute mis avant de venir au travail ce matin », songea-t-elle. À sa poitrine, la classique pochette : un mouchoir Gucci.

— Je ne comprends pas, dit-il, pourquoi ces labos sont toujours installés au diable vauvert. Alors, Margo, quel est ce grand mystère et pourquoi m'avez-vous obligé à faire tout ce chemin pour l'entendre ? Les réjouissances ne vont plus tarder. Vous savez que ma présence est requise sur l'estrade. C'est un honneur purement formel, bien entendu, c'est seulement parce que mes livres se vendent bien. Ian Cuthbert ne me l'a pas caché, en m'en parlant dans mon bureau ce matin.

Une fois de plus, sa voix eut des accents d'amertume et de résignation.

Rapidement, Margo lui expliqua comment elle venait d'analyser les fibres ayant servi à l'empaquetage. Elle lui montra le disque abîmé et la scène de récolte qui s'y trouvait représentée. Elle parla de ses découvertes : du carnet, de la lettre, de la discussion qu'elle avait eue avec Jorgensen. Et elle fit mention aussi de cet épisode, dans le journal de Whittlesey, où une vieille femme visiblement hors d'elle mettait en garde les membres de l'expédition contre quelque chose qui ne pouvait pas être la figurine, alors qu'elle leur parlait bel et bien du Mbwun.

Frock écoutait, il retournait entre ses mains le disque gravé.

— Intéressant, dit-il, mais je ne comprends pas où est l'urgence ? Il est à craindre que votre échantillon n'ait été contaminé. Quant à cette vieille femme, il est possible qu'elle ait été folle, ou que les souvenirs de Whittlesey aient manqué de logique.

— Moi aussi j'ai pensé ça au début, dit Margo, mais j'aimerais vous montrer quelque chose.

Elle lui tendit le listing qui correspondait à sa recherche génétique.

Il jeta un bref coup d'œil.

— C'est bizarre, mais je ne pense pas que...

Sa voix faiblit. Son doigt épais parcourait la colonne des protéines.

— Alors là, Margo, dit-il, je reconnais que j'ai été un peu vite. Il y a eu contamination de l'échantillon, mais ce n'est pas par un être humain.

— Que voulez-vous dire ?

— Vous voyez cette protéine de rétrovirus ambyloïde hexagonal. C'est la protéine d'un virus qui infecte les plantes et les animaux. Regardez la concentration ici. Sans parler de cette transcriptase reverse, une enzyme qui est presque toujours associée à un virus.

— Je ne suis pas sûre de comprendre.

Frock se tourna vers elle avec impatience.

— Nous avons ici une plante gravement infectée par un virus. Votre analyse de l'ADN a mélangé les deux, la plante et le virus. De nombreuses plantes portent des virus de ce type. Un peu d'ADN dans une couche prothétique. Ils infectent la plante, ils lui volent quelques-unes de ses cellules pour insérer leur propre matériel génétique dans ses gènes. Ensuite les gènes de la plante commencent à produire de plus en plus de virus à la place du reste. Par exemple la gale du chêne que vous voyez sur l'écorce et qui donne ces boules marron. C'est un virus qui fait ça. Sur les pins, les érables, les boursouflures de l'écorce sont aussi dues à des virus. Les virus sont aussi fréquents chez les plantes que chez les animaux...

— Je sais bien, docteur Frock, mais...

— Et pourtant je vois là quelque chose d'incompréhensible, dit-il en désignant le listing. Normalement un virus est orienté vers la production d'autres virus. Pourquoi aurait-il un lien avec toutes ces protéines humaines et animales ? Regardez-moi tout ça. La plupart sont des hormones. On se demande à quoi peut bien servir une hormone humaine dans le végétal ?

— Justement, c'était l'objet de ma question, dit Margo, j'ai examiné certaines de ces hormones, la plupart semblent provenir de l'hypothalamus humain.

Soudain la tête de Frock fit un demi-tour comme s'il venait de recevoir une gifle et il s'écria :

— L'hypothalamus !

Ses yeux brillaient de nouveau.

— Oui, c'est ça ! fit Margo.

— En fait la créature qui hante les couloirs de ce musée *mange* l'hypothalamus de ses victimes. Les hormones en question lui sont indispensables. Peut-être même est-elle dépendante de ces hormones, ajouta Frock avec emportement. Réfléchissez, il y a deux sources pour se les procurer. Les plantes, qui, grâce à ce virus dont nous avons parlé, en sont littéralement gorgées, et l'hypothalamus de l'organisme humain. Quand la créature ne peut pas se procurer les plantes, elle mange du cerveau humain.

— Quelle horreur !

— Inouï. Tout ça explique parfaitement le mobile de ces meurtres terribles. Avec cet élément, nous pouvons rassembler le puzzle. Nous avons une créature perdue dans ce musée. Elle tue des gens, elle leur ouvre la boîte crânienne, enlève le cerveau, mange la région du thalamus où les hormones sont concentrées.

Il la regardait toujours, ses mains tremblaient légèrement.

— Cuthbert nous a raconté que, lorsqu'il est allé chercher la figurine du Mbwun dans les caisses, il a trouvé l'une d'entre elles défoncée, et toutes les fibres végétales destinées à l'empaquetage avaient été dispersées. Maintenant que j'y pense, c'est bizarre en effet. L'une des plus grosses caisses était presque vidée de son rembourrage. Alors, on peut en déduire que cette créature, pendant un certain temps, a mangé les fibres végétales en question. Maxwell avait toujours utilisé les mêmes plantes pour l'empaquetage. La créature, peut-être, n'avait pas besoin de grandes quantités puisque la concentration hormonale dans ces végétaux pouvait être assez élevée. Mais il est certain qu'elle avait besoin d'un approvisionnement régulier.

Frock se renversa dans son fauteuil roulant et poursuivit :

— Il y a dix jours, on a déplacé les caisses pour les mettre dans la zone protégée. Or, trois jours plus tard, on découvre les corps de deux gamins. Deux jours après, un gardien est tué. Ce qui s'est passé est assez simple : la bête ne peut plus se procurer les fibres végétales. Alors, elle tue un être humain dont elle mange l'hypothalamus pour apaiser son état de manque. Mais, en fait, l'hypothalamus n'est qu'un piètre substitut de ces végétaux. Il ne sécrète pas assez d'hormones pour combler son besoin. Si j'en juge d'après les concentrations que je vois là dans ce rapport, j'oserais placer la barre à cinquante cerveaux. C'est ce qu'il faudrait pour égaler la dose contenue dans l'une de ces plantes.

— Docteur Frock, dit Margo, à mon avis, les Kothogas la cultivaient, cette plante. Whittlesey avait réuni quelques spécimens dans sa presse à végétaux. L'illustration qui figure sur le disque abîmé représente la récolte d'une certaine plante. Je suis sûre que ces fibres sont exactement celles que Whittlesey avait réunies. À présent, nous sommes fixés. Ces fibres, voilà ce que la vieille femme désignait quand elle a crié au *Mbwun*. Le fils du diable. En fait, c'était le nom de la plante !

Elle tira la plante en question de la presse, elle était marron foncé, les feuilles effilées portaient tout un réseau de nervures noires. Des feuilles épaisses, un genre de cuir, et la tige noire aussi dure qu'une vieille racine. Spontanément, Margo tendit la narine et s'aperçut qu'elle dégageait une odeur musquée.

Quant à Frock, il contemplait la plante avec un mélange de crainte et de fascination.

— Margo, dit-il, ce que vous dites est tout à fait juste, les Kothogas ont dû créer tout un cérémonial autour de cette plante, de sa récolte, de sa préparation, certainement pour apaiser la créature. Il est certain aussi que la figurine est une représentation de la bête dont nous parlons. Mais comment est-elle arrivée là ? Pourquoi est-elle venue ?

— Je crois que j'ai une idée, dit Margo en rassemblant ses pensées. Hier, cet ami qui m'a aidée à visiter les caisses m'a raconté avoir lu un article sur une série de meurtres du même type, qui ont eu lieu à La Nouvelle-Orléans voilà quelques années. Ça s'est passé sur un cargo en provenance de Belém. L'ami en question a vérifié les bordereaux de transport des caisses qui étaient parvenues au musée : les caisses se trouvaient bel et bien sur le bateau.

— Donc, la créature suivait les caisses, dit Frock.

— Et voilà la raison pour laquelle le type du FBI, Pendergast, est venu de Louisiane, ajouta Margo.

Frock se tourna vers elle, le regard enflammé.

— Grands dieux. Nous avons libéré je ne sais quel monstre dans ce musée au cœur de New York. C'est l'effet Callisto agrémenté d'une dose de vengeance, c'est-à-dire que nous avons affaire à un prédateur féroce, programmé cette fois pour *notre* destruction. La seule chose qu'il reste à souhaiter, c'est qu'il soit le seul de son espèce.

— Mais de quel genre de créature s'agit-il au juste ? demanda Margo.

— Je l'ignore, dit Frock, mais c'est quelque chose qui visiblement avait élu domicile sur le tepui et qui mangeait les fameuses plantes. Une espèce curieuse, qui peut-être date de l'époque des dinosaures et dont il ne resterait que quelques spécimens. Ou alors nous avons affaire à une aberration évolutive. Le tepui, en fait, est un écosystème extrêmement fragile. Une île biologique qui recèle des espèces inhabituelles au sein de la forêt équatoriale. Dans ce genre d'endroit, les animaux et les plantes peuvent se développer d'une manière curieusement parallèle, entretenant de véritables relations de dépendance mutuelle. Une sorte de marché commun de l'ADN ! Incroyable, non ? Et alors...

Soudain, Frock se tut.

— *Alors*, reprit-il à haute voix, en frappant sur l'accoudoir de son fauteuil roulant, c'est à ce moment-là qu'ils ont découvert de l'or et du platine sur ce tepui. C'est bien ce que Jorgensen vous a dit, non ? Peu après la dispersion de l'expédition, on a mis le feu au tepui, on a construit une route, on a bâti des équipements miniers importants, bref, tout l'écosystème de ce tepui s'est trouvé détruit, et la tribu kothoga avec lui. Ils ont été jusqu'à polluer les rivières et les marais avec du mercure et du cyanure.

Margo hocha la tête avec énergie.

— Les incendies ont duré des semaines. Le feu s'est propagé, ils ont été dépassés par les événements. La plante dont se nourrissait la créature a disparu.

— C'est pourquoi elle a dû accomplir ce voyage. Il fallait qu'elle suive les caisses. Sa survie en dépendait.

Frock demeura silencieux, son menton reposant sur sa poitrine.

— Docteur Frock, demanda enfin Margo d'un ton calme, comment savait-elle que les caisses allaient à Belém ?

Il la regarda et tressaillit.

— Je ne sais pas, dit-il. C'est curieux, hein ?

Soudain, on le vit empoigner les accoudoirs de son fauteuil roulant. Visiblement, son excitation atteignait un paroxysme.

— Margo, en fait, nous *pouvons* déterminer qui est cette créature, nous en avons les moyens ici même : c'est l'Extrapolateur. Nous possédons son ADN, nous allons le fournir à la machine et elle nous renverra sa description.

Margo tressaillit.

— Vous voulez dire : la griffe ?

— Exactement.

Il roula son fauteuil vers l'ordinateur du labo et commença à s'acharner sur le clavier.

— J'ai gardé l'analyse d'ADN que Pendergast a recueillie, je vais la charger dans le programme de Gregory ; aidez-moi, s'il vous plaît.

Margo prit la place de Frock au clavier. Un instant plus tard, elle obtenait un message à l'écran :

TEMPS ESTIMÉ DE TRAITEMENT 55 : 30 MINUTES

— Hé ! Margo, voilà du très bon travail. Il est peut-être temps d'aller manger une pizza quelque part ? Le meilleur restau du coin s'appelle Chez Antonio. Je recommande la pizza aux piments verts et peperoni. Vous voulez que je faxe votre commande d'ici ?

Il était cinq heures et quart.

20

D'Agosta observait avec amusement deux gros types en bleu de travail qui déroulaient un tapis rouge entre les rangées de palmiers sous la grande rotonde du musée. Le tapis franchissait les portes de bronze et descendait jusqu'au pied des marches de l'escalier d'entrée.

« Il va pleuvoir dessus », se dit-il. Le temps était sombre, et dehors on pouvait voir de gros nuages d'orage qui s'élevaient au nord et à l'ouest, comme des montagnes dressées sur les rideaux d'arbres agités par le vent bordant Riverside Drive. Un roulement de tonnerre lointain faisait vibrer la vitrine sous la rotonde. Soudain quelques gouttes frappèrent les carreaux dépolis des portes de bronze. L'orage s'annonçait énorme ; les photos satellite parues le matin même dans la presse ne laissaient guère de doute. C'était sûr, ce tapis rouge allait être lessivé. Sans parler de tous ces gens chic qu'on attendait, et qui seraient saucés aussi.

Les portes avaient été fermées à cinq heures. On n'attendait pas le gratin prévu avant sept heures. La presse était déjà là : des camions de télé avec leurs paraboles, les photographes qui se hélaient bruyamment, du matériel dans tous les coins.

D'Agosta donna quelques ordres à l'aide de sa radio. Il avait placé près de trente hommes à des emplacements stratégiques autour de la salle du ciel étoilé et dans d'autres endroits sensibles du musée, intérieur et extérieur. Heureusement, il commençait à se repérer très bien dans la plupart des recoins du bâtiment. Deux de ses hommes avaient déjà dû être récupérés par radio après s'être perdus.

D'une manière générale, il était mécontent de la façon dont les choses se présentaient. À la réunion de quatre heures, il avait demandé à pouvoir faire une ronde ultime à l'intérieur de l'exposition. Coffey avait refusé. Il s'était opposé de même à la présence de policiers en uniforme parmi les invités et au port d'arme chez les policiers en civil. Coffey disait que les invités risquaient de prendre peur. D'Agosta jeta un coup d'œil au passage aux quatre guichets qui veillaient sur l'entrée, équipés de détecteurs à rayonnement X. Il songea : « Au moins », c'est mieux que rien.

Il se retourna et chercha Pendergast du regard, une fois de plus. À la réunion tout à l'heure, on ne l'avait pas vu. En fait, D'Agosta ne l'avait pas croisé depuis qu'ils s'étaient retrouvés le matin chez Ippolito.

Sa radio crachota.

— Lieutenant ? Ici Henley. Je suis en face des éléphants empaillés, mais je n'arrive pas à trouver la salle des animaux marins. Il me semblait que vous m'aviez dit...

D'Agosta l'interrompit pour lui répondre, tout en observant une poignée d'ouvriers en train de tester une rampe d'éclairage, probablement la plus vaste jamais construite depuis le tournage d'*Autant en emporte le vent*.

— Henley ? Vous voyez la grande porte avec les défenses d'éléphant ? Eh bien, vous la passez et vous tournez deux fois complètement à droite. Appelez-moi quand vous y serez. Votre collègue là-bas sera Wilson.

— Wilson ? Chef, vous savez bien que je n'aime pas trop faire équipe avec les femmes.

— Henley ? J'ai un autre truc à vous dire.

— Quoi ?

— C'est elle qui portera l'arme.

— Hé, attendez, lieutenant, vous ne...

Il baissa le son pour l'interrompre. Derrière lui, on entendait un bruit sourd. Une lourde porte métallique était en train de descendre du plafond à l'extrémité nord de la grande rotonde. On commençait à boucler la zone. Deux types du FBI se tenaient dans la pénombre après l'entrée. On voyait sortir leurs armes de l'échancrure de leur veste. D'Agosta eut un ricanement.

La paroi métallique finit sa course et s'abattit lourdement sur le sol. L'écho se répercuta encore et encore à travers le hall, bientôt couvert par la rumeur du bouclage de l'extrémité sud. Il ne restait que la porte est, celle où le tapis rouge était déroulé. «Jésus!» pensa D'Agosta. « Comme je n'aimerais pas qu'il y ait le feu là-dedans! »

Une voix forte qui s'élevait au fond du hall lui fit tourner la tête et il vit apparaître Coffey qui envoyait ses hommes en hâte dans toutes les directions.

Coffey le repéra, il lui fit un grand geste :

— Hé, D'Agosta!

Mais D'Agosta l'ignora. Alors, Coffey s'avança vers lui, en sueur. Des armes, des gadgets, dont D'Agosta avait entendu parler mais qu'il n'avait encore jamais vus, pendouillaient à la ceinture de notre homme.

— Alors, D'Agosta, vous êtes sourd, ou quoi? Je veux que vous m'envoyiez deux de vos hommes pour surveiller cette porte pendant un moment. Personne ne doit entrer ni sortir.

« Incroyable! songea D'Agosta. Quand on pense qu'il y a cinq types du FBI qui bayent aux corneilles dans la grande rotonde, on croit rêver! »

— Mes hommes sont tous postés, Coffey, je suggère que vous employiez plutôt l'un de vos Rambo, là. Vous êtes en train de déployer la plupart de vos types *hors* du périmètre. Moi, il faut que je les laisse dedans, pour protéger les invités. Je ne parle pas des gens que j'affecte carrément à la circulation. Le reste du musée va être laissé sans personne ou presque. La réception sera mal surveillée. Pour être franc, je n'aime pas ça.

Coffey planta ses deux pouces dans sa ceinture et jeta un regard aigu à D'Agosta :

— Vous voulez que je vous dise? Ce que vous aimez ou non, je m'en fous totalement. Contentez-vous de faire votre boulot. Et gardez-moi une fréquence sur votre radio.

Il tourna les talons.

D'Agosta jura, regarda sa montre et vit qu'il restait une heure. Le compte à rebours entrait dans la dernière phase.

21

L'écran de l'ordinateur devint blanc, puis un nouveau message apparut :

TRAITEMENT TERMINÉ : VOULEZ-VOUS UNE SORTIE IMPRIMANTE, ÉCRAN, OU LES DEUX (I, E, D) ?

Margo demanda les deux. Les résultats s'affichèrent à l'écran, Frock fit rouler son fauteuil et resta soudain en arrêt ; son visage se rapprocha de l'écran, embué de son souffle.

ESPÈCE : Non identifiée
GÈNE : Non identifié
FAMILLE : 12 % de correspondance avec les pongidés ; 16 % de correspondance avec les hominidés
ORDRE : Éventuellement, primates : Il manque 66 % des marqueurs génétiques correspondants. La déviation par rapport aux caractéristiques standard est importante
CLASSE : 25 % de correspondance avec les mammifères ; 5 % de correspondance avec les reptiles
PHYLUM : Chordata
RÈGNE : Animal
Caractéristiques morphologiques : Très robuste
Capacité cérébrale : 900-1 250 cm³
Quadrupède, disparité très grande entre postérieurs et antérieurs
Éventuellement dissemblance très grande entre les sexes
Poids de l'individu mâle adulte : 240-260 kg
Poids de l'individu femelle adulte : 160 kg
Période de gestation : sept à neuf mois

Agressivité : extrême
Cycle œstrogène chez la femelle : très développé
Vitesse de course : 60-70 km/h
Nature de l'épiderme : pelage sur antérieurs, postérieurs écaillés
Nocturne

Frock examina cette liste en suivant du doigt.

— Un reptile, dit-il. Nous voyons ressortir ces gènes de gecko, à présent ! On dirait que la créature mélange les gènes du reptile et ceux du primate. Et elle présente des écailles dans la partie postérieure : elles doivent provenir des gènes de gecko.

Margo continua à lire les caractéristiques fournies par le rapport, mais elles devenaient de plus en plus obscures.

Important élargissement et fusion des os métacarpiens sur les membres inférieurs
Probable fusion génétiquement acquise des doigts 3 et 4 sur extrémité supérieure
Fusion des première et deuxième phalanges sur extrémité supérieure
Épaississement considérable du calavaria
Probabilité de 90 % (?) d'une rotation négative de l'ischium
Épaississement considérable et section pyramidale du fémur
Cavité nasale agrandie
Trois (?) cornets nasaux
Nerfs olfactifs et région olfactive du cerveau surdéveloppés
Probabilité de glandes nasales muqueuses externes
Chiasme optique réduit, nerf optique réduit

Frock recula lentement, s'éloigna de l'écran et dit :

— Margo, c'est la description d'une machine à tuer incroyablement puissante. Mais regardez combien la description comporte de mentions « éventuel » ou « probable ». Nous restons dans le domaine de l'hypothèse.

— Même si vous avez raison, répondit Margo, ça correspond de manière inouïe à la figurine du Mbwun qu'on peut voir à l'exposition.

— Je suis d'accord. Je voudrais attirer votre attention sur la taille du cerveau.

— Neuf cents à mille deux cent cinquante centimètres cubes, dit Margo en consultant le rapport imprimé. Ça fait beaucoup, non ?

— Ah oui, on peut le dire. C'est même invraisemblable. Nous sommes dans le voisinage de la capacité humaine. Cette bête, quelle que soit sa nature, possède la force d'un grizzly, la vitesse d'un lévrier et l'intelligence d'un être humain, enfin, selon toute apparence. Parce que nous n'en sommes qu'à commenter les suppositions du programme. Regardez ça, tout de même.

Il désigna du doigt un endroit de la liste.

— Nocturne, cela veut dire actif la nuit. Les glandes nasales muqueuses externes, ça signifie que la bête possède une truffe humide, qui est le fait des animaux présentant un odorat hypersensible. Les cornets nasaux développés, encore un trait qui désigne le flair animal. Enfin, le chiasme optique réduit – c'est la partie du cerveau qui gouverne la vue. Nous avons affaire à une créature qui possède un sens olfactif exceptionnel, une capacité visuelle diminuée, et qui chasse la nuit.

Frock songea un moment à tout cela, le sourcil froncé, et dit :

— Margo, ça ne me dit rien de bon.

— Si vraiment nous sommes sur la voie, j'avoue que l'idée seule me terrifie, répondit Margo.

Elle eut un frisson à l'idée qu'elle avait manipulé ces fameuses fibres végétales pour son travail.

— Non, dit Frock, moi je parle surtout de cet ensemble de caractéristiques relatives à l'odorat. S'il faut en croire le programme Extrapolateur, cette créature vit par son odorat ; elle chasse et *pense* par le nez. J'ai souvent entendu dire que les chiens perçoivent par l'odorat des paysages entiers, aussi complexes et aussi beaux que ceux que nous percevons par les yeux. Mais le sens de l'odorat est plus primitif que celui de la vue ; ce qui veut dire que leurs réactions à une odeur sont de nature instinctive et primitive. Voilà ce qui me fait peur dans cette histoire.

— Je ne suis pas sûre de comprendre, dit Margo.

— Dans quelques minutes, des milliers de gens vont arriver ici, ils vont se réunir dans un espace clos, la créature va sentir la présence de l'hormone. Elle peut très bien sortir de ses gonds à cette occasion.

Il y eut soudain un profond silence dans le labo.

— Docteur Frock, dit Margo, vous m'avez dit qu'il s'était écoulé quelques jours entre l'ouverture des caisses et le premier meurtre. Ensuite, un autre jour s'est écoulé avant le deuxième. Et ça fait trois jours maintenant.

— Oui, que voulez-vous dire ?

— On peut en déduire que nous sommes dans la période de manque pour la créature. Quelle que soit la manière dont l'hormone du thalamus affecte son comportement, on peut se dire que l'effet a dû cesser désormais. En plus il semble que ces hormones cérébrales ne soient qu'un médiocre succédané de celles que contient la plante. Si vous avez raison, la bête doit être en ce moment comme un drogué à la recherche de sa dose. Tout ce déploiement policier a fait qu'elle ne s'est guère manifestée ces jours-ci. Mais la question est : combien de temps pourra-t-elle supporter le manque ?

— Mon Dieu, dit Frock, il est sept heures, il faut que nous les prévenions. Margo, il *faut* arrêter ça tout de suite. Ou bien la cloche du dîner va retentir.

Il fila vers la porte, Margo sur ses talons.

TROISIÈME PARTIE

« CELUI QUI MARCHE À QUATRE PATTES »

1

Sept heures. Une file de taxis et de limousines se formait devant l'entrée ouest du musée. Les occupants, tous très élégants, en sortaient avec précaution, les hommes vêtus du quasi-uniforme que représentait la tenue de soirée, les femmes en étole de fourrure. On vit un ballet de parapluies s'animer quand les invités s'engagèrent sur le tapis rouge vers le dais de l'entrée du musée car la pluie commençait à tomber dru, transformant les trottoirs en ruisseaux et les gouttières en torrents furieux.

À l'intérieur, la grande rotonde, qui d'ordinaire à cette heure-là était plutôt livrée au silence, résonnait des échos produits par le pas d'un millier de chaussures hors de prix. Entre deux rangées de palmiers, le parquet de marbre menait à la grande salle du ciel étoilé. Dans la salle elle-même, de hauts bambous plantés dans des caisses imposantes étaient soulignés par des projecteurs violets. Des corbeilles, adroitement fixées aux bambous, déversaient des brassées d'orchidées, créant une atmosphère de jardin tropical suspendu.

Quelque part dans les profondeurs du bâtiment, un orchestre jouait allégrement *New York, New York*. Une armée de serveurs en veste blanche sillonnait la foule avec une agilité experte, portant de larges plateaux d'argent couverts de coupes de champagne et de petits-fours. À présent, les invités se mêlaient aux scientifiques du musée qui piétinaient déjà depuis un moment devant le buffet. Des projecteurs bleutés faisaient scintiller les robes lamées, les diamants, les colliers en or.

En quelques heures, l'inauguration de l'exposition *Superstition* était devenue l'un des événements les plus courus de New

York. Les habitués des bals et des dîners de charité s'étaient mis à courir après les cartons d'invitation, pour participer à cette fameuse réception dont tout le monde parlait. Trois mille cartons avaient été envoyés. On avait reçu cinq mille réponses.

Smithback, qui portait, double faute de goût, un affreux smoking à larges revers en pointe sur une chemise à froufrous, parcourut du regard la grande salle, dans l'espoir d'y reconnaître quelqu'un de familier. À l'autre extrémité, on avait érigé une estrade bordée, sur l'un de ses côtés, par l'entrée décorée de l'exposition, encore fermée et gardée. Une grande piste de danse, ménagée au centre, était déjà envahie par les couples. Dès que Smithback mit le pied dans la salle, il se retrouva environné d'un brouhaha de conversations. Le volume sonore était impressionnant.

« ... cette nouvelle spécialiste en psychologie historique, vous savez, Grant ? Elle s'est finalement pointée hier, et elle m'a dit sur quoi elle a travaillé pendant tout ce temps. Attendez, tenez-vous bien : elle essaie de prouver que les errances d'Henry IV d'Angleterre, après la deuxième croisade, n'ont été qu'une réponse de fuite à une situation de stress paroxystique. Je n'ai pas pu m'empêcher de lui dire que... »

« ... alors, vous savez ce qu'il nous a sorti encore ? Que les bains Stabiens de Pompéi n'étaient en fait qu'une étable. Je veux dire, ce gars-là n'est jamais allé à Pompéi, c'est évident. Il confond la villa des Mystères avec la pizzeria du coin. Mais il a le toupet de se prétendre spécialiste en écritures antiques. »

« ... cette nouvelle assistante de recherches qu'on m'a envoyée, vous soyez de qui je veux parler, la fille avec les grosses narines, hier, elle était près du brûleur dans le labo, et elle a laissé tomber une éprouvette pleine de... »

Smithback respira un grand coup et fonça dans la foule, en essayant de se frayer un chemin vers le buffet. Il songea : « J'ai l'impression que ça va être une supersoirée. »

À l'extérieur, devant les portes principales de la grande rotonde, D'Agosta remarqua le crépitement de flashes, signe de l'arrivée d'un invité important ; il le vit paraître aussitôt, c'était un homme bien bâti encadré de deux filles longilignes, une à chaque bras.

Il resta là un moment. De son poste d'observation il pouvait voir à la fois les guichets magnétiques, la foule qui arrivait, les gens qui pénétraient dans la salle du ciel étoilé par la porte unique. Le parquet, sous la rotonde, était tout mouillé. Les parapluies s'accumulaient au vestiaire. Dans un coin se trouvait le QG avancé du FBI. Coffey avait souhaité disposer d'un espace à l'écart de la foule pour pouvoir observer le déroulement de la soirée. D'Agosta avait ricané. Ils avaient essayé de faire les choses discrètement, mais le réseau de câbles électriques, de lignes de téléphone, de fibres optiques et de câbles plats, qui s'échappait de son repaire comme les bras d'une pieuvre, le désignait à l'attention générale.

On entendit le grondement du tonnerre. Le long de l'Hudson River, les feuilles d'un vert printanier commencèrent à s'agiter fougueusement.

La radio de D'Agosta se réveilla.

— Lieutenant, nous avons un autre problème aux guichets magnétiques.

En fond sonore, D'Agosta entendit une voix aiguë.

— Bien sûr, disait-elle, vous me connaissez !

— Mettez cette dame par ici. Nous allons laisser passer ces gens. S'ils ne veulent pas entrer, demande-leur de quitter la queue ; ils gênent tout le monde.

D'Agosta remit sa radio en place. Coffey arriva dans ses parages en compagnie du directeur de la sécurité du musée.

— Alors ? Vous avez quelque chose à signaler ? demanda-t-il brusquement.

— Tout le monde est à son poste, répondit D'Agosta en ôtant son cigare de sa bouche pour en examiner l'extrémité mâchonnée. Nous avons quatre hommes en civil qui circulent parmi les invités. Quatre en uniforme qui patrouillent à travers la zone avec vos propres hommes. Cinq dehors, affectés à la circulation. Cinq aux guichets magnétiques et à l'entrée. J'ai aussi des types en uniforme dans la salle. Deux d'entre eux me suivront quand on coupera le ruban. J'en ai un autre dans la salle des ordinateurs, et un au QG de la sécurité.

Coffey cligna un œil et dit :

— Ces types en uniforme au milieu de l'exposition avec les visiteurs, ce n'est pas ce qui était prévu.

— Rien de formel là-dedans. Je veux simplement que des gens à nous soient présents quand le gros de la foule entrera dans l'expo. Vous vous rappelez. Ce que vous ne vouliez pas, c'était un cordon.

Coffey soupira.

— O.K., faites comme vous voulez, mais je ne veux pas d'un commando, c'est compris ? Discrétion. Pas question de bloquer les accès aux salles.

D'Agosta hocha la tête. L'autre se tourna ensuite vers Ippolito :

— Et vous ?

— Moi aussi, monsieur, tous mes hommes sont à leur poste. Où vous l'avez demandé.

— Bien. Ma base à moi sera ici, dans la rotonde, pendant la cérémonie d'ouverture. Après, je vais déployer mon effectif. Pendant ce temps-là, Ippolito, vous serez aux premières loges avec D'Agosta. Près du directeur du musée et du maire. Vous connaissez la musique. D'Agosta, vous resterez en arrière-plan, hein, ne faites pas le m'as-tu-vu, ne gâchez pas votre dernier jour, d'accord ?

Waters était tranquillement installé dans la fraîcheur de la salle des ordinateurs, la lumière des néons tombait du plafond et son épaule était douloureuse à cause de l'arme d'assaut qu'il portait en bandoulière. Il se disait que ça allait être le tour de garde le plus casse-pieds de son existence. Il jeta un coup d'œil sur le Cinglé (c'est comme ça qu'il l'avait appelé dès le début) assis en train de taper à son clavier, là-bas. Incroyable, le gars avait pianoté près de quatre heures. En buvant du Coca Light ! Waters secoua la tête, consterné. La première chose qu'il allait faire demain matin, c'est demander à D'Agosta sa mutation : cet endroit le rendait fou.

Le Cinglé se gratta la nuque, au fond, là-bas. Il s'étira.

— Rude journée, dit-il à Waters.

— Ouais, grogna Waters.

— J'ai presque fini. Ce programme fait des trucs incroyables. Vous n'en reviendriez pas.

— Si, si, je veux bien vous croire, dit Waters sans grand enthousiasme, en regardant sa montre.

Il lui restait trois heures à tirer.

— Regardez.

Le Cinglé tapa sur une touche. Waters se rapprocha de l'écran pour voir. Rien, il vit simplement des inscriptions, un tas de trucs bizarres. Il se dit que ce devait être le programme.

Ensuite, l'écran montra l'image d'un insecte. Au début, il ne bougeait pas. Puis il étendit ses pattes vertes et on le vit marcher sur l'écran par-dessus les lettres. Ensuite apparut un autre insecte. Ils remarquèrent mutuellement leur présence, ils se rapprochèrent, puis ils commencèrent à s'accoupler.

Waters regarda le Cinglé et dit :

— On peut savoir ce que c'est que ce truc ?

— Regardez, répéta le Cinglé.

Quatre nouveaux insectes étaient nés, ils se mirent à s'accoupler à leur tour, et il fallut peu de temps pour que l'écran soit couvert d'insectes. À la suite de quoi ils se mirent à manger les lettres sur l'écran, de sorte qu'après quelques minutes il ne restait plus aucune inscription, on ne voyait que ces insectes divaguer. Puis ils commencèrent à se manger les uns les autres. Enfin, il n'en resta plus un seul, l'écran devint tout noir.

— Marrant, non ? demanda le Cinglé.

— Ouais, fit Waters. Et que fait le programme ?

— C'est juste... un programme, quoi.

Le Cinglé avait l'air un peu désarçonné par la question.

— À proprement parler, il ne *fait* rien.

— Vous avez mis longtemps à l'écrire ?

— Deux semaines, dit fièrement le Cinglé avec un sourire. Je les ai prises sur mon temps libre, naturellement.

Sur quoi le Cinglé revint à son écran et recommença à taper. Waters se reposa contre le mur près de la porte de la salle des ordinateurs. Les échos atténués de l'orchestre de danse lui parvenaient d'en haut ; il entendait la batterie, la vibration des basses, le hurlement des saxos. Il crut deviner aussi le martèlement des milliers de talons, leur frottement sur le parquet. Et pendant ce temps-là, lui, il était là tout seul, avec son Cinglé maniaque du clavier. Le seul moment passionnant, ce fut quand le Cinglé se leva pour aller chercher un autre Coca Light. Là, il perçut un bruit dans la salle de l'électricité.

— Vous avez entendu ? demanda Waters.

— Non, répondit le Cinglé.

Long silence à nouveau. Et là, soudain, un choc.

— Alors ça, hein, c'était quoi ?

— Sais pas, dit le Cinglé.

Du coup, il cessa de taper et regarda autour d'eux.

— Vous devriez peut-être y aller voir.

Waters caressa du doigt le chargeur de son fusil d'assaut, et ses yeux se dirigèrent vers la porte de la salle. « Ce n'est sans doute rien ; la dernière fois, j'étais avec D'Agosta, il n'y avait rien », pensa-t-il. Il fallait qu'il aille voir quand même. Bien sûr, il avait toujours la ressource d'appeler le QG qui se trouvait pas loin. Son copain Garcia était normalement en faction, là-bas.

Une goutte de sueur tomba de son sourcil. Instinctivement, il leva le coude pour l'essuyer de sa manche, mais il se garda bien de faire un seul pas vers cette porte.

2

Margo déboucha devant la grande rotonde et vit une scène grouillante, les gens secouaient leur parapluie, ils discutaient par groupes, tantôt nombreux et tantôt non, la rumeur de ces conversations s'élevait sur le fond sonore plus lointain de la réception elle-même.

Elle poussa le fauteuil de Frock vers un cordon de velours tendu près du guichet magnétique. Un policier en uniforme veillait là près de l'appareil. Derrière, la salle du ciel étoilé était baignée de lumière jaune. Un lustre énorme pendait du plafond en envoyant des éclairs irisés un peu partout.

Ils montrèrent l'un et l'autre leur carte du musée au policier, qui souleva obligeamment le cordon et les laissa passer, non sans avoir vérifié le sac de Margo. Au passage, Margo remarqua l'air bizarre du policier. Elle baissa les yeux et se rendit compte qu'elle était toujours vêtue de son jean et d'un sweater.

— Allons, dépêchons, dit Frock, je vais là-bas, près de la tribune.

L'estrade et la tribune se trouvaient à l'autre extrémité, près de l'entrée de l'exposition. Les portes sculptées étaient encore barrées par des chaînes, et on voyait le mot *SUPERSTITION* disposé en arc de cercle et dont les lettres étaient formées de fragments d'os. La porte était encadrée de deux stèles de bois, énormes, qui tenaient du totem : on eût dit aussi les piliers d'un temple païen. Margo aperçut Wright, Cuthbert et le maire de la ville déjà réunis sur l'estrade, qui parlaient et échangeaient des plaisanteries. Un ouvrier était encore en train de régler les micros derrière eux. Ippolito, quant à lui, se trouvait au milieu de tout un personnel administratif. Il parlait dans sa radio et gesticulait à l'adresse de quelqu'un qu'on ne voyait pas. Le volume sonore était accablant.

— Je vous demande pardon, répétait Frock tandis qu'ils se frayaient un passage, les gens s'écartant comme à regret devant son fauteuil roulant. Regardez-moi tous ces gens, cria-t-il à Margo par-dessus son épaule, le niveau de sécrétion hormonale dans cet endroit doit être astronomique, la bête ne pourra pas résister. Il faut absolument qu'on intervienne pour arrêter ça.

Il désigna un point de la salle.

— Regardez, voilà Gregory.

Il adressa un geste à Kawakita qui se tenait au bord de la piste de danse, un verre à la main.

L'assistant-conservateur se fraya un chemin dans leur direction.

— Ah ! vous voilà, docteur Frock, on vous cherchait, justement. La cérémonie d'ouverture ne va pas tarder.

Frock se tendit vers lui et lui agrippa l'avant-bras.

— Gregory ! Il faut nous aider, il faut annuler cette réception, il faut évacuer le musée tout de suite.

— Hein ? dit Kawakita. Vous plaisantez ou quoi ?

Il regarda Margo d'un air effaré, puis Frock à nouveau.

— Greg, dit Margo, nous avons trouvé l'auteur des meurtres : ce n'est pas un homme, c'est une créature, une bête. D'un type que nous ne connaissons pas. Votre programme Extrapolateur nous a permis d'en savoir un peu plus. Elle se nourrit des fibres végétales qui ont servi à l'empaquetage des caisses de Whittlesey. Quand elle ne peut pas se les procurer, il faut qu'elle ingère des hormones trouvées dans l'hypothalamus humain. Nous pensons qu'il lui faut un approvisionnement régulier et…

— Hein ? Attendez voir. Margo, qu'est-ce que c'est que ces salades ?

— Gregory, bon Dieu ! cria Frock. Nous n'avons pas le temps de discuter, il faut qu'on fasse évacuer l'endroit tout de suite.

Kawakita fit un pas en arrière.

— Docteur Frock, malgré tout le respect…

Frock serra son bras encore plus fort et lui parla lentement, en martelant ses propos.

— Gregory, écoutez-moi bien. Il y a une créature redoutable qui se promène dans ce musée. Elle a besoin de tuer, et elle le fera. Elle le fera ce soir. Nous devons sortir ces gens d'ici.

Kawakita recula encore et jeta un coup d'œil rapide en direction de l'estrade.

— Désolé, dit-il, je ne comprends pas. Mais si vous êtes en train d'abuser de mon programme Extrapolateur pour me faire une blague…

Il se libéra de l'emprise de Frock.

— Docteur Frock, je pense que vous devriez monter sur l'estrade à présent, je crois qu'on vous attend.

— Greg ! dit Margo désespérément.

Mais il était déjà parti, non sans leur jeter un regard effaré.

— Sur l'estrade ! dit Frock. Wright peut au moins obtenir l'évacuation.

Soudain, on entendit un roulement de tambour et une fanfare qui entonnait un air.

— Winston, cria Frock en roulant son fauteuil vers lui devant l'estrade, il faut m'écouter, il faut qu'on évacue cet endroit !

Les derniers mots s'élevèrent dans un semblant de silence, la fanfare s'apaisa, le silence tomba et Frock s'écria :

— Il y a une bête féroce qui se promène dans ce musée !

Mouvements divers dans la foule. Les gens les plus proches de Frock reculèrent et se mirent à murmurer.

Wright ne quittait pas Frock des yeux, Cuthbert prenait congé de son groupe pour se diriger vers Frock et lui dire :

— Qu'est-ce que c'est que ce cirque, hein ?

Il sauta à bas de la plate-forme.

— Qu'est-ce qui vous prend ? dit-il sournoisement entre ses lèvres. Vous êtes devenu fou ou quoi ?

Tout le corps de Frock se tendait vers lui.

— Ian, il y a une bête féroce qui se balade ici. Je sais qu'on n'a pas toujours été d'accord, mais vous devez me croire, *je vous en supplie*. Dites à Wright qu'il faut qu'on fasse sortir ces gens d'ici tout de suite.

Cuthbert lui jeta un regard intense et dit :

— Je ne sais pas ce que vous avez derrière la tête, j'ignore quel jeu vous jouez ; peut-être que c'est simplement de votre part une tentative désespérée pour torpiller cette exposition, pour me ridiculiser. Mais, Frock, je vous préviens : si vous nous faites une sortie de ce genre encore une fois, je demanderai à M. Ippolito de vous évacuer de force et je veillerai à ce que vous ne remettiez pas les pieds ici.

— Ian, je vous en supplie.

Cuthbert tourna les talons et repartit aussitôt vers l'estrade.

Margo plaça une main sur l'épaule de Frock et lui dit tranquillement :

— Ce n'est pas la peine, ils ne nous croiront jamais. J'aimerais que George Moriarty soit là pour nous aider. Cette manifestation est un peu la sienne, il devrait être dans les parages. Mais je ne l'ai pas vu.

— Alors, que faisons-nous ? demanda Frock en tremblant d'impatience.

Les conversations reprirent alentour, on supposa que devant l'estrade on venait de se livrer à quelque plaisanterie.

— Il faudrait peut-être que nous mettions la main sur Pendergast, dit Margo ; il est le seul qui soit à même de faire quelque chose.

— Il ne nous croira pas davantage, dit Frock, abattu.

— Peut-être pas tout de suite, c'est vrai, dit Margo en poussant son fauteuil. Mais au moins il acceptera de nous écouter. Allons, nous n'avons pas une minute à perdre.

Derrière eux, Cuthbert donna le signal, et la fanfare reprit après un nouveau roulement de tambour. Ensuite, il alla vers l'estrade et leva les mains.

Mesdames et messieurs, cria-t-il, *j'ai l'honneur de vous présenter ce soir le directeur du Muséum d'histoire naturelle de la ville de New York, Winston Wright.*

À ces mots, Margo vit Wright qui grimpait sur l'estrade, distribuant saluts et sourires.

Bienvenue, dit-il, *bienvenue à mes amis new-yorkais et aux citoyens du monde ; bienvenue à l'ouverture de la plus grande exposition qu'un musée ait montée jusqu'ici.*

Les paroles de Wright, amplifiées, se perdaient en échos à travers la salle, et sous le dôme éclata un tonnerre d'applaudissements.

— Appelons la sécurité, dit Margo, ils sauront où se trouve Pendergast. Il y a des téléphones, là-bas, dans la rotonde.

Elle se mit à rouler le fauteuil de Frock vers l'entrée. Derrière elle, la voix de Wright continuait à travers la sono :

... cette exposition a pour sujet nos croyances les plus enfouies, nos peurs les plus cachées, les aspects les plus clairs et les plus sombres de la nature humaine...

3

D'Agosta se trouvait derrière l'estrade, il voyait le dos de Wright en train de s'adresser à la foule. Il saisit sa radio pour appeler à voix basse.

— Bailey ? Quand on va couper le ruban, je veux que vous alliez avec McNitt vous mêler aux gens qui seront en tête du cortège. Vous resterez derrière Wright et le maire, mais j'aimerais que vous soyez devant tous les autres. Compris ? Fondez-vous dans le tas. Ne les laissez pas vous éjecter.

— Compris.

... Quand l'esprit humain a commencé à comprendre les œuvres de l'univers, la première question qu'il s'est posée a été : Qu'est-ce que la vie ? Ensuite, il s'est demandé : Qu'est-ce que la mort ? Sur la vie, nous en avons appris beaucoup. Mais, malgré toute notre technologie, nous en savons très peu sur la mort et ce qu'elle recèle.

La foule écoutait, fascinée.

... Nous avons réservé l'entrée de cette exposition de façon à ce que vous soyez, chers invités de marque, les premiers à la découvrir. Vous allez voir un grand nombre d'objets à l'intérieur dont la plupart sont présentés au public pour la première fois. Vous verrez de la beauté, de la laideur, le comble du bien et du mal, et toutes sortes de symboles qui montrent les efforts de l'homme pour comprendre le plus grand des mystères...

D'Agosta se demandait bien quel était le problème qui semblait avoir surgi, tout à l'heure, à propos du vieux conservateur en fauteuil roulant. Il s'appelait Frock. Il avait crié quelque chose, mais Cuthbert, le grand maître de cérémonie, l'avait viré. Une histoire de politique interne. Dans ce musée, c'était pire qu'au QG de la police. On se tirait dans les pattes sans arrêt.

... notre espoir que cette exposition puisse marquer le début d'une nouvelle ère dans l'histoire de ce musée : une ère où l'innovation technologique et le renouveau de la méthode scientifique sauront se conjuguer pour réveiller l'intérêt des visiteurs...

D'Agosta balaya les lieux du regard, il passa mentalement ses hommes en revue, chacun semblait se trouver à son poste. À l'entrée de l'exposition, il adressa un signe de tête au gardien et le pria de bien vouloir retirer la chaîne qui bloquait la lourde porte en bois.

On atteignait la fin du discours. Des salves d'applaudissements s'élevèrent de nouveau dans cette salle immense, et Cuthbert remonta sur l'estrade.

Nous devons des remerciements à un certain nombre de personnes sans qui...

D'Agosta regarda sa montre, il se demandait bien ce que foutait Pendergast en ce moment. Il n'était même pas sûr qu'il soit là. On l'aurait aperçu. Dans une assemblée, Pendergast était le genre de type qui se remarquait tout de suite.

Cuthbert brandissait une énorme paire de ciseaux qu'il tendait au maire. Ce dernier prit l'une des branches, il offrit l'autre à Wright, et les deux hommes descendirent de l'estrade en direction d'un gros ruban qui barrait l'entrée de l'exposition.

— Alors, qu'est-ce qu'on attend ? dit le maire en plaisantant, ce qui déclencha aussitôt des rires dans l'assemblée.

Sur quoi ils coupèrent le ruban dans un crépitement de flashes, et deux des gardiens ouvrirent les portes. L'orchestre entonna *The Joint is Jumpin'*.

— C'est le moment, dit vivement D'Agosta à la radio, mettez-vous en position.

Tandis qu'applaudissements et rumeurs d'approbation montaient sous le dôme, D'Agosta longea rapidement le mur pour se glisser à l'intérieur de l'exposition encore déserte. Il jeta un coup d'œil rapide. Puis il envoya un nouveau message radio :

— Tout va bien.

Après lui vint Ippolito qui lui emboîta le pas. On vit le maire et le directeur du musée, bras dessus bras dessous, poser pour les photographes debout à l'entrée. Enfin, ils entrèrent tous les deux dans l'enceinte de l'exposition.

D'Agosta, quant à lui, devançait le groupe à l'intérieur. Éclats de voix et applaudissements commencèrent à s'atténuer. Il flottait une odeur de moquette neuve et de poussière, avec un vague relent de pourriture assez désagréable.

Wright et Cuthbert guidaient la visite du maire. Derrière eux, D'Agosta vit ses deux hommes. S'ensuivit une mer de visages qui se pressaient. On tendait le cou, on bavardait, on faisait des gestes. De là où se trouvait D'Agosta, on aurait dit un raz de marée s'apprêtant à déferler.

« Dire qu'il n'y a qu'une seule sortie, songea-t-il. Merde alors ! »

Il pressa le bouton de sa radio :

— Walden, dit-il, j'aimerais que vous alliez dire aux gardiens de ralentir le flot des visiteurs. Je trouve que la densité de ces gens devient un problème.

— Compris, lieutenant.

— Nous voilà, disait Wright au maire qu'il tenait toujours par le bras, devant une épée servant au sacrifice. Elle provient d'Amérique centrale. Ce que vous voyez gravé ici, c'est le dieu Soleil, gardé par deux jaguars. Les prêtres sacrifiaient la victime sur cet autel, ils enlevaient le cœur encore battant pour le présenter au soleil. Le sang coulait par ces rigoles et descendait ici.

— Impressionnant, dit le maire, et puis, c'est le genre d'objet qui peut toujours être utile.

Wright et Cuthbert se mirent à rire. L'écho se propagea entre les objets immobiles et les vitrines.

Coffey, pendant ce temps, se trouvait au QG avancé de la sécurité, les jambes écartées, les mains sur les hanches, le visage absolument inexpressif. La plupart des invités étaient déjà là, et ceux qui n'étaient pas arrivés ne viendraient plus. À présent, il pleuvait à pleins seaux, des rideaux d'eau s'échappaient des corniches et crépitaient sur le pavé. De l'autre côté de la rotonde, par la porte est, Coffey voyait très distinctement les festivités en train de se dérouler dans la salle du ciel étoilé. Une belle salle, vraiment, avec des étoiles qui scintillaient sous le dôme peint de noir mat, quarante mètres au-dessus des têtes. On voyait aussi des galaxies en spirale et des nébuleuses qui luisaient dans le noir le long des parois. Wright parlait, juché sur l'estrade, la scène se passait au moment où la coupe du ruban était imminente.

Coffey demanda à l'un de ses hommes :

— Alors, ça se présente comment ?

— Rien de passionnant, dit l'autre en consultant son tableau de contrôle, pas d'alarme, pas d'effraction, le périmètre est comme un tombeau.

— J'aime bien ça, dit Coffey.

Au moment où il jetait de nouveau un coup d'œil sur la salle du ciel étoilé, ce fut pour apercevoir les deux gardiens qui ouvraient enfin les lourdes portes de bois de l'exposition. Zut, il avait raté le coup de ciseau sur le ruban. À présent, la foule avançait, on eût dit que les cinq mille personnes franchissaient le seuil comme un seul homme.

— À votre avis, que fait Pendergast en ce moment, hein ? demanda Coffey.

Il était soulagé de ne pas l'avoir entre les pattes. En même temps, la pensée qu'il était en train de déambuler hors de toute surveillance lui déplaisait.

— Je ne l'ai pas repéré, répondit l'homme. Vous voulez que je voie ça avec le QG ?

— Non, répondit Coffey, je préfère travailler sans lui. C'est mieux et plus calme.

La radio de D'Agosta se réveilla soudain.

— Ici Walden, on a besoin d'aide par ici. Les gardiens ont du mal à contenir le flot des visiteurs. Je crois que les gens sont trop nombreux, tout simplement.

— Et Spencer, où est-il ? Il devrait être dans vos parages en ce moment. Vous n'avez qu'à lui demander de barrer l'entrée, de laisser les gens sortir mais pas entrer. Pendant ce temps-là, vous et les gardiens, essayez de faire former une queue à ceux qui veulent entrer. Il faut canaliser tout ça.

— Oui, monsieur.

Cette fois, l'exposition se remplissait à vue d'œil. Il s'était écoulé une vingtaine de minutes. Wright et le maire se trouvaient engagés assez loin à l'intérieur de *Superstition,* ils étaient à présent dans le voisinage de la porte arrière bloquée. Au début, ils avaient progressé assez vite. Ils s'étaient contentés des salles centrales en évitant plus ou moins les galeries secondaires. Mais Wright avait fait étape avec le maire devant une vitrine pour lui expliquer quelque chose de particulier et la foule qui les dépassait s'était répandue dans les moindres recoins de l'exposition.

— Essayez de rester avec les gens de devant, dit D'Agosta à Bailey et McNitt, les deux hommes qu'il avait placés au cœur de l'événement.

De son côté, il hâta le pas et inspecta rapidement deux alcôves au passage.

« Ça fait froid dans le dos, cette expo, quand même », songea-t-il. On aurait dit une maison hantée d'une grande complexité ; tout y était, par exemple les lumières tamisées. Elles n'étaient pas atténuées au point de dissimuler les détails affreux. Il y avait ainsi une statuette qui provenait du peuple congolais ; les orbites étaient soulignées, le corps percé de clous. Ou bien cette momie à côté, toute droite dans son sarcophage, tachée de sang. « Ça, vraiment, songea D'Agosta, c'est un peu trop. »

La foule continuait à se répandre. Il passa à la série d'alcôves suivantes. Tout avait l'air de se dérouler normalement.

— Walden, vous en êtes où ? demanda-t-il à la radio.

— Lieutenant, impossible de mettre la main sur Spencer. Il n'est pas dans les environs et je ne peux pas me permettre, avec toute cette foule, d'abandonner mon poste près de l'entrée pour le trouver.

— Merde. Bon, je vais appeler Drogan et Frazier, ils vont vous donner un coup de main.

D'Agosta envoya un message radio aux deux policiers en civil qui sillonnaient les rangs des invités.

— Drogan, vous me recevez ?

Après un silence, il entendit :

— Oui, lieutenant.

— J'aimerais que vous et Frazier alliez apporter du renfort à Walden à l'entrée le plus vite possible.

— Compris.

Il regarda autour de lui. Des momies, encore, mais cette fois elles n'étaient pas couvertes de sang.

Soudain il s'arrêta net. « Nom d'un chien, normalement les momies ne saignent pas ! »

Lentement il se retourna et commença à essayer de remonter l'armée des visiteurs. Il se dit que ces taches de sang n'étaient probablement qu'une idée idiote née dans le cerveau d'un conservateur, un artifice réalisé pour l'expo. Mais il fallait qu'il en ait le cœur net.

Le présentoir était entouré de curieux, comme tous les autres. D'Agosta se fraya un passage et lut l'étiquette : *Sépulture Anasazi, provenance grotte Mummy, Canyon del Muerto, Arizona.*

Les taches de sang séché sur la tête et la poitrine de cette momie semblaient provenir d'en haut. D'Agosta, en s'efforçant de garder son calme, se rapprocha le plus possible du présentoir et de la vitrine, et leva la tête vers le plafond.

Le sommet de la vitrine était ouvert. Au-dessus de la tête de la momie, on voyait un faux plafond bourré de câbles et de conduits d'aération. On voyait aussi dépasser une main, un poignet et son bracelet-montre, la manche d'une chemise bleue. Au bout du majeur, une étroite rigole de sang s'achevait en une minuscule stalactite.

D'Agosta recula, se mit dans un coin, regarda autour de lui et saisit sa radio en hâte.

— D'Agosta pour le QG.

— Garcia, lieutenant, j'écoute.

— Garcia, j'ai un cadavre sur les bras ici. Il faut faire sortir tout le monde. Si quelqu'un le voit et commence à paniquer, nous sommes dans la merde.

— Jésus ! s'écria Garcia.

— Appelez les gardiens et Walden. Personne d'autre ne doit être admis dans l'enceinte de l'expo. Compris ? Et je veux qu'il n'y ait plus personne non plus dans la salle du ciel étoilé, au cas où il y aurait un mouvement de panique. Faites sortir tout le monde, mais n'inquiétez personne. Envoyez-moi Coffey aussi.

— Compris.

D'Agosta regarda alentour, il cherchait Ippolito. Sa radio l'interrompit.

— Ici Coffey. Qu'est-ce qui se passe, D'Agosta ?

— Un cadavre. Au-dessus d'une vitrine. Je suis seul à l'avoir repéré, mais hélas ça pourrait changer d'un instant à l'autre. Il faut virer tout le monde d'ici avant qu'il ne soit trop tard.

Au moment où il allait ouvrir la bouche pour ajouter quelque chose, D'Agosta entendit une voix dans la foule qui disait :

— Ce sang est tellement réaliste !

— Hé, on voit une main là-haut, dit une autre voix.

Deux femmes étaient en train de s'écarter de la vitrine en regardant vers le haut.

— Hé, mais c'est un cadavre ! cria l'une.

— Mais non, c'est un faux, répondit l'autre. C'est un truc pour l'ouverture, ils ont fait ça pour amuser la galerie, sûrement.

D'Agosta leva les mains en allant vers la vitrine en question et leur dit :

— Allons, que tout le monde s'écarte !

Soudain un silence attentif tomba et quelqu'un s'écria : « Un cadavre ! »

Il y eut un bref mouvement de foule, puis une sorte d'immobilité saisit ceux qui se trouvaient là. Alors, un autre cri s'éleva :

— C'est un meurtre ! s'écria-t-on.

Tout d'un coup, les visiteurs se divisèrent pour prendre la fuite en deux directions, certains trébuchèrent et tombèrent, une grosse femme en robe de soirée partit à la renverse sur D'Agosta qu'elle plaqua contre la vitrine. D'autres personnes vinrent nourrir la bousculade, l'écrasèrent encore ; l'air vint à lui manquer. Alors il sentit que la vitrine commençait à basculer.

— Hé, attention ! cria-t-il.

Mais soudain, des profondeurs du faux plafond au-dessus des têtes, quelque chose d'imposant glissa du sommet du présentoir et s'abattit sur la foule. D'autres personnes trébuchèrent. D'où il se trouvait, D'Agosta crut reconnaître un homme en sang à qui il manquait la tête.

Une panique indescriptible s'ensuivit. Cet espace clos retentit de cris et de hurlements, les gens commencèrent à courir. Ils se griffaient, se bousculaient. D'Agosta sentit cette fois céder la vitrine. Il attrapa le coin du présentoir, sentit le bord du verre contre sa paume, essaya de rester debout, mais la foule le repoussa contre la vitrine.

À cet instant on sembla l'appeler à la radio. Il avait encore l'appareil à la main, il le hissa contre son visage.

— Coffey à l'appareil. Qu'est-ce qui se passe donc, D'Agosta ?

— Une panique ici, Coffey. Il faut évacuer la salle immédiatement ou bien…

— Merde ! s'exclama-t-il quand le mouvement de la foule lui arracha sa radio.

4

Margo assistait impuissante à la scène : Frock avait trouvé une cabine ménagée dans le granit des parois de la grande rotonde, il hurlait à l'adresse de quelqu'un sur le téléphone intérieur tandis que le discours de Wright tombait des haut-parleurs, se répandait dans la salle du ciel étoilé. Elle ne comprit pas un mot de ce que disait Frock. Finalement il raccrocha, se retourna vers elle et avança son fauteuil pour la regarder dans les yeux.

— Absurde. Apparemment Pendergast se trouve quelque part dans les sous-sols. Enfin, il y était. Il a donné sa position par radio il y a une heure. Ils m'ont dit qu'ils ne voulaient pas le contacter sans y être autorisés.

— Où, dans les sous-sols ?

— Section 29, à ce qu'on m'a dit. Pourquoi est-il là-bas, enfin, je veux dire pourquoi y était-il, ils ne veulent pas me le dire, mais j'ai l'impression qu'ils ne le savent pas. La section 29 représente une grande superficie.

Il se tourna vers Margo.

— On y va ?

— Où ?

— Dans les sous-sols, évidemment, dit Frock.

— Je ne sais pas, dit Margo, hésitante ; peut-être qu'il faudrait en effet demander une autorisation pour aller le déranger là-bas.

Frock s'agita dans son fauteuil.

— On ne sait même pas qui la donne, cette autorisation.

Il la considéra comme s'il s'avisait seulement de son hésitation.

— Je ne crois pas qu'il faille vous en faire, la créature n'en a pas après nous ; si mon intuition est bonne, ce qui l'intéresse, c'est la concentration de gens qu'on trouve au sein de l'exposition. Il est de notre devoir d'empêcher qu'une catastrophe se produise. C'est bien ce que nous avons décidé quand nous avons découvert ces éléments nouveaux, non ?

Margo hésitait encore. Évidemment, Frock pouvait bien lui tenir le discours solennel du devoir, lui qui n'avait jamais mis les pieds dans cette exposition. Il n'avait pas entendu le pas sourd de la bête. Il n'avait pas couru dans l'obscurité menaçante.

Elle respira un grand coup :

— Bien entendu, vous avez raison, il faut qu'on y aille.

Comme la section 29 se trouvait au sein de la cellule de sécurité n° 2, Margo et Frock durent montrer deux fois leur carte du musée pour atteindre l'ascenseur correspondant. Visiblement, le couvre-feu ayant été suspendu pendant la durée de la réception, les gardiens et la police étaient sur les dents pour contrôler les mouvements des personnes non identifiées, mais les employés du musée jouissaient d'une relative liberté de circulation.

— Pendergast ! cria Frock quand Margo roula son fauteuil hors de l'ascenseur dans la pénombre des sous-sols. C'est le Dr Frock qui vous parle, vous m'entendez ?

Mais sa voix n'éveilla que de vagues échos qui s'étouffèrent.

Margo connaissait quelques détails sur l'histoire de cette section 29. À l'époque où le générateur électrique du musée se trouvait non loin du bâtiment, c'est par là que passaient les câbles, les tuyaux et les conduits. Mais, avec le nouvel équipement électrique qui avait été installé dans les années vingt, il n'était bientôt resté de tout cela qu'un réseau de galeries inutiles devenues par la suite des entrepôts.

Sous les plafonds bas, Margo poussait le fauteuil roulant. Frock, de temps à autre, cognait sur une porte au passage ou criait le nom de Pendergast. Seul le silence lui répondait.

— Ça ne mène à rien, dit-il alors que Margo s'était arrêtée pour souffler un peu.

Sa chevelure blanche était en désordre, son smoking tout froissé.

Margo, quant à elle, jetait des regards inquiets autour d'eux. Elle arrivait à se situer approximativement : quelque part, là devant, après ce réseau de couloirs qui se croisaient, on arrivait dans un endroit large et silencieux, l'ancienne centrale électrique, une sorte de panthéon souterrain qui était pour l'heure peuplé de squelettes de baleines. En dépit des suppositions de Frock sur le comportement de la créature en ce moment, Margo n'était pas tranquille.

— On en aurait pour des heures, dit Frock. En plus, il n'est peut-être plus ici. Peut-être même qu'il n'y a jamais été.

Il soupira profondément.

— Dommage, c'était notre dernier espoir.

— Peut-être que le bruit, l'agitation là-haut suffiront à effrayer la créature. Peut-être qu'elle va vouloir éviter tous ces gens, au contraire, dit Margo pleine d'espoir, mais sans y croire vraiment.

Frock se prit la tête à deux mains.

— Ça m'étonnerait. La bête doit être en train de se fier uniquement à son flair, elle est sans doute intelligente, rusée mais, comme les tueurs en série chez les hommes, dès qu'il y a une odeur de sang dans les parages, c'est plus fort qu'elle.

Frock se redressa, mû par un regain d'énergie, et cria encore :

— Pendergast ! Où donc êtes-vous ?

Waters était aux aguets, tout son corps habité d'une tension soudaine. Il était attentif aux battements de son cœur et semblait éprouver quelque difficulté pour avaler l'air que réclamaient ses poumons.

Des situations dangereuses, il en avait déjà connu un paquet. On lui avait tiré dessus, on lui avait planté un couteau dans le corps, un jour, on lui avait même balancé une giclée d'acide. Chaque fois, il était resté calme, presque détaché face aux événements, à la hauteur, en somme, quand il l'avait fallu. « Et là, il suffit d'un petit bruit de rien du tout et je commence à paniquer. Il porta sa main à son cou et songea encore : L'air est tellement épais dans cette saleté de pièce. Il s'efforça de respirer lentement, profondément. Ce que je vais faire, c'est appeler Garcia ; il viendra me donner un coup de main. Et nous verrons ensemble qu'il n'y a rien. »

Alors il remarqua que le bruit de pas traînant qu'il entendait au-dessus de sa tête avait changé de rythme. Ce n'était plus un frottement, un glissement comme avant, mais une sorte de martèlement constant, on aurait dit qu'on courait là-haut. En redoublant d'attention, il lui sembla distinguer un vague cri au milieu du silence. L'adrénaline lui envahit les veines.

Nouveau choc dans la chambre électrique.

« Jésus ! cette fois il y a vraiment un truc qui se passe. »

Il attrapa sa radio :

— Garcia, tu m'entends ? Je demande du renfort pour vérifier l'origine de bruits suspects dans la pièce de l'électricité.

Waters avala sa salive. Garcia ne répondait pas sur la fréquence radio normale. Pendant qu'il replaçait la radio dans son étui, il vit que le Cinglé s'était levé et qu'il se dirigeait vers la chambre électrique.

— Que faites-vous ?

— Je veux savoir d'où ça vient, dit-il en ouvrant la porte. J'ai l'impression que l'air conditionné est encore en panne.

Il promenait déjà sa main de l'autre côté de la porte à la recherche de l'interrupteur.

— Hé, attendez, dit Waters, ne faites pas…

À cet instant la radio envoya une bordée de parasites puis la phrase : « On est en pleine panique ici. » De nouveaux parasites suivirent, puis : « … à toutes les unités, rappliquez pour une évacuation d'urgence… » Nouvelle interruption, et enfin : « … il faut contenir la foule, tout le monde rapplique tout de suite, j'ai dit tout de suite… »

« Jésus ! » Waters manipula les boutons de sa radio ; il avait suffi de quelques secondes, toutes les fréquences étaient bloquées. Au-dessus de sa tête il entendait bien qu'il se passait quelque chose de grave. « Merde de merde ! »

Il regarda autour de lui, le Cinglé avait foutu le camp, la porte de la chambre électrique restait ouverte, mais la lumière là-dedans n'était toujours pas allumée. Alors il arma lentement son fusil d'assaut, risqua un pas et se dirigea vers le seuil de la pièce. Rien devant, rien que l'obscurité.

— Hé, vous, là-dedans, dit-il en s'engageant dans le noir, et aussitôt il eut la gorge sèche.

Soudain un choc sourd mais puissant se fit entendre à gauche, il se baissa instinctivement et tira trois coups dans le noir, trois éclairs de lumière accompagnés de détonations assourdissantes.

Pluie d'étincelles, odeur de brûlé, une lueur orange traversa la pièce, le Cinglé était à genoux. Il hurlait :

— Ne tirez pas, ne tirez plus !

Waters se redressa, les jambes molles, les oreilles bourdonnant encore.

— J'ai entendu un choc, pourquoi ne m'avez-vous pas répondu, espèce de crétin !

— Mais c'était l'air conditionné ! dit le Cinglé en larmes. Je vous l'ai dit, que c'était l'air conditionné ; ça s'est déjà produit.

Waters recula en essayant de trouver l'interrupteur derrière lui. Dans l'air flottait un brouillard bleu, celui de la poudre à canon. Contre le mur opposé, une grosse boîte métallique dégageait, elle aussi, de la fumée par ses trois bouches d'aération.

Waters redressa la tête et se laissa glisser contre le mur. Soudain un « clac » bref se produisit, on vit un arc électrique traverser la boîte endommagée ; après quoi il y eut une sorte de craquement suivi d'une pluie d'étincelles. L'air enfumé se chargea d'une odeur nauséabonde. Les lumières de la salle des ordinateurs commencèrent à vaciller. Waters entendit résonner une sonnerie d'alarme, puis une autre.

— Qu'est-ce qui se passe ? cria-t-il.

— Vous avez fusillé la centrale de commande électrique, voilà ce qui se passe, dit le Cinglé en se relevant pour se ruer dans la salle informatique.

— Merde alors, dit Waters.

C'est là que les lumières s'éteignirent complètement.

5

Coffey cria encore à la radio :

— D'Agosta !

Il attendit, rien.

— *Merde !* dit-il.

Il passa sur la fréquence du QG de la sécurité.

— Garcia, on peut savoir ce qui se passe, oui ou non ?

— Je ne sais pas, monsieur, dit Garcia qui perdait son calme. Je crois que le lieutenant D'Agosta a dit qu'il y avait un cadavre…

Après une pause, il reprit :

— Monsieur, on me signale une panique à l'expo. Les gardiens ont…

Coffey changea de fréquence pour entendre les conversations et surprit la phrase : « C'est la débandade, ici. »

Il revint à la fréquence du QG.

— Garcia, faites passer le message : à toutes les unités, mise en place de la procédure d'évacuation d'urgence.

Il se retourna pour jeter un coup d'œil sur la grande rotonde, à travers la porte est, en direction de la salle du ciel étoilé.

La foule était animée d'une onde soudaine. La rumeur des conversations s'apaisait graduellement. Malgré les échos de l'orchestre, Coffey pouvait clairement distinguer les cris étouffés, le martèlement des pas, la panique lointaine. La progression des gens vers l'entrée de l'exposition se ralentit. Ensuite, il y eut une reculade, comme une immense vague qui déferlait. Parmi les cris de protestation et les mouvements divers, Coffey crut entendre des sanglots, puis la foule se stabilisa de nouveau.

Cette fois Coffey déboutonna sa veste et se tourna vers l'équipe du poste avancé de sécurité :

— On passe aux procédures d'urgence de contrôle des mouvements de foule, allez-y tout de suite.

La marée des gens reflua soudain, et à travers la porte de la salle on entendit cette fois une explosion de cris. L'orchestre hésita, puis se tut. Un instant après, tout le monde courait vers la sortie et la grande rotonde.

— Allez, j'ai dit ! répéta Coffey en frappant l'un de ses hommes dans le dos.

Dans sa main droite, il tenait encore sa radio.

— D'Agosta, vous me recevez ?

Au moment où la foule commença à déboucher hors de la salle, les agents envoyés en renfort se heurtèrent au raz de marée et furent emportés. Coffey parvint à se dégager du courant, en donnant de la voix et du geste, tandis qu'un de ses hommes criait à côté de lui :

— C'est un cyclone, on n'arrivera jamais à entrer.

C'est alors que les lumières vacillèrent. La radio de Coffey émit des grésillements.

— Garcia à l'appareil. Dites-moi, tous les voyants d'alarme ont viré au rouge, le tableau de surveillance est comme un arbre de Noël. Les alarmes du périmètre protégé sont toutes allumées.

Coffey se lança en avant, essayant une fois encore de lutter contre le flot. Il avait perdu le contact visuel avec ses hommes, à présent. De nouveau l'éclairage donna des signes de faiblesse. Il sentit un sourd grondement monter de la salle du ciel étoilé, et il vit la lourde porte de métal qui descendait du plafond.

— Garcia, hurla-t-il à la radio, la porte est en train de descendre, il faut la déconnecter ! Remontez-la, nom de Dieu !

— Désolé, mon tableau indique qu'elle n'est pas baissée. Mais il se passe un truc, toutes les commandes sont…

— Je m'en fous, de votre tableau ; je vous dis qu'elle descend !

Soudain la foule des fuyards l'obligea à détourner la tête. À présent les cris fusaient continuellement de toutes parts ; c'était une clameur curieuse, quelque chose de strident, propre à vous dresser les cheveux sur la tête. Coffey n'avait jamais vu quelque chose de semblable, jamais : cette fumée, ces lumières de secours qui clignotaient, ces gens qui se montaient dessus pour fuir, les yeux élargis par la panique. Les guichets magnétiques avaient succombé, les détecteurs aux rayons X gisaient, disloqués, tandis que smokings et robes du soir débouchaient dehors sous la pluie. On s'agrippait les uns aux autres, on trébuchait sur le tapis rouge et le pavé glissant. Coffey aperçut des éclairs traverser la nuit, d'abord quelques-uns puis un tir plus nourri.

Il hurla dans sa radio :

— Garcia, prévenez les hommes dehors, il faut qu'ils rétablissent l'ordre, et que la presse soit virée d'ici. Et faites en sorte que la porte soit tout de suite relevée.

— On essaie, mais tous les systèmes sont en panne. On n'a plus de courant. La porte en question est indépendante du réseau, mais on ne peut pas activer la commande de secours. Toutes les alarmes se déclenchent.

Un homme qui surgissait à côté de Coffey faillit le renverser. Garcia hurlait dans la radio :

— Monsieur, tout est en panne !

— Garcia, où est le système de secours ?

Il essayait de se frayer un passage par le côté, mais une fois encore il fut bloqué contre le mur. Inutile de résister, la débandade générale allait l'emporter, comme les autres.

À présent la porte était à moitié descendue.

— Passez-moi le technicien ! Je veux le code d'ouverture manuelle !

Une troisième fois, l'éclairage clignota puis s'éteignit tout à fait, plongeant la grande rotonde dans l'obscurité. Seul le grondement de la porte qui continuait, inexorablement, de descendre couvrait les cris.

Pendergast parcourut de la main la surface rugueuse du mur au fond du cul-de-sac où il était engagé, ses articulations rencontrèrent quelques aspérités au passage. Le plâtre s'écaillait et tombait en plaques. L'ampoule au plafond était cassée.

Il ouvrit son sac. Il en tira un objet jaune, un casque de mineur, dont il se couvrit avec précaution avant d'allumer la lampe frontale. Il promena ensuite le faisceau puissant autour de lui, éclaira le mur ; après quoi il exhuma les plans cornés dont il disposait et les plaça sous la clarté de sa lampe. Il recula à pas comptés, puis, saisissant un couteau qu'il avait dans sa poche, il l'enfonça dans le plâtre en fourrageant un peu avec la lame, libérant un fragment de plâtre grand comme une assiette. La partie dégagée révélait une ancienne porte condamnée.

Pendergast griffonna un mot sur son carnet, sortit du cul-de-sac, continua le long du mur, en calmant sa respiration. Il s'arrêta ensuite devant un tas de gravats qu'il dégagea un peu pour examiner le mur. Fracas, poussière blanche : dans la lumière de sa lampe frontale apparut un panneau, une trappe oubliée à la base du mur.

Il appuya, sans succès. Alors il donna un violent coup de pied ; le panneau s'ouvrit dans un grincement sonore, révélant un étroit tunnel qui descendait en pente forte et conduisait au plafond du deuxième sous-sol. Quelque chose coulait là-dessous, comme un ruisseau d'encre.

Il remit le panneau en place, cocha une nouvelle fois son plan et continua.

C'est alors qu'il entendit son nom :

— Pendergast, disait la voix étouffée, je suis le Dr Frock, vous m'entendez ?

Pendergast s'arrêta net, les sourcils dressés par la surprise. Il ouvrit la bouche pour lui répondre, mais il se ravisa. Une odeur particulière flottait soudain dans l'air. Il laissa son sac ouvert par terre et s'engagea dans une pièce qui servait d'entrepôt. Là, il referma la porte derrière lui et porta la main à son front pour éteindre sa lampe.

Au centre de la porte se découpait une lucarne sale et à moitié fendue. Il chercha dans sa poche, trouva un mouchoir en papier qu'il humecta de salive pour nettoyer la vitre.

Quelque chose de noir et de massif apparut dans son champ de vision, près du sol. Pendergast entendit un bruit de naseaux, quelque chose comme un cheval qui s'ébroue après avoir galopé. L'odeur s'accentua. Dans la faible lumière, il aperçut une masse de muscles couverte d'un poil noir et grossier.

Mesurant ses gestes et retenant sa respiration, Pendergast fouilla sous sa veste à la recherche de son Colt 45. Dans le noir, il caressa du doigt le barillet pour vérifier combien il lui restait de balles. Ensuite, agrippant le revolver à deux mains, il le leva en direction de la porte et recula lentement. Quand il s'éloigna de la lucarne, l'ombre disparut à sa vue. Mais il savait qu'elle n'avait pas bougé, elle était toujours là, derrière.

Alors il entendit un petit choc contre la porte, puis quelque chose comme un coup de griffe. Il brandit le revolver, le serrant de toutes ses forces lorsqu'il vit, ou crut voir, la poignée de la porte que l'on tournait. Qu'elle soit ou non fermée à clé, la porte n'aurait pas suffi de toute façon à arrêter la chose dehors, il le savait. Il entendit de nouveau un choc étouffé, puis le silence se fit.

Pendergast jeta un œil rapide à travers l'ouverture. Rien. On ne voyait rien. Alors il tint le revolver à la verticale, d'une seule main, et plaça l'autre contre la porte. Dans le silence épais, il compta jusqu'à cinq, après quoi, d'un seul mouvement, il débloqua la serrure, ouvrit la porte, déboucha au centre du couloir et fila vers le premier coude. À l'autre extrémité du passage, il vit une forme noire en arrêt devant une autre porte. Malgré l'obscurité, il put distinguer les mouvements puissants et la progression d'un quadrupède. Pendergast était un homme très rationnel, mais il ne put se garder d'un ricanement intérieur de scepticisme quand il vit la griffe de la créature se poser sur la poignée de la porte. La lumière alentour vacilla, s'atténua puis s'accentua. Là, Pendergast se baissa, mit un genou à terre, brandit son arme en position de tir et visa posément. Une deuxième fois, la lumière hésita. La créature s'assit sur son arrière-train et se tourna vers lui, dressée. Pendergast visa le milieu du crâne, calma sa respiration, puis il pressa lentement la détente.

Ensuite, il y eut un grand vacarme, un éclair, et Pendergast amortit le recul de tous ses muscles. En une fraction de seconde, il vit quelque chose de blanc sur le crâne de la bête. Puis elle disparut à l'angle au fond ; le passage fut de nouveau libre.

Pendergast savait très bien ce qui venait de se passer, il avait déjà rencontré ce genre de situation une fois, pendant une chasse à l'ours : cette marque blanche apparue sur le crâne n'était autre qu'un peu de peau et de poil arraché par une balle qui ricoche. En somme, ce tir parfaitement ajusté, avec une balle blindée de 45, avait rebondi sur l'os frontal de la créature. Pendergast se laissa aller et baissa la main qui tenait le revolver. Cette fois, les lumières s'éteignirent, après une dernière hésitation.

6

De son poste d'observation, proche du buffet, Smithback n'avait rien raté du spectacle : Wright était au micro, il multipliait les gestes, sa voix était décuplée par un haut-parleur qui se trouvait près de lui. Ce qu'il disait, Smithback s'en moquait bien, de toute façon il savait que la mère Rickman allait lui fournir une copie du texte.

Le discours terminé, la foule impatiente était entrée dans l'exposition. Voilà une demi-heure qu'on piétinait là-bas. Mais Smithback avait préféré prolonger son oisive observation. Une fois de plus, son regard tomba sur le buffet. Il hésita entre un canapé à la crevette et un micro-blini au caviar. Le blini l'emporta. En fait il en prit cinq et entreprit une dégustation. Le caviar était gris et pas trop salé, c'était du vrai, pas ces œufs de lump dont on gratifiait généralement les convives dans les cocktails littéraires.

Il attaqua les canapés à la crevette, ensuite il se rabattit sur des crackers au poisson fumé avec câpres et citron, puis sur des bouchées à la viande des Grisons ; il fit un détour pour éviter les steaks tartares, mais il fondit sur les sushis. Son regard ne quittait plus les plateaux, il y en avait bien trente mètres. « Jamais vu un tel déploiement », pensa-t-il. Il n'était pas du genre à négliger pareille aubaine.

Soudain l'orchestre s'interrompit et quelqu'un lui envoya un grand coup de coude dans les côtes.

— Hé, protesta-t-il d'abord.

Mais il fut emporté par une foule furieuse qui s'agrippait partout et poussait des cris. On le plaqua contre le buffet, il lutta pour rester debout, glissa, tomba sous la table ; ensuite, accroupi, il contempla ce ballet de chevilles qui s'agitaient. Les cris étaient terribles. La panique jetait tous ces corps les uns contre les autres. De temps en temps, il entendait un fragment de phrase qui jaillissait : « … un cadavre… un meurtre. »

Le tueur avait-il donc frappé de nouveau, cette fois au milieu de la foule ? Non, c'était impossible !

Une chaussure de femme en daim noir, avec un talon d'une hauteur improbable, franchit le pan de la nappe et atterrit sous son nez. Il la repoussa, vaguement dégoûté, s'apercevant à cette occasion qu'il tenait encore dans sa main un canapé à la crevette. Il l'avala. Quels que soient les événements là-haut, les choses se précipitaient, remarqua-t-il. C'était impressionnant de voir combien la panique pouvait gagner une foule en si peu de temps. La table trembla, elle se déplaça ; soudain, un énorme plateau de petits-fours s'abattit par terre devant l'ourlet de la nappe. Crackers et camembert sautèrent un peu partout, il en trouva jusqu'au jabot de sa chemise blanche et commença à les déguster. À quelques centimètres de son visage, là devant, il voyait un défilé de chaussures qui piétinaient des tartines de pâté. Un autre plateau atterrit par terre, avec un grand bruit, arrosant le plancher de caviar gris.

Soudain les lumières faiblirent. Smithback s'envoya un morceau de camembert qu'il retint d'abord entre ses dents en se disant que finalement l'événement le plus important dont il eût été témoin jusqu'ici était en train de se dérouler, et que faisait-il ? Il mangeait ! Il tâta sa poche à la recherche de son magnétophone à microcassettes, tandis que les lumières vacillaient encore.

Alors, il se mit à parler, aussi vite qu'il le pouvait, la bouche collée au micro, en essayant de couvrir la rumeur assourdissante de la foule livrée à la panique. C'était pour lui une chance en or. Que cette Rickman aille se faire foutre. Tout le monde allait se ruer sur son reportage. Il espéra que, s'il se trouvait d'autres journalistes invités, ils fassent plutôt partie de ceux qui galopaient en ce moment vers la sortie.

Encore une faiblesse de l'éclairage.

En guise d'à-valoir, pour acheter le récit de tout cela, il faudrait lui verser cent mille dollars, pas moins. Il était sur le pont depuis le début de l'affaire, après tout.

Troisième et dernière hésitation, puis toutes les lumières s'éteignirent.

— Ah, les salauds ! hurla Smithback. Que quelqu'un rallume la salle !

Margo poussa Frock jusqu'au coin du couloir. Il s'évertuait à appeler Pendergast. L'écho de sa voix se perdait lugubrement sous les plafonds.

— Ça commence à devenir absurde, dit Frock, impatient, il y a plusieurs salles d'entrepôt dans cette section du bâtiment, de grandes salles ; s'il s'y trouve, il ne peut pas nous entendre. Mais il faudrait essayer quand même d'aller en voir une ou deux, c'est notre seule chance.

Il gémit en cherchant quelque chose dans la poche de sa veste et sourit :

— Ne partez pas sans elle ! dit-il en brandissant une grande clé.

Margo ouvrit la première porte et chercha à voir dans la pénombre.

— Monsieur Pendergast ? appela-t-elle.

Dans le clair-obscur, on distinguait de larges étagères garnies d'os gigantesques aux formes hérissées. Un squelette de dinosaure, gros comme une coccinelle Volkswagen, était juché sur un présentoir en bois près de la porte, encore à moitié prisonnier de la terre. On voyait ses dents qui brillaient d'un éclat sombre.

— Allons voir plus loin, dit Frock.

Les lumières faiblirent.

Aucune réponse non plus dans la salle suivante.

— On en essaie encore une, dit Frock. Celle qui est là-bas, au bout.

Margo l'arrêta devant la porte qu'il désignait où un panneau indiquait ; Pleistocene-12B. Elle remarqua en même temps la porte d'un escalier au bout du couloir. Au moment où elle poussait la porte, les lumières donnèrent à nouveau quelques signes de faiblesse.

— Ça, c'est..., commença-t-elle, mais soudain il y eut une énorme détonation.

Margo regarda autour d'eux, le cœur en alerte ; elle essayait de déterminer d'où ce vacarme avait pu provenir. On aurait dit que cela venait d'une zone qu'ils n'avaient pas encore visitée, derrière l'angle du couloir, là-bas.

Cette fois, les lumières s'éteignirent tout à fait.

— Si nous attendons un moment, dit Frock, le système de secours va prendre le relais.

On n'entendit plus, dans le silence profond, que les vagues et lointaines rumeurs du bâtiment. Les secondes passèrent, puis les minutes, deux minutes environ, après quoi Margo perçut une odeur étrange, aigre, déplaisante, presque obscène. Avec un pincement de terreur, elle se rappela soudain où elle avait déjà senti cette odeur ; c'était au sein de l'exposition, dans le noir, ce fameux soir.

— Est-ce que vous sentez... ? dit Margo doucement.

— Oui, entrez et fermez à clé, dit Frock.

Margo, haletante, se dirigea vers la porte à tâtons et dit derrière elle :

— Docteur Frock ? Vous arrivez à me suivre au son de la voix ?

— On n'a pas le temps, murmura-t-il. Allez, entrez, laissez-moi là.

— Non, dit Margo, venez vers moi lentement.

Elle entendit le mouvement du fauteuil. L'odeur devenait insupportable, c'était comme la pourriture d'un marais, mêlée à quelque chose qui tenait du hamburger avarié. Margo entendit comme un frémissement de naseaux.

— Je suis là, dit-elle à Frock, dépêchez-vous, je vous en prie.

L'obscurité semblait pesante, on étouffait. Elle s'appuya contre le montant de la porte, elle se fit aussi petite et plate que possible en résistant de toutes ses forces à l'envie de prendre la fuite.

Dans le noir, elle entendit les roues du fauteuil et sentit un choc contre sa jambe. Elle saisit les poignées, poussa Frock à l'intérieur, se retourna, claqua la porte et la referma à clé ; après quoi elle s'effondra par terre, secouée de sanglots muets. Autour d'eux, le silence régnait.

Alors, on entendit un grattement sur le sol, d'abord très doux, puis de plus en plus fort et insistant. Margo se raidit, son épaule s'appuya contre la roue du fauteuil et dans l'obscurité Frock trouva sa main, qu'il serra doucement.

7

D'Agosta se redressa au milieu des débris de verre. Il saisit sa radio et contempla les derniers invités en train de fuir. Cris et appels commençaient à faiblir.

— Lieutenant ?

L'un de ses hommes, Bailey, était en train de s'extraire d'une vitrine renversée. Les lieux étaient dévastés : objets d'art brisés dont les morceaux gisaient partout, éclats de verre, chaussures, sacs à main, vêtements abandonnés. Tout le monde avait fichu le camp, sauf lui, Bailey, et le cadavre. D'Agosta jeta un bref coup d'œil sur ce corps sans tête ; il remarqua les grandes blessures à la poitrine, les vêtements tout raidis par le sang séché, les viscères exposés comme le vulgaire rembourrage d'un fauteuil crevé. La mort remontait à un bon moment, visiblement. Son regard avait quitté le cadavre. Il y revint aussitôt. En fait l'homme mort portait un uniforme de policier.

— Bailey ! C'est un flic ! Qui est ce gars ?

Bailey arriva derrière lui, son visage était tout pâle dans la pénombre.

— C'est difficile à dire, mais je pense que cet anneau de collège, là, ça ressemblerait à Beauregard.

— Merde, murmura D'Agosta.

Ils se penchèrent pour examiner le numéro de sa plaque ; Bailey hocha la tête.

— C'est bien lui.

— Mon Dieu !

D'Agosta se redressa.

— Ce n'étaient pas ses deux jours de repos ?

— Si, normalement, il finissait mercredi soir.

— Il est là depuis !

D'Agosta tressaillit, son visage accusa sévèrement le coup.

— Ce salaud de Coffey qui n'a pas voulu retarder l'ouverture. Je vous jure qu'il le regrettera.

Bailey l'aida à se relever.

— Mais vous êtes blessé ?

— Je me ferai un pansement plus tard, dit D'Agosta sans s'arrêter ; où est McNitt ?

— Je ne sais pas. La dernière fois que je l'ai vu, il était coincé dans la foule.

Ippolito fit son apparition à l'angle opposé, il était en train de parler à la radio. D'Agosta se sentit animé d'un regain de respect pour le directeur de la sécurité. « Ce n'est peut-être pas une lumière mais, au moins, quand le danger est là, il ne manque pas de couilles », pensa-t-il.

Les lumières faiblirent.

— Ils sont en pleine panique dans la salle du ciel étoilé, annonça Ippolito, l'oreille collée à sa radio. Ils disent que la cloison de sécurité de la porte est en train de s'abaisser.

— Les crétins ! Mais c'est la seule manière de sortir !

D'Agosta attrapa sa propre radio :

— Walden ? Vous m'entendez ? Qu'est-ce qui se passe ?

— C'est le bordel, ici. McNitt vient de sortir de l'enceinte de l'expo, il a eu un mal fou à s'en tirer. On est devant l'entrée maintenant, on essaie de calmer les gens, mais c'est impossible. Lieutenant, des tas de gens se sont fait piétiner !

Les lumières donnèrent un nouveau signe de faiblesse.

— Walden, est-ce que la porte de sécurité est en train de barrer la sortie vers la rotonde ?

— Un instant.

La radio grésilla un moment, puis il répondit :

— Ah, merde ! Oui, c'est vrai, elle est à moitié descendue, et elle continue. Les gens sont serrés comme des anchois, là-dessous ; si ça ne s'arrête pas, ils vont être écrasés.

C'est alors que l'exposition passa dans le noir complet. Il y eut un choc, quelque chose de lourd tomba sur le sol et le bruit couvrit un instant les cris et les gémissements.

D'Agosta sortit sa lampe électrique.

— Ippolito, vous pouvez relever la porte en manuel, non ?

— Oui. Et puis, l'éclairage de secours devrait prendre le relais d'un instant à l'autre.

— On n'a pas le temps d'attendre. Tirons-nous d'ici ; et, je vous en prie, pas de bêtises.

Ils retournèrent d'un pas rapide vers l'entrée de l'exposition, Ippolito en tête, dans les débris de verre, de bois, et de toutes sortes d'objets dispersés par terre, parmi lesquels des fragments de ce qui était encore, une heure auparavant, un ensemble de pièces rares. Tandis qu'ils approchaient de la salle du ciel étoilé, la rumeur s'enflait et les cris perçaient.

Derrière Ippolito, D'Agosta ne voyait rien dans l'obscurité de la grande salle ; même les chandeliers installés pour la décoration étaient éteints. Ippolito donnait de la lampe électrique près de l'entrée, et D'Agosta pensa : « Mais pourquoi n'avance-t-il pas ? » Mais soudain, Ippolito, avec un haut-le-cœur, fit un bond en arrière. Sa lampe tomba et s'en alla rouler dans un coin.

— Mais qu'est-ce qui se passe, on peut savoir ? cria D'Agosta en montant en première ligne en compagnie de Bailey.

Ils s'arrêtèrent à leur tour.

Cette énorme salle s'était transformée en un champ de bataille. En dirigeant le faisceau de sa lampe à travers l'obscurité, D'Agosta songea à ces lendemains de tremblement de terre qu'on voyait aux actualités. L'estrade était en miettes, la tribune défoncée, saccagée, les bancs d'orchestre, déserts, étaient jonchés de chaises renversées et d'instruments abandonnés. Sur le sol gisaient des monceaux de nourriture, de vêtements, de brochures, des fragments de bambous arrachés à la décoration, des orchidées aussi, le tout écrasé, empilé, formant une sorte de paysage étrange, piétiné par le passage de ces milliers de gens.

Alors, D'Agosta pointa sa lampe vers l'entrée de l'exposition. Les deux piliers de bois qui encadraient la porte avaient volé en éclats et, sous les colonnes sculptées, D'Agosta aperçut des bras et des jambes inertes.

Bailey alla voir aussitôt.

— Il y a au moins huit personnes écrasées, dit-il en revenant ; je ne pense pas qu'il y ait de survivants.

— Est-ce qu'il y a des gens à nous ?

— J'en ai bien peur. J'ai l'impression qu'il y a McNitt et Walden, et l'un de nos hommes en civil. Et aussi des gardiens : deux. Et trois invités.

— Tous morts ? Vous êtes sûr ?

— Ça m'en a tout l'air. Mais on ne peut pas déplacer les colonnes pour vérifier.

— Merde.

D'Agosta regarda dans le vague en s'épongeant le front. On entendit un nouveau choc, mais cette fois de l'autre côté.

— Voilà, ça, c'est la porte de sécurité, dit Ippolito en s'essuyant les lèvres.

Il s'agenouilla à côté de Bailey et s'exclama :

— Oh non, Martin !... Je ne peux pas croire...

Il se tourna vers D'Agosta.

— Martin était chargé de la garde de l'escalier de derrière ; il a dû venir en renfort pour contrôler le flot des visiteurs ; c'était l'un de mes meilleurs éléments...

D'Agosta se fraya un chemin entre les colonnes brisées et passa dans la grande salle. Il contourna les tables renversées, les chaises brisées. Sa main saignait abondamment. Il vit plusieurs autres formes allongées, mais impossible de savoir si elles étaient mortes ou vivantes. Quand il entendit crier à l'autre bout, il dirigea sa lampe en direction de la scène. La porte de sécurité était close ; une foule de gens martelaient le pan de métal et poussaient des cris. Certains se retournèrent quand ils virent approcher la lampe.

D'Agosta courut vers eux, négligeant sa radio où les appels se multipliaient.

— Un peu de calme, à présent. Allez, retirez-vous, je suis le lieutenant D'Agosta de la police de New York.

La tension retomba un peu. D'Agosta appela aussitôt Ippolito à la rescousse. Au sein du groupe, il reconnut au passage Wright, le directeur, Ian Cuthbert, qui avait dirigé toute cette cérémonie grotesque, et une femme qui répondait au nom de Rickman, une femme certainement importante. En fait, tout le groupe était constitué des quarante premières personnes qui avaient pénétré dans l'exposition. Premiers entrés, derniers sortis !

— Écoutez, cria-t-il, le directeur de la sécurité va débloquer la porte manuellement, mais reculez-vous, s'il vous plaît.

On se rangea. D'Agosta poussa un grognement malgré lui parce qu'il vit, en arrivant à la porte, que plusieurs personnes étaient prises là-dessous. Des bras et des jambes dépassaient, l'un des membres bougeait encore. C'était plein de sang par terre. On entendait des cris étouffés de l'autre côté.

— Jésus ! dit-il. Ippolito, ouvrez-moi cette saleté-là.

— La lampe, par ici.

Ippolito désignait un petit clavier sur un côté de la porte. Il s'accroupit et composa une série de numéros.

Ils attendirent. Ippolito avait l'air quand même un peu perplexe.

— Je ne comprends pas ce qui se passe.

Il fit de nouveau la combinaison, mais plus lentement.

— Ce qui se passe, c'est qu'il n'y a plus d'électricité, dit D'Agosta.

— Normalement, ça n'a pas d'importance, répondit Ippolito en composant le code une troisième fois d'un geste nerveux. Les sécurités d'approvisionnement sont doublées, triplées.

Les gens, derrière, commençaient à murmurer.

— On est pris au piège ! cria un homme.

D'Agosta braqua sa lampe vers eux :

— Du calme, s'il vous plaît. Ce cadavre dans l'exposition était mort depuis deux jours, vous m'entendez ? Deux jours. L'assassin est parti depuis longtemps.

— Comment le savez-vous ? lança l'homme.

— Fermez-la et écoutez-moi. Nous allons vous tirer d'ici. Si nous ne pouvons pas ouvrir la porte, ils le feront, de l'autre côté, dans quelques minutes. Vous, pendant ce temps, vous allez vous reculer, vous rassembler, trouver un endroit où vous asseoir, des chaises intactes, et attendre. D'accord ? De toute façon, vous ne pouvez rien faire d'autre en ce moment.

Wright fit un pas vers lui dans le halo lumineux.

— Écoutez, lieutenant, maintenant on en a marre. Il faut qu'on s'en aille d'ici ! Ippolito, pour l'amour du ciel, ouvrez cette porte et qu'on en finisse.

— Docteur Wright, j'aimerais que vous retourniez auprès des autres, répondit D'Agosta sèchement.

Il parcourut ces visages blêmes et questionna :

— Y a-t-il un médecin parmi vous?

Silence.

— Une infirmière?

— J'ai des notions de secourisme, dit quelqu'un.

— Bien. Monsieur... ?

— Arthur Pound.

— Pound. Bon. Prenez un ou deux volontaires pour vous assister. Il y a là-bas quelques personnes qui ont été écrasées. Allez voir combien elles sont, et dans quel état. J'ai laissé un type à l'entrée de l'expo, un nommé Bailey, qui vous aidera. Il a une lampe de poche. Nous avons aussi besoin de quelqu'un qui puisse ramasser des bougies pour nous.

Un homme grand et mince, vêtu d'un smoking froissé, fit un pas dans la lumière. Il avala sa salive et proposa :

— Je peux m'en charger.

— Votre nom?

— Smithback.

— O.K., Smithback. Est-ce que vous avez des allumettes?

— Oui.

Le maire lui aussi s'avança. Son visage était barbouillé de sang et il portait une marque violette à l'œil.

— Je vais vous aider aussi.

— Monsieur le maire! Oui, vous pouvez nous aider. Arrangez-vous pour que tout le monde garde son sang-froid.

— Je vais essayer.

La radio de D'Agosta lança un appel :

— D'Agosta, Coffey à l'appareil, vous m'entendez? Qu'est-ce qui se passe là-dedans? Situez-vous, bon Dieu!

D'Agosta lui répondit d'une voix hachée :

— Écoutez-moi bien, parce que je n'ai pas l'intention de répéter. Nous avons au moins huit morts ici, sans doute davantage, et un nombre de blessés qui reste à évaluer. Je pense que, pour les gens coincés sous la porte, je n'ai pas besoin de vous faire un dessin. Ippolito est incapable de relever cette saloperie. Nous sommes trente, peut-être quarante personnes coincées là, derrière, parmi lesquelles Wright et le maire.

— Le maire! Merde alors! Bon, D'Agosta, le système est complètement en panne. L'ouverture manuelle ne marche pas non plus de ce côté-ci. Je vais envoyer une équipe d'urgence pour découper la porte. Ça peut prendre un moment, c'est construit comme un coffre-fort. Le maire va bien ?

— Ça va. Et Pendergast, où est-il ?

— Pas la moindre idée.

— Qui est prisonnier du périmètre, à part nous ?

— Je ne sais pas encore, dit Coffey, on essaie de se renseigner en ce moment. Il doit y avoir des hommes dans la salle des ordinateurs et, au QG de la sécurité, Garcia et quelques autres. Peut-être aussi dans les étages. Nous avons quelques types en civil et des gardiens avec nous. Ils ont été propulsés dehors par la foule ; certains sont blessés. Mais qu'est-ce qui s'est passé dans cette expo, on peut savoir ?

— On a trouvé le cadavre d'un de mes hommes au sommet d'une vitrine. Éventré comme les autres.

Il laissa planer un silence, puis il reprit avec amertume :

— Si vous m'aviez laissé procéder comme je l'avais demandé, rien ne serait arrivé.

La radio émit un sifflement et se tut...

— Pound, dit D'Agosta, vous êtes allé voir ? Quelle est l'importance des blessures ?

— Un seul type encore vivant, mais à peine ! dit-il en désignant l'une des formes inertes qui gisaient. Tous les autres ont été écrasés. Peut-être qu'il y a eu une ou deux crises cardiaques.

— Faites ce que vous pouvez pour le survivant, dit D'Agosta.

La radio se réveilla.

— Lieutenant D'Agosta ? dit une voix noyée de parasites. Garcia ici, au QG sécurité. Nous sommes...

La voix disparut dans un orage de parasites.

— Garcia ! Garcia ! Qu'est-ce qu'il y a ?

— Désolé, monsieur, mais les batteries de ma radio sont très faibles. J'ai Pendergast en ligne sur un autre poste, je vous le passe.

— Vincent ?

Il reconnut la voix familière de Pendergast.

— Pendergast, où êtes-vous ?

— Dans le sous-sol, section 29. Si j'ai bien compris, le musée n'a plus d'électricité et nous sommes prisonniers de la cellule n° 2. J'ai bien peur de devoir ajouter à ce tableau quelques mauvaises nouvelles de mon cru. Vous pouvez aller dans un coin où notre conversation ne sera entendue de personne d'autre ?

D'Agosta s'éloigna du groupe et demanda à voix basse :

— Alors, qu'est-ce qu'il y a ?

— Vincent, écoutez-moi bien. Il y a quelque chose ici. Je ne sais pas trop quoi mais c'est très gros, et ça n'est pas humain.

— Pendergast, ce n'est pas le moment de plaisanter.

— Je suis parfaitement sérieux, Vincent, mais la mauvaise nouvelle, ce n'est pas ça. La mauvaise nouvelle, c'est qu'il est fort possible qu'il soit en route dans votre direction.

— Hein ? Mais il ressemble à quoi ?

— Vous le verrez. Enfin, vous allez le sentir, l'odeur est inimitable. Vous êtes armés comment ?

— Attendez, nous avons trois calibres 12, deux revolvers réglementaires de service, deux pistolets à balles blindées, peut-être une ou deux armes en plus.

— Les balles blindées, ça ne sert à rien. Bien, écoutez-moi. Il faut faire vite. Que tout le monde dégage de là où vous vous trouvez. Cette chose est passée près de moi au moment où les lumières s'éteignaient. Je l'ai vue par une ouverture à travers la porte d'un entrepôt où je me trouvais, ça avait l'air très gros. Ça marche à quatre pattes. J'ai tiré deux fois dessus. Après, la chose est partie par un escalier, au fond. J'ai des plans ici, j'ai regardé. Vous savez où il mène, cet escalier ?

— Non, répondit D'Agosta.

— Deux possibilités : le deuxième sous-sol, mais on peut penser que ce n'est pas là que la chose va vouloir aller, et ensuite une sortie au troisième, et une autre derrière la salle du ciel étoilé, du côté de la zone de service derrière l'estrade.

— Pendergast, je ne saisis pas, vous voulez qu'on fasse quoi, exactement ?

— Je serais vous, j'irais placer mes hommes, enfin, ceux qui sont armés, face à cette porte. Si la créature en question passe par là, feu à volonté. Malheureusement, il se peut qu'elle soit déjà passée. Vincent, je voulais quand même vous signaler que je lui ai envoyé du calibre 45 dans le crâne, à quelques mètres, et que la balle a ricoché !

S'il s'était agi de quelqu'un d'autre, D'Agosta aurait pris la chose à la plaisanterie et conclu à la folie de son interlocuteur.

— Bon, d'accord, dit-il, ça fait combien de temps ?

— Quelques minutes, juste avant l'extinction de la lumière. J'ai tiré une fois, ensuite je lui ai filé le train après la panne ; j'ai tiré une autre fois, mais ma lampe bougeait et j'ai raté mon coup. Je viens d'aller voir. C'est un cul-de-sac, et la chose ne s'y trouvait plus. La seule issue, c'était l'escalier qui montait vers vous. Il se peut qu'elle y soit encore ou bien alors si vous avez de la chance, qu'elle soit ressortie à un autre niveau que le vôtre. Mais tout ce que je sais, c'est qu'elle n'est plus ici.

D'Agosta avala sa salive.

— Si vous pouvez me rejoindre ici dans le sous-sol sans prendre trop de risques, venez. Ces plans dont je dispose nous indiquent la sortie. Rappelez-moi quand vous serez un peu plus en sécurité. Vous me comprenez ?

— Oui, dit D'Agosta.

— Vincent ? Il y a un autre truc que je voulais préciser.

— Quoi encore ?

— Cette créature est capable d'ouvrir et de fermer une porte !

D'Agosta rangea sa radio, s'humecta les lèvres et se retourna vers le groupe. La plupart des gens étaient assis par terre, prostrés, mais certains aidaient à allumer les chandeliers que le grand type de tout à l'heure venait de rassembler.

D'Agosta s'adressa à eux le plus doucement possible :

— Tous, vous allez venir ici et vous accroupir contre ce mur. Éteignez-moi ces bougies.

— Mais pourquoi ça ? cria quelqu'un.

D'Agosta reconnut la voix de Wright.

— Du calme. Faites ce qu'on vous dit. Et vous, comment vous appelez-vous, déjà ? Smithback, laissez tomber ça et venez ici.

Quelqu'un parla à la radio pendant qu'il balayait la grande salle de sa lampe. Les recoins les plus éloignés étaient si sombres que la lumière s'évanouissait avant d'y parvenir. Au centre, on voyait quelques bougies allumées à côté d'une forme allongée. Pound et un autre invité étaient penchés sur le corps.

— Pound ! Oui, et l'autre aussi, venez tous les deux ici.

— Mais il est encore vivant…

— J'ai dit : revenez ici tout de suite.

Il se tourna vers les gens qui se tenaient accroupis derrière lui.

— Personne ne bouge, je ne veux pas entendre un bruit. Bailey et Ippolito, prenez vos fusils d'assaut et suivez-moi.

— Vous avez entendu ? Pourquoi ont-ils besoin de leurs fusils ? demanda Wright.

D'Agosta reconnut la voix de Coffey à la radio et coupa le son d'un geste brusque. Ensuite, progressant à pas comptés, la lampe trouant l'obscurité, les trois hommes avancèrent jusqu'au milieu de la salle. D'Agosta promena le rayon vers les murs, il trouva la fameuse zone de service et l'encadrement sombre de la porte qui menait à l'escalier. Elle était close. Un moment, il se dit qu'une odeur bizarre flottait, une odeur particulière, une pourriture qu'il n'arrivait pas à définir. Mais cet endroit puait déjà beaucoup, se dit-il. La moitié des invités avaient probablement perdu le contrôle de leurs fonctions naturelles dans la panique, après l'extinction des lumières.

Il marchait en tête. Au sein de la zone de service, il s'arrêta soudain et murmura :

— S'il faut en croire Pendergast, il y aurait une créature, un animal, qui se trouverait peut-être dans cet escalier.

— S'il faut en croire Pendergast ! dit Ippolito en ricanant dans sa barbe.

— Arrêtez votre cinéma, Ippolito, dit D'Agosta, écoutez-moi. On ne va pas rester à attendre ici, dans le noir, on va entrer là-dedans tout doucement, d'accord ? Crans de sécurité relevés, une balle dans le canon. Bailey, vous commencez par ouvrir la porte et vous nous donnez de la lumière très vite. Ippolito, vous vous occupez de l'escalier en montée, moi, je m'occupe de la partie descendante. Si vous voyez quelqu'un, vous lui demandez son identité ; si pas de réponse, feu à volonté. Si vous voyez quoi que ce soit d'autre, feu. On y va quand je le dirai.

D'Agosta éteignit sa lampe, la glissa dans sa poche et saisit son arme. Ensuite, il adressa un signe de tête à Bailey pour qu'il dirige sa lampe sur la porte de l'escalier. D'Agosta ferma les yeux et murmura une brève prière dans le secret de l'obscurité. Puis il donna le signal.

Ippolito se porta vers le côté de la porte pendant que Bailey ouvrait. D'Agosta et Ippolito se ruèrent. Bailey suivit immédiatement en donnant un coup de lampe semi-circulaire à l'intérieur.

Ils sentirent d'abord une odeur affreuse. D'Agosta descendit quelques marches dans l'escalier. Il perçut un mouvement au-dessus de lui ; il entendit un grognement qui semblait surgir de nulle part et qui lui ramollit les genoux, puis un son plus bref, comme une serviette de toilette trempée qui s'abat sur le carrelage. Ensuite, autour de lui le mur sembla éclaboussé par quelque chose, puis son visage reçut des gouttes. Il se tourna et fit feu sur quelque chose de sombre et d'épais. La lumière tournoyait désespérément.

— Merde de merde, disait Bailey.

— Bailey, ne le laissez pas pénétrer dans la salle !

D'Agosta tira encore et encore dans le noir, vers le bas de l'escalier, puis vers le haut, jusqu'à ce que son chargeur soit vide. On sentait l'odeur âcre de la poudre se mélanger à présent à la puanteur qui rôdait dans l'escalier. Des cris s'élevaient au fond de la salle du ciel étoilé.

D'Agosta regrimpa les escaliers jusqu'au palier, marcha sur quelque chose, et débarqua de nouveau dans la salle.

— Bailey, il est passé où ? cria-t-il en rechargeant son arme comme un forcené, et en clignant des yeux dans le faisceau de la lampe.

— Je ne sais pas, dit Bailey, je ne vois rien.

— Où est-il allé, en bas, dans la salle ? *Deux, trois balles,* comptait-il en lui parlant.

— Je ne sais pas, je ne sais pas.

D'Agosta sortit sa propre lampe et la dirigea sur Bailey. Le policier était couvert de gouttes de sang et on voyait des miettes de chair prises dans sa chevelure et ses sourcils. Il s'essuyait les yeux. Autour d'eux flottait cette odeur épouvantable.

— Moi, ça va, dit Bailey. Je pense que ça va. J'en ai reçu partout, mais je ne peux pas voir.

D'Agosta promena rapidement sa lampe autour d'eux, gardant son arme sur la cuisse. Le groupe, là-bas, toujours accroupi contre le mur, était muet de terreur. Il retourna sa lampe vers l'entrée de l'escalier et il vit Ippolito, ou ce qu'il en restait, à moitié sur le seuil, les entrailles ouvertes laissant échapper un flot de sang noir.

La chose les attendait quelques marches au-dessus du palier. « Mais, bon Dieu, où est-elle maintenant ? » Il promena sa lampe dans la salle en décrivant désespérément des cercles. Plus rien, tout cet espace était vide.

En fait, il y avait bien au milieu de la salle quelque chose qui bougeait. À cette distance, la lumière était faible, mais D'Agosta vit une grande forme accroupie sur l'homme blessé au milieu de la piste de danse. Elle semblait animée de mouvements saccadés. Il entendit une plainte, une seule, puis un vague craquement et le silence suivit. D'Agosta plaça sa torche sous son bras, attrapa son arme, visa, pressa la détente.

Il y eut un éclair, un grand vacarme, on entendit aussitôt s'élever des hurlements provenant du groupe. Deux tirs de plus. Voilà, le chargeur était vide.

Il chercha des munitions, rien. Alors, il abandonna son arme d'assaut et prit son revolver de service.

— Bailey ! cria-t-il. Allez-y, vite, rassemblez tout le monde et qu'on se prépare à quitter les lieux.

Sa lampe visita encore le plancher de la salle, la forme était partie. Il s'approcha du corps avec précaution, et là, à trois mètres, il vit ce qu'il redoutait, un crâne ouvert, le cerveau répandu sur le sol. La piste sanglante menait à l'intérieur de l'exposition. Cette chose avait pénétré là-dedans pour échapper au tir, mais nul doute qu'elle n'y resterait pas longtemps.

D'Agosta bondit sur ses jambes, longea la colonnade à toute allure, puis parvint à mouvoir l'une des portes monumentales de l'exposition et la referma. Ensuite, il continua sa course vers l'autre bout. À l'intérieur de l'exposition, on entendait du bruit, les échos d'une progression, d'un lourd déplacement. Il parvint à l'autre porte, qu'il claqua de même, puis il entendit le loquet, après quoi il y eut un tremblement, et quelque chose de lourd vint heurter le bois.

— Bailey, hurla-t-il, que tout le monde descende par l'escalier !

De l'autre côté de la porte, les coups s'accentuaient. D'Agosta reculait instinctivement ; on sentait que le bois donnait déjà des signes de faiblesse.

Il brandit son arme. Des cris s'élevèrent derrière lui, des plaintes. Le groupe venait sans doute de tomber sur le cadavre d'Ippolito. Il entendit les échos d'une brève dispute entre Bailey et Wright. Puis, sur un coup plus puissant, la base de la porte céda et il vit s'ouvrir une brèche.

D'Agosta courut à travers la salle en criant :

— Allez, vite, on descend l'escalier, tout de suite, et personne ne regarde en arrière !

— Non, hurlait Wright, je ne descends pas, regardez ce qui est arrivé à Ippolito !

— Il y a une sortie par en bas ! cria D'Agosta.

— Non, ce n'est pas vrai. En revanche, par l'exposition, on…

— Mais il y a quelque chose *dans* l'exposition, gronda D'Agosta. Allez, dépêchez-vous !

Bailey poussa Wright et fit descendre le groupe, malgré l'hésitation que la peur d'enjamber les restes d'Ippolito provoquait. « Au moins, songea-t-il, le maire, lui, reste calme. Il est vrai que tout ça doit lui paraître bénin à côté d'une seule de ses conférences de presse. »

— Je vous préviens que je ne descends pas, dit Wright. Cuthbert, Lavinia, écoutez-moi, ce sous-sol est un piège mortel, je le sais ! On va plutôt monter là-haut, on se cachera au troisième et on sortira quand la créature sera partie.

Le reste du groupe se pressait dans l'escalier et piétinait devant la porte. De l'autre côté, D'Agosta entendait clairement le craquement du bois qui cédait. Il attendit un instant. Déjà, une trentaine de personnes s'étaient engagées peu à peu. Trois seulement restaient là, sur le palier, hésitantes.

— C'est votre dernière chance de venir avec nous, leur dit-il.

— Nous suivons le Dr Wright, lui répondit le directeur des relations publiques.

Dans le halo de la lampe, le visage de Rickman, blême et décomposé, ressemblait à une apparition.

Alors, sans un mot, D'Agosta se détourna et suivit le groupe dans les profondeurs de l'escalier. Tandis qu'il s'enfonçait vers les sous-sols, il entendit la voix sonore, angoissée, de Wright qui engageait plutôt les autres à monter avec lui.

8

Coffey se trouvait à la grande entrée ouest, près de la porte monumentale, et il regardait la pluie qui giflait les battants de verre et de bronze. Il s'époumonait à la radio, mais D'Agosta ne répondait pas. Qu'avait encore inventé ce Pendergast, avec son histoire de monstre ? Ce pauvre gars avait déjà une case en moins au départ. Mais, après la panne d'électricité, il avait grillé les plombs aussi. Comme d'habitude, personne n'avait été à la hauteur de sa tâche. Comme d'habitude, c'était à lui, Coffey, qu'il incombait de réparer les pots cassés. Là, dehors, deux gros véhicules venaient de se garer devant l'entrée. Des policiers en uniforme d'assaut étaient en train d'en sortir. Du côté de Riverside Drive, on érigeait des barrières en hâte. Coffey pouvait entendre les mugissements des ambulances qui essayaient de se frayer un passage à toute allure entre les voitures, les engins des pompiers, les véhicules de presse. Des grappes de gens étaient disséminées un peu partout ; on criait, on discutait, tantôt sous la pluie, tantôt sous le grand auvent de l'entrée. Des journalistes essayaient de passer le cordon de sécurité, envoyaient leurs micros et leurs caméras devant eux avant d'être repoussés par la police.

Coffey courut sous la pluie battante jusqu'au camion du PC mobile ; il ouvrit la porte arrière et y pénétra d'un bond.

À l'intérieur régnait une atmosphère de calme et de pénombre. Plusieurs agents étaient assis devant leurs écrans d'ordinateur, leurs visages reflétaient une lumière verte. Coffey attrapa des écouteurs et s'assit.

— Regroupement ! ordonna-t-il sur la fréquence de commandement. Tous les gens du FBI sont attendus au PC mobile.

Il changea de fréquence.

— Ici le PC, je veux un état de la situation.

Garcia lui répondit. Le ton était inquiet, tendu.

— Nous sommes toujours en panne complète, monsieur. La sécurité d'approvisionnement électrique n'a pas fonctionné. Personne ne sait pourquoi. Tout ce qu'il nous reste, ce sont nos lampes de poche et les batteries de cette radio.

— Essayez d'enclencher la sécurité manuellement.

— Mais non, c'est couplé avec l'informatique. Visiblement, rien n'a été prévu en manuel.

— Et les portes de sécurité ?

— Monsieur, quand nous avons eu ce problème d'approvisionnement électrique, tout le système de sécurité s'est mis à dérailler. On pense que ce sont les circuits électroniques. Enfin, toutes les portes de sécurité sont descendues.

— Comment ça, toutes ?

— Toutes : sur les cinq cellules, elles sont toutes descendues. Je répète, ce n'est pas seulement la n° 2, mais toutes. Le musée est entièrement bloqué à l'heure qu'il est.

— Garcia, quel est celui qui peut me répondre le mieux à propos de ce système de sécurité ?

— Allen, je pense.

— Trouvez-le-moi.

Après une brève pause, on entendit :

— Tom Allen à l'appareil.

— Allen, qu'est-ce qui se passe avec la commande manuelle des portes ? Pourquoi ça ne marche pas ?

— C'est lié au problème électronique général. Le système de sécurité a été installé par une société extérieure, une boîte japonaise. On essaie d'avoir quelqu'un de chez eux au téléphone, mais c'est difficile ; les communications sont informatisées et tout est tombé en panne avec l'arrêt de l'ordinateur. Tous les appels passent par la radio de Garcia. Même les lignes de type T1 ne fonctionnent plus ; on a assisté à une réaction en chaîne depuis que la commande électrique principale a été flinguée par un type.

— Qui ? J'ignorais…

— Un flic, comment déjà, ah oui, Waters. Il était de faction dans la salle des ordinateurs, il a cru apercevoir quelque chose, il a tiré au jugé dans la salle de commande électrique.

— Écoutez, Allen, je veux envoyer une équipe pour évacuer ces gens coincés dans la salle du ciel étoilé. Il y a le maire avec eux, bon Dieu ! Comment peut-on pénétrer là-dedans ? Il faut passer par l'entrée Est et bousiller la porte, c'est ça ?

— L'ennui est que ces portes ont été prévues pour résister aux effractions. Vous pouvez toujours essayer, mais ça va prendre un temps fou.

— Et le deuxième sous-sol, hein ? J'ai entendu dire qu'il y avait là-dessous de véritables catacombes.

— Il est possible qu'il y ait des points d'accès de chez vous. Mais on n'a pas de plan des lieux et puis, ça prendra du temps.

— Bon, alors, les murs, on peut essayer d'en percer un ?

— L'ennui, c'est que les murs porteurs du bâtiment sont très épais, la plupart du temps près d'un mètre. Toutes les autres maçonneries ont été renforcées. La cellule n° 2 est la seule qui ait des fenêtres aux deuxième et troisième étages, mais elles sont protégées par des barres d'acier trop serrées pour laisser passer un homme.

— Merde. Et le toit ?

— Toutes les cellules sont bloquées, donc il serait très difficile de…

— Bon Dieu ! Allen, je suis en train de vous demander quelle est la *meilleure* façon de faire entrer mes hommes.

Un silence suivit, puis :

— À mon avis, c'est par le toit. Dans les étages élevés, les portes de sécurité ne sont pas aussi épaisses. La cellule n° 3 se trouve juste au-dessus de la salle du ciel étoilé ; elle est au troisième. L'ennui, c'est qu'on ne peut pas y entrer parce que le toit est blindé. Elle contient les labos de radiologie. Mais l'entrée serait possible par la cellule n° 4. Dans certaines parties, il suffirait d'une seule charge d'explosif pour faire sauter l'une des portes qui conduisent à la cellule n° 3. Et, une fois que vous y êtes, vous arrivez au plafond de la salle du ciel étoilé. Il y a d'ailleurs un accès au plafond pour l'entretien du grand lustre. On est à trente mètres du sol, toutefois.

— Bon, je vous rappelle.

Coffey manipula sa radio et cria au micro :

— Ippolito, Ippolito, vous m'entendez ?

Que diable se passait-il dans cette fameuse salle ? Il se brancha sur la fréquence de D'Agosta.

— D'Agosta ? Ici Coffey, vous m'entendez ?

Il visita toutes les fréquences en hâte.

— Waters ?

— Ici Waters, monsieur.

— Qu'est-ce qui s'est passé ?

— Il y a eu un grand bruit dans la chambre électrique, monsieur, et j'ai tiré conformément aux instructions.

— Aux instructions ? Vous vous foutez de moi, crétin ? Aucune instruction ne disait qu'on tirait sur un bruit.

— Je suis navré, monsieur, mais c'était un gros bruit et j'ai entendu qu'on se mettait à crier et à courir dans l'expo ; alors, j'ai pensé…

— Je vais vous dire, Waters, c'est la fin de votre carrière. Je vous ferai réduire en morceaux, mon petit ami, souvenez-vous-en.

— Oui, monsieur.

À l'extérieur, on entendit un crachotement puis un rugissement : c'était un gros générateur qui démarrait. La porte du PC mobile s'ouvrit et plusieurs agents du FBI firent leur entrée, les vêtements trempés.

— Le autres arrivent, monsieur, dit l'un d'eux.

— Bien. Dites-leur qu'on a une réunion de crise ici dans cinq minutes.

Il s'éloigna sous la pluie. Les services d'urgence étaient en train de décharger des équipements lourds. Des bouteilles d'acétylène jaunes étaient alignées sur les marches du musée.

Coffey revint au sommet de l'escalier, sous la pluie. Il débarqua de nouveau sous la rotonde parmi les débris qui jonchaient le sol. Des équipes médicales s'affairaient à l'endroit où la porte de sécurité est s'était abattue, près de la salle du ciel étoilé. Coffey put entendre le son d'une scie. On amputait, là-bas.

— Dites-moi où vous en êtes, dit-il au chef des services médicaux d'urgence.

Les yeux du médecin se levèrent vers lui, par-dessus son masque chirurgical couvert de sang.

— Je ne sais pas encore comment se présente l'ensemble de la situation, mais nous avons une poignée de gens dans un état critique. On ampute sur le terrain. Je pense qu'on pourra encore sauver quelques vies si vous arrivez à ouvrir cette porte avant une demi-heure.

Coffey secoua la tête et répondit :

— C'est peu probable, hélas. Il va falloir la découper.

Un des infirmiers des services d'urgence précisa :

— Nous avons des couvertures de survie, on les couvrira avec pendant qu'on les opère.

Coffey recula pour lancer un autre appel à la radio :

— D'Agosta, Ippolito, répondez-moi.

Silence. Une bordée de parasites suivit, puis on entendit :

— Ici D'Agosta.

Sa voix était tendue. Il enchaîna sans laisser parler Coffey :

— Coffey, écoutez-moi bien.

— Où étiez-vous ? Je vous avais pourtant dit…

— Fermez-la. Écoutez, Coffey. Vous faisiez trop de bruit sur la fréquence, je vous ai viré. Nous sommes au deuxième sous-sol. Je ne sais pas très bien où. Il y a une créature qui se balade dans la cellule n° 2. Je ne plaisante pas, Coffey. Nous avons affaire à une saloperie de *monstre*. Ippolito y est passé. À présent, il est parti par la salle. Il a fallu qu'on dégage.

— Un *quoi* ? Vous déraillez, mon vieux. Ressaisissez-vous ! Vous m'entendez ? On vous envoie des gens par le toit.

— Ah ouais ? Eh bien, je leur conseille d'emporter du gros calibre s'ils veulent avoir une explication avec la chose.

— D'Agosta, laissez-moi faire. Qu'est-ce qui s'est passé pour Ippolito ?

— Mort, éventré, comme les autres cadavres.

— Et c'est un monstre. Bon. D'accord. Il y a d'autres policiers avec vous, D'Agosta ?

— Oui, il y a Bailey.

— Je vous demande de passer le commandement à Bailey.

— Et moi je vous emmerde. Tenez, voilà Bailey.

— Sergent, je vous confie les rênes. Dites-moi quelle est la situation.

— Monsieur Coffey, il a raison. Il a fallu qu'on quitte la salle du ciel étoilé. Nous sommes descendus par l'escalier de derrière, près de la zone de service. Nous sommes plus de trente, dont le maire. On ne plaisante pas, il y a réellement quelque chose qui rôde ici.

— Allez, Bailey, arrêtez avec ça. Vous l'avez vu ?

— Je ne suis pas sûr de ce que j'ai vu ou non, monsieur, mais D'Agosta l'a vu, lui, et, mon Dieu, si vous saviez ce qu'il a fait de ce pauvre Ippolito…

— Écoutez-moi bien, Bailey. J'espère que vous allez vous calmer, maintenant, et prendre le commandement.

— Pas question, monsieur. Je considère que le lieutenant est encore le patron ici.

— Et moi, je viens de vous dire que le patron, c'était vous.

Coffey ricana et leva les yeux. Il était en fureur.

— Ce salaud m'a coupé !

Dehors, sous la pluie, Greg Kawakita était immobile, entouré de ce concert de cris, de lamentations, de sanglots. La pluie qui tombait et lui collait les cheveux au front ne le gênait pas. Pas plus que les sirènes des véhicules d'urgence ou les invités qui le bousculaient dans cette fuite éperdue. Il se répétait les mots de tout à l'heure, ceux que Margo et Frock avaient eu le temps de lui adresser au passage. Il ouvrit la bouche, la referma, fit quelques pas comme s'il voulait retourner au musée. Mais il se détourna, resserra le col de son smoking trempé et s'éloigna, pensif, dans la nuit.

9

Margo sursauta. Un nouveau coup de feu venait de retentir.

— Qu'est-ce qui se passe ? cria-t-elle.

Dans le noir, elle sentit que la pression de Frock sur son bras s'accentuait.

De l'autre côté, ils entendirent une galopade. Ensuite arriva le faisceau jaune d'une lampe de poche qui dessina les contours de la porte.

— Cette odeur est en train de décroître, murmura-t-elle. Vous croyez qu'il est parti ?

Margo, répondit Frock, apaisé, vous m'avez sauvé la vie. Vous avez risqué la vôtre pour me sauver la vie.

On entendit frapper à la porte.

— Qui est-ce ? demanda Frock d'un ton ferme.

— Pendergast.

Margo s'empressa d'ouvrir. L'agent du FBI était là en effet ; d'une main il brandissait une arme, de l'autre il tenait une poignée de plans froissés. Son costume noir, de coupe impeccable, contrastait avec le visage noirci. Il referma la porte derrière lui.

— Ça me fait plaisir de vous voir tous les deux intacts, dit-il en éclairant les visages de Margo et de Frock.

— Pas autant qu'à nous ! s'écria Frock. On était descendus ici à votre recherche, figurez-vous. C'est vous qui avez tiré ?

— Oui, dit Pendergast. Je suppose que c'était vous qui étiez en train de crier mon nom ?

— Alors, vous m'avez entendu ! C'est pour ça que vous nous avez retrouvés ici ?

Pendergast secoua la tête :

— Non, ce n'est pas grâce à ça.

Il tendit sa lampe à Margo et déplia ses plans. Ils étaient couverts de notes manuscrites.

— Je crains que l'Association d'études historiques de la ville de New York ne soit un peu mécontente des libertés que j'ai prises avec leurs documents, dit l'agent du FBI.

— Pendergast, chuchota Frock, Margo et moi, nous savons à présent exactement de quel tueur il s'agit. Il faut nous écouter. Ce n'est ni un homme ni un animal connu. Il faut que je vous explique...

Pendergast l'interrompit :

— Vous prêchez un convaincu, docteur Frock.

— Ah bon ? Vous allez nous aider ? Je veux dire nous aider à faire sortir ces gens, à interrompre la cérémonie là-haut avant qu'il soit trop tard ?

— Il est déjà trop tard, dit Pendergast. Je viens d'avoir à la radio le lieutenant D'Agosta et les autres. La panne d'électricité n'est pas seulement tombée sur nous dans le sous-sol. Tout le musée est dans le bain. Le système de sécurité est en déroute et les portes sont descendues.

— Vous voulez dire que..., fit Margo.

— Que le musée a été divisé en compartiments, cinq, parfaitement isolés. Nous sommes dans la cellule n° 2, en même temps que les gens bloqués dans la salle du ciel étoilé. La créature est avec nous.

— Qu'est-ce qui s'est passé ? demanda Frock.

— Une panique s'est déclenchée avant que le courant ne disjoncte et que les portes ne descendent. On a trouvé un cadavre dans l'expo. Un policier. La plupart des invités sont arrivés à sortir. Trente ou quarante d'entre eux sont bloqués dans la salle du ciel étoilé.

Il eut un petit sourire désolé.

— J'étais dans l'expo quelques heures avant. Je voulais jeter un coup d'œil sur cette figurine dont vous parlez, le Mbwun. Si j'étais arrivé par la porte arrière au lieu de la porte principale, j'aurais peut-être trouvé ce cadavre moi-même et empêché la panique. Quoi qu'il en soit, j'ai eu l'occasion d'examiner la figurine, docteur Frock. Je peux vous dire que la ressemblance est parfaite. Je peux vous le dire par expérience.

— Quoi ? Vous l'avez donc vu ? murmura Frock.

— Oui. C'est pour ça que j'ai tiré dessus. J'étais au coin de cet entrepôt quand j'ai entendu que vous m'appeliez. C'est là que j'ai senti cette affreuse odeur. Je me suis glissé dans une pièce et je l'ai vu passer. Je suis sorti juste après. J'ai tiré, mais la balle a ricoché sur son crâne. Ensuite, plus de lumière. Je l'ai suivi jusqu'au coin et je l'ai vu en train de gratter contre cette porte en reniflant.

Pendergast ouvrit son barillet et remplaça les deux balles qui manquaient.

— Et c'est comme ça que j'ai su que vous étiez derrière la porte.

— Mon Dieu, dit Margo.

Pendergast rangea son arme dans son étui et précisa :

— J'ai tiré une deuxième fois, mais j'ai eu du mal à viser ; j'ai manqué mon coup. Je suis passé par ici pour essayer de le retrouver. Mais il avait disparu. Il est probable qu'il soit parti par l'escalier au bout de ce couloir. Il n'y a aucun autre moyen de sortir, de toute façon.

— Monsieur Pendergast, dit Frock avec passion, dites-moi à quoi il ressemblait, je vous prie.

— Eh bien, je l'ai vu très peu de temps, dit Pendergast avec lenteur, mais il était râblé, dégageait une impression de puissance phénoménale, il allait à quatre pattes mais il peut se redresser, visiblement. Le corps était en partie couvert de poils.

Il fit une moue, hocha la tête et ajouta :

— Couleur sombre. Enfin, je dirais que cette figurine, d'où qu'elle provienne, a certainement été faite d'après nature.

Dans la lumière de la torche de Pendergast, Margo surprit l'expression étrange du visage de Frock qui mêlait la peur, l'enthousiasme, le triomphe.

Après quoi on entendit une série d'explosions étouffées dont l'écho se répercuta longuement au-dessus de leurs têtes. Ensuite, un silence, puis de nouveaux bruits, plus précis et plus proches, se firent entendre.

Pendergast, attentif, gardait les yeux fixés sur le plafond. Soudain il s'écria :

— D'Agosta !

Il saisit son arme, abandonna son plan, galopa dans le couloir. Margo courut vers la porte et l'accompagna de sa lampe jusqu'au bout. Dans le faisceau, elle vit Pendergast examiner la porte de l'escalier. Il s'agenouilla pour regarder la serrure, puis, se relevant, donna une série de coups violents sur le battant.

— Elle est bloquée ! dit-il en revenant vers eux. Ces coups ont été tirés vraisemblablement dans l'escalier. Sans doute les balles ont-elles tordu le battant, faussé la serrure ; on ne peut rien faire.

Il rangea son arme et sortit sa radio.

— Lieutenant D'Agosta ! Vincent ? Vous m'entendez ?

Il attendit un instant, puis secoua la tête et remit la radio dans la poche de sa veste.

— Alors, on est coincés ici ? demanda Margo.

Pendergast secoua de nouveau la tête et répondit :

— Non, pas vraiment. J'ai passé l'après-midi dans ce réseau de tunnels et de niches, pour essayer de comprendre pourquoi la bête avait déjoué toutes nos tentatives de recherche. Les plans dont nous disposons ont été tracés bien avant la fin du siècle dernier ; ils sont complexes et parfois contradictoires. Mais ils semblent indiquer qu'il existe une voie de sortie par le deuxième sous-sol. De toute façon, comme tout le musée est bloqué en ce moment, c'est le seul moyen pour nous de retrouver l'air libre. D'où nous nous trouvons, l'accès au deuxième sous-sol est possible en plusieurs points.

— On retrouvera les gens qui sont encore là-haut et on pourra sortir ensemble, dit Margo.

Pendergast prit un air sombre.

— À moins que ce ne soit la bête qui nous retrouve. N'oublions pas qu'elle a accès au deuxième sous-sol aussi. Pour ma part, je pense que ces portes de sécurité bloquées sont un handicap pour nous, mais pas tellement pour la bête. Elle est dans ces murs depuis trop longtemps. Elle connaît certainement les moindres passages. À mon avis, elle peut se déplacer pratiquement à volonté à travers tout le musée, du moins dans les étages inférieurs.

Margo hocha la tête.

— Nous croyons qu'elle vit dans ce musée depuis des années. Et nous pensons avoir trouvé aussi pourquoi elle est venue ici.

Pendergast interrogea Margo du regard un instant et lui dit :

— J'ai besoin que vous et le Dr Frock vous me disiez tout ce que vous savez à propos de cette créature. Le plus vite possible, s'il vous plaît.

Ils entraient de nouveau dans l'entrepôt. Soudain Margo entendit un roulement de tambour lointain, quelque chose comme un tonnerre grondant à l'horizon. Elle s'arrêta, tétanisée. Cette rumeur semblait porter des voix qui criaient, qui appelaient au secours.

— Qu'est-ce que c'était ? demanda-t-elle.

— Ça, répondit Pendergast avec flegme, ce sont les cris des gens dans l'escalier. Ils essaient de sauver leur peau.

10

Dans la lumière tamisée qui filtrait à travers les barreaux des fenêtres du laboratoire, Wright avait eu quelque difficulté à retrouver le chemin de la salle des archives. Il pensa qu'il avait de la chance. Le labo se trouvait au sein du périmètre de la cellule n° 2. Une fois de plus, il se félicita d'avoir gardé ce vieux labo en service après sa nomination comme directeur. Pour l'heure, cet endroit leur offrait un refuge, temporaire mais sûr, de quoi respirer un peu. La cellule n° 2 était désormais complètement déconnectée du reste du musée. Ils étaient bel et bien prisonniers du périmètre. Tous les barreaux, volets, rideau de protection et les portes automatiques étaient descendus à cause de la panne. Il l'avait entendu dire par cet incapable, ce policier nommé D'Agosta.

« Il faudra que quelqu'un paie la note des erreurs commises ! » se dit-il.

Ils étaient tous au calme, à présent. Mais, après cette course éperdue, la conscience de l'énormité du désastre leur vint peu à peu.

Wright s'avança avec précaution, visita quelques tiroirs à la recherche de quelque chose qui se trouvait derrière les dossiers d'archives. Il finit par trouver.

— Un Ruger 38 Magnum ! s'écria-t-il en brandissant l'objet. Excellente arme, avec un effet de choc très puissant.

— Je ne suis pas sûr que cela suffira à arrêter la créature qui a tué Ippolito, dit Cuthbert.

Il était debout devant la porte du labo ; on aurait dit un tableau, un portrait sur fond noir.

— Ne vous en faites pas, Ian. Une seule de ces balles ultrarapides serait suffisante pour trouer le cuir d'un éléphant. J'ai acheté ça quand le vieux Shorter s'est fait agresser par un zonard. Et puis, la créature n'arrivera pas jusqu'ici. Et si c'est le cas, cette porte de chêne fait six centimètres d'épaisseur.

Cuthbert désigna l'autre porte, au fond du bureau.

— Et celle-là ?

— Elle mène à la salle des dinosaures du Crétacé. Même construction. Un bois de chêne à toute épreuve.

Il glissa l'arme dans sa ceinture et ajouta :

— Quand je pense à ces fous qui se sont précipités vers le sous-sol comme des rats… Ils auraient dû m'écouter.

Il fouilla encore dans les tiroirs et en retira une lampe de poche.

— Excellent. Ça fait des années que ce truc-là n'a pas servi.

Il essaya de l'allumer, mais il n'en sortit qu'une faible lueur qui vacilla d'autant plus que sa main tremblait.

— Pas terrible comme puissance, murmura Cuthbert.

Wright l'éteignit et décréta :

— On s'en servira seulement en cas d'urgence.

— Oh, s'il vous plaît, intervint Mme Rickman, laissez-la allumée un peu, juste un instant !

Elle était juchée sur un tabouret, au milieu de la pièce, et elle se tordait les mains.

— Winston, qu'allons-nous faire maintenant ? Il faut décider de quelque chose.

— Procédons par ordre, dit Wright. Premièrement, j'aimerais bien trouver quelque chose à boire. C'est le début de mon plan. Parce que je suis un peu sur les nerfs.

Il alla au fond du laboratoire et dirigea sa lampe sur un vieux placard. Puis il arriva à en extraire une bouteille qu'on entendit tinter.

— Ian ? demanda-t-il.

— Non merci, pas pour moi, répondit Cuthbert.

— Lavinia ?

— Je ne pourrais rien avaler non plus.

Wright revint auprès d'eux, il s'assit sur un établi, emplit le gobelet, but trois gorgées, refit le plein. La pièce fut envahie d'une senteur de scotch single malt.

— Bon, ça suffit maintenant, Winston, dit Cuthbert.

— On ne peut pas rester ici dans le noir, dit Mme Rickman nerveusement. Il doit bien y avoir une sortie à cet étage, non ?

— Je vous ai dit que non. Tout est bloqué, dit Wright.

— Et la salle des dinosaures ?

Elle désigna la porte au fond du laboratoire.

— Lavinia, répondit Wright, cette salle ne dispose que d'une entrée publique, actuellement bloquée par une des portes de sécurité. Nous sommes donc complètement prisonniers. Mais il n'y a pas d'inquiétude à avoir. Parce que cette chose, là, qui a tué Ippolito et les autres, ne viendra pas ici. Elle va préférer les proies faciles. Par exemple, tout le groupe qui vient d'emprunter l'escalier du sous-sol.

Il avala bruyamment une autre gorgée. On entendit le gobelet retomber sur la table, et il ajouta :

— Je suggère qu'on attende ici encore une demi-heure, pour voir. Ensuite, on retournera à l'exposition. Si on n'a pas rétabli l'électricité, si les portes ne sont pas relevées à ce moment-là, nous verrons. Je connais une autre sortie qui passe par l'exposition elle-même.

— Vous m'avez l'air de connaître toutes sortes de cachettes dans cette maison, observa Cuthbert.

— N'oubliez pas que nous sommes dans mon ancien labo. Je confesse que de temps en temps j'aime revenir ici. M'évader des tâches pénibles de l'administration et revoir mes chers dinosaures.

Il s'ébroua et s'envoya une autre gorgée.

— Oui, je vois ce que vous voulez dire, approuva Cuthbert, non sans ironie.

— Une partie de l'expo en bas a été montée dans une zone qu'on appelait la salle des trilobites. J'y ai passé pas mal d'heures, il y a quelques années. Bref. Cet endroit comportait un passage secret vers le couloir principal ; il partait de l'un des grands présentoirs de trilobites. La porte avait été condamnée longtemps auparavant, pour ménager de la place à une nouvelle vitrine de présentation. Je suis sûr que, lorsqu'ils ont mis au point le décor de *Superstition,* ils se sont contentés de clouer des planches sur cette porte et de donner un coup de peinture. On pourrait parvenir jusque-là et faire sauter la serrure avec mon arme en cas de besoin.

— Ça m'a l'air faisable, intervint Mme Rickman, impatiente.

— Je n'ai jamais entendu parler de cette porte quand on a monté l'exposition, dit Cuthbert qui semblait beaucoup plus réservé. Je suis sûr que la sécurité l'aurait su.

— Je vous dis que cela date de plusieurs années, répliqua Wright, on l'a condamnée puis oubliée.

Pendant le long silence qui suivit, Wright se versa un autre verre et Cuthbert s'écria :

— Winston, arrêtez, posez ce verre, maintenant !

Le directeur but une longue gorgée. Sa tête retomba, ses épaules s'effondrèrent.

— Ian, murmura-t-il enfin, comment tout cela a-t-il pu se produire ? Vous savez que nous sommes finis après un coup pareil ?

Cuthbert garda le silence.

— N'allons pas trop vite, dit Mme Rickman d'une voix qu'elle essayait désespérément de garder insouciante. Une bonne campagne de relations publiques peut suffire à réparer bien des choses.

— Lavinia, répondit Cuthbert, il ne s'agit pas de rattraper le coup comme le font les compagnies pharmaceutiques quand un dingue a mis de l'arsenic dans leur aspirine : là-dessous, à l'étage inférieur, il y a au moins une demi-douzaine de morts. Je vous rappelle que le maire lui-même est fait comme un rat. Dans quelques heures, c'est fini. Nous faisons la une de toutes les dépêches du soir.

— Oui, nous sommes foutus, répéta Wright.

Il poussa un curieux petit sanglot en s'effondrant sur la table.

— Bon sang, ce n'est pas possible ! dit Cuthbert en lui arrachant sa bouteille pour aller la remettre dans le placard du fond.

— C'est fini, hein ? gémit Wright sans lever la tête.

— Oui, Winston, c'est fini ; et, pour tout vous dire, au point où nous en sommes, je serais déjà content de m'en sortir vivant.

— Je vous en prie, Ian, si on s'en allait d'ici ? Je vous en prie ! dit Mme Rickman.

Elle se leva et se dirigea vers la porte que Wright avait fermée derrière eux et l'ouvrit lentement.

— Ce n'était pas fermé ! observa-t-elle sévèrement.

— Dieu du ciel ! dit Cuthbert en bondissant.

Quant à Wright, sans même lever les yeux, il fouilla dans sa poche et leur tendit la clé.

— Elle marche sur les deux portes, précisa-t-il d'une voix altérée.

Tremblante, Mme Rickman tourna la clé dans la serrure pendant que Wright demandait plaintivement :

— Mais quelle erreur avons-nous commise, hein ?

— Ça me paraît pourtant clair, dit Cuthbert : on aurait pu s'occuper de cette affaire il y a cinq ans, c'est tout.

— Que voulez-vous dire ? demanda Mme Rickman en revenant vers eux.

— Vous savez parfaitement ce que je veux dire. Je parle de la disparition de Montague. C'est à cette époque-là qu'on aurait dû s'intéresser à certaines questions, au lieu de faire comme si rien ne s'était passé. On a relevé toutes ces traces de sang près des caisses de Whittlesey. Montague est devenu introuvable du jour au lendemain. Maintenant nous savons exactement ce qui s'est passé. Mais ce qu'il aurait fallu faire alors, c'est se pencher sur le fond de la question. Winston, vous vous rappelez ? On était dans votre bureau. Ippolito s'est pointé pour nous raconter l'affaire. Qu'avons-nous fait ? Nous avons fait nettoyer le plancher. Nous nous sommes empressés d'oublier ça. Nous avons pensé que ce qui avait tué Montague, ou celui qui l'avait tué, finirait obligeamment par disparaître.

— Mais nous n'avions même pas la preuve du meurtre ! glapit Wright en levant la tête. Ce sang pouvait venir de n'importe quel chien errant. On ne pouvait pas savoir.

— On ne savait pas, c'est vrai. Mais on aurait peut-être pu si vous aviez laissé Ippolito faire son rapport à la police à propos de cette incompréhensible boucherie. Quant à vous, Lavinia, si je m'en souviens bien, votre seule suggestion était que l'on s'empresse de faire le ménage sur les lieux.

— Ian, on n'aurait rien gagné à faire du scandale autour de cette affaire. Vous savez fort bien que ce sang pouvait avoir toutes sortes d'origines. En plus, Ian, je vous rappelle que c'est vous qui avez insisté pour que les caisses soient déplacées. C'est vous qui étiez soucieux ; l'exposition, disiez-vous, pouvait susciter des interrogations à propos de l'expédition Whittlesey. C'est vous qui avez pris le carnet de route. Vous me l'avez confié le temps de l'exposition. Ce carnet de route vous gênait, c'est ça ?

Cuthbert ricana.

— Vous n'y êtes pas du tout ! Julian Whittlesey était un ami. Enfin, je veux dire, il l'avait été. On s'était disputés à propos d'un article qu'il avait publié. Nous n'avions pas eu le temps de nous raccommoder. Pour ça, c'est vrai, il était trop tard. Mais au moins je pouvais éviter que le journal ne soit exhumé. Je craignais que ses théories ne jettent le ridicule sur lui.

Il se tourna et considéra un instant la directrice des relations publiques.

— Ce que j'ai fait, Lavinia, c'est simple : j'ai essayé de protéger un collègue qui avait légèrement disjoncté. Mais je n'ai pas couvert une mort violente. D'ailleurs, si nous parlions plutôt de ces apparitions suspectes ? Winston, il me semble que vous avez reçu plusieurs rapports faisant état d'observations curieuses par des gens de chez vous, après les heures d'ouverture. Vous n'avez jamais levé le petit doigt, que je sache ?

— Comment voulez-vous que j'imagine… ? répondit Wright vigoureusement. D'ailleurs, qui m'aurait cru ? Ces récits semblaient ridicules, ils n'avaient ni queue ni tête…

— Bon, si on changeait de sujet ? suggéra Mme Rickman. Moi, je n'en peux plus d'attendre ici dans le noir. Si on ouvrait les fenêtres ? Peut-être qu'on nous prépare une sortie par là ?

— Inutile ! dit Wright qui soupira en se frottant les yeux. Ces fenêtres ont des barreaux d'un acier spécial, d'une épaisseur de plusieurs centimètres.

Il chercha autour de lui et demanda :

— Où est mon verre ?

— Vous avez eu votre dose, répondit Cuthbert.

— Je vous laisse votre foutue morale petite-bourgeoise américaine, dit-il.

Sur quoi il se leva et fila vers le placard, d'une démarche vaguement titubante.

Dans l'escalier, D'Agosta leva les yeux sur la figure pâle de Bailey.

— Je vous remercie de m'avoir soutenu, dit-il.

— Mais non, c'est bien vous le patron.

En bas, le groupe les attendait, rassemblé sur les marches. On entendait des reniflements et des sanglots. D'Agosta se tourna vers eux et leur dit calmement :

— Bon, il faudra faire vite. Au prochain palier en dessous, il y a une porte qui donne accès au sous-sol. Nous allons prendre par là et retrouver d'autres personnes qui connaissent un chemin pour sortir. Tout le monde a compris ?

— Compris, dit une voix que D'Agosta reconnut pour celle du maire.

— Parfait, répondit D'Agosta en hochant la tête. Bon, on y va. Je vais marcher devant, avec ma lampe. Bailey, vous fermez derrière et vous me dites si vous voyez quoi que ce soit.

Le groupe se mit à descendre lentement. Sur le palier inférieur, D'Agosta attendit jusqu'à ce que Bailey lui fasse son rapport. Rien à signaler. Alors, il saisit la poignée de la porte.

Aucun résultat. Bloquée.

D'Agosta essaya encore, avec plus de force. Inutile.

— Qu'est-ce que c'est que ça ?

Il dirigea sa torche sur la poignée et murmura : « Merde », après quoi il ajouta à voix haute :

— Personne ne bouge pour le moment. Essayez de garder votre calme. Je vais dire un mot à mon collègue à l'arrière.

Il remonta le groupe en direction de Bailey.

— Écoutez, Bailey, lui dit-il doucement, impossible d'aller au sous-sol ; les coups de feu ont endommagé la porte, elle est bloquée. Sans une barre d'acier, un levier, on ne pourra pas l'ouvrir.

Malgré l'obscurité, il remarqua que les yeux de Bailey s'écarquillaient.

— Alors quoi ? demanda le sergent. Il faut remonter ?

— Je vais réfléchir, répondit D'Agosta. Combien de munitions vous reste-t-il ? Moi, j'ai six balles dans mon revolver de service ; et vous ?

— Je ne sais pas, il doit me rester quinze ou seize coups.

— Zut, dit D'Agosta, je n'ai pas l'impression que…

Soudain il s'arrêta, éteignit sa lampe et écouta attentivement, dans l'obscurité. Un léger courant d'air dans l'escalier apporta une odeur de pourri, quelque chose d'animal.

Bailey s'agenouilla et visa le haut de l'escalier avec son arme. D'Agosta se tourna vers le groupe qui attendait plus bas et murmura entre ses dents :

— Tout le monde descend au palier inférieur, et vite !

On commença à grommeler. Quelqu'un dit :

— On ne va pas descendre, tout de même, et se laisser piéger là-dessous !

La réponse de D'Agosta fut couverte par un coup de feu tiré par Bailey.

— C'est la bête du musée ! cria quelqu'un.

Le groupe fit volte-face et commença à se bousculer dans les escaliers.

— Bailey ! cria D'Agosta, les oreilles encore bourdonnantes après le coup de feu, Bailey, suivez-moi, vite !

D'Agosta reculait dans l'escalier, d'une main tenant son revolver, de l'autre tâtonnant le long du mur. Il remarqua que celui-ci devenait humide après le premier sous-sol. Au-dessus de lui, dans l'escalier, il devinait la silhouette de Bailey en train de se précipiter vers lui, hors d'haleine. Après un moment qui lui sembla une éternité, D'Agosta mit le pied sur le palier inférieur, celui du deuxième sous-sol. Autour, tout le monde retenait son souffle. Bailey arriva enfin au même niveau que les autres et se heurta à lui.

— Bailey, qu'est-ce que c'était, bon Dieu ? murmura-t-il.

— Je ne sais pas, répondit-il. Il y a eu cette odeur affreuse, et puis, j'ai cru voir quelque chose, deux yeux rouges dans le noir, j'ai tiré.

D'Agosta leva sa lampe vers le sommet de l'escalier. Il compta rapidement le groupe : trente-huit personnes, lui et Bailey compris.

— Bon, chuchota-t-il à l'adresse du groupe. Nous sommes au deuxième sous-sol. Je vais passer d'abord, vous me suivez quand je vous le dis.

Il se retourna et dirigea sa lampe vers la porte. « Zut alors, se dit-il, nous voilà en plein dans *Les Mystères de Londres* ! » La porte de métal sombre était renforcée par des montants horizontaux. Quand il poussa le battant, un air humide et frais se précipita dans l'escalier. D'Agosta passa le premier. Il entendit un bruit d'eau, fit un pas en arrière, puis braqua sa lampe à ses pieds.

— Écoutez-moi tous, dit-il. Il y a comme un cours d'eau ici, d'une dizaine de centimètres de profondeur. Vous passez un par un, sans traîner ; vous faites attention à l'endroit où vous mettez les pieds. Après la porte, il y a deux marches. Bailey, vous fermez la procession. Et, pour l'amour du Ciel, refermez la porte derrière vous !

Pendergast compta les balles qui lui restaient, il les remit dans sa poche, après quoi il se tourna vers Frock.

— Je dois reconnaître que tout cela est vraiment fascinant. Et que vous avez fait preuve d'une remarquable intuition dans cette affaire, professeur. Je suis désolé d'avoir douté de votre raisonnement.

Frock eut un geste magnanime et répondit :

— Comment auriez-vous pu vous douter ? D'ailleurs, c'est Margo qui a découvert le détail qui manquait à mon raisonnement, la chose la plus importante : si elle n'avait pas analysé ces fibres végétales, nous n'aurions jamais su ce qu'il en était.

Pendergast rendit hommage à Margo d'un signe de tête. Elle était assise sur une caisse volumineuse, les genoux serrés contre la poitrine.

— Superbe travail, dit-il. Il faudrait que vous travailliez pour notre laboratoire criminel à Baton Rouge.

— Il faudrait d'abord que je consente à m'en séparer, observa Frock, et aussi qu'on sorte d'ici vivants. Tout cela laisse planer beaucoup d'incertitude sur la question.

— Il faudrait aussi que j'aie envie de quitter le musée, ajouta Margo, que sa propre réflexion surprit elle-même.

Pendergast se tourna vers elle :

— Je sais que vous comprenez mieux que moi cette créature, mais j'ai un doute. Est-ce que vous croyez vraiment que votre plan peut marcher ?

Margo respira un bon coup et hocha la tête :

— Si le programme Extrapolateur fait bien son travail, nous savons que la bête, quand elle chasse, se guide à l'odorat, elle utilise bien moins la vue. Et si elle a tant besoin de cette plante, comme nous le soupçonnons… – Elle observa un silence et haussa les épaules. – Bref, c'est notre seule chance.

Pendergast resta immobile un instant et acquiesça :

— Si ça peut sauver ces gens, là-dessous, il faut essayer, vous avez raison.

Sur quoi il sortit sa radio.

— D'Agosta ? appela-t-il en réglant la fréquence, D'Agosta, ici Pendergast, vous m'entendez ?

La radio envoya une flopée de parasites, puis :

— D'Agosta. J'écoute.

— Où en êtes-vous ?

— Nous avons croisé votre créature. Elle est sortie dans la grande salle, elle a tué Ippolito et aussi un invité qui était blessé. Nous sommes descendus par l'escalier, mais la porte du sous-sol était bloquée. Il a fallu se rabattre sur le deuxième sous-sol.

— Compris, dit Pendergast. Combien avez-vous d'armes avec vous ?

— On a juste eu le temps de prendre un fusil d'assaut et un revolver de service.

— Vous êtes où, exactement ?

— Dans le deuxième sous-sol, peut-être à cinquante mètres de la porte de l'escalier.

— Écoutez-moi bien, Vincent. J'ai discuté avec le professeur Frock ; il dit que la créature en question est d'une intelligence supérieure. Peut-être même plus rusée que vous ou moi.

— Parlez pour vous !

— Sérieusement, si vous la voyez encore, ne visez pas la tête : vos pruneaux vont lui ricocher sur le crâne. Visez le corps.

Après un long silence, la voix de D'Agosta revint :

— Dites-moi, Pendergast, il faudrait que vous disiez un mot de tout ça à Coffey. Il envoie des hommes à lui sur le terrain en ce moment. Je n'ai pas l'impression qu'il ait la moindre idée de ce qui l'attend.

— Je vais essayer, mais d'abord il faut qu'on arrive à vous sortir de là. La bête peut très bien être sur vos traces.

— Sans blague ?

— Je peux vous orienter pour vous permettre de sortir du musée par le deuxième sous-sol. Ce ne sera pas facile car mes plans ne datent pas d'hier. Il se peut même qu'ils ne soient pas fiables à cent pour cent. En plus, vous allez peut-être rencontrer de l'eau.

— Nous en avons jusqu'aux mollets en ce moment même. Dites, Pendergast, vous êtes sûr que vous sentez le coup ? Je vous rappelle que dehors il y a un orage monstre.

— Vous avez le choix entre affronter l'eau ou la bête. Vous êtes une quarantaine. Vous représentez la proie la plus évidente pour elle. Il vous faut ficher le camp le plus vite possible. C'est la seule issue.

— Vous ne pouvez pas nous rejoindre ici ?

— Non, nous avons décidé de rester et de faire diversion ; je n'ai pas le temps de vous expliquer davantage. Si notre stratagème fonctionne, nous pourrons vous rejoindre un peu plus tard. Grâce à ces plans dont je dispose, j'ai découvert qu'il existait en fait plus d'une façon d'accéder au deuxième sous-sol, à partir de la cellule n° 2.

— Soyez prudent, Pendergast.

— J'en ai bien l'intention. Bon, écoutez-moi bien : vous vous trouvez dans un couloir long et étroit, c'est ça ?

— Oui.

— Parfait. Vous allez rencontrer une fourche ; il faut prendre à droite. Cent mètres après environ, vous allez rencontrer une autre fourche. Appelez-moi quand vous y serez, O.K. ?

— Compris.

— Bonne chance. Terminé.

Pendergast changea de fréquence en hâte.

— Coffey ? Ici Pendergast, vous me recevez ?

— Ici Coffey. Nom d'un chien, Pendergast, ça fait un temps fou que j'essaie de vous joindre et…

— Pas le temps. C'est vrai que vous envoyez une équipe de secours ?

— Oui, ils sont sur le départ.

— Alors, assurez-vous que vos gars sont équipés de gros calibres automatiques, de casques, de gilets pare-balles, parce qu'ils vont se retrouver face à une créature puissante et sanguinaire, là-dedans. Je l'ai vue. Elle se promène à travers la cellule n° 2.

— Dites, vous et votre D'Agosta, j'en ai marre, si vous essayez de…

Pendergast le coupa immédiatement :

— Je vous mets en garde une nouvelle fois : nous sommes en présence de quelque chose de monstrueux ; si vous traitez ce danger à la légère, c'est votre affaire, mais je vous aurai prévenu. Allez, je vous laisse.

— Pendergast, non, attendez, je vous ordonne de…

Pendergast éteignit sa radio.

11

Ils pataugeaient dans l'eau. Leurs faibles lampes rasaient le plafond au-dessus d'eux. Une légère circulation d'air continuait de rafraîchir leurs visages. À présent, D'Agosta commençait à s'inquiéter sérieusement : la bête pouvait surgir derrière eux à tout moment sans prévenir puisque son odeur épouvantable était balayée par le courant d'air.

Il s'arrêta un moment, le temps de laisser Bailey le rejoindre.

— Lieutenant, dit le maire en retrouvant son souffle, vous êtes sûr qu'on peut sortir par ici ?

— Je ne me fie qu'aux indications de l'agent Pendergast, monsieur ; il possède les plans de cet endroit, mais une chose est sûre, c'est que personne ne souhaite vraiment retourner là-bas.

D'Agosta reprit sa marche avec le groupe. Du plafond tombaient des gouttes lourdes et noires, la voûte était formée de briques disposées en chevrons, les murs étaient couverts de traînées jaunâtres. Tout le monde gardait le silence. Sauf une femme qui pleurnichait doucement.

— Excusez-moi, lieutenant, dit une voix.

C'était le grand jeune homme maigre, Smithback.

— Oui ?

— Ça vous ennuie si je vous pose une question ?

— Allez-y.

— Ça vous fait quoi, de tenir entre vos mains la vie d'une quarantaine de personnes, dont le maire de New York ?

— Hein ?

D'Agosta s'arrêta, surpris.

— Ah non, ne me dites pas qu'il y a encore l'un de ces cochons de journalistes dans le tas !

— Eh bien, euh…, dit Smithback.

— Vous n'avez qu'à m'appeler au bureau pour prendre rendez-vous.

Sur quoi D'Agosta balaya le tunnel de sa lampe. Il repéra la fourche qu'on lui avait annoncée. Il s'engagea à droite, comme Pendergast le lui avait dit. C'était légèrement pentu. Le débit de l'eau commençait à s'accélérer, la vague remontait le long de leurs jambes avant de les dépasser pour se précipiter vers les profondeurs. La blessure qu'il avait à la main le lançait. Le groupe s'engagea derrière lui au carrefour. Il nota avec soulagement qu'il n'y avait plus de ventilation.

Un rat crevé emporté par le courant se heurta aux jambes de la petite troupe comme une grosse boule de billard. On entendit un murmure, quelqu'un le repoussa, personne ne se plaignit.

— Bailey ! appela D'Agosta.

— Ouais ?

— Rien à signaler ?

— Vous inquiétez pas, si je vois quelque chose, vous serez vite au courant.

— D'accord. Je vais passer un appel là-haut, pour voir si ce problème électrique va être bientôt réglé.

Il prit sa radio.

— Coffey ?

— J'écoute. Pendergast vient de me raccrocher au nez, où êtes-vous ?

— Dans le deuxième sous-sol. Pendergast a les plans. Il nous guide par radio. Dites-moi, l'électricité sera bientôt rétablie ?

— D'Agosta, ne faites pas l'andouille, Pendergast va vous faire tuer. Quant au courant, ce n'est pas en très bonne voie, j'en ai peur. Allez, retournez à la salle du ciel étoilé et attendez. On envoie l'équipe de secours dans quelques minutes. Elle va passer par le toit.

— Alors, on a dû vous dire que Wright, Cuthbert et la directrice des relations publiques se trouvent là-haut, vraisemblablement au troisième. C'est la seule autre sortie de l'escalier.

— Quoi ? Ils ne sont pas avec vous ?

— Ils ont refusé de nous suivre. Wright a pris l'initiative d'aller de son côté. Les autres sont partis avec lui.

— À mon avis, ils ont fait preuve de plus de jugeote que vous. Le maire va bien ? Je voudrais lui dire un mot.

D'Agosta tendit sa radio à l'intéressé. Coffey demanda, plein de sollicitude :

— Est-ce que ça va, monsieur le maire ?

— Le lieutenant s'occupe très bien de nous.

— Monsieur, j'ai quand même la conviction que vous devriez retourner à la salle du ciel étoilé où l'on viendra vous chercher. On envoie une équipe de secours en ce moment même.

— Je vous répète que j'ai toute confiance dans le lieutenant D'Agosta. Vous devriez, vous aussi.

— Bien sûr, monsieur. Vous pouvez être certain que tout est mis en œuvre pour vous tirer de là sans dommage.

— Coffey ?

— Oui, monsieur ?

— N'oubliez pas, je vous prie, qu'il y a plus de trente personnes avec moi ici.

— Mais je voulais dire simplement, monsieur, que nous faisons tout pour…

— Coffey, je ne suis pas sûr de m'être fait comprendre : tous ces gens méritent vos efforts autant que moi.

— Oui, monsieur.

Le maire tendit la radio à D'Agosta :

— Je me trompe ou ce type est un sale con ?

D'Agosta fixa sa radio sur sa poitrine et continua d'avancer. Ensuite, il s'arrêta, balaya avec sa lampe l'obscurité devant lui et révéla un objet qui luisait : une porte de métal, fermée. L'eau coulait à travers une grille épaisse au bas de la porte. Il examina tout cela de plus près. Cette porte était semblable, en vérité, à celle qui se trouvait au pied de l'escalier : massive, deux panneaux rivetés. Un cadenas en cuivre, couvert de vert-de-gris, pendait sur le côté. D'Agosta le manipula, mais il tenait bon.

— Pendergast ? dit-il en sortant sa radio une fois de plus.

— J'écoute.

— Premier embranchement, parfait. Mais là, nous sommes devant une porte métallique, fermée.

— Une porte métallique ? Entre les deux embranchements ?

— Oui.

— Et vous avez pris à droite au premier ?

— Oui.

— Un instant.

On entendit un froissement.

— Vincent, demi-tour, et prenez le tunnel de gauche, cette fois, dépêchez-vous.

D'Agosta se retourna et dit :

— Bailey, on revient au dernier embranchement pour prendre l'autre tunnel. On se dépêche ! Allez, tout le monde !

Il y eut une rumeur, et le groupe repartit dans l'autre sens, pataugeant dans l'eau noire.

— Hé, attendez, dit Bailey qui était désormais en tête du groupe. Merde, alors ! Lieutenant, vous sentez ?

— Aïe, dit D'Agosta, puis il murmura : « Merde », à son tour, quand cette odeur nauséabonde lui parvint aux narines.

— Bailey, il va falloir tirer. J'arrive, dégainez ! Plombez-moi cette saloperie !

Cuthbert, assis sur l'établi, jouait distraitement de la batterie avec un crayon-gomme. Au bout de la table, il y avait Wright, immobile, la tête entre les mains. Mme Rickman, dressée sur la pointe des pieds près de la petite fenêtre, tendait la lampe torche à travers les barreaux, l'allumait et l'éteignait à intervalles réguliers, d'un doigt manucuré. Un éclair dessina sa mince silhouette, puis on entendit le tonnerre.

— Il tombe des cordes ! dit-elle. Je ne peux rien voir.

— Personne ne vous verra non plus, dit Cuthbert amèrement. Ça ne sert à rien. Vous videz la batterie. On peut en avoir besoin.

Avec un grand soupir, Mme Rickman éteignit la lumière et rendit le labo à l'obscurité.

— Je me demande ce qu'il a fait du corps de Montague, dit soudain Wright d'une voix sinistre.

— Il l'a mangé, peut-être, dit Cuthbert.

Son rire emplit la pièce obscure. L'autre s'écria :

— Où est mon whisky ? Ian, sale Écossais, où avez-vous planqué ce whisky ?

Cuthbert continuait à jouer de la batterie avec son crayon.

— Oui, mangé, avec un soupçon de curry et du riz. Montague-riz pilaf.

Wright s'étrangla.

Cuthbert se leva et s'approcha du directeur. Il lui prit le calibre 38 qu'il portait à la ceinture, vérifia le chargeur, puis glissa l'arme dans sa propre ceinture.

— Rendez-moi ça tout de suite ! ordonna Wright.

Cuthbert ne répondit pas.

— Vous êtes un pauvre type, Ian, vous avez toujours été une cervelle d'oiseau, jaloux, en plus. Lundi matin, la première chose que je vais faire, c'est vous virer. D'ailleurs, je vous vire dès maintenant, tiens.

Il se leva, vacillant :

— Vous êtes viré, vous m'entendez ?

Cuthbert était contre la porte principale du labo. Il écoutait.

— Qu'est-ce qu'il y a ? demanda Mme Rickman, inquiète.

Cuthbert leva la main pour l'interrompre.

Un silence suivit.

Finalement, Cuthbert s'éloigna de la porte et dit :

— Il m'avait semblé entendre un bruit.

Il considéra Mme Rickman :

— Lavinia, vous pouvez venir ici, s'il vous plaît ?

— Qu'est-ce qu'il y a ? demanda-t-elle encore, en retenant son souffle.

Il la poussa de côté.

— Tenez-moi la lampe. Je ne veux pas vous paniquer mais, s'il devait se produire quelque chose...

— Que voulez-vous dire ? fit-elle d'une voix faible.

— Cette chose qui tue des gens est en train de se promener. Je ne suis pas sûr que nous soyons totalement à l'abri ici.

— Mais, la porte ! Winston dit qu'elle fait plusieurs centimètres d'épaisseur !

— Je sais. Peut-être que tout se passera bien, mais rappelez-vous que les portes de l'expo étaient plus épaisses que ça encore. J'aimerais que nous prenions quelques précautions. Aidez-moi à déplacer cette table.

Il se tourna vers le directeur, qui leva sur lui un œil vague. Wright lui répéta :

— Viré, j'ai dit. Vous me viderez votre bureau avant cinq heures, lundi.

Cuthbert le releva et l'assit sur une chaise. Avec l'aide de Mme Rickman, il plaça la table devant la porte de chêne.

— Ça le ralentira, au moins, dit-il en époussetant sa veste, et me laissera le temps de tirer efficacement, j'espère. Au premier signe d'alerte, je vous demande de filer dans la salle des dinosaures, par cette porte, là derrière, et de vous cacher. Avec la fermeture des portes de sécurité, il n'y a aucun autre accès à cette salle. Au moins, comme ça, il y aura deux portes entre vous et la chose.

Cuthbert regarda autour d'eux et ajouta :

— Essayons de casser cette fenêtre. Quelqu'un pourra peut-être entendre nos cris.

Wright se mit à rire.

— Impossible de la casser ; impossible, mon vieux ! C'est du verre ultrablindé.

Cuthbert fouilla partout dans le labo pour rapporter finalement un objet contondant et métallique. Il visa entre les barreaux, mais l'objet rebondit sur le verre et lui échappa.

— Zut alors, grommela-t-il en se frottant la main. On pourrait tirer dessus, mais avez-vous d'autres munitions ?

— Vous, je ne vous parle plus ! dit Wright.

Cuthbert ouvrit le placard aux archives et fouilla dans l'obscurité.

— Rien, dit-il. Je ne peux pas gâcher des munitions en tirant sur la fenêtre, nous n'avons que cinq coups.

— *Rien, rien, rien.* Ce n'est pas une citation du *Roi Lear* ? dit Wright.

Cuthbert soupira profondément et s'assit. Une fois de plus, le silence envahit la pièce. On n'entendait que la rumeur du vent dehors, la pluie et le lointain roulement du tonnerre.

Pendergast baissa sa radio et se tourna vers Margo.

— D'Agosta a des problèmes, il faut faire vite.

— Laissez-moi, dit Frock tranquillement, je vous retarde.

— Très élégant de votre part, répondit Pendergast, mais nous avons besoin de votre cerveau.

Il pénétra avec précaution dans la salle, dirigea sa lampe d'un bout à l'autre, indiqua que la voie était libre. Alors ils traversèrent, Margo poussant le fauteuil roulant aussi vite que possible.

Tandis qu'ils progressaient ainsi à travers le bâtiment, Frock les dirigeait parfois d'un mot. Pendergast s'arrêtait à tous les embranchements, prêt à tirer. Il écoutait et reniflait l'air autour d'eux. Au bout de quelques minutes, c'est lui qui poussa le fauteuil. Margo le laissa faire. Ils finirent par arriver à la porte de sécurité.

Pour la centième fois, Margo forma des vœux pour que son plan marche et qu'il ne signifie pas, pour eux et pour le groupe en bas, une mort affreuse.

— La troisième à droite ! dit Frock en arrivant dans le périmètre de sécurité. Margo, vous vous souvenez de la combinaison ?

Elle composa le numéro, tira sur la poignée, la porte s'ouvrit. Pendergast fit quelques pas et s'agenouilla près de la petite caisse.

— Attendez, dit Margo.

Pendergast s'interrompit, les sourcils dressés, en signe d'interrogation.

— Il ne faut pas que l'odeur s'attache à vous, dit-elle. Enveloppez ces plantes dans votre veste.

Pendergast hésitait.

— Tenez, prenez mon mouchoir, dit Frock.

Pendergast l'examina.

— Eh bien, dit-il en riant, si notre professeur fait don de ce mouchoir à cent dollars, je sacrifie ma veste.

Il prit sa radio, son carnet, les glissa dans sa ceinture, puis il enleva sa veste.

— On se demande depuis quand les agents du FBI portent des costumes faits main de chez Armani, dit Margo en ricanant.

— On se demande surtout comment les étudiants en ethnopharmacologie peuvent seulement en connaître l'existence, répondit Pendergast en étendant sa veste par terre avec précaution.

Ensuite, rapidement, il prit quelques poignées de fibres végétales et les étendit sur sa veste ouverte. Il glissa le mouchoir dans l'une des manches, plia le tout, noua les manches.

— Il nous faut une corde pour attacher ça, dit Margo.

— Je vois de la ficelle d'emballage près de la caisse du fond, dit Frock.

Pendergast ficela la veste. Il en fit un colis qu'il traîna par terre.

— Ça a l'air de tenir, dit-il. Mais c'est dommage pour ma veste qu'ils n'aient pas nettoyé le plancher depuis un bon moment.

Il se tourna vers Margo et lui demanda :

— Vous pensez que ça laissera assez d'odeur pour que la créature suive la piste ?

Frock affirma que oui.

— Le programme Extrapolateur estime que le sens de l'odorat chez la bête est considérablement plus développé que chez l'homme. Rappelez-vous qu'elle a poursuivi les caisses jusqu'ici.

— Mais vous êtes sûr que le… repas qu'elle vient de prendre ce soir ne lui a pas suffi ?

— Monsieur Pendergast, l'hormone d'origine humaine fonctionne comme un médiocre substitut. En fait nous croyons que la bête dépend de cette plante jusqu'à vivre pour elle.

Frock hocha la tête une nouvelle fois et confirma :

— Si elle sent des fibres de ce type en quantité, elle les suivra aussitôt.

— Bon, alors allons-y, dit Pendergast.

Il souleva le paquet avec précaution.

— L'autre accès au deuxième sous-sol est à plusieurs centaines de mètres d'ici. Si vous ne vous trompez pas, c'est à partir de maintenant que nous sommes le plus en danger. La créature va orienter sa course vers nous, désormais.

Margo poussait toujours le fauteuil roulant et suivait Pendergast dans le couloir. Il ferma la porte. Ensuite ils filèrent à toute allure à travers la salle pour s'enfoncer dans les profondeurs silencieuses des souterrains.

12

D'Agosta avançait, accroupi dans l'eau, le revolver pointé vers l'obscurité profonde. Il avait éteint sa lampe pour ne pas révéler sa position. L'eau lui coulait entre les cuisses. Elle dégageait un relent d'algue et de citron qui se mêlait à la puanteur de la bête.

— Bailey, vous êtes par là ? chuchota-t-il dans le noir.

— Ouais, répondit l'autre, je suis au premier embranchement.

— Vous avez plus de munitions que moi. Si nous arrivons à arrêter cette saleté, je veux que vous me couvriez pendant que je recule et que j'essaie de faire sauter la serrure.

— Compris.

D'Agosta progressa vers Bailey, les jambes engourdies par le froid de l'eau. Soudain il entendit divers sons devant lui dans l'obscurité, un léger éclaboussement, puis un autre plus près. L'arme de Bailey tira par deux fois, et dans le groupe qui le suivait plusieurs personnes commencèrent à sangloter.

Bailey cria : « Jésus ! », après quoi on entendit un long craquement, suivi du cri de Bailey. D'Agosta sentit un grand bouillonnement devant lui.

— Bailey ! cria-t-il.

Tout ce qu'on entendit fut le murmure de l'eau.

Il tira sa lampe et fouilla le tunnel. Rien. « Bailey ! »

À présent, derrière lui, plusieurs personnes criaient, l'une d'elles poussait même des hurlements hystériques.

— Vos gueules ! dit D'Agosta, il faut que j'entende ce qui se passe.

Les cris s'apaisèrent soudain. Il promena sa lampe devant lui une nouvelle fois, vers les murs et le plafond, mais il n'y avait rien, Bailey s'était évaporé. L'odeur de la bête avait diminué une fois de plus. Peut-être que Bailey avait touché cette horreur, peut-être que la bête s'était écartée un instant à cause du bruit.

Alors il envoya le faisceau de sa lampe à la surface de l'eau, remarqua qu'elle était rouge et vit flotter un morceau de tissu bleu, le tissu réglementaire des policiers de la ville de New York.

— J'ai besoin d'assistance, dit-il par-dessus son épaule.

Smithback se porta aussitôt à sa hauteur.

— Dirigez-moi cette lampe par là, lui dit D'Agosta.

D'Agosta tâta le sol de ses doigts. Il remarqua que le niveau d'eau était un peu plus élevé que tout à l'heure : quand il se penchait, il en avait jusqu'à la poitrine. Soudain quelque chose flotta sous son nez ; il s'aperçut que c'était un morceau de Bailey et dut détourner la tête.

Aucune trace de son arme.

— Smithback, dit-il, je file à l'arrière pour essayer de faire sauter la serrure. De toute façon on ne peut plus avancer si cette chose nous attend quelque part. Essayez de retrouver l'arme dans l'eau. Si vous voyez quelque chose, si vous sentez quoi que ce soit, feu !

— Vous allez me laisser seul ici ? dit Smithback, un peu tremblant.

— Vous avez la lampe, j'en ai pour une minute. Allons, vous tiendrez le coup, hein ?

— Je vais essayer.

D'Agosta lui serra l'épaule, un geste bref, puis il s'éloigna. « Pour un journaliste, se dit-il, ce gars n'est pas une mauviette. »

Soudain une main l'attrapa au passage, pendant qu'il remontait le groupe. C'était une femme :

— Je vous en prie, dites-nous ce qui se passe, sanglota-t-elle.

Il s'en détacha doucement. Ensuite il entendit que le maire lui parlait et tâchait de l'apaiser, et se dit que la prochaine fois il voterait peut-être pour ce vieux con.

— Bon, maintenant tout le monde recule ! dit D'Agosta en prenant position face à la porte.

Il savait qu'il lui aurait fallu s'éloigner pour éviter d'éventuels ricochets, mais le cadenas était épais et la visée dans le noir pas facile.

Alors il se campa à quelques dizaines de centimètres seulement de la porte, plaça la gueule du calibre 38 face au cadenas et fit feu. Quand la fumée se dissipa, au centre du cadenas on vit un trou net mais l'anneau tenait bon.

— Merde alors, murmura-t-il.

Cette fois il plaça son canon directement contre l'anneau et il tira un nouveau coup. À présent, plus de cadenas. Il donna de l'épaule contre la porte et demanda de l'aide. Aussitôt plusieurs personnes vinrent appuyer sur la porte avec lui, les gonds finirent par céder à leur pression avec un grincement sonore, et l'eau s'engouffra soudain par la brèche.

— Smithback ? Vous avez trouvé quelque chose ?

— Sa lampe ! dit la voix dans le noir.

— Bien joué. Allez, revenez ici.

En passant la porte, D'Agosta remarqua qu'il y avait un deuxième anneau de métal de l'autre côté. Il poussa les membres du groupe devant lui en les comptant. Trente-sept. Bailey, envolé. Smithback fermait la marche.

— Bon, allez, on referme ! cria D'Agosta.

La porte fut repoussée contre le flot et se ferma lentement.

— Smithback ! Envoyez votre lampe par ici. Peut-être qu'on peut trouver de quoi barrer cette porte.

Il l'examina. Il suffisait de trouver un morceau de métal pour le glisser dans l'anneau derrière, ça pouvait peut-être suffire. Il se tourna vers le groupe.

— J'ai besoin de quelque chose de métallique, n'importe quoi. Est-ce que quelqu'un possède un morceau de métal qui nous permette de coincer la porte ?

C'est le maire qui quêta auprès du groupe puis revint vers D'Agosta les mains pleines. Smithback dirigea sa lampe vers le butin. D'Agosta jeta un œil sur les broches, les colliers, les peignes qu'on lui proposait.

— Non, ça ne va pas, dit-il.

Soudain il y eut un grand éclaboussement de l'autre côté de la porte, un grognement résonna, et à travers la grille on sentit monter une odeur fétide. Un léger choc, un grincement de gonds, et la porte s'entrouvrit.

— Mon Dieu ! Que quelqu'un vienne m'aider à fermer ! hurla D'Agosta.

Les gens s'agglutinèrent contre la porte pour la bloquer. On entendit un grattement, puis il y eut un choc plus fort quand la chose, de l'autre côté, rencontra leur résistance. Le battant cédait un peu, les repoussant en arrière.

D'Agosta exhortait son monde et ils renforcèrent leur appui.

— Poussez !

Un nouveau rugissement de l'autre côté ; ensuite un autre choc qui refoula tout le monde une nouvelle fois. La porte gémissait dans l'opération, elle continuait à s'ouvrir, lentement, d'abord quelques centimètres, ensuite davantage. La puanteur devenait épouvantable. D'Agosta, tandis que la porte cédait, vit trois longues griffes longer le bord du métal. Elles se déployaient puis se rétractaient.

— Jésus-Marie-Joseph ! dit le maire avec beaucoup d'à-propos, tandis que quelqu'un entonnait un étrange chant religieux.

D'Agosta plaça la gueule de son canon à proximité immédiate du monstre et tira. Le hurlement fut terrible. Soudain, dans un remous d'eau, la forme disparut.

— La lampe ! dit Smithback. Ça ira parfaitement pour bloquer la porte. Mettez-la dans l'anneau.

— Nous n'en aurons plus qu'une ! dit D'Agosta.

— Vous avez une meilleure idée ?

— Non, souffla D'Agosta, avant d'ajouter à l'adresse du groupe : Bon, maintenant, poussez !

Au prix d'un dernier effort ils parvinrent à repousser la porte à fond. Smithback inséra la lampe de poche dans l'anneau. Elle glissa facilement et la tête vint se caler contre l'anneau. D'Agosta, qui retenait sa respiration, entendit un autre coup sur la porte. Elle trembla mais resta close.

— Allez, courez ! cria D'Agosta. Fichez le camp !

Ils s'élancèrent tous dans l'eau, et glissaient, trébuchaient ; D'Agosta finit par tomber lui-même, poussé par derrière. Il se releva, poursuivant sa fuite en avant, essayant d'oublier les rugissements du monstre qui continuait à frapper. Il y avait de quoi devenir fou de terreur. Il préféra penser à la lampe de poche. C'était une lampe de service de la police, de bonne qualité, fabrication excellente, elle allait tenir. Il fallait qu'elle tienne. Il priait Dieu pour qu'elle tienne.

Le groupe s'arrêta au deuxième embranchement. Dans les rangs, on criait toujours, on tremblait. D'Agosta songea : « Il faut que j'appelle Pendergast à la radio et que je sorte de ce foutu labyrinthe, maintenant... » Il porta sa main à son étui et s'aperçut, effaré, qu'il était vide.

Pendant ce temps-là, Coffey, dans le poste avancé de sécurité, regardait un écran de contrôle, l'œil sombre. Impossible de joindre Pendergast. D'Agosta pas davantage. À l'intérieur du périmètre, il gardait quand même le contact avec Garcia au QG de la sécurité et Waters dans la salle des ordinateurs.

Et tous les autres, étaient-ils morts ? À la pensée que le maire avait peut-être succombé, à l'idée des manchettes qui allaient suivre, il sentait son estomac se nouer.

Une lampe à acétylène vacillait près de la surface argentée de la porte de sécurité, à l'extrémité est de la rotonde. Elle animait un ballet d'ombres sous les plafonds élevés. Ça sentait l'acier en fusion, une odeur âcre. La rotonde était livrée à une paix étrange. Au pied de la porte de sécurité, on procédait encore à des amputations d'urgence. Mais tous les autres invités étaient rentrés chez eux ou partis vers les hôpitaux. On avait fini par repousser le flot des journalistes au-delà des barrières de police. Des unités de soins intensifs avaient été aménagées dans les rues adjacentes.

Soudain, le gars qui commandait l'équipe spéciale d'intervention de la police fit son entrée. Il était en train de boucler une ceinture de munitions sur son pantalon noir.

— On est prêts, dit-il.

Coffey hocha la tête et lui demanda un résumé de l'opération. L'homme poussa quelques téléphones, déplia un document :

— Nous avons un type qui nous guidera par radio. Il a le plan détaillé. Première phase, on perce un trou dans le toit, ici, et on passe au quatrième étage. S'il faut en croire le descriptif du système de sécurité, cette porte-là cédera sans problème avec une seule charge d'explosif. Du coup, nous avons accès à la cellule suivante. Ensuite, nous descendons au troisième. C'est un entrepôt qui se trouve directement au-dessus de la salle du ciel étoilé. Dans le plancher, on va trouver une trappe prévue pour réparer et nettoyer le grand lustre. Là, on descend nos hommes sur les lieux, on treuille les blessés. Deuxième phase : sauvetage des gens qui sont bloqués au deuxième sous-sol, c'est-à-dire le maire et toutes les personnes qui l'accompagnent. Phase trois : on essaie de trouver les gens qui sont ailleurs, au sein du périmètre. Si je comprends bien, ils sont prisonniers de la salle des ordinateurs, du QG de sécurité. En outre, le directeur du musée, Ian Cuthbert et une femme dont l'identité n'a pas été établie se trouvent peut-être à l'étage. Et vous avez des hommes à vous dans le périmètre, si je comprends bien, monsieur ? Le type du FBI de La Nouvelle-Orléans…

— C'est mon affaire, dit Coffey. Qui a mis au point cette stratégie ?

— C'est nous, avec l'aide du PC sécurité. Ce type, un nommé Allen, était bloqué par la panne des écrans de contrôle des cellules, mais, si l'on en croit les descriptifs du système de sécurité…

— Alors, c'est vous qui avez mis ça au point. Mais je vous le demande, qui commande ici ?

— Monsieur, vous n'ignorez pas que dans les situations d'urgence, le chef des opérations spéciales de la police…

— Moi, mes ordres sont clairs : vous entrez là-dedans et vous me tuez cette saloperie. O.K. ?

— Monsieur, notre priorité, ce sont les otages et le sauvetage des vies. Une fois que nous avons réglé ce genre de questions, nous nous occupons de…

— Vous me prenez pour un imbécile, commandant ? Si nous nous débarrassons de cette chose, tous nos autres problèmes sont résolus du même coup. Vous me suivez ? Je sais bien que vous n'avez pas l'habitude de ce genre de situation qui réclame un peu d'imagination…

— Dans une prise d'otages, si vous parvenez à soustraire les otages au tueur, vous minez la base de sa crédibilité…

— Commandant, est-ce que vous avez bien suivi notre réunion de tout à l'heure ? Il est possible que nous ayons affaire à un animal, pas à un homme.

— Mais pour les blessés…

— Vous n'avez qu'à envoyer certains de vos hommes ramasser les blessés. Mais je veux que le reste de l'équipe poursuive cette créature et la tue. Ensuite on aura tout le temps de sauver ceux qui sont coincés. Ce sont mes ordres.

— J'ai compris, monsieur. Toutefois je me permets de suggérer que…

— Je me fous de vos suggestions, commandant. Pour entrer là-dedans, faites comme vous voulez, mais ensuite vous ferez ce que j'ai dit, vous allez tuer cette saloperie.

Le commandant observa Coffey avec curiosité et lui demanda :

— Vous êtes sûr qu'il s'agit bien d'un animal ?

Coffey hésita un instant puis il répondit finalement :

— Oui, je n'en sais pas lourd à son sujet, mais il a tué plusieurs personnes.

Le commandant, immobile, regarda Coffey un instant.

— Ouais, dit-il enfin, de toute façon, avec ce que nous avons pris comme munitions, nous avons de quoi transformer un troupeau de lions en chair à saucisse.

— Ce ne sera pas de trop. Allez, trouvez-le et rapportez-moi son cadavre.

Pendergast et Margo étaient en train de scruter le petit tunnel du deuxième sous-sol. La lampe torche de Pendergast dessina un cercle de lumière au-dessus d'un ruisseau souterrain qui courait à leurs pieds.

— Ça devient plus profond, dit-il.

Il se tourna vers Margo.

— Vous êtes sûre que la créature pourra passer par là ?

— Pratiquement sûre. Elle est d'une grande agilité.

Pendergast fit un pas en arrière, il essaya une fois de plus de joindre D'Agosta à la radio.

— Il a dû se passer quelque chose. Le lieutenant n'est plus en contact avec nous depuis quinze minutes, c'est-à-dire depuis qu'ils sont tombés sur la porte cadenassée.

Il jeta de nouveau un coup d'œil sur le boyau qui s'enfonçait vers le deuxième sous-sol.

— Comment allez-vous faire pour tracer une piste olfactive, avec toute cette eau qui court ?

— À votre avis, ils sont passés ici il y a un moment, c'est ça ? demanda Margo.

Pendergast hocha la tête.

— Au dernier contact, D'Agosta m'a dit que le groupe se trouvait entre les embranchements un et deux. S'ils n'ont pas reculé, ils doivent être loin, à présent.

— À mon avis, suggéra Margo, il nous suffit de jeter certaines de ces fibres végétales dans l'eau. Le courant les emportera vers la créature.

— Ça suppose qu'elle soit assez rusée pour se figurer que les fibres ont été emportées par un courant qu'il faut remonter. Faute de quoi elle va les poursuivre en aval.

— Moi, je pense qu'elle est assez intelligente pour cela, dit Frock. Il faut cesser de penser que c'est un animal. Il est tout à fait possible qu'elle soit aussi intelligente qu'un humain.

Toujours avec l'aide du mouchoir, Pendergast saisit une poignée de fibres dans le paquet et les dispersa le long du boyau. Il lança une autre poignée dans l'eau.

— Pas trop à la fois, dit Frock.

Pendergast jeta un œil sur Margo.

— Nous allons en envoyer encore un peu au fil de l'eau, ensuite, nous mettrons le paquet dans la zone protégée. Il n'y aura plus qu'à attendre. Votre piège sera prêt.

Après avoir jeté encore quelques fibres, il ficela de nouveau le paquet.

— Vu la vitesse du courant, dit-il, il ne faudra que quelques minutes pour atteindre la créature. Vous vous attendez à une réponse de sa part sous quel délai ?

— Si le programme Extrapolateur ne se trompe pas, dit Frock, cette créature est capable de se déplacer à grande vitesse. Peut-être cinquante à l'heure, voire plus, surtout en cas de nécessité. Et le besoin qui la porte vers ces fibres semble incoercible. Je pense toutefois que l'étroitesse de ces couloirs ne lui permettra pas d'aller si vite. D'autant que la piste olfactive que nous laissons est difficile à suivre. Mais ce n'est pas l'eau qui la freinera beaucoup. En plus, la zone protégée n'est pas très loin.

— Je vois, dit Pendergast.

Il ajouta aussitôt « Pas très rassurant », et cita :

— *Celui qui est préparé au combat doit combattre. Pour lui, le moment est venu.*

— Ah, dit Frock en hochant la tête. C'est du poète grec Alcée.

Pendergast fit non de la tête :

— C'est Anacréon, docteur. On y va ?

13

Smithback avait beau brandir la lampe, elle semblait avoir du mal à percer une obscurité presque palpable. D'Agosta, qui se trouvait légèrement en avant, tenait fermement son arme. Le tunnel n'en finissait plus, l'eau noire filait vers les profondeurs, sous les voûtes basses. Ou bien ils descendaient de plus en plus, ou bien la pression de l'eau devenait plus forte. Smithback sentait sa résistance contre ses cuisses.

Il observa le visage de D'Agosta, sombre et préoccupé, dont les traits grossiers étaient encore barbouillés du sang de Bailey.

— Non, moi, je ne vais pas plus loin, dit quelqu'un derrière eux.

Smithback reconnut la voix familière du maire de la ville, une voix de politicien, une voix qui rassure, qui endort, qui dit ce que les gens veulent entendre. Une fois de plus, il arrivait à produire son effet. Smithback considéra derrière lui le groupe auquel manquait désormais toute détermination. Ces femmes minces en robe longue et couvertes de bijoux. Ces hommes d'affaires entre deux âges, en smoking. Ces jeunes gens bien sous tous rapports qui officiaient dans de grands établissements financiers, des cabinets d'avocats célèbres. Il les connaissait tous, il leur avait prêté un nom, un métier. Les voilà réunis par le plus petit dénominateur commun : foncer dans l'obscurité, souillés, pour échapper à une bête sauvage.

Smithback avait beau être inquiet, il gardait son sang-froid. Tout à l'heure, il avait connu une terreur des plus primaires à l'idée que les rumeurs qui couraient sur la fameuse bête du musée n'étaient pas une invention. Mais à présent, trempé et fatigué, plus que la mort elle-même il craignait de succomber avant d'écrire son livre. Il se demandait si c'était de l'héroïsme, de l'égoïsme ou de la stupidité ; toujours est-il qu'il savait que cette aventure équivalait pour lui à une fortune. Signatures, émissions de télé. Personne ne pouvait décrire ce qui se passait en ce moment aussi bien que lui. Personne n'était aux premières loges comme lui l'était. En plus, il avait agi en héros. Lui, William Smithback Jr., avait tenu la lampe face au monstre pendant que D'Agosta tirait sur le cadenas. C'était lui, aussi, Smithback en personne, qui avait pensé à bloquer la porte avec sa lampe de poche. Il s'était comporté comme l'adjoint de D'Agosta.

— Éclairez-moi cet endroit en haut à gauche, dit D'Agosta qui interrompit sa rêverie.

Il s'exécuta : rien en vue.

— J'ai eu l'impression que quelque chose bougeait. Peut-être que ce n'était qu'une ombre.

« Mon Dieu, songea Smithback, faites qu'on s'en tire pour profiter de la gloire ! »

— C'est moi qui rêve ou l'eau devient plus profonde ? demanda-t-il.

— Elle devient non seulement plus profonde, mais le courant est plus rapide, répondit D'Agosta. Pendergast ne nous a pas dit où il fallait aller, à partir de maintenant.

— Hein ?

Smithback sentit que son courage l'abandonnait.

— Eh non ! Je devais l'appeler à la radio au deuxième embranchement. Mais ma radio est restée quelque part derrière la porte.

Smithback sentit que la pression de l'eau s'accentuait soudain contre ses jambes. Il y eut un cri, un éclaboussement. Mais quand il dirigea sa lampe vers le groupe, la voix du maire le rassura :

— Ce n'est rien. Quelqu'un est tombé. Le courant s'est beaucoup renforcé.

— Il ne faut pas leur dire qu'on ne sait pas où on va, murmura Smithback à l'adresse de D'Agosta.

Margo ouvrit la porte de la zone protégée, elle jeta brièvement un œil à l'intérieur, puis elle adressa un signe de tête à Pendergast. L'agent du FBI franchit le seuil en traînant toujours son paquet.

— Il faut enfermer ça dans la niche qui contient les caisses de Whittlesey, dit Frock. Il faut maintenir la bête ici, le temps de refermer les portes.

Margo ouvrit l'accès à la niche pendant que Pendergast piétinait derrière. Ils introduisirent le paquet dans la niche, refermèrent le battant gravé, et Margo dit :

— Vite, filons de l'autre côté.

La principale porte qui menait à la zone protégée fut laissée intentionnellement ouverte. Ils filèrent vers la pièce qui contenait les ossements d'éléphant. Une petite fenêtre s'ouvrait au milieu de la porte. Elle était cassée depuis longtemps et l'ouverture avait été masquée par un simple morceau de carton. Margo se servit de la clé de Frock pour ouvrir la première porte d'accès, Pendergast poussa le savant à l'intérieur. Margo réduisit le faisceau de la lampe de Pendergast et la posa en équilibre au sommet de la première porte, de manière qu'elle éclaire la direction d'où ils venaient. Puis, à l'aide d'un stylo, elle pratiqua un trou dans le carton pour ouvrir la porte de la salle aux ossements.

C'était une vaste salle bourrée de squelettes d'éléphants, la plupart dans le désordre. Les plus grandes pièces étaient alignées sur les étagères comme des branches de bois de flottaison. Dans un coin trônait un squelette complet, lourde cage d'ossements d'où dépassaient deux défenses courbes, luisant dans la faible lumière.

Pendergast referma la porte. Il éteignit sa lampe de mineur. À travers le trou dans le carton, Margo avait vue sur le passage, derrière, et la porte qui menait à la zone protégée.

— Vous voulez voir ? proposa-t-elle à Pendergast en s'écartant.

Pendergast s'approcha.

— Très bien, dit-il après un moment. Ça nous fait un poste d'observation excellent. Du moins tant que les piles de la torche tiendront.

Il s'écarta de la porte à son tour et lui demanda :

— Comment se fait-il que vous vous soyez souvenue de cette salle seulement maintenant ?

Margo sourit d'un air timide et répondit :

— Quand vous nous avez emmenés ici mercredi dernier, j'avais remarqué le panneau PACHYDERMES sur la porte. Je m'étais demandé comment diable un squelette d'éléphant pouvait passer par une porte aussi étroite.

Elle s'approcha et ajouta :

— Bon, je vais surveiller par ce trou. Au signal, il faudra foncer pour bloquer la bête dans la zone protégée dès qu'elle y aura pénétré.

Derrière eux, dans l'obscurité, ils entendirent Frock qui s'éclaircissait la voix avant de parler :

— Monsieur Pendergast ?

— Oui ?

— Pardonnez-moi cette question, mais j'aimerais savoir quelle expérience réelle vous avez des armes à feu.

— Eh bien, dit l'agent du FBI, avant la mort de ma femme, j'avais coutume de passer plusieurs semaines en hiver chaque année dans l'Est africain où je chassais le gros gibier. Ma femme adorait la chasse.

— Ah bon, dit Frock chez qui Margo releva un accent de soulagement. Parce qu'autant vous dire que la créature ne sera pas simple à abattre. Mais je ne pense pas que ce soit impossible. Moi, je n'ai jamais beaucoup pratiqué la chasse, naturellement, mais ensemble je crois que nous pouvons y arriver.

Pendergast hocha la tête.

— Hélas, avec ce pistolet on ne peut pas dire que nous ayons le meilleur atout pour réussir. C'est une arme puissante, mais ça ne vaut pas un Nitro-Express 375. Si vous pouviez me dire où la créature est le plus vulnérable, ça m'aiderait.

— Si j'en juge d'après le rapport informatique, dit Frock lentement, l'ossature est très forte. Vous l'avez vu par vous-même : une balle dans la tête ne suffit pas. Un coup tiré dans l'épaule ou en pleine poitrine connaîtrait le même sort, il serait dévié par le squelette ou même la musculature du torse. S'il était possible de tirer par le côté, peut-être pourrait-on atteindre le cœur par l'aisselle. Mais on peut craindre, là encore, que les côtes ne fonctionnent comme une cage métallique. À bien y réfléchir, je ne pense pas que les parties vitales soient très vulnérables. Si vous tirez dans le ventre, ça peut être efficace. Mais pas avant que la bête ne se soit vengée.

— Piètre consolation.

Frock s'agitait dans le noir.

— Oui, nous sommes un peu dans l'embarras.

Après un silence, Pendergast dit :

— Il y a peut-être quand même une solution.

— Ah oui ? Laquelle ? demanda Frock avec impatience.

— Je me souviens qu'une fois ma femme et moi chassions le buffle en Tanzanie. Nous avions préféré partir tous les deux, sans l'équipe habituelle de porteurs, et les seules armes dont nous disposions étaient des fusils 30-30. Nous étions vaguement à couvert, près d'une rivière, et là nous avons été chargés par un buffle. Visiblement l'animal avait été blessé quelques jours auparavant par un braconnier. Les buffles sont comme les mules. Ils n'oublient jamais le mal qu'on leur a fait. Rien ne ressemble plus à un homme avec un fusil qu'un autre homme avec un fusil.

Ils étaient là, en train d'attendre une créature de cauchemar, et Pendergast leur racontait ses histoires de chasse, de son ton patient et mesuré. Margo commençait à se demander si elle ne rêvait pas.

— D'ordinaire, quand on chasse le buffle, continuait Pendergast, on essaie de tirer à la tête entre les cornes ou bien d'atteindre le cœur. Mais, pour ce genre d'exercice, un 30-30 n'était pas assez fort. Ma femme, qui était meilleure tireuse que moi, a choisi la seule tactique qui pouvait sortir d'affaire un chasseur en pareil cas. Elle a mis en joue et tiré l'animal pour qu'il marque le pas.

— Pour qu'il marque le pas ?

— Le coup mortel n'est pas à votre portée. Donc, à la place vous essayez d'arrêter la progression de l'animal sur les jarrets, sur les genoux. En fait vous cassez autant d'os que possible, pour stopper sa course.

— Ah ! je vois, dit Frock.

— Dans ce cas-là, il y a quand même un ennui, dit Pendergast.

— Lequel ?

— Il faut être un tireur très aguerri. La position adoptée est déterminante. Il faut garder un calme olympien, rester immobile, retenir son souffle, tirer pratiquement entre deux battements de son propre cœur, tout ça face à une bête furieuse qui charge. Chacun avait quatre coups à tirer. Moi, au début, j'ai commis la sottise de viser à la poitrine avant de m'apercevoir que ces deux balles s'étaient perdues dans l'épaisseur du muscle. Ensuite j'ai visé les pattes. Un tir a manqué son coup, l'autre a fait mouche mais n'a pas suffi à briser l'os.

Il secoua la tête.

— J'avoue que j'ai été minable ce jour-là.

— Et alors, dit Frock, que s'est-il passé ?

— Eh bien, ma femme a fait mouche sur trois des quatre coups qu'elle a tirés. Elle a cassé les deux antérieurs sous le genou, le troisième tir a brisé l'os sous l'épaule aussi. Le buffle a fait la culbute et il est resté couché à quelques mètres de nous. Il était en vie mais il ne pouvait plus bouger. Alors, comme dirait un chasseur professionnel, c'est moi qui suis allé « payer la prime d'assurance ».

— Votre femme nous manque, aujourd'hui, dit Frock.

Pendergast restait calme. Il répondit enfin :

— Surtout à moi.

La pièce retomba dans le silence.

— Bon, reprit enfin Frock, je comprends votre problème. La bête possède des qualités plutôt inhabituelles dont vous devez être conscient si vous voulez l'arrêter en pleine course. D'abord, le train arrière est plus ou moins couvert d'une carapace. Je me demande si votre arme peut l'atteindre efficacement. Cette sorte de carapace s'étend tout le long du membre jusqu'aux métatarses, à mon avis.

— Je vois.

— Il faudra tirer bas et viser les premières ou deuxièmes phalanges.

— Les derniers os de la patte, quoi, dit Pendergast.

— Oui, on parle ici de l'équivalent du paturon chez un cheval, il faut tirer sous la dernière articulation. En fait, l'articulation elle-même peut être vulnérable.

— Pas facile comme tir, dit Pendergast, et, dans le cas où la créature est placée juste en face, c'est même impossible.

Il y eut un bref silence. Margo restait l'œil rivé à son trou d'observation. Toujours rien à l'horizon.

— Sans doute les pattes de devant sont-elles plus vulnérables, poursuivit Frock. Le programme Extrapolateur nous les décrit comme moins robustes. Le os carpiens et métacarpiens devraient être plus sensibles s'ils sont atteints.

— L'équivalent du genou est la partie basse de la patte, dit Pendergast en hochant la tête. Mais j'aime mieux vous dire que ce genre de tir n'est pas des plus simples. En plus, on ne sait pas jusqu'où il faut endommager les endroits en question pour que la créature s'arrête.

— Difficile à déterminer, répondit Frock. Il faudrait atteindre les deux pattes avant et une patte arrière au moins, j'en ai bien peur. Et même, alors, peut-être est-elle capable de ramper.

Frock toussa et lui demanda enfin :

— Vous croyez que vous pouvez y arriver ?

— Pour avoir une chance de réussir, j'ai besoin d'au moins quarante mètres entre la créature et moi si elle est en train de me charger. Le mieux serait de tirer le premier coup avant qu'elle ait compris ce qui se passe. Elle s'en trouvera ralentie.

Frock réfléchit un instant et dit :

— Le musée possède plusieurs couloirs longs et rectilignes de près d'une centaine de mètres de long ; l'ennui, c'est que la plupart se trouvent actuellement coupés en deux par ces foutues portes de sécurité. Je crois quand même qu'il en reste un intact, au sein de la cellule n° 2 ; ça doit se trouver au rez-de-chaussée, dans la section 18, juste après la salle des ordinateurs.

— Je m'en souviendrai, dit Pendergast en hochant la tête, au cas où mon plan échoue…

— J'ai l'impression que j'entends quelque chose, chuchota Margo.

Le silence se fit. Pendergast se rapprocha de la porte. Elle ajouta :

— J'ai vu une ombre passer dans la lumière là-bas, à l'autre bout.

Il y eut un autre long silence, puis Margo entendit un léger clic ; c'était la sécurité de l'arme de Pendergast.

— Oui, je le vois maintenant, souffla Margo, ajoutant aussitôt dans un murmure : Mon Dieu !

Pendergast vint lui chuchoter à l'oreille :

— Reculez-vous, éloignez-vous de la porte.

Elle recula en effet, osant à peine respirer.

— Et maintenant, qu'est-ce qu'il fait ? demanda-t-elle.

— Il est en arrêt devant la porte de la zone protégée, dit Pendergast d'un ton calme. Il est entré un instant, mais il est ressorti très vite et maintenant il regarde et renifle autour de lui.

— À quoi il ressemble ? demanda Frock avec une excitation perceptible dans la voix.

Pendergast hésita un instant avant de lui répondre :

— Ah, maintenant, je le vois mieux. Très gros, massif. Attendez, là, il se tourne vers nous. Dieu du ciel, c'est une vision horrible, une figure aplatie, des yeux rouges, le haut du corps est couvert d'un pelage fin. Ça ressemble à la figurine. Attendez, attendez, il vient vers nous, cette fois.

Soudain Margo se rendit compte qu'elle s'était plaquée contre le mur du fond. On entendit un frémissement de naseaux à travers la porte. Ensuite arriva cette odeur putride, affreuse. Dans l'obscurité, Margo se laissa glisser le long du mur. Par le trou du carton, une petite étoile de lumière scintillait dans le noir. La lampe de Pendergast, là derrière, commençait à faiblir. « La lumière d'une étoile... », songea Margo, et ce fut comme si une petite voix dans sa tête essayait de lui parler.

On entendit un coup sourd contre la porte, le vieux chêne craqua, le bouton de la porte émit un grincement, puis il y eut un long silence suivi d'un bruit de déplacement. Après quoi la porte craqua sous le poids de la créature qui appuyait sur le battant.

Alors la petite voix à l'intérieur de Margo se prononça plus clairement et lui souffla une intuition :

— Pendergast, allumez votre lampe de mineur ! Dirigez-la contre la bête.

— Vous êtes folle ?

— Souvenez-vous que c'est une créature nocturne. La lumière l'effraie.

— C'est vrai, elle a raison, dit Frock.

— Restez en arrière, cria Pendergast.

Margo entendit un léger clic, et la lumière de la lampe de Pendergast emplit la pièce, l'aveuglant momentanément. Quand elle recouvra une vision nette, elle aperçut Pendergast, un genou à terre, l'arme dirigée vers la porte, et le cercle de la lampe-centre sur le battant.

Un autre craquement. Margo vit des griffes sortir d'une fente ouverte sur le panneau supérieur. La porte commença à céder.

Pendergast ne bronchait pas, il avait l'œil rivé au viseur. Dans un dernier craquement énorme la porte finit par voler en éclats. Les fragments encore attachés aux gonds cognèrent contre le mur. Margo se plaqua contre la paroi jusqu'à ce que sa colonne vertébrale finisse par protester. Quant à Frock, elle l'entendit pousser un cri de surprise, d'admiration, de crainte aussi. La créature était campée dans le passage, monstrueuse silhouette dessinée par la lumière directe de la lampe. Mais, avec un rugissement qui monta du fond de sa gorge, elle secoua bientôt la tête et battit en retraite.

— Restez derrière, dit Pendergast.

Il repoussa les débris de porte qui entravaient le passage, puis fit quelques pas précautionneux. Là, Margo entendit un tir, puis un autre, puis rien. Après un moment qui lui sembla interminable, Pendergast revint vers eux et les poussa à sortir. De petites gouttes formaient une piste sanglante qui s'éloignait dans le passage et disparaissait derrière un angle.

— Du sang ! dit Frock en se penchant. Vous l'avez blessé !

Pendergast haussa les épaules et dit :

— Ça se peut, mais je ne suis pas le seul. Ces gouttes viennent visiblement du deuxième sous-sol, donc le lieutenant D'Agosta ou l'un de ses hommes a dû blesser le monstre avant moi mais sans le mettre à genoux. Il s'est éloigné à toute allure.

Margo regarda Frock :

— Pourquoi a-t-il dédaigné notre colis ?

Frock croisa son regard.

— Nous sommes en présence d'une intelligence très supérieure à la normale.

— Vous voulez dire qu'il a déjoué notre piège ? demanda Pendergast avec un brin d'incrédulité.

— Je vous pose la question, Pendergast : et vous, est-ce que vous seriez tombé dedans ?

Pendergast observa un silence.

— Non, j'imagine.

— Eh bien, dit Frock, nous sous-estimons cette créature ! Il faut cesser de croire qu'il s'agit d'un animal stupide. Son intelligence la classe plutôt du côté des hommes. Par exemple, si j'ai bien compris, le cadavre qu'on a trouvé dans l'exposition était caché, non ? La bête savait qu'elle était traquée. Visiblement, elle avait appris à dissimuler ses proies. En plus...

Là, il marqua une hésitation avant de reprendre :

— Je crois que ce n'est plus tellement la faim qui l'anime, à présent. Il est tout à fait probable que le repas humain qu'elle a avalé ce soir l'a rassasiée. Mais il y a cette blessure. Pour reprendre votre comparaison avec le buffle, la créature n'a pas seulement faim, ou alors de revanche.

— Vous pensez qu'elle cherche des proies ? dit Pendergast calmement.

Frock demeura immobile et répondit, avec un léger hochement de tête :

— Mais quelles proies ? Après qui en a-t-elle, exactement ?

Là, personne ne dit mot.

14

Cuthbert vérifia de nouveau la porte, elle était solidement fermée. Il alluma la lampe de poche et la dirigea sur Wright qui, effondré dans son fauteuil, regardait le plancher d'un air accablé. Cuthbert éteignit la lampe. Il flottait dans l'air un relent de whisky. On n'entendait aucun bruit, sauf celui de la pluie qui tombait à verse et frappait la fenêtre à barreaux.

— Qu'est-ce qu'on va faire de Wright ? dit-il à voix basse.

— Ne vous en faites pas, répondit Mme Rickman d'une voix tendue, haut perchée, on n'aura qu'à dire aux journalistes qu'il est malade. On le fera conduire à l'hôpital, ensuite, on organisera une conférence de presse pour demain après-midi.

— Mais non, je ne parle pas de ce qu'on fera *après* être sortis d'ici. Je parle de ce qu'on va faire maintenant, si la bête se pointe ici.

— Je vous en prie, Ian, ne m'en parlez pas ! Ça me fait peur. Je ne veux pas imaginer que l'animal va faire une chose pareille. Pour ce que nous en savons jusqu'à présent, il a passé des années dans le sous-sol. On se demande pourquoi soudain il monterait ici.

— Je ne sais pas, dit Cuthbert, et c'est ça qui m'ennuie.

Il vérifia son Ruger une nouvelle fois, fit tourner le barillet, enleva et remit la sécurité. Cinq coups.

Ensuite il alla vers Wright et secoua l'épaule du directeur :

— Winston ?

— Vous êtes encore là ? dit Wright, égaré.

— Winston, j'aimerais que vous preniez Lavinia avec vous et que vous la conduisiez dans la salle des dinosaures, là derrière. Allez, je vous en prie.

— Je suis très bien où je suis, dit Wright en se dégageant. Je vais peut-être même faire une sieste.

— Allez au diable ! lança Cuthbert, puis il alla s'asseoir sur une chaise face à la porte.

Il y eut soudain un grincement, on eût dit que la poignée de la porte avait tourné.

— J'entends quelque chose, dit-il sans perdre son calme. Lavinia, allez dans la salle des dinosaures.

— J'ai peur. Je ne veux pas y aller seule.

— Faites ce que je vous dis.

Mme Rickman alla finalement vers la porte du fond et l'ouvrit, mais elle hésitait encore.

— Ian, supplia-t-elle.

Derrière elle, on voyait les énormes squelettes de dinosaures qui luisaient faiblement dans la pénombre. Les cages thoraciques et les dents menaçantes furent soudain soulignées par une lueur pâle.

— Allez ! j'en ai marre, de ces bonnes femmes ! Entrez là-dedans.

Alors Cuthbert se retourna, l'oreille toujours aux aguets. On entendait un doux frottement contre la porte. Il se pencha jusqu'à appliquer son oreille contre le bois. Peut-être, après tout, n'était-ce que le vent ?

Mais, soudain, une force incroyable le renvoya d'un coup au milieu de la pièce. Cuthbert entendit le cri de Mme Rickman qui provenait de la salle des dinosaures. Wright se dressa, chancelant, et demanda :

— Qu'est-ce qui s'est passé ?

Cuthbert, à moitié sonné, ramassa son arme qui traînait par terre et bondit de l'autre côté de la pièce.

— Allez dans la salle des dinosaures ! cria-t-il encore à l'adresse de Wright.

Tout à coup, il y eut un nouveau coup puissant donné contre la porte, et le craquement du bois ressembla au crépitement d'une mitraillette. Le doigt de Cuthbert se contracta instinctivement sur la détente. Le coup partit involontairement, dégageant du plafond un nuage de plâtre. Il abaissa son bras, sa main était tremblante. Il songea : « Stupide ! Une balle gâchée ! » Nom d'un chien, il aurait donné cher à présent pour en savoir davantage sur les armes à feu. Il leva le bras de nouveau, essaya de se mettre en position de tir, mais cette fois ses mains étaient agitées de tremblements incontrôlables. « Bon, il faut se calmer maintenant, pensa-t-il, respirer calmement, viser une partie vitale, il ne reste que quatre coups. »

Peu à peu, la pièce fut rendue au silence. Wright, quant à lui, était enfoncé dans son siège, comme s'il avait été surpris par le gel.

— Winston, imbécile ! Allez dans la salle, je vous ai dit !

— Bon, puisque vous insistez, répondit Wright.

Cette fois, il paraissait suffisamment impressionné pour se lever. Il se dirigea vers la porte du fond.

Alors, Cuthbert entendit une fois de plus ce frottement ténu contre la porte. Le bois se mit à gémir. Cette chose était en train de pousser derrière. On entendit un autre craquement sinistre. Le battant céda, s'ouvrit, un fragment de bois traversa la pièce, la table fut renversée, quelque chose apparut dans la pénombre du passage. On vit trois griffes qui repoussaient les débris de la porte, dans un nouveau grincement. Enfin, Cuthbert aperçut distinctement une forme noire dans l'encadrement.

Wright fila aussitôt dans la salle des dinosaures et piétina presque Mme Rickman qui venait d'assister à la scène entre deux sanglots de terreur.

— Tirez, Ian ! Oh ! je vous en prie, tuez-le ! cria-t-elle.

Cuthbert attendit, l'œil dans le viseur. Il retint son souffle et songea : « Quatre coups seulement ! »

Le commandant de l'équipe d'intervention rapide de la police progressait rapidement sur le toit ; on eût dit un félin sur fond de ciel bleu nuit. Il était en contact radio avec l'un de ses hommes resté dans la rue et qui le guidait à distance. Dans l'équipe au sol se trouvait Coffey, sous une bâche. Le guide et Coffey utilisaient tous deux des radios étanches.

— Deux mètres de plus, direction est, disait le guide en observant l'opération à l'aide de sa lunette à infrarouge, vous y êtes presque, à présent.

Il gardait un œil sur des plans du musée étendus sur une table et couverts d'une plaque de Plexiglas. Le chemin que devait emprunter l'équipe sur le terrain était tracé en rouge.

La silhouette noire continua à progresser avec précaution sur le toit d'ardoise. Autour d'elle on voyait scintiller les lumières de l'Upper West Side. En bas, dans la rue, se pressaient les gyrophares des véhicules d'urgence alignés sur Museum Drive. Plus loin se dressaient, comme des falaises de cristal éclairé, les grands immeubles de Riverside Drive.

— Ça y est, dit le guide, vous y êtes.

Coffey put voir le commandant s'agenouiller là-haut, et se livrer avec agilité à des opérations d'artificier. Son équipe attendait à une centaine de mètres. Les médecins du service d'urgence se trouvaient encore derrière. Une sirène retentit dans la rue.

— Dispositif en place !

Le commandant se leva et déroula le fil du détonateur en reculant sur le toit avec précaution.

— Ça saute dès que vous serez prêt, dit Coffey.

Coffey surveillait les opérations. Tout le monde s'aplatit sur le toit. Il y eut un éclair. Une seconde après, le son leur parvint. Le commandant là-haut attendit un instant, puis il alla voir.

— Nous avons pratiqué une ouverture, dit-il à la radio.

— Passons à l'étape suivante, répondit Coffey.

L'équipe d'intervention passa par le trou du toit. Le personnel médical suivit.

— Bon, nous sommes à l'intérieur, dit bientôt la voix du commandant. Nous sommes dans le couloir du sixième, nous avançons selon le plan prévu.

Coffey attendit avec impatience. Il regarda sa montre : neuf heures et quart. Ils avaient été bloqués là-dedans sans électricité pendant quatre-vingt-dix minutes. Les plus longues de son existence. Il continuait d'être assailli par une pensée de cauchemar : le maire de la ville, les tripes à l'air, comme les autres. Le commandant l'interrompit à la radio :

— Nous sommes devant la porte de sécurité de la cellule n° 3, sixième étage, section 14. Nous sommes prêts à installer l'explosif.

— Allez-y.

— Explosif installé.

D'Agosta et son groupe n'avaient donné aucun signe de vie depuis plus d'une demi-heure. Zut alors, on pouvait être sûr que, s'il était arrivé quelque chose au maire, personne ne s'occuperait de savoir à qui la faute en revenait. Coffey était en première ligne dans ce genre de cas. C'était ainsi dans cette ville. Voilà tant d'années qu'il trimait pour se hisser au poste qu'il occupait à présent. Tant d'années de patience et de précautions infinies pour y rester. Ces salauds-là n'allaient tout de même pas tout compromettre. À commencer par Pendergast. C'était sa faute, tout ça. S'il n'avait pas empiété sur un domaine qui n'était pas le sien...

Explosif armé.

— Allez-y, dit Coffey.

C'était Pendergast qui n'avait pas fait son boulot. Lui, il était irréprochable. D'ailleurs, depuis combien de temps était-il responsable des opérations ? Hier, seulement. Peut-être qu'on lui épargnerait l'essentiel des critiques. Pourvu que Pendergast ne soit pas dans les parages, évidemment. Ce cochon-là était du genre raisonneur.

Il y eut un long silence. Le bruit de l'explosion ne leur parvint pas, cette fois, sous leur bâche mouillée.

— Bon, dit le commandant, ça y est.

— Allez-y, entrez là-dedans et tuez-moi cette saloperie !

Selon nos accords, monsieur, la première tâche est l'évacuation des blessés, répondit froidement le commandant.

— Je sais, mais dépêchez-vous, bon Dieu !

Son doigt était tétanisé sur le bouton de sa radio.

Le commandant sortit de l'escalier en regardant précautionneusement autour de lui. Puis il appela les équipes de secours à le suivre. On vit les silhouettes noires défiler derrière lui l'une après l'autre. Les visages étaient surmontés d'un masque à gaz relevé. Les tenues de combat se fondaient dans l'obscurité. Les fusils, des M16 et des Bullpups, arboraient leur baïonnette. À l'arrière du groupe, un policier de petite taille, râblé, portait un lance-grenade à six coups de 40 mm, une arme rondouillarde qui ressemblait à un fusil d'assaut gonflé comme un ballon.

— Nous avons atteint le troisième, dit le commandant à celui qui tenait la carte. Nous installons l'appareil de détection infrarouge. Nous sommes juste en face de la salle des singes.

Le guide, consultant la carte, leur dit aussitôt :

— Allez vers le sud, une vingtaine de mètres à travers la salle ; ensuite, direction ouest, sept mètres, vous devez trouver une porte.

Le commandant saisit une petite boîte noire qu'il portait à la ceinture et pressa un bouton. Un faisceau laser de la taille d'une ligne de crayon fendit l'obscurité. Il le promena devant lui jusqu'à obtenir le métrage exact. Ensuite il se dirigea vers l'ouest et fit de même.

— Nous sommes en vue de la porte, dit-il.

— Bon, allez-y.

Le commandant avança et indiqua à son équipe de le suivre.

— La porte est bouclée. Explosif en cours d'installation.

Les hommes de l'équipe pétrirent deux petites barres de plastic autour de la poignée de porte, ensuite ils reculèrent en dévidant le fil du détonateur.

— Installé.

On entendit un « boum » assourdi, la porte s'ouvrit d'un coup.

L'homme en bas continuait à pointer leur progression sur la carte :

— La trappe doit se trouver juste en face de vous, au centre de la salle.

Le commandant et ses hommes entreprirent de pousser quelques éléments de décor qui se trouvaient entreposés là, et ils tombèrent en effet sur la trappe. On défit les attaches, le commandant saisit l'anneau de métal et souleva. Un air rance leur monta aux narines, le commandant se pencha. En bas, dans la salle du ciel étoilé, rien ne bougeait.

— Bon, nous avons notre accès, dit-il à la radio, tout a l'air parfait.

— O.K., dit la voix de Coffey, vous me faites la visite de la salle, vous faites descendre le personnel médical, vous évacuez ce qu'il y a comme blessés, et rapidement.

— Compris.

Le guide prit le micro :

— Si vous poussez la cloison mobile au centre du mur nord, vous allez trouver une charpente à laquelle vous pourrez attacher les cordes.

— D'accord.

— Faites attention quand même, il y a plus de vingt mètres.

Le commandant et ses hommes s'activèrent, ils repoussèrent la cloison, passèrent une chaîne autour de la charpente, installèrent mousquetons et quincaillerie. Enfin, un membre de l'équipe déroula une échelle de corde qu'il laissa glisser dans le trou.

Le commandant se pencha une dernière fois, il promena le faisceau de sa lampe en bas et dit à la radio :

— Il y a quelques corps là-dessous.

— Et la créature ?

— Rien. Je vois dix ou douze cadavres, peut-être plus. L'échelle est prête.

— Alors qu'attendez-vous ?

Le commandant se tourna vers le personnel médical :

— Nous vous dirons quand nous serons prêts ; commencez à déplier les brancards, nous allons vous les envoyer.

Il descendit l'échelle de corde, en se balançant dans cet espace ouvert. Ses hommes suivirent les uns après les autres. Deux d'entre eux se mirent en position de couvrir les autres en cas de besoin. Deux autres installèrent des trépieds surmontés d'halogènes tandis que, accrochés à des cordes, des générateurs portables étaient descendus. Bientôt, le centre de la salle fut inondé de lumière.

— Surveillez les accès, ordonna le commandant, et envoyez l'équipe médicale.

— Faites un point radio, cria Coffey.

— Nous contrôlons la salle, répondit le commandant. Aucune trace d'animal. L'équipe médicale est en train de se déployer.

— Bien. Il faut débusquer cette chose, la tuer, et trouver l'endroit où se situe le groupe du maire. On pense qu'ils sont descendus par l'escalier de la zone de service.

— Compris, dit le commandant.

La radio du commandant se tut à temps pour lui permettre de percevoir un son étouffé mais reconnaissable entre tous.

— On vient d'entendre un coup de pistolet, annonça-t-il à la radio, on aurait dit que ça venait des étages supérieurs.

— Merde, allez voir tout de suite ! Prenez vos hommes et montez !

Le commandant se tourna immédiatement vers ses hommes :

— Numéros deux et trois, vous continuez ici et vous contrôlez la salle. Prenez le type avec le lance-grenades. Les autres viennent avec moi.

15

Désormais, l'eau épaisse arrivait jusqu'à la taille de Smithback. Le simple fait de rester debout était épuisant, il ne sentait plus ses jambes et il tremblait.

— Cette eau va de plus en plus vite, dit D'Agosta.

— J'ai l'impression qu'il n'y a plus grand risque de rencontrer la créature, répondit Smithback, plein d'espoir.

— Peut-être. Dites-moi, à propos, ajouta D'Agosta d'une voix calme, vous êtes arrivé pile tout à l'heure quand vous avez bloqué la porte avec la lampe de poche. J'ai l'impression que vous nous avez sauvé la vie.

— Merci, dit Smithback qui commençait à apprécier vraiment ce D'Agosta.

— N'ayez pas la grosse tête pour autant, hein ? lança D'Agosta en couvrant le bruit de l'eau.

— Tout le monde va bien ?

D'Agosta s'était retourné vers le maire qui avait l'air complètement sur les genoux.

— Il y a des hauts et des bas, répondit ce dernier, il y en a qui sont en état de choc ou d'épuisement, peut-être les deux. Alors, maintenant, quelle direction prend-on ?

Il les chercha du regard, tour à tour.

D'Agosta hésita.

— Je ne peux pas vous dire exactement, répondit-il enfin. Smithback et moi, nous allons essayer d'abord de prendre à droite.

Le maire jeta un œil sur le groupe derrière lui, puis il s'approcha de D'Agosta.

— Écoutez, dit-il d'un ton grave et suppliant à la fois, je sais que vous êtes perdu, d'ailleurs, vous le savez vous-même mais, si l'une ou l'autre de ces personnes l'apprend, je ne pense pas que vous arriverez à les faire avancer. Il fait très froid, l'eau monte ; moi, je pense qu'il faut essayer tous ensemble d'aller où vous dites, c'est notre seule chance. De toute façon, même s'il fallait revenir en arrière, la moitié de l'effectif serait incapable de remonter le courant.

D'Agosta considéra le maire un instant et dit finalement :

— Bon, d'accord.

Il se tourna vers le groupe

— Écoutez-moi, nous allons prendre le tunnel de droite. Tenez-vous la main, avancez en file. Tenez-vous fermement et ne vous éloignez pas du mur car le courant devient trop fort au milieu. Si quelqu'un glisse, vous criez. Mais vous ne lâchez sous aucun prétexte, compris ? Allez, on y va.

La masse noire s'avança par la porte défoncée, en marquant un arrêt préalable, comme un félin. Cuthbert sentit ses jambes s'engourdir de terreur. Il voulut tirer. Ses doigts ne lui obéissaient plus.

— Allez, va-t'en, je t'en supplie.

Son calme le surprit lui-même.

La créature s'arrêta, elle le regarda bien en face. Cuthbert ne voyait rien dans cette pénombre, que la masse noire de cette puissante silhouette et ces deux petits yeux rouges qui reflétaient une certaine intelligence.

— Ne me fais pas de mal, supplia Cuthbert.

La créature ne bougeait toujours pas.

— Je suis armé, dit-il dans un souffle.

Il visa posément.

— Si tu t'en vas, je ne tire pas, reprit-il d'un ton toujours calme.

La bête se déplaça de côté, tout en ne quittant pas Cuthbert du regard. Ensuite, d'un mouvement vif, elle fila.

Paniqué, Cuthbert recula, le faisceau de sa lampe balaya le sol à toute vitesse, il se tourna de tous côtés mais tout était silencieux. La puanteur de la créature emplissait la pièce. Soudain il prit la fuite vers la salle des dinosaures, l'atteignit, claqua la porte derrière lui en criant :

— La clé ! Lavinia, je vous en prie, vite !

Il regarda rapidement la salle livrée à la pénombre. Au milieu, là devant, on voyait un squelette de tyrannosaure dressé sur ses postérieurs et, non loin de là, la silhouette noire d'un tricératops, la tête basse, avec ses grandes cornes luisant d'un éclat sombre.

Il entendit un sanglot. On lui déposa une clé au creux de la main. Il alla aussitôt fermer la porte avec précaution.

— Bon, venez, dit-il en écartant Mme Rickman.

Ils dépassèrent les pattes du tyrannosaure et leurs grandes griffes puis s'enfoncèrent davantage dans l'obscurité. Soudain, Cuthbert tira la directrice des relations publiques par la manche et la conduisit vers un décrochement. Il scruta l'obscurité, tous les sens en éveil. La salle des dinosaures du Crétacé était plongée dans un épais silence. À l'intérieur de ce noir sanctuaire, on ne percevait même plus le bruit de la pluie. La seule lumière qui tombait sur la scène provenait de mansardes élevées.

Autour d'eux, à présent, se dressaient de petits squelettes de struthiomimus placés en formation devant un autre squelette, monstrueux celui-là, de dryptosaure carnivore, tête baissée, mâchoires ouvertes, toutes griffes dehors. Cuthbert avait toujours aimé cette salle spectaculaire. Mais, à présent, il n'en menait pas large. Il se mettait à la place de la proie. Derrière eux, l'autre accès à la salle était bloqué par l'une des lourdes portes de sécurité.

— Où est Winston ? chuchota Cuthbert en jetant un coup d'œil à travers les ossements du dryptosaure.

— Je ne sais pas, gémit Mme Rickman en lui saisissant le bras. Est-ce que vous avez tué cette chose ?

— Non, je l'ai manquée, dit-il en chuchotant toujours. Laissez-moi, il faut que j'aille voir.

Elle lâcha son bras, puis elle rampa derrière lui, entre deux squelettes de struthiomimus, pour se caler dans un coin en position fœtale avec un petit sanglot.

— Silence, ordonna Cuthbert dans un souffle.

La salle replongea dans une immobilité profonde. Il regarda autour de lui, scruta chaque ombre suspecte, espérant que Wright ait pu trouver refuge dans un coin sombre.

Une voix étouffée lui parvint soudain.

— Ian ? Lavinia ?

Cuthbert se tourna et vit avec horreur que Wright se tenait là, debout, appuyé contre une queue de stégosaure. Un moment, il parut perdre son équilibre puis se redressa.

— Winston, murmura Cuthbert, allez vous cacher !

Mais Wright, au contraire, commença à se diriger vers eux en titubant.

— Ian, dit-il, c'est vous ?

Sa voix était mal assurée. Il s'arrêta un instant et s'appuya sur le coin d'une vitrine.

— Je ne me sens pas bien, dit-il d'un ton navré.

Soudain, un bruit violent comme une explosion fit irruption dans la salle, et son écho se perdit dans les profondeurs de ce vaste espace. Il y eut un autre bruit, juste après. Dans la semi-obscurité, Cuthbert vit que la porte du bureau de Wright était désormais un trou béant, où une forme noire apparut bientôt.

Derrière lui, Mme Rickman se mit à crier, la tête cachée dans ses bras, tandis qu'entre les ossements du dryptosaure, Cuthbert voyait distinctement cette forme noire en train de se déplacer avec précaution sur le dallage. Au début, il pensa qu'elle venait droit sur lui, mais soudain elle bifurqua vers la silhouette sombre de Wright. On vit les deux ombres ensemble. Cuthbert entendit un craquement, un bruit mouillé, un cri, puis le silence. Il leva son arme en essayant de voir ce qui se passait à travers les côtes du squelette qui lui servait de refuge.

La silhouette se releva, elle portait quelque chose dans sa gueule. Elle secoua légèrement la tête en émettant un bruit de succion. Cuthbert, lui, ferma les yeux en appuyant sur la détente.

Son Ruger fit un bond. On entendit une détonation, suivie d'un fracas : il manquait désormais un morceau de côte au dryptosaure. Derrière, Mme Rickman pleurnichait et poussait des gémissements.

On ne voyait plus la silhouette noire là-bas, elle avait disparu.

Au bout d'un moment, Cuthbert sentit qu'il commençait à perdre la raison. Soudain, à la faveur d'un éclair dont la lumière traversa les mansardes, il vit nettement la bête qui longeait avec précaution le mur dans leur direction, ses yeux rouges fixés sur lui.

Il fit feu. Trois coups rapides. Les trois éclairs de lumière blanche révélèrent des rangées de squelettes, de dents, de griffes. La bête vivante se fondait soudain au milieu de toutes ces créatures disparues. Le barillet tourna bientôt en vain. Le percuteur de l'arme frappa des douilles vides.

Soudain, dans une atmosphère indécise de cauchemar, Cuthbert entendit une rumeur, quelques voix humaines lui parvinrent de l'ancien labo de Wright. Il se mit à courir brusquement, malgré les obstacles, et parvint en quelques secondes à la porte défoncée. Il traversa le labo, s'enfonça dans le couloir sombre qui se trouvait derrière. Il s'entendit hurler. Une lumière vint l'aveugler aussitôt. On l'attrapa, on le plaqua contre un mur, il entendit une voix qui disait :

— Du calme, tout va bien. Hé, regardez, il est couvert de sang.

— Prenez-lui son arme ! lança un autre.

— C'est lui qu'on cherchait ?

— Ils ont dit que c'était un animal. Faites attention, quand même.

— Arrêtez de gigoter comme ça !

Cuthbert poussa encore un cri et hurla :

— C'est là, là, derrière vous ! Il vous tuera tous, il sait. Ça se voit dans ses yeux qu'il sait.

— Il sait quoi ?

— Inutile de parler avec ce type. Vous voyez bien qu'il a disjoncté.

Cuthbert s'était effondré.

Le commandant s'avança et lui demanda, en lui secouant l'épaule :

— Il y a quelqu'un d'autre, là-dedans ?

— Oui, Wright, Rickman.

Le commandant se redressa et dit :

— Vous voulez dire Winston Wright ? Le directeur du musée ? Vous devez être le Dr Cuthbert, alors. Où est M. Wright ?

— Il l'a mangé ! dit Cuthbert, il lui a mangé le cerveau. Mangé, mangé, vous comprenez ? Dans la salle des dinosaures ! Il faut passer par le labo, ici.

— Ramenez-le à la salle du ciel étoilé. Que les médecins s'en occupent, dit le commandant à deux de ses hommes.

Il ajouta à l'adresse des autres :

— Vous trois, venez avec moi.

Puis il annonça à la radio :

— Cuthbert retrouvé. On vous l'envoie.

Le type qui pointait la carte montra du doigt un endroit :

— Ils sont là, dans ce laboratoire.

À présent que les équipes de secours étaient à l'intérieur, engagées loin dans le bâtiment, les deux hommes étaient rentrés dans le PC mobile, à l'abri de la pluie battante.

— *Personne dans le labo*, dit le commandant de sa voix monocorde. *Nous allons vers la salle des dinosaures. La porte a été défoncée, ici aussi.*

— Allez-y, et rapportez-nous cette chose ! l'exhorta Coffey. Mais trouvez le Dr Wright et gardez la fréquence pour moi. Je veux rester en contact permanent !

Coffey attendit, l'oreille tendue vers la radio, à l'affût du moindre son à travers la friture. Il entendait le bruit d'un pistolet que l'on arme et un murmure de voix derrière qui disait :

— *Vous sentez cette odeur ?*

Coffey se rapprocha du haut-parleur. Ils y étaient presque, cette fois. Il agrippa le bord de la table.

— *Oui, je sens.*

On entendit un raclement.

— *Éteignez la lumière, restez là dans le noir. Numéro sept, vous surveillez à gauche de ce squelette. Trois, à droite. Quatre, vous restez le dos au mur et vous regardez ce qui se passe là-bas.*

Il y eut un long silence. Coffey put entendre leur respiration lourde et le bruit léger de leurs pas.

Soudain, une exclamation chuchotée :

— *Numéro cinq, regardez, il y a un cadavre ici.*

Coffey sentit ses tripes se nouer.

— *Sans tête. Charmant spectacle.*

— *Un autre, là. Parmi ces dinosaures.*

On entendit encore un cliquetis d'armes et des respirations, puis :

— *Sept, vous couvrez la retraite, il n'y a pas d'autre issue.*

— *Peut-être qu'il est encore ici ?* murmura une voix.

— *Ça va, numéro cinq. Pas plus loin.*

Les articulations de Coffey devinrent toutes blanches. Pourquoi ces cons-là ne fonçaient-ils pas dans le tas ? Des femmelettes, voilà tout !

Il y eut un nouveau bruit métallique, puis :

— *Quelque chose bouge, là !*

La voix, soudain, était tellement forte que Coffey sursauta. Ensuite, il y eut un tir d'armes automatiques dont la violence satura la fréquence et se traduisit par une pluie de parasites.

— Merde, merde, merde, répéta Coffey.

Pendant un bref instant, il crut percevoir un cri. Puis les parasites noyèrent l'écoute une fois de plus. Il y eut un tir automatique, de nouveau, puis le silence. Quelque chose résonnait, tintait (Qu'est-ce que ça pouvait être ? Des os de dinosaures qui dégringolaient sur le carrelage ?)

Coffey se sentit soulagé. Quelle que soit cette créature, elle avait succombé à l'assaut. Rien n'aurait pu survivre à une pareille salve. Le cauchemar était enfin terminé. Il s'effondra doucement sur une chaise.

— *Numéro cinq ! Hoskins, merde !*

C'était un cri poussé par le commandant. Il fut couvert par de nouveaux tirs en staccato, puis encore par des parasites, à moins que ce ne soit un autre hurlement.

Là, Coffey se releva et se tourna vers l'un des hommes qui étaient debout derrière lui. Il voulut parler mais aucun son ne sortit de sa bouche. Dans les yeux de son vis-à-vis, il lut un écho de sa propre terreur.

— Ici le PC mobile, hurla-t-il au micro, vous m'entendez ?

Seuls les parasites lui répondirent.

— Commandant, vous m'entendez ? Est-ce que quelqu'un m'entend ?

Il changea de fréquence comme un fou pour atteindre l'équipe restée dans la salle du ciel étoilé. Un type de l'équipe médicale lui répondit :

— Monsieur, nous sommes en train d'emporter le dernier corps. L'équipe de l'arrière vient de faire monter le Dr Cuthbert sur le toit. On a entendu des coups de feu qui venaient de l'étage. Vous croyez qu'il faudra procéder à d'autres évacuations ?

— Foutez le camp ! hurla Coffey. Allez, tirez-vous de là, et retirez l'échelle !

— Mais, monsieur, le reste de l'équipe d'intervention ? On ne peut pas les laisser...

— Ils sont morts, compris ? Allez, c'est un ordre.

Il laissa tomber le micro et s'appuya à la cloison derrière lui en regardant par la fenêtre d'un œil vague. On voyait un camion de la morgue qui s'avançait vers la masse sombre du bâtiment.

Soudain quelqu'un lui tapota l'épaule et lui dit :

— Monsieur, l'agent Pendergast demande à vous parler.

Coffey secoua lentement la tête.

— Je ne veux pas parler à ce salopard, compris ?

— Mais, monsieur...

— Je ne veux même plus entendre prononcer son nom.

Un autre agent du FBI fit son apparition par la porte arrière, les vêtements trempés.

— Monsieur, on est en train de sortir les cadavres en ce moment.

— Qui ? De quels cadavres s'agit-il ?

— Les gens de la salle du ciel étoilé. Dix-sept morts, pas de survivants.

— Et Cuthbert, le type que vous avez trouvé dans le labo ? Il est sorti ?

— On vient juste de le redescendre.

— Je veux lui parler.

Coffey alla faire un tour dehors, à quelque distance du ballet des ambulances, l'esprit en déroute. Comment une équipe d'intervention de la police pouvait-elle y passer tout entière en si peu de temps ?

Deux membres de l'équipe médicale approchaient avec un brancard, il demanda à son occupant :

— Êtes-vous Cuthbert ?

Le type regardait partout mais semblait ne rien voir.

Le médecin responsable écarta Coffey. Il ouvrit la chemise du patient, examina sa figure et ses yeux, et dit :

— Il y a du sang ici. Vous êtes blessé ?

— Je ne sais pas, dit Cuthbert.

Un infirmier annonça :

— Respiration trente, pouls cent vingt.

— Ça va ? Et ça, c'est votre sang ?

— Je ne sais pas.

Le médecin regarda du côté de ses jambes, avec précaution il les tâta jusqu'à l'aine, il examina le cou et se tourna vers l'infirmier.

— Il faut le mettre en observation.

On roula le brancard tandis que Coffey trottinait à côté de lui.

— Cuthbert, est-ce que vous l'avez vue ?

— Qui ? dit Cuthbert.

— Cette saloperie de créature ?

— Elle sait…, dit Cuthbert.

— Quoi ?

— Ce qui se passe. Elle sait exactement ce qui se passe.

— Qu'est-ce que ça signifie, cette connerie ?

— Elle nous hait, dit Cuthbert.

L'équipe médicale ouvrait la porte de l'ambulance. Coffey cria encore :

— À quoi ressemblait-elle ?

— Il y avait de la tristesse dans ses yeux, une tristesse infinie.

— Complètement cinglé, ce type, dit Coffey comme en confidence, mais personne ne l'entendit.

— Vous n'arriverez pas à la tuer, dit Cuthbert d'un ton de calme assurance.

On claqua les portes de l'ambulance.

— Tu parles si je n'y arriverai pas ! cria Coffey à l'ambulance qui s'en allait. Va te faire foutre, Cuthbert ! Tu vas voir comment je vais y arriver !

16

Pendergast baissa sa radio et se tourna vers Margo :

— La créature vient de tuer la plupart des membres d'une équipe d'intervention de la police. D'après ce que j'ai entendu, le Dr Wright y est passé aussi. Coffey envoie promener tout le monde, il ne me répondra pas. Il pense que tout est ma faute.

— Il faut absolument qu'il nous écoute, dit Frock, parce que nous savons maintenant ce qu'il faut faire. Il suffit d'y retourner avec des halogènes.

— Je comprends ce qui lui arrive, il est dépassé, dit Pendergast. Il cherche des boucs émissaires. On ne peut pas compter sur lui.

— Mon Dieu !

Margo porta sa main à ses lèvres.

— Le Dr Wright...

— Si mon plan avait marché, si j'avais bien tout calculé, peut-être que tous ces gens seraient encore en vie...

— Et peut-être que le lieutenant D'Agosta, le maire, tous ceux des souterrains seraient morts, dit Pendergast.

Il regarda le corridor qui s'ouvrait devant eux.

— Maintenant, j'ai l'impression que mon devoir est de vous faire sortir d'ici tous les deux. Peut-être que finalement nous devrions suivre le chemin que j'ai suggéré à D'Agosta. Enfin, j'espère que ces plans ne l'ont pas égaré, au contraire.

Il eut un bref regard vers Frock et conclut :

— Non. Je pense que ce ne serait pas une bonne solution.

— Allez-y, dit Frock. Je ne veux pas que vous restiez ici à cause de moi.

Pendergast eut un pâle sourire et répondit :

— Ce n'est pas vous qui me préoccupez, docteur, mais le mauvais temps. On ne sait pas comment se comporte le deuxième sous-sol en cas de fortes pluies. Tout à l'heure, sur la fréquence radio de la police, j'ai entendu que la pluie était digne d'une vraie mousson. Quand j'ai dispersé ces fibres végétales dans le deuxième sous-sol, j'ai remarqué qu'il y avait au moins cinquante centimètres d'eau et qu'elle coulait en direction de l'est, ce qui veut dire que les eaux de la River viennent s'y mêler. Même si nous voulions descendre, nous ne pourrions plus, désormais.

Pendergast leva le sourcil :

— Si D'Agosta n'est pas déjà dehors, on peut dire que ses chances sont… minimes.

Il se tourna vers Margo et suggéra :

— Peut-être que la meilleure chose pour vous deux serait de rester ici, à l'intérieur de la zone protégée. Nous savons que la créature est incapable de traverser cette porte blindée. D'ici une heure ou deux, ils vont certainement réussir à rétablir le courant. Je pense que plusieurs hommes sont encore prisonniers du QG de sécurité et de la salle des ordinateurs. Ils sont peut-être en danger. Vous m'en avez appris beaucoup sur cette créature. Vous m'avez dit quels sont ses points forts, ses faiblesses. Ces zones sont proches d'un couloir assez long et dégagé. Si je vous sais ici tous les deux à l'abri, je peux essayer de chasser seul.

— Non, dit Margo, seul, vous n'arriverez à rien.

— C'est possible, mademoiselle Green, mais j'ai quand même l'intention d'essayer.

— Je viens avec vous, dit-elle, résolue.

— Désolé, mais…

Pendergast était devant l'entrée de la zone protégée ; il semblait hésiter.

— Cette chose est très intelligente, continua-t-elle. Je ne pense pas que vous puissiez vous en tirer seul, je le répète. Et si vous croyez que parce que je suis une femme…

Pendergast eut l'air étonné.

— Mademoiselle Green, dit-il, ça me choque que vous ayez de moi une telle opinion. En vérité, c'est parce que vous n'avez jamais traversé de situation comparable. En plus, sans arme, vous ne pouvez rien faire.

Margo semblait vouloir tenir bon. Elle objecta :

— Et qui a sauvé votre peau tout à l'heure en vous conseillant d'allumer votre lampe ? Ce n'est pas moi peut-être ?

Il leva le sourcil de nouveau.

Du fond de l'obscurité, on entendit la voix de Frock :

— Pendergast, ne faites pas le gentleman du Sud, prenez-la avec vous.

— Et vous, vous êtes sûr de pouvoir vous en tirer seul ? demanda Pendergast en se tournant vers Frock. Je vous signale que, si nous voulons réussir, il faudra qu'on prenne les deux lampes. La torche et la lampe de mineur.

— Mais bien sûr, dit Frock avec un geste d'abandon. Après toute cette agitation, je vais me reposer un peu, voilà tout.

Pendergast hésita encore puis sourit.

— Bon, très bien. Margo, vous allez nous enfermer le docteur à l'intérieur de la zone protégée, prendre ses clés, ramasser ce qui reste de ma veste. On y va.

Smithback secoua sa lampe furieusement. La lumière vacilla, elle brilla plus fort un instant, mais elle baissa de temps.

— Si cette lampe nous lâche, dit D'Agosta, nous sommes foutus. Éteignez-la. Nous l'allumerons de temps en temps.

Ils se remirent en route à travers l'obscurité avec, en fond sonore, le bruit de l'eau qui courait. Smithback marchait en tête ; derrière lui, il y avait D'Agosta qui lui tenait la main, laquelle, comme le reste, était en train de s'engourdir complètement.

Soudain, Smithback dressa l'oreille :

— Hé, vous entendez ?

D'Agosta écouta à son tour.

— Oui, j'entends quelque chose.

— J'ai l'impression que c'est...

— Une chute d'eau, dit finalement D'Agosta. Quoi qu'il en soit, cela signifie une sortie quelconque. Le son porte dans ce tunnel. Ne parlez de rien encore.

Le groupe progressait lentement, en silence.

— Lumière ! demanda D'Agosta.

Smithback alluma, balaya l'espace devant eux, éteignit de nouveau. À présent, on entendait mieux, le son était plus fort, presque trop. On sentait que l'eau s'écoulait de plus en plus vite.

— Merde ! dit D'Agosta.

On entendit une chute derrière eux, une voix féminine s'éleva.

— À l'aide, j'ai glissé, retenez-moi !

— Que quelqu'un la rattrape ! cria le maire.

Smithback ralluma, il dirigea vivement sa lampe vers l'arrière et vit une femme entre deux âges qui essayait de se redresser ; sa longue robe de soirée était répandue autour d'elle.

— Relevez-vous, dit le maire. Prenez un appui avec les pieds.

— Au secours ! criait-elle.

Smithback glissa sa lampe dans sa poche et lutta contre le courant. La femme était emportée dans sa direction. Il vit son bras tendu. Elle arriva à lui attraper la cuisse au passage. Mais il se sentit glisser à son tour.

— Attendez, ne vous débattez pas, lui dit-il, je vous tiens.

Mais de ses jambes elle lui entravait les genoux. Dès lors, Smithback dut lâcher D'Agosta ; il vacilla, s'étonnant de la force déployée par cette malheureuse : il était bel et bien en train de perdre l'équilibre.

— Vous me faites tomber... !

Il s'enfonça dans l'eau jusqu'à la poitrine.

À présent, il sentait que le courant l'emportait. L'espace d'un instant, il vit D'Agosta qui se jetait vers lui. La femme s'agrippa à lui, mue par une panique irrésistible, et lui plongea la tête sous l'eau. Il se hissa de nouveau à la surface. Mais il était sous un pan de sa robe longue qui lui collait au visage. Désorienté, il étouffait. Une deuxième fois, il plongea tandis qu'un rugissement bizarre, caverneux, résonnait à ses oreilles. Il se retrouva de nouveau à la surface en train de tousser. Un hurlement affreux lui parvenait du fond du tunnel, devant. Quelqu'un le tenait fermement. C'était D'Agosta.

— Elle est perdue, dit-il. Allez, venez.

Les hurlements leur parvenaient encore, mais ils diminuaient. Certains membres du groupe lui criaient des exhortations et des conseils, d'autres sanglotaient irrépressiblement.

— Bon, allez, tout le monde, cria D'Agosta, restez contre le mur et, quoi qu'il advienne, ne rompez pas la chaîne.

Dans un murmure, il ajouta à l'adresse de Smithback :

— Et vous, rassurez-moi, dites-moi que vous n'avez pas perdu la lampe.

— La voilà, dit Smithback en vérifiant qu'elle marchait encore.

— Il faut continuer ou nous allons perdre ces gens les uns après les autres.

D'Agosta se tut, puis il partit d'un petit rire glacé :

— Cette fois, c'est moi qui vous ai sauvé la vie, mon vieux. Ça fait un partout !

Smithback ne répondit pas. Il essayait de rejeter les cris horribles qui s'éloignaient dans le tunnel. Le rugissement de l'eau était désormais plus fort devant eux, il se faisait menaçant.

L'épisode avait miné le moral du groupe. Smithback entendit le maire qui criait :

— Il suffit de nous tenir la main. Tout ira bien, ne rompez pas la chaîne.

Smithback serrait la main de D'Agosta aussi fermement que possible. Ils avançaient toujours, dans le sens du courant, à travers l'obscurité profonde.

— Lumière ! demanda D'Agosta.

Smithback alluma et soudain devant eux ce fut le grand trou, à une centaine de mètres à peine. Le plafond du tunnel s'abaissait, il devenait une sorte de bouche en arc de cercle où l'eau s'engouffrait pour tomber quelque part là-dessous, dans un bruit de tonnerre, d'où remontait une vapeur qui s'accrochait aux mousses du bord, sous forme de gouttes noires. Smithback regardait cela les dents serrées, comme si soudain tous ses espoirs de best-seller, tous ses rêves, même sa simple volonté de vivre étaient en train de s'échapper par ce siphon.

Il s'aperçut soudain que les cris qu'il entendait derrière lui n'étaient pas des cris mais des exclamations de soulagement. Il jeta un coup d'œil en arrière : le groupe était en train de regarder en l'air. Au creux de la voûte de brique, au-dessus d'eux, on voyait un trou qui devait mesurer un mètre carré, duquel tombait une échelle rouillée fixée à la paroi.

Le soulagement fit place à la déception quand on mesura le problème.

— Merde ! c'est bien trop haut, on ne pourra pas ! s'écria D'Agosta.

17

Ils s'éloignèrent de la zone protégée pour gravir furtivement un escalier. Pendergast se tourna vers Margo, il porta un doigt à ses lèvres et montra des éclaboussures écarlates sur le sol. Elle hocha la tête : la bête était partie par là quand elle avait fui leur lampe. Elle se souvint qu'avec Smithback ils avaient emprunté cet escalier, la veille. C'était quand le gardien les avait surpris. À présent, elle suivait Pendergast qui éteignit sa lampe de mineur avant d'ouvrir avec précaution la porte du rez-de-chaussée pour déboucher dans l'obscurité, le paquet de fibres végétales toujours sur l'épaule.

L'agent du FBI s'arrêta un moment pour renifler l'air.

— Je ne sens rien, dit-il dans un souffle. Dites-moi où sont le QG de sécurité et la salle des ordinateurs, s'il vous plaît.

— Je pense que c'est là, à gauche, dit Margo, puis il faut remonter la salle des mammifères préhistoriques. Ce n'est pas trop loin. Juste après le QG de sécurité, vous allez trouver ce couloir dont vous parlait le Dr Frock.

Pendergast alluma brièvement la lampe et promena le faisceau le long du couloir.

— Je ne vois pas de sang, murmura-t-il. En fait, quand la créature est montée de la zone protégée, elle ne s'est pas arrêtée ici, elle a filé directement chez le Dr Wright, j'en ai bien peur.

Il se tourna vers Margo et demanda :

— Et maintenant, on l'attire comment ?

— Les fibres végétales.

— Votre truc n'a pas marché, la dernière fois.

— Mais cette fois on ne cherche pas à la pousser dans un piège. On cherche à la faire venir, à lui faire franchir cet angle.

Vous, vous serez à l'autre extrémité du couloir, prêt à tirer. On laissera quelques fibres de ce côté. On se cachera dans l'obscurité. Quand elle arrivera, je lui enverrai le faisceau de la lampe de mineur et vous pourrez commencer à tirer.

— Mais comment saurons-nous que la créature est arrivée sur les lieux ? Si le couloir est aussi long que le Dr Frock nous l'a dit, il est possible que nous sentions sa présence trop tard.

Margo restait silencieuse.

— Oui, c'est embêtant, admit-elle enfin.

Ils restèrent un instant sans prononcer un mot, puis Margo reprit :

— Il y a une vitrine à l'extrémité du passage. Au début, on l'avait réservée aux ouvrages publiés par les collaborateurs du musée, mais Mme Rickman finalement ne l'a pas remplie. Elle sera sûrement ouverte. On peut mettre notre paquet de fibres là-dedans. Même si ce que veut la créature, c'est du sang frais, ça m'étonnerait qu'elle résiste à ça. L'ouverture de la vitrine fera un peu de bruit. Quand vous entendrez le bruit, vous tirerez.

— Désolé, dit Pendergast après un moment, mais je pense que c'est trop grossier. Une fois encore, il faut nous poser la question : si moi j'avais affaire à un piège de cette nature, est-ce que je tomberais dedans ? La réponse est non. Il faut qu'on trouve quelque chose d'un peu plus malin. Tout piège constitué avec l'aide de ces fibres végétales paraîtra suspect, désormais.

Margo s'appuya sur le mur de marbre glacé du couloir et dit :

— La créature a un sens de l'ouïe aussi développé que l'odorat.

— Oui, et alors ?

— Eh bien, peut-être qu'il ne faut pas chercher midi à quatorze heures. On va faire en sorte que l'appât, ce soit nous. On va faire du bruit, parler fort, se faire passer pour des proies faciles.

Pendergast hocha la tête.

— Oui, comme ces oiseaux qui font semblant d'être blessés pour tromper les renards. Mais comment saurons-nous que la créature est arrivée ici ?

— On n'a qu'à se servir de la lampe de poche de temps en temps. On éclaire tout le long, pas trop fort, de manière à agacer la créature sans la repousser. Au moins, nous nous pourrons la voir. Elle va penser qu'on cherche notre chemin. Quand elle arrivera sur nous, je lui braque dessus la lampe de mineur. Vous commencez à tirer.

Pendergast réfléchit un moment.

— Et que se passerait-il si la créature arrivait derrière nous ?

— Après, du côté de la salle des peuples du Pacifique, c'est l'entrée du personnel, puis un cul-de-sac.

— Alors, nous aussi, nous serons dans un cul-de-sac. Je n'aime pas tellement ça.

— De toute façon, même s'il y avait une issue, on ne pourrait pas s'échapper si vous manquiez votre coup. S'il faut en croire le programme Extrapolateur, la créature se déplace pratiquement à la vitesse d'un lévrier.

Pendergast songea un moment à tout cela et lui dit :

— Vous savez que ça peut marcher ? C'est d'une simplicité biblique, sans complications inutiles, comme une nature morte de Zurbarán, une symphonie de Bruckner. Si cette créature a dégommé toute une équipe d'intervention de la police, elle doit se dire que les hommes n'auront pas grand-chose à lui opposer. Du coup, elle sera moins sur ses gardes.

— Sans compter qu'elle est blessée, ce qui la ralentira.

— Oui, c'est vrai. J'ai l'impression que D'Agosta lui a d'abord tiré dessus, et qu'ensuite l'équipe d'intervention de la police a vidé quelques chargeurs aussi. Peut-être que moi aussi je l'ai touchée. On ne peut pas savoir. Mais, Margo, justement, ces blessures peuvent la rendre infiniment plus dangereuse pour nous. Pour ma part, je préfère affronter dix lions en bonne santé plutôt qu'un seul blessé.

Il redressa les épaules, tâta son arme.

— Allons-y, passez devant, j'en ai marre de porter ce colis dans le noir. J'ai mal au dos. À partir de maintenant, nous n'utiliserons plus que la lampe de poche. Soyez très prudente.

— Donnez-moi la lampe de mineur, ça ne vous gênera pas pour tirer. Si nous tombons sur la bête sans nous y attendre, il faudra qu'on la repousse avec le faisceau.

— Si elle est blessée, ça m'étonnerait que ça marche, dit Pendergast.

Ils parcoururent le couloir lentement, passèrent un angle, puis franchirent une porte de service qui donnait sur la salle des mammifères préhistoriques. Margo avait l'impression que le martèlement de ses pas résonnait comme autant de coups de feu sur le carrelage brillant. Les rangées de vitrines défilaient dans la pénombre, hors du faisceau de la lampe : élans de taille gigantesque, chats sauvages avec des canines comme des défenses, loups féroces. Au centre de la salle, on voyait un mastodonte et des squelettes de mammouths encore couverts de lambeaux de laine. Margo et Pendergast sortirent de la salle en mesurant leurs pas, Pendergast gardant toujours le doigt sur la détente.

— Vous voyez la porte à l'autre bout, là-bas, chuchota Margo, où est marqué PERSONNEL ? Après ça, il y a le couloir qui mène au QG de sécurité, aux services de l'administration et à la salle des ordinateurs. Après le coin, là-bas, on trouve le couloir où nous pouvons établir notre poste d'observation.

Elle hésita.

— Maintenant, dans le cas où la créature serait déjà là…

— Je regretterais de n'être pas resté à La Nouvelle-Orléans, mademoiselle Green.

Ils pénétrèrent dans le secteur du personnel, à la section 18, pour se retrouver dans un corridor étroit longé de portes. De sa lampe, Pendergast visita les lieux : déserts.

— Nous y voilà ! dit Margo en désignant une porte à gauche. QG de sécurité.

Elle distingua un murmure en passant. Ensuite, ils se trouvèrent devant une autre porte marquée ORDINATEUR CENTRAL.

— Ils sont coincés là-dedans, dit Margo, peut-être qu'on devrait…

— Pas le temps, répondit Pendergast.

Ils franchirent le coin, puis s'arrêtèrent. De sa lampe, Pendergast balaya le couloir.

— Qu'est-ce que ça fait là ?

À la moitié du couloir se dressait une porte de sécurité. Massive, elle renvoyait le faisceau de la lampe.

— Notre bon docteur s'est trompé, dit Pendergast. La cellule n° 2 doit en fait couvrir seulement la moitié de ce passage, et nous voilà aux limites du périmètre.

— Ça fait quelle distance? demanda Margo d'une voix éteinte.

Pendergast fit une moue :

— Je pense que ça fait cent ou cent vingt mètres à tout casser.

Elle se tourna vers lui.

— Ça vous suffit ou non?

Pendergast resta immobile.

— Non. Mais il faudra bien s'en contenter. Allons, mademoiselle Green, venez vous mettre en place.

Le PC mobile commençait à être bondé. Coffey déboutonna sa chemise et d'un geste rageur défit sa cravate. Il devait faire cent dix pour cent d'humidité. On n'avait pas vu une pluie pareille depuis vingt ans. Les tuyaux d'écoulement crachaient de véritables geysers, les véhicules d'urgence étaient immergés jusqu'au garde-boue.

La porte arrière du PC mobile s'ouvrit, l'homme qui entra portait la tenue des équipes d'intervention de la police.

— Monsieur?

— Qu'est-ce que vous voulez?

— Les hommes voudraient savoir quand on va y retourner.

— Y retourner? cria Coffey. Ça va pas, non? Six de vos gars viennent à peine d'y passer, ils ont été hachés comme des hamburgers, ça ne vous suffit pas?

— Mais, monsieur, il reste là-dedans des gens pris au piège. On pourrait peut-être...

Coffey se retourna cette fois vers le type, l'œil furieux, la bave aux lèvres, et dit :

— Vous n'avez pas compris? On ne peut pas y retourner comme ça. On vient d'envoyer des hommes sans savoir à quoi on les exposait. Avant toute chose, il faut que l'électricité revienne. Que tous les systèmes de communication interne soient de nouveau opérationnels et...

À cet instant, un policier passa la tête par la porte arrière de la camionnette :

— Monsieur, on vient de nous signaler un cadavre en train de flotter sur l'Hudson River, on l'a repéré en bas au port de plaisance. Il semblerait que ce soit une des évacuations d'eau qui l'ait craché.

— Qu'est-ce qu'on en a à foutre ?

— Mais, monsieur, il s'agit d'une femme en robe du soir, on l'a identifiée comme une des invitées.

— Hein ?

Cette fois, Coffey s'en étranglait. Non, ce n'était pas possible !

— C'est quelqu'un qui faisait partie du groupe du maire ?

— L'une de celles qui étaient piégées à l'intérieur. Or, d'après nos comptes, les seules femmes qui sont encore dedans sont celles qui sont descendues dans les sous-sols il y a deux heures.

— Vous voulez dire : avec le maire ?

— Sans doute, monsieur.

Coffey commençait à avoir une faiblesse du côté de la vessie. Non, ce n'était pas vrai !

Ce salaud de Pendergast. Ce cochon de D'Agosta. Tout ça, c'était leur faute. Ils lui avaient désobéi, ils avaient saboté ses plans, ils avaient envoyé tous ces gens à la mort. Le maire était mort. On allait sûrement lui faire payer ça.

— Monsieur ?

— Tirez-vous d'ici, murmura Coffey. Allez, tous les deux, allez-vous-en !

La porte se ferma.

— Ici Garcia, est-ce que quelqu'un me reçoit ? dit la radio.

Coffey exécuta un demi-tour, il saisit le micro :

— Garcia, qu'est-ce qui se passe ?

— Rien, monsieur, sauf qu'il n'y a toujours pas de jus. Mais j'ai près de moi Tom Allen qui demandait à vous parler.

— Passez-le-moi.

— Allen à l'appareil. On commence à s'inquiéter ici, monsieur Coffey, on ne peut rien faire du tout avant le retour de l'électricité. Les piles de la radio de Garcia commencent à faiblir. Nous avons coupé le contact longtemps pour ménager nos réserves. Nous aimerions bien que vous nous fassiez sortir de là.

Coffey se mit à rire soudain de manière aiguë. Les agents rivés aux consoles autour de lui se regardèrent, gênés.

— Attendez, vous voulez que moi, je vous fasse sortir de là ? Non mais je rêve. Écoutez-moi, Allen, vous êtes tellement conscient que, tout ce bordel, vous en êtes responsable. Vous m'avez juré sur tous les tons que ce système de sécurité était infaillible et que tout était doublé. Alors, pour sortir, je propose que vous vous démerdiez seul. Le maire est mort, et j'ai perdu déjà plus d'hommes que… Allô ?

— Garcia à l'appareil. Monsieur, ici il fait complètement noir, nous n'avons que deux lampes de poche. Qu'est devenue l'équipe d'intervention de la police ?

Là, Coffey cessa de rire brusquement et répondit :

— Garcia ? Ils ont été tués. Vous m'entendez ? *Tués.* Leurs tripes ont été déroulées comme des guirlandes et, tout ça, c'est la faute de Pendergast, de D'Agosta, de ce cochon d'Allen, et c'est votre faute aussi, ça ne m'étonnerait pas. Bon, cela dit, nous avons des équipes ici qui travaillent pour rétablir le courant. On dit que c'est possible. C'est l'affaire de quelques heures. De mon côté, je vais mettre la main sur cette chose qui rôde, mais je vais le faire à ma façon, et je vais prendre tout mon temps. Alors, restez dans votre coin sans faire de vagues. Pas question que j'aille risquer de nouveau la peau de mes hommes pour faire sortir des pauvres types dans votre genre.

On entendit un martèlement sur la porte arrière du véhicule.

— Entrez ! aboya-t-il en éteignant la radio.

Un agent du FBI entra et s'accroupit près de Coffey. Son profil était souligné par la lumière des écrans de contrôle.

— Monsieur, on vient de me dire que le député est en route et que le gouverneur vous attend au téléphone. Ils veulent un compte rendu.

Coffey ferma les yeux.

Smithback regarda cette échelle, le dernier barreau rouillé se trouvait à un mètre cinquante au-dessus de sa tête. Sans cette eau qui courait dans le tunnel, il aurait pu sauter pour l'attraper. Mais l'eau lui arrivait pratiquement à la poitrine.

— Vous voyez quelque chose ? demanda D'Agosta.

— Non, dit Smithback, ma lumière faiblit. Je ne peux pas vous dire jusqu'où ça va.

— Alors, éteignez, et laissez-moi un instant pour réfléchir.

Un long silence suivit. Smithback sentit de nouveau que l'eau montait vite. Cette fois, il suffisait de trente centimètres de plus et ils partaient tous au fil du courant. Il secoua la tête, repoussant cette pensée avec colère.

— Mais d'où vient toute cette eau ? gémit-il à la cantonade.

— Ce deuxième sous-sol est en dessous du lit de l'Hudson River, dit D'Agosta. Quand il y a une forte pluie, ça déborde dedans. Il y a des fuites.

— Là, ce ne sont plus des fuites. Même trente centimètres d'inondation, on comprendrait. Mais nous sommes submergés, ils doivent être en train de construire l'Arche de Noé, dehors !

D'Agosta ne répondit rien.

— Bon, y en a marre ! dit une voix. Quelqu'un monte sur mes épaules, on va se hisser un par un !

— Attendez, lança D'Agosta, c'est bien trop haut, on ne peut pas.

Smithback toussa et annonça :

— Moi, j'ai une idée.

Le silence se fit.

— Écoutez-moi, cette échelle métallique a l'air assez solide, si nous pouvons attacher ensemble nos ceintures et les envoyer par-dessus le dernier barreau, il suffira ensuite d'attendre que l'eau monte suffisamment pour nous permettre d'atteindre la base de l'échelle.

— Je n'attendrai pas jusque-là ! cria quelqu'un.

D'Agosta fulminait.

— Smithback, c'est l'idée la plus stupide que j'aie entendue. En plus, la moitié des hommes portent des bretelles.

— J'ai remarqué que ce n'est pas votre cas, répliqua Smithback.

— Et alors ? dit D'Agosta sur un ton défensif. En outre, on se demande pourquoi vous êtes si sûr que l'eau va monter assez pour nous permettre d'atteindre le barreau.

— Regardez, là, dit Smithback en désignant le mur au voisinage de la base de l'échelle. Vous voyez cette bande plus claire ? Ça m'a tout l'air d'une marque, il y a eu, au moins une fois dans le passé, une inondation haute comme ça. Si l'orage dehors est aussi exceptionnel qu'on le suppose, ça devrait nous mettre au voisinage de la cote en question.

D'Agosta secoua la tête :

— Bon, je crois encore que c'est une idée folle. Mais comme il n'y a rien de mieux, et que sans ça c'est la mort, tous les hommes, venez ici ! Donnez-moi vos ceintures.

On fit passer les ceintures. Il les mit bout à bout en commençant par la plus large boucle. Ensuite, il passa tout cela à Smithback, qui en entoura ses épaules. Smithback fit tournoyer l'extrémité. Résistant contre le courant, penché en arrière, il jeta la corde improvisée en direction du dernier barreau, mais il manqua son coup d'un bon mètre.

Nouvel essai, nouvel échec.

— Laissez-moi faire, dit D'Agosta, c'est un boulot d'homme !

— Allez au diable, répondit Smithback en reculant dangereusement.

Il fit une nouvelle tentative. Cette fois, il réussit. La boucle à l'extrémité redescendit de l'autre côté du barreau. Il y glissa la dernière ceinture, fit coulisser le tout, disposa enfin d'une amarre improvisée.

— Bon, dit D'Agosta, c'est fait. Maintenant, que tout le monde se tienne par la main. Ne vous lâchez pas. Quand l'eau montera, elle nous rapprochera de l'échelle. Chacun grimpera à son tour en s'aidant de cette corde. J'espère que le dispositif tiendra.

Il jeta un regard soupçonneux sur la chaîne de ceintures et Smithback ajouta :

— J'espère surtout que l'eau montera suffisamment.

— Si ce n'est pas le cas, apprêtez-vous à vous faire engueuler, répondit D'Agosta.

Smithback voulut lui répondre sur le même ton, mais il décida plutôt de ménager son souffle. Le courant lui oppressait la poitrine, lui entravait les bras ; il sentait que la pression là-dessous commençait à menacer le contact que ses pieds gardaient avec le fond pierreux du tunnel.

18

Garcia suivait le faisceau de la lampe d'Allen qui effectuait de lents allers et retours sur une console pleine de boutons inutiles. Nesbitt, le type en charge de la surveillance vidéo, était effondré sur son bureau couvert de ronds de café, au centre du QG de sécurité. À côté de lui étaient assis Waters et le programmeur maigrichon, à l'air emprunté, qui se trouvait dans la salle des ordinateurs lors de la panne. Ces deux-là avaient frappé à la porte du QG de sécurité dix minutes auparavant. Les trois hommes à l'intérieur avaient failli mourir de trouille. Le programmeur était à présent tapi dans son coin. Il se rongeait les ongles et reniflait. Quant à Waters, avec son arme de service posée sur la table, il jouait nerveusement à la toupie.

Il arrêta soudain le manège et dit :

— Qu'est-ce que c'était ?

— Quoi ? demanda Garcia d'un air morne.

— J'ai entendu un bruit dans la salle à l'instant ! dit Waters qui eut quelque difficulté à avaler sa salive. C'était comme un bruit de pas.

— Waters, vous n'arrêtez pas d'entendre des bruits, dit Garcia. C'est pour cette raison qu'on en est là, d'ailleurs.

Suivit un silence bref, chargé d'inquiétude.

— Vous êtes sûr d'avoir bien compris ce que disait Coffey ? dit encore Waters. Si cette chose a lessivé une équipe d'intervention, elle pourrait s'en prendre à nous.

— Arrêtez d'y penser. Je ne veux même plus en entendre parler. C'était à trois étages au-dessus.

— Je n'en reviens pas, que Coffey nous laisse croupir ici, je...

— Waters ? Si vous ne la fermez pas une bonne fois, je vais être contraint de vous renvoyer à la salle des ordinateurs.

Waters se tut.

— Appelez encore Coffey à la radio, dit Allen à Garcia. Il faut absolument qu'on sorte d'ici.

Garcia secoua la tête et dit :

— Ça ne marchera pas. J'ai eu l'impression tout à l'heure qu'il avait déjà descendu pas mal de bière. La pression est trop forte pour lui, sans doute. On est là pour un bon moment.

— Il dépend de qui ? demanda Allen, résolu à insister. Donnez-moi la radio.

— Pas question. Les batteries de secours sont presque mortes.

Allen commença à protester, mais il s'interrompit brusquement.

— Je sens une odeur, dit-il.

Garcia s'assit.

— Moi aussi.

Il ramassa son fusil d'assaut, lentement, comme un soldat qui sort d'un mauvais rêve.

— C'est la bête tueuse ! cria Waters.

Alors, tous les hommes se retrouvèrent debout en un éclair. Il y eut un fracas de chaises renversées.

On entendit un coup sourd, une galopade, quelqu'un heurta le flanc d'un bureau, ensuite un écran de contrôle explosa en tombant sur le sol. Garcia attrapa sa radio et hurla :

— Coffey, elle est là !

Il y eut un grattement, puis un lent mouvement de la poignée de la porte. Garcia sentit qu'une chaleur nouvelle l'envahissait, il s'aperçut qu'il avait vidé sa vessie, tout simplement. Alors, la porte fut enfoncée, le bois craqua, et dans l'obscurité proche, derrière lui, il entendit l'un des hommes commencer à prier.

— Hé, vous avez entendu ? demanda Pendergast dans un souffle.

Margo balayait la salle de sa lampe.

— Oui, j'ai entendu quelque chose.

Le fracas de la porte enfoncée avait traversé la salle et leur parvenait, malgré la distance.

— La créature est en train de franchir une porte quelque part. Il faut qu'on attire son attention, dit Pendergast.

— Hé ! cria-t-il.

Margo lui saisit le bras.

— Ne lui dites rien de trop compliqué, hein, il faut qu'elle comprenne.

— C'est bien le moment de plaisanter. Je me doute qu'elle ne comprend pas l'anglais.

— On ne sait pas, après tout. On s'en remet au programme Extrapolateur, je sais que c'est risqué. Mais je vous rappelle que cette créature possède un cerveau très développé. Elle peut avoir vécu dans ce musée pendant des années, à l'écoute. Elle est peut-être capable de comprendre certains mots. Il faut se méfier quand même.

— D'accord, dit Pendergast, qui cria aussitôt à l'adresse d'une Margo perdue dans le noir : Où êtes-vous ? Vous m'entendez ?

— Oui ! répondit Margo. Mais je suis perdue, à l'aide ! Est-ce qu'il y a quelqu'un ?

Pendergast baissa la voix :

— Elle a dû entendre. Maintenant, il reste à attendre.

Il s'agenouilla, le calibre 45 dans la main droite, la gauche serrant le poignet pour le tenir plus fermement.

— Continuez à balayer le coin du couloir avec la lampe, comme si vous étiez perdue. Quand je verrai la créature, je vous donnerai le signal, vous allumerez la lampe de mineur pour la diriger sur elle, quoi qu'il advienne. Si elle est furieuse, si elle est seulement animée par l'esprit de revanche, il faut qu'on emploie tous les moyens pour la ralentir. Nous avons seulement une centaine de mètres pour la tuer. Si elle peut courir aussi vite que vous le dites, il lui suffira de quelques secondes pour être sur nous. Il n'y a aucune place pour l'hésitation ou la panique.

— Quelques secondes, dit Margo. D'accord, j'ai compris.

Garcia était agenouillé devant la console électronique, son arme contre sa joue. Le chargeur luisait dans la pénombre. Devant lui, on voyait vaguement l'encadrement de la porte. Derrière se trouvait Waters, en position de combat.

— Quand elle arrive, feu à volonté, on n'arrête pas ! dit Garcia. J'ai huit coups seulement, je vais essayer de ralentir mon tir pour que vous ayez le temps de recharger au moins une fois avant qu'elle soit sur nous. Éteignez cette lampe. Vous voulez nous faire repérer ?

Les autres occupants du QG de sécurité, c'est-à-dire Allen, le programmeur et le gardien Nesbitt, s'étaient réfugiés au fond de la pièce et s'étaient accroupis contre le mur, sous le plan lumineux désormais aveugle.

Waters tremblait de tous ses membres et répétait :

— Elle a déjà liquidé toute une équipe d'intervention.

Un autre craquement, la porte sauta, les gonds s'arrachèrent et Waters poussa un cri. Il fit un bond et se mit à ramper en arrière dans l'obscurité, abandonnant son arme par terre.

— Waters, crétin ! Revenez ici tout de suite !

Garcia entendit un choc sur une surface métallique. Le crâne de Waters venait de rencontrer l'un des bureaux, derrière.

— Ne la laissez pas m'attraper ! cria-t-il.

Garcia s'obligea à regarder vers la porte. Il essaya de tenir son arme immobile. L'odeur insupportable de la créature lui montait aux narines. Ce qui restait de la porte fut balayé. Il n'avait aucune envie de voir cette chose qui s'apprêtait à paraître au milieu du trou béant. Il s'épongea le front du dos de la main.

On n'entendait rien. Rien que les sanglots de Waters.

Margo promenait le faisceau de sa lampe. Elle essayait d'imiter les mouvements désordonnés de quelqu'un qui cherche son chemin. La lumière glissait des murs au plancher, éclairant les vitrines au passage. Le cœur de la jeune femme battait très fort. Son souffle était court.

— À l'aide ! cria-t-elle de nouveau. Nous sommes perdus !

Elle fut surprise de s'entendre parler de cette voix rauque. De l'autre côté, on n'entendait plus rien. La créature était aux aguets.

— Hé ! s'obligea-t-elle à crier encore, il y a quelqu'un ?

La voix se perdit en échos au fond du couloir. Elle attendit, scrutant la pénombre, redoutant de déceler le moindre mouvement.

Une forme noire commença bientôt à s'extraire de l'obscurité lointaine, à une distance que le faisceau de la lampe de poche ne pouvait pas atteindre. Bientôt, elle cessa de bouger. On eût dit qu'elle levait la tête. Il y eut comme un reniflement étrange.

— Pas encore, chuchota Pendergast.

Nouveau mouvement, la forme contournait encore le coin du couloir. Le reniflement devint plus fort, et soudain l'odeur de la bête leur parvint ; elle emplissait désormais tout l'espace.

La bête avança encore un peu.

— Attendez, pas encore, répéta Pendergast.

La main de Garcia tremblait tellement qu'il avait du mal à appuyer sur le bouton d'émission de sa radio.

— Coffey ! dit-il, Coffey, pour l'amour du ciel ! Vous m'entendez ?

— Ici l'agent Slade au PC mobile. Qui est à l'appareil, s'il vous plaît ?

— Le QG de sécurité, répondit Garcia en haletant, où est Coffey ? Où est-il, on peut savoir ?

— Il souffre d'une indisposition passagère. À partir de maintenant, je prends les rênes de l'opération, en attendant l'arrivée de notre responsable régional. Où en êtes-vous ?

— Où on en est ? répondit Garcia avec un ricanement rageur. Je vais vous le dire : on est foutus, voilà, la créature est là, elle a défoncé une porte. Je vous en supplie, envoyez-nous une équipe !

— Zut ! dit la voix de Slade. Pourquoi personne ne m'a rien dit ?

Garcia put entendre qu'on discutait à l'autre bout.

— Garcia, reprit le PC mobile, est-ce que vous avez votre arme ?

— Mais à quoi ça sert ? murmura Garcia qui pleurait presque. Ce qu'il faut, c'est se pointer ici avec un bazooka, au moins. Aidez-nous, je vous en supplie.

— Garcia, l'ennui c'est que nous sommes en train de réparer les pots cassés, ici. L'opération est assez désorganisée. Tenez bon encore un moment. La créature dont vous parlez ne peut pas franchir la porte du QG. C'est une porte métallique ?

— Mais non, Slade, c'est une porte en bois toute bête, dit Garcia qui cette fois versait des larmes.

— En bois ? Mais je rêve ! Écoutez, Garcia, même si nous pouvions envoyer quelqu'un sur-le-champ, il lui faudrait vingt minutes pour arriver.

— Je vous en supplie.

— Il faut gérer tout ça sur place. Je ne sais pas à quoi vous avez affaire, Garcia, mais il faut vous ressaisir. On viendra vous chercher dès qu'on pourra. D'ici là, pas de panique, visez le...

Garcia s'effondra sur le plancher, son doigt avait glissé du bouton d'émission, il n'espérait plus rien. Ils étaient foutus.

19

Smithback attrapa la ceinture, il gagna encore quelques centimètres vers le groupe. L'eau montait encore plus vite qu'avant. On voyait la différence de minute en minute et, bien que le courant ne soit pas plus violent, on entendait, à l'autre bout du tunnel, un grondement assourdissant. Les plus âgés, les plus faibles, les plus mauvais nageurs étaient les premiers à passer après Smithback. Ils s'accrochaient à la chaîne de ceintures. Les autres membres du groupe s'agrippaient mutuellement. Ils résistaient désespérément à la force de l'eau. Personne ne parlait. On n'avait pas d'énergie à perdre en pleurs ou en gémissements. Même la parole était inutile. Smithback regardait vers l'échelle : soixante centimètres de plus et ce serait bon. Il pourrait l'attraper.

— Il doit faire un orage à tout casser, dehors, dit D'Agosta.

Il se trouvait à proximité de Smithback et soutenait une dame âgée.

— C'est sûr, ajouta-t-il, la fête du musée aura été gâchée par la pluie !

Il ricana faiblement.

Smithback se contentait de garder les yeux fixés là-haut et de donner un coup de lampe de temps à autre. Il restait cinquante centimètres.

— Smithback, arrêtez d'allumer et d'éteindre sans arrêt, d'accord ? dit D'Agosta. C'est moi qui vous dirai quand ça vaudra la peine de jeter un coup d'œil.

Soudain, Smithback sentit qu'un nouveau mouvement de l'eau le plaquait contre le mur de brique. Dans le groupe, il y eut quelques mouvements divers, mais personne ne lâcha prise. Il y avait là plusieurs têtes connues. Smithback avait beau sentir le scoop à sa portée, il avait du mal à se défendre contre l'envie de dormir. Symptôme d'hypothermie, se souvint-il.

— Bon, Smithback, vous vérifiez l'échelle.

La rude voix de D'Agosta le réveilla. Il ralluma sa lampe et la dirigea vers le haut. En quinze minutes, l'eau avait encore gagné trente centimètres. Désormais, le bout de l'échelle était presque à portée de main. Avec un grognement d'aise, il envoya du mou vers le groupe.

— Voilà ce que nous allons faire, dit D'Agosta : vous monterez le premier, je surveille les opérations d'ici, je passerai après tout le monde. D'accord ?

— D'accord, dit Smithback en s'ébrouant pour se maintenir éveillé.

D'Agosta agrippa la chaîne de ceintures, attrapa Smithback au niveau de la taille et le hissa au-dessus de sa tête. Smithback parvint à saisir le dernier barreau de sa main libre.

— Envoyez-moi la lumière, dit D'Agosta.

Smithback lui tendit la lampe et saisit le barreau de l'autre main. Il se hissa un peu mais il retomba, les muscles de ses bras et de son dos tétanisés. Enfin, après avoir respiré un bon coup, il se hissa de nouveau. Cette fois, il atteignit le deuxième barreau.

— Bon, vous attrapez le barreau ! disait déjà D'Agosta à quelqu'un d'autre en bas.

Smithback, de son côté, s'appuyait et reprenait son souffle. Ensuite, il continua sa progression, attrapa le troisième barreau, puis le quatrième. Il chercha du pied le premier pour prendre appui.

— Que personne ne marche sur les mains du suivant ! lança D'Agosta d'en bas.

Smithback sentit qu'on lui attrapait le pied pour le guider dans son appui, ensuite il put faire porter tout son poids, et la fermeté de ce soutien lui parut providentielle. Il tendit une main et aida la vieille dame à se hisser. Puis il se retourna. Ses forces lui revenaient. Il grimpa.

L'échelle prenait fin à l'entrée d'un large boyau horizontal, là où le plafond voûté croisait le mur du tunnel. Il avança vers ce boyau avec précaution, en rampant dans l'obscurité.

Immédiatement, il sentit une odeur putride lui monter aux narines. Il songea : *Les égouts.* Il s'arrêta malgré lui un instant, puis reprit sa progression.

Le boyau ouvrait sur un grand trou noir. En mesurant ses gestes, il tâta du pied, de haut en bas. À trente centimètres environ de la fin du boyau, on tombait sur un sol de terre battue. Incroyable coup de chance. Il y avait là une véritable salle dont il ne savait trop la dimension mais qui se trouvait entre le premier sous-sol et le deuxième sous-sol. Une sorte de palimpseste architectural. Un reliquat oublié par les nombreuses reconstructions qu'avait subies le musée. Il avança le pied sur quelques centimètres, puis encore un peu plus, toujours dans l'obscurité complète. La puanteur autour de lui était terrible. Mais, Dieu merci, ce n'était pas celle de la bête. Quelque chose de dur craquait sous son pas, peut-être des branches. Derrière lui, il entendait la rumeur des autres membres du groupe en train de s'engager dans le boyau vers lui. La faible lueur de la lampe de D'Agosta ne lui parvenait pas, du deuxième sous-sol.

Il se retourna, s'agenouilla à l'entrée du boyau et commença à recevoir les membres du groupe, à les aider à sortir, tout en les empêchant de s'enfoncer trop loin dans l'obscurité.

Les uns après les autres, les gens émergeaient du trou, ils s'écartaient le long du mur, maladroits, titubants de fatigue. Dans la salle ne résonnait que leur souffle.

Finalement, Smithback entendit la voix de D'Agosta qui sortait.

— Qu'est-ce que c'est que cette odeur ? dit-il à l'adresse de Smithback en ajoutant : Plus de lumière ! La lampe a rendu l'âme, je l'ai balancée dans l'eau. Bon, tout le monde, écoutez-moi !

Élevant la voix, il leur dit :

— Je voudrais que vous vous comptiez.

Il y eut un bruit d'eau qui dégouline, le cœur de Smithback battit soudain plus fort, mais il s'aperçut que c'était D'Agosta qui essorait sa veste trempée.

L'un après l'autre, d'un ton épuisé, les membres du groupe énoncèrent leur nom.

— Bien, conclut d'Agosta. Maintenant, il s'agit de savoir où nous sommes. Il est possible que nous ayons à grimper encore, dans le cas où l'eau monterait plus haut.

— Pour ma part, je serais partisan qu'on grimpe encore, comme vous dites, parce que ça pue terriblement ici.

— Ça va être dur si on n'a plus de lampe, dit Smithback. Il va falloir se déplacer en file indienne.

— J'ai un briquet, dit une voix. Est-ce que j'essaie de voir s'il marche ?

— Attention, répondit une autre voix. Ça sent le méthane, ici, j'en ai peur.

Smithback tressaillit, une flamme jaune vacillante avait jailli du briquet, éclairant les murs de la salle, et quelqu'un s'écria :

— Mon Dieu !

La salle fut rendue aussitôt à l'obscurité, la main qui tenait le briquet ayant soudain lâché prise. Mais Smithback avait eu le temps d'entrevoir l'affreux spectacle qui les entourait.

Margo progressait dans la pénombre, elle promenait le faisceau de sa lampe devant elle, lentement, essayant de ne pas viser directement la bête qui demeurait en arrêt à l'angle, là-bas, et qui les observait.

— Pas encore, répéta Pendergast. Attendez qu'elle se montre tout entière.

La créature marqua une pause interminable, elle resta aussi immobile et silencieuse qu'une gargouille de pierre. Margo distinguait ses petits yeux rouges qui la suivaient dans le noir. De temps à autre, ils disparaissaient, puis réapparaissaient, à la faveur d'un clignement de paupières.

Enfin, la créature fit un pas de plus vers eux, mais elle s'arrêta de nouveau, comme si elle réfléchissait. On voyait cette courte et puissante silhouette tendue, prête à bondir.

Elle entama bientôt une nouvelle progression, alla dans leur direction résolument, avec une agilité terrifiante.

— Maintenant ! cria Pendergast.

Margo tendit la main, elle tâtonna, trouva le bouton de la lampe de mineur, et soudain tout le couloir fut inondé de lumière. Presque aussitôt, une déflagration assourdissante résonna à ses oreilles. L'arme de Pendergast cracha le feu et la créature marqua un bref arrêt. Margo la vit cligner des yeux, secouer la tête. La lumière de la lampe l'aveuglait. Elle se courba, comme pour mordre la hanche qui venait de recevoir la balle. Margo se sentit presque douter de ce qu'elle voyait : cette tête basse, pâle, d'une longueur horrible, qui portait la marque laissée par la balle de Pendergast, ces antérieurs puissants couverts d'un poil épais et qui portaient de longues griffes ; ces postérieurs où une peau crevassée couvrait cinq doigts griffus. Le poil était constellé de traces de sang. On voyait aussi du sang frais sur la carapace arrière.

Nouveau coup de feu. L'antérieur droit fut brutalement dévié vers l'arrière, Margo entendit un rugissement furieux. La créature se retourna vers eux et commença à bondir dans leur direction, les mâchoires écumantes.

Encore un coup. Mais celui-là fut manqué, la créature continua à avancer avec une détermination effrayante.

Encore un autre. Cette fois, Margo vit, comme au ralenti, la hanche gauche s'effondrer et la créature trébucher légèrement. Mais elle reprit le dessus et, avec un nouveau rugissement, le poil hérissé sur les flancs, elle se porta à nouveau vers eux.

Un coup encore ne la ralentit pas. Margo se dit, à ce moment-là, que leur plan avait échoué, qu'il leur restait à peine le temps de tirer un dernier coup. La charge de la créature, cette fois, ne saurait être interrompue en route.

— Pendergast ! cria-t-elle en faisant machine arrière.

Sa lampe de mineur commençait à être agitée de soubresauts. Elle fuyait ces yeux rouges qui plongeaient dans les siens avec une évidente expression de fureur, de convoitise et de triomphe.

Garcia, quant à lui, était assis par terre, l'oreille aux aguets. Il se demandait à cet instant si la voix qu'il avait entendue n'était pas une fantaisie de son imagination. Y avait-il quelqu'un, là-bas, qui partageait ce cauchemar avec lui ? Avait-il rêvé ces cris ?

Soudain, il y eut un bruit, comme une détonation, puis un autre et un autre encore.

Il se dressa et songea : « Non, ce n'est pas vrai. » Il reprit sa radio à tâtons.

Derrière lui quelqu'un dit :

— Vous avez entendu ?

Le bruit en question retentit encore deux fois. Après un court silence il y eut un nouveau coup.

— On jurerait que quelqu'un est en train de canarder là-bas, dit Garcia.

Il y eut un long silence effroyable puis Garcia murmura :

— Ça s'est arrêté !

— Vous croyez qu'ils l'ont eue ? Hein, vous croyez ?

Le silence durait. Garcia serrait son arme couverte de sueur. Il y avait eu cinq ou six coups. La créature était venue à bout de toute une équipe d'intervention de la police, il ne fallait pas l'oublier.

— Alors, ils l'ont eue ? demanda Waters à nouveau.

Garcia écouta attentivement ce qui se passait de l'autre côté. Mais il n'entendit rien. Ça, c'était le pire de tout, cette soudaine bouffée d'espoir qui se dissipait sur une déception.

Il attendit.

Il y eut soudain un grattement du côté de la porte. Il se tourna vers Waters :

— Non, j'ai l'impression qu'elle revient.

20

— Donnez-moi ce briquet ! cria D'Agosta.

Smithback, aveuglé, défaillant, couvrit ses yeux de ses mains quand D'Agosta frotta de nouveau le briquet.

— Nom d'un chien ! murmura le policier.

Smithback sentit qu'on l'agrippait à l'épaule et qu'on le redressait. La voix de D'Agosta lui souffla bientôt à l'oreille :

— Écoutez-moi, il ne faut pas me lâcher maintenant. J'ai besoin de vous pour sortir ces gens d'ici.

Smithback tressaillit en écarquillant les yeux. Devant, le sol était jonché d'ossements : des petits et des grands, certains cassés, émiettés, d'autres portant encore du cartilage aux articulations.

— Ça n'était pas des branches ! dit-il en retrouvant difficilement son souffle. Pas des branches.

La flamme s'éteignit, D'Agosta préférant ménager leurs réserves.

À la faveur d'un éclair supplémentaire, Smithback regarda rapidement autour de lui et vit que ce sur quoi il avait marché tout à l'heure était un cadavre de chien, un terrier, yeux vitreux, poil court, avec une série de tétons de couleur marron qui descendaient jusqu'au bas du ventre éviscéré. Le sol était jonché de chats, de rats, et d'autres animaux mutilés de telle façon ou morts depuis si longtemps qu'on ne les reconnaissait plus. À l'arrière, un membre du groupe poussa un cri interminable.

La lumière s'éteignit encore, elle revint, mais D'Agosta, qui avançait, s'éloignait avec elle.

— Venez avec moi, Smithback ! dit sa voix. Que tout le monde regarde droit devant. Allons-y !

Smithback mit un pied devant l'autre, lentement. Il conserva un angle de vision suffisant pour ne pas marcher dans ce carnage. Quelque chose attira son attention. Il se tourna vers le mur à droite.

À hauteur d'homme, il y avait eu, autrefois, un tuyau qui courait le long du mur mais qui s'était effondré. On en distinguait encore les morceaux sur le sol. Ils étaient à moitié enfouis dans la terre battue. Mais sur le mur on trouvait les pièces de métal qui servaient à le soutenir et qui dépassaient. Y pendaient des cadavres humains de toutes sortes qui semblaient bouger dans le vacillement de la flamme. Smithback vit bien que tous ces corps avaient été décapités, mais la chose ne s'était pas encore frayée un chemin jusqu'à sa conscience. Sur le sol, le long du mur, on apercevait des objets plus petits, plus ou moins défoncés, en qui il reconnut finalement des crânes.

Les corps les plus éloignés semblaient les plus anciens. Ils ressemblaient davantage à des squelettes qu'à des cadavres. Il se détourna, non sans avoir remarqué au passage le clou de cette horreur : à savoir que, sur le poignet du corps le plus proche de lui, on voyait encore une montre inhabituelle, en forme de cadran solaire, celle de Moriarty !

— Oh ! mon Dieu ! mon Dieu ! répétait Smithback. Ce pauvre George...

— Vous connaissiez ce type-là ? dit D'Agosta avec accablement.

Le briquet vacilla encore, la flamme s'éteignit, Smithback arrêta de marcher. Le lieutenant pesta :

— Zut, ça brûle, ce machin !

— Qu'est-ce que c'est que cet endroit ? dit quelqu'un dans le groupe.

— Aucune idée, dit D'Agosta.

— Moi, je sais, dit Smithback, c'est un garde-manger.

La lumière revint, la progression reprit, on allait soudain plus vite. Derrière, Smithback entendait le maire qui exhortait son monde à avancer, d'une voix mécanique, comme désincarnée.

Nouvelle interruption de la lumière, le journaliste resta en arrêt.

— Cette fois, nous sommes au fond, dit D'Agosta, il y a deux passages, un qui monte et un qui descend, nous allons prendre celui qui monte.

D'Agosta ralluma, il recommença à avancer, Smithback suivant toujours. Après quelques instants, l'odeur se fit moins forte. Le sol devint mou et humide. Smithback sentit sur ses joues, à moins qu'il ne l'ait imaginé, un vague souffle d'air frais.

D'Agosta se mit à rire.

— Nom d'un chien, c'est bon !

L'humidité s'accentuait dans le tunnel. On tomba bientôt sur une nouvelle échelle. D'Agosta approcha, il tendit son briquet. Smithback avança vers lui en hâte. Cette fois, il sentait l'air frais. On perçut un bruit de passage en haut et puis un, deux chocs, une lumière brève. Il y eut un éclaboussement.

D'Agosta cria :

— C'est une plaque d'égout ! On a réussi ! Incroyable, on est arrivés au bout !

Il grimpa l'échelle et appuya sur la galette de métal.

— Elle est bloquée, même à vingt on ne pourrait pas la soulever.

— Hé, au secours ! cria-t-il, tendu au bout de l'échelle, en essayant de se faire entendre par les trous d'aération. Venez nous aider, pour l'amour du ciel !

Après quoi il partit d'un rire irrépressible en s'appuyant sur son échelle. Le briquet lui échappa. Smithback fit de même, il s'effondra sur le sol, riant, pleurant, incapable de se contrôler davantage.

— Bon, nous avons réussi, dit D'Agosta en riant toujours. C'est fait, Smithback ! Embrassez-moi, petit con de journaliste ! Je vous adore et j'espère que vous allez pondre un best-seller là-dessus !

Smithback entendit une voix qui provenait de la rue, là-haut.

— Vous entendez ces cris ?

— Hé ! cria D'Agosta. Quelqu'un là-haut veut une récompense ?

— C'est bien ce que je dis, il y a quelqu'un en dessous, reprit la voix.

— Vous m'avez entendu ? On voudrait sortir.

— Combien, la récompense ? demanda une autre voix.

— Vingt dollars. Appelez les pompiers pour qu'ils nous tirent d'ici.

— C'est cinquante ou on se barre.

D'Agosta avait du mal à retrouver son sérieux.

— Bon, d'accord, cinquante. Mais sortez-nous de là.

Il se retourna vers le groupe en ouvrant les bras et dit :

— Bon, Smithback, faites avancer tout le monde. Mesdames, messieurs, monsieur le maire, bienvenue à la surface de New York City !

Une fois de plus, il y eut un grattement du côté de la porte et Garcia, versant des larmes silencieuses, pressa son arme contre sa joue. La créature essayait de revenir. Il respira un grand coup et s'efforça de ne plus trembler.

Ensuite, il s'aperçut que ce grattement était autre chose : quelqu'un frappait bel et bien, on entendait même une voix étouffée.

— Il y a quelqu'un, là-dedans ?

— Qui êtes-vous ? demanda Garcia d'une voix étranglée.

— Agent spécial du FBI Pendergast.

Garcia pouvait à peine y croire. Il ouvrit et vit un grand type qui se retourna pour le regarder placidement. Dans la faible lumière, son visage et ses cheveux, également pâles, prenaient des airs fantomatiques. D'une main il tenait une lampe de poche, de l'autre un gros pistolet. Tout le côté de son visage portait des traces de sang. Sa chemise en était trempée. À ses côtés, il y avait une femme menue, brune, coiffée sagement, avec une lampe de mineur qui lui mangeait le front. Son visage, ses cheveux, ses vêtements étaient couverts de taches humides de couleur plus sombre.

Pendergast consentit à sourire et lui dit :

— Ça y est, c'est fait, on l'a eue.

Garcia comprit, d'après le sourire de Pendergast, qu'il s'était trompé. Ce sang n'était pas le leur.

— Comment avez-vous fait ?

Ils passèrent devant lui pour entrer, les autres étaient alignés sous le plan du musée, les yeux écarquillés par la peur et l'incrédulité.

Pendergast désigna un siège à l'aide du faisceau de sa lampe.

— Asseyez-vous, je vous en prie, mademoiselle Green.

— Merci, répondit Margo, le front toujours surmonté de sa lampe, c'est vraiment très galant de votre part.

Pendergast s'assit à son tour et demanda autour de lui :

— Est-ce que quelqu'un a un mouchoir ?

Allen s'avança et lui tendit le sien.

Pendergast le donna à Margo. Elle essuya le sang qui lui couvrait le visage et le lui rendit. Pendergast, lui aussi, s'essuya le visage et les mains avec précaution.

— Je vous remercie, monsieur ?...

— Allen, Tom Allen.

— ... monsieur Allen.

Pendergast lui tendit le mouchoir trempé de sang. Allen faillit le remettre dans sa poche, se ravisa, puis le jeta. Il se tourna vers Pendergast :

— La créature est morte ?

— Oui, monsieur Allen, on ne peut plus morte.

— Vous l'avez tuée.

— Eh oui. Enfin, c'est plutôt Mlle Green.

— Appelez-moi Margo. En fait, c'est M. Pendergast qui a tiré le coup de grâce.

— C'est vrai mais, ma chère Margo, c'est bien vous qui m'avez dit où tirer. Sans vous, je n'aurais jamais eu l'idée. Tout le gros gibier, lion, buffle, éléphant, a des yeux sur les côtés de la tête. Quand ces animaux chargent, on ne pense pas aux yeux.

— La créature, expliqua Margo à l'adresse d'Allen, avait une figure de primate ; les yeux étaient frontaux, ce qui lui permettait la vision en relief. Ils étaient en prise directe avec le cerveau. Or, quand on a affaire à un crâne d'une ossature aussi solide, dès qu'on parvient à tirer une balle à l'intérieur, elle rebondit sur les parois internes.

— Vous l'avez tuée d'une balle dans l'œil ? demanda Garcia, qui avait du mal à y croire.

— Je l'ai touchée plusieurs fois, répondit Pendergast, mais elle était trop solide et trop en colère. Je ne l'ai pas examinée très attentivement ; je ne suis pas pressé de le faire. Mais on peut dire à coup sûr qu'aucun autre coup ne l'aurait arrêtée à temps.

Pendergast rajusta son nœud de cravate de ses doigts minces. Soin inutile, songea Margo, vu le sang et les traces de matière grisâtre qui couvraient sa chemise blanche. Elle n'était pas près d'oublier la vision d'horreur de la cervelle de cette créature giclant par l'orbite défoncée. C'était aussi presque beau. En fait, c'était la vue de ce regard, terrible et furieux, qui lui avait inspiré l'idée que c'était le seul moyen de l'abattre.

Elle se mit soudain à frissonner. Pendergast s'empressa aussitôt d'obtenir la veste de Garcia et lui couvrit les épaules.

— Calmez-vous, Margo, fit-il en s'agenouillant près d'elle, c'est fini.

— Il faut qu'on aille chercher le Dr Frock, dit-elle entre ses lèvres exsangues.

— Oui, on va y aller, répondit-il avec douceur.

— Il faut faire un rapport, vous croyez ? demanda Garcia. Ma radio a encore juste assez de batteries pour un message.

— Oui, et il faut qu'on envoie une équipe pour ce pauvre D'Agosta, dit Pendergast qui s'assombrit aussitôt, ajoutant : J'ai l'impression que ça veut dire : parler d'abord à Coffey.

— Non, confia Garcia, visiblement, il a été remplacé au commandement.

Pendergast leva les sourcils :

— C'est vrai ?

— Puisque je vous le dis.

Garcia tendit la radio à Pendergast.

— Un agent du FBI nommé Slade affirme qu'il a été désigné à sa place. À vous l'honneur.

— Bon, d'accord, si vous y tenez, fit Pendergast. Je dois reconnaître que je ne suis pas fâché de ne plus avoir affaire à Coffey, sans quoi je lui aurais réservé un chien de ma chienne. J'ai tendance à réagir quand on m'insulte.

Il secoua la tête et ajouta :

— Je sais, c'est une mauvaise habitude, mais c'est une de celles dont j'ai du mal à me défaire.

21

Quatre semaines plus tard

Quand Margo arriva, Pendergast et D'Agosta se trouvaient déjà dans le bureau de Frock. Pendergast était en train d'examiner quelque chose sur une table basse. Frock, tout près de lui, parlait avec animation. D'Agosta faisait les cent pas à travers le bureau ; il avait l'air de s'ennuyer, il prenait des objets pour les reposer aussitôt. Le moulage de la griffe réalisé en latex était là sur le bureau de Frock, comme un presse-papiers cauchemardesque. Un gros gâteau glacé, que Frock avait acheté pour fêter le prochain départ de Pendergast, commençait à fondre au soleil.

— La dernière fois que je suis allé là-bas, j'ai pris une soupe de poissons délicieuse, disait Frock à Pendergast en lui attrapant le coude.

Il avança avec son fauteuil pour saluer Margo qui entrait.

— Ah ! Margo, venez voir.

Elle traversa la pièce. Finalement, le printemps avait envahi les rues de la ville. Par les grandes fenêtres en rotonde, on voyait l'Hudson River, grande tache de bleu qui scintillait dans la lumière en direction du sud. Plus bas, sur la promenade, on distinguait le défilé des joggers.

Sur la table basse se trouvait une grande reproduction du pied de la créature, près de la plaque d'empreintes fossiles qui datait du Crétacé. Frock passa la main presque amoureusement sur cette plaque :

— S'il ne s'agit pas de la même famille, il s'agit certainement du même ordre. La créature avait bel et bien cinq orteils aux pattes arrière. Encore une correspondance avec le Mbwun de la figurine !

Margo, en regardant mieux, trouva que les ressemblances n'étaient pas si nombreuses.

— Il s'agit d'une illustration de l'évolution fractale ? demanda-t-elle.

Frock la regarda et répondit, en faisant une grimace :

— Ça se pourrait bien. Mais il faudrait pousser l'analyse très loin pour le savoir et ce ne sera pas possible, puisque le gouvernement a décidé d'enlever les restes du cadavre pour en faire Dieu sait quoi.

Durant le mois qui suivit la catastrophe de la soirée d'inauguration, l'opinion était passée de l'incrédulité, de l'état de choc à l'acceptation des faits. Pendant les deux premières semaines, la presse avait été inondée de récits sur la bête, mais la vision des choses variait beaucoup selon les témoins. On ne savait trop à quoi s'en tenir. La seule chose qui pouvait mettre tout le monde d'accord, le cadavre lui-même, avait rapidement quitté les lieux dans une grande camionnette blanche à plaque officielle. Personne ne l'avait jamais revu. Même Pendergast prétendait qu'il n'en savait pas davantage. L'opinion s'était retournée sur le bilan humain de la catastrophe et les poursuites que l'on menaçait d'exercer à l'encontre des concepteurs du système de sécurité. On mettait en cause, à un moindre degré, la police et le musée lui-même. Le magazine *Time* avait fait un appel de une sous le thème « Quelle est la fiabilité de nos grandes administrations ? ». Après plusieurs semaines, le public commençait à considérer la créature comme un phénomène unique, une survivance monstrueuse du passé, comparable à ces poissons préhistoriques que trouvent parfois les pêcheurs dans les profondeurs marines. On avait fini par se lasser de cette histoire. Les survivants de la catastrophe avaient quitté les plateaux de télévision, on avait annulé le tournage d'un nouveau dessin animé sur le thème de la bête du musée. Les figurines en plastique avaient échoué au rayon soldes des magasins de jouets.

Frock parcourut la pièce du regard :

— Mon hospitalité est bien modeste, j'en ai peur. Est-ce que quelqu'un veut un doigt de sherry ?

On entendit plusieurs « Non, merci ».

— À moins, dit D'Agosta, que vous n'ayez un Seven-Up pour aller avec.

Pendergast changea de couleur et le fusilla du regard.

D'Agosta avait saisi le moulage en latex sur le bureau de Frock, il le brandissait devant lui.

— Dangereux, ce machin.

— Ça, on peut le dire ! répondit Frock. Nous avions affaire en fait à un composé entre un reptile et un primate. Je n'entre pas dans les détails, Gregory Kawakita s'en chargera une fois qu'il aura analysé tout ce que nous possédons, mais il semble que les gènes de reptile soient à l'origine de la force, de la vitesse, de la masse musculaire de cette créature. Les gènes de primate, quant à eux, gouvernaient l'intelligence et sont probablement la cause de l'endothermie. En d'autres termes, nous avons affaire à un animal à sang chaud. Tout cela forme un mélange assez redoutable, en effet.

— C'est sûr, dit D'Agosta en reposant le moulage. Mais qu'est-ce que c'était exactement ?

— Mon cher, dit Frock en tressaillant, comment voulez-vous qu'avec le peu dont nous disposons nous sachions *exactement* à quoi nous avons eu affaire ? Il semble bien que ce soit le dernier spécimen. Il est possible que nous n'en sachions jamais davantage. Nous venons de recevoir les résultats d'une étude menée sur le tepui d'où vient la créature. Là-haut, tout a été détruit. La plante dont cette créature se nourrissait, et qu'on a appelée depuis, je vous le signale, *Liliceae mbwunensis,* semble éteinte. L'activité minière a empoisonné les marais qui entouraient le tepui. Je passe sur l'incendie préalable de la zone au napalm, qui était censé nettoyer le terrain pour les gens de l'exploitation. On n'a trouvé nulle part de traces d'une créature comparable dans les forêts. Évidemment, je suis choqué de ce désastre écologique, mais on ne peut pas se dissimuler non plus que la Terre a ainsi échappé à une terrible menace.

Il soupira et ajouta :

— Par mesure de sécurité et contre mon avis, je le précise, le FBI a détruit toutes les fibres végétales, les spécimens de cette fameuse plante qui est elle aussi véritablement éteinte, désormais.

— Comment peut-on savoir qu'il n'y en a nulle part ailleurs ? demanda Margo.

— C'est très peu probable, répondit Frock. Ce tepui était un îlot écologique. D'après ce que l'on sait, les plantes et les animaux avaient développé là une interdépendance unique pendant plusieurs millions d'années.

— Et on peut être sûr aussi qu'il n'y a plus de créature dans le musée ! dit Pendergast en s'avançant entre eux. Grâce à ces vieux plans que j'ai trouvés à la Société d'histoire de la ville, nous avons pu ratisser le deuxième sous-sol jusque dans les moindres recoins. Nous avons trouvé une foule de choses intéressantes pour les archéologues urbains, mais rien de plus sur la créature.

— Elle avait l'air tellement triste une fois morte, dit Margo, si seule. J'ai eu presque pitié d'elle.

— Seule, elle l'était ! appuya Frock. Seule et perdue. Vous comprenez, à six ou sept mille kilomètres de chez elle, elle était à la poursuite des derniers spécimens de cette plante qui la maintenait en vie et lui épargnait les affres du manque. Mais aussi elle était très redoutable, puissante ; j'ai vu au moins douze impacts de balles sur le corps pendant qu'ils l'emmenaient.

La porte s'ouvrit. Smithback fit son apparition. Il brandissait une enveloppe d'un geste théâtral. De l'autre main il portait un magnum de champagne. De l'enveloppe, il tira une liasse de papiers qu'il leur montra :

— Un contrat d'édition, mes amis ! dit-il en souriant.

D'Agosta se renfrogna et se détourna. Il saisit de nouveau le moulage de la griffe.

— Cette fois j'ai obtenu ce que je voulais, et mon agent est riche, glapit Smithback.

— Et vous n'êtes sûrement pas à plaindre non plus ! dit D'Agosta comme s'il allait se servir de cette griffe contre lui.

Smithback s'éclaircit la gorge avec solennité pour annoncer :

— J'ai décidé de faire don de la moitié des droits d'auteur à la famille du policier John Bailey.

D'Agosta se retourna encore vers Smithback et dit :

— Allez vous faire...

— Non, je vous assure, dit Smithback, la moitié. Dès que le tirage aura rejoint le montant de l'avance, ajouta-t-il en hâte.

D'Agosta alla vers lui, puis s'arrêta soudain.

— Je vous aiderai, dit-il en baissant le ton, la mâchoire un peu raide.

— Merci, lieutenant, je pense que je vais en avoir besoin.

— Il est capitaine depuis hier, précisa Pendergast.

— Capitaine D'Agosta ? Vous avez été promu ?

D'Agosta hocha la tête.

— Le chef m'a dit que c'était mérité.

Il ajouta à l'adresse de Smithback, vers qui il pointa le doigt :

— Je veux voir ce que vous dites à mon sujet avant que ça parte chez l'imprimeur. C'est bien entendu ?

— Heu, dit Smithback, il faut quand même que je vous rappelle que les journalistes ont une éthique et que…

— À d'autres ! dit D'Agosta avec véhémence.

— Voilà une collaboration qui démarre sur les chapeaux de roue, chuchota Margo à l'adresse de Pendergast, qui hocha la tête.

On entendit toquer à l'entrée ; la tête de Greg Kawakita apparut dans le vestibule du bureau.

— Oh, désolé, docteur Frock, fit-il. Votre secrétaire ne m'avait pas dit que vous receviez du monde. On peut analyser les résultats un peu plus tard, si vous voulez.

— Mais non, entrez, Gregory. Monsieur Pendergast, capitaine D'Agosta, je vous présente Gregory Kawakita ; il est l'auteur du programme Extrapolateur qui nous a permis de dresser un profil si précis de la créature.

— Je vous suis reconnaissant, dit Pendergast ; sans ce programme, aucun d'entre nous ne serait dans ce bureau aujourd'hui.

— Merci beaucoup, mais en fait ce programme était l'œuvre du Dr Frock, dit-il en lorgnant sur le gâteau. Je me suis contenté de rassembler les éléments. D'un autre côté, il y a une foule de choses que l'Extrapolateur ne vous a pas dites, par exemple sur la position frontale des yeux.

— On se demande pourquoi le succès vous a rendu si humble, Greg, dit Smithback. Quoi qu'il en soit – il se tourna vers Pendergast –, j'ai quelques questions encore à vous poser, à vous. Ce champagne millésimé, il faut le mériter.

Il jeta un regard appuyé sur l'agent du FBI.

— Les corps que nous avons trouvés dans le repaire de la bête étaient ceux de qui ?

Pendergast eut un léger haussement d'épaules.

— Je pense que je peux vous le dire, à présent, bien qu'il ne faille rien publier sur le sujet avant qu'on vous y autorise. Cinq des huit corps ont été identifiés. Deux étaient des vagabonds qui avaient élu domicile dans le vieux souterrain, sans doute pour échapper au froid pendant une nuit d'hiver. L'un était un touriste étranger dont la disparition avait été signalée à Interpol. Un autre de ces cadavres, comme vous le savez, était celui de George Moriarty, l'assistant-conservateur qui travaillait sous l'autorité de Ian Cuthbert.

— Pauvre George, murmura Margo.

Pendant des semaines, elle avait essayé d'éviter de penser à Moriarty, à ses derniers instants, à sa lutte désespérée avec la bête. Tout ça pour finir pendu comme un quartier de bœuf…

Pendergast attendit un moment avant de poursuivre :

— Le cinquième a été identifié d'après sa carte dentaire comme un certain Montague, un employé du musée qui avait disparu depuis plusieurs années.

— Montague ! dit Frock. Alors, l'histoire était vraie !

— Eh oui, dit Pendergast. Il semblerait que certains membres de l'administration du musée, Wright, Rickman, Cuthbert et peut-être Ippolito, avaient des soupçons selon lesquels quelque chose hantait les couloirs du bâtiment. Quand on a trouvé, dans ceux du vieux souterrain, une grande quantité de sang répandu, ils l'ont fait nettoyer sans en parler à la police. La disparition de Montague a coïncidé avec cet événement, mais le groupe n'a rien fait pour révéler l'affaire et mener l'enquête. Ils avaient également des raisons de penser que la créature avait un rapport avec l'expédition de Whittlesey. Tout cela pourrait fort bien avoir été à l'origine du déplacement des caisses. En fait, c'était une erreur majeure. Ce déménagement a précipité le massacre.

— Vous avez tout à fait raison, dit Frock en dirigeant son fauteuil roulant vers le bureau. Nous savons que cette créature était d'une grande intelligence. Elle avait compris que, si on s'apercevait de son existence, elle était en danger. Elle a dû apprendre la dissimulation pour préserver sa vie. Quand elle est arrivée entre ces murs pour la première fois, elle devait être perdue, peut-être était-elle furieuse. En tout cas, elle a tué Montague quand elle l'a trouvé avec les objets d'artisanat et la fameuse plante. Après cela, elle est devenue rapidement beaucoup plus prudente. Elle savait où étaient les caisses et elle avait découvert une source d'approvisionnement, ces fameuses fibres qui servaient au rembourrage. Elle a dû les consommer avec mesure. Les hormones contenues dans la plante, on le sait, étaient très concentrées. De temps en temps, la bête complétait son régime alimentaire en tuant des rats, des chats échappés des laboratoires du département du comportement animal… Une fois ou deux, des hommes malchanceux y sont passés aussi. Des gens qui s'étaient aventurés dans les recoins du musée. Mais la bête a toujours pris soin de les cacher. Pendant plusieurs années, on ne s'est aperçu de rien, ou presque.

Il se redressa légèrement, le fauteuil roulant grinça.

— Et puis, tout a changé. On a enlevé les caisses, on les a mises sous clé dans la zone protégée. D'abord, la bête a connu la faim, puis elle s'est trouvée carrément aux abois. Peut-être que sa folie meurtrière s'est dirigée contre les êtres qui l'avaient privée de la plante, êtres qui pouvaient lui servir de substitut, d'ailleurs, même s'ils n'y suffisaient pas vraiment. D'où ces meurtres à répétition.

Frock sortit son mouchoir et s'épongea le front.

— Mais elle n'avait pas pour autant perdu la tête, ajouta-t-il. Vous vous souvenez comment elle a caché le cadavre du policier dans l'exposition ? Même si une folie sanglante s'était emparée d'elle, même si elle était dans une rage terrible à cause du manque, elle était assez rusée pour comprendre que ces meurtres pouvaient attirer l'attention sur elle. Il est possible qu'elle ait prévu de descendre le corps du policier Beauregard jusqu'à son repaire. Sans doute n'a-t-elle pas pu. L'exposition était très loin de son domaine habituel. Au lieu de cela, elle a préféré cacher le corps. Après tout, c'est l'hypothalamus de ses victimes qui l'intéressait, le reste, pour elle, c'était de la viande.

Margo frissonna.

— Je me suis souvent demandé pourquoi la bête a voulu pénétrer dans l'exposition, dit Pendergast.

Frock leva l'index.

— Moi aussi, je me suis interrogé. Et je pense que j'ai trouvé. Souvenez-vous, monsieur Pendergast. Qu'est-ce qu'il y avait d'autre dans cette exposition ?

Pendergast hocha la tête lentement.

— La figurine du Mbwun.

Parfaitement, dit Frock. La représentation de la bête elle-même, le seul lien que gardait cette créature avec l'environnement familier qui lui manquait tant.

— Vous semblez avoir une explication pour tout, dit Smithback, mais, si Wright et Cuthbert étaient au courant de l'existence de cette chose, comment connaissaient-ils le lien avec l'expédition Whittlesey ?

— Je crois que j'ai une explication, là aussi, répondit Pendergast. Ils savaient bien entendu pourquoi le navire qui avait convoyé les caisses de Belém à La Nouvelle-Orléans avait pris tant de retard. Je pense qu'ils l'ont appris de la même façon que vous, monsieur Smithback.

Smithback soudain eut l'air mal à l'aise :

— Euh, je..., commença-t-il.

— Ils avaient aussi lu le carnet de route de Whittlesey, poursuivit Pendergast. Et les légendes qui couraient là-dessus, ils les connaissaient comme tout le monde. Ensuite, Montague, le type chargé de la conservation, disparaît ; on trouve une mare de sang non loin des caisses : le rapport est facile à établir.

Il s'assombrit et ajouta :

— En plus, tout a été plus ou moins confirmé par Cuthbert, enfin, pour le peu qu'il a pu me dire.

Frock hocha la tête.

— Ils ont payé tout cela très cher, dit-il. Winston et Lavinia de leur vie, Cuthbert en hôpital psychiatrique. Ça dépasse un peu l'entendement.

— C'est vrai, intervint Kawakita, mais d'un autre côté il faut voir une chose, c'est que vous êtes désormais le mieux placé des candidats pour la direction du musée.

« Je savais qu'il y penserait », se dit Margo.

— Ça m'étonnerait qu'on me le propose, Gregory, répondit Frock. Une fois que les choses se seront apaisées, on reviendra à des soucis pratiques et je suis trop sujet à controverse dans ce métier. En plus, la direction ne m'intéresse pas. J'ai trop de matière, désormais, il faut que je compose mon prochain livre.

Pendergast continua :

— Il y a une chose quand même que le Dr Wright et ses pareils ne savaient pas ; en fait, personne ici n'était au courant non plus que les meurtres n'ont pas commencé à La Nouvelle-Orléans mais à Belém, où s'est produit quelque chose de très comparable. Ça s'est passé dans l'entrepôt où se trouvaient les caisses, sur le port. Je l'ai appris quand je menais l'enquête à propos du massacre sur le bateau.

— C'était sans doute le premier arrêt de la créature sur le chemin de New York, dit Smithback. Voilà la boucle bouclée.

Il engagea Pendergast à s'asseoir sur le canapé et lui dit :

— Alors, le mystère du sort de Whittlesey est résolu, lui aussi ?

— On peut être pratiquement certain que c'est la créature qui l'a tué, répondit Pendergast. Si ça ne vous dérange pas, je vais prendre un morceau de ce gâteau.

Smithback l'arrêta d'un geste et demanda :

— Comment le savez-vous ?

— Qu'elle a tué Whittlesey ? On a trouvé un souvenir dans son antre.

— Ah bon ?

Dès lors, Smithback sortit son enregistreur miniature.

— Non, j'aimerais que vous remettiez ça dans votre poche, si ça ne vous ennuie pas. Il s'agissait de quelque chose que Whittlesey portait autour du cou, je pense, une médaille avec un signe, une double flèche.

— C'était le signe gravé sur la couverture du carnet de bord.

— Et aussi sur l'en-tête de la lettre adressée à Montague ! dit Margo.

— Apparemment, c'était l'emblème de la famille Whittlesey. On a trouvé cela dans le repaire de la bête. C'était un fragment, en fait. On ne sait pas pourquoi la bête a emporté cela à son départ d'Amazonie, on ne le saura jamais, mais c'est ainsi.

— D'autres objets ont été découverts dans cet endroit, dit D'Agosta, la bouche pleine. Comme par exemple les sacs de graines de Maxwell. Cette créature adorait faire des collections.

— De quel genre ? demanda Margo qui alla vers la fenêtre pour jeter un coup d'œil sur le paysage lointain.

— Des trucs, vous n'imaginez pas. Des clés de voiture, des pièces, des jetons de métro, une montre en or aussi. On a regardé le nom sur le boîtier de la montre, on a retrouvé le type, il nous a dit qu'il l'avait perdue trois ans plus tôt. Il faisait la visite du musée, et il croyait avoir eu affaire à un pickpocket.

D'Agosta haussa les épaules et continua :

— En fait, il est possible que ce pickpocket figure au nombre des cadavres non identifiés. Ou bien alors personne ne le retrouvera jamais.

— La créature gardait l'objet pendu au mur, sur un clou, précisa Pendergast ; il semble qu'elle aimait les belles choses. Sans doute un signe supplémentaire de son intelligence.

— Tous ces objets provenaient sans exception de l'intérieur du musée ? demanda Smithback.

— On le pense, répondit Pendergast, rien ne dit que la créature était en mesure de sortir de l'enceinte du musée. On ne sait même pas si elle l'aurait souhaité, d'ailleurs.

— Ah bon ? dit Smithback. Et cette sortie vers laquelle vous essayiez de guider D'Agosta par radio ?

— Il l'a trouvée, dit Pendergast simplement. Ils ont tous eu beaucoup de chance.

Smithback se tourna vers D'Agosta pour poser une autre question. Pendergast en profita pour se lever en douce et prendre un morceau de gâteau.

— C'est très gentil à vous d'organiser cette petite fête, docteur Frock, dit-il en se rasseyant.

— Mais vous nous avez sauvé la vie, dit Frock. J'ai pensé que ce gâteau serait une jolie façon de vous souhaiter bon retour.

— Alors, j'ai l'impression de tricher un peu, dit Pendergast.

— Pourquoi ?

— Il est possible que je ne revienne pas chez moi pour toujours. La direction du bureau de New York est à prendre, vous le savez.

— Ah bon ? Ce n'est pas Coffey qui va l'obtenir ? ricana Smithback.

Pendergast secoua la tête.

— Pauvre Coffey, dit-il. J'espère qu'il est content d'avoir été muté en zone rurale à Waco. Quoi qu'il en soit, le maire, qui est devenu très copain avec notre capitaine D'Agosta, semble dire que je suis bien placé pour avoir le poste.

— Je vous félicite ! clama Frock.

— Rien n'est sûr pour l'instant, dit Pendergast, je ne suis même pas certain de vouloir rester ici, bien que l'endroit possède son charme.

Il se leva et alla se planter à son tour devant la fenêtre ; Margo regardait l'Hudson River et les collines verdoyantes de Palisades.

— Et vous, Margo, qu'est-ce que vous allez faire ?

Elle le regarda en face.

— Rester au musée, le temps de finir mon mémoire.

Frock se mit à rire :

— En fait, c'est moi qui n'ai aucune envie de la laisser partir.

Margo sourit.

— Pour être franche, j'ai reçu une offre de Columbia.

Maître assistante, pour l'année prochaine. Columbia, vous savez, c'était l'université de mon père. Je dois absolument continuer.

— Superbe ! dit Smithback. Il faut qu'on fasse un dîner pour fêter ça, ce soir.

— Ce soir ?

— Au café des Artistes, à sept heures, par exemple. Allez, laissez-vous faire, je suis un écrivain mondialement célèbre, ou presque. Ce champagne est en train de tiédir.

Il attrapa la bouteille. Tout le monde fit cercle autour de lui, Frock apporta des verres, Smithback brandit la bouteille vers le plafond, le bouchon sauta.

— À quoi buvons-nous ? demanda D'Agosta quand les verres furent pleins.

— À mon livre, dit Smithback.

— À l'agent Pendergast, à son voyage de retour, dit Frock.

— À la mémoire de George Moriarty, dit tranquillement Margo.

— Oui, c'est ça, à George Moriarty.

Un silence suivit.

— Et que Dieu nous protège, dit Smithback, solennel.

Margo lui envoya une tape amicale.

22

Long Island City, six mois plus tard

Le lapin de laboratoire tressaillit quand l'aiguille lui pénétra le flanc. Kawakita observa le sang foncé qui remplissait la seringue.

Ensuite il replaça doucement le lapin dans la cage puis divisa le sang recueilli en trois éprouvettes destinées à la centrifugeuse. Il ouvrit le couvercle de la centrifugeuse la plus proche, y plaça les trois éprouvettes, referma. L'appareil lancé, il suivit la montée en régime. La rotation séparait les différents éléments du sang.

Il s'appuya sur son dossier, son regard fit le tour de la pièce. Bureau en désordre, lumière pauvre, mais tant pis. Il préférait cela : ne pas attirer l'attention.

Au début les choses avaient été difficiles. Il avait eu du mal à trouver l'endroit, à réunir le matériel, même le loyer était un problème. Le prix des anciens entrepôts sur le Queens était invraisemblable. Le plus gros problème qu'il avait rencontré, c'était l'acquisition de l'ordinateur. Au lieu d'en acheter un, il avait finalement réussi à obtenir une ligne pour transférer ses données vers l'université de médecine Sokolov. Là, il pouvait faire tourner son programme Extrapolateur dans de bonnes conditions de sécurité.

Il jeta un œil vers le niveau inférieur par la fenêtre sale. C'était vaste, sombre et pratiquement vide. La seule lumière provenait des aquariums du fond. On entendait les filtres qui murmuraient. Le sol luisait d'un vague éclat vert, celui des rampes de néon des bassins. Il y en avait une douzaine à peu près. Bientôt ça ne suffirait plus. Mais, pour lui, les questions d'argent commençaient à s'estomper.

Incroyable, songeait Kawakita, de voir combien les solutions les plus intelligentes se révélaient être aussi les plus simples. Une fois qu'on avait le nez dessus, la réponse paraissait évidente. Mais c'est la faculté de voir cette réponse qui séparait le scientifique débordé du génie.

L'énigme du Mbwun, c'était ça. Lui, Kawakita, avait été le premier à se douter qu'il y avait quelque chose, à voir ce quelque chose, à prouver qu'il y avait quelque chose.

Le mugissement de la centrifugeuse commença à décroître. On vit bientôt s'allumer le clignotant rouge qui signifiait la fin de l'opération. Kawakita se leva, ouvrit le couvercle, enleva les tubes. Le sang de lapin avait été séparé en trois éléments : le sérum clair en haut, une couche de globules blancs au milieu, une de globules rouges en bas. Il aspira précautionneusement le sérum, ensuite il déposa quelques gouttes des prélèvements de globules sur des éprouvettes et leur ajouta divers réactifs et enzymes.

L'une des éprouvettes devint violette. Kawakita sourit. Tout avait marché parfaitement.

Après cette minute où Frock et Margo s'étaient heurtés à lui lors de l'inauguration, son scepticisme initial s'était transformé en passion pour le sujet. Jusqu'alors il était resté en retrait à propos de cette histoire. Mais, pratiquement dès qu'il eut quitté le musée ce soir-là pour s'engager sur Riverside Drive, porté par la foule des gens qui fuyaient le théâtre de la catastrophe, il avait commencé à réfléchir. Ensuite il avait posé bien des questions. Quand Frock un peu plus tard avait décrété la fin du mystère, sa propre curiosité n'en avait été que renforcée. Sans doute gardait-il un peu plus de sang-froid sur la question que ceux qui s'étaient trouvés bloqués sur place cette nuit-là, face à la bête, dans l'obscurité du musée. Mais, quelle que soit la vraie raison de son rationalisme, la solution qu'on lui proposait du mystère ne le satisfaisait pas complètement : il restait de petites zones d'ombre, des contradictions mineures que tout le monde avait négligées.

Tout le monde, sauf lui.

Comme chercheur, il avait toujours été d'une grande prudence. Et aussi d'une grande curiosité. Dans le passé, cette double qualité l'avait servi. À Oxford, d'abord, puis dans les débuts de sa collaboration avec le musée ; aujourd'hui, elle lui était encore fort utile. Par exemple, il avait inséré dans son programme Extrapolateur un module d'enregistrement de tout ce qui était tapé au clavier. Pour des raisons de sécurité, naturellement, mais aussi pour en savoir davantage sur les raisons qui poussaient les gens à se servir de son programme.

Aussi, naturellement, était-il revenu questionner la machine sur la procédure suivie par Frock et Margo. Il suffisait de donner quelques ordres au clavier et le programme restituait toutes les questions posées par Margo et Frock, après quoi il donnait le compte des résultats obtenus.

C'est là que la vraie solution du mystère du Mbwun lui était apparue. Ils l'avaient eue littéralement sous le nez sans s'en douter. Mais ils ne savaient pas poser les bonnes questions. C'était un art que Kawakita, lui, avait appris. Et quand la réponse lui était parvenue, il avait fait une stupéfiante découverte.

On frappa doucement à la porte de son entrepôt. Kawakita descendit au niveau inférieur par l'escalier de fer, il se déplaça dans la pénombre sans hésitation et demanda, d'une voix étouffée :

— Qui est-ce ?

— C'est Tony, répondit la voix.

Kawakita enleva sans difficulté la barre d'acier qui fermait la porte et ouvrit à une silhouette.

— Il fait noir ici, dit l'homme.

Petit, noueux, il roulait les épaules et semblait nerveux.

— N'essaie pas d'allumer, dit Kawakita sèchement, viens avec moi.

Ils se rendirent au fond de l'entrepôt où se trouvait installée une longue table éclairée par des lampes infrarouges. Sur cette table, des fibres végétales étaient en train de sécher. À son extrémité se trouvait une balance. Kawakita prit une poignée de ces plantes et les pesa, il en enleva quelques-unes, en remit, après quoi il glissa le contenu du plateau de la balance dans un sac en plastique hermétique.

Il regarda son visiteur comme s'il attendait quelque chose. L'homme plongea la main dans la poche de son pantalon et en sortit une poignée de billets froissés. Kawakita compta ; il y avait cinq billets de vingt dollars. Il hocha la tête et donna le petit sac en plastique en échange. Le type le saisit impatiemment ; il l'ouvrit aussitôt, mais Kawakita l'interrompit :

— Pas ici.

— Désolé, dit le visiteur.

Il s'en alla vers la porte aussi vite que la faible lumière le lui permettait.

— Essayez d'en utiliser plus, dit Kawakita, il faut les plonger dans l'eau bouillante, la concentration sera plus forte. Je pense que vous aimerez le résultat.

Le type hocha la tête en répétant : « le résultat », comme si le mot dans sa bouche était déjà plein de promesses.

— Mardi, j'en aurai davantage à vous proposer, dit Kawakita.

— Merci, murmura l'homme avant de s'en aller.

Kawakita ferma la porte et replaça la barre de fer. La journée avait été longue ; il était plein de courbatures. Et impatient de voir la nuit tomber, de voir l'obscurité recouvrir les toits de cette ville dont on ne percevrait plus que la rumeur. Il commençait à aimer la nuit par-dessus tout.

Une fois qu'il eut reconstitué le parcours suivi par Frock et Margo à travers son programme, tout le puzzle s'était remis en place. Il lui suffisait de retrouver l'une des fameuses fibres végétales. L'ennui, c'est que la tâche avait été difficile. On avait nettoyé la zone protégée de fond en comble, les caisses avaient été vidées de tous leurs objets, puis brûlées, le rembourrage était parti en fumée lui aussi. Le laboratoire qui avait servi de cadre aux premiers travaux de Margo avait été également nettoyé, on avait détruit la presse à plantes. Mais personne n'avait songé à vider son sac fourre-tout, qui était un sujet de plaisanterie dans tout le service à cause du désordre qu'il recelait. Margo avait fini par le jeter dans l'incinérateur du musée plusieurs jours après la catastrophe, mais Kawakita avait eu le temps de le visiter auparavant.

L'extrême difficulté, ensuite, avait été de reconstituer l'une de ces plantes à partir d'un simple fragment et de la cultiver. Il lui avait fallu mobiliser toute son énergie et tout son savoir dans l'opération. Mais sa détermination peu commune était tout entière canalisée vers ce but. La promotion dont il rêvait naguère, il n'y songeait plus : il s'était mis en congé du musée. Et finalement il avait réussi, quelques semaines plus tôt. Il se souvenait de ce sentiment de triomphe, quand la première pousse verte était apparue au creux du récipient. Désormais c'est par centaines qu'elles se développaient, toutes infectées du fameux rétrovirus qui datait de soixante-cinq millions d'années.

Cette plante, qui était apparemment de la famille du lys, provoquait une accoutumance particulière. Elle fleurissait presque continuellement : de grosses fleurs violettes, à pétales veinés, à étamines jaune d'or. Le virus était concentré dans la tige fibreuse. Il en ramassait environ un kilo par semaine, et comptait développer sa production de manière exponentielle.

« Les Kothogas connaissaient parfaitement cette plante », songea Kawakita. Ce qui avait l'air pour eux d'une manne, d'une bénédiction, s'était finalement révélé être une malédiction. Ils avaient essayé de contrôler l'empire qu'elle exerçait sur eux, mais en vain. La légende disait bien ce qui s'était passé : le diable n'avait pas tenu sa promesse ; l'enfant du diable, le Mbwun, était devenu fou et s'était retourné contre ses maîtres, il était devenu ingouvernable.

Mais lui, Kawakita, allait réussir. Les tests effectués sur des lapins montraient qu'il était sur la bonne voie.

La dernière pièce du puzzle avait trouvé sa place quand il s'était souvenu de ce qu'avait dit le flic, D'Agosta, le jour où le type du FBI était en train de fêter son départ : ils avaient trouvé une médaille qui représentait une double flèche dans le repaire de la créature, et cette médaille appartenait à Julian Whittlesey. C'était selon eux une preuve que le monstre avait tué Whittlesey. Une preuve ? Tu parles !

En fait, c'était la preuve que le monstre n'était autre que Whittlesey.

Kawakita se souvenait parfaitement de ce jour où tout s'était remis en place. Une vraie révélation, le couronnement de ses efforts. L'énigme était soudain résolue. La créature, la fameuse bête du musée, « Celui qui marchait à quatre pattes », c'était Whittlesey. La clé de tout lui avait été donnée par le programme Extrapolateur. Kawakita avait comparé l'ADN humain et celui du rétrovirus. Il avait demandé une forme intermédiaire

Cet ouvrage a été composé
par Atlant'Communication
aux Sables-d'Olonne (Vendée)

Impression réalisée sur CAMERON par

CPI
Brodard & Taupin

La Flèche (Sarthe)
en avril 2008
pour le compte des Éditions de l'Archipel
département éditorial
de la S.A.R.L. Écriture-Communication

Imprimé en France
N° d'édition : 2048 - N° d'impression : 47211
Dépôt légal : mai 2008